'Sits at her elbow, reading verses.'

옮긴다.
해 이 작
『오만과
가 출판
고하고,
다. 훗
작품의
의 사람
벤저민
기 시작
어지고,
존 머
들이 '제

제인 오스틴
Jane Austen, 1775~1817

"그럭저럭 봐 줄 만은 하군." 다아시가 엘리자베스에 대해 말했다.

—『오만과 편견』

한 곡 더 해 달라는 몇 사람의 요청에 답하기도 전에
그녀의 동생 메리가 얼른 나서서 피아노 자리를 이어받았다.

─『오만과 편견』

그녀는 손님들 하나하나의 마음을 헤아리고, 자신의 감정을 가라앉히고,
모두에게 살갑게 대하고 싶었다.

—『오만과 편견』

"당신을 만나 뵐 수 있을까 하고 한참 동안 숲속을 찾아다녔습니다.
이 편지를 읽어 주시면 영광이겠습니다."

—『오만과 편견』

"어머, 아니에요. 계속 그쪽으로 가세요." 엘리자베스가 그들에게 말했다.

—『오만과 편견』

"일 년에 오백 파운드! 그 반이라도 대체 어떻게 다 쓰겠어요?"

—『이성과 감성』

그가 부대에 들어간 것도 런던에서 우연히 한두 번 만난
젊은이의 소개에 따른 것이라는 설명 외에는 들은 게 없었다.

—『오만과 편견』

그러나 제인이 주위를 둘러보며 미소 짓는 모습을 보았고, 그것으로 상황은 종료되었다.
그는 그녀의 옆자리에 앉았다.

—『오만과 편견』

그는 승마 복장을 한 악당 셋을 사주하여 그녀를 사두마차에 강제로 태워서
쏜살같이 달려 나가게 할 그런 인물은 아니었다.

—『노생거 사원』

"이렇게 빨리 가시다니!" 메리앤이 말했다. "아이, 에드워드, 이러면 안 되지요."
그리고 그를 살짝 옆으로 끌면서 루시가 그리 오래 있지는 못할 거라고 속삭였다.

—『이성과 감성』

"여기 그의 재산, 영지, 저택, 모든 것이 이렇게 품위 있고
훌륭한 조건을 갖추고 있으니 말이다!"

—『이성과 감성』

잠시 후에 어머니가 이 가엾은 것 하는 표정으로 말없이 그녀의 손을 지그시 누르자,
그만 감정이 북받쳐 올라서 울음을 터뜨리며 방을 나가 버렸다.

—『이성과 감성』

"이상하게 생긴 여자가 있네! 걸치고 있는 드레스도 정말 이상하고! 정말 구식이야!"

—『노생거 사원』

"언니가 와서 정말 잘됐어. 우리 집에서 지금 정말 재미있는 일이 벌어지고 있거든!"

—『오만과 편견』

휴 톰슨
Hugh Thomson, 1860~1920

"제인 오스틴의 영혼을 담아낸 삽화가"로 알려진 휴 톰슨은
섬세하고 재치 넘치는 필치로 당대의 사회상을 포착하여
영국의 고전 작품들에 특별한 생기를 불어넣은 뛰어난 화가이다.
휴 톰슨은 제인 오스틴의 거의 모든 소설들의 삽화를 맡아 작업했고,
오늘날 후대의 일러스트레이터들에게도 지속적인 영감을 주며
가장 사랑받는 오스틴 삽화의 고전으로 남았다.

에마

Jane Austen

에마

제인 오스틴 | 윤지관·김영희 옮김

Emma

민음사

일러두기

본문의 모든 각주는 옮긴이 주이다. 원문에서 이탤릭체로 강조된 부분은 문맥에 따라 문장 속에 소화하거나 고딕체로 표기했다. 이 책의 번역은 R. W. 채프먼의 1923년 옥스퍼드 판본에 토대를 둔 노턴 비평본(Stephen M. Parrish, *Emma*, New York: W. W. Norton & Company, 1993)을 저본으로 삼았다. 본문의 삽화는 맥밀란 출판사(Macmillan and Co.)가 펴낸 『에마』(1896)에 실렸던 휴 톰슨의 작품들이다.

차례

1부

I

미인이지 총명하지 부유하지 거기에다 안락한 가정에 낙천적인 성격까지 갖춘 에마 우드하우스는 인생의 여러 복을 한 몸에 타고난 듯했고, 실제로 세상에 나와 스물한 해 가까이 살도록 걱정거리랄 것이 거의 없었다.

그녀는 언제나 오냐오냐하는 무척 자애로운 아버지의 두 딸 가운데 동생인데, 언니가 시집을 간 까닭에 진작부터 집안 여주인이 되었다. 어머니는 너무 오래전에 돌아가셨기 때문에 다정한 손길에 대한 어렴풋한 기억 정도가 고작이었고, 애정에서는 거의 친어머니 못지않은 한 훌륭한 여성이 가정 교사로서 어머니 자리를 채워 주었다.

우드하우스 씨 가족과 십육 년을 함께한 테일러 양은 가정 교사라기보다 친구였고, 두 딸을 다 좋아했으나 특히 에마를 좋아했다. 이 둘 사이는 마치 자매처럼 친밀했다. 명목에 불과한 가정 교사 직분을 그만두기 전에도 테일러 양은 유한 성격이다 보니 단속이랄 것은 거의 하지 못했으며, 오래전에 권위의 그림자마저 사라진 터라 서로 절친한 친구 사이로 함께 지내 왔고, 에마는 테일러 양의 판단을 높이 사기는 했지만 주로 자신의 판단에 따라 자기 하고 싶은 대로 했다.

사실 에마와 같은 조건에 처하면 좀 지나치게 내키는 대로 할 수 있고 자신을 과대평가한다는 것이 문제점인데, 그녀도 이 두 약점 때문에 그녀가 누리는 많은 즐거움이 희석될 위험이 있었다. 그렇지만 지금으로서는 이런 위험을 전혀 느끼지도 못했으니, 그녀에게는 이 약점들이 무슨 불운이라고 여겨지지 않았다.

슬픈 일이 닥치기는 했다. 은근히 슬프다고 할까, 그렇지만 언짢다거나 하는 일은 전혀 아니었다. 테일러 양이 결혼을 한 것이다. 테일러 양과 헤어지게 된 일은 그녀로서는 난생처음 겪는 슬픔이었다. 이 사랑하는 친구의 혼인 날 에마는 처음으로 우울한 생각에 잠겨 앉아 있었다. 결혼식이 끝나고 신부 측 하객들이 떠난 후 부녀는 단둘이 정찬을 들었고,* 긴 저녁 시간에 활기를 불어넣어 줄 누군가가 찾아오기로 한 것도 아니었다. 부친이 여느 때처럼 정찬을 마친 후 편안히 낮잠을 청하고 나니 그녀로서는 혼자 앉아 상실감을 되새기는 일밖에 없었다.

그 결혼은 그녀의 벗에게는 온갖 행복을 약속해 주었다. 웨스턴 씨는 수더분한 성격에 재산도 웬만하고 나이도 적당하고 예의범절도 반듯한 사람이었다. 자기가 사심 없는 관대한 우정으로 늘 그 결혼이 이루어지기를 바라고 또 부추겼다는 것을 생각하면 어떤 만족감도 있었다. 그러나 그녀 편에서 보

* 당시 시골에서 정찬은 대개 오후 4시쯤으로 이어 차를 들고, 이후 취침 전에 간단한 저녁 식사가 있기도 했다. 따로 가지는 차 모임의 경우에는 가벼운 요깃거리를 함께 내놓기도 했다.

자면 어려운 지경에 처한 것이다. 매일 매 시각 테일러 양의 부재를 뼈저리게 느낄 것이었다. 그녀는 지난날 테일러 양이 보여 준 다정함을 떠올렸다. 그 다정함, 그 십육 년의 사랑을, 다섯 살 때부터 자기를 가르치고 같이 놀아 주고, 건강할 때는 온 힘을 다해 애지중지 보살펴 주고 즐겁게 해 주고, 아이 때 겪게 마련인 이런저런 병치레를 할 때면 극진히 간호해 주던 것을 떠올렸다. 이것만 해도 두고두고 고마워해야 할 일이지만, 이저벨라의 결혼으로 둘만 남게 된 최근 칠 년간 서로 대등하게 아무 스스럼없이 터놓고 지냈던 일은 더욱더 소중하고 애틋한 추억이었다. 이런 벗을 지닌 사람은 별로 없을 것이니, 현명하고 유식하고 유능하고 온화하며, 식구들의 성격을 잘 알고 모든 집안일에, 특히 에마 자신의 일이라면 그녀의 즐거움과 그녀가 꾸미는 모든 계획에 관심을 보여 주었다. 그녀가 무슨 생각이든 떠오르는 대로 털어놓아도 되며, 그녀를 무척이나 사랑하기 때문에 절대로 비판을 하는 적이 없는 사람이었다.

이런 변화를 어떻게 견뎌 낼 수 있겠는가? 물론 이 벗의 새 거처가 자기네 집에서 반 마일도 안 되기는 했다. 그러나 에마는 고작 반 마일이라도 따로 사는 웨스턴 부인과 같은 집에서 사는 테일러 양 사이에는 큰 차이가 있다는 것을 잘 알았다. 타고난 자질이나 가정 환경에서 많은 복을 갖추었지만, 그녀는 이제 지적인 면에서는 고독을 감수해야 할 큰 위험에 처한 것이었다. 아버지를 끔찍이 사랑하기는 했으나, 아버지는 말상대는 되지 못했다. 논리적인 대화든 장난스러운 대화든 그녀를 따라오지 못했다.

부녀간에 나이 차가 (우드하우스 씨의 만혼 탓에) 워낙 큰 데다 부친의 건강 상태와 습관도 부정적으로 작용했다. 평생 약골로 건강에 노심초사하면서 육체적으로든 정신적으로든 활동을 삼가 온 부친은 실제 나이보다도 더 늙은 티를 냈다. 친절한 마음씨와 다정한 성격 덕분에 어디서나 사랑을 받지만, 언제라도 돋보일 만한 재능은 타고나지 못했다.

결혼한 언니가 불과 16마일 떨어진 런던에 살림을 차렸으므로 상례로 보아 별로 멀리 간 것도 아니지만, 매일 접하기는 불가능했다. 크리스마스에 이저벨라 언니가 형부와 아이들을 대동하고 다시 찾아와 집 안을 가득 채우고 그녀에게 즐거운 모임을 선사해 줄 때까지는 10월과 11월의 수많은 긴긴 저녁 시간을 하트필드에서 외롭게 견뎌 내야 할 것이었다.

하트필드는 버젓한 이름에다 잔디밭과 관목 숲도 따로 거느리고 있었지만 실제로는 하이베리에 속해 있는데, 하이베리는 크기나 인구에서 거의 읍에 필적하는 마을이었다. 그러나 이 마을에는 그녀와 어깨를 겨룰 만한 사람이 없었다. 우드하우스 가문은 하이베리에서 첫째가는 집안이었다. 모두 이 집안을 우러러보았다. 아버지가 모두에게 예의 바르게 대한 덕분에 그녀는 하이베리에 아는 사람이 많았지만, 반나절이나마 테일러 양을 대신할 만한 이는 아무도 없었다. 달라진 상황은 우울한 것이었고, 에마는 불가능한 일들을 꿈꾸며 한숨지을 수밖에 없었다. 낮잠에서 깨어난 아버지한테 명랑한 모습을 보여 드려야 할 때까지는 말이다. 아버지의 기운을 북돋아 드릴 필요가 있었다. 그는 신경이 과민하고 쉽게 의기소침해지는 위인이었다. 친해진 모든 사람한테 애착하며 헤어지기를 싫어했다. 변화라면 무엇이든 싫어했다. 혼사는 변화의 근원인지라 늘 불쾌했다. 그는 아직 딸의 결혼도 마음으로 받아들이지 못한 상태고, 전적으로 애정에 입각한 결혼이었음에도 딸 이야기만 나오면 안쓰러운 마음을 표하지 않을 수 없었는데, 이제는 테일러 양하고도 헤어지게 된 것이었다. 그리고 은근히 이기적인 데다 다른 사람들의 느낌이 자기와 다를 수도 있다는 생각을 절대 하지 못하는 습성이 있는지라, 테일러 양이 자기네한테는 물론이고 그녀 자신에게도 한심한 짓을 저질렀고, 남은 인생을 하트필드에서 보냈다면 그녀에게도 훨씬 더 행복했을 것이라고 생각하고 싶어 했다. 에마는 가능한 한 웃는 얼굴로 명랑하게 대화를 나누며 아버지가 이런 생각을 떨쳐 버리도록 애썼다. 그러나 차가 들어오자 그로서는 정찬 자리에서 했던 말을 그대로 반복하지 않을 수 없었다.

"불쌍한 테일러 양! 다시 우리 집으로 오면 좋을 텐데. 웨스턴 씨가 테일러 양을 마음에 두었다니 이런 딱한 일이 있나!"

"전 동의 못 해요, 아빠. 제 생각은 아빠도 아시잖아요. 웨스턴 씨처럼 선량하고 유쾌하고 뛰어난 분이라면, 훌륭한 부인을 얻을 자격이 있고말고요. 그리고 테일러 양도 그렇죠, 아버지도 테일러 양한테 자기 집이 생겼는데, 언제까지나 우리하고 함께 살면서 저의 갖가지 변덕을 견디기를 바라지는 않으셨을 거예요."

"자기 집이라니! 아니 자기 집이 있다 해서 무슨 득이 있누? 여기가 세 배나 더 넓은데. 그리고 네가 무슨 변덕을 부린다고 그러느냐, 얘야."

"우리가 그분들을 수도 없이 보러 가고 그분들도 그럴 텐데요! 늘 만나게 될 거예요! 우리가 먼저 시작해야지요. 곧 결혼 축하 방문을 해야겠어요."

"얘야, 내가 그렇게 먼 길을 어떻게 간다고 그러냐? 랜들스는 너무 멀어. 걸어서 반도 못 갈 거다."

"어머, 아빠. 걸어가시다니, 누구도 그런 생각은 안 해요. 물론 마차로 가야지요."

"마차라고! 그렇지만 고작 그 거리를 가자고 마차를 준비하라면 제임스가 좋아하지 않을 거야. 그리고 우리가 그 집에 머무는 동안에 불쌍한 말들은 어디 있고?"

"웨스턴 씨의 마구간에 두면 되지요, 아빠. 벌써 다 그렇게 하기로 했다는 거 아시면서. 어젯밤에 웨스턴 씨와 다 끝낸 이야기잖아요. 그리고 제임스로 말하면, 딸이 거기 하녀로 있어서, 아빠도 아시듯이, 언제든 랜들스에 간다면 좋아하잖아요. 도리어 다른 곳으로는 아예 안 데려다 줄까 봐 걱정인걸요. 그거, 아빠가 하신 일이에요. 해나한테 그 좋은 자리를 얻어 주셨잖아요. 아무도 해나 생각을 미처 하지 못했을 때 아빠가 그 애 이야기를 꺼내셨잖아요. 제임스는 아빠한테 정말 고마워하고 있어요!"

"그 애 생각이 난 것은 나도 아주 기쁘다. 운이 아주 좋았지 뭐냐. 어떤 이유에서든 딱한 제임스가 무시당한다고 생각하게 되는 것은 싫으니까. 그리고 그 아이도 좋은 하녀가 될 거야. 예절도 바르고 말도 예쁘게 하잖니. 나는 해나가 아주 괜찮은 아이라고 본다. 마주칠 때마다 깍듯이 절을 하고 아주 맵시 있게 안부를 묻지 않니. 또 네가 그 애를 불러 바느질을 시킬 때 보면 절대로 문을 쾅 닫지 않고 손잡이를 제대로 돌려 닫더 구나. 분명히 훌륭한 하녀가 될 거다. 그리고 불쌍한 테일러 양 도 늘 보던 사람을 곁에 두었으니 큰 위안이 될 게야. 제임스가 딸을 보러 건너갈 때마다 우리 이야기도 전해 들을 거고. 우리 모두 어떻게 지내는지 제임스가 말해 줄 수 있을 테니까."

에마는 이런 비교적 밝은 생각의 흐름이 유지되도록 노력 을 아끼지 않았고, 주사위 놀이에 힘입어 아버지가 저녁 시간 을 그럭저럭 보내고 에마 자신의 서글픔 외에 무슨 또 다른 서 글픔이 보태지지 않기를 바랐다. 주사위 놀이용 탁자가 펼쳐 졌다. 그러나 그 즉시 한 방문객이 들어오면서 탁자는 필요 없 어졌다.

나이틀리 씨는 서른일곱 내지 여덟 살 정도 된 분별 있는 사람으로, 이 집안과는 아주 오래 절친한 사이로 지냈을 뿐 아 니라 이저벨라 남편의 형으로서도 각별한 인연을 맺고 있었 다. 하이베리에서 1마일 정도 떨어진 곳에 사는 그는 하이베리 에 자주 들르고 늘 환영을 받았는데, 이번에는 런던에 있는 양 가 친지를 만나러 갔다가 곧장 들른 것이어서 더욱 환영을 받 았다. 그는 며칠 떠나 있다가 늦은 정찬에 맞추어 돌아왔으며, 이제 하트필드로 걸어 올라와서 브런즈윅스퀘어*의 식구들 이 모두 다 잘 있다고 전했다. 기쁜 소식인지라 우드하우스 씨

---

* 런던 도심 블룸즈버리 거리의 주택가.

의 기분도 한동안 좋아졌다. 나이틀리 씨의 쾌활한 태도는 늘 그의 기분 전환에 도움이 되었다. 그리고 '불쌍한 이저벨라'와 아이들의 안부를 수없이 묻고 대단히 만족스러운 답변을 얻어 냈다. 이 절차가 끝나자 우드하우스 씨는 고마운 마음에 이렇게 말했다.

"나이틀리 씨, 이렇게 늦은 시간에 일부러 우리를 찾아 주다니 참 친절도 하네. 걷기가 참 만만치 않았을 텐데."

"무슨 말씀을요. 아름다운 달밤이군요. 날이 너무 푸근해서 저 활활 타오르는 벽난로에서 멀찌감치 물러나 있어야겠습니다."

"그렇지만 틀림없이 길이 질고 진흙투성이였을 텐데. 감기에 걸리지 않았으면 좋겠구면."

"질다니요! 제 신을 보십시오. 티끌 하나 안 묻었잖습니까."

"그래요! 참 놀라운 일이구면. 여긴 비가 아주 많이 왔는데. 아침을 먹을 때 삼십 분 동안 엄청나게 쏟아붓더군. 난 결혼식이 연기되었으면 했다니까."

"그나저나 아직 축하를 드리지 못했군요. 두 분 모두 얼마나 기쁘실지 잘 아는 만큼 구태여 축하를 서두르지는 않았습니다만. 그렇지만 잘 치르셨겠지요? 모두들 어땠습니까? 누가 제일 심하게 울었나요?"

"아! 테일러 양도 딱하게 됐지! 슬픈 일이야."

"굳이 말하자면 딱하게 된 것은 두 분이지, 테일러 양더러 '딱하다'고 할 순 없겠지요. 저로서는 어르신과 에마를 참 존중합니다만 의존이냐 독립이냐의 문제라면! 어쨌든 챙겨야 할 사람이 둘인 것보다는 하나인 편이 낫겠지요."

"특히 그 둘 중에 하나가 아주 변덕스럽고 골치 아픈 인물
인 경우에는요." 에마가 장난스럽게 말했다. "바로 이런 말을
하고 싶으신 것이고, 또 아버지만 여기 안 계셨다면 분명 입 밖
에 내셨겠지요."

"그거야 맞는 말이지, 애야." 우드하우스 씨가 한숨을
쉬며 말했다. "내가 이따금 아주 변덕스럽고 골치 아프게
굴기는 하지."

"어머, 아빠! 제가 아빠를 두고 한 말이거나 혹은 나이틀
리 씨가 아빠를 두고 한 말이라는 생각은 마세요. 무슨 그런
끔찍한 생각을! 아니에요, 말도 안 돼! 바로 제 이야기예요.
나이틀리 씨는 제 흠 잡기를 좋아하시잖아요. 농담으로요. 물
론 다 농담이에요. 우리는 언제나 서로에게 무람없이 이야기
하거든요."

사실 나이틀리 씨는 에마 우드하우스에게서 결함을 볼 수
있는 몇 안 되는 사람 가운데 하나고, 그런 말을 당사자에게 내
놓고 하는 유일한 사람이었다. 그리고 에마는 자신도 이런 소
리가 딱히 달갑지는 않은데 아버지야 오죽할지 잘 알기 때문
에, 아버지가 당신 딸이 누구한테나 완벽해 보이지는 않나 보
다는 의구심에 시달리게 하고 싶지는 않았다.

"제가 에마한테 듣기 좋으라고 빈말을 하지 않는다는 것
은 에마도 잘 압니다만!" 하고 나이틀리 씨가 말했다. "그렇지
만 누구를 빗대서 드린 말씀은 아니었습니다. 테일러 양은 두
분을 챙겨야 했는데, 이제 한 분만 챙겨 드리면 되니까, 그러니

그분한테는 득이 된 것 아니겠느냐는 말씀이지요."

"저……." 그 화제에서 벗어나고 싶은 에마가 말했다. "결혼식 이야기를 듣고 싶으신 거지요. 기탄없이 전해 드릴게요, 우리 모두 보기 좋게 처신했으니까요. 모두들 시간에 맞추어 가장 멋진 모습으로 참석했지요. 눈물 한 방울도 없었고, 슬픈 얼굴도 거의 찾아보기 힘들었답니다. 그럼요! 우리 모두 반마일 거리밖에 안 되니 틀림없이 매일 만날 거라고 생각했거든요."

"우리 에마는 늘 꾹 참고 견뎌 내니까." 그녀의 부친이 말했다. "그러나 나이틀리 씨, 저 애도 사실은 불쌍한 테일러 양을 잃어 섭섭하고, 지금 제가 생각하는 것보다 훨씬 더 자주 그리울 게요."

에마는 울고 싶은 마음 반, 웃고 싶은 마음 반으로 고개를 돌렸다.

"그런 벗을 그리워하지 않을 수는 없겠지요." 나이틀리 씨가 말했다. "그리워하지 않을 수 있다면, 어르신, 우리 모두 지금만큼 그분을 좋아하지는 않았단 이야기가 되겠지요. 그러나 에마는 그 결혼이 테일러 양한테 얼마나 좋은 일인지 잘 압니다. 또 테일러 양 연배에는 자기 집을 갖고 안정된 삶을 꾸린다는 것이 얼마나 환영받을 일인지, 안락한 생활 수단을 확보하는 것이 얼마나 중요한지, 따라서 기뻐하면 했지 그리 속상해할 일이 아니라는 것을 잘 압니다. 테일러 양의 벗이라면 누구나 그렇게 행복한 결혼에 틀림없이 기쁜 마음일 겁니다."

"그런데 제가 기뻐해야 할 이유 한 가지를 빠뜨리셨네

요." 하고 에마가 말했다. "상당히 중요한 이유인데요. 이 결혼은 제가 주선한 것이라는 점 말예요. 아시다시피 제가 사년 전에 이 결혼을 주선했잖아요. 그리고 수많은 사람들이 웨스턴 씨가 재혼하는 일은 없을 것이라고 할 때, 결혼을 추진하고 또 결과도 좋게 나왔고요. 그런 낙이 있으니 뭐든 감수할 수 있지요."

나이틀리 씨는 그녀를 보며 고개를 저었다. 그녀의 부친은 다정하게 대답했다. "아이고! 얘야, 난 네가 결혼을 주선하고 무슨 예언을 하는 행동은 그만두었으면 좋겠구나. 네가 하는 말은 언제나 다 이루어지니까 말이다. 부디 더는 결혼을 주선하지 말아 다오."

"제 결혼은 주선하지 않겠다고 약속드릴게요, 아빠. 그렇지만 다른 사람들 결혼은 달라요. 세상에서 제일 재미있는 일인걸요! 그리고 이렇게 큰 성공을 거둔 마당이니! 모두들 웨스턴 씨가 재혼을 하지 않을 거라고 했지요. 절대 아니라고요! 그렇게 오래 홀아비로 지내면서, 부인 없이도 아주 완벽하게 안락한 생활을 누리는 것처럼 보이는 웨스턴 씨니, 런던에서는 사업으로 바쁘고 이곳에서는 지인들과 벗하느라 바쁘고, 어딜 가나 늘 환영받고 언제나 쾌활한 분이며, 원하지 않는다면 일년에 단 하룻저녁도 혼자 보낼 필요가 없는 분이니 절대 아니라고요! 웨스턴 씨는 다시는 결혼을 안 할 거라고들 했지요. 더러는 전처의 임종 자리에서 약속을 했다고까지 했고, 더러는 아들과 외삼촌이 가로막을 거라고도 했지요. 이 일을 두고 말도 안 되는 온갖 심각한 이야기가 돌아다녔지만, 전 하나도 믿

35

지 않았어요. 브로드웨이 길에서 테일러 양과 제가 그분을 만났던 날 (사 년쯤 전에요.) 부슬비가 내리기 시작하자 그분은 대단한 기사도를 발휘하여 달려나가 파머 미첼네 집에서 우산 두 개를 빌려 와 우리에게 주셨을 때 이미 전 마음을 정했거든요. 바로 그 시간부터 이 결혼을 계획했던 거예요. 이렇게 큰 성공으로 보상을 받은 지금, 아빠, 제가 결혼 주선에서 손을 뗄 거라고는 생각하지 않으시겠지요."

"'성공'이라니 무슨 뜻인지 모르겠네." 나이틀리 씨가 말했다. "성공이라면 노력이 전제되는 건데. 이 결혼을 성사시키기 위해서 당신이 지난 사 년 동안 무슨 노력이라도 해 왔다면 시간을 적절하고 또 세심하게 쓴 셈이 되겠지. 젊은 여성이 마음을 쏟을 만한 가치 있는 일이겠고! 그러나 만일 내 생각대로 당신이 말하는 그 결혼 주선이라는 것이 그런 계획을 했다는 것, 어느 한가한 날에 '웨스턴 씨가 테일러 양하고 결혼한다면 테일러 양한테 참 좋을 텐데.'라고 혼자서 생각하고 이후 가끔씩 그런 생각을 다시 떠올린 정도라면, 성공이니 뭐니 할 게 뭐 있겠소? 당신이 한 일은 뭐고, 자랑스러울 것은 또 뭐요? 어쩌다 짐작이 맞아떨어졌다는 것, 내세울 수 있는 점이라곤 그것뿐이잖소."

"그렇담 당신은 짐작이 맞아떨어졌을 때 느끼는 기쁨과 승리감을 한 번도 맛보지 못하셨단 건가요? 참 안됐네요. 더 머리가 좋으신 줄 알았는데. 말씀드리지만, 짐작이 맞아떨어지는 것은 단순한 행운이 아니랍니다. 거기엔 늘 뭔가 재능이 끼어들게 마련이죠. 또 제가 '성공'이라는 말을 썼다고 뭐라고

"그분이 우산 두 개를 빌려 와 우리에게 주셨을 때 이미 전 마음을 정했거든요."

하시지만, 성공을 자임할 자격이 제게 아주 없다고는 생각지 않아요. 당신은 두 가지 그럴싸한 경우를 드셨는데, 그러나 제 생각엔 제삼의 경우가 있어요. 아무것도 안 하는 것과 다 하는 것 중간쯤 말이지요. 제가 웨스턴 씨한테 우리 집에 들르시라 권하지 않았다면, 여러 차례 조금씩 용기를 북돋아 드리고, 많은 사소한 문제를 매끄럽게 처리하지 않았다면 결국 아무 일도 안 일어났을지도 몰라요. 하트필드를 잘 아시는 분이니 무슨 이야기인지 아실 거예요."

"웨스턴처럼 솔직하고 트인 남자분과 테일러 양처럼 합리적이고 꾸밈없는 여자분이라면 그냥 내버려 두어도 스스로들 잘 알아서 하는 법이오. 당신이 끼어들어서 그분들한테 득이 되는 것보다 당신 자신한테 해를 끼친 게 더 클지도 모르지."

"에마는 남에게 도움을 줄 수 있다면 자기 생각은 전혀 안 하는 애라네." 일부분만 알아들은 우드하우스 씨가 대꾸하고 나섰다. "그렇지만 얘야, 더는 결혼 주선을 하지 말아 다오. 결혼은 어리석은 짓이고, 가족 친지를 헤어지게 할 뿐이니까."

"한 번만 더 하고요, 아빠. 엘튼 씨를 위해서요. 딱한 엘튼 씨! 엘튼 씨를 좋아하시지요, 아빠. 그분 신붓감을 물색해 보아야겠어요. 하이베리에는 그분한테 어울릴 만한 사람이 없어요. 그분이 이곳으로 온 지도 벌써 일 년이나 되었고 집도 아주 안락하게 꾸며 놓았는데, 계속 혼자 지내야 한다면 딱한 일이잖아요. 오늘 두 분 혼례식을 주재하는 엘튼 씨 모습을 보니까, 자기한테도 누가 그런 예식을 주재해 주면 좋겠다는 생각을 하는 것 같더라니까요! 전 엘튼 씨를 참 좋게 생각하고, 저로선 그분을 도와줄 수 있는 길이 이것뿐이에요."

"엘튼 씨는 분명 용모도 준수하고 또 아주 착한 젊은이지. 나도 아주 좋게 본단다. 그러나 네가 그 사람한테 관심을 보여주고 싶다면, 언제 한번 우리 집에서 정찬을 같이하자고 하려무나. 그편이 훨씬 나을 거다. 나이틀리 씨도 분명 그 사람과 자리를 함께해 줄 것이고."

"언제라도 기꺼이 그러겠습니다. 어르신." 나이틀리 씨가 웃으면서 말했다. "저도 그편이 훨씬 더 낫다는 데 전적으로 동의합니다. 에마, 그 사람을 정찬에 초대해서 최상의 생선 요리와 닭고기를 대접해 주고, 아내를 고르는 일은 본인한테 맡겨 둬요. 장담하지만 나이를 스물예닐곱이나 먹은 남자는 자기 일은 스스로 챙길 수 있으니까."

2

웨스턴 씨는 하이베리 태생으로, 최근 두세 세대 사이에 재산을 불리고 신사로 승격된 점잖은 가문 출신이었다. 그는 훌륭한 교육을 받았지만, 이른 나이에 약간의 재산을 물려받아 자립하고 보니 다른 형제들이 종사하는 소박한 일들*에는 재미를 붙이지 못하게 되었고, 활동적이고 쾌활한 정신과 사교적인 기질을 발휘할 겸 당시 동원령이 내려졌던 주(州) 민병대**에 들어갔다.

웨스턴 대위는 인기가 많은 사람이었다. 민병대 생활을 하던 중 대단한 요크셔 가문의 처칠 양과 알게 되고 처칠 양이 그를 사랑하게 되었을 때에도, 놀라는 사람이라고는 그녀 오빠 부부밖에 없었는데, 이들 부부는 그를 본 적도 없었지만 높은 신분에 대한 자부심으로 가득 찬 나머지 이 결혼이 위신을 깎는다고 여겼다.

그렇지만 처칠 양은 이미 성년이 되었고 가족 부동산에 대면 얼마 안 되기는 해도 자기 재산을 마음대로 처분할 수 있었으므로 결혼을 말려도 요지부동이었고, 결국 처칠 씨 부부에

---

* 사업이나 장사 따위를 말한다.

** 직업군인이 아닌 시민군으로 이루어진 보조 부대.

게 한없는 치욕을 안겨 주며 결혼이 성사되자 이들은 적절한 예의를 갖추어 그녀를 내쳤다. 이 결혼은 어울리지 않는 인연이었고 그다지 행복한 결과를 낳지도 못했다. 자기를 사랑해 준 아내의 크나큰 은덕에 보답하여 모든 것을 아내 위주로 생각해 주는 따뜻한 마음씨에 온유한 성격의 남편을 만났으니 웨스턴 부인은 결혼 생활에서 더 많은 행복을 느껴야 마땅했다. 그러나 그녀의 기백이란 것도 최상의 기백은 아니었다. 그녀는 오빠에 맞서 자신의 뜻을 밀고 나갈 만큼은 심지가 굳었으나, 그 오빠의 불합리한 분노 앞에서 불합리한 후회를 삼간다거나 친정 시절의 호사를 아쉬워하지 않을 정도로 굳지는 못했다. 그들은 자기네 수입을 넘어서는 생활을 했지만, 엔스컴에 비하면 아무것도 아니었다. 남편을 사랑하는 마음이 사라지지는 않았으나, 그녀는 웨스턴 대위의 아내이면서 동시에 엔스컴의 처칠 양이 되고 싶었던 것이다.

웨스턴 대위에게 지극히 유리한 혼사라고 여겨졌고, 특히 처칠 가문은 그렇게 여겼지만 그의 입장에서는 결국 최악의 거래를 한 셈이었다. 결혼 삼 년 후 아내가 사망했을 때 그는 처음보다 오히려 더 가난해졌고 부양해야 할 아이도 하나 있었다. 그렇지만 아이를 키우는 재정 부담에서는 곧 해방되었다. 아이의 모친이 오래 병을 앓으면서 사이가 부드러워진 점도 있지만, 아들아이가 일종의 화해에 도달하는 매개체로 작용했다. 처칠 씨 부부에겐 자식도 없고 달리 보살펴 줄 이만큼 가까운 핏줄인 아이도 없었기 때문에, 아이 모친이 사망하고 얼마 안 되어 어린 프랭크의 양육을 전적으로 책임지겠다고 제의했다. 홀아비가 된 아버지 편에서는 내키지 않고 망설여지는 마음도 있었겠지만, 그런 망설임은 다른 고려들로 극복되어, 아이는 처칠 부부의 보살핌과 재산에 맡겨졌고, 그는 단지 최선을 다해 자신의 안위를 추구하고 처지를 개선해 나가면 되었다.

생활을 완전히 바꾸는 편이 나았다. 그는 민병대를 떠나 사업을 시작했는데, 런던에 이미 제대로 자리를 잡은 형제들을 둔 덕분에 괜찮게 시작할 수 있었다. 그 사업에 들어가는 수고는 딱 적절한 정도였다. 그에겐 아직도 하이베리에 작은 집이 있었고, 여가 대부분을 거기서 보냈다. 그리고 유용한 사무와 유쾌한 교제 사이에서, 이후 십팔 년 내지 이십 년의 삶이 즐겁게 지나갔다. 그사이 그는 늘 원해 왔던 대로 하이베리 근처에 작은 토지를 구입하고, 테일러 양처럼 지참금 없는 여자하고도 결혼할 수 있으며 우애롭고 사교적인 성격에 맞는 삶을 얼마든지 누릴 수 있는 능력을 획득하게 되었다.

테일러 양이 그의 인생 계획에 영향을 미치기 시작한 지도 꽤 되었지만, 그것은 젊은이가 젊은이에게 행사하는 그런 독재적인 영향은 아니어서 랜들스를 구입하기 전에는 새살림을 차리지 않겠노라는 그의 결심은 흔들리지 않았고, 실제로 집주인이 랜들스를 팔려고 내놓기까지는 오랜 시간이 걸리기도 했다. 그러나 그는 이런 목표들을 세우고 마침내 이룰 때까지 꾸준히 추진해 나갔다. 그는 재산을 모으고 저택을 구입하고 아내를 얻고, 이제 그 어느 때보다도 행복할 공산이 큰 새로운 인생을 시작하고 있었다. 그는 불행해 본 적이 없는 사람이었다. 첫 번째 결혼 생활에서조차 그의 기질이 불행을 막아 주었다. 그러나 두 번째 결혼에서 틀림없이 그는 사려 깊은 판단력을 지닌 진정 상냥한 여성이 얼마나 유쾌한 존재인지 알았을 터이고, 선택받는 것보다는 선택하는 것이, 고마움을 느끼기보다는 불러일으키는 편이 훨씬 더 낫다는 즐겁기 짝이 없는 증거를 발견했을 터였다.

선택을 함에 있어 고려할 사람도 자기 자신뿐이었다. 그의 재산은 온전히 그의 몫이었으니, 프랭크로 말하면 단순히 그 외삼촌의 상속자가 될 것이라는 암묵적 양해를 넘어서, 성년이 되면서 처칠이라는 성을 취하게 할 정도로 양자 입적이 약속되어 있었다. 따라서 그에게 부친의 보조가 필요할 가능성은 없어 보였고, 부친도 그런 걱정은 전혀 하지 않았다. 외숙모는 변덕스러운 여성으로 남편을 손에 쥐고 흔들었다. 그러나 그렇게 소중한, 그리고 자기로서는 소중히 여겨 마땅하다고 믿어 마지않는 그런 아이에게 영향을 끼칠 만큼 심한 변덕이 가능하리라는 상상은 웨스턴 씨 성품으로는 불가능했다. 그는 해마다 런던에서 아들을 만나 보았고 아들이 자랑스러웠다. 그리고 아들이 대단히 훌륭한 젊은이라는 좋은 이야기를 하도 많이 해서, 하이베리 마을 사람들도 이 아들에게 일종의 자부심을 느끼게 되었다. 그 미덕과 미래가 일종의 공통 관심사가 될 만큼 이 마을의 어엿한 일원인 인물처럼 여겨졌던 것이다.

프랭크 처칠 씨는 어느덧 하이베리의 자랑거리가 되었으며, 그를 보고 싶어 하는 호기심이 왕성하게 생겨났다. 그렇지만 그런 칭송에 돌아오는 보답은 거의 없었으니, 그는 아직껏

한 번도 찾아온 적이 없었던 것이다. 곧 부친을 방문하러 온다는 말은 자주 있었지만, 성사된 적은 한 번도 없었다.

이제 부친의 결혼을 맞았으니, 그가 당연히 찾아와서 예를 표할 것이라고 다들 생각했다. 이 문제에 대해서는 다른 목소리는 하나도 없었다. 페리 부인이 베이츠 부인 및 베이츠 양을 찾아가 차를 마실 때도 그랬고, 그 두 사람이 답방을 했을 때도 그랬다. 이제 프랭크 처칠 씨가 이곳에 등장할 때가 된 것이었다. 그리고 그가 이번 일로 새어머니에게 편지를 보냈다는 사실이 알려지면서 희망은 더 커졌다. 며칠 동안 하이베리에서는 아침 방문마다 웨스턴 부인이 받은 멋드러진 편지 이야기가 나오곤 했다. "프랭크 처칠 씨가 웨스턴 부인한테 쓴 멋드러진 편지 이야기 들으셨어요? 정말 아주 잘 쓴 편지라네요. 우드하우스 씨께서 저한테 해 준 이야기예요. 우드하우스 씨는 그 편지를 봤는데, 평생 그렇게 잘 쓴 편지는 본 적이 없다시네요."

그 편지는 정말 많은 칭송을 받았다. 웨스턴 부인은 물론 그 청년에 대해서 이미 호의를 품고 있었지만, 그렇게 기분 좋은 배려야말로 대단히 양식 있는 청년이라는 물리칠 수 없는 증거였고, 많은 사람들에게 결혼을 축하하는 말을 들었지만 여기에 더없이 반가운 인사가 하나 더해진 셈이었다. 그녀는 자기가 대단히 운이 좋다고 느꼈고, 사람들이 자기가 얼마나 큰 행운을 만났다고 여길지 알 만큼 연륜도 있었다. 유일한 아쉬움이라면 자기한테 식지 않는 우정을 보여 주며 간신히 자기와 헤어지는 것을 견뎌 낸 벗들과 아주는 아니라도 이별하게 되었다는 점이었다!

그녀는 그들이 때때로 자기를 그리워할 것을 잘 알았다. 그리고 자기가 곁에 없는 탓에 에마가 한 가지라도 즐거움을 잃거나 한 시간이라도 권태를 견뎌야 할 거라는 생각을 할 때면 늘 가슴이 아팠다. 그러나 우리 에마는 나약한 성품이 아니다. 대개의 다른 여자아이들을 능가하는 상황 대처력에다, 분별력과 정력과 기백이 있으니 희망컨대 작은 어려움과 결핍쯤은 슬기롭게 이겨 낼 수 있을 것이다. 게다가 랜들스와 하트필드의 거리가 여자 혼자서도 손쉽게 걸어갈 수 있을 정도로 가깝다는 점도 큰 위안이 되었다. 그리고 웨스턴 씨의 기질과 여건으로 볼 때, 다가오는 계절에는 일주일의 절반은 저녁 시간을 에마와 함께 보내는 데 아무런 지장이 없을 터였다.

그녀의 상황은 전체적으로 보아, 감사가 몇 시간이라면 아쉬움은 몇 순간인 형국이었다. 그리고 그녀가 만족해한다는 사실, 아니 만족한 정도가 아니라 즐겁게 누리고 있다는 사실이 무척이나 당연하고 명백했기 때문에, 그들이 갖은 가정적 안락의 중심인 랜들스에 그녀를 두고 떠날 때나 저녁때 유쾌한 남편의 보살핌을 받으며 마차에 올라 떠나가는 그녀의 모습을 지켜볼 때 부친이 여전히 "불쌍한 테일러 양."이라고 말할 수 있다는 사실이 부친을 잘 안다고 하는 에마로서도 가끔은 놀라웠다. 그렇지만 테일러 양이 떠날 때마다 우드하우스 씨는 가볍게 한숨을 쉬면서 꼭 이렇게 말하곤 했다.

"아! 불쌍한 테일러 양. 남아 있고 싶은 마음이 굴뚝같을 텐데."

웨스턴 부인의 웨딩 케이크를 먹고 있는 페리 씨네 아이들.

테일러 양을 다시 데려올 수도 없고, 그렇다고 그녀를 딱해하는 마음이 사그라질 것 같지도 않았다. 그러나 몇 주가 지나자 우드하우스 씨도 좀 누그러졌다. 이웃들의 치사도 끝이 나서, 그토록 슬픈 일로 축하를 받는 괴로움에서는 벗어난 것이었다. 그리고 그에게 큰 걱정거리였던 웨딩 케이크도 다 먹고 없어졌다. 그의 위장은 더 이상 기름진 것을 견뎌 낼 수 없었고, 그로서는 남들이 자기와 다르다는 생각은 꿈에도 할 수 없었다. 자기 건강에 좋지 않은 것은 남들에게도 나쁘다고 여겼다. 따라서 그는 다른 사람들에게도 웨딩 케이크는 일체 입에 대지 말라고 열심히 설득하려 들고, 그래도 소용이 없자 아무도 그것을 먹지 못하게 막느라 똑같은 열심을 보였다. 그는 이 문제에 대해 약사인 페리 씨의 자문을 구하기까지 했다. 페리 씨는 현명하고 신사적인 사람으로, 그의 잦은 방문은 우드하우스 씨 생활의 한 가지 위안거리였다. 자문을 받은 그는 (스스로의 견해와는 좀 상반되는 말인 듯했지만) 웨딩 케이크는 절제해서 먹지 않으면 많은 사람들에게, 아마도 대부분의 사람들에게 분명 안 좋을 수도 있다고 시인하는 수밖에 없었다. 자신의 의견과 합치하는 이런 의견으로 우드하우스 씨는 신혼부부를 방문하는 사람마다 설득을 하려고 들었다. 그러나 웨딩 케이크는 여전히 사람들의 입속으로 들어갔고, 케이크가 다 없어질 때까지 그의 과민한 자비심은 쉴 줄을 몰랐다.

페리 씨 아이들이 저마다 웨스턴 부인의 웨딩 케이크 조각을 하나씩 손에 쥐고 있더라는 이상한 소문이 하이베리에 떠돌았으나 우드하우스 씨는 절대로 믿지 않았다.

3

우드하우스 씨는 자기 나름대로 사교를 좋아했다. 아는 사람들이 자기를 보러 오는 것을 대단히 좋아했고, 하트필드에서 오래 산 데다 성격이 좋고 재산, 저택, 그리고 딸 등 여러 중첩적인 요인 덕분에 알고 지내는 소수의 지인들의 방문을 웬만큼 원하는 대로 누릴 수 있었다. 그 범위 밖에 있는 집안과는 별다른 교분이 없었다. 늦은 시간에 열리는 대규모 만찬회는 질색이었으니 사람들과 교제하기가 어려웠고, 예외라면 그가 원하는 방식을 준수하며 방문할 의사가 있는 사람들뿐이었다. 그로서는 다행스럽게도 같은 교구에 속하는 랜들스를 포함한 하이베리, 그리고 나이틀리 씨 영지인 인근 교구의 돈웰 애비에는 그런 사람들이 많았다. 에마의 권유에 따라 그가 정선된 최상의 지인 몇몇을 초대해 정찬을 같이하는 일도 드물지는 않았지만, 그가 더 좋아하는 것은 저녁 모임이었으며 사람들과 어울릴 기분이 아닌 때를 제외하고는 에마가 저녁때 카드 모임을 마련해 줄 수 없는 날은 일주일에 거의 하루도 없었다.

웨스턴 부부와 나이틀리 씨는 오랜 친분과 진심 어린 관심에서 찾아왔으며, 하는 수 없이 혼자 살고 있는 젊은 청년 엘튼 씨로서는 저녁 시간을 할 일 없이 외롭게 보내는 대신 세련된 우드하우스 씨의 거실에서 사람들을 만나고 그분의 사랑스러운 따님의 미소를 보는 특권을 마다할 까닭이 없었다.

그에 이어 두 번째 그룹이 있었다. 그중 가장 자주 끼는 일원은 베이츠 부인과 그 딸 베이츠 양, 그리고 고더드 부인으로 이 세 여성은 거의 언제나 하트필드의 초대에 응했으며, 하도 마차를 자주 보내 데려오고 데려다 주곤 해서 우드하우스 씨는 제임스한테도 말들한테도 전혀 힘들지 않은 일이라고 여겼다. 그런 일이 일 년에 딱 한 번 있었다면, 오히려 매우 번거로운 일이었겠지만 말이다.

하이베리 교구 전임 목사의 미망인 베이츠 부인은 나이가 너무 많아서 차를 마시고 쿼드릴 게임*을 하는 것 말고는 할 수 있는 일이 거의 없었다. 그녀는 독신인 딸과 함께 매우 검소한 생활을 꾸려 나갔는데, 이렇게 불우한 환경에 처한 무해한 노부인이 불러일으킬 수 있는 모든 배려와 존경을 받고 있었다. 딸은 젊지도 예쁘지도 않고 결혼도 하지 않은 여성치고는 놀라울 정도로 많은 인기를 누리고 있었다. 베이츠 양은 세상 최악의 곤경도 사람들의 큰 호감으로 버텨 냈다. 그녀에게는 싫으면서도 겁이 나서 겉으로만 존경을 표하게 하거나 혼자서 내심 위안거리로 삼을 지적 우월성도 없었다. 자랑삼을 만한 미모나 총기도 없었다. 젊은 시절은 별

---

* 네 명이 하는 카드놀이로 당시 이미 구식이 된 게임.

다른 일 없이 스러져 갔고, 중년기는 노쇠해 가는 모친을 보살피며 얼마 안 되는 수입으로 애면글면 살림을 꾸려 나가는 데 바쳐졌다. 그럼에도 그녀는 행복한 여인이었고, 그 이름을 거론할 때면 누구나 선의를 함께 표하는 그런 여성이었다. 다름 아닌 선의로 가득한 마음과 자족할 줄 아는 성품 덕분에 이런 놀라운 일이 가능했다. 그녀는 모든 사람을 사랑하고 모든 사람의 행복에 관심이 있고 모든 사람의 장점을 금방 알아보았으며, 이렇게 훌륭한 어머니와 이렇게 선량한 많은 이웃과 친구들 그리고 부족할 것 하나 없는 가정이라는 축복을 받았으니 자기야말로 대단한 행운아라고 여겼다. 소박하고 쾌활한 성격, 자족하고 감사할 줄 아는 정신은 모든 사람에게 귀감으로 여겨졌고 그녀 자신에게는 지복의 원천이었다. 그녀는 자잘한 화제를 끝없이 펼쳐 놓는 대단한 이야기꾼이어서, 잡담과 무해한 뒷공론을 즐기는 우드하우스 씨에게는 안성맞춤이었다.

고더드 부인은 학교 교장이었다. 신학교도 아니고, 새로운 원칙과 새로운 체계에 기초하여 교양 습득과 고상한 도덕을 결합한다는 세련되기만 했지 말이 안 되는 긴 문장으로 떠들어 대면서 거금을 받고 젊은 아가씨들을 닦달하여 건강을 잃게 하고 허영심만 키워 주는 그런 시설이 아니라, 소녀들을 편리하게 거기 맡겨 두면, 소정의 교육을 시키기는 하지만 천재가 되어 돌아올 위험은 없는 합리적인 분량의 소양을 합리적인 가격에 판매하는 정직한 구식 기숙 학교였다. 고더드 부인의 학교는 평판이 높았고, 충분히 그럴 만했다. 하이베리는 특히 건강에 좋은 장소로 알려졌다. 그녀는 정원이 딸린 넓은 저택에서 아이들에게 몸에 좋은 음식을 충분히 공급해 주고, 여름에는 많이 뛰어다니게 하고 겨울에 동상에 걸리면 손수 치료해 주었다. 지금은 짝지은 아이들이 스무 열을 지어 그녀를 따라 교회로 가는 것도 놀랄 일이 아니었다. 그녀는 평범한 얼굴의 자애로운 여성으로, 젊은 시절 열심히 일했고 그래서 이제는 이따금씩 차 모임에 가는 여가를 즐길 자격이 있다고 생각했다. 또 예전에 우드하우스 씨의 친절한 도움을 받은 바가 많았으므로, 시간이 날 때면 뜨개질 장식물이 빙 둘러 걸려 있는 자기의 말끔한 거실을 떠나 그의 집 벽난로 곁에서 몇 푼 따거나 잃어 달라고 하는 그의 요구도 당연하다고 느꼈다.

에마는 이 여성들을 자주 불러 모을 수 있었고, 부친을 생각하면 그럴 수 있다는 것이 다행스러웠다. 자기한테는 웨스턴 부인의 부재를 보완하는 방책이 되지 못했지만 말이다. 에마는 부친의 편안한 모습을 보는 게 즐겁고, 일을 그렇게 잘 처리하는 자신이 무척 대견했다. 그러나 이런 여성 셋이서 조용히 나누는 한담을 듣고 있노라면, 이렇게 보내는 모든 저녁 시간이야말로 자기가 우려해 마지않은 그 기나긴 저녁 시간 중 하나구나 하는 생각이 들었다.

어느 날 아침 그녀가 오늘도 바로 이렇게 마무리되겠구나 하는 생각을 하며 앉아 있는데, 고더드 부인에게서 스미스 양을 데리고 가도 되느냐고 매우 정중히 청하는 쪽지가 왔다. 무척 반가운 청이었다. 스미스 양은 열일곱 살 처녀 아이로 에마도 얼굴을 잘 알고, 뛰어난 미모 때문에 오래전부터 관심을 두었던 것이다. 대단히 정중하게 초대하는 답변을 보냈고, 이 저택의 아름다운 여주인에게 그날 저녁은 더 이상 두렵지가 않았다.

해리엇 스미스는 누군가의 사생아였다. 그 누군가가 서너 해 전 그녀를 고더드 부인 학교에 맡겼고, 최근에 그녀를 일반 학생에서 사택 기숙생* 자리로 올려놓았다. 그녀의 이력에 대해서 일반에게 알려진 것은 이것이 전부였다. 그녀는 하이베리에서 사귄 친구들 말고는 이렇다 할 친구도 없었고, 같이 수학하던 몇몇 아가씨들을 만나러 시골로 가서 오래 있다가 지금 막 돌아온 참이었다.

그녀는 매우 예쁜 소녀로, 그녀의 미모는 마침 에마가 특히 마음에 쏙 들어 하는 유형이었다. 아담하고 통통한 체구에 흰 살결, 발그레한 뺨에 푸른 눈과 옅은 색 머리칼, 반듯한 이목구비, 상냥하기 그지없는 표정을 갖추고 있었다. 그리고 그날 저녁 시간이 다 가기 전에, 그녀의 용모만큼 행동거지도 마음에 든 에마는 계속 친분을 유지하기로 확실히 마음을 굳혔다.

스미스 양의 대화에서 특출하게 총명한 점은 눈에 띄지 않았지만, 에마는 전체적으로 볼 때 매우 매력적인 아가씨라고 생각했다. 불편할 정도로 수줍어하거나 대화를 꺼리지는 않지만, 나대기는커녕 매우 적절하고 잘 어울리는 겸양을 보여 주며, 하트필드의 초대가 대단히 기쁘고 고마운 듯, 익히 보던 것

---

* 교장 집에서 기숙하는 특권을 가진 학생.

보다 모든 면에서 훨씬 격조 있는 모습에 꾸밈없는 감격을 드러내는 것을 보면, 틀림없이 훌륭한 양식을 갖추고 있으며 지원해 줄 만한 인물인 듯했다. 반드시 지원을 해 주어야 했다. 저 부드러운 푸른 눈과 저 모든 타고난 아름다움들이 하이베리의 하층 사회나 그 인척들한테 낭비되어서는 안 되었다. 그녀가 이제껏 맺어 온 친분 관계는 그녀에게 어울리지 않았다. 그녀가 막 만나고 온 친구들은 대단히 괜찮은 사람들이기는 하지만, 그녀에게 나쁘게 작용하는 게 분명했다. 그들은 마틴이라는 가족으로, 어떤 사람들인지는 에마도 잘 알았다. 그 가족은 나이틀리 씨의 큰 농장 하나를 임대하여 돈웰 교구에 거주하고 있는데, 에마가 보기에 평판도 아주 좋은 모양이고 나이틀리 씨도 좋게 보는 사람들이라는 것을 알았지만, 교양도 세련됨도 없는 것이 분명해서 지식과 품위를 조금만 더하면 정말 완벽해질 그런 소녀와 친하게 지내기에는 대단히 부적절한 사람들일 것이었다. 바로 이 몸이 이 아이를 알아보고 더 나은 사람으로 만들어 줄 것이며, 안 좋은 친분 관계에서 떼어 내어 훌륭한 사람들과 사귀게 해 주고 적절한 의견과 매너를 갖추게 해 주리라. 이는 흥미롭고 또 분명 아주 친절한 일이 될 것이었다. 자기 위상으로 보나 시간 여유로 보나 능력으로 보나 딱 맞는 일거리였다.

그녀는 그 부드러운 푸른 눈에 찬사를 보내 주고 말을 주고받는 짬짬이 이 모든 계획을 꾸미느라 정신이 없었고, 그래서 그날은 시간이 유례없이 빠르게 지나갔다. 이런 모임은 늘 간단한 저녁 식사로 마무리되는 법이라 그녀는 어서 식사 시간이 되기만 기다리며 앉아 있곤 했는데, 이날은 그녀도 모르는 사이 어느새 식탁이 모두 차려져 벽난로 앞으로 옮겨진 것이었다. 그 즉시 그녀는, 평소에도 만사를 꼼꼼히 챙긴다는 명예에 절대 무심하지 않았지만 이때는 평소보다 더 민첩하게 굴면서, 훌륭한 생각을 해내 흐뭇한 사람들 특유의 진심 어린 선의를 발휘하여 식탁의 주재자로서 빠짐없이 예의를 차리고 닭고기와 굴 지짐 요리를 권하고 덜어 주되, 이른 시간이나 손님들의 사양을 감안하여 적절한 만큼 권했다.

이럴 때면 가련한 우드하우스 씨의 속마음은 애석하게도 갈등에 휩싸였다. 식탁보를 까는 것은 좋았다. 그가 젊었을 때 유행이었으니까. 그러나 저녁 식사는 건강에 대단히 안 좋다고 믿기 때문에 식탁보 위에 차려진 음식을 보면 유감을 금할 수가 없었다. 그리고 베푸는 성격이니만큼 손님들에게 무엇이든 대접하고 싶지만, 손님들의 건강을 생각하면 식사하는 모습을 지켜보는 것은 괴로운 노릇이었다.

그가 충심으로 동의하며 권할 수 있는 것은 자기처럼 작은 그릇에 담긴 묽은 죽을 드는 것뿐이었지만, 부인네들이 더 맛있는 음식들을 편안하게 먹어 치우는 동안 그는 그런 마음을 누르며 이렇게 말했다.

"베이츠 부인, 이 달걀 하나 들어 보시면 어떨까요. 아주 살짝 삶은 달걀은 건강에 나쁘지 않으니까요. 서럴은 누구보다 달걀을 잘 삶는답니다. 다른 사람이 삶은 것이라면 권하지 않았지만, 이것은 꺼릴 이유가 없을 겁니다. 보시다시피 아주 알이 작지 않습니까. 우리 집 작은 달걀 하나쯤은 드셔도 괜찮지요. 베이츠 양, 에마가 돌리는 파이를 조금만 들어 봐요, 아주 조금만. 우리 집에서 만드는 건 다 사과 파이지요. 몸에 안 좋은 방부제가 들어 있을까 봐 걱정할 필요도 없고. 커스터드는 권하고 싶지 않습니다. 고더드 부인, 포도주 반 잔 어떻습니까? 작은 잔으로 반 잔을 물 한 컵에 섞어서 말입니다. 그러면 크게 해롭지는 않을 것 같습니다만."

에마는 부친의 이야기를 막지는 않았지만, 접대는 손님들에게 훨씬 더 만족스러운 방식으로 했다. 그리고 이날은 행복한 마음으로 떠나는 손님들을 배웅하면서 각별한 기쁨을 맛보았다. 스미스 양도 에마가 바란 만큼 행복해했다. 우드하우스 양은 하이베리에서 무척이나 중요한 인물이기 때문에, 그런 사람을 만난다는 생각에 스미스 양은 내내 기쁜 만큼 겁도 났었지만, 이 겸손하고 고마움을 아는 작은 아가씨는 우드하우스 양이 저녁 내내 친절하게 대해 주고 끝에는 악수까지 해 준 것에 기뻐하며 매우 흡족한 마음으로 집으로 갔다.

4

해리엇 스미스가 하트필드에 친하게 드나드는 것은 곧 기정사실이 되었다. 에마는 마음먹은 것은 원래 신속하고 단호하게 처리하는 성격이라, 지체 없이 해리엇을 집으로 부르고 격려하고 자주 오라고 권했다. 두 사람은 서로를 더 잘 알게 되면서, 상대방에 대한 만족감도 더해졌다. 에마는 해리엇이 함께 산책할 동무로 매우 적격일 것이라는 점을 진작부터 알았다. 그 점에서는 웨스턴 부인을 잃었다는 사실이 중요하게 작용했다. 부친은 관목 숲 너머로는 절대 나가지 않았으니, 계절에 따라 오래 산책하든 잠깐 산책하든 두 군데 숲 지대만으로도 충분했던 것이다. 따라서 웨스턴 부인이 결혼한 이래로 에마의 산책은 아주 한정되어 있었다. 한번은 랜들스까지 혼자 걸어가 보았지만 즐겁지는 않았다. 그런 만큼 해리엇 스미스처럼 언제라도 산책하자고 부를 수 있는 사람이 생긴 것은 에마가 누리는 특권에 소중한 보탬이 되었다. 그렇지만 어느 면에서나 볼수록 그녀가 더 마음에 들었고, 자기가 구상 중인 친절한 계획의 정당성을 확인하게 되었다.

해리엇은 분명 총명하지는 않지만, 상냥하고 유순하며 감사할 줄 아는 성품이었다. 자만심은 찾아볼 수 없고, 자기가 우러러보는 사람이 인도해 주기를 바랄 뿐이었다. 그녀가 일찍부터 에마 자신에게 보여 준 애정은 매우 아리따웠으며, 좋은 사귐에 끌리고 우아함과 총명함을 알아볼 줄 아는 것을 보면, 강한 이해력은 기대할 수 없어도 감식안이 결여된 것은 아님을 알 수 있었다. 에마는 전반적으로 볼 때 해리엇 스미스야말로 바로 자기가 바라던 젊은 동무, 자기 집에 필요한 바로 그 인물이라는 것을 확신해 마지않았다. 웨스턴 부인과 같은 벗은 논외로 해야 했다. 그런 사람을 둘씩 만나기란 불가능한 일이었다. 그러고 싶지도 않았다. 그것은 전혀 다른 관계로, 별개의 감정이었다. 웨스턴 부인은 감사와 존경에 입각한 경애의 대상이었다. 해리엇은 도움을 줄 수 있는 상대로서 사랑을 쏟을 터였다. 웨스턴 부인에게는 해 줄 것이 아무것도 없었지만, 해리엇에게는 모든 것을 해 줄 수 있었다.

첫 번째 도움의 시도로 그녀는 해리엇의 양친이 누구인지 알아내려고 해 보았다. 그러나 해리엇은 아무 말도 하지 못했다. 해리엇은 할 수 있는 이야기는 뭐든지 털어놓고 말할 태세였지만, 이 문제에 관한 한은 캐물어도 소용없었다. 에마는 자기 마음대로 상상할 수밖에 없었다. 그렇지만, 자기라면 그런 상황에서 절대로 진실을 알아차리지 못했을 리가 없을 것 같았다. 해리엇에겐 통찰력 같은 것은 없었다. 고더드 부인이 해 주기로 마음먹은 이야기만 듣고 그대로 믿어 버릴 뿐, 더 생각해 보려 하지 않았다.

고더드 부인, 선생님과 학생들, 그리고 학교의 이런저런 일들이 자연히 해리엇이 꺼내는 화제의 태반을 이루었으니,

그나마 화제의 전부가 안 된 것은 '애비밀 농장' 마틴 집안과의 친분 덕분이었다. 그녀는 마틴 집안 식구들에 관심이 많았다. 그들과 두 달 동안 대단히 행복한 시간을 함께하고 온 그녀는 이제 그 방문에서 즐거웠던 일들을 이야기하고 안락한 집과 멋진 풍경을 묘사하기를 좋아했다. 에마는 그녀가 말을 많이 하게 부추겼으니, 다른 종류의 사람들에 대한 이런 묘사가 재미있고, "마틴 부인은 객실이, 그것도 아주 훌륭한 객실이 두 개나 되는데 그중 하나는 고더드 선생님 응접실만큼이나 넓다는 것, 부인과 이십오 년을 같이 산 고참 하녀도 있고, 그 집에는 암소가 여덟 마리나 있는데 두 마리는 올더니 종이고 한 마리는 조그만 웰치 종으로, 정말이지 아주 예쁜 조그만 이 암소를 자기가 하도 좋아하니까 마틴 부인이 그럼 이제 해리엇의 암소라고 부르자고 말했던 것, 정원에는 아주 멋진 여름 집이 있고 내년에 하루 날을 잡아 모두 거기서 차를 들기로 했는데, 열두 명이 들어가고도 남을 만큼 넓은 아주 멋진 여름 집이라는 것"을 매우 흥분하여 이야기할 수 있는 그 어리고 단순한 마음이 즐거웠던 것이다.

얼마 동안 그녀는 재미있게 들었고, 당장의 화제 이상에는 생각이 미치지 않았다. 그러나 그 집 가족을 더 잘 알게 되면서 다른 생각이 들기 시작했다. 에마는 어머니와 딸, 아들과 며느리가 함께 산다고 착각하고 있었다. 그러나 해리엇의 이야기에서 한몫을 차지하며 또 이런저런 행동에서 대단히 훌륭한 성품을 보여 주었다고 늘 긍정적으로 거론되는 그 마틴 씨라는 사람이 총각이라는 사실, 젊은 마틴 부인은 존재하지 않는다는, 즉 그에게 아내가 없다는 사실을 알게 되자, 그녀는 이 모든 환대와 친절이 자기의 딱한 어린 친구에게는 위험이 될 수도 있으며, 잘 챙겨 주지 않았다가는 친구가 영원히 신세를 망치는 쪽으로 몰릴 수도 있다는 의구심을 품게 되었다.

생각이 꼬리를 물면서 그녀의 질문은 횟수도 늘어나고 더욱더 의미심장해졌다. 특히 마틴 씨 이야기를 더 많이 하도록 유도했는데, 해리엇도 분명 그 화제가 싫지 않은 모양이었다. 해리엇은 모두 함께 달빛 아래 산책을 나가고 즐거운 저녁 게임을 할 때 그가 어떻게 했는지 수월수월 털어놓았다. 그리고 성격이 대단히 좋고 친절하다는 점을 몇 번이고 강조했다. "어느 날은 제가 호두를 아주 좋아한다고 했더니, 3마일이나 되는 길을 가서 구해다 주지 뭐예요. 그리고 다른 때도 언제나 얼마나 친절한지요! 어느 날 밤에는 자기가 부리는 양치기 아들을 일부러 거실로 불러들여서 저한테 노래를 불러 주게 하더라고요. 제가 노래를 좋아하거든요. 그 사람도 약간 부를 줄 알고요. 아주 똑똑하고 모르는 게 없는 분 같아요. 키우는 양들도 아주 훌륭하고, 제가 거기 있을 때 양모 주문을 누구보다도 많이 받았지요. 모두들 그 사람을 좋게 말하는 것 같아요. 어머니와 누이들도 그 사람을 무척 좋아하고요. 하루는 마틴 부인이 저한테 이러는 거예요. (그리고 이 대목에서 얼굴을 붉히며) 내 아들보다 더 효자는 있을 수 없다, 그러니 결혼을 하면 분명히 훌륭한 남편이 될 것이라고요. 그렇다고 아들이 빨리 결혼했으면 하는 것은 아니에요. 부인은 전혀 서두를 생각이 없다는 걸요."

'잘하셨네, 마틴 부인!' 에마는 생각했다. '요령을 잘 아시는군그래.'

"또 제가 떠나올 때, 마틴 부인이 친절하게도 고더드 선생님께 멋진 거위를 보냈어요. 선생님이 이제까지 본 것 중 가장 훌륭한 거위래요. 고더드 선생님은 어느 일요일 날 그걸 다 듬고 요리해서 세 선생님들 모두, 내시 선생님, 프린스 선생님, 리처드슨 선생님을 모두 불러서 같이 드셨어요."

"마틴 씨는 자기 사업밖에는 모르는 사람이 아닐까 싶네. 독서는 안 하지?"

"아니요! 제 말은, 안 한다는…… 잘 모르겠어요. 제 생각에는 독서를 많이 하는 것 같던데…… 그렇지만 아가씨가 보시기에 대단한 책은 아니고요. 『농업부 보고서』*나 그런 책들을 읽는데, 창가 의자에 놓아두곤 해요. 그러나 이런 책들은 모두 혼자 소리 없이 읽지요. 그렇지만 가끔 저녁때, 모두 카드 놀이를 하러 가기 전에 『명문 선집』**의 일부를 소리 내어 읽어 주기도 하는데요, 아주 재미있어요. 그리고 제가 알기론 『웨이크필드의 목사』***도 읽었고요. 『숲의 로맨스』****나 『사원의 아이들』*****은 읽어 본 적이 없고요. 제 이야기를 듣기 전에는

---

* 『농업부 보고서』 시리즈는 두 편으로 첫 편은 1794년 출간되었다.

** 비세시무스 녹스(Vicesimus Knox. 1752~1821)가 1789년에 펴낸 산문 및 운문 선집.

*** 올리버 골드스미스(Oliver Goldsmith. 1728~1774)가 1766년에 펴낸 소설.

**** 앤 래드클리프(Ann Radcliffe. 1764~1823)가 1791년에 쓴 고딕 소설.

***** 레지나 마리아 로시(Regina Maria Roche. 1764~1845)가 1796년에 쓴 고딕 소설.

그런 책이 있는지도 몰랐대요. 그렇지만 지금은 최대한 빨리 구해 볼 작정이래요."

다음 질문은 이랬다.

"마틴 씨는 어떻게 생긴 사람이야?"

"아! 미남은 아니에요, 전혀 미남은 아니에요. 처음에는 아주 못생겼다고 생각했지만, 지금은 그렇게 못생긴 것 같지는 않아요. 시간이 지나면 그렇게 되잖아요, 왜. 그런데 보신 적 없으세요? 가끔씩 하이베리에도 오고, 매주 말을 타고 킹스턴*으로 갈 때마다 꼭 거쳐 가거든요. 아가씨 옆으로 지나간 적도 많을 거예요."

"그럴 수도 있겠지. 수십 번 봤을 수도 있겠지. 이름은 전혀 모른 채 말이야. 말을 타고 가든 걸어서 가든 젊은 농사꾼한테는 아무 호기심이 안 생기니까. 자영농이야말로 나하고는 아무 상관없는 계층인 것 같거든. 한두 급 아래면서 믿음직해 보이는 사람들이라면 관심이 갔겠지만. 그런 사람들 가족한테는 어떤 식으로든 도움을 줄 생각을 해 볼 수 있잖아. 그렇지만 자영농은 내 도움이 필요할 리 없고, 그러니 그런 점에서는 내가 시선을 돌리기에는 너무 급이 높은 셈이지. 다른 모든 점에서는 너무 낮지만 말이야."

"맞아요. 아! 그럼요, 아가씨께서 그 사람을 알아보시는 일은 없었을 거예요. 그렇지만 그 사람 쪽에서는 아가씨를 아주 잘 알아요……. 제 말은, 먼발치로 말예요."

---

* 런던 서쪽에 있으며, 농수산물 시장이 서던 곳.

"그 사람이 꽤 괜찮은 청년이라는 점은 의심하지 않아. 사실 그런 사람이라고 알고. 그 점에서는 그 사람이 잘되면 좋겠네. 나이는 얼마쯤 된 것 같아?"

"지난 6월 8일로 스물네 살이 되었는데요, 제 생일은 23일이거든요. 딱 보름 차이예요! 참 이상도 하죠!"

"스물네 살밖에 안 되었단 말이군. 새로 살림을 꾸미기에는 너무 젊네. 모친도 서두를 마음이 없다니, 생각을 잘한 거지. 식구들 모두 지금 아주 편안하게 사는 모양인데, 공연히 모친이 나서서 결혼을 시켰다간 아마도 후회하게 될 거야. 지금부터 육 년쯤 후에 돈도 좀 있고 괜찮은 같은 계급 아가씨를 만나 결혼하는 게 가장 바람직할 거야."

"육 년요! 우드하우스 양, 그럼 서른 살인데요!"

"그래, 독립할 만한 재산을 타고나지 못한 남자라면 대개는 그 나이는 되어야 결혼할 여유가 생기거든. 내 짐작에 마틴 씨는 아직 재산을 일구어야 할 텐데, 그러기 전에 세상에 나갈 수는 없지. 부친이 사망했을 때 얼마나 물려받았고 집안 재산에서 자기 몫이 얼마인지는 모르지만, 틀림없이 모두 가축이나 뭐 그런 것에 들어갔을 거야. 열심히 일하고 운도 따른다면 나중에 잘살게 될 수도 있겠지만, 벌써 한 재산 모았을 리는 없잖아."

"맞아요, 그럴 거예요. 그렇지만 아주 편안하게들 살아요. 집 안에서 부리는 남자 하인이 없기는 한데요, 그것 말고는 아쉬운 점이 없어요. 그리고 마틴 부인 말로는 일 년쯤 있다가 사내아이를 하나 데려올까 하데요."

"그 사람이 언제 결혼할지 몰라도, 그것 때문에 네가 곤란해지는 일은 없었으면 좋겠네, 해리엇. 그 사람 아내하고 알고 지내는 일 때문에 말이야. 그 사람 누이들이야 더 높은 교육을 받았으니 사귀는 걸 아주 반대할 생각은 없지만, 그 사람이 너한테 어울릴 만한 사람하고 결혼한다는 보장은 없잖아. 넌 출생이 불운하니만큼 사람을 사귀는 데 특히 주의해야 할 거야. 네가 신사의 딸이라는 점은 의심의 여지가 없잖아. 그러니 매사에 그런 신분을 내세울 수 있도록 최선을 다해야 할 거야. 그렇지 않았다간 널 낮은 자리로 끌어내리면서 즐거워할 사람들이 많을 테니까."

"네, 맞아요, 많을 거예요. 그렇지만 제가 하트필드에 드나들고, 우드하우스 양, 아가씨께서 이렇게 친절하게 대해 주시는 한 감히 누가 절 어쩌겠어요."

"영향력이 얼마나 중요한지 잘 아네, 해리엇. 하지만 나는 네가 하트필드와 우드하우스 양한테서도 독립할 수 있을 정도로 훌륭한 사람들 사이에 확실하게 자리 잡는 것을 보고 싶은 걸. 그리고 그런 목표를 생각하면 이상한 친분은 최대한 맺지 않는 편이 나을 것이고. 마틴 씨가 결혼할 때도 네가 여전히 이 동네에서 지낸다면, 그 누이들과 친하다고 해서 그 아내까지 사귀지는 말았으면 좋겠어. 아마도 교육을 받지 못한 평범한 자영농 딸일 테니까."

"맞아요. 그래야지요. 그렇다고 마틴 씨가 상당한 교육과 훌륭한 가정 교육을 받지 못한 사람하고 결혼하리라 생각하는 것은 아니지만요. 하지만 아가씨 의견에 맞설 생각은 아니에요. 저도 틀림없이 그 사람 아내와 친해지고 싶은 생각은 없을 거예요. 마틴 집안 자매들은, 특히 엘리자베스는 제게 언제나 소중한 사람일 거고, 그 사람들과 그만 만나야 한다면 아주 속상할 거예요. 저처럼 교육을 잘 받은 사람들이니까요. 그렇지만 마틴 씨가 아주 무식하고 지체 낮은 여자하고 결혼한다면, 물론 일부러 찾아가 만나지는 말아야겠지요, 그럴 수 있다면 말이에요."

에마는 이처럼 오락가락하는 말을 들으면서 그녀를 죽 지켜보았는데, 어떤 경계할 만한 사랑의 징후도 보지 못했다. 그 청년이 첫 찬미자이기는 했지만 그 이상은 아니고, 해리엇 편에는 자신의 우정 어린 중재를 마다할 만한 심각한 문제점은 없다고 에마는 믿었다.

그들은 바로 그다음 날 돈웰 거리를 걷다가 마틴 씨와 마주쳤다. 그는 말을 타지 않고 걸어가고 있었는데, 그녀에게 대단히 공손한 시선을 보낸 다음 기쁨이 역력한 표정으로 그녀의 동행을 바라보았다. 이런 관찰 기회가 생긴 것이 에마는 나쁘지 않았으며, 그들이 대화를 나누는 동안 몇 야드 앞으로 걸어가면서 재빠른 눈길로 로버트 마틴 씨를 충분히 훑어보았다. 그는 매우 단정한 모습으로 경우 바른 청년처럼 보였으나, 그것 말고는 보잘것없었다. 그리고 해리엇이 어느 정도 그에게 끌렸다고 해도 막상 신사들과 비교해 보면 그런 마음도 모두 사라질 것이라고 생각했다. 해리엇은 매너에 둔감하지 않았으니, 에마 부친의 세련된 매너를 알아보고 놀라움과 감탄을 표했던 것이다. 마틴 씨는 매너가 무엇인지 모르는 사람처

64

럼 보였다.

우드하우스 양을 기다리게 할 수는 없는 일이므로, 두 사람이 함께 있은 것은 불과 몇 분에 불과했다. 그러고 나서 해리 엇은 미소 띤 얼굴에 들뜬 기분으로 그녀에게 달려왔고, 우드 하우스 양은 해리엇의 기분이 얼른 가라앉기를 바랐다.

"이렇게 우연히 마주치다니요! 어떻게 이렇게 이상한 일이! 그 사람 말로는 랜들스 쪽으로 돌아가지 않은 것은 순전히 우연이었다네요. 우리가 이쪽으로도 올 줄은 생각도 못 했다고요. 거의 언제나 랜들스 쪽으로 산보를 나가는 줄 알았다니까요. 『숲의 로맨스』는 아직 구하지 못했대요. 지난번 킹스턴에 갔을 때는 너무 바빠서 그만 잊어버렸지만 내일 다시 간대요. 이렇게 우연히 만나다니 정말로 이상해요! 그런데 우드하우스 양, 아가씨가 생각하신 대로인가요? 그 사람 어떻게 보셨어요? 정말로 평범한 얼굴이라고 생각하세요?"

"의심할 여지없이 아주 평범하더군, 유난히 평범한 얼굴이야. 그렇지만 세련됨이 전무한 데 비하면 그야 아무것도 아니지. 나야 많은 것을 기대할 권리도 없고, 많은 것을 기대하지도 않았지만, 그렇게 촌스럽고 그렇게 기품이 전혀 없는 사람일 줄이야. 솔직히 말하면 한두 등급 정도는 더 신사에 가까운 사람인 줄 알았거든."

"맞아요." 해리엇이 풀 죽은 목소리로 말했다. "진짜 신사분들만큼 세련되지는 않지요."

"내 생각에는 해리엇, 네가 우리하고 알게 되면서 정말 신사다운 신사들과 계속 만났고, 그래서 마틴 씨의 다른 점이 틀림없이 눈에 들어왔을 거야. 훌륭한 교육과 훌륭한 가정 교육을 받은 전형적인 신사들이 어떤지 하트필드에서 봐서 잘 알잖아. 그런 분들을 본 다음에 마틴 씨를 만나면서 그 사람이 훨씬 못 미치는 인물이라는 생각이 들지 않고, 전에는 왜 괜찮다고 여겼는지 스스로 조금도 의아스러워지지 않는다면 오히려 내가 놀라울 거야. 지금 그런 생각이 들기 시작하지 않아? 놀랍지 않았어? 어색한 표정과 투박한 매너에 틀림없이 놀랐을 것 같은데…… 거기다 목소리도 거칠고. 여기서 들으니 목소리 조절이 전혀 안 되던데."

"물론 나이틀리 씨하고 같지는 않지요. 나이틀리 씨처럼 걸음걸이나 분위기가 세련되지도 않고요. 저도 그런 차이는 확실히 볼 수 있어요. 그렇지만 나이틀리 씨는 정말로 훌륭한 분이니까요!"

"나이틀리 씨는 두드러지게 뛰어난 기품을 지닌 분이니, 그분하고 마틴 씨를 비교한다면 부당한 일이겠지. 나이틀리 씨처럼 척 보기만 해도 신사인 사람은 백에 하나도 만나기 힘들 거야. 그렇지만 네가 최근에 만나 본 신사가 그분만은 아니잖아. 웨스턴 씨나 엘튼 씨는 어때? 그런 분들과 마틴 씨를 비교해 봐. 그분들의 몸가짐이라든가 걸음걸이, 말투, 그리고 침묵을 지킬 줄 아는 매너하고 비교해 봐. 분명히 차이가 보일 거야."

"아, 그럼요. 아주 다르지요. 그렇지만 웨스턴 씨는 거의 노인이시잖아요. 웨스턴 씨는 마흔에서 쉰 사이는 되셨을 텐데요."

"그러니까 그분의 훌륭한 매너가 더 귀한 거지. 해리엇, 사람은 나이가 들수록 매너가 좋아야 해. 시끄러운 목소리나 거칠거나 어색한 태도라면 더욱 두드러지고 역겨워지거든. 젊을 때는 그냥 봐줄 만한 것도 나이가 들면 흉해지는 법이야. 마틴 씨는 지금도 어색하고 투박한데, 웨스턴 씨 연배가 되면 어떻겠어?"

"그건 정말 미지수네요!" 좀 심각하게 해리엇이 대답했다.

"그렇지만 짐작이야 얼마든지 해 볼 수 있잖아. 완전히 거칠고 천한 농사꾼이 될 거야. 차림새에는 전혀 관심이 없고, 이윤이니 손실이니 하는 생각만 하겠지."

"정말로 그렇게 된다면, 참 곤란하겠네요."

"네가 권한 책을 구해 보겠다고 해 놓고 잊어버린다는 것만 봐도 이미 얼마나 자기 일에만 정신이 팔렸는지 분명히 알 수 있잖아. 시장에만 온통 관심이 쏠려서 다른 생각은 하지도 못 한 것이지. 사업을 키워 나가는 사람이라면 그래야 마땅한 일이지만. 그런 사람한테 책이 무슨 상관이겠어? 그리고 난 틀림없이 그 사람 사업도 번창하고 언젠가 대단한 부자가 될 거라고 생각하니까, 무식하고 거칠다고 해서 우리가 속상해할 이유는 없겠지."

"어떻게 그 책 생각을 못 했을까요." 해리엇은 이 말만 했는데, 심각한 불쾌감이 꽤 묻어난 볼멘 소리여서 에마는 그냥 그 감정에 맡겨 두어도 되겠구나 하는 생각이 들었다. 그래서 그녀는 얼마 동안 말을 아꼈다. 그녀의 다음 시작은 이랬다.

"한 가지 점에서는 어쩌면 엘튼 씨의 매너가 나이틀리 씨나 웨스턴 씨보다 나을지도 몰라. 더 정중하니까. 그러니 본보기로 내세우기는 더 무난할 거야. 웨스턴 씨는 솔직하고 급해서 거의 퉁명스럽기까지 한 면이 있는데, 선의로 가득 찼기 때문에 그분이 그러는 거야 다들 좋아하지만 본보기로 삼기는 곤란할 거야. 직설적이고 단정적이고 명령하는 식의 나이틀리 씨의 매너도 마찬가지고. 그분한테야 아주 잘 어울리지만 말이야. 그분의 용모나 표정이나 지위 때문에 그래도 괜찮게 보이는 것 같아. 그렇지만 젊은 사람이 그분 흉내를 내려 든다면 참아 주기가 힘들 거야. 그 반대로 엘튼 씨라면 얼마든지 젊은 사람한테 본보기로 추천해도 괜찮을 거야. 엘튼 씨는 성격 좋고 쾌활하고 친절하고 정중하잖아. 내가 보기에는 최근에 특히 정중해진 것 같아. 그것으로 우리 중 누구 한 사람의 마음을 사려는 생각인지는 잘 모르겠지만, 전보다 매너가 더 부드러워진 것은 알겠던데. 무슨 속셈이 있다면, 틀림없이 네 마음에 들고 싶어 하는 걸 거야. 저번 날 너에 대해 뭐라고 했는지 내가 말해 주지 않았던가?"

　그러고 나서 그녀는 엘튼 씨에게서 이끌어 낸 몇몇 사적인 칭찬을 열렬히 되풀이했는데, 이번에는 그 의미를 제대로 전달할 수 있었다. 해리엇은 얼굴을 붉히고 미소를 지으면서, 자기는 엘튼 씨가 아주 호감 가는 분이라고 늘 생각해 왔다고 말했다.

　해리엇의 머리에서 그 젊은 농부를 몰아내기 위해서 에마가 선택한 사람이 바로 엘튼 씨였다. 그녀는 그것이 훌륭한 결합이 될 거라고 생각했다. 오히려 너무 확연하게 바람직하고 자연스럽고 그럴싸한 일이어서 자기가 그런 계획을 했다고 해도 별로 내세울 바가 없으리라는 점이 문제일까. 그녀는 다른 사람들도 모두 같은 생각과 예상을 할까 봐 걱정이었다. 그렇지만 계획을 세운 시점에서는 자기를 능가할 사람이 있을 것 같지 않았으니, 해리엇이 하트필드에 처음 왔던 바로 그날부터 벌써 그런 생각을 떠올렸던 것이다. 길게 생각하면 할수록, 썩 괜찮은 결합이라는 생각이 더 커졌다. 엘튼 씨의 상황은 아주 적절했다. 그 자신이 어엿한 신사이고 하천한 친척도 없는데다, 해리엇의 수상한 출생에 대놓고 이의를 제기할 만큼 대단한 가문도 아니었다. 그녀가 들어갈 안락한 집도 있고, 에마 짐작에는 아주 충분한 수입도 있었다. 하이베리의 목사직 수입이 크지는 않지만, 그에게는 따로 상당한 재산이 있는 것으로 알려져 있었다. 그리고 에마는 그를 아주 좋게 보았으니, 성격 좋은 호인에다 점잖고 세상살이에 대한 유용한 식견도 부족하지 않은 청년이라고 생각했다.

그가 해리엇을 아름다운 소녀라고 생각한다는 점은 이미 확인했는데, 거기다가 하트필드에서 그렇게 자주 만나다 보면 그쪽에서 마음을 줄 기반은 충분히 갖추어졌다고 에마는 믿었다. 해리엇 편에서도 자기가 선택받았다고 생각하면 늘 그렇듯이 이를 가볍게 여기지 않으리라는 점은 거의 의심할 나위가 없었다. 그리고 사람 자체가 워낙 호감을 주는, 아주 까다로운 여성이 아니라면 누구나 좋아할 법한 인물이었다. 그는 대단한 미남으로 정평이 나 있었다. 그의 외모에 대해서는 두루 칭찬이 자자했는데, 다만 에마 자신은 이 칭찬에 끼지 않았으니 그녀에게는 필수적인 어떤 품격이 그에게는 없었기 때문이다. 그러나 자기를 위해서 호두를 구하러 말을 타고 시골을 돌아다니는 로버트 마틴 같은 인물한테 만족할 수 있는 소녀라면 엘튼 씨의 찬미에는 마음을 빼앗기고도 남을 것이었다.

5

"에마와 해리엇 스미스가 이렇게 대단히 친하게 지내는 것 말인데요, 웨스턴 부인." 하고 나이틀리 씨가 말했다. "부인 의견은 어떤지 몰라도, 전 안 좋은 일 같습니다."

"안 좋다고요! 정말 안 좋다고 생각하세요? 왜요?"

"제 생각에는 서로 아무 도움이 안 될 겁니다."

"놀라운 말씀이네요! 에마가 해리엇한테 도움이 되는 거야 당연하고, 또 새로운 관심의 대상이 되니까 해리엇도 에마한테 도움이 된다고 해도 되겠지요. 저는 둘이 친하게 지내는 걸 아주 기쁜 마음으로 지켜보고 있답니다. 어쩌면 이렇게 생각이 다를까요! 둘이 서로 아무 도움이 안 될 것 같다니요! 이제 우리가 에마를 두고 다투기 시작하는 모양 이네요, 나이틀리 씨."

"제가 일부러 웨스턴이 외출한 틈을 타 부인과 다투러 왔 다고 생각하실지도 모르겠군요. 부인 혼자서 싸우셔야 할 테 니까요."

"웨스턴 씨가 있었다면 틀림없이 제 편을 들었을 거예요. 이 문제에 대해서는 그이 생각도 저하고 똑같으니까요. 바로 어제도 둘이서 이 이야기를 했는데, 하이베리에 친하게 지낼 이런 소녀가 있어서 에마에게 얼마나 다행이냐고 서로 이야기 했지요. 나이틀리 씨, 이 경우에는 당신을 공정한 판관으로 인정해 드릴 수가 없군요. 혼자 사는 데 너무 익숙해져서 동무의 가치를 모르시니까요. 그리고 평생 같은 여성과의 교제에 익숙했던 한 여성이 여성들 사이의 그런 교제에서 느끼는 위안을 제대로 알아줄 남자는 없을 거예요. 해리엇 스미스가 어떤 점에서 못마땅하신지는 짐작이 가요. 에마의 벗에 어울릴 만큼 뛰어난 처녀는 못 되니까요. 그렇지만 반면에, 에마는 그 아이의 교양이 높아지기를 바라니까 자기도 독서를 더 많이 하게 될 거예요. 둘이서 함께 독서를 할 거라고요. 에마는 그럴 작정이에요, 제가 알아요."

"에마가 독서를 더 많이 하겠다고 마음먹는 거야 열두 살 때부터 줄곧 해 온 일이잖습니까. 꾸준히 독파해 내겠다고 작성한 도서 목록도 한두 번 본 게 아니고요. 아주 훌륭한, 아주 잘 골라서 아주 깔끔하게 정리해 놓은 목록이었지요. 때로는 알파벳 순서로 때로는 뭔가 다른 순서로 말이죠. 열네 살밖에 안 되었을 때 작성한 목록이 있는데, 에마의 판단력을 잘 보여 준다고 생각되어 얼마 동안 보관해 두었던 기억이 납니다. 모르긴 해도 틀림없이 이번에도 아주 훌륭한 목록을 작성해 놓았을 겁니다. 그렇지만 전 에마가 꾸준한 독서를 계속해 나가리라는 기대는 접었습니다. 근면과 인내가 필요한 일이라든가 상상력보다 이해력이 더 필요한 일은 못 참아 하니까요. 테일러 양도 권하지 못한 일이라면, 해리엇 스미스야 아무 도움이 안 될 것이라고 단언해도 무방하겠지요. 부인이 아무리 설득해도 바라는 것의 반도 읽게 하지 못하셨잖습니까. 그 점은 부인도 잘 아실 테지요."

"그때는 저도 그런 생각이 들었을 거예요." 웨스턴 부인이 미소 지으면서 답했다. "그렇지만 우리가 헤어진 후로는 제가 바라는 일을 에마가 소홀히 한 기억은 하나도 안 나네요."

"그런 기억을 굳이 상기시키고 싶은 생각은 없습니다." 나이틀리 씨가 감회 어린 목소리로 말하더니 잠시 멈추었다가 이렇게 말을 이었다. "그렇지만 그렇게 매력에 휩싸여 오감이 마비되어 본 적이 없는 저로서는, 엄연히 보고 듣고 기억할 수밖에 없습니다. 에마는 그 댁에서 가장 똑똑한 아이였기 때문에 너무 오냐오냐 자랐어요. 열 살 때 열일곱이나 된 언니도 쩔쩔매는 질문들에 답을 할 수 있었던 게 불운이었지요. 에마는 언제나 재빠르고 자신만만했지요. 이저벨라는 느리고 수줍고요. 그리고 열두 살 때부터 에마는 집안 여주인이 되고 여러분 모두의 여주인이 되었지요. 어머니를 여의면서 에마는 자기를 감당할 만한 유일한 사람을 잃어버린 겁니다. 어머니의 재주를 이어받았고, 그러니 어머니 말은 틀림없이 잘 들었을 텐데 말입니다."

"제가 우드하우스 씨 댁을 떠나서 다른 자리를 얻어야 했다면요, 나이틀리 씨, 당신의 추천에 의지했다가는 큰 코 다쳤겠네요. 절대 제 이야기를 좋게 하시지 않았을 테니까요. 제가 맡은 소임에 적절한 인물이 못 된다고 늘 생각하셨던 모양이네요."

"그렇습니다." 그가 미소를 지으며 말했다. "부인은 여기가 더 어울려요. 아내로는 매우 적임이지만, 가정 교사로는 전혀 아니죠. 그렇지만 하트필드에서 사는 동안 내내 뛰어난 아내가 될 준비를 해 온 셈이지요. 부인이 에마에게 부인 능력에 걸맞을 만큼 완전한 교육을 제공하지 못했을지는 몰라도, 부인 편에서 보면 자기 의지를 굽히고 시키는 대로 하는 아주 실질적인 결혼 요건에 대해 에마한테서 훌륭한 교육을 받은 거지요. 그리고 만약 웨스턴이 저에게 신붓감을 추천해 달라고 했다면, 틀림없이 테일러 양의 이름을 댔을 겁니다."

"감사합니다. 웨스턴 씨 같은 분이라면 좋은 아내가 된다고 해서 뭐 공치사할 것도 없겠지요."

"글쎄요, 솔직히 말해서 부인의 능력이 별 소용이 없을까 걱정입니다. 참을 인(忍)자 하나는 확실한 분인데 참을 일이 있어야 말이지요. 그렇지만 절망하지는 맙시다. 웨스턴도 호강에 겹다 보면 성격이 나빠질 수도 있겠지요. 아니면 아들 때문에 속을 끓이다가 그럴 수도 있고요."

"그런 일은 없길 바라요. 그럴 리도 없고요. 아니요, 나이틀리 씨, 그 방면에서 걱정거리가 생길 거라는 예언은 하지 마세요."

"그럼요. 그냥 가능성을 거론해 본 것뿐입니다. 제가 에마처럼 미리 짐작하고 내다보는 재능이 있는 것도 아니고요. 그 청년이 덕성에서는 웨스턴, 재산에서는 처칠이기를 진심으로 바랍니다. 그러나 해리엇 스미스는…… 해리엇 스미스 이야기는 아직 더 남았습니다. 전 그 아이야말로 에마의 동무 중에서 가장 안 좋은 동무가 될 거라고 생각합니다. 본인은 아는 게 하나도 없고, 에마는 뭐든지 다 아는 사람인 것처럼 우러러보니까요. 모든 면에서 해리엇은 칭송을 해 댈 텐데, 거짓이 아니기 때문에 더 안 좋아요. 그 애의 무지 자체가 매시간 칭송인 꼴이지요. 해리엇이 이렇게 즐거운 열등생의 모습을 보여 주는 마당에, 에마한테 자기도 더 배워야 한다는 생각이 어떻게 들겠습니까? 그리고 해리엇 편에서 봐도, 그 아이한테도 이 교제가 도움이 될 리 없다고 감히 말하겠습니다. 하트필드에 드나들다 보면 자기가 속한 다른 모든 곳들이 싫어질 뿐이겠지요. 태생과 여건상 어울려 지내게 된 사람들을 불편하게 여길 딱 그 정도만큼만 땟물을 벗겠지요. 제가 아주 잘못 생각한 게 아니라면, 에마의 가르침들로 인해 정신이 굳건해진다거나, 한 여자아이가 자기 처지에 따르는 다양한 상황에 이성적으로 적응하게 될 가능성은 전혀 없습니다. 약간의 세련미를 더해 줄 뿐이지요."

"제가 에마의 양식을 더 믿거나 아니면 에마가 당장 편해지기를 더 바라는가 봐요. 그 교제를 개탄할 마음이 안 드니까요. 어젯밤 에마는 얼마나 보기 좋던지요!"

"흠! 에마의 마음보다는 외모 쪽으로 이야기를 돌리고 싶으신 모양이네요? 좋습니다. 에마가 예쁘다는 것은 저도 부정하지 않겠습니다."

"예쁘다고요! 아름답다고 하셔야죠. 전체적으로 볼 때 에마보다 더 완벽에 가까운 아름다움을 갖춘 사람을 상상할 수 있으세요? 용모나 자태나."

"상상이라면 잘 모르겠습니다만, 에마보다 제 마음에 더

75

드는 용모나 자태는 거의 본 적이 없다는 점은 인정합니다. 그렇지만 저야 오랜 친구니 팔이 안으로 굽는 거겠지요!"

"그런 눈매라니! 진짜 담갈색 눈동자에 아주 반짝거리지요! 뚜렷한 이목구비에 시원스러운 표정에, 안색은 또 어떻고요! 아! 발그레한 볼에 건강미가 넘치잖아요. 키와 체격도 딱 알맞고, 자세도 탄탄하고 곧지요. 발그레한 볼뿐만 아니라 태도, 고갯짓, 시선에서도 건강이 넘쳐흘러요. 어린아이를 두고 '건강의 초상(肖像)'이라고 할 때가 가끔 있는데, 에마를 보면 전 늘 성숙한 건강의 완벽한 초상이 어떤 것인지 알게 돼요. 정말 사랑스러움 그 자체예요. 나이틀리 씨, 그렇지 않나요?"

"외모에 대해서는 저도 전혀 흠잡을 데가 없다고 생각합니다." 하고 그가 대답했다. "부인이 묘사하신 그대로라고 생각해요. 저도 보고 있으면 즐겁고요. 그리고 이런 칭찬도 보태겠습니다. 에마가 외모에는 허영심이 없다고요. 얼마나 예쁘게 생겼는지를 감안하면, 외모에는 거의 관심이 없어 보입니다. 에마의 허영심은 다른 쪽에 있어요. 웨스턴 부인, 에마가 해리엇 스미스와 가까이 지내는 것이 거슬리는 제 마음이나 결국 두 사람 모두에게 해가 될 것이라는 제 우려는 부인께서 뭐라고 하셔도 변하지 않을 겁니다."

"그리고 저도 말이죠, 나이틀리 씨, 그 교제가 누구한테도 해될 리 없다는 제 확신 역시 그 못지않게 굳건하답니다. 소소한 결함이야 없지 않겠지만, 우리 에마는 정말 훌륭한 아가씨예요. 이보다 더 나은 딸이나 더 친절한 누이, 더 진실한 친구가 어디 있겠어요? 없지요, 없어요. 에마의 자질을 믿어도 될 거예요. 다른 사람을 정말 잘못된 길로 인도하는 일은 없을 거예요. 계속 실수를 하는 법이 없으니까요. 한 번 실수에 올바른 행동은 백 번쯤 되지요."

"좋습니다. 더 이상 부인을 괴롭히지 않겠습니다. 에마는 계속 천사로 남고, 저는 크리스마스에 존과 이저벨라가 올 때까지 혼자 걱정을 삭이기로 하지요. 존은 합리적이어서 맹목적이지 않은 애정으로 에마를 사랑하고, 이저벨라는 늘 남편 생각을 따르니까요. 남편이 아이들 걱정을 충분히 하지 않을 때를 빼고는 말이지요. 분명 나하고 의견들이 같을 겁니다."

"당신이나 그분들이나 아가씨를 무척 사랑하기 때문에 부당하거나 매정한 말씀을 할 리 없다는 것은 저도 잘 알아요. 그렇지만 나이틀리 씨, 실례지만 솔직히 말씀드리자면 (아시다시피 에마 어머니께서 가졌을 발언권이 제게도 어느 정도 있다고 보거든요.) 전 해리엇 스미스와 사귀는 것을 두고 아무리 뭐라고들 하셔 봤자 무슨 득이 될지 모르겠네요. 정말 실례입니다만, 설령 그 교제로 어떤 작은 불편이 초래될 위험이 있다 해도, 에마가 말을 잘 듣는 유일한 사람인 자기 아버지가 전적으로 찬성하고 있는 마당에 그 교제를 그만둘 리는 없으니까요. 그 교제가 기쁨을 주는 한 말이죠. 제가 오랜 세월 조언을 직분으로 삼아 왔으니 나이틀리 씨, 아직 그런 기질이 좀 남았다 해도 뜻밖으로 여기시지는 않겠지요."

"전혀요." 하고 그가 큰 소리로 말했다. "오히려 대단히 고맙습니다. 대단히 훌륭한 조언이고, 부인의 이번 조언은 전보다 더 효과가 있을 것 같습니다. 명심하도록 하겠습니다."

"존 나이틀리 부인은 쉽게 놀라는 편이라 동생 때문에 속을 끓일 수도 있어요."

"안심하십시오." 그가 말했다. "전 입을 다물 테니까요. 불만은 혼자 삭이지요. 전 에마한테 아주 진지한 관심을 갖고 있답니다. 이저벨라는 에마보다 더 친누이 같지도 않고, 에마보다 더, 아니 에마만큼 관심을 끈 적도 없지요. 에마를 보면서는 좀 걱정도 되고 호기심도 생깁니다. 앞으로 에마가 어찌 될지 정말 궁금하네요!"

"저도 궁금해요." 웨스턴 부인이 말했다. "아주 많이요."

"에마는 절대로 결혼하지 않겠다고 항상 되뇌곤 하지만, 물론 의미 없는 말이지요. 에마한테 좋아하는 사람이 있었던 것 같지도 않아요. 적절한 상대와 깊은 사랑에 빠져 보는 것도 나쁘지 않을 것 같습니다. 전 에마가 상대방도 자기를 사랑해 줄지 잘 모른 채 사랑에 빠지는 것을 보고 싶어요. 그게 도움이 될 겁니다. 그러나 이 근처에는 에마의 마음을 붙잡을 만한 사람도 없고, 에마가 외출을 거의 하지도 않으니 문제입니다."

"맞아요, 지금은 에마의 결심을 바꿀 만한 게 정말 별로 없지요." 하고 웨스턴 부인이 말했다. "그리고 저부터도 에마가 하트필드에서 이렇게 행복하게 지내는데, 섣불리 사랑에 빠져 불쌍한 우드하우스 씨한테 심각한 곤란을 초래하는 사태는 바라지 않아요. 지금으로선 에마한테 결혼을 권할 수가 없네요. 그렇다고 혼인하는 것 자체가 안 좋다고 말할 뜻은 물론 없지만요."

그녀의 말 속에는 이 사안을 두고 자기가 웨스턴 씨와 즐겨 나누던 생각을 최대한 감추려는 뜻도 얼마간 들어 있었다. 에마의 운명에 대해 랜들스에서 바라는 바는 있지만, 그런 바람을 품고 있다는 사실을 드러내서는 곤란했다. 그리고 이후 나이틀리 씨가 금방 조용히 화제를 돌리며 "웨스턴은 날씨가 어떨 거라고 하던가요, 비가 올까요?"라고 물었기 때문에 그녀는 그가 하트필드에 대해서 더 이야기하거나 추측할 일은 없다고 확신했다.

6

엘튼 씨가 특출한 용모와 대단히 좋은 매너를 갖춘 분이라는 점을 해리엇이 전보다 훨씬 더 의식하는 것을 보면서, 에마는 해리엇의 공상이 적절한 방향을 향하고 소녀다운 허영이 아주 훌륭한 목표에 닿게끔 하려는 자신의 노력의 성과를 십분 확인했다. 에마는 아무 주저함도 없이 듣기 좋은 암시들을 던져서 그가 그녀를 좋아한다는 믿음을 확고히 심어 주었고 그래서 얼마 안 가 해리엇 쪽에서도 필요한 만큼은 충분한 호감을 느끼게끔 해 놓았다고 꽤 자신하게 되었다. 그녀는 엘튼 씨가 이미 사랑에 빠지지 않았다면 사랑의 길로 제대로 접어들었다고 확신했다. 그에 관해서는 조심성을 발휘할 필요도 없었다. 그는 해리엇 이야기를 꺼내고 너무 열심히 칭찬했기 때문에, 아직 모자란 점이 있다 해도 시간만 좀 지나면 모두 보충될 것이라고 생각했다. 해리엇이 하트필드에 소개된 이후로 매너가 눈에 띄게 좋아졌다는 그의 지적도, 그의 애정이 더해지고 있다는 작지 않은 유쾌한 한 증거였다.

"스미스 양한테 필요한 모든 것을 당신이 주셨지요." 하고 그가 말했다. "우아하고 차분한 여성으로 만들어 놓았어요. 처음 당신에게 왔을 때도 아름다웠지만, 제 생각으로는, 당신이 보태 준 매력들이 자연에서 받은 타고난 자질들보다 훨씬 낫습니다."

"해리엇한테 내가 도움이 되었다고 생각하신다니 기뻐요. 그렇지만 조금만 이끌어 주고 약간, 아주 약간 암시만 해 주면 되는 일이었어요. 상냥한 성격과 꾸밈없는 마음이라는 타고난 우아함을 이미 지녔으니까요. 내가 한 일은 정말 별로 없답니다."

"숙녀분 말씀에 이의를 제기해도 된다면 말입니다만……." 예의를 차리는 엘튼 씨의 말에 에마가 답했다.

"글쎄요, 좀 더 결단력 있는 성품과 전에는 미처 생각해 보지 못한 점들을 가르쳐 주었을 수는 있지요."

"바로 그겁니다. 제 눈에 두드러진 것도 바로 그런 거였어요. 그런 결단력이 생겨나다니! 그렇게 만든 손길의 솜씨가 참 좋았던 것이지요."

"대단히 즐거운 일이었는걸요. 해리엇처럼 진실로 사랑스러운 성품은 처음이에요."

"그렇고말고요." 그리고 이 말을 하는 그의 어투에는 사랑에 빠진 사람의 한숨과 감동이 그대로 묻어났다. 또 다른 날 해리엇의 초상화가 있으면 좋겠다는 그녀의 느닷없는 말에 열렬한 지지를 표하는 그의 태도 역시 반가운 일이었다.

"너 초상화 있니, 해리엇?" 그녀가 말했다. "초상화 모델로 앉아 본 적 있어?"

막 방에서 나가려던 해리엇은 잠시 발을 멈추고 흥미롭기 그지없는 순진한 태도로 말했다. "어머! 세상에, 아니요, 한 번도 없어요."

그녀가 눈앞에서 사라지자마자 에마는 감탄사를 터뜨렸다.

"해리엇을 그린 훌륭한 초상화가 있다면 얼마나 멋진 소장품이 될까요! 나라면 얼마라도 지불할 거예요. 내가 직접 초상화를 그려 보고 싶어질 정도네요. 아마도 모르시겠지만, 이 삼 년 전에 난 초상화 그리는 일에 푹 빠졌고, 지인들 초상화를 대여섯 번 그려 보려 했는데, 대체로 솜씨가 괜찮다는 평을 받았답니다. 그러나 이런저런 이유로 싫어져서 그만두었지요. 그렇지만 정말, 해리엇만 모델이 되어 준다면 다시 해 볼 마음이 날 것 같아요. 해리엇의 초상화를 갖게 된다면 얼마나 즐겁겠어요!"

"부디 그렇게 해 주십시오!" 엘튼 씨가 소리쳤다. "정말 멋진 일이 될 겁니다! 우드하우스 양, 청하건대 당신의 친구를 위해서 부디 그렇게 매력적인 재능을 발휘해 주십시오. 당신의 그림 솜씨야 저도 잘 압니다. 어떻게 모를 리가 있겠어요? 이 방만 해도 당신의 풍경화와 꽃을 그린 정물화의 견본들로 가득하지 않습니까? 그리고 웨스턴 부인도 랜들스의 거실에 비길 데 없이 뛰어난 인물화를 몇 점 걸어 놓지 않았나요?"

맞아요, 착한 분! (에마는 생각했다.) 그렇지만 그런 것들이 초상화 그리는 것과 무슨 관련이 있지요? 당신은 그림에 대해서는 아무것도 모르네요. 내 그림에 황홀해하는 시늉은 그만두시고, 황홀한 찬사는 해리엇 얼굴에나 쏟으시지요. "글쎄요, 그렇게 친절하게 격려해 주신다면, 엘튼 씨, 한번 어떻게 시도

해 볼 수는 있을 것 같네요. 해리엇의 이목구비는 아주 섬세해서 닮게 그리기가 쉽지 않아요. 하지만 눈 모양과 입매의 독특한 특징은 꼭 포착해 내야겠지요."

"바로 그겁니다…… 눈 모양과 입매…… 반드시 성공하실 겁니다. 꼭, 꼭 해 보세요. 당신이 그린다면, 직접 말씀하신 대로 멋진 소장품이 될 겁니다."

"그렇지만 엘튼 씨, 해리엇이 모델 서는 것을 좋아할까 모르겠어요. 자신의 미모에는 별 관심이 없으니까요. 해리엇이 대답할 때 태도를 보셨어요? '제 초상화를 도대체 왜 그리겠어요?' 하는 뜻이 완연했잖아요."

"아! 그럼요. 물론 저도 보았습니다. 제 눈에도 들어오더군요. 그래도 설득하면 안 통할 리야 있겠습니까."

해리엇이 곧 다시 들어오고, 거의 즉각 제안이 제기되고, 해리엇의 망설임도 이 두 사람의 열성 어린 권유에 오래 맞설 만큼 크지는 않았다. 에마는 곧장 작업에 착수하고 싶었고, 그래서 해리엇의 초상화로 어떤 크기가 가장 적절할지 함께 정하기 위해 전에 시작했던 (하나도 완성한 적은 없었다.) 초상화들이 담겨 있는 화첩을 꺼내 놓았다. 많은 습작들이 펼쳐졌다. 축사(縮寫), 반신상, 전신상, 연필화, 크레용화, 수채화 등 온갖 것이 번갈아 시도되었다. 그녀는 늘 뭐든지 해내고 싶어 했고, 노력을 별로 안 한 데 비하면 평균 이상의 발전을 그림과 음악에서 이루었다. 그녀는 피아노를 치고 노래도 했다. 그리고 거의 모든 화법(畫法)을 시도해 보았다. 그러나 늘 꾸준함이 부족했다. 그래서 어느 방면에서도 자기 마음에 흡족한 수준에는 도달하지 못했는데, 노력만 했다면 이루지 못할 바가 없었을 것이다. 그녀는 화가로서든 연주자로서든 자신의 기량에 대해 대단한 착각은 하지 않았으나, 다른 사람들의 착각까지 굳이 막을 생각은 없고 자신의 소양이 자주 과대평가된다고 해서 유감이라 여기지도 않았다.

모든 그림에 나름대로 사 줄 점은 있었다. 완성이 덜 된 작품일수록 어쩌면 더 낫고, 필치에 힘이 있었다. 그러나 훨씬 못했든 열 배 더 낫든 상관없이 나머지 두 사람의 기쁨과 감탄은 똑같았을 것이다. 둘 다 그지없이 황홀해했다. 사람들은 초상화를 좋아하는 법이고, 우드하우스 양의 솜씨는 단연 최상급이었던 모양이다.

"얼굴형이 그렇게 다양하지는 않아요." 하고 에마가 말했다. "연구할 얼굴이 식구들밖에 없었거든요. 이것은 아버지 그림이고…… 이것도요…… 그렇지만 자리에 앉아서 모델 노릇을 한다는 생각만으로도 너무나 불안해하셔서 몰래 그릴 수밖에 없었어요. 그래서 두 그림 다 아주 비슷하지는 않아요. 그리고 이것은, 이것도, 이것도, 웨스턴 부인이네요. 아, 사랑하는 웨스턴 부인! 어떤 경우에나 늘 더없이 친절한 벗이 되어 주셨어요. 청하기만 하면 언제나 모델을 서 주었고요. 이것은 언니인데, 언니의 자그맣고 우아한 자태 그대로예요! 얼굴도 비슷한 편이고. 좀 더 오래만 앉아 있었다면 아주 닮게 그릴 수도 있었을 텐데, 조카들 넷을 어서 그려 주었으면 하는 마음에 가만히 앉아 있지를 않는 거예요. 그 네 아이 가운데 세 명을 그린 습작이 전부 여기 모여 있네요. 종이 끝에서 끝까지 헨리와 존과 벨라의 초상화를 담았는데, 그중 하나만 제대로 그렸다면 나머지도 잘 되었을 거예요. 언니가 하도 그 애들을 그려 달라는 바람에 거절할 수가 없었지만, 서너 살짜리 아기들을 가만히 세워 두기란 불가능하잖아요. 그리고 원체 아기들은 분위기와 피부색은 몰라도 닮게 그리기가 쉽지 않거든요. 엄마들이 바라는 만큼 잘생기게는 말예요. 이것은 넷째가 아기일 때 스케치한 거예요. 소파에서 자고 있을 때 그렸는데, 모자 리본이 더할 나위 없이 꼭 닮게 그려졌어요. 아기가 머리를 아주 그리기 좋게 가누고 있었지요. 아주 비슷하게 해냈어요. 이 아기 때 조지 그림은 꽤 자랑스러워요. 소파 구석 부분도 아주 잘 그려졌어요. 그리고 이것은 (한 신사의 작은 전신상을 그린 예쁜 스케치를 열면서) 내 마지막, 내 마지막이자 최고 작품으로…… 형부 존 나이틀리 씨 그림이에요. 조금만 더 그리면 완성할 수 있었을 텐데, 그만 화가 나는 바람에 집어치우고 초상화는 다신 안 그린다고 맹세했지요. 화가 날 수밖에 없었어요. 열심히 공을 들여서 정말로 아주 비슷하게 그려 냈는데도 (아주 비슷하게 되었다는 점에서 웨스턴 부인과 난 의견이 일치했지요.) 너무 미남으로 그려서, 실물보다 너무 잘나게 그려서 문제라면 모를까, 그런데 그런 결함은 오히려 괜찮은 것이거든요. 이렇게 공을 들였는데도 이저벨라 언니가 냉담하게 봐주듯 말하는 거예요. '응, 좀 비슷하긴 하네. 그렇지만 실물만은 분명 못하네.'라고요. 형부를 모델로 세우느라 다들 얼마나 애를 먹었는데요. 기대도 많았고요. 이래저래 난 더 이상 참을 수가 없었지요. 그래서 절대로 완성하지 않기로 마음먹었어요. 그래 봤자 브런즈윅스퀘어 언니네 집에 오전 방문객이 올 때마다 실물은 더 낫다는 변명이나 해 댈 테니까요. 그래서 아까 말했듯이, 그때 다시는 누구의 초상도 그리지 않겠다고 맹세한 거지요. 그렇지만 해리엇을 위해서, 아니 그보다 나 자신을 위해서, 그리고 이번에는 아직까지는 남편이나 아내가 개입될 일도 없으니 이제 그런 결심을 깨겠어요."

엘튼 씨는 그녀의 이런 구상에 대단히 적절한 감동과 기쁨을 표하며 의미심장한 어조로 말을 되뇌었다. "말씀대로, 정말 아직까지는 남편이나 아내가 개입될 일이 없지요. 바로 그겁니다. 남편이나 아내가 개입될 일도 없어요." 그래서 에마는 당장 단둘이 있도록 자기가 자리를 떠야 하나 싶어지기 시작했다. 그러나 그림을 그리겠다고 한 마당이니, 그런 말은 좀 미루어 두어야 할 터였다.

그녀는 곧 초상화의 크기와 종류를 정했다. 존 나이틀리 씨처럼 전신 수채화로 하고, 자기 마음에 흡족한 결과가 나온다면 벽난로 위에 올려놓는 영예를 하사할 것이었다.

모델 작업이 시작되었다. 자세와 표정을 그대로 유지하지 못할까 걱정하며 웃음 띤 얼굴을 살짝 붉히는 해리엇의 모습은 화가의 차분한 눈길에 매우 귀엽고 앳되게 비쳤다. 그러나 엘튼 씨가 뒤에서 안달을 하면서 선 하나 그을 때마다 지켜보는 바람에 아무것도 할 수가 없었다. 해리엇을 당황하게 하지 않으면서 거듭거듭 지켜볼 수 있는 위치에 자리를 잡은 선택은 현명하다 싶었지만, 결국은 뒤에서 그만 서성이고 다른 데로 자리를 옮겨 달라고 요청하는 수밖에 없었다. 그때 낭독을 시키면 되겠다는 생각이 떠올랐다.

"우리한테 책을 낭독해 주신다면 정말 감사하겠어요! 재미있게 듣다 보면 내 편에서는 작업의 어려움을 잊을 수 있고, 스미스 양의 거북함도 덜겠지요."

엘튼 씨는 그 청이 마냥 행복할 뿐이었다. 해리엇은 낭독에 귀를 기울였고 에마는 이제 편하게 그릴 수 있었다. 그가 여전히 자꾸만 다가와 들여다보는 것은 용인하는 수밖에 없었다. 그 정도도 하지 않는다면 사랑하는 사람으로서는 너무 소홀한 처신일 테니까. 그는 연필이 잠시만 멈추어도 놓치지 않고 벌떡 일어나 다가와서는 그사이 진척된 것을 보면서 찬사를 쏟아 냈다. 이렇게 잘한다 잘한다 하는 사람을 언짢아할 수야 없었다. 그는 연모에 빠진 나머지, 거의 제대로 그리기도 전에 닮은 점을 미리 찾아내니까 말이다. 그녀는 그의 안목을 존중할 수는 없었으나 애정이 넘치는 사근사근한 태도야 나무랄 데가 없었다.

모델 작업은 전체적으로 대단히 만족스러웠다. 그녀는 작업을 계속할 마음이 들 만큼 첫날의 스케치가 마음에 들었다. 실물과 닮은 점도 그만하면 충분하고 포즈도 적절하며, 키를 조금 키우고 우아함을 상당히 추가하는 등 자태를 약간 개선할 작정이니 결국 모든 면에서 아리따운 그림이 되어 원래부터 정해 놓은 그 자리에 걸려 자기네 두 사람 모두에게 영예를 안겨 줄 것이라고 확신했다. 즉 한쪽의 미모와 다른 쪽의 기술 및 둘의 우정의 영원한 기념비가 될 것이고, 엘튼 씨가 사랑에 빠질 가능성이 농후한 만큼 그것으로 인한 여러 다른 유쾌한

그는 연필이 잠시만 멈추어도 벌떡 일어나서는
그사이 진척된 것을 보면서 찬사를 쏟아 냈다.

연상들이 더해질 것이었다.

다음 날 해리엇이 다시 모델을 서기로 했고, 엘튼 씨는 자기도 합석하여 낭독을 하게 해 달라고 청했으니, 그래야 마땅한 일이었다.

"물론이지요. 당신도 한 팀이라면 우리야 대환영이지요."

이튿날에도 그림이 척척 멋지게 진척되는 동안 똑같은 친절하고 예의 바른 언사, 똑같은 성공과 만족이 내내 이어졌다. 그림을 본 사람은 다들 마음에 들어 했지만, 특히 엘튼 씨는 시종일관 황홀해하면서 무슨 비평이든 수긍하지 않고 일일이 편을 들고 나섰다.

"자기 친구의 미모에서 유일하게 부족한 점을 우드하우스 양이 보완해 주었네요." 웨스턴 부인은 상대방이 바로 연모자라는 점은 꿈에도 모른 채 그에게 말했다. "눈의 표정은 대단히 정확하지만, 저런 눈썹과 속눈썹은 스미스 양 것이 아니지요. 저런 게 없는 것이 그 애 얼굴의 결함이잖아요."

"그렇게 생각하십니까?" 그가 대꾸했다. "동의할 수 없습니다. 제겐 이목구비 하나하나가 아주 완벽하게 닮아 보이거든요. 이렇게 닮은 그림은 처음 봅니다. 음영의 효과도 감안해 주어야겠지요."

"키를 너무 키운 거 아니오, 에마." 나이틀리 씨가 말했다.

그것은 에마도 잘 알지만 인정하지는 않았는데, 엘튼 씨는 열을 내며 덧붙였다.

"원, 천만에요! 너무 키운 건 분명 아니죠. 절대 아닙니다. 생각해 보십시오, 스미스 양은 앉아 있잖아요. 그러니 자연히 달리 보이고…… 한마디로 저렇게 그려야 더 정확하고, 또 비례도 준수해야 하잖습니까. 비례와 원근 말입니다…… 아니 천만에요! 이 그림을 보면 스미스 양의 키를 정확하게 알 수 있어요. 백 퍼센트 정확하게요."

"아주 예쁘구나." 우드하우스 씨가 말했다. "정말 예쁘게 그렸어! 네 그림이야 늘 그렇지만. 난 너처럼 잘 그리는 사람은 못 봤다. 완전히 맘에 들지 않는 점이 딱 하나 있다면, 밖에 나와 앉았는데 어깨에 작은 숄 하나만 걸치고 있잖느냐…… 저러다가는 감기에 걸릴 것만 같거든."

"그렇지만 아빠, 계절은 여름인데요, 더운 여름날요. 나무를 보세요."

"그렇지만 언제든 바깥에 앉아 있는 게 몸에 좋을 리야 없잖니, 애야."

"어르신께서 뭐라고 하셔도." 엘튼 씨가 소리쳤다. "고백건대 제겐 아주 기막힌 발상으로 보입니다. 스미스 양이 바깥에 앉게 처리한 것 말입니다. 그리고 나무도 아주 생기 있게 처리되었고요! 다른 식의 구도를 잡았다면 성격 표현이 훨씬 약해졌을 것입니다. 스미스 양의 천진함이나…… 모든 면에서…… 정말이지 더없이 훌륭해요! 도무지 눈을 뗄 수가 없군요. 이렇게 닮은 그림은 처음입니다."

그다음 할 일은 그림을 액자로 만드는 것이었다. 여기에 몇 가지 난점이 있었다. 당장, 그리고 런던에서 해야 했다. 주문은 믿을 만한 취향에 식견 있는 사람에게 맡겨야 할 텐데, 그런 일을 늘 도맡았던 이저벨라에게 부탁할 수도 없었으니 마침 12월인지라 자기 딸이 12월의 안개 속에서 집 밖으로 외출을 한다는 생각은 우드하우스 씨한테는 참을 수 없는 일이었다. 그러나 엘튼 씨가 알게 되면서 이런 고민은 즉시 해소되었다. 그는 언제라도 신사다움을 발휘할 작정이었다. "주문을 저에게 맡겨만 주신다면, 한없이 즐거운 마음으로 주문에 임할 것이다! 언제라도 런던으로 떠날 수 있다. 그런 심부름을 할 수만 있다면 얼마나 기쁠지 이루 말할 수 없다." 하는 것이었다.

"무척이나 친절하시다! 그러나 생각도 할 수 없는 일이다! 당신에게 그렇게 귀찮은 일을 맡기다니 도저히 그럴 수는 없다." 이렇게 답하자 기대한 대로 간청과 확언이 돌아왔고, 그리하여 몇 분도 안 되어 이 문제는 매듭지어졌다.

엘튼 씨가 그림을 런던으로 가지고 가서 액자를 고르고 이런저런 지시를 하기로 했다. 에마는 안전하면서도 그에게 폐를 줄일 수 있도록 포장해야겠다는 생각을 한 반면, 그는 폐가 모자랄까 봐 걱정인 모양이었다.

"얼마나 소중한 짐입니까!" 그림을 받아들며 그는 가벼운 한숨을 내쉬며 말했다.

'사랑에 빠진 사람치고는 너무 신사답게만 구네.' 에마는 생각했다. '모르긴 몰라도 사랑하는 방식은 백 가지도 넘는가 봐. 훌륭한 청년이고 해리엇한테는 딱 어울릴 거야. 그 사람 말대로 '바로 그겁니다.'지. 그렇지만 한숨과 시름에 잠기고 찬사를 궁리해 내는 품이 도가 지나쳐서 만일 내가 주역이었다면 참기 힘들었을 거야. 조역으로서도 받을 만큼 받았지만, 그거야 해리엇 때문에 고마워서 그런 것이고.'

7

엘튼 씨가 런던에 간 바로 그날 에마가 자기 친구에게 도움을 줄 새로운 기회가 생겼다. 해리엇은 평소 하는 대로 아침 식사 후에 바로 하트필드로 와서는, 얼마 후에 집으로 갔다가 만찬에 맞추어 다시 돌아오기로 했다. 그녀는 예정보다 빨리 돌아왔는데, 흥분하고 조급해하는 품이 뭔가 특이한 일이 일어나 얼른 이야기하고 싶은 모양이었다. 삼십 초 만에 모든 것이 공개되었다. 고더드 부인 댁으로 돌아가자마자 해리엇은 마틴 씨가 한 시간 전에 들러 자기가 집에 없고 곧 올 것 같지도 않다는 말을 듣고는 누이 하나가 전하는 작은 소포를 남기고 떠났다는 말을 들었다는 것이다. 그리고 소포를 열어 보자 엘리자베스에게 필사하라고 빌려 준 노래 악보 둘에 자기한테 보낸 편지가 있는데, 그 사람, 즉 마틴 씨가 보낸 편지로 대놓고 결혼을 신청하는 말이 들어 있더라는 것이었다. "그럴 줄 누가 알았겠는가! 너무나 놀라서 어떻게 해야 할지 모르겠더라. 그렇다, 확실한 결혼 신청이었다. 아주 훌륭한 편지였다. 적어도 그녀가 보기엔 그랬다. 그리고 마치 자기가 그녀를 정말 무척 사랑하는 것처럼 썼는데, 그녀로서는 잘 모르겠고…… 그래서 어떻게 해야 할지 우드하우스 양에게 물어보려고 최대한 빨리 왔다." 하는 것이다. 이렇게 기뻐하고 이렇게 갈팡질팡하는 친구의 모습을 보며 에마는 친구가 거의 창피스러워질 정도였다.

"세상에!" 그녀는 소리쳤다. "그 사람, 어찌되든 일단 한 번 찔러는 보자고 작심했나 보군. 할 수만 있다면 결혼으로 격을 높여 볼 작정인 게야."

"편지 읽어 보실래요?" 해리엇이 소리쳤다. "그러세요. 아가씨도 읽어 보시면 좋겠어요."

에마는 불감청고소원이었다. 편지를 읽으며 그녀는 놀랐다. 편지의 문체가 예상보다 훨씬 뛰어났던 것이다. 문법적 오류가 하나도 없을 뿐 아니라 그만한 문장이라면 신사라도 부끄러워할 이유가 없을 정도였다. 언어는 소박하긴 하지만 탄탄하고 가식이 없고, 거기 담긴 감정도 글쓴이의 품격을 말해 주기에 충분했다. 짧은 편지지만, 양식과 따뜻한 애정과 너그러운 마음씨와 반듯한 예의와 심지어는 섬세한 감정까지 담겨 있었다. 에마가 편지를 앞에 놓고 잠시 침묵하는 사이 해리엇은 옆에 지키고 서서 "저, 저." 해 대며 에마의 의견을 조바심치며 기다리다가 결국은 "그만하면 잘 쓴 건가요? 아님 너무 짧은가요?" 하는 말을 덧붙이고 말았다.

"그래, 정말이지, 아주 잘 쓴 편지야." 에마는 조금 천천히 대답했다. "너무 잘 써서, 모든 점을 감안할 때 누이 중 하나가 틀림없이 도와줬지 싶네. 전날 너하고 이야기를 나누던 그 청년이 자신의 마음을 온전히 자기 능력만으로 이렇게 잘 표현할 사람으로는 보이지 않거든. 그렇지만 이건 여자 문체도 아닌데. 그래, 그러기엔 분명 너무 힘이 있고 간결해. 여자 문체로 볼 만큼 말이 많지도 않고. 양식 있는 사람인 게 분명하고 타고난 재능도 있는 것 같네. 힘차고 명쾌하게 생각하는 힘 말이야. 그리고 손에 펜을 쥐면 생각을 담아낼 적절한 표현이 저절로 떠오르는 거지. 남자들 중 그런 사람들이 있어. 그래, 어떤 정신의 소유자인지 잘 알 것 같아. 기운차고, 맺고 끊는 것이 분명하고, 어느 정도 감성적이지만 조야하지는 않고. 훨씬 잘 썼네, 해리엇, (편지를 돌려주며) 내가 기대했던 것보단 말이야."

"그럼." 여전히 기다리며 해리엇이 말했다. "그럼…… 그렇담, 전 어떡하면 좋아요?"

"어떡하면 좋다니! 뭐 말이야? 이 편지 말이야?"

"네."

"아니 망설일 게 뭐 있어? 물론 답장을 해야지, 신속히."

"네. 그렇지만 뭐라고 쓰지요? 우드하우스 양, 제발 알려 주세요."

"어머, 그건 안 돼! 그런 편지는 순전히 자기 혼자서 써야지. 네 생각을 아주 적절하게 전할 수 있을 것이라고 믿어. 네가 요령부득의 말만 쓸 위험도 없겠지. 그게 가장 중요해. 이럴 때는 뜻을 확실히 밝혀야지. 한 점 의혹이나 망설임의 기미도 없이. 그리고 상대방이 겪는 고통에 대해서 감사하고 염려하는 예의 바른 표현이야 너라면 누가 시키지 않아도 바로 마음에 저절로 떠오르겠지. 실망하게 해서 안타깝다는 투로 쓰라는 말도 네게는 굳이 필요 없겠고."

"그럼 당연히 거절해야 한다고 생각하시는 거네요." 해리 엇이 눈을 내리깔며 말했다.

"당연히 거절해야 한다! 아니 해리엇, 무슨 말이야? 그 점에 대해서 확신이 없는 거야? 난 그만…… 아니, 사과할게. 아마 내가 오해했던 모양이야. 네가 답변의 취지에 대해서 확신이 없는 거면 내가 오해한 게 분명하네. 난 그냥 표현 방식을 묻는 줄 알았거든."

해리엇은 아무 말도 안 했다. 슬쩍 사리는 태도로 에마가 말을 이었다.

"그럼 긍정적인 답을 보낼 생각인 모양이네."

"아뇨. 아니에요. 제 말은요, 그럴 생각은…… 아, 어떻게 하지요? 아가씨 생각에는 어떻게 하는 게 좋겠어요? 우드하우스 양, 부디 어떻게 하는 게 옳은지 알려 주세요."

"난 조언 같은 것은 하지 않을 거야, 해리엇. 이 일에는 전혀 관여하지 않을 거야. 이런 건 자기 스스로 자기 감정에 따라 결정해야 하는 일이야."

"그 사람이 저를 이렇게 많이 좋아하는 줄은 전혀 몰랐어요." 해리엇이 편지를 곰곰이 들여다보며 말했다. 잠시 에마는 침묵을 지켰으나, 그 편지가 매우 강력한 찬사로 다가와 마음이 혹하는 것은 아닐까 우려되기 시작해서 입을 여는 편이 낫겠다 싶어졌다.

"해리엇, 내가 생각하는 일반적인 규칙은 여자가 남자를 받아들일지 말지 잘 모르겠다면 당연히 거절해야 한다는 거야. '좋다.'라고 말하는 데 망설임이 있다면, 곧바로 '아니요.'라고 말해야지. 마음이 반만 기운 채 긴가민가 하는 감정 상태로 결혼에 뛰어드는 것은 안전하지가 못하지. 친구로서, 그리고 인생 선배로서 이만큼은 말해 주는 게 내 의무라고 생각해서 이야기했어. 그렇지만 내가 너한테 이래라저래라 하려 든다고는 생각하지 말아 줘."

"어머니! 그럼요. 아가씨처럼 무척이나 친절하신 분께 어떻게 그런 생각을…… 그렇지만 어떤 게 최선일지 조언을 주실 수만 있다면…… 아니, 아니요, 그런 뜻은 아니고요, 아가씨 말씀대로, 확실한 마음이 있어야겠지요. 망설임이 있어서도 안 되고요…… 이건 대단히 중대한 일이니까요…… '아니요.' 라고 하는 편이 더 안전하겠지요, 아마…… '아니요.'라고 하는 편이 나을까요?"

"내가 어느 쪽으로든 조언하는 일은 절대 없을 거야." 에마가 부드러운 미소를 지으면서 말했다. "자기 행복은 자기가 가장 잘 판단할 수 있을 테니까. 만약 마틴 씨가 다른 누구보다도 낫다고 생각한다면, 네가 만난 사람들 가운데 그 사람이 가장 마음에 든다고 생각한다면 뭣 때문에 망설이겠어? 얼굴이 빨개지네, 해리엇…… 이런 말을 들으니 순간 누군가 다른 사람이 떠오르는 거야? 해리엇, 해리엇, 자기 생각을 스스로 속이지 마. 감사와 동정 때문에 성급한 결정을 하지는 마. 지금 이 순간 너한테 떠오르는 사람이 누구지?"

좋은 징조였다. 대답하는 대신 해리엇은 혼란스러운 얼굴로 몸을 돌리고 생각에 잠긴 채 벽난로 옆에 서 있었다. 그리고 여전히 편지를 손에 들고 있었지만, 이제는 관심이 사라진 편지를 기계적인 동작으로 비비 꼬아 댈 뿐이었다. 에마는 초조하게, 그러나 자기 희망대로 되리라고 굳게 믿으며 결과를 기다렸다. 마침내 얼마간 망설이면서 해리엇이 말했다.

"우드하우스 양, 아가씨가 의견을 말씀하지 않겠다시니 저 혼자 어떻게든 답을 찾아보아야겠네요. 그리고 이제 마음이 확실해졌고, 또 정말로 결심이 거의 섰어요…… 마틴 씨를 거절하기로요. 옳은 선택일까요?"

"그럼, 옳고말고, 해리엇. 당연한 결정을 한 거야. 너한테서 어쩔까 주저하는 기미가 조금이라도 보이는 동안에는 내 마음을 알리지 않았지만, 이제는 완전히 결정이 났으니 나도 주저없이 찬성을 표할게. 해리엇, 나도 정말 기뻐. 너와 더 이상 친하게 지낼 수 없다면 난 정말 슬펐을 거야. 네가 마틴 씨와 결혼하면 그렇게 될 게 틀림없잖아. 네가 조금이라도 망설이고 있을 때는 무슨 영향을 줄까 봐 그런 얘기를 못 했지만. 그러나 그렇게 되었다면 나는 친구를 잃었을 거야. 내가 애비밀 농장의 로버트 마틴 부인을 만나러 갈 수는 없는 노릇이잖아. 이제는 너하고 영원히 헤어지지 않아도 되겠네."

해리엇은 자기가 어떤 위험에 처했는지 짐작도 못 하고 있었지만, 그런 생각만으로도 심한 충격을 받았다.

"저를 만나러 오실 수 없으셨을 거라니요!" 그녀는 파랗게 질려서 소리쳤다. "그래요, 틀림없이 그랬겠지요. 그런 생각은 한 번도 못 했네요. 그렇게 된다면 정말 너무나 끔찍할 거예요! 큰일 날 뻔했어요! …… 우드하우스 양, 전 이 세상 그 무엇을 준다 해도 아가씨와 가깝게 지내는 즐거움과 영예하고는 바꾸지 않을 거예요."

"그래, 해리엇, 널 잃는다면 나도 정말 가슴이 아팠을 거야. 그렇지만 그럴 수밖에 없었을 거야. 넌 더 이상 훌륭한 사람들과 교제할 수 없는 처지가 되었을 테니까. 나도 널 포기하는 수밖에 없었겠지."

"에구머니나! 그렇게 된다면 제가 어떻게 견뎌 내겠어요! 다시는 하트필드에 올 수 없다면 전 그만 죽어 버렸을 거예요!"

"어쩜 그렇게 다감한지! 그런 네가 애비밀 농장으로 추방되다니! 무식하고 천박한 사람들하고만 평생 벗해야 하다니! 그 사람이 감히 어떻게 청혼할 자신이 생겼는지 모르겠네. 자기가 꽤 대단한 인물인 줄 아는 모양이야."

"자만심이 강한 사람 같지는 않아요, 일반적인 면에서는요." 양심상 이런 비난을 받아들일 수 없었던 해리엇이 말했다. "적어도 마음은 아주 착한 사람이고, 전 늘 그 사람한테 고마움과 커다란 존경심을…… 그러나 그거야 별개 문제고요. 그리고 그 사람이 저를 좋아한다고 해서 저도 그 사람을 좋아할 까닭은 없잖아요. 솔직히 말해서 제가 이곳에 드나들기 시작한 이후로 사람들을 만나게 된 것도 사실이고…… 외모든 매너든 비교를 하자고 들면 전혀 비교가 안 되지요. 이쪽이 훨씬 잘생기고 멋있으니까요. 그렇지만 전 정말로 마틴 씨가 아주 친절한 사람이라고 생각하고, 아주 괜찮은 사람이라고 생각해요. 또 저를 그렇게 좋아해 주고, 그런 편지도 보내 주고…… 그러나 아가씨와 헤어지다니, 천하 없어도 그것만은 안 돼요."

"고마워, 고마워, 내 상냥한 어린 친구. 우린 헤어지지 않을 거야. 여자가 남자한테 청혼을 받았다는 이유만으로, 아니면 자기를 좋아하고 그만하면 괜찮게 편지를 쓸 수 있다는 이유만으로 결혼을 해야 하는 것은 아니잖아."

"어머, 그럼요! 거기다 짧은 편지인걸요."

에마는 친구의 안목이 떨어진다는 생각이 들었으나 '그야 그렇지.' 하는 말로 넘어가며 이렇게 말했다. "그리고 하루 종일 매시간 남편의 촌스러운 매너에 기분이 상할지도 모르는 판에 편지 좀 잘 쓴다는 것을 안다 해서 무슨 큰 위안이 되겠어."

"아이, 맞아요! 정말. 누가 편지에 신경을 쓰나요. 중요한 건 좋은 분들과 늘 행복하게 지내는 것이지요. 전 거절하기로 확실히 마음이 섰어요. 그러나 어떻게 하지요? 뭐라고 쓰지요?"

에마는 그녀에게 답변에는 아무 어려움도 없을 거라고 안심시키고 곧바로 써야 한다고 조언했는데, 그녀가 도와줄 거라는 희망 덕분에 이 조언은 받아들여졌다. 그리고 도움을 청할 때마다 에마는 계속 안 된다고 했지만, 사실상 만들어진 문장 하나하나가 도움을 받지 않은 것이 없었다. 답장을 쓰자면 그의 편지를 다시 읽어야 했는데 그러면 금방 마음이 무척 약해지곤 했기 때문에, 특히 몇 가지 단호한 표현으로 그녀의 마음을 다잡아 줄 필요가 있었던 것이다. 그리고 그를 불행하게 한다는 마음에 해리엇이 너무나 속상해하고, 그의 모친과 누이들이 무슨 생각과 말을 할지 너무나 신경 쓰고, 자기를 배은망덕하다고들 생각할까 봐 너무나 걱정했기 때문에, 에마는 만약 그 청년이 그 순간 해리엇 앞에 나타난다면 필경 승낙을 받았을 것이라는 생각이 들었다.

그렇지만 결국 편지는 완성되고 봉인되어 보내졌다. 이제 일은 마무리되고 해리엇은 안전했다. 그녀는 저녁 내내 침울한 편이었으나, 에마는 그런 사랑스러운 아쉬움 정도는 용납할 수 있었고, 때로는 자신의 우정을 거론하고 때로는 엘튼 씨를 화제로 꺼내서 아쉬움을 달래 주었다.

"다시는 애비밀에 초대받지 못하겠지요." 다소 서글픈 어조로 해리엇이 말했다.

"그쪽에서 초대한다고 해도 너하고 떨어져 있는 것을 내 편에서 견디지 못할 거야, 해리엇. 하트필드에 아주 필요한 사람이라서 잠깐이라도 애비밀에 넘겨줄 수가 없지."

"그리고 저도 절대로 거기 가고 싶어 하지 않을 거예요. 하트필드에서만 행복할 수 있으니까요."

얼마 있다가는 이런 말도 했다. "무슨 일이 있었는지 고더드 선생님이 알면 굉장히 놀라실 거예요. 틀림없이 내시 선생님도…… 내시 선생님은 자기 언니가 결혼을 아주 잘했다고 생각하는데, 상대는 포목상일 뿐이거든요."

"만약 학교 선생이 그 이상의 자부심이나 세련미를 드러낸다면 그것도 보기 괴로울 거야, 해리엇. 내시 양이라면 틀림없이 이런 혼인 기회만으로도 널 부러워하겠지. 내시 양 눈에는 이런 사람의 애정을 얻어 낸 것만도 아주 괜찮게 보일 거야. 너한테 더 나은 가능성이 있다는 점에 대해서는 전혀 깜깜일 테니까. 어떤 분의 관심은 아직 하이베리의 이야깃거리에 오르지 못했으니까. 그분의 표정과 거동이 무슨 의미인지 알아본 사람은 아직은 너하고 나밖에 없는 모양이야."

해리엇은 얼굴을 붉히고 미소를 지으며, 사람들이 자기를 그렇게 좋게 생각해 주다니 신기하다는 요지의 말을 몇 마디 했다. 엘튼 씨 생각을 하면 분명 기분이 나아지지만, 조금 후에는 거절당한 마틴 씨 때문에 마음이 아파지는 것이었다.

"지금은 내 편지를 받았겠지요." 그녀가 나지막이 말했다. "모두들 어쩌고 있을까요…… 누이들도 알게 되었는지…… 그 사람이 불행해하면 식구들 모두 불행해할 텐데. 마음이 아주 많이 상하지는 않았으면 좋겠어요."

"여기 없는 우리 친구들 중에서 지금 더 즐거운 시간을 보내고 있을 사람들 생각을 해 보자고." 하고 에마가 소리쳤다. "지금 이 순간 아마도 엘튼 씨는 네 초상화를 모친과 누이들한테 보여 주면서 실물이 훨씬 더 예쁘다는 말을 하고 있을 테고, 그분들이 대여섯 번이나 물어본 연후에야 네 이름을, 네 사랑스러운 이름을 알려 주겠지."

"제 초상화요! 하지만 초상화는 이미 본드가*에 맡겼겠지요."

"그랬을까! 만일 그렇다면 내가 엘튼 씨를 전혀 모르는 거겠지. 천만에, 겸손한 해리엇, 십중팔구 그분이 내일 말에 오르기 전까지는 초상화가 본드가에 가 있는 일은 없을걸. 그 대신

---

* 런던의 웨스트엔드 지역에 있는 화려한 상점가.

"지금 이 순간 엘튼 씨는 네 초상화를 모친과 누이들한테 보여 주면서
실물이 훨씬 더 예쁘다는 말을 하고 있을 거야."

오늘 저녁 내내 그분과 함께하면서 위안과 기쁨을 안겨 주고 있을 거야. 초상화는 그분 계획을 식구들에게 알리고, 널 식구들에게 소개하는 계기가 되고, 우리 본성의 저 가장 즐거운 느낌들, 즉 열렬한 호기심과 따뜻한 호감을 모든 식구들이 품게 되는 계기가 되겠지. 모두들 얼마나 즐겁고 기분 좋게, 얼마나 열심히 그럴싸한 상상을 하고 있을까!"

해리엇은 다시 미소 지었고, 그 미소는 점점 더 뚜렷해졌다.

8

해리엇은 그날 밤을 하트필드에서 잤다. 지난 몇 주 동안 그녀는 여유 시간의 절반 이상을 그곳에서 보냈고 점차 본인용으로 배정된 침실을 갖게 되었다. 그리고 에마는 현재로서는 그녀를 가능한 한 자주 자기들 곁에 두는 편이 모든 면에서 가장 낫고 가장 안전하고 가장 친절한 조치라고 판단했다. 해리엇은 다음 날 아침 한두 시간가량 고더드 부인 집에 들러야 했지만, 갔다가 하트필드로 다시 돌아와 정식으로 며칠간 체류할 예정이었다.

그녀가 간 사이 나이틀리 씨가 방문해서 우드하우스 씨와 에마와 얼마간 자리를 함께했는데, 이미 산책을 나가기로 마음먹었던 우드하우스 씨는 딸이 더 미루지 마시라고 설득하고 두 사람이 같이 권하는 바람에, 손님 대접이 아니라고 한사코 사양은 했지만 결국 나이틀리 씨를 남겨 두고 산책에 나서게 되었다. 나이틀리 씨는 그런 격식을 따지는 사람이 전혀 아닌지라 그의 짧고 단호한 응대는 집주인의 장황한 사과나 예절 바른 망설임과 재미있는 대조를 이루었다.

"글쎄, 혹시 나이틀리 씨, 자네가 양해를 해 준다면, 대단한 무례를 범하는 것이라고 생각하지 않아 준다면, 아무래도 에마가 권하는 대로 십오 분 동안 산책을 갔다 와야 할 것 같구먼. 지금 해가 나와 있으니까, 가능할 때 세 바퀴 산책을 하고 오는 것이 나을 것 같네. 예의가 아니라는 건 알지만서도, 나이틀리 씨. 우리 병든 노인네들은 우리에게 무슨 특권이라도 있는 줄 알거든."

"어르신, 저한테 남처럼 그러지 마십시오."

"그 대신 내 여식이라는 훌륭한 대리를 두고 가네. 에마는 기꺼이 자네 상대가 되어 줄 게야. 그러니까 내 자네 양해를 얻어서 세 바퀴 돌고 옴세. 내 겨울 산책이야."

"당연히 갔다 오셔야지요, 어르신."

"같이 가자고 청하고 싶은 마음이야 굴뚝같지만, 나이틀리 씨, 난 걸음이 아주 느린지라 자네한테는 답답할 게야. 거기다가 자네는 돈웰애비까지 먼 길을 또 걸어가야 하지 않나."

"고맙습니다, 어르신, 고맙습니다. 저도 바로 갈 겁니다. 그리고 어서 출발하시는 게 좋겠는데요. 제가 외투를 가져다 드리고 정원 문을 열어 드리지요."

마침내 우드하우스 씨는 출발했다. 그러나 나이틀리 씨는 자기도 바로 떠나는 대신 다시 자리에 앉았으니, 좀 더 담소를 나누고 싶은 모양이었다. 그는 해리엇 이야기를 꺼내기 시작했는데 그 어느 때보다도 자발적인 칭찬을 많이 했다.

"내가 그 아가씨의 미모를 당신만큼 높이 보는 것은 아니지만." 하고 그가 말했다. "예쁜 것은 맞고, 성품도 아주 괜찮은 것 같더군. 누구하고 같이 지내느냐에 따라 달라지는 성격이니, 옆에서 잘 도와주면 참한 여성이 될 거요."

"그렇게 생각하신다니 기뻐요. 그리고 주변 도움이라면 지금도 부족하지는 않을 거예요."

"어이쿠." 그가 말했다. "칭찬을 받고 싶은 모양이니, 당신 덕에 그 아가씨가 많이 나아졌다고 내 말해 드리지. 킥킥대는 여학생 버릇은 고쳤고 그게 다 당신 덕이니까."

"고마워요. 아무 도움도 안 되었다는 생각이 들었다면 정말 창피했을 거예요. 그렇지만 칭찬을 해야 할 때 누구나 칭찬을 베푸는 것은 아니지요. 당신만 해도 저한테 칭찬을 과하게 하는 편은 아니잖아요."

"오늘 아침도 그 아가씨가 다시 오기로 했소?"

"예, 금방이라도 올 거예요. 이미 예정보다 늦어진걸요."

"무슨 일이 생겨서 늦나 보네. 찾아온 사람들이 있다든가."

"또 하이베리의 소문이 돌았군요! 정말이지 지겨운 사람들이에요!"

"당신이 지겨워한다고 해리엇도 꼭 지겨워하란 법은 없겠지."

뭐라고 반박하기에는 너무 맞는 말인지라 에마는 아무 말도 하지 않았다. 곧 그가 미소를 지으며 덧붙였다.

"언제 어디서라고 꼭 집어 말하지는 않겠소. 그러나 나 나름대로 근거가 있어 하는 말인데 당신의 꼬마 친구한테 곧 무슨 좋은 이야기가 있을 것이오."

"정말요! 어떻게요? 어떤 이야기요?"

(여전히 미소를 띤 채) "대단히 심각한 이야기요, 물론."

"대단히 심각하다고요! 생각할 수 있는 것은 하나뿐인데…… 그 애를 사랑하게 된 사람이 누구예요? 당신한테 털어놓은 사람이 누구예요?"

에마는 엘튼 씨가 속내를 비쳤기를 희망하는 마음이 반 이상이었다. 나이틀리 씨는 모든 사람에게 친구이자 조언자 역할을 해 온 사람이고 엘튼 씨가 그를 존중한다는 것은 그녀도 아는 바였다. 그가 대답했다.

"나 나름대로 근거가 있어서 하는 생각인데 해리엇 스미스한테 곧 결혼 신청이 들어올 거요……. 상대방은 그리 뜻밖의 인물도 아닐 거고. 누군고 하니 바로 로버트 마틴이오. 이번 여름 해리엇이 애비밀을 방문했을 때 그렇게 된 모양이오. 그 사람은 해리엇을 열렬히 사랑하고 그녀와 결혼할 작정이라더군."

"대단히 고마운 사람이네요." 하고 에마가 말했다. "하지만 해리엇도 결혼할 생각인지 그 사람 자신 있대요?"

"알았어요, 알았어, 그럼 청혼할 작정이라고 해 둡시다. 그러면 되겠소? 이틀 전 저녁때 그 일로 조언을 구하려고 애비로 찾아왔더군. 내가 그 사람과 그 식구들 모두를 전적으로 신뢰한다는 것을 잘 알고, 그 사람도 나를 분명 자기의 가장 좋은 친구 중 하나로 생각할 것이오. 아무튼 찾아와서는 그렇게 일찍 새살림을 꾸미는 것이 경솔하게 여겨지지는 않느냐, 그 아가씨가 너무 어리다고 생각하지는 않느냐, 간단히 말해서 그 선택에 전적으로 찬성하느냐고 묻는 거요. 아마도 그 아가씨가 (특히 당신이 그 아가씨를 그렇게 대단하게 대우해 준 이후로)

자기보다 높은 신분 출신이라고 여겨질지도 모른다는 점이 좀 걸리는 모양이더군. 그 모든 말을 난 대단히 좋게 들었소. 누구도 로버트 마틴만큼 분별 있는 말을 하는 것은 들어 본 적이 없소. 그 사람 말에는 언제나 요령이 있고, 솔직하고 담백하며 판단도 뛰어나니까. 나한테 모든 것을 이야기했소. 자기의 여건과 계획, 그리고 자기가 결혼을 할 경우 식구들 모두 어떻게 해 주기로 했는지 말이오. 아들로나 오빠로나 훌륭한 젊은이요. 나는 전혀 망설임 없이 결혼하라고 조언해 주었소. 충분히 그럴 준비가 되었다는 것을 잘 보여 주었고, 이미 마음이 그렇다면 결혼이 최선이겠다는 확신이 들었거든. 그 어여쁜 아가씨 칭찬도 해 주고 결국 그 사람은 아주 행복한 마음으로 떠날 수 있었지. 설령 내 의견을 높이 평가한 적이 없었더라도 그때만큼은 나를 아주 좋게 생각했을 거요. 그리고 틀림없이 우리 집을 나가면서 내가 세상에 둘도 없는 최상의 친구이자 조언자라고 생각했을 거요. 그저께 밤에 있었던 일이오. 그러니 그 사람이 별로 뜸을 들이지 않고 아가씨한테 말을 꺼낼 거라고 봐도 무방하지 않겠소. 그런데 어제는 안 꺼낸 모양이니 오늘 고더드 부인 댁에 갈 가능성도 없지 않지. 그리고 그 아가씨가 늦는 것도 방문객 때문일지 모르지. 상대방이 지겹다는 생각은 전혀 없이 말이오."

"그런데 나이틀리 씨." 이 말을 듣는 동안 많은 대목에서 속으로 미소를 삼키던 에마가 말했다. "마틴 씨가 어제 안 그랬는지는 어떻게 아세요?"

"물론⋯⋯." 하고 그가 놀라며 대답했다. "확실히 알 수야 없지만, 짐작은 할 수 있지. 그 아가씨 하루 종일 당신하고 같이 있지 않았던가?"

"털어놓고 말씀해 주셨으니 그 보답으로 알려 드릴 게 있어요." 그녀가 말했다. "청혼 말은 어제 꺼냈답니다. 즉 편지를 보냈다가 거절당했지요."

이 말을 믿게 하기까지는 여러 번 반복해야만 했다. 그리고 나이틀리 씨가 분연히 벌떡 일어나 이렇게 말할 때 그의 얼굴은 실제로 놀라움과 불쾌함에 벌겋게 달아올랐다.

"그렇다면 그 아가씬 생각했던 것보다 훨씬 더 바보구먼. 도대체 그 어리석은 여자는 무슨 생각이오?"

"아! 그렇겠지요." 에마가 소리쳤다. "남자들은 여자가 결혼 신청을 거절하면 언제나 이해를 못 하지요. 여자는 누가 청혼만 하면 금방 받아들인다고 언제나 생각하니까요."

"말도 안 되는 소리! 남자들은 그런 생각은 하지 않아요. 그렇지만 이게 무슨 일이오? 해리엇 스미스가 로버트 마틴을 마다하다니? 정말 그렇다면 미친 짓이지. 그렇지만 당신이 잘못 안 일이면 좋겠군."

"답장을 직접 본걸요. 이보다 더 명백할 수는 없지요."

"답장을 보았다고! 답장을 써 주기도 했겠지. 에마, 당신이 저지른 짓이군. 당신이 거절하라고 설득한 거야."

"설령 내가 그랬다고 해도 (결코 인정하는 것은 아닙니다만.) 잘못했다라는 생각은 안 할 거예요. 마틴 씨는 대단히 괜찮은 청년이지만, 해리엇하고 동급이라고는 인정할 수 없어요. 해리엇한테 청혼할 엄두를 냈다는 것이 오히려 좀 놀라운

109

걸요. 당신 말을 들으면 얼마간 조심스러운 마음도 있었던 모양인데, 그런 조심성이 다 어디로 간 건지 딱하네요."

"해리엇과 동급이 아니라니!" 나이틀리 씨가 열이 나서 버럭 소리를 질렀다. 그러더니 조금 후에 약간 가라앉은, 그러나 신랄한 어조로 이렇게 덧붙였다. "그럼, 동급이 아니지. 신분도 그렇지만 분별력도 더 월등하니까. 에마, 당신은 그 아가씨한테 혹한 마음에 눈이 멀었소. 태생이나 천성, 교육에서 해리엇 스미스가 로버트 마틴보다 나은 점이 도대체 뭐가 있소? 누구 딸인지도 모르는 사생아에다, 아마도 제 몫의 재산은 한 푼도 없을 것이고 점잖은 친지가 없는 것이 분명하지 않소. 고작해야 평범한 학교의 특별 기숙생 아니오. 분별력이 있나 지식이 있나. 쓸모 있는 교육을 받지도 못했고, 너무 어리고 단순해서 자력으로 무엇을 배우지도 못했고. 그 나이에 식견이 있을 리도 없고, 그런 머리로는 도움이 될 만한 식견을 갖추게 될 가능성도 별로 없잖소. 예쁘고 성격이 좋기는 하지만 그게 전부지. 결혼하라고 조언을 하면서 주저되는 바가 있었다면 오로지 남자 쪽을 생각해서요. 상대가 그 사람한테 못 미치고, 또 안 좋은 인척 관계도 생길 테니까. 재산으로 보면 훨씬 나은 사람을 고를 수도 있을 테고, 이성적이거나 유용한 인생의 동반자라는 점에서는 이보다 못한 선택도 없겠다 싶었소. 그렇지만 사랑에 빠진 사람한테 그런 말을 해 봐야 소용도 없고, 그래서 난 그 아가씨도 해가 될 것은 없다, 또 성격도 유순하니 마틴 같은 사람이 잘 이끌어만 준다면 괜찮아질 것이라고 믿어 보려 한 거지. 그 결혼으로 득을 보는 것은 온전히 아가씨 쪽이라고 느꼈고, 그리고 그때도 그렇고 지금도 그렇지만 모두들 그 아가씨가 복이 터졌다고 떠들 것이 분명하다고 봤소. 당신이라도 이런 결혼은 흡족할 것이라고 확신했는데. 친구가 그렇게 좋은 자리가 나서 하이베리를 떠나는 것이라면 당신도 속상해하지 않을 것이라는 생각이 즉각 머리를 스쳤거든. 속으로 이렇게 말한 기억이 나네. '아무리 해리엇을 편애하는 에마라고 해도 이만하면 훌륭한 결혼이라고 생각하겠지.'라고 말이오."

"그런 말을 하다니, 나, 에마라는 인간을 얼마나 잘 모르시는지 놀라움을 금할 수 없군요. 뭐라고요! 내 절친한 친구에게 고작 농사꾼이 (분별력이 얼마나 뛰어나고 장점이 얼마나 많은지 몰라도 마틴 씨는 결국 농사꾼일 뿐이잖아요.) 훌륭한 신랑감이라니요! 그 아이가 나로서는 더불어 벗할 수 없는 사람과 결혼하기 위해서 하이베리를 떠난다는데 속상하지 않을 거라니요! 내가 그럴 것이라고 생각하는 당신이 놀라워요. 분명히 말하지만 내 느낌은 전혀 달라요. 하신 말씀도 절대 공정하다고 볼 수가 없네요. 해리엇의 자격에 대해서 공정하지가 않잖아요. 나만이 아니라 다른 사람들도 아마 전혀 다르게 평가할 거예요. 둘 중 마틴 씨가 재산은 더 많을지 몰라도 사회적 위치는 분명히 더 떨어지지요. 그 아이가 교제하는 사람들도 그 청년보다 훨씬 더 높은 사람들이고. 격 떨어지는 결혼이 될 거예요."

"근본도 모르고 아는 것도 없는 여자가 점잖은 신분의 현명한 농경인 신사와 결혼하는 것이 격 떨어지는 일이라니!"

"출생 정황 이야기라면 그 애가 법적인 면에서는 아무것도 아닌 존재라 할지 몰라도 상식상으로 보면 그렇지가 않아요. 다른 사람들이 저지른 잘못 때문에 그 애가 그 대가를 치를 수도 없고요. 여태껏 함께 지내 온 사람들의 수준 이하로 치부되는 식으로 말이지요. 그 애 부친이 신사라는 것, 그것도 부유한 신사라는 것은 거의 의심할 여지가 없어요. 생활비도 넉넉하게 받고, 더 나은 발전이나 편안한 환경에 도움이 될 어떤 것도 여태 안 된다고 거절당한 적이 없잖아요. 그 애가 신사의 딸이라는 점은 나한테는 의심의 여지가 없는 일이에요. 그 애가 신사의 딸들하고 교제하고 있다는 것 또한, 내 생각에는, 누구도 부인하지 못할 것이고요. 그 애가 로버트 마틴 씨보다 우월하지요."

　"부친이 누군지는 몰라도……." 하고 나이틀리 씨가 말했다. "양육을 책임진 사람이 누군지는 몰라도, 그 아가씨를 소위 상류 사회에 들여보낼 생각이 있었다고는 보이지 않는데. 그리 변변치 않은 교육만 해 주고는 고더드 부인의 손에 맡겨놓고 알아서 해 나가라고 내버려 둔 셈이잖소. 한마디로 고더드 부인 수준에서 머물면서 고더드 부인의 지인들하고 사귀라고 말이오. 그 아가씨의 후원자들은 그 정도면 족하다고 생각한 것이 분명하지. 그리고 실제로도 그만하면 족한 일이고. 아가씨 자신도 그 이상은 바라지 않았고. 당신이 친구로 삼기 전까지는 자신의 처지에 불만도 그 이상의 욕심도 없었지. 이번 여름에 마틴 씨 가족과 더없이 행복하게 지냈고. 그때는 우월감 따위는 전혀 없었소. 이제 우월감이 생겼다면, 당신이 만들어 준 거요. 당신은 해리엇 스미스에게 전혀 친구가 아니었소, 에마. 로버트 마틴은 그 아가씨가 자기한테 마음이 있다고 느끼지 않았다면 절대 그렇게까지 나가지는 않았을 거요. 내가 그 사람을 잘 알아요. 정말 진솔한 감정을 가지고 있어서 이기적인 열정만 믿고 여자한테 청혼할 남자가 아니오. 그리고 자만심이라면, 내가 아는 어떤 남자보다도 거리가 멀어요. 상대도 고무적으로 나온 것이 틀림없소."

에마로서는 이런 주장에는 직접적인 답변을 하지 않는 편이 가장 편했고, 그보다는 자신의 주장을 다시 내세우는 쪽을 택했다.

"마틴 씨한테는 참으로 열렬한 변호자시네요. 그러나 아까도 말했듯이 해리엇한테는 불공정하세요. 훌륭한 결혼을 할 해리엇의 자격은 당신 말처럼 그렇게 하찮은 것이 아니에요. 총명하지는 않아도, 생각하시는 것보다 분별력 있고 이해력도 그렇게 폄하할 정도는 아니에요. 그렇지만 그 점은 제쳐 놓고 당신이 묘사하는 것처럼 그저 예쁘고 성격이 좋을 뿐이라고 해도, 그만한 미모에 그만한 성격이라면 대개의 사람들에게는 사소한 장점이 아닐걸요. 실제로 그 애는 아름다운 처녀고 백에 아흔아홉은 분명히 그렇게 생각할 거예요. 그리고 지금 대개들 생각하는 것보다 남자들이 미모 문제에 훨씬 더 달관하고 있다는 점이 밝혀진다면 몰라도, 남자들이 예쁜 얼굴보다 박식한 정신을 사랑한다면 몰라도, 그 전까지는 해리엇만큼 사랑스러운 여성이라면 틀림없이 찬탄과 인기를 누릴 것이고 여러 사람을 놓고 선택할, 따라서 까다롭게 고를 권한을 누릴 거예요. 좋은 성품 역시 그렇게 사소한 자격은 아니라고 봐요. 실제 그 애가 그렇듯 더없이 상냥한 기질과 매너에다 자신에 대해서는 대단히 겸손한 마음, 남에 대해서는 언제든 좋게 보려는 자세를 포함한다면 말이에요. 당신네 남성들이 일반적으로 이런 미모, 이런 성격을 여성이 지닐 수 있는 최고의 자격으로 보지 않는다면, 내 생각이 아주 틀린 거겠지요."

"이런 세상에, 에마, 이성을 남용하는 당신 이야기를 듣다 보니 나도 그런 생각이 들 정도군. 당신처럼 오용하느니 차라리 분별력 따위는 없는 편이 낫겠소."

"그렇겠지요!" 그녀가 장난기 어린 목소리로 소리쳤다. "그거야말로 당신네 남성들의 생각이잖아요. 어느 남자나 해리엇 같은 여자를 좋아하잖아요. 오감을 사로잡으면서 동시에 자기 판단력에도 부합하니까요. 아이! 해리엇은 얼마든지 골라잡아도 돼요. 당신도, 당신만 해도, 만일 결혼을 한다면 당신한테 맞는 여자는 바로 해리엇이에요. 그리고 이제막 인생길에 들어서서 사람들과 교제를 시작한 열일곱 처녀가, 처음 들어온 결혼 신청을 수락하지 않는다고 해서 이상하게 볼 필요가 있겠어요? 아니지요, 한번 주변을 둘러볼 시간은 주셔야지요."

"속으로만 생각하고 말은 안 했지만……" 나이틀리 씨가 곧 말했다. "난 항상 당신들의 교제를 대단히 어리석은 짓이라고 생각했지. 그렇지만 이제 보니 해리엇에게 아주 불운한 일이 될 것 같군. 당신이 미모와 자격이 어떠니 하면서 바람을 잔뜩 불어넣는 바람에, 얼마 안 가 그 아가씨는 가까이 있는 사람들은 하나도 눈에 차지 않을 거요. 모자라는 머리에 허영심이 들어가면 갖가지 해악이 초래되는 법이지. 젊은 처녀가 기대치를 지나치게 높이는 것만큼 쉬운 일도 없고. 해리엇 스미스 양이 매우 아리따운 처녀기는 하지만 혼담이 그렇게 빨리 쏟아져 들어오지는 않을 게요. 당신이 뭐라고 하든 분별력 있는 남자라면 어리석은 아내는 원하지 않으니까. 훌륭한 가문의 남자라면 이렇게 출신이 불분명한 여성과 인연을 맺고 싶지 않을 것이고, 아주 신중한 남자라면 그 아가씨의 부모가 누군지 밝혀졌을 때 혹시 불편과 불명예에 연루되지 않을까 걱정할 것이오. 로버트 마틴하고 결혼하게 놔둬요. 그러면 그 아가씨는 영원히 안전하고 존경받는 행복한 생활을 누릴 거요. 그러나 당신이 굉장한 결혼을 바라게 부추기고 지위가 높고 재산이 엄청난 남자가 아니면 만족하지 못하게 가르친다면, 그 아가씬 평생 고더드 부인 학교 특별 기숙생으로 살게 될지도 모르지. 아니면 적어도 (해리엇 스미스는 상대가 누구든 결혼은 할 인물이니까) 결국 발등에 불이 떨어져서 늙은 필기 선생의 아들이라도 감지덕지 낚아채기 전까지는 말이오."

"이 문제에 대해서는 서로 생각이 너무나 달라서 더 길게 이야기해 봤자 소용이 없겠네요, 나이틀리 씨. 고작 서로 심기만 더 상할 뿐이겠죠. 그렇지만 로버트 마틴과 결혼하게 놔두는 거라면 이미 불가능해졌어요. 그 애는 이미 그 사람에게 거절 의사를 밝혔고, 그것도 내가 보기에는 다시 청혼할 여지가 없을 만큼 단호하게 밝혔거든요. 그 사람을 거절한

115

대가가 뭐가 되었든 이제 감수하는 수밖에 없지요. 그리고 그 거절 자체로 말하면, 내가 영향력을 좀 행사하자면 못할 것도 없었겠지요. 그렇지만 확실히 말씀드리지만, 나든 누구든 영향력을 발휘할 여지도 별로 없었어요. 그 사람 외모도 본인에게 아주 불리한 데다 매너도 아주 안 좋아서, 설령 전에는 그 애한테 그 사람을 좋게 생각하는 마음이 있었다 해도 지금은 아니에요. 더 나은 남성을 만나 보지 못했을 때는 그 사람을 그럭저럭 괜찮게 여겼을 가능성도 있기는 하겠지요. 그 애 친구들의 오빠인 데다가 그 애 마음에 들려고 애를 썼으니까요. 그리고 요컨대, 그 애로서는 더 나은 사람을 본 적도 없으니 (이 점이 분명 그 사람한테 큰 도움이 되었을 거예요.) 애비밀에서 지내는 동안에는 그 사람이 싫지도 않았겠지요. 그러나 이제는 사정이 달라졌어요. 이제는 그 애도 신사가 어떤 존재인지 잘 알고, 그러니 교육과 매너에서 신사가 아니고서는 해리엇의 마음을 얻을 가능성이 없어졌거든요."

"말도 안 되는 소리요, 이런 터무니없이 말도 안 되는 소리가 어디 있소!" 나이틀리 씨가 외쳤다. "로버트 마틴의 매너에는 높이 살 만한 분별력과 진심, 선량한 성품이 배어 있소. 그 사람의 정신에도 해리엇 스미스는 알지도 못할 더 진정한 신사다움이 들어 있고."

에마는 아무 대답도 하지 않았으며 아무렇지도 않고 평온한 척하려 했지만, 사실은 마음이 정말로 불편해져 그가 어서 가 주기를 무척 바랐다. 그녀는 자기가 한 일이 후회되지는 않았다. 여성의 권리와 세련된 매너라는 문제에선 자기의 판단이 그보다 더 낫다는 생각은 여전했다. 그렇지만 또 그의 판단력 일반에 대한 존중심이 습관처럼 되어 있는 터에 이렇게 대놓고 질책을 받기는 싫었다. 화가 난 그를 마주보고 앉아 있는 것도 매우 불편했다. 이렇게 불쾌한 침묵 속에 몇 분이 흘렀다. 단 한 번 에마 편에서 날씨 이야기를 꺼내 보았지만 그는 대답이 없었다. 그는 생각에 골똘했다. 그리고 그 결과는 마침내 이런 말로 나타났다.

"로버트 마틴은 잃은 것이 크게 없소. 스스로도 그렇게 생각할 수만 있다면 말이오. 그리고 머지않아 그렇게 되기를 바라오. 해리엇에 대해서 당신이 무슨 생각을 하든 혼자 아는 게 좋겠지. 그렇지만 당신이 인연을 맺어 주기를 좋아한다는 것은 당신도 공공연히 인정하는 바이니까, 당신한테 어떤 생각과 계획, 전망이 있다고 봐도 무방할 듯하고. 친구로서 하나만 귀띔해 주겠는데, 만일 염두에 둔 상대가 엘튼이라면 모두 헛수고가 되고 말 거요."

에마는 웃으며 부인했다. 그가 계속 말했다.

"장담컨대 엘튼한테는 안 통할 거요. 엘튼은 대단히 괜찮은 사람이고 하이베리 교구 목사로도 매우 신망이 높지만, 신중하지 못한 결혼을 할 사람은 절대 아니오. 좋은 수입의 가치라면 누구 못지않게 잘 아니까. 엘튼이 말은 감상적으로 할지 몰라도 행동은 이성적으로 할 거요. 당신이 해리엇의 자격을 아는 만큼 그 사람도 자신의 자격을 잘 알아요. 자기가 아주 잘생긴 청년으로 어디 가나 인기가 많다는 것을 잘 알지. 그리고 이따금 남자끼리만 있을 때 허물없이 하는 이야기를 들어 보면 자기를 가볍게 던져 버릴 생각은 분명 없어 보이오. 자기 누이들이 친하게 지내는 대단한 가문의 젊은 숙녀들 이야기를 무척 열을 내며 말하는 것도 들었소. 모두들 자기 재산이 2만 파운드씩은 되는 아가씨들이지."

"대단히 감사합니다." 에마가 다시 웃으면서 말했다. "만약 내가 해리엇과 엘튼 씨를 결혼시킬 작정이었다면, 내 눈을 뜨게 해 주시는 것도 대단한 친절이 되었겠지요. 그렇지만 지금은 나 혼자 해리엇을 독차지하고 싶답니다. 중매 서는 일은 정말로 그만두었어요. 랜들스의 성과에 필적하는 일은 결코 못 할 것 같아서요. 잘할 때 그만두어야지요."

"그럼 잘 있어요." 그는 이렇게 말하며 불쑥 일어나 자리를 떴다. 그는 심기가 매우 불편했다. 그 청년이 얼마나 실망할지 느낄 수 있었고, 자신의 승인이 그런 실망을 부추긴 셈이니 속이 상했다. 그리고 에마가 했을 역할을 생각하면 마음이 지극히 언짢았다.

남은 에마 역시 마음이 편치 않았다. 그렇지만 그녀의 경우에는 그보다 이유가 더 불분명했다. 그녀는 나이틀리 씨처럼 그렇게 늘 절대적으로 자신에 만족하거나 자기 견해가 옳고 상대가 틀렸다고 전적으로 확신하지는 않았다. 걸어 나갈 때 그에게는 남은 그녀와는 비할 수 없을 만큼 완벽한 자기 확신이 있었던 것이다. 그렇다고 그녀가 그리 크게 풀이 죽은 것은 아니었으니, 약간의 시간과 돌아온 해리엇이 매우 적절한 회복제가 되었다. 해리엇이 그렇게 오래 나가 있는 것이 불안해지기 시작하던 차였다. 그 청년이 아침에 고더드 부인 댁으로 해리엇을 찾아와 구혼의 변을 늘어놓을 수도 있다는 생각이 들자 불길한 생각이 들었다. 결국 그렇게 실패로 끝날지도 모른다는 두려움이 가장 불안한 점이었다. 그런데 해리엇이 아주 기분 좋게 돌아오고 긴 출타의 이유도 그런 게 아님을 알게 되자 흡족한 마음에 가슴이 진정되면서, 나이틀리 씨야 맘대로 생각하고 말하라지, 나는 여성의 우정과 여성의 감정으로 정당화되지 못할 어떤 일도 하지 않았다는 확신을 갖게 되었다.

그의 이야기를 들으면서 엘튼 씨에 대해 조금 경계심이 생기긴 했지만, 나이틀리 씨한테는 자기처럼 그를 눈여겨볼 기회가, 즉 자기처럼 그런 문제에 대해 뛰어난 기술과 관심을 가진 관찰자로서 눈여겨볼 기회가 없었고 그가 화가 나서 성급히 내뱉은 말이라는 점에 생각이 미치면서, 그녀는 그가 뭘 알아서라기보다 욱한 나머지 자기 바람을 이야기한 것이라는 쪽으로 생각을 정리했다. 에마한테보다 훨씬 스스럼없는 엘튼 씨의 발언을 그가 접했을 가능성은 물론 있고, 엘튼 씨가 돈 문제에 경솔하거나 무관심한 성향은 아닐 수도 있었다. 당연히 엘튼 씨는 돈 문제에 관심이 없기보다는 있는 편이겠지만, 나이틀리 씨는 이해관계를 따지는 마음과 늘 상충하는 강한 열정의 힘을 충분히 감안하지 못했다. 나이틀리 씨는 그런 정열을 본 적도 없고, 그러니 그 효과를 별것 아니라고 생각한 것이었다. 그렇지만 그녀는 그런 것을 아주 많이 봤기 때문에 그 앞에서는 합리적인 신중함으로 원래 가졌을 어떠한 망설임도 무

엘튼 씨는 사연이 있는 듯한 표정의 미소만 짓고 아주 기분 좋게 말을 몰아 떠났다.

률을 꿇게 되리라는 점에 추호의 의심도 없었다. 그리고 그녀가 보기에는 합리적이고 적절한 정도 이상의 신중함이 엘튼 씨에게 있을 리가 없었다.

해리엇의 밝은 표정과 태도를 보며 그녀도 마음이 밝아졌다. 돌아온 해리엇이 한 것은 마틴 씨 생각이 아니라 엘튼 씨 이야기였다. 해리엇은 내시 양한테서 듣고 온 이야기를 도착하는 즉시 아주 즐거워하며 그대로 옮겼다. 페리 씨가 아픈 아이를 봐주려고 고더드 부인 댁에 왔는데, 그가 내시 양에게 이런 이야기를 하더라는 것이다. 그는 어제 클레이턴 파크에서 돌아오던 중 엘튼 씨를 만났는데, 놀랍게도 엘튼 씨는 런던으로 가는 길이었다. 어제는 휘스트* 클럽 야간 모임이 있는 날로 전에는 한 번도 빠진 적이 없는 사람인데도 다음 날 아침 전에는 돌아오지 않을 생각이라 했다. 페리 씨가 엘튼 씨한테 항의를 하면서, 가장 잘하는 당신이 빠지다니 그러면 되느냐, 일정을 하루만 연기하라고 열심히 설득했지만 통하지 않았다. 엘튼 씨는 발길을 돌릴 생각이 전혀 없었고, 이 세상 어떤 유혹이 있더라도 절대 미룰 수 없는 용건으로 가는 길이라고 대단히 특별한 어조로 말했으며, 정말이지 누구라도 탐낼 만한 소임을 맡아서 어떤 굉장히 귀중한 물건을 들고 가는 길이라고 했다. 페리 씨는 무슨 소리인지 정확히는 알아들을 수가 없었으나, 어떤 숙녀가 개입된 일인 것만큼은 확실해 보여 그렇게 말했더니, 엘튼 씨는 뭔가 사연이 있는 듯한 표정의 미소만 짓고

---

* 네 명이 두 명씩 편을 지어 하는 카드 게임.

121

서 아주 기분 좋게 말을 몰아 떠났다는 것이었다. 내시 양은 해리엇에게 이 모든 이야기를 해 주고 엘튼 씨에 대해 한참 더 이야기를 늘어놓더니, 그녀를 의미심장한 눈으로 바라보며 "무슨 용건인지는 자기도 안다고 할 수 없지만, 누가 엘튼 씨의 선택을 받든 세상에서 가장 운이 좋은 여자라는 것만큼은 안다. 엘튼 씨만큼 외모나 성격이 뛰어난 사람은 찾아볼 수 없다는 것엔 의문의 여지가 없으니까."라고 말하더라고 했다.

9

나이틀리 씨야 에마를 보고 뭐라고 탓할 수 있겠지만, 에마는 스스로를 탓할 수가 없었다. 그는 심기가 너무 언짢아서 하트필드에 다시 찾아오기까지 평소보다 시간이 더 걸렸다. 그리고 둘이 만났을 때 지은 심각한 표정을 보면 아직 그녀를 용서하지 않은 것이 역력했다. 그녀는 속이 상했지만 뉘우칠 수는 없었다. 오히려 그 후 며칠 사이에 일어난 전반적인 상황을 보면서 자신의 계획과 추진이 옳았다는 확신만 더욱더 굳어졌다.

엘튼 씨가 돌아오자마자 초상화는 우아한 액자에 담겨 안전하게 전달되어 공동 거실 벽난로 위에 걸렸고, 그는 자리에서 일어나 그것을 바라보면서 한숨을 지어 가며 토막토막 찬사들을 늘어놓았으니 그로선 당연한 일이었다. 그리고 해리엇의 감정으로 말하면, 그녀의 젊음과 성품을 감안할 때 최대한 굳고 신실한 애정으로 자리 잡아 가는 것이 눈에 보였다. 곧 에마는 마틴 씨의 기억은 오로지 엘튼 씨와 대조되며 후자를 돋보이게 할 뿐임을 흡족한 마음으로 확인할 수 있었다.

유용한 독서와 대화를 많이 해서 어린 친구의 정신을 함양한다는 그녀의 계획은 아직은 고작해야 처음 몇 장(章)을 읽고 내일 계속하자는 정도를 넘지 못했다. 공부보다는 잡담이 훨씬 쉬웠다. 해리엇의 이해력을 넓히거나 엄정한 사실들에 응용하도록 애쓰는 것보다는 해리엇의 장래를 놓고 맘껏 상상력을 발동하고 행사하는 편이 훨씬 더 즐거웠다. 따라서 현재 해리엇이 하는 유일한 문학적 노력, 인생의 황혼기를 대비하여 도모하는 유일한 정신적 양식이란, 자기 친구가 만든, 도안된 머리글자와 정교한 물건 그림들로 장식한 고압 압착된 얇은 사절지 노트에, 자기가 주워들은 갖가지 수수께끼를 모아 베껴 넣는 것이었다.

이 문학의 시대에는 방대한 규모의 이런 모음집이 드물지 않다. 고더드 부인 학교의 수석 교사인 내시 양도 적어도 삼백 가지를 적어 넣은 경험이 있고, 그녀의 이야기를 듣고 모음집을 꾸밀 생각을 처음 하게 된 해리엇은 우드하우스 양이 도와준다면 훨씬 더 많이 수집할 수 있을 것이라고 기대했다. 에마는 창작과 기억, 그리고 높은 안목으로 그녀를 도와주었다. 해리엇의 필체가 아주 예쁘기 때문에 분량만 아니라 형식에서도 최고급 물건이 될 공산이 컸다.

우드하우스 씨도 거의 이들 못지않게 이 일에 관심을 기울이며, 적어 넣을 만한 것을 기억해 내려고 시시때때로 애를 썼다. "내가 젊었을 때는 기막힌 수수께끼가 참 많았는데…… 이렇게 기억이 안 날 수가 있나! 그렇지만 조만간 기억이 날 거다." 이런 말은 언제나 "키티, 어여쁘나 얼음 같은 아가씨."*로

---

* 18세기 유명한 극작가 데이비드 개릭(David Garrick, 1717~1779)이 만든 수수께끼.

끝났다.

그는 페리에게도 이미 도움을 청했으나 그의 좋은 벗 페리도 수수께끼라고는 당장 기억나는 것이 없었다. 그렇지만 그는 페리한테 항상 관심을 가져 달라고 해 놓았고, 페리가 여기저기 많이 돌아다니니까 뭔가 보탬을 줄 수 있을 거라고 생각했다.

하이베리의 식자들마다 청을 넣고 다니는 것은 그의 딸이 원하는 바가 전혀 아니었다. 그녀가 도움을 청한 사람은 엘튼 씨가 유일했다. 그는 수수께끼든 낱말 맞히기든 말장난이든 정말로 훌륭한 것 하나라도 기억나는 게 있으면 기여해 달라는 청을 받았다. 그리고 그가 기억을 해내려 아주 열심히 노력하고, 그와 동시에 신사답지 못하거나 여성에 대한 찬사가 포함되지 않은 것은 전혀 입에 담지 않으려고 무지 신경 쓰는 것을 보며 그녀는 기뻤다. 그들이 수집한 것 중 가장 정중한 두세 개 수수께끼는 그가 가르쳐 준 것이었다. 그리고 그가 마침내

나의 첫째는 상처를 암시하고,
나의 둘째는 상처를 받을 운명이네,
나의 전부는 그 상처를 달래고 치유할
최상의 해독제라네.*

라는 저 유명한 낱말 맞히기를 기억해 내고 좀 감상적인 어조

* 첫 낱말은 woe이며 둘째 낱말은 man으로써 이 수수께끼의 정답은 woman이다.

로 낭송하면서 흥분과 기쁨에 무척이나 휩싸였기 때문에 그녀는 몇 쪽 앞에 이미 적었다고 털어놓아야 하는 게 매우 유감일 정도였다.

"우리를 위해 하나 직접 작성해 주지 그러세요, 엘튼 씨?" 하고 그녀가 말했다. "새것이 되자면 그 수밖에 없어요. 당신한테는 그렇게 쉬운 일도 없을 거고요."

"아, 절대 아니다! 평생 이런 것은 한 번도, 아니 거의 써 본 적이 없다. 어리석기 짝이 없는 위인이다! 유감이지만 아무리 우드하우스 양이라 해도 (잠시 멈추었다가) 혹은 스미스 양이라 해도 자기한테는 그런 영감을 불어넣지는 못할 것이다." 하는 게 그의 답이었다.

그러나 바로 다음 날로 영감의 증거라 할 만한 결과물이 산출되었다. 그는 잠깐 들러 탁자에 종이 한 장을 두고 갔는데, 거기 적힌 낱말 맞히기는 그의 말로는 자기 친구 중 하나가 연모하는 젊은 여성에게 바친 거라지만 그의 거동을 보고 에마는 그가 직접 작성한 것이 틀림없다고 즉각 확신했다.

"스미스 양의 모음집에 넣으라고 드리는 것은 아닙니다." 하고 그가 말했다. "친구가 쓴 것이라서 저한테는 어느 선에서든 사람들한테 내보일 권리가 없거든요. 그렇지만 당신이라면 한번 훑어 보고 싶어 하실 것도 같아서요."

그는 이 말을 해리엇보다 에마를 향해 했는데, 왜 그렇게 했는지 에마는 이해가 갔다. 자신의 마음을 심히 의식하다 보니 친구의 눈보다는 자기 눈을 마주하는 편이 더 편했을 터였다. 그리고 다음 순간 그는 자리를 떴다. 다시 한순간 뜸을 들인 후 에마는 "받아." 하며 미소와 함께 해리엇 쪽으로 종이를 밀어 놓았다. "너한테 쓴 거야. 네 거니 받아."

　그러나 해리엇은 마음이 떨려 감히 손대지 못했다. 그래서 앞장서기를 싫어해 본 적이 없는 에마가 직접 읽어 보는 수밖에 없었다.

　── 양께

　낱말 맞히기

　나의 첫째가 보여 주는 것은 지상의 군주인
　제왕의 부와 위엄, 호사스러움과 안락.
　나의 둘째는 또 다른 남성의 모습,
　보라 저기, 바다의 지배자를!

　허나, 아! 둘을 합해 놓으면 완전한 역전이 일어나네!
　남자가 자랑삼는 권력과 자유, 모두 다 날아가 버리고,
　대지와 대양의 군주가 무릎 굽혀 종이 되고,
　여성, 사랑스러운 여성만이 홀로 다스리네.

　그대의 날렵한 재기면 금방 낱말을 떠올릴 것이니
　그 부드러운 눈이 수락의 빛으로 빛나기를!

　그녀는 죽 훑어보고 궁리 끝에 뜻을 알아냈고, 맞는지 확

127

인하고 시행(詩行)들을 완전히 파악하기 위해 다시 끝까지 읽어 보고 해리엇에게 넘겨주고는 해리엇이 기대하면서도 머리가 멍하여 혼란스러운 가운데 수수께끼를 풀려 끙끙거리는 동안 행복한 미소를 지으며 앉아서 속으로 이렇게 중얼거렸다. "아주 잘했어요, 엘튼 씨, 정말 아주 잘했어요. 이보다 못한 것도 읽어 봤으니까. '구애'라. 대단히 훌륭한 암시네요. 거기에 한 표 주겠어요. 이렇게 타진해 보려는 거군요. 이만하면 아주 내놓고 말하는 셈이네요. '스미스 양, 당신에 대한 제 마음을 허락해 주세요. 한 번의 눈빛으로 제 수수께끼와 제 뜻을 모두 용인해 주세요.'라고.

그 부드러운 눈이 수락의 빛으로 빛나기를!

바로 해리엇이야. '부드러운'은 그 애 눈에 딱 들어맞는 말이잖아. 어떤 형용어보다 잘 어울리는, 그 어떤 말보다도 정확한 말이네.

그대의 날렵한 재기면 금방 낱말을 떠올릴 것이니

흐음, 해리엇의 날렵한 재기라! 이거야 금상첨화지 뭐. 해리엇을 두고 이렇게 말하다니, 정말이지 아주 사랑하는 게 틀림없어! 나이틀리 씨, 당신도 이걸 보고 깨달으면 좋겠군요. 이 정도면 당신도 믿을 수 있겠지요. 착각했노라고 난생처음 인정할 수밖에 없겠지요. 정말 훌륭한 수수께끼야! 목적에도 딱 맞고. 이제 곧 결정적인 순간이 도래하겠네."

해리엇이 열심히 질문을 퍼붓는 바람에 그녀는 이런 즐거운 생각들을 중지할 수밖에 없었는데, 그렇지 않았다면 두고두고 곱씹었을 그런 생각들이었다.

"답이 도대체 뭘까요, 우드하우스 양? 도대체 뭘까요? 전혀 모르겠어요…… 전혀 짐작이 안 되네요. 도대체 뭘까요? 찾아내 주세요, 우드하우스 양. 좀 도와주세요. 이렇게 어려운 건 난생처음이네요. '왕국'이 답일까요? 친구란 분이 누군지 궁금해요. 연모하는 젊은 숙녀분은 또 누굴까요! 훌륭한 수수께끼라고 보세요? '여성'이 답인가요?

여성, 사랑스러운 여성만이 홀로 다스리네.

넵투누스*인가요?

보라 저기, 바다의 지배자를!

아니면 삼지창? 아님 인어? 아님 상어? 아, 아니네요! 상어(shark)는 음절이 하나뿐이니까요. 아주 기발한 수수께끼일 거예요. 그렇지 않았으면 그분이 들고 오지도 않았겠지요. 아! 우드하우스 양, 우리가 도대체 답을 알아낼 수나 있을까요?"

"인어에 상어라니! 말도 안 돼! 해리엇, 무슨 생각을 하는

---

* 로마신화에 나오는, 바다와 강, 샘을 지배하는 신.

거야? 친구가 인어나 상어를 두고 만든 수수께끼를 우리한테 들고 와서 그분한테 무슨 도움이 되겠어? 이리 줘 봐, 그리고 들어 봐.

'— 양에게'는 스미스 양이라고 읽으면 되고.

> 나의 첫째가 보여 주는 것은 지상의 군주인
> 제왕의 부와 위엄, 호사스러움과 안락.

이건 궁정(court)이야.

> 나의 둘째는 또 다른 남성의 모습,
> 보라 저기, 바다의 지배자를!

이건 배(ship)고. 너무나 분명하잖아. 이제 가장 중요한 대목.

> 허나, 아! 둘을 합해 놓으면 (구애(courtship)가 되는 거지.)
> 완전한 역전이 일어나네!
> 남자가 자랑삼는 권력과 자유, 모두 다 날아가 버리고,
> 대지와 대양의 군주가 무릎 굽혀 종이 되고,
> 여성, 사랑스러운 여성만이 홀로 다스리네.

대단히 적절한 찬사야! 그다음엔 간청의 말이 이어지는데 해리엇, 이 대목은 너도 별로 어렵지 않게 이해할 수 있을 거야. 편한 마음으로 혼자서 읽어 봐. 너를 두고 너한테 보라고 쓴 게

틀림없으니까."

해리엇은 그렇게 듣기 좋은 설득을 길게 마다할 수는 없었다. 그녀는 끝 행들을 읽고 무척이나 가슴이 두근거리고 행복했다. 말도 나오지 않았다. 그러나 그녀더러 입을 열라는 사람도 없었다. 제대로 느끼기만 하면 충분했다. 에마가 그녀를 대신해 말했다.

"이 찬사에는 아주 확실하고 아주 특별한 의미가 담겨 있기 때문에 나는 엘튼 씨의 취지에 추호의 의문도 있을 수가 없네." 하고 그녀가 말했다. "네가 그분의 흠모 대상이고…… 이제 그 완벽한 증거를 얻을 테지. 전에도 반드시 이렇게 될 거라고 생각은 했지. 내가 그렇게까지 착각할 리야 있나 싶었거든. 그렇지만 이제 명백해졌네. 그분의 마음 상태는 널 안 후로 내가 줄곧 품어 온 바람만큼이나 명백하고 확실해. 그래, 해리엇, 난 지금 이런 상황이 일어나기를 내내 원해 왔어. 나는 너와 엘튼 씨의 연정이 대단히 바람직하다고 해야 할지 아니면 대단히 자연스럽다고 해야 할지 모르겠더라. 아주 그럴 법하기도 하고 딱 맞아떨어지기도 하니까 말이야! 정말 행복하네. 해리엇, 진심으로 축하를 보내. 이런 애정을 이끌어 낼 수 있는 여자라면 자부심을 느껴도 괜찮아. 좋은 결과만 낳을 연분이잖아. 네게 필요한 모든 것, 존중과 독립과 온전한 가정을 제공해 줄 거고, 너의 모든 진정한 친구들 가운데 확실한 네 자리를 마련해 주고, 하트필드와 내 가까이에 있을 수 있으니 우리 사이를 영원히 공고하게 해 줄 거야. 이것은 해리엇, 우리 둘 어느쪽도 얼굴을 붉힐 일이 없는 그런 결합이거든."

"아, 우드하우스 양." 그리고 다시. "아, 우드하우스 양." 처음에 해리엇은 여러 차례 다정하게 포옹하면서 이 말밖에 하지 못했다. 그러나 둘이 좀 더 대화에 가까운 이야기를 나눌 수 있게 되자, 해리엇이 보고 느끼고 내다보고 기억하는 모든 것이 마땅히 그러해야 하는 그대로임이 그녀의 벗에게는 아주 명백해졌다. 엘튼 씨의 우월성은 십분 인식되고 있었다.

"아가씨는 언제나 옳은 말씀만 하시지요." 해리엇이 소리 쳤다. "그러니 전 이번 일도 틀림없이 그런가 보다고 생각하고 믿고 희망해요. 그렇지 않았다면 전 상상도 하지 못했을 거예 요. 너무나 분수에 넘친 일이니까요. 엘튼 씨라면 마음만 먹으 면 누구하고라도 결혼을 할 수 있을 텐데! 그분에 대해서는 두 의견이 있을 수 없지요. 저보다 훨씬 월등한 분이니까. '─양 에게'라는 그 다정한 운문만 생각해도 그래요. 세상에, 얼마나 기발해요! 정말 저를 두고 쓴 걸까요?"

"그런 질문은 난 할 수도 없고 귀에 들어오지도 않아. 확 실한 사실이니까. 내 판단을 믿어 봐. 그건 연극 앞에 붙는 서 사(序詞), 장(章) 앞에 붙는 제사(題詞) 같은 거고, 곧 사실적인 산문이 따라올 테니까."

"이런 일은 아무도 예상하지 못했을 거예요. 한 달 전만 해도 전 생각도 못 했던 일인걸요! 이렇게 이상한 일들이 정말 로 일어나네요!"

"그래, 스미스 양이나 엘튼 씨 같은 사람들이 서로 알게 될 때면, 그런 일이 실제로 일어나지. 맞아, 정말로 이상하기 는 해. 누가 보아도 바람직해서 남이 나서서 거들어 주고 싶어지는 이런 일이, 곧바로 적절한 모양새로 진행되다니 예삿일은 아니지. 너와 엘튼 씨는 처지에서도 천생연분이야. 가정 여건에서 여러모로 서로 어울리는 한 쌍이야. 두 사람의 결혼은 랜들스의 결합에 필적할 거야. 하트필드의 공기 속에는 사랑의 방향을 잡아 주고 찾아가게 하는 어떤 기운이 정말 있는 모양이야.

진정한 사랑의 길은 평탄하게 이어진 적이 없었네*

하트필드 판 셰익스피어 작품집에는 이 구절에 긴 주석이 붙게 될 거야."

"엘튼 씨가 정말로 저를 사랑하다니…… 하고많은 사람 중에 저라니요. 전 마이클마스** 때만 해도 그분을 알지도, 말을 건네 본 적도 없었는데요! 거기다 그분은 세상에서 가장 잘 생긴 분에다, 꼭 나이틀리 씨처럼 모두들 우러러보는 분이잖아요! 다들 그분의 합석을 정말로 바라기 때문에 일부러 그러는 게 아니라면 한 끼도 혼자서 드실 필요가 없는 데다, 초대받는 숫자가 한 주의 날 수보다도 많다고 하던데요. 교회에서 하는 말씀은 또 얼마나 훌륭해요! 내시 양은 그분이 하이베리로 오신 후로 설교한 내용을 죄다 적어 두었대요. 세상에! 제가 처음 그분을 봤을 때를 돌이켜 보면! 그때는 정말 생각도 못 했어요! 애벗 자매와 제가 그분이 지나간다는 이야기를 듣고 전실

---

* 셰익스피어의 「한여름밤의 꿈」 1막 1장 3행.
** 9월 29일 성 미카엘 축일.

(前室)로 달려가서 블라인드 틈으로 몰래 훔쳐보는데, 내시 선생님이 와서는 우리를 야단치며 쫓아내더니 자기는 남아서 몰래 훔쳐보시더군요. 그러고 나서 곧 저를 다시 불러 보게 해 주셨는데, 얼마나 마음씨가 고우신지. 그리고 우리는 그분을 얼마나 미남이라고 생각했게요! 그분은 콜 씨와 팔짱을 끼고 가셨지요."

"널 보살펴 온 분들이 누구든 어떤 사람이든, 최소한 상식이 있다면 이 결혼을 기뻐할 거야. 그리고 어리석은 사람들이라면 굳이 우리 행위를 해명할 필요도 없는 거고. 그분들이 네가 행복한 결혼을 하기를 바란다면, 여기 그런 남성이 나타난 거잖아. 상냥한 성품으로 볼 때 그것을 확실하게 보장해 줄 수 있는 그런 남성 말이야. 그분들이 네 자리로 택한 바로 그 마을과 사람들 사이에서 네가 살림을 꾸리고 정착하기를 바란다면, 여기서 그 일이 실현될 것이고. 그리고 그분들의 유일한 목표가 네가 시쳇말로 시집 잘 가는 것이라면, 여기 유족한 재산, 훌륭한 거처, 신분 상승이 있으니, 그분들도 분명 만족할 거야."

"네, 그렇고말고요. 어떻게 그렇게 말씀을 잘하세요? 아가씨 말씀은 듣기가 참 좋아요. 아가씨는 모르는 게 없으세요. 아가씨와 엘튼 씨는 똑같이 총명하세요. 이 수수께끼도요! 저 같으면 열두 달을 고심해도 이런 건 지어내지 못했을 거예요."

"어제 그분이 거절하는 품을 보니 기량을 발휘해 볼 생각이구나 하는 생각이 들더라."

"정말이지 제가 읽어 본 모든 수수께끼 가운데 단연 최고

134

라고 생각해요."

"이렇게 목적에 걸맞은 건 나도 확실히 처음이야."

"우리가 여태껏 모은 어느 것 못지않게 길이도 길고요."

"긴 게 특별한 장점은 아니겠지. 일반적으로 이런 것은 짧을수록 좋으니까."

해리엇은 그 수수께끼 행들에 골몰한 나머지 듣지 못했다. 더없이 만족스러운 비교를 마음속에 떠올리고 있었던 것이다.

"그거야 전혀 다른 문제겠지요." 곧 그녀가 뺨을 발갛게 물들이면서 말했다. "다들 그러듯이 아주 훌륭한 양식(良識)을 남들만큼 통상적으로 갖추고, 뭔가 할 말이 생기면 앉아서 편지를 쓰되 딱 해야 하는 이야기만 짧게 하는 것하고, 이렇게 운문과 낱말 맞히기를 짓는 것은 말이에요."

마틴 씨의 산문에 대한 이보다 더 열렬한 부정은 에마도 바라지 못했을 것이다.

"어쩌면 이렇게 멋지게 지었지요!" 해리엇이 계속했다. "거기다 마지막 이 두 행은! …… 그렇지만 제가 이 종이를 어떻게 돌려 드리고, 답을 찾았다는 건 또 어떻게 말씀드리지요? …… 아! 우드하우스 양, 우리 어떻게 해요?"

"나한테 맡겨. 넌 가만히 있어. 틀림없이 오늘 저녁 다시 오실 거야. 그때 내가 돌려주면 우리 둘 사이에 한두 마디 실없는 소리가 오갈 거고, 넌 아무 언질도 안 한 셈이 될 거야. 나중에 너의 부드러운 두 눈이 빛을 발할 때가 되면 저절로 그리 될 거야. 나한테 맡겨 둬."

"아! 우드하우스 양, 이 아름다운 수수께끼를 제 모음집에 써넣을 수 없다니 정말 속상해요! 이제까지 적은 것들은 죄다 이것에 비하면 여기에 반도 못 미치는데 말이에요."

"마지막 두 행만 빼, 그러면 모음집에 넣지 못할 이유가 없지."

"어머! 그렇지만 그 두 행이……."

"…… 최고지. 물론이야. 혼자서 보기에는 말이야. 그러니 혼자 보는 것으로 간직하렴. 갈라낸다고 해서 써 놓은 게 없어지는 것도 아니잖아. 그 연구(聯句)는 사라지지도 의미가 달라지지도 않아. 그렇지만 그걸 일단 빼내면, 모든 사적인 울림이 사라지고 여성을 추앙하는 아주 예쁜 수수께끼만 남아 어떤 모음집에 수록해도 괜찮아지거든. 내 말 믿어, 그분은 자기 열정이 무시당하는 것 못지않게 자기가 만든 수수께끼가 무시당하는 것도 안 좋아할걸. 사랑에 빠진 시인에겐 이 두 능력을 모두 고무해 주든가 아니면 둘 다 말든가 해야 해. 모음집 이리 줘 봐. 내가 베껴 넣지. 그러면 너한테 누가 되는 일은 없을 거야."

해리엇은 친구 뜻에 따랐다. 그러나 그녀 마음에는 두 부분이 서로 갈라낼 수 없게 여겨지는지라 친구가 베끼는 게 사랑 선언이 아니라는 확신을 가질 수 없었다. 그것은 조금이라도 사람들 앞에 내놓기에는 무척이나 소중한 선물로 여겨졌다.

"이제 그 모음집을 절대 손에서 놓지 않을 거예요." 하고 그녀는 말했다.

"그럼, 그럼." 에마가 대꾸했다. "더없이 자연스러운 감정이야. 그리고 그런 감정이 오래 지속되면 될수록 난 더 기쁠 거야. 그런데 아버지께서 오시네. 이 수수께끼를 아버지께 읽어 드려도 반대하지는 않겠지. 정말 즐거워하실 거야. 이런 거라면 뭐든 다 좋아하시거든. 특히 여성에게 찬사를 표하는 것이라면 뭐든지 말이야. 아버진 더없이 친절한 기사도 정신을 모든 여성에게 보내는 분이시거든! 아버지한테 읽어 드리게 해 줘."

해리엇의 표정이 심각해졌다.

"아이, 해리엇, 이 수수께끼를 가지고 너무 까다롭게 굴 필요는 없어. 너무 의식하고 너무 민감하게 반응한다면, 네 감정을 부적절하게 드러내게 되고, 정도 이상으로 많은 의미를 부여하는 것처럼 보일 거야. 뭐 마땅히 실릴 만한 의미를 모두 부여한 셈이라도 말이야. 이런 작은 찬사에 너무 압도당하지는 마. 그분도 꼭 비밀로 해 두고 싶었다면, 내가 옆에 있을 때 두고 가지는 않았을 거야. 그렇지만 오히려 너보다 내 쪽으로 내밀었잖아. 이 일을 두고 우리 너무 심각하게 굴지는 말자고. 우리가 이 수수께끼에 한숨지으며 속을 드러내지 않더라도 계속 밀고 나갈 만한 충분한 고무를 이미 드리고 있으니까."

"어머! 그럼요…… 이 수수께끼 때문에 우스꽝스럽게 굴지 않게 노력할게요. 좋으실 대로 하세요."

우드하우스 씨가 들어왔고 "그래, 얘들아, 너희들 책은 어떻게 되어 가니? 새로 구한 것은 있고?" 하는, 그가 아주 빈번히 하는 질문이 다시 나오면서 곧 그 화제로 돌아가게 되었다.

"예, 아빠, 읽어 드릴 것이 있어요, 아주 새거예요. 오늘 아침에 보니 종이 한 장이 탁자에 놓여 있는 거예요. (우린 요정이 떨어뜨려 놓았나 생각했죠.) 아주 예쁜 낱말 맞히기가 적힌 종이가요. 그래서 둘이서 방금 베껴 넣었지요."

그녀는 그에게 그것을 읽어 주었다. 무엇을 읽어 줄 때 그가 좋아하는 방식대로 천천히 그리고 또박또박 각 대목에 설명을 곁들여 가며 두세 번 되풀이해서 낭독했고, 그는 매우 즐거워하며 그녀가 짐작했던 대로 찬사를 담은 마무리 대목에 특히 감명을 받았다.

"그럼, 아주 맞는 말이야, 정말이지 아주 적절한 표현이구나. 그렇고말고. '여성, 사랑스러운 여성!' 이렇게 예쁜 수수께끼라면, 얘야, 어떤 요정이 가져다 놓았는지 금방 짐작이 가는구나. 이렇게 예쁘게 쓸 수 있는 사람이 너 말고 또 누가 있겠니, 에마."

에마는 그저 고개를 까딱이며 미소를 지었다. 잠시 생각에 잠긴 후 아주 가벼운 한숨을 지으며 그가 덧붙였다.

"아! 네가 누구를 닮은 건지 금방 알 수 있지! 네 사랑하는 어머니가 이런 데 아주 똑똑했거든! 나도 그 사람처럼 기억력이 뛰어나면 얼마나 좋겠니! 그렇지만 나는 하나도 생각이 안 나는구나. 전에 너한테도 말한 그 수수께끼조차도 생각이 안 나. 그저 첫 연만 생각이 나는구나. 여러 연이 있는데.

키티, 어여쁘나 얼음 같은 아가씨,
내겐 아직 아픔인 불을 질렀네.

138

나는 도와 달라고 눈가림한 소년을 불러들였네.

예전 나의 옷에 너무 치명적이었기에

그가 가까이 오는 게 겁이 나면서도.*

기억나는 것은 이것뿐이다만, 처음부터 끝까지 참 기발한 수수께끼. 그러고 보니 애야, 너 이미 구했다고 했지, 아마."

"네, 아빠, 여기 두 번째 쪽에 적어 놓았어요. 『명구 모음집』**에서 베꼈어요. 개릭의 작품이잖아요."

"그래, 맞아. 더 기억이 나면 좋겠구먼.

키티, 어여쁘나 얼음 같은 아가씨.

키티라는 이름을 들으면 불쌍한 이저벨라 생각이 난단다. 제할머니 이름을 따 캐서린이라고 불릴 뻔했거든. 다음 주에는 그 애를 여기서 볼 수 있음 좋겠구나. 오면 어디 묵게 할지 생각해 봤니, 애야? 그리고 애들한테는 어느 방을 내줄지?"

"아이! 그럼요. 언니는 물론 언니 방을 써야지요. 늘 쓰던 방요. 그리고 애들한테는 아이 방이 있고요, 평소 하던 대로요. 달라질 일이 없지 않아요?"

"글쎄다, 애야. 그렇지만 그 애가 다녀간 지 너무 오래잖니! 지난 부활절에 보고는 못 보았으니. 그때도 며칠밖에 못 있

---

* 이 유명한 수수께끼의 답은 '굴뚝 청소부'다.

** 비세시무스 녹스가 1801년 청소년을 위한 유용하고 재미있는 시구들을 모아서 펴낸 책.

었고. 존 나이틀리 씨가 변호사라서 아주 불편하구나. 불쌍한 이저벨라! 가엾게도 우리 모두한테서 떨어져 지내야 하니! 거기다가 이번에 와서 테일러 양이 없는 것을 보면 얼마나 섭섭하겠니!"

"적어도 놀라지는 않을 거예요, 아빠."

"글쎄다, 애야. 테일러 양이 결혼한다는 이야기를 처음 들었을 때 난 아주 놀랐는걸."

"이저벨라 언니가 와 있는 동안에, 웨스턴 부부한테 정찬을 같이하자고 해야겠어요."

"그래, 애야, 그럴 시간이 있다면 말이다. 그렇지만 (아주 우울한 어조로) 그 애는 일주일밖에 있지 않잖아. 그 시간에 무얼 할 수 있겠나 싶다."

"언니 식구가 더 오래 있을 수 없다니 안된 일이지만, 이번에는 어쩔 수 없는 모양이에요. 존 나이틀리 씨는 28일에는 다시 런던에 가야 해요. 그리고 시골에서 보내는 시간 내내 우리와 같이 있고, 이틀이나 사흘 애비밀에 빼앗기지 않게 된 것만도 감사한 일이지요, 아빠. 나이틀리 씨가 이번 크리스마스에는 자기 권리를 포기하겠다고 약속했거든요. 나이틀리 씨가 언니 부부하고 지낸 지 우리보다 오래되는 데도 말이에요."

"하트필드가 아니라면 어디든, 애야, 불쌍한 이저벨라한테는 정말 힘들 거다."

우드하우스 씨는 자기 동생에 대한 나이틀리 씨의 권리도 일체 인정할 수 없었고, 이저벨라에 대해서는 자신을 제외한 어느 누구의 권리도 전혀 인정할 수 없었다. 그는 잠시 생각에

140

잠겨 앉았다가 이렇게 말했다.

"그런데 사위가 떠난다고 해서 우리 이저벨라까지 왜 그렇게 빨리 돌아가야 하는지 모르겠구나. 내 생각엔, 에마, 그 애한테 우리하고 더 있자고 내 한번 설득을 해 봐야 할 것 같다. 그 애하고 손자들은 잘 지낼 수 있을 거야."

"아이! 아빠. 그건 될 일도 아니고요, 아빠가 그렇게 하시지는 않을 거라 믿어요. 형부를 떠나보내고 언니 혼자 남겠다 하지는 않을 테니까요."

이것은 매우 분명한 사실이어서 논박할 여지가 없었다. 속상한 일이긴 하지만 우드하우스 씨는 수긍하는 한숨을 내쉬는 수밖에 다른 도리가 없었다. 그리고 딸이 남편한테 애착한다는 생각에 아버지의 심기가 불편해진 것을 본 에마는 기분을 돌려 드릴 만한 화제로 즉각 전환했다.

"형부와 언니가 여기서 지내는 동안에 해리엇도 최대한 우리와 같이 지내야겠어요. 해리엇은 분명히 아이들을 좋아할 거예요. 우리는 그 아이들이 대단히 자랑스럽지요, 그렇지 않아요, 아빠? 해리엇이 헨리와 존 중에서 누가 더 잘생겼다고 생각할지 궁금하네."

"그래, 나도 누굴지 궁금하구나. 불쌍한 것들, 여기 오게 되어 얼마나들 좋아할까. 그 애들은 하트필드를 대단히 좋아한단다, 해리엇."

"분명히 그렇겠지요, 어르신. 안 그럴 사람이 어디 있겠어요."

"헨리도 괜찮은 아이야. 하지만 존은 제 엄마를 꼭 빼

닮았지. 헨리가 맏이인데 제 아비 말고 내 이름을 물려받았어. 둘째인 존이 아버지 이름을 물려받고. 맏이가 아비 이름을 물려받지 않은 걸 뜻밖으로 여기는 사람도 있는 모양이다만, 이저벨라가 헨리라고 부르기를 원했고, 난 그런 딸이 참 예뻐 보였지. 그리고 아주 영리한 애야. 정말로. 둘 다 아주 뛰어나게 영리하단다. 얼마나 예쁜 짓을 많이 하는지. 손자 놈들은 내 의자 옆으로 다가와 서서는 말할 거야. '할아버지, 끈 좀 주세요.' 한번은 헨리가 나한테 칼을 달라고 한 적이 있는데, 난 칼은 할아버지들이나 쓰는 것이라고 해 줬지. 걔들 아버지가 아이들한테 너무 거칠게 대하는 적이 많은 것 같아."

"아빠 성격이 매우 부드러우니까……" 에마가 말했다. "형부가 아빠한테는 거칠게 보이지요. 그렇지만 다른 아버지들하고 비교해 보시면 형부가 거칠다는 생각은 안 하실 거예요. 형부는 자기 아들들이 능동적이고 씩씩하기를 바라고, 버릇없이 굴면 가끔씩 꾸지람을 하기는 하지요. 그렇지만 형부는 자애로운 아버지예요…… 예, 존 나이틀리 씨는 자애로운 아버지예요. 아이들도 모두 자기 아버지를 좋아하고요."

"그리고 또 애들 삼촌이 와서는 위험천만하게도 아이들을 천장까지 던져 올리잖니!"

"그렇지만 아이들이 좋아하는걸요, 아빠. 그렇게 좋아하는 것도 없는걸요. 아주 재미있어하기 때문에 걔들 삼촌이 차례대로 돌아간다고 미리 정해 놓지 않으면, 절대 다른 아이한

"위험천만하게도 아이들을 천장까지 던져 올리잖니!"

테 양보하려 들지 않던걸요."

"거참, 이해가 안 가는구나."

"원래 우리 모두 그런걸요 뭘. 세상 사람 절반은 다른 절반의 즐거움을 이해할 수가 없으니까요."

나중에 처녀들이 통상적인 4시 정찬을 들 차비를 하려고 각자 자기 방으로 가려고 하는 참에, 이 무적의 낱말 맞히기의 주인공이 다시 걸어 들어왔다. 해리엇은 외면했지만 에마는 미소를 지으며 그를 맞아들일 수 있었는데, 자기가 한차례 밀어붙였음을, 주사위를 던졌음을 의식하는 기미를 그의 눈에서 금방 눈치챘고, 그 결과가 어떨지 보러 왔구나 하는 생각이 들었다. 그렇지만 표면적인 이유는 그날 저녁 우드하우스 씨의 모임에 자기가 빠져도 될지 아니면 자기가 조금이라도 하트필드에 필요할지 물어보려고 왔다는 것이었다. 만일 그렇다면 만사 제쳐 놓고 참석하겠다, 그러나 아니라면 자기 친구인 콜이 같이 정찬을 하자고 너무나 여러 번 이야기하고 또 강하게 청하기 때문에, 사정이 되면 가기로 약속을 해 놓았노라는 것이었다.

에마는 고맙다고 하고서, 그렇지만 자기들 때문에 친구를 실망하게 할 수는 없으며, 아버지의 러버 게임* 참석자는 확보되었노라고 했다. 그가 다시 자청하고 그녀가 다시 사양했다. 그러자 그는 작별의 예를 차리려는 모양이었는데, 그때 그녀는 탁자에서 종이를 집어 들어 그에게 돌려주었다.

---

* 카드 게임의 일종.

"참! 당신이 친절하게도 우리한테 두고 가신 낱말 맞히기가 여기 있어요. 보여 주셔서 감사해요. 우리는 아주 맘에 들었기 때문에, 제가 스미스 양의 모음집에 적어 넣고 말았답니다. 친구분께서 나쁘게 생각하지 않으시면 좋겠어요. 물론 처음 여덟 줄만 적었어요."

엘튼 씨는 분명 무슨 말을 해야 할지 모르는 모양이었다. 그는 좀 이상한 듯한, 좀 어리둥절한 표정으로, 몇 마디 "영광" 운운하고 에마를 그리고 해리엇을 흘끗 쳐다보더니 탁자 위에 펼쳐져 있는 모음집을 보고는 아주 주의 깊게 들여다보는 것이었다. 어색한 순간을 넘길 목적으로 에마가 웃음을 띠면서 말했다.

"친구분께 꼭 제 사과를 전해 주셔야 해요. 그렇지만 그렇게 훌륭한 수수께끼라면 한두 사람만 보고 말 수는 없지요. 친구분께서 그렇게 멋진 찬사의 글을 쓰시는 한 모든 여성의 찬성표를 자신하셔도 될 거예요."

"주저 없이 말씀드리지요." 엘튼 씨가 대답했다. 한참 주저해 가면서 말하기는 했지만. "주저 없이 말씀드리지요, 제 친구가 저하고 똑같은 느낌이라면 말입니다만. 추호의 의심 없이 확신합니다. 제 친구가 지금 저처럼 자기의 하찮은 토로가 영광스러운 대접을 받는 것을 볼 수 있었다면 (책을 다시 바라보고, 그것을 탁자에 다시 올려놓으며) 자기 평생 가장 자랑스러운 순간으로 여길 것이라고 말입니다."

이 발언을 마친 후 그는 최대한 빨리 자리를 떴다. 에마도 너무 빠르다고는 생각할 수 없었다. 온갖 훌륭하고 보기 좋은 자질에도 불구하고, 그의 발언에는 그녀로 하여금 웃음을 터뜨릴 수밖에 없게 만드는 일종의 허세가 들어 있었기 때문이다. 더 부드럽고 숭고한 즐거움은 해리엇의 몫으로 남겨 놓고 그녀는 터져 나오는 웃음을 맘껏 즐기려고 달아났다.

12월 중순이기는 하지만 아주 험한 날씨는 아니어서 젊은 여성들은 정기적으로 가벼운 산책을 할 수 있었다. 다음 날 에마는 하이베리에서 좀 떨어진 곳에 사는 어느 가난하고 병든 가족을 위무차 친히 방문하게 되었다.

이 외딴 초가로 가려면 목사관 길을 따라서 내려가야 하는데, 울퉁불퉁하기는 하지만 널찍한 주 도로에서 직각으로 연결된 이 작은 길에는 그 이름에서도 알 수 있듯 엘튼 씨의 복된 거처가 자리 잡고 있었다. 먼저 더 못한 집 몇 채가 나오고, 계속 사 분의 일 마일쯤 작은 길을 따라 내려가면 목사관이 우뚝 나타났다. 대단히 훌륭하다고는 하기 힘든 오래된 저택으로 도로변에 거의 바짝 붙어 있었다. 입지는 이렇다 할 장점이 없지만 현 소유주가 손을 많이 대어 꾸며 놓았는데, 이러한 집이다 보니 지나치던 두 친구로서는 걸음을 늦추고 살펴보지 않을 수 없는 노릇이었다.

에마의 언급은 이랬다. "이 집이네. 너도 네 수수께끼 책을 조만간 이리 옮겨 오겠지."

해리엇의 언급은 이랬다. "어머! 어쩜 저렇게 예쁠까요! 정말 아름답네요! 저기 내시 양이 입이 마르게 칭송하는 노란

커튼이 있네요."

"지금은 내가 이 길로 자주 오지 않지만……" 함께 걸음을 계속하면서 에마가 말했다. "때가 되면 오고 싶은 이유가 생길 테고, 하이베리 편의 모든 울타리, 문, 웅덩이, 가지 친 나무들에 점점 친숙해지겠지."

해리엇이 평생 한 번도 목사관 내부를 본 적이 없다면서 보고 싶어 안달하는 것을 보면서, 그녀는 객관적 정황으로나 개연성으로 볼 때 사랑의 증거로 이에 필적할 만한 것은 해리엇의 날렵한 재기 운운하던 엘튼 씨 말밖에 없겠구나 싶었다.

"한번 들어가 보면 좋겠지만……" 하고 그녀가 말했다. "마땅한 구실이 도무지 생각나지 않네. 여기 가정부한테 어떻게 지내나 문의할 하인도 없고, 아버지의 전갈도 없으니."

그녀는 궁리해 보았으나 떠오르는 것이 없었다. 둘 다 얼마간 침묵을 지키다가 마침내 해리엇이 입을 열었다.

"전 우드하우스 양께서 아직 결혼을 안 하고, 결혼 계획도 없다는 게 정말이지 이상해요! 이렇게 매력적인 분인데요!"

에마는 웃음을 터뜨리더니 대답했다.

"결혼할 마음을 먹자면, 해리엇, 내가 매력적인 것만으로는 부족하잖아. 다른 사람들이 나한테 매력적으로 여겨져야지, 적어도 한 사람은 말이야. 그리고 난 지금 결혼 계획이 없는 정도가 아니라 아예 결혼할 생각이 별로 없는걸."

"아이! 말씀은 그러시지만 전 믿기지가 않아요."

"지금껏 내가 본 그 누구보다도 훨씬 나은 사람이 나타난다면 모를까, 그렇지 않은 한 생각 없어. 엘튼 씨야 너도 알다시피 (아차 싶어 얼른 바로잡으며) 논외지만. 그리고 그런 사람을 만나고 싶은 생각도 없는걸. 차라리 결혼할 생각이 없는 편이 좋으니까. 내가 결혼한다고 좋아질 게 뭐가 있겠어. 만약 결혼한다면 후회할 걸 각오해야지."

"어머나! 여자분 입에서 그런 말씀을 들으니 참 이상하네요."

"여자를 결혼하게끔 하는 그런 요인들이 나한테는 하나도 해당이 안 되니까. 만일 사랑에 빠진다면 물론 다른 문제지만! 그렇지만 나는 사랑에 빠져 본 적이 한 번도 없어. 그건 내 방식도 아니고 내 성정에 맞지도 않아. 앞으로도 그런 일은 없을 거야. 그리고 나 같은 사람이 사랑도 없이 팔자를 바꾼다면 바보 같은 짓이지. 재산도 부족하지 않고, 할 일도 부족하지 않고, 사회적 인정에서도 부족함이 없고. 기혼 여성치고 자기 남편 집에서 내가 하트필드에서 하는 그 절반이라도 여주인 노릇을 하는 사람은 별로 없을걸. 그리고 내가 지금 같은 진정한 사랑과 대접을 기대할 수도 없을 것이고. 아버지 눈에는 내가 늘 최우선이고 늘 올바르게 보이지만 다른 어떤 남자한테도 그런 건 기대할 수 없잖아."

"그렇지만 그러다간 결국 노처녀가 되는 거잖아요, 베이츠 양처럼!"

"너한테는 그게 상상할 수 있는 가장 끔찍한 모습이겠지, 해리엇. 그래, 나도 내가 베이츠 양처럼 될지 모른다면야! 그 어리석기 짝이 없는 데다 언제나 싱글벙글, 지루한 언사에 변별력도 없이 이래도 흥, 저래도 흥, 거기다가 내 주변 사람이라

149

면 하나도 빼놓지 않고 온갖 이야기를 물어 와 늘어놓으려 드는 그 아주머니처럼 될지도 모른다면야, 당장 내일이라도 결혼할 거야. 그렇지만 우리 두 사람은 결혼을 안 했다는 점 말고는 닮은 점이 분명 하나도 없어."

"그렇지만 그래도 아가씬 노처녀가 되는 거잖아요! 그건 정말 무서운 일이에요!"

"걱정 마, 해리엇, 난 가난한 노처녀는 안 될 테니까. 그런데 살 만한 사람들에게 독신이 경멸스럽게 보이는 것은 오직 가난 때문이잖아! 독신녀면서 쥐꼬리만 한 수입밖에 없다면야 우스꽝스럽고 불쾌한 노처녀가 되는 수밖에 없겠지! 아이들 놀림감이나 되고. 하지만 재산 많은 독신녀라면 늘 존경받고 어느 누구 못지않게 분별 있고 유쾌한 존재가 될 수 있어. 얼핏 보기에는 이런 구별이 세상의 공정과 상식에 어긋나는 것처럼 보일지 몰라도, 알고 보면 그렇지 않아. 수입에 쪼들리다 보면 마음이 좁아지고 성격이 비뚤어지는 법이거든. 근근이 살아가는 사람들, 그리고 얼마 안 되고 대개는 열등한 사람들과의 만남에 만족해야 하는 사람들은 자기만 알고 꼬여 있기 쉬워. 베이츠 양한테는 물론 해당하지 않는 이야기지만. 오히려 너무 선량하고 너무 어리석어서 나하고는 맞지 않아도, 비록 독신이고 가난하지만 대체로 다들 아주 마음에 들어 하잖아. 가난하지만 분명 마음이 편벽하지도 않고. 정말이지 베이츠 양한테 단 1실링*이라도 있다면 6펜스는 남한테 줘 버릴 거야. 거

---

* 영국 옛 화폐 단위로 12펜스에 해당.

기다 아무도 베이츠 양을 무서워하지 않잖아. 그것은 대단한 매력이지."

"어머나 참! 그렇지만 아가씬 어떡하실 거예요? 나이가 들면 뭘 하면서 보내시게요?"

"내가 스스로를 잘 안다면 해리엇, 난 활발하고 왕성한 정신에다 자립하는 데 유리한 재능도 아주 많거든. 마흔이나 쉰 살이 된다 해서 스물한 살 때보다 할 일이 줄어들 까닭이 어디 있겠어. 통상 여자들이 눈과 손과 정신으로 하는 일이라면 여전히 할 게 많을 거야. 지금만큼이거나 아니라도 크게 달라지지는 않을 거야. 그림을 덜 그린다면 독서를 더 많이 할 거고, 음악을 포기한다면 양탄자 짜기에 재미를 붙일 수도 있겠지. 그리고 관심의 대상, 애정의 대상으로 말하자면, 그래, 그 점은 크게 나빠지긴 해. 사실 그런 대상이 없는 것이야말로 결혼을 안 할 때 피해야 할 큰 문제겠지. 나는 형편이 아주 좋은 편인 게, 무척이나 사랑하는 언니의 아이들을 보살필 수 있잖아. 그 아이들이라면 저물어 가는 인생에 필요한 갖가지 재미를 안겨 주고도 남을 거야, 암 그렇고말고. 기대할 일도 걱정할 일도 충분할 거야. 그리고 내 어떤 애정도 부모의 애정만큼 강하지는 않겠지만 내가 생각하는 안락에는 더 맹목적이고 더 진한 사랑보다는 그 정도가 더 적절해. 내 조카아이들! 조카딸아이를 데리고 있을 때가 많겠지."

"베이츠 양의 조카따님을 아세요? 그러니까, 보시기야 물론 백 번도 더 보셨겠지만요, 서로 알고 지내시나요?"

"아, 그럼! 그 조카따님께서 하이베리에 올 때마다 우린

151

언제나 억지로라도 알고 지낼 수밖에 없거든. 그런데 말이야, 그것만으로도 조카딸이라면 다 싫어질 지경인걸. 세상에! 나도 나이틀리 씨 아이들 이야기를 하지만 정말 베이츠 양의 제인 페어팩스 이야기의 절반만큼이라도 사람들을 지겹게 하지는 말아야지. 제인 페어팩스라는 이름만 들어도 신물이 나. 제인 한테서 편지라도 오면 마흔 번은 읽어 대고, 지인들에게 전하는 안부 인사는 하나하나 끝없이 입에서 입으로 돌아다니지. 그리고 자기 이모한테 가슴 장식 패턴이라도 보내오거나 할머니한테 양말대님이라도 한 쌍 짜 보내는 날에는, 한 달 내내 그 소리만 들어야 한다고. 나도 제인 페어팩스가 잘 지내길 바라지만 지겨워 죽겠는 것도 사실이야."

그들은 어느새 초가에 다다랐으므로 모든 하릴없는 화제는 잠시 미뤄졌다. 에마에겐 동정심이 많았으며, 가난한 사람들은 힘든 일이 생기면 그녀 지갑의 도움도 받았지만, 그녀가 개인적으로 베푸는 관심과 친절, 조언과 인내심에서 받는 위안도 그 못지않았다. 그녀는 그들의 생활 방식을 이해했고, 몰라서 저지른 잘못에는 관대했으며, 교육 혜택도 거의 받지 못한 사람들한테 어떤 특별한 미덕을 기대하는 낭만적인 생각도 없었다. 그들에게 어려움이 닥치면 금방 동정하며 귀를 기울이고, 늘 선의와 또 그만큼의 지혜로 도움을 주었다. 이번에 그녀가 방문한 곳은 병과 가난이 겹친 경우였다. 그녀는 위안이나 조언을 베푸는 데 필요한 만큼 오래 머물다가 초가를 떠났는데, 방금 본 정경의 깊은 인상에 그녀는 걸어가면서 이렇게 해리엇에게 말했다.

"이런 광경은, 해리엇, 보는 사람한테도 도움이 되지. 다른 건 모두 다 얼마나 하찮아지는지! 지금 기분으로는 앞으로 평생 동안 이 불쌍한 사람들 생각밖에 못 할 것 같아. 그렇지만 이런 마음이 얼마나 빨리 사라질지 누가 알겠어?"

"맞아요, 정말." 해리엇이 말했다. "불쌍한 사람들이에요! 다른 생각은 할 수가 없네요."

"그리고 정말이지 이런 느낌이 금방 사라지지 않을 것 같아." 낮은 산울타리와 흔들거리는 발판을 건너면서 에마가 말했다. 초가 뜰을 가로지르는 좁고 미끄러운 길은 이것으로 끝나고 그들은 다시 작은 길로 나오게 되었다. "그리 되지는 않을 거야." 멈추어 서서 다시 한 번 그 집의 모든 비참한 모습을 바라보고 또 그 안의 더욱 비참한 현실을 되새기면서 그녀가 말했다.

"아! 그럼요, 예." 하고 그녀의 동반자가 말했다.

그들은 계속 걸었다. 길이 약간 휘어졌는데 굽이를 돌자 곧바로 엘튼 씨 모습이 눈에 들어왔다. 거리가 매우 가까워서 에마는 간신히 다음 말만 덧붙일 수 있었다.

"아! 해리엇, 이제 우리가 훌륭한 생각을 얼마나 꾸준히 견지할 수 있는지 시험하는 시련이 정말이지 갑자기 닥쳐왔네. 자, (미소를 띠면서) 만약 고통 받는 사람들을 위해 노력도 하고 위로도 베풀었다면, 자비심으로서는 정말 중요한 몫은 다 한 셈이라고 해도 좋지 않을까. 우리가 불쌍한 사람들을 보며 마음 아파하고 그래서 할 수 있는 일을 모두 했다면, 그 나머지는 우리 자신의 마음만 상하게 하는 공허한 동정심일

153

뿐일 거야."

해리엇이 막 "아! 그럼요, 예." 하고 대답하는데 그 신사가 다가와 합류했다. 그렇지만 만나서 처음 꺼낸 화제도 그 가난한 가족의 궁핍과 고통 이야기였다. 그도 그 집을 방문하려던 참이었다는 것이다. 그는 이제 방문은 뒤로 미루기로 했고, 그들은 할 수 있는 일과 해야 하는 일에 관해 대단히 흥미로운 토론을 주고받았다. 그리고 엘튼 씨는 그들의 길동무를 해 주려 오던 길로 되돌아섰다.

'서로 이런 용무로 가다가 부딪치다니!' 에마는 생각했다. '자선 활동을 하러 가다가 만나다니. 분명히 양쪽 모두 사랑하는 마음이 한참 더해질 거야. 마음을 밝히고 나온대도 하나도 놀랍지 않겠는데. 나만 이 자리에 없다면 그랬을 텐데. 어디 딴데로 사라졌음 좋겠네.'

두 사람과 될수록 멀리 떨어지고 싶은 마음에 그녀는 곧 그들을 길에 남겨 둔 채 작은 길 한쪽으로 약간 높이 난 좁은 오솔길로 접어들었다. 그러나 오솔길을 택한 지 채 이 분도 되지 않아서 그녀는 워낙 그녀에게 의존하며 따라하는 습성이 몸에 밴 해리엇이 오솔길로 따라왔다는 것을, 간단히 말해 두 사람 모두 곧 자기를 따라잡으리라는 것을 알게 되었다. 이렇게 무위로 돌아가자 그녀는 즉시 반부츠 끈을 좀 손본다는 핑계로 멈추어 서서는 몸을 수그린 채 그 오솔길을 다 차지하고는 그들더러 그대로 계속 걸어가면 금방 따라가겠다고 했다. 그들은 그녀가 원하는 대로 했다. 그리고 그들이 그만하면 에마가 부츠 끈을 다 맸겠다고 여길 만한 시간이 되었을 무렵, 마침 하트필드에 가서 죽을 가져오라는 지시를 받고 주전자를 들고 초가에서 출발한 아이가 에마를 따라잡는 덕분에, 에마는 이게 웬 떡이냐 하면서 얼마간 더 지체하려고 했다. 이 여자아이 옆에서 걸어가면서 말도 걸고 묻기도 하는 것은 세상에서 가장 자연스러운 일이었다. 아니, 만약 별 속셈 없이 그랬다면 가장 자연스러운 일이었을 것이다. 하여간 이렇게 되어 다른 두 사람은 그녀를 꼭 기다려 주어야 할 필요 없이 여전히 앞서 걸어갈 수 있었다. 그렇지만 그녀는 본의 아니게 그들을 따라잡게 되었다. 아이의 걸음은 빠르고 그들의 걸음은 좀 느렸다. 그들이 둘 다 흥미로운 대화를 나누는 것이 분명해서 그녀는 더욱 신경이 쓰였다. 엘튼 씨는 활기차게 말을 하고 해리엇은 아주 즐거운 표정으로 듣고 있었다. 아이를 보내고 나서 에마가 어떻게 하면 잠시라도 더 뒤처질까 궁리하기 시작하는데, 두 사람이 함께 돌아보는 바람에 하는 수 없이 합류했다.

엘튼 씨가 말을 계속했는데, 뭔가 흥미로운 이야기를 시시콜콜 늘어놓고 있었다. 에마는 그가 아름다운 동행에게 하던 이야기가 어제 그의 친구 콜 집에서 가진 모임 이야기뿐이라는 것을 알고 좀 실망스러웠다. 그녀가 합류했을 때 스틸턴 치즈니 노스윌트셔 치즈니 버터니 셀러리니 비트 뿌리니 온갖 디저트 이야기를 하고 있었던 것이다.

'틀림없이 곧 더 나은 주제로 옮겨 갔을텐데.' 하는 생각으로 그녀는 위안을 삼았다. '사랑하는 사람들 사이에서는 무슨 이야기든 재미있게 들리고, 또 어떤 이야기라도 속마음을 터놓는 도입부가 될 수 있는 법이니까. 내가 조금만 더 떨어져 있

었으면 좋았을걸!'

이제 다 함께 말없이 걸었는데 이내 목사관 경내가 시야에
들어왔다. 그러자 해리엇이라도 안으로 들여보내야겠다는 생
각이 불현듯 들면서, 에마는 부츠에 무슨 큰 문제라도 생긴 것
처럼 그것을 한 번 더 손봐야겠으니 뒤로 처져야겠다고 했다.
그리고 신발 끈 일부를 잘라 내어 슬쩍 도랑에 던지고선 곧 그
들에게 잠깐 멈추어 달라고 하면서, 부츠가 이 모양이니 불편
해서 이대로는 집까지 가기가 어렵겠다고 했다.

"끈이 일부 떨어져 없어졌는데……" 하고 그녀가 말했
다. "어떻게 해야 할지 모르겠어요. 제가 두 분한테 자꾸 짐만
되네요. 늘 이런 건 아닌데, 지금은 참 대책이 없군요. 엘튼 씨,
댁에 좀 들러서 가정부한테 부츠를 묶어 맬 줄이나 끈 같은 걸
좀 구해 보는 수밖에 없겠어요."

이 제안에 엘튼 씨는 희색이 만면했는데, 그들을 안으로
인도하면서 모든 것을 더 좋게 보이려고 애쓰는 그 민첩함과
주도면밀함은 일체 타의 추종을 불허할 정도였다. 그들이 안
내된 방은 그가 주로 쓰는 방으로, 앞쪽을 향해 있었다. 그 방
뒤로 바로 다른 방이 연결되어 있었다. 두 방 사이의 문은 열려
있고, 에마는 가장 편안하게 도움을 받을 수 있게 가정부와 함
께 뒷방으로 들어갔다. 그녀는 문을 원래대로 조금 열어 둘 수
밖에 없었지만, 엘튼 씨가 닫으리라는 생각이었다. 그렇지만
문은 닫히지 않고 여전히 조금 열린 채였다. 그녀는 가정부를
끊임없이 대화에 끌어들이면서 그가 옆방에서 하고 싶었던 이
야기를 꺼낼 수 있기를 바랐지만 십 분이 지나도 들리는 것은

자기 목소리뿐이었다. 더 끌 수는 없었다. 결국 그녀는 대화를 끝내고 모습을 드러낼 수밖에 없었다.

두 연인은 창문가에 같이 서 있었다. 이는 대단히 상서로운 모습이어서, 잠시 에마는 계책이 멋지게 성공했구나 싶었다. 그러나 그렇지를 않았으니, 그는 아직도 이야기를 못 꺼낸 채였다. 그는 대단히 상냥하고 유쾌하게 굴면서, 해리엇에게 그들이 지나가는 것을 보고 일부러 따라왔다고도 했다. 그 밖에도 소소한 찬사와 암시 들이 있었지만 심각한 이야기는 전혀 없었다.

'조심하는군, 아주 조심해.' 에마는 생각했다. '한 치씩 한 치씩 천천히 나아가며 확신이 가기 전에는 어떤 위험도 감수하지 않겠다 이거지.'

그래도 그녀는 자신의 기막힌 계책으로 모든 게 다 성사된 것은 아니지만, 그것 덕분에 두 사람 모두 당장 매우 즐거운 시간을 보냈고 분명 미래의 대사(大事)에 한 걸음 더 다가서게 되었다는 생각에 뿌듯한 마음을 금할 수 없었다.

II

엘튼 씨는 이제 본인이 알아서 하도록 두는 수밖에 없었다. 그의 행복을 보살펴 준다거나 진행을 부추기는 것은 이제 에마의 능력 밖이었다. 예정된 언니네 식구 방문이 어느새 목전으로 다가와 모든 관심을 그 일에 쏟게 된 것이다. 언니네 식구들이 하트필드에 머무는 열흘 동안에는, 어쩌다가 돕게 되면 돕는 것 이상으로 두 연인을 챙길 여력이 있기 힘들 터였고 그녀 자신도 기대하지 않았다. 그렇지만 두 사람이야 원하기만 한다면 얼마든지 빨리 진도를 나갈 수도 있을 테고 그들이 원하든 원하지 않든 어떻게든 진행될 것도 틀림없는 일이었다. 그들에게 할애할 시간이 더 있었으면 하는 생각도 별로 없었다. 옆에서 챙겨 줄수록 제 편에서는 점점 손을 놓는 그런 사람들도 있으니까.

존 나이틀리 씨 부부는 평소에 비해 오랜만에 서리주(州)*에 오는 관계로 자연히 평소에 비해 더 관심을 모았다. 결혼 후 그들은 긴 휴가는 작년까지만 해도 늘 하트필드와 돈웰애비에서 나누어 보냈다. 그러나 이해 가을에는 아이들을 해수욕에

---

* 이 작품의 무대인 잉글랜드 남부의 한 주로 킹스턴이 주도다.

데려가느라 휴일을 다 써 버렸고, 그러다 보니 서리 지방 친척들이 이들을 정식으로 만난 지도, 아니 우드하우스 씨 경우에는 얼굴을 본 지도 실로 여러 달 만이었다. 아무리 이저벨라 때문이라도 우드하우스 씨를 런던처럼 먼 곳까지 행차하게 하는 것은 불가능했으며, 따라서 그는 이제 이 너무 짧은 방문을 노심초사 학수고대하고 있었다.

그는 여행으로 딸이 겪을 불편함에 신경이 곤두섰고, 행로 후반에 몇몇 일행을 실어 오기로 한 자기 말들과 마부의 피곤에도 적지 않게 신경을 썼다. 그러나 그의 걱정은 모두 기우였으니, 16마일의 여정은 무사히 끝나 존 나이틀리 씨 부부, 다섯 아이, 능력 있는 유모 겸 하녀 몇 명 이 모두가 하트필드에 안전하게 도착했다. 이런 손님이 오면 그 많은 사람을 맞아들이고 일일이 환영과 격려로 각각 이리저리 나누어 배치하느라 시끌벅적하게 마련인데, 거기에서 빚어지는 소음과 혼란이란 다른 연유에서라면 그의 신경으로는 진작부터 견디지 못했겠지만 딸 때문이라 해도 오래 견디기는 힘든 지경이었다. 그러나 존 나이틀리 부인은 하트필드의 방식과 부친의 감정을 아주 잘 알고 존중해서 아이들이 직접 부친을 귀찮게 하거나 아이들을 끊임없이 챙기느라 부친에게 폐가 되는 일이 길어지지 않도록 단속했다. 어머니로서야 아이들이 즐겁도록 즉각 챙겨 주고 깜냥껏 먹고 마시고 자고 놀 수 있도록 즉각 시중을 들게 하고 싶은 마음이었지만 말이다.

존 나이틀리 부인은 자그마한 체구의 우아하고 아리따운 여성으로, 부드럽고 조용한 태도에 지극히 상냥하고 정이 많은 성격이었다. 가족에 푹 빠진 여성이고, 헌신적인 아내이자 아이들을 끔찍이 사랑하는 어머니이면서도 이런 더 높은 차원의 관계만 아니라면 더 할 수 없겠다 싶을 정도로 부친과 동생에게 정이 깊었다. 그녀는 그들 중 누구한테서도 아무런 결함도 보지 못했다. 그녀는 이해력이 뛰어나다거나 명석한 여성은 아니었다. 이 점에서도 부친을 닮았지만 체질도 많이 물려받았다. 몸이 허약할뿐더러 아이들의 건강에 지나치게 신경을 썼고, 걱정도 많고 신경도 약하며, 부친이 페리 씨를 총애하는 만큼이나 런던의 자기 주치의인 윙필드 씨를 좋아했다. 남에게 베풀기를 좋아하는 기질에서도, 오래 알고 지내는 지인들을 하나같이 높이 보는 고질병에서도 두 사람은 꼭 닮았다.

존 나이틀리 씨는 키가 훤칠하고 신사답고 아주 명민한 사람이었다. 맡은 바 직분에서는 승승장구하고, 성격은 가정적이고 점잖았다. 그러나 말수가 적고 속내를 잘 드러내지 않아서 그리 인기 있는 편은 아니었고, 때에 따라서는 화를 낼 줄도 알았다. 성격이 나쁘지는 않았고, 그런 비난을 받을 정도로 말이 안 되게 까탈을 부리는 일도 그리 흔치 않았지만 참을성이 그의 가장 큰 장점은 아니었다. 그리고 사실 자기를 숭배하는 부인이 옆에 있으니, 타고난 기질적 결함들이 더 심해지지 않기도 힘들었다. 아내의 지극히 상냥한 기질이 남편의 기질에는 해가 될 수밖에 없었다. 그는 부인과는 반대로 머리가 명석하고 민첩하다 보니 때로는 야멸차게 굴거나 심한 소리를 하기도 했다. 그는 아리따운 처제한테 호감을 주지는 못했다. 그녀는 그의 잘못을 하나도 놓치지 않았다. 정작 당사자인 이저벨라는 감지하지도 못한 작은 상처들을 그녀는 민감하게 느꼈다. 만약 그가 처제에게 칭송만 하는 태도를 보였더라면 그녀도 더 눈감아 주었을지 모르나, 그는 칭송이나 맹목의 기미 없이 형부이자 벗으로서 차분하고 친절하게 대할 뿐이었다. 그러나 설령 그가 자기에게 어떠한 칭송을 보냈더라도 자기 부친을 존중하고 용인함에 있어 때때로 부족한 것만큼은 눈감아 주지 못했을 것이다. 이것이야말로 그녀가 보기에 가장 큰 잘못이었다. 이 대목에서 그는 바라는 만큼의 인내심을 보이지 못했다. 우드하우스 씨의 특이한 언사나 안달복달하는 태도에 때로는 발끈해 조목조목 따지거나 날카롭게 쏘아붙였는데 이역시 온당한 태도는 아니었다. 자주 그랬다는 것은 아니니 존 나이틀리 씨는 장인을 진심으로 존중했고 어떤 대접을 해 드려야 하는지 대체로 잘 알았다. 그러나 에마의 자비를 얻어 내기에는 그런 일이 너무 잦았고, 특히 실제로 말대꾸로 이어지지는 않지만 조마조마한 마음으로 지켜보는 고통을 감수해야 하는 일이 잦다는 게 문제였다. 그렇지만 언제나 방문 초기에는 감정을 돋울 이유가 없었던 데다, 이번 방문은 아주 짧게 끝날 수밖에 없는 사정이니만큼 내내 아무 탈 없이 화기애애할 것을 기대해 봄직도 했다. 다들 차분하게 좌정한 지 얼마 되지 않아 우드하우스 씨는 우울한 표정으로 머리를 가로젓고 한숨을 쉬면서 딸을 못 본 사이 하트필드에 닥친 슬픈 변화를 화제로 꺼냈다.

"아! 얘야." 하고 그가 말했다. "불쌍한 테일러 양 말인데…… 슬픈 일이야."

"그럼요, 아버지." 그녀가 즉시 동감을 표하며 소리쳤다. "얼마나 보고 싶으시겠어요! 우리 에마도 그렇고! 아버지와 에마한테 그런 끔찍한 손실이 어디 있겠어요! 아버지와 에마 생각에 저도 안타까웠어요. 선생님 없이 어떻게들 지내실지 상상이 안 가요. 정말 슬픈 변화예요. 그렇지만 선생님도 잘 지내고 있겠지요, 아버지."

"잘 지내겠지, 애야. 아마도 잘 지내겠지. 잘 모르겠다만 거기서도 그럭저럭 지낼 만하다고는 하더구나."

이 대목에서 존 나이틀리 씨는 에마에게 랜들스의 공기가 안 좋다는 이야기라도 있느냐고 조용히 물었다.

"어머! 아니에요, 전혀요. 웨스턴 부인은 그 어느 때보다도 좋아 보이던걸요. 그렇게 건강해 보일 수가 없어요. 아빠가 그냥 섭섭해서 그러시는 거예요."

"그렇담 양쪽 모두 명예로운 일이군."이라는 그의 멋진 대답.

"선생님을 그럭저럭 자주 보시긴 하시지요?" 하고 부친 마음에 딱 맞는 구슬픈 어조로 이저벨라가 물었다.

우드하우스 씨는 머뭇거렸다. "원하는 만큼은 못 되는구나, 애야."

"아유! 아빠, 두 분이 결혼한 후에 하루 꼬박 못 본 것은 딱 한 번이잖아요. 하루만 빼고는 매일 아침이든 저녁이든 랜들스나 여기서 웨스턴 씨나 부인을 보고 대개는 두 분 다 봤잖아요. 그리고 언니, 짐작하겠지만 대개는 우리 집에서 봤어. 늘 방문을 하시거든, 정말로 친절하게 말이야. 웨스턴 씨는 정말 부인만큼이나 친절해. 아빠, 그렇게 우울하게 말씀하시면 언니가 오해하겠어요. 테일러 양이 떠나 섭섭하다는 것이야 다들 잘 알겠지만, 또 하나 분명한 사실은 우리가 걱정했던 것만큼 테일러 양을 그리워하도록 웨스턴 부부가 놔두지 않는다는 것이죠. 어김없는 사실이에요."

"당연하겠지." 존 나이틀리 씨가 말했다. "처제 편지를 보고 내가 생각했던 것과도 꼭 같네. 부인 쪽은 워낙 장인어른을 챙겨 드리려 들고, 남편 되는 분도 시간도 많고 사교적이어서 어렵지 않은 일인 모양이고. 거봐, 여보, 내가 늘 말했듯이 당신이 걱정한 만큼 하트필드에 중대한 변화가 생기진 않았잖아. 거기다 이제 처제의 설명도 들었겠다, 당신도 이제 안심이 되겠지."

"그야 그렇지." 우드하우스 씨가 말했다. "그럼, 그렇고말고…… 웨스턴 부인, 불쌍한 웨스턴 부인이 수시로 우리를 보러 온 거야 부정할 수 없지. 그렇지만 늘 다시 가야 하잖나."

"그럼 웨스턴 씨는 어떻게 하고요, 아빠. 불쌍한 웨스턴 씨는 까맣게 잊어버리셨네요."

"내 생각에도 웨스턴 씨한테도 권리가 좀 있는 것 같네." 존 나이틀리가 기분 좋게 말했다. "에마, 처제하고 내가 불쌍한 남편 편 좀 들어 볼까. 나는 남편이고 처제는 누구 아내가 아니니까, 남편 쪽 요구도 똑같이 배려해 줄 수 있겠지. 이저벨라로 말하면, 결혼한 지가 오래되어 이제 웨스턴 씨 같은 남편 족속들은 전부 제쳐 놓는 편이 편리하다는 것을 잘 알

"지난 부활절에 바람이 몹시 부는 날인데도
헨리의 연을 날려 주신 것을 잊을 수가 없어요."

지만."

"내가요, 여보!" 이 말을 일부만 듣고 부분적으로만 이해한 그의 부인이 소리쳤다. "내 이야기예요? 정말이지 나만큼 결혼 제도를 열렬히 옹호하는 사람은 있을 리도 있을 수도 없을 거예요. 만약 하트필드를 떠나야 하는 슬픔만 없었다면 나는 테일러 양이야말로 세상에서 가장 운 좋은 여성이라고 생각했을 거예요. 그리고 웨스턴 씨, 그 훌륭하신 웨스턴 씨를 가볍게 여긴다니, 그분에게는 어떤 대접도 과분하지 않다는 게 내 생각이에요. 그분만큼 성품이 좋은 분은 세상에 없다고 믿어요. 당신과 아주버님을 빼면 그만한 성품이 어디 있어요. 지난 부활절에 바람이 몹시 부는 날인데도 헨리의 연을 날려 주신 것을 잊을 수가 없어요. 작년 9월에는 카범*에 성홍열이 돌지 않는다는 점을 제게 확인시켜 주시려고 밤 12시에 편지를 써 주셨잖아요. 그런 각별한 친절을 받은 후로 난 늘 확신했어요. 그보다 더 마음이 따뜻하고 훌륭한 분은 있을 수 없다고. 그런 분을 맞이할 자격이 있는 사람이 있다면, 그건 바로 테일러 양이에요."

"그 젊은 친구는 어디 있나?" 존 나이틀리가 말했다. "이번 대사에는 왔었나? 아니면 안 왔나?"

"아직 안 왔어요." 에마가 대답했다. "결혼식이 끝나고 곧 올 거라고 다들 많이 기대했는데 결국 안 왔고, 요즘은 그 사람 이야기도 하시지들 않던데요."

---

* 서리주에 있는 작은 마을 이름.

"그렇지만 얘야, 그 편지 이야기는 해 줘야지." 하고 그녀의 부친이 말했다. "불쌍한 웨스턴 부인한테 축하 편지를 보냈는데, 아주 적절하고 멋진 편지더구먼. 테일러 양이 나한테 보여 주었거든. 참 잘 썼구나 싶더군. 뭐 다 자기 생각인지는 모르겠다만. 아직 어리니 아마도 삼촌이⋯⋯."

"아이, 아빠, 스물셋이나 된걸요. 세월 가는 게 정말 빠르지요."

"스물셋! 정말? 음, 그렇게 나이를 먹은 줄은 몰랐구나. 불쌍한 제 어미를 여의었을 때는 두 살밖에 안 되었는데! 거참, 시간이 정말 화살 같구나! 내 기억력도 다 갔어. 그렇지만 정말 잘 쓴 훌륭한 편지였고, 웨스턴 부부도 대단히 기뻐했지. 내 기억에 웨이머스*에서 써 보낸 것으로 날짜는 9월 28일로 되어 있고, '친애하는 부인'이라는 말로 시작하던데, 이어서 뭐라고 썼는지는 잊어버렸네. 마지막에 서명은 'F. C. 웨스턴 처칠'이라고 했더라. 그건 확실히 생각나."

"얼마나 상냥하고 반듯한 처신이에요!" 하고 마음씨 고운 존 나이틀리 부인이 말했다. "틀림없이 아주 사랑스러운 청년일 거예요. 그렇지만 제 아버지하고 한집에서 살지 못한다니 너무 딱해요! 아이를 제 부모와 생가에서 떼어 놓다니 정말 끔찍해요! 웨스턴 씨가 어떻게 그 청년하고 헤어질 수 있었는지 도무지 이해가 안 가요. 자식을 내주다니! 누구든 남한테 그런 몹쓸 짓을 제안하는 사람이라면 도무지 좋게 생각할 수가 없

---

* 1789년 조지 3세가 다녀간 후로 인기를 끈 잉글랜드 해안의 휴양지.

어요."

"처칠 집안을 좋게 생각하는 사람은 없었겠지." 존 나이틀리 씨가 냉정하게 말했다. "그러나 당신이 헨리나 존을 내주면서 느낄 그런 감정을 웨스턴 씨한테 전가할 필요는 없을 거요. 웨스턴 씨는 감정이 풍부하다기보다는 태평스럽고 쾌활한 기질을 타고난 사람이거든. 현실을 그냥 있는 대로 받아들이고 여하간에 즐겁게 누리는데, 내 보기엔 그분의 안락에 더 중요한 것은 가정에서 얻어지는 가족의 애정이나 그런 것이 아니라 소위 사교 모임일걸. 잘 먹고 마시고, 일주일에 다섯 번 이웃과 휘스트 게임을 할 수 있느냐 여부 말이야."

웨스턴 씨에 대한 형부의 생각이 마음에 들지 않은 에마는 한번 따질까 하는 마음도 반은 있었지만 애써 넘어갔다. 가능하면 평화롭게 지나가고 싶었다. 가정에 충실한 습관, 가정이 전부인 그런 삶에는 무언가 영예스럽고 유익한 면이 있는데, 통상적 수준의 사교나 그것을 중시하는 사람들을 업신여기는 성향이 형부한테 있는 것도 바로 여기서 비롯된 것이었다. 그만하면 얼마든지 참아 줄 만하지 않은가.

나이틀리 씨가 그들과 정찬을 하기로 했다. 이저벨라가 온 첫날 남이 끼는 것을 워낙 좋아하지 않는 우드하우스 씨는 못마땅해했지만, 에마는 그러는 게 옳다고 생각해서 그렇게 결정했다. 형제간에 당연히 만나야 한다는 생각 외에도, 지난번 나이틀리 씨와 좀 다투었던 터라 마침 초대할 적절한 구실이 생긴 것이 무척 다행스러웠다.

그녀는 이제 다시 서로 친구가 되었으면 했다. 화해할 때가 되었다고 생각했다. 아니, 화해라는 것은 있을 법하지 않았다. 그녀 편에서는 분명 잘못한 것이 없고, 그도 절대 잘못을 인정할 사람이 아니었다. 양보는 있을 수가 없는 노릇이지만, 다툰 사실을 잊은 것처럼 처신할 때는 되었다. 그가 실내로 들어올 때 그녀는 아기 하나를 안고 있었는데 그녀는 이게 우정 회복에 도움이 될지도 모른다고 생각했다. 여덟 달 된 귀여운 막내 여자아이로 하트필드에는 처음이었다. 이모가 아이를 안고 둥개둥개 해 주니 아주 좋아했다. 역시 도움이 되었다. 그는 처음에는 심각한 표정으로 짧은 질문만 했지만 곧 평소처럼 모든 식구들 안부를 묻고 정이 듬뿍 담긴 스스럼없는 태도로 아이를 받아 안았다. 에마는 두 사람이 다시 친구가 되었다고 느꼈다. 그런 확신이 드니 우선은 크게 안심이 되고 나중엔 장난기도 좀 발동해서 아기를 칭찬하는 그에게 이렇게 말하고야 말았다.

"참 마음이 놓이네요, 조카들에 대해서는 서로 생각이 비슷하니 말예요. 남녀 문제에서는 의견이 판이할 때가 있는데, 아이들에 대해서는 이견이 전혀 없는가 봐요."

"이 아이들한테 그러듯이 성인 남녀를 평가할 때도 본성에 더 따르고 환상과 변덕의 힘에 덜 좌우된다면, 우린 늘 서로 생각이 비슷할 거요."

"그럼요. 서로 이견이 있으면 그거야 늘 제 탓일 테니까요."

"그렇소." 미소 지으면서 그가 말했다. "그럴 수밖에 없지. 당신이 태어났을 때 난 이미 열여섯 살이나 되었으니까."

"그때에는 굉장한 차이였겠지요." 그녀가 대꾸했다. "그리고 그 시기에는 틀림없이 당신의 판단력이 저보다 훨씬 나았겠지요. 그렇지만 스무 해하고도 한 해가 지나는 사이에 이해력이 서로 아주 근접해지지 않았을까요?"

"그래요, 많이 근접해지기는 했겠지."

"그렇지만 역시, 서로 생각이 다를 때 제 의견이 옳을 정도까지는 아니라는 거군요."

"내가 경험이 십육 년 더 있는 데다가 묘령의 아가씨도 아니고 오냐오냐 자란 아이도 아니라는 이점은 지금도 여전하니까. 자, 자, 에마, 친구 사이에 그 이야기는 이제 그만합시다. 우리 꼬마 에마야, 네 이모한테 묵은 불화를 되살리지 말고 너한테 더 나은 모범을 보여 달라고, 또 전에 잘못하지 않았다면 지금은 잘못하는 거라고 말해 주렴."

"그건 맞아요." 하고 그녀가 소리쳤다. "맞고말고요. 꼬마 에마야, 네 이모보다 더 나은 여자로 자라야지. 한도 없이 더 똑똑하되 잘난 체는 반도 하지 마렴. 자, 나이틀리 씨, 한두 마디만 더 하고 끝낼게요. 서로 좋은 의도로 한 일이니까 둘 다 옳았고, 내 쪽의 주장이 꼭 틀렸다고 확인된 바도 없다는 점은 짚어 두어야겠네요. 다만 마틴 씨가 너무 심하게 낙담하지는 말았으면 좋겠는데. 그렇지요?"

"남자치고 그렇게 낙담하기도 어려울 거요."라는 것이 그의 짧고 충분한 대답.

"아! …… 정말 안되었네요…… 자, 우리 악수해요."

진심이 담긴 악수를 막 끝냈을 때, 존 나이틀리가 모습을 나타냈고 영국 사람답게 "잘 있었어요, 조지 형?" "존, 잘 지내지?"라는 인사가 이어졌다. 덤덤하기로 치면 무관심해 보일 정도지만 양쪽 모두 필요하다면 상대를 위해 무슨 일이라도 할 수 있는 진정한 애정이 그 속에 숨어 있었다.

그날 저녁은 우드하우스 씨가 사랑하는 이저벨라와 편히 이야기를 나누려고 카드놀이를 완전히 접었기 때문에 조용하고도 풍성한 대화가 오가는 시간이 되었고, 그 조촐한 모임은 자연스럽게 둘로 나뉘었다. 한쪽은 그와 그의 딸, 다른 쪽은 나이틀리 씨 형제로, 두 그룹의 화제는 완전히 다르거나 아니면 거의 서로 섞이지 않았고 에마는 이쪽저쪽에 가끔씩 끼었다.

형제는 각자 하는 사업 이야기를 나누었지만, 주로는 형의 사업에 대해서였다. 형이 기질상 대화를 훨씬 즐기는 편이

어서 둘 중 늘 말을 많이 하는 쪽이었다. 지방행정관으로서 존에게 법적 자문을 구할 일이 많기도 하거니와 그것이 아니면 적어도 무언가 들려줄 진기한 일화가 있거나 했다. 그리고 돈웰에 직영 농장이 있는 농장주로서, 다음 해 밭마다 무엇을 심을지 알려 주고, 인생의 가장 긴 시간을 거기서 살았으며 또 깊은 애정도 품고 있는 동생에게 흥미가 있을 만한 지방 소식을 죄다 전해 주어야 했다. 수로를 낼 계획이라든가, 담장을 새로 치고 나무를 자르고 밀, 무, 봄 옥수수 따위를 어디 심을지에 대해 존은 더 담담하기는 하지만 형 못지않은 관심으로 끼어들고, 형이 선선하게 무엇이든 물어보라고 하면 아주 열성 어린 어조로 질문을 쏟아 냈다.

그들이 이렇듯 마음 편하게 대화에 몰두한 사이, 우드하우스 씨는 딸과 더불어 행복한 회한과 걱정 어린 애정을 만끽하고 있었다.

"불쌍한 우리 이저벨라." 그가 그녀의 손을 꼭 잡고 다섯 아이 중 누군가를 돌보느라 바쁜 손길을 잠시 중지시키면서 말했다. "도대체 얼마만이냐, 네가 다녀간 지 정말 오래도 되었구나! 그래, 그렇게 먼 길을 왔으니 얼마나 피곤하겠느냐! 일찌감치 잠자리에 들어야지, 얘야. 그 전에 너한테 죽을 좀 먹여야겠다. 나하고 같이 괜찮은 죽 한 사발 먹자꾸나. 에마야, 다 같이 죽을 좀 들면 어떨까 싶구나."

에마는 그렇게 할 수가 없었으니, 나이틀리 씨 형제도 자신 못지않게 설득해 봤자 소용없다는 것을 잘 알았기 때문이다. 그래서 두 그릇만 차려 오게 했다. 그러자 그는 왜 모든 사람이 저녁마다 죽을 들지 않는지 놀랍다면서 죽을 찬양하는 이야기를 조금 더 하더니, 심각한 투로 이렇게 말을 이었다.

"애야, 네가 지난가을에 집으로 오지 않고 사우스엔드에서 보낸 것은 좀 서툰 처사 같구나. 바다 공기가 좋을 리 있니."

"윙필드 씨가 적극 추천한걸요, 아버지. 그렇지 않았다면 우리도 안 갔을 거예요. 아이들 모두한테 좋다면서 추천했지만, 특히 벨라의 약한 기관지에 좋다고 했어요. 바다 공기와 해수욕 둘 다 좋다고요."

"원! 애야, 그렇지만 페리 말로는 바다가 그 애한테 무슨 효과가 있을지 의심스럽다던데. 그리고 내가 너한테 아직 말한 적이 없는 모양이다만, 오래전부터 내가 확신해 마지않는 것이 있는데 그건 바다가 누구한테도 별 도움이 안 된다는 사실이야. 내가 한번 바다 때문에 거의 죽을 뻔한 일도 있고."

"자, 자." 안전한 화제가 아니라는 생각에 에마가 소리쳤다. "바다 이야기는 안 했으면 좋겠어요. 샘도 나고 속도 상하니까. 난 바다를 한 번도 못 봤잖아요! 사우스엔드 이야기는 이제 사절이에요. 언니, 아직 페리 씨 안부는 한 번도 안 물어봤네, 그분은 언니를 잊는 법이 없는데."

"아참! 페리 씨가 계시지. 페리 씨는 어떻게 지내세요, 아버지?"

"그야 잘 지내지. 그렇지만 아주 좋진 않아. 딱하게도 담즙 과다 분비인데, 제 몸을 돌볼 시간이 있어야 말이지. 나한테 그러더라, 제 몸은 돌볼 시간도 없다고. 참 안된 일이다만 온 동네에서 다들 불러 대니까. 이렇게 진료만 하는 사람은 어디서도 찾기 힘들 거다. 그렇지만 그거야, 그렇게 똑똑한 사람이 어디에도 없어서니까."

"페리 부인과 그 아이들은 다들 어떻게 지내요? 아이들은 잘 자라나요? 전 페리 씨를 아주 존경해요. 그분이 곧 방문하셨으면 좋겠네요. 우리 아이들을 보시면 참 좋아하실 거예요."

"그 사람이 내일 들르면 좋겠구나. 내 건강에 대해서도 한두 가지 좀 중요하게 물어볼 게 있거든. 그런데 얘야, 그 사람이 오면 꼭 벨라의 기관지를 보여 보려무나."

"아! 아버지, 이제 훨씬 좋아져서 별로 걱정 안 해요. 해수욕이 가장 도움이 되었거나 아니면 지난 8월부터 윙필드 씨의 탁월한 물약 처방을 받아 왔는데, 그 효험이 아닌가 싶어요."

"얘야, 설마하니 해수욕이 도움이 되었을 리야 있니. 그리고 너희들이 물약 처방을 받으려는 줄 진작 알았더라면 내가 자문을……."

"베이츠 부인과 베이츠 양은 잊어버렸나 봐, 언니." 하고 에마가 말했다. "한 번도 안부를 묻지 않네."

"아참! 베이츠 댁 아주머니들. 부끄럽다, 얘. 그렇지만 네가 거의 편지마다 두 분 이야기를 적어 보내서. 아주 잘 지내고들 계시겠지. 선량한 베이츠 부인, 음, 내일 꼭 찾아뵈야지. 아이들도 데려가고. 저 훌륭한 베이츠 양은 어떻고! 정말이지 아주 귀한 분들이야! 어떻게들 지내세요, 아버지?"

"그야 잘 지내시지, 얘야, 대체로는 말이다. 그렇지만 불쌍한 베이츠 부인께선 한 달 전쯤 심한 감기에 걸렸단다."

"정말 안됐어요! 그런데 올가을만큼 감기가 유행한 적도 없었지요. 윙필드 씨 말로는, 유행성 독감의 경우를 제하면 이렇게 감기가 널리 퍼지거나 심해진 경우는 한 번도 못 봤대요."

"그래, 대체로는 맞는 말이다만, 얘야. 그 정도까지는 아니지. 페리 말로는 감기가 널리 퍼진 것은 맞지만 11월이면 더 심한 때도 흔했다던데. 페리는 그런 정도로 질병의 계절이라고 부르지는 않지."

"그럼요, 윙필드 씨도 병이 아주 심한 계절이라고 생각하지는 않는 것 같아요. 다만……"

"아! 우리 불쌍한 딸내미. 사실인즉, 런던에서는 어느 계절에나 병이 돌잖느냐. 런던에서는 건강한 사람이 아무도 없고 건강할 수도 없어. 네가 거기서 살아야만 한다니 끔찍한 일이구나! 그렇게 먼 곳에! 거기다 공기도 나쁘고!"

"아니에요 정말. 우리 사는 데는 절대 공기가 나쁘지 않아요. 런던에서 우리 동네는 거의 최고로 좋거든요! 런던 전체하고 혼동하시면 안 돼요, 아버지. 브런즈윅스퀘어 부근은 런던의 거의 모든 다른 지역과 아주 다르거든요. 공기가 얼마나 좋다고요! 솔직히 런던의 어떤 다른 동네에서도 살고 싶지 않을 거예요. 런던에서 제 아이들을 키울 만한 곳은 우리 동네밖에 없어요. 하여간 우리 동네는 정말 공기가 좋다니까요! 윙필드 씨는 공기라면 브런즈윅스퀘어 주변이 단연코 최고라고 생각하세요."

"아니 얘야, 그래도 하트필드와는 다르지. 최대한 좋게 보려니까 그렇지. 허나 하트필드에서 일주일만 지내면 너희 식구 모두 완전히 다른 사람이 될 거야. 전혀 달라 보일걸. 지금은 누구 하나 건강해 보인다고 할 수 없구나."

"그런 말씀을 하시니 송구스럽네요, 아버지. 하지만 저요, 아주 건강해요. 신경성 두통이 좀 있고 가슴이 두근거리는 증상도 있지만, 그거야 어딜 가도 늘 달고 다니니까. 그리고 자러 가기 전 아이들이 좀 창백해 보였다면, 그건 긴 여행을 한 데다가 여기 온다니까 들떠서 평소보다 조금 더 피곤했기 때문이지 다른 이유는 없어요. 내일 보시면 애들 모습이 한결 좋아 보일 거예요. 안심하세요, 윙필드 씨 말로는 우리 식구가 다들 이렇게 건강한 모습으로 길을 떠나는 것도 본 적이 없다니까요." 그리고 다정하고 근심 어린 눈길로 남편 쪽을 바라보면서 말했다. "적어도 나이틀리 씨 얼굴에 병색이 있다는 생각은 안 하시겠지요."

"그저 그래, 얘야. 너한테 없는 이야기를 할 수는 없지. 존 나이틀리 씨 안색이 좋다고 하기는 영 힘들구나."

"무슨 일입니까, 장인어른? 저보고 뭐라고 하셨나요?" 자기 이름이 들리자 존 나이틀리 씨가 소리쳤다.

"유감스럽게도 당신 안색이 안 좋다고 생각하시네요, 여보. 그렇지만 그냥 좀 피곤해서 그럴 거예요. 하기는 집을 떠나기 전에 당신이 윙필드 씨를 한번 만나 봤으면 싶기는 했지만."

"이저벨라." 그가 서둘러 소리쳤다. "제발 내 안색 걱정은 말아 줘. 아이들과 자기 몸이나 열심히 보살피고 챙기는 데 만족하고, 내 안색일랑 내게 맡겨 둬요."

"형부가 형님께 하던 이야기 중에 잘 이해가 안 가는 게 있는데요." 하고 에마가 소리쳤다. "형부 친구인 그레이엄 씨가 새 토지를 관장할 관리인을 스코틀랜드에서 데려올 생각이라고 하셨잖아요. 그렇지만 그게 좋은 해결책일까요? 해묵은 편견이 너무 강하지는 않을까요?"

그리고 그녀는 이런 대화를 길게 끄는 데 성공했고, 그래서 부친과 언니에게 다시 주의를 돌려야 했을 때도 이저벨라가 친절하게 제인 페어팩스의 안부를 묻는 것 이상의 안 좋은 이야기는 듣지 않아도 되었다. 일반적으로 제인 페어팩스는 그녀가 아주 좋아하는 사람은 아니었지만, 그 순간에는 그녀에 대한 찬사에 기꺼이 한몫 거들 생각이 났다.

"그 사랑스럽고 상냥한 제인 페어팩스 말예요!" 존 나이틀리 부인이 말했다. "본 지 정말 오래되었네요. 가끔 런던에서 우연히 잠깐 본 것 말고는요! 그 아가씨가 다니러 온다면 그 할머니와 이모가 얼마나 행복해하실까요! 우리 에마 생각을 해도, 그 아가씨가 하이베리에 더 오래 머물지 않는 것이 늘 아주아주 아쉬워요. 그렇지만 지금은 캠벨 대령 댁 따님이 시집을 갔으니, 그 댁에서 아가씨를 놔주지 않을 것 같네요. 에마한테는 정말 즐거운 벗이 될 텐데."

우드하우스 씨는 그 모두에 동의했으나 이렇게 덧붙였다.

"그렇지만 우리 어린 친구 해리엇 스미스도 못지않게 예쁜 처자란다. 너도 해리엇이 마음에 들 거다. 에마한테 해리엇은 더없이 좋은 동무거든."

"그렇다니 정말 기뻐요. 그렇지만 제인 페어팩스는 대단히 교양 있고 빼어나다고들 하니까! 거기다 딱 에마 또래기도 하고요."

이 화제에 대해서 화기애애한 대화가 오갔고, 대개 그 비슷한 정도의 다른 화제들이 이어지고 역시 좋게 넘어갔다. 그러나 저녁이 마무리되기 전에 결국은 다시 약간 분란이 일고야 말았다. 죽이 나오자 저마다 한마디씩 거들었는데, 칭찬과 논평이 쏟아지는 가운데 죽은 모든 체질에 맞는 건강식이라는 데 다들 입을 모았고, 죽을 괜찮게 쑬 줄 모르는 많은 집안에 대해 꽤 신랄한 공격도 가해졌다. 그러나 맏딸이 든 실패 사례 가운데 가장 최근이자 따라서 가장 두드러진 사례가 사우스엔드에서 임시로 고용한 찬모였는데, 이 예가 화근이었다. 이 젊은 여자는 묽지만 아주 묽지는 않게 맛있고 부드럽게 죽을 끓이라는 딸의 말을 도무지 알아듣지 못하더라는 것이다. 수시로 이런 죽을 끓이라고 지시도 해 봤지만, 그럭저럭 괜찮은 죽이나마 한 번 먹어 보지 못했다는 것이다. 판도라의 상자를 연 격이었다.

"아!" 애정과 걱정이 담뿍 담긴 눈길로 딸을 응시하면서 우드하우스 씨는 고개를 저었다. 이 감탄사는 에마의 귀에는 이렇게 들렸다. "아! 네가 사우스엔드로 가는 바람에 안 좋은 일이 끝이 없구나. 말해 무엇하랴." 그래서 그녀는 아버지가 입을 다무실 것이며, 묵묵히 생각에 잠겨 있다 보면 곧 부드러운 죽의 향미를 다시 즐기실 수 있으리라는 기대를 잠시 품어 보았다. 그러나 몇 분 뜸을 들이던 그는 이렇게 말했다. "너희가 이번 가을에 우리 집이 아니라 바다로 가다니, 그 생각만 하면 늘 내 속이 상할 거다."

"그렇지만 왜 속상해하세요, 아버지? 분명히 말씀드리지

그럭저럭 괜찮은 죽이나마 한 번 먹어 보지 못했다는 것이다.

만 아이들 건강에 참 좋았는데요."

"에, 게다가 꼭 바다로 가야 하더라도 사우스엔드는 안 가는 게 좋았을 게다. 사우스엔드는 건강에 좋지 않거든. 페리는 너희가 사우스엔드로 정했다는 소식을 듣고 놀라더라."

"그렇게 생각하는 사람들이 많다는 건 저도 알지만, 사실 아주 잘못된 생각이에요, 아버지. 식구들 모두 거기서 완벽히 건강하게 지냈고, 진흙 때문에 불편을 겪은 것도 전혀 없어요. 윙필드 씨는 그곳이 건강에 안 좋다는 것은 아주 잘못된 생각이래요. 그리고 그이 말에 믿음이 가는 것이, 거기 공기가 어떤지 훤히 알거든요. 자기 형님네도 벌써 여러 번 다녀왔다니까요."

"얘야, 너희가 어딘가 꼭 가야 한다면 크로머로 갔어야지. 페리는 언젠가 크로머에 일주일 머문 적이 있다는데, 거기가 해수욕장 가운데 최고라고 하더라. 바다가 멋지게 확 트이고 공기도 무척 청명하다고 말이야. 그리고 들어 보니 거기서라면 바다와 멀찌감치 떨어진 곳에서 묵을 수도 있다더라. 한 사분의 일 마일 정도 떨어진 곳에 편안하게 말이다. 페리한테 물어보고 갔어야지."

"그렇지만 아버지, 거리의 차이는 어쩌고요. 얼마나 차이가 나는지 한번 생각해 보세요. 40마일 대신 아마도 100마일은 가야 할걸요."

"아휴! 얘야, 페리 말대로 건강이 문제인 마당에 무슨 딴 고려가 필요하겠느냐. 그리고 이왕 여행을 할 바에야, 40마일이나 100마일이나 뭔 대수냐. 더 나쁜 공기 속으로 뛰어드느

179

니 꼼짝 않고 그냥 있는 게 낫지, 구태여 40마일씩 여행할 것이
뭐냐. 런던에 그냥 있는 편이 낫습니다. 바로 페리가 한 말이
야. 그 사람이 보기에 너희가 크게 오판을 한 거지."

에마는 부친의 말을 멈춰 보려 했으나 아무 소용이 없었
다. 그러니 부친의 말이 이 대목까지 이르렀을 때 형부가 불쑥
끼어드는 것도 놀랄 일이 아니었다. 불쾌감이 역력한 목소리
로 그가 말했다.

"페리 씨는 누가 물어보기 전에는 그냥 속으로만 생각하
는 편이 나을 겁니다. 왜 제가 하는 일에 그 사람이 감 놔라
배 놔라 하는 겁니까? 제가 제 식솔들을 어느 해변으로 데려
가든 무슨 상관이지요? 제게도 페리 씨만 한 판단 능력은 있
거든요. 그 사람 약도 필요 없지만, 훈수도 원하지 않습니다."
그는 말을 멈추었다가 일순 좀 더 차분해져서 이렇게 덧붙였
는데, 그저 건조하게 비꼬는 정도였다. "130마일이나 되는
거리를 아내와 다섯 아이를 대동하고 움직이면서 40마일 움
직일 때보다 비용이나 불편이 늘지 않는 묘책을 페리 씨께서
알려 주신다면, 저도 어디 한번 사우스엔드가 아니라 크로머
를 택해 보지요."

"그래, 그래." 나이틀리 씨가 때맞추어 끼어들었다. "맞
는 말이야. 그 점은 고려를 해야겠지…… 그건 그렇고 존, 랭엄
으로 통하는 도로를 옮겨야겠다는 내 생각 말인데, 더 오른쪽
으로 방향을 틀면 개인 소유 목초지들을 통과하지 않아도 되
고 그리 어려울 것도 없을 듯해. 혹 하이베리에 불편해진다면
물론 그만두겠지만, 지금 도로와 경로를 생각하면…… 확실히

알려면 지도를 봐야겠지. 내일 아침 애비에서 만나면 좋겠네. 그때 같이 지도를 보면서 어찌 생각하는지 말해 줘."

우드하우스 씨는 자신의 많은 감정과 표현을 친구 페리 것으로 전가해 왔는데 그런 페리가 이렇게 심한 소리를 듣는 것에 심기가 불편해졌으나, 딸들의 극진한 대접에 점차 마음이 가라앉았고 동생 편에서 아차 하며 조심하고 형 편에서도 좋은 이야기를 많이 꺼내서, 그런 일은 다시 되풀이되지 않았다.

13

하트필드에 잠깐 다니러 온 존 나이틀리 부인보다 행복한 사람도 이 세상에 별로 없을 것이다. 그녀는 낮 동안에는 다섯 아이들을 대동하고 오랜 지인들을 만나러 다니고 저녁에는 아버지와 동생한테 그날 한 일을 보고하며 수다를 떨었다. 하루하루가 너무 빨리 지나가는 것 말고는 더 바랄 것이 없었다. 이번 방문은 아주 즐거웠다. 매우 짧다는 점에서도 완벽했다.

일반적으로 낮 동안에 비해 저녁때는 지인들과의 약속이 적었다. 그러나 제대로 된 정찬을 그것도 다른 집에서 하기로 한 약속만큼은 크리스마스이브기는 해도 피할 길이 없었다. 웨스턴 씨는 거절을 용납하지 않을 것이었다. 하루 정도는 모두들 랜들스에서 정찬을 해야만 했다. 우드하우스 씨조차 일행이 나뉘는 것보다는 그 편이 차라리 낫겠다고 동의하게 되었다.

어떻게 모두 거기까지 움직일 것인지 문제 삼을 생각도 있었으나, 딸 부부의 마차와 말들이 하트필드에 온 상황이니 그는 그냥 한번 물어보는 정도로 그칠 수밖에 없었다. 그러나 그것은 거의 문제도 아니었고, 에마로서도 마차 하나에 해리엇을 태울 자리도 있다고 아버지를 안심시키는 데 오래 걸리지도 않았다.

　그들 가족 외에 초대된 사람이라고는 집안과 각별한 사이인 해리엇, 엘튼 씨, 나이틀리 씨가 전부였다. 모든 면에서 우드하우스 씨의 습관과 성향을 고려해 시간도 이르게 잡고 인원도 줄인 것이다.

　이 대단한 행사(우드하우스 씨가 12월 24일에 밖에서 정찬을 한다는 것은 정말 대단한 일이니까.)가 있기 전날 저녁 해리엇은 하트필드를 방문했다. 그리고 돌아갈 때 감기 기운이 있었기 때문에 해리엇 본인이 진심으로 고더드 부인한테 간호를 받길 원하지 않았다면 에마는 그녀가 돌아가게 내버려 두지 않았을 것이다. 다음 날 그녀를 찾아간 에마는 랜들스 정찬 참석은 물 건너갔다는 것을 알게 되었다. 그녀는 열이 펄펄 끓고 편도선이 심하게 부었다. 고더드 부인이 정성껏 간호했고, 페리 씨를 불러야겠다는 이야기도 나왔으며, 해리엇 자신도 너무 아프고 맥이 없어서 이 즐거운 약속에서 빠져야 한다는 손윗사람들의 판단을 거역할 수가 없었다. 필경 정말 속상하다며 눈물을 쏟고 말았지만.

　에마는 해리엇 곁을 지키면서 고더드 부인이 자리를 비워야 할 때면 대신 간호해 주고, 그녀가 못 오는 것을 엘튼 씨가 알면 얼마나 낙담할지 이야기해서 기운을 북돋아 주었다. 자기가 가지 못하게 됨으로써 엘튼 씨가 아무 낙이 없는 정찬을 들게 될 것이고 모두들 자기를 몹시 아쉬워할 것이라는 달콤한 믿음에, 에마가 떠날 때는 그녀도 그럭저럭 편해졌다. 고더드 부인 집을 나와 몇 야드 못 가서 에마는 엘튼 씨와 마주

첬는데, 그쪽으로 오는 길인 모양이었다. 그들은 환자 이야기를 나누면서 천천히 걸음을 옮겼다. 그는 환자의 병세가 꽤 심하다는 소문이 들려서 우선 자기가 알아보고 하트필드에 소식을 전할까 했다는 것이다. 곧 존 나이틀리 씨가 그들을 따라잡았는데, 그는 매일 하는 돈웰 방문에서 위로 아들 둘과 함께 돌아오는 길이었다. 아이들은 시골길을 달린 덕분에 얼굴이 건강하게 달아올랐고 집에 서둘러 돌아가는 목적인 양고기 구이와 쌀 푸딩을 얼마든지 금방 먹어 치울 기세였다. 그들은 다 함께 걸었다. 에마는 막 친구의 증세를 설명하던 중이었다. "목이 많이 붓고, 온몸에 열이 높고, 맥박이 약하면서도 급하게 뛰는데 고더드 부인에게서 해리엇이 편도선이 약해서 심하게 도지는 체질이고 그런 적이 자주 있었다는 이야기를 듣고 마음이 아팠다."라는 것이었다. 엘튼 씨는 그 말에 깜짝 놀란 표정을 짓더니 이렇게 소리쳤다.

"편도선이라고요! 전염되는 것은 아니겠지요. 전염성 있는 그런 악성은 아니었으면 좋겠군요. 페리가 진찰을 했나요? 친구만이 아니라 자신의 몸도 챙겨야지요. 위험한 일일랑 아예 하지 마시기를 간청합니다. 페리가 왜 와 보지 않지요?"

내심 정말로 걱정스럽게 여기지는 않았던 에마는 고더드 부인이 경험도 많고 간호도 극진하기 때문에 그렇게까지 걱정할 정도는 아니라고 진정시켰다. 그러나 어느 정도 불안한 마음은 아직 남았을 것이 틀림없고, 자기도 조리 있게 이런 불안을 불식시키기보다는 차라리 조장하고 싶은 마음이기 때문에, 그녀는 마치 전혀 다른 화제인 양 곧 이렇게 말을 이었다.

"너무 춥네요. 정말 춥고 꼭 눈이 올 것만 같은 날씨라서 어디 다른 곳이나 다른 모임이었다면 저도 오늘은 외출을 삼가고 아버지께도 그렇게 권했을 거예요. 그렇지만 이미 가기로 작정하셨고 추위도 안 느끼시는 것 같아 만류하고 싶지는 않네요. 그랬다간 웨스턴 부부께 큰 실망을 안겨 드릴 테니까요. 그렇지만 정말이지 엘튼 씨, 당신 경우에는 실례를 무릅쓰고 말씀드려야겠네요. 벌써 목소리가 좀 가라앉은 것 같은데, 내일은 목 쓸 일도 많고 과로를 하시게 될 테니* 일도 많을 것을 감안하면, 오늘 밤은 집에서 쉬시면서 조심하는 게 당연할 듯한데요."

엘튼 씨는 어떻게 대답해야 할지 잘 모르겠다는 표정이었는데 사실이 바로 그랬다. 이렇게 아름다운 숙녀분의 친절한 배려에 대단히 감사하고 어떤 충고든 거역하고 싶진 않지만, 그 방문을 포기할 생각 또한 추호도 없었던 것이다. 그러나 에마는 기왕의 생각과 계획에만 골몰한 나머지 그의 말을 사심 없이 듣거나 그의 표정을 제대로 보지 못했던 터라 "아주 춥지요, 정말 아주 추워요."라고 중얼중얼 시인하는 말에 만족한 채, 이제 자기 덕에 그가 랜들스 모임을 면한 대신 저녁 내내 매시간 해리엇의 용태를 물어볼 수 있겠구나 하는 즐거운 생각을 하면서 계속 걸어갔다.

"잘 생각하신 거예요." 그녀가 말했다. "웨스턴 부부한테는 우리가 대신 사과를 전해 드릴게요."

---

* 크리스마스날 목사로서 수행할 일들에 대한 언급이다.

그러나 이 말이 떨어지기가 무섭게 형부가 나서서 혹시 오직 날씨 때문에 그런다면 자기 마차를 같이 타고 가자고 정중하게 제안하는 것이 아닌가! 엘튼 씨까지 옳다구나 하며 그 제안을 받아들이는 것이었다. 이제 엎질러진 물이었다. 엘튼 씨가 가는 것은 기정사실이 되었는데, 그의 잘생긴 훤한 얼굴이 이 순간만큼 더 즐거운 표정인 적도 없고, 또 다음 순간 그녀를 쳐다볼 때만큼 더 환한 미소와 기쁜 눈빛이었던 적도 없었다.

'아니!' 그녀는 속으로 생각했다. '정말 이상하네! 내가 그렇게 잘 빼내 주었는데, 아픈 해리엇을 남겨 두고 자기는 참석하겠다니! 정말로 이상한 일이야! 그러나 많은 남자들, 특히 독신 남자들한테는, 외식이라면 이렇게 끌리는, 이렇게 달려드는 성향이 있는가 봐. 쾌락과 소일, 품위, 그리고 심지어 의무까지 포함한 목록에서 정찬 약속은 순번이 높아서, 그 앞에서는 모든 것이 밀려나니, 엘튼 씨도 바로 그런 모양이야. 틀림없이 굉장히 멋있고 상냥하고 다감한 남자고, 해리엇을 무척 사랑하기는 하지만, 그래도 초대를 거절하지는 못하는 거지. 어디서든 정찬에 불러 주기만 하면 꼭 가야만 하는 거야. 사랑은 정말 이상한 것이네! 해리엇한테서 날렵한 재기를 볼 수 있지만 그 애를 위해서 혼자 식사하는 건 못 하겠다는 거잖아!'

얼마 후 엘튼 씨는 그들을 떠났는데, 그녀는 헤어지면서 해리엇의 이름을 입에 올리는 그의 태도에 정이 그득함을 다시 인정해 주지 않을 수 없었다. 그녀를 다시 만나는 기쁨을 맛볼 채비를 하기 전에 마지막으로 고더드 부인 댁에 들러 그녀의 아름다운 친구 상태가 어떤지 알아보겠다고 약속하며, 다시 뵐 때는 더 좋은 소식을 전해 드릴 수 있기를 기대한다고 말하는 그의 어조 또한 그러했다. 그리고 그는 한숨을 짓고 미소를 지으며 멀어져 갔는데, 그것을 보면서 그녀는 그를 좋게 보는 마음이 더해졌다.

남은 두 사람은 몇 분간 완전한 침묵을 지키다가 존 나이틀리가 이렇게 말을 꺼냈다.

"엘튼 씨처럼 잘 보이려고 애쓰는 남자는 여태 한 번도 못 봤네. 여성이 있는 곳이면 드러내 놓고 그런다니까. 남자들끼리 있을 때는 합리적이고 차분한데, 잘 보이고 싶은 여성이 있을 때는 사람이 아주 달라지거든."

"엘튼 씨의 매너가 완벽한 것은 아니에요." 에마가 대답했다. "그러나 잘 보이려고 애쓰는 경우에는 웬만한 건 눈감아 주어야 하고 실제로도 눈감아 주게 되지요. 별로 뛰어난 능력이 없더라도 최선을 다하는 남자가 능력이 뛰어난데도 무관심한 남자보다 더 높은 점수를 받는 법이니까요. 엘튼 씨는 성격이 무척이나 좋고 호의에 차 있어서 누구라도 좋아할 수밖에 없어요."

"맞아." 존 나이틀리 씨가 좀 짓궂은 말투로 즉각 받았다. "그 사람 처제한테 호의가 꽤 많은 모양이던데."

"저요!" 놀란 미소를 띠며 그녀가 대꾸했다. "아니, 제가 엘튼 씨의 목표라고 생각하시는 거예요?"

"솔직히 그런 생각이 불현듯 스치던데, 에마. 그리고 처제도 그런 생각을 해 본 적이 없다면, 이제는 한 번쯤 고려해 보는 편이 좋을 거야."

"엘튼 씨가 저를 사랑한다고요! 말도 안 돼요!"

"꼭 그렇다는 말은 아니고. 그렇지만 그런지 아닌지 한번 생각해 보고 그에 따라 처신을 해야 할 듯한데. 처제의 태도가 그 사람한테는 고무적으로 여겨질 거야. 친구로서 하는 말이야, 에마. 한번 주변을 돌아보고 자신의 행동과 의도를 분명히 하는 것이 좋을 거야."

"감사합니다, 그렇지만 정말이지 완전히 잘못 생각하신 거예요. 엘튼 씨와 저는 아주 좋은 친구 사이고 그 이상은 아니에요." 그러고는 계속 걸어갔는데, 상황을 부분적으로만 아는 탓에 빚어지는 착각과 판단력이 좋다고 자부하는 사람들이 늘 저지르게 마련인 엉뚱한 실수를 생각하니 우습기도 했고, 자기를 눈이 멀어 아무것도 몰라서 조언이 필요한 사람처럼 치부하는 형부한테는 기분이 별로 좋지 않았다. 그는 더 이상은 말이 없었다.

우드하우스 씨는 방문을 하기로 단단히 작심했기 때문에 날씨가 더 차가워지는데도 포기할 생각이 전혀 없어 보였고, 시간에 맞추어 마침내 자기 마차로 맏딸을 대동하고 출발했다. 다른 사람들보다 오히려 날씨를 내놓고 걱정하는 기색이 덜했다. 자기가 행차한다는 사실이 스스로 놀랍고 랜들스에서 얼마나 기뻐할까 생각하느라고 추운 날씨를 의식하지도 못했고 사실 모포로 단단히 감싸서 추위를 느끼지도 못했다. 그렇지만 실로 추위는 극심했다. 그리고 두 번째 마차가 움직일 무렵에는 이미 눈발이 약간 흩날리기 시작했고 하늘에는 먹구름이 잔뜩 끼어서 공기만 조금 온화해지면 삽시간에 하얀 눈 세상을 만들 태세였다.

에마는 같은 마차를 탄 형부의 기분이 그리 좋지 않다는 것을 알았다. 이런 날씨에 외출 준비를 하고 행차한다는 것, 정찬 후에 아이들을 방치하면서까지 그리한다는 것 자체가 잘못이거나 적어도 불쾌한 일이었고, 존 나이틀리 씨로선 도무지 좋아할 수 없는 일이었다. 그런 자리에 가 봤자 소득이 있을 리가 없었다. 목사관으로 마차를 타고 가는 내내 그는 불만만 쏟아 냈다.

"고작 자기를 만나러 오라고 이런 험한 날씨를 무릅쓰고 따뜻한 집을 떠나라 청하다니, 그런 사람은……." 하고 그가 말했다. "자기를 대단하게 여기는 것이 틀림없어. 대단히 인기 있는 친구라고 말이야. 나 같으면 그런 짓은 못 할 거야. 말도 안 되는 짓이지. 이렇게 눈까지 오는데 말이야! 편히 집 안에 있는 사람들을 불러내는 사람이나 부른다고 해서 냉큼 나가는 사람이나 어리석기는 매한가지야! 무슨 의무나 일 때문에 이런 날 저녁 외출해야 한다면 얼마나 고역이겠어. 그런데 이게 뭐냐고. 볼일도 없이 평소보다 더 얇은 옷차림으로, 군소리 없이 자진해서 길을 나섰으니 말이야. 찌푸린 하늘을 보나 차가운 기온을 보나 인간에게 이런 날은 집에 있으라고, 집에 얌전히 머물러 있으라고 말하는 자연의 목소리가 들리는데도 그마저 거슬러 가며 말이야. 그것도 남의 집에서 따분한 다섯 시간을 보내겠다고 길을 나섰으니. 주고받을 이야기라곤 어제도 하고 내일도 할 것들뿐이잖아. 우중충한 날씨가 돌아올 때는 더 악화될 게 뻔한데. 말 네 마리에 하인 네 명씩 동원해서, 도대체 뭐하자는 거냐고! 벌벌 떠는 하릴없는 인간 다섯을 자기 집보다도 더 추운 방과 더 못한 말상대에게로 실어다 주는 것 밖에 없잖아. 어울려서 더 즐거울 사람도 없는 곳에 말이야."

그의 여행 동반자인 언니라면 늘상 "그럼요, 여보." 하며 즐겁게 맞장구치고 그도 이런 응대에 이골이 났겠지만 에마는 그런 흉내를 낼 기분이 아니었다. 그렇지만 대답을 삼갈 만큼 은 마음을 다잡을 수 있었다. 비위를 맞출 수도 없고 다투기도 싫었다. 그녀의 영웅심의 최대치는 그저 침묵을 지키는 것이 었다. 그녀는 입을 꾹 다문 채 형부는 떠들라고 내버려 두고 창 유리를 잘 닫고 모포로 몸을 감쌌다.

그들이 도착해서 마차를 돌려 세우고 발판을 내리자 곧바 로 검은색 옷을 말쑥하게 차려입은 엘튼 씨가 얼굴 가득 미소 를 띠고 올라탔다. 에마는 기쁜 마음으로 이제는 화제가 좀 바 뀌겠구나 생각했다. 엘튼 씨는 고마움과 명랑함으로 충만했 다. 사실 그의 예의 바른 언사에는 명랑함이 넘쳐서 그녀는 그가 해리엇에 대해서 자기하고 들은 것과는 다른 소식을 들 었나 보다는 생각이 들기 시작했다. 옷을 차려입는 사이 그녀 는 사람을 보내 물어보았으나 그 대답은 "여전하다. 별 차도가 없다."였던 것이다.

"고더드 부인 댁에서 들려온 소식은 기대에 못 미치던데 요." 바로 그녀가 말했다. "제가 받은 대답은 '차도가 없다'는 것이었거든요."

그의 표정이 즉각 어두워졌다. 그리고 답변하는 그의 목 소리에는 정감이 물씬했다.

"아! 그러게요. 알아보니 애석하게도…… 그렇지 않아도 막 말씀드릴 참이었는데, 옷을 갈아입으러 돌아가기 전에 마지막으로 고더드 부인 댁에 들렀을 때, 스미스 양이 좋아지지 않았으며 좋아지기는커녕 오히려 나빠졌다고 들었습니다. 대단히 애석하고 걱정스러운 일입니다. 아침에 그렇게 기운을 북돋아 주셨을 테니 틀림없이 좋아졌을 것이라고 생각하며 마음을 달랬는데 말입니다."

에마는 미소 지으며 대답했다. "신경성 증세에는 제 병문안이 좀 도움이 되었을까요. 하지만 아무리 저라고 해도 인후염을 마법처럼 낫게 할 수는 없지요. 정말 지독한 감기예요. 이미 들으셨겠지만, 페리 씨가 왕진을 다녀갔지요."

"네…… 그럴 줄…… 그게 저…… 아직은 못……."

"그분은 그 애의 이런 증세들을 익히 다루어 봤으니까, 내일 아침이면 우리 두 사람한테 더 위안이 될 만한 소식이 들려올 거예요. 그러나 걱정되는 마음이야 어쩔 수 없지요. 오늘 우리 모임에도 얼마나 애석한 손실이에요!"

"끔찍한 손실이지요…… 정말 그렇고말고요…… 매순간 빈 자리가 실감 날 겁니다."

대단히 적절한 응대였고, 따라 나온 한숨도 정말 상찬할 만했지만 그러나 좀 더 길었어야 했다. 불과 삼십 초밖에 안 지나서 그것도 아주 활달하고 즐거운 목소리로 다른 화제를 꺼내는 그가 에마는 좀 당혹스러웠다.

"마차에 양피를 덧대다니 정말 훌륭한 생각이네요." 하고 그가 말했다. "실내가 정말 아주 편안해졌어요. 이렇게 미리 예방해 놓으면 추위는 느끼려야 느낄 수가 없지요. '현대적 장치물들 덕분에 개인용 마차가 정말 완전무결해졌어요. 이렇게 바깥 공기를 철저히 차단해 놓으니 바람 한 점 새어 들 여지가 없군요. 날씨는 이제 아무 상관없어졌어요. 오늘은 날씨가 아주 찹니다만 마차 안에서는 하나도 느껴지지 않지요. 하! 눈발도 좀 흩날리네요."

"그렇소." 하고 존 나이틀리가 말했다. "꽤 많이 올 것 같군요."

"크리스마스 날씨답네요." 엘튼 씨가 말했다. "딱 어울리는 날씨예요. 거기다 눈이 어제부터 왔으면 오늘 모임이 무산될 수도 있었으니 우리는 지극히 운이 좋은 셈입니다. 땅에 눈이 많이 쌓였다면 우드하우스 씨가 길을 나설 엄두를 내지 못하셨을 테니까요. 그러나 이제야 눈이 온들 문제가 안 되지요. 친한 사람들끼리 모이기에는 지금이 딱 제철이잖아요. 크리스마스 때는 다들 근처 친구들을 초대하고, 사람들도 최악의 날씨라도 괘념치 않잖습니까. 한번은 눈 때문에 한 주 내내 친구 집에 간힌 적이 있었는데요. 그렇게 즐거울 수가 없었습니다. 하룻밤 요량으로 갔다가 꼬박 일주일을 묶여 있었지요."

존 나이틀리 씨는 뭐가 즐겁다는 것인지 이해가 안 간다는 표정이었지만, 냉담한 어조로 이렇게만 말했다.

"난 눈 때문에 랜들스에 일주일 동안 갇히고 싶지는 않습니다만."

다른 때 같으면 에마도 이런 대화를 즐겼겠지만, 지금은 다른 기분들을 만끽하는 엘튼 씨에 너무 놀란 나머지 그럴 여유가 없었다. 즐거운 모임에 대한 기대 속에 해리엇은 까맣게 잊어버린 모양이었다.

"벽난로도 활활 타오를 거고 모든 것이 더없이 안락할 겁니다." 하고 그가 말을 이었다. "정말 매력적인 분들이에요, 웨스턴 부부 말입니다. 웨스턴 부인이야 새삼 찬사가 필요 없는 분이고, 남편분도 더 이상 바랄 데가 없어요. 손님 대접도 그렇게 잘하고 사교도 그렇게 좋아하고. 이번 모임이 규모는 조촐하겠지요. 엄선된 사람들끼리 모이는 조촐한 모임이라면 그 이상 가는 모임이 어디 있겠습니까. 웨스턴 댁 식당에 편하게 수용하려면 열 명 이상은 곤란하지요. 그리고 저라도 이런 여건이라면 두 사람 넘치느니 두 사람 부족한 편을 택하겠습니다. 틀림없이 당신도 제 말에 (부드러운 태도로 에마에게로 몸을 돌리면서) 동의하시겠지요. 당신만큼은 분명 찬성하리라 믿습니다. 나이틀리 씨야 런던의 큰 파티에 익숙하시니까 우리와 동감하기 힘드실지도 모르겠습니다만."

"런던의 큰 파티 같은 것은 전혀 아는 바 없소, 선생. 절대로 정찬은 밖에서 들지 않소."

"그렇습니까! (놀람과 동정이 섞인 어조로) 법률 업무가 그렇게 바쁘고 힘든 일인 줄은 미처 몰랐습니다. 그래도요, 선생께도 이 모든 노력이 보상으로 돌아올 때가, 별 업무 없이 한껏 즐길 수 있을 때가 반드시 올 겁니다."

마차가 앞문을 통과할 때 존 나이틀리 씨가 대꾸했다. "내 첫째가는 즐거움은 하트필드로 무사히 돌아가는 것일 게요."

14

웨스턴 부인의 거실로 들어가는 두 신사는 각각 얼굴을 조금 가다듬어야 했다. 엘튼 씨는 신나는 표정을 누그러뜨리고 존 나이틀리 씨는 언짢은 기색을 지워야 했다. 그 장소에 어울리게 엘튼 씨는 미소를 줄이고 존 나이틀리 씨는 미소를 늘려야 했던 것이다. 자연이 시키는 그대로의 모습으로, 한껏 행복한 마음을 드러내도 되는 것은 에마뿐이었다. 웨스턴 부부와 자리를 함께하는 것이 에마에게는 정말 즐거운 일이었다. 웨스턴 씨도 마음에 꼭 들거니와, 그의 부인만큼 아무 스스럼없이 터놓고 말할 수 있는 상대는 세상에 한 사람도 없었다. 부친과 자기에게 있었던 이런저런 자질구레한 사건들, 계획들, 속상하거나 즐거웠던 일들을 이야기하고, 또 늘 경청하고 이해해 주며 늘 흥미롭고 의미 있는 이야기로 받아들이리라 확신할 수 있는 사람은 부인밖에 없었다. 그녀가 하트필드에 대해 하는 이야기치고 웨스턴 부인이 생생한 관심을 보이지 않는 것은 하나도 없었다. 그리고 개인 생활의 일상적 행복을 좌지우지하는 갖가지 소소한 일들에 대해 삼십 분 내내 아무런 방해도 받지 않고 이야기를 나누는 것은 서로에게 제일가는 즐거움이었다.

엘튼 씨는 신나는 표정을 누그러뜨리고 존 나이틀리 씨는 언짢은 기색을 지워야 했다.

이런 즐거움이란 하루 온종일 머물면서도 얻을 수 없을 때도 있고, 이번의 삼십 분 동안에는 물론 불가능한 일이었다. 그러나 에마는 웨스턴 부인을 보는 것만으로도, 그녀의 미소와 손길과 목소리만으로도 고마웠고, 그래서 엘튼 씨의 이상한 언동을 비롯해서 모든 불쾌한 일을 될수록 떨쳐 버리고 즐거운 것들을 최대한 즐기기로 마음먹었다.

해리엇이 감기에 걸렸다는 불행한 소식은 에마가 도착하기 전에 이미 알려질 만큼 알려져 있었다. 우드하우스 씨는 한참 전부터 편안하게 자리를 잡고 앉아, 자기와 이저벨라가 여기로 어찌 왔으며 에마는 또 어떻게 뒤이어 오게 되었는지 시시콜콜 풀어 놓고도 해리엇의 감기 이야기까지 낱낱이 전했으며, 제임스도 함께 와서 딸내미를 만날 수 있어 참 다행이라는 이야기까지 막 끝내는 참에 다른 사람들이 들어왔다. 그의 시중을 드는 데 전념하다시피 하던 웨스턴 부인은 그제야 몸을 돌려 사랑하는 에마를 맞이할 수 있었다.

엘튼 씨는 잠시 잊어버리려던 에마의 계획이 좀 틀어졌으니, 모두 자리를 잡고 보니 그가 가까이에 앉은 것이었다. 그는 바로 곁에 앉았을 뿐 아니라 싱글벙글거리는 얼굴을 연방 들이밀고 기회가 날 때마다 열심히 말을 건네고 하는 통에, 그녀는 해리엇에 대한 그의 이상한 무관심을 마음에서 몰아내기가 대단히 어려웠다. 그를 잊어버리기는커녕, 그의 행동거지를 보면서 속으로 '정말 형부 생각이 맞는 건가? 이 남자가 해리엇에서 나한테로 마음을 돌리기 시작하다니 그럴 수 있을까? 말도 안 되고 참을 수 없는 일이야!' 하는 생각이 드는 것을 어쩔 수 없었다. 하지만 그는 그녀가 절대 춥지 않도록 끝없이 챙겨 대고, 그녀 부친에 대한 관심을 끝없이 표시하고, 웨스턴 부인 칭찬을 끝없이 해 대는 것이었다. 그리고 드디어는 끔찍스럽게도 장래 연인이라도 되는 품새로, 별로 아는 것도 없으면서 그녀 그림에 열정적인 찬사를 늘어놓기 시작했으니, 그녀로서는 예의를 지키는 것만도 꽤 애를 써야 했다. 자신을 위해서도 무례하게 굴 수는 없었지만, 해리엇을 위해서는 모든 것이 제자리로 돌아가리라는 희망에 심지어 적극적으로 상냥하게 대해 주기까지 했다. 그러나 고역은 고역이었다. 엘튼 씨의 허튼소리가 극에 달한 시점에 마침 각별히 듣고 싶었던 화제가 다른 사람들 사이에서 오갈 때는 특히 그랬다. 들리는 소리로 볼 때, 웨스턴 씨가 아들 소식을 전해 주고 있는 모양이었다. "우리 아들", "프랭크", "우리 아들"이라는 말들이 여러 번 되풀이 들려왔고, 몇몇 다른 반토막 난 감탄사들에서 그의 아들이 조만간 방문할 것이라고 했나 보다는 짐작을 할 수 있었다. 그러나 엘튼 씨의 입을 닫게 만드는 데 채 성공하기도 전에 그 화제는 이미 다 지나가 버려서 그녀 쪽에서 다시 물어보기도 어색해졌다.

사실을 말하자면, 절대로 결혼을 안 하겠다는 에마의 결심에도 프랭크 처칠 씨라는 이름은 무언가 흥미롭게 다가왔다. 그 이름이 불러일으키는 관념도 그랬다. 그녀는 자기가 만에 하나 결혼을 한다면 나이나 성격이나 조건으로 볼 때 이 사람이야말로 적임자라는 생각을 자주 했는데, 그 부친이 테일러 양과 결혼한 후로는 더했다. 두 집안 사이의 이런 인연으로 자기가 그에게 우선권을 갖게 된 것 같았다. 그녀는 둘을 아는 사람이면 누구나 둘의 결합을 떠올릴 거라는 짐작을 할 수밖에 없었다. 웨스턴 부부가 그런 생각을 했다는 것은 그녀가 보기에 거의 틀림없었다. 그리고 비록 무엇과도 바꿀 수 없다고 믿는 그런 좋은 처지를 그 사람 때문에든 다른 누구 때문에든 포기할 뜻은 전혀 없었지만, 그를 한번 만나 봤으면 하는 호기심도 강했고 자기도 그와의 교분이 즐거울 것이며 그 또한 어느 정도는 자기를 좋아할 것이라고 확신하고 있었고, 양쪽 친지들이 둘의 결합을 상상할 것을 생각하면 왠지 기분이 좋았다.

이런 감정 상태니만큼 엘튼 씨의 입에 발린 말들은 때를 지독하게도 잘못 맞춘 셈이었다. 그러나 그녀는 심기가 매우 상하면서도 예의를 깍듯이 지키는 자기 자신에서, 또 방문이 끝나기 전에 화통한 웨스턴 씨가 똑같은 정보를 최소한 그 골자라도 한 번은 더 거론할 것이라는 생각에서 위안을 찾았다. 그리고 그렇게 되었다. 정찬 자리에서는 다행히도 엘튼 씨에게서 해방되어 웨스턴 씨 옆에 앉게 되었는데, 그는 접대하는 주인 노릇에서 한숨 돌리게 되는 순간, 즉 양고기 등심 요리를 다 나눠 주어 처음으로 짬이 나는 순간 그녀에게 이렇게 말했다.

"단 두 사람만 더 있으면 숫자가 딱 맞는데 말이야. 두 사람만 더 왔더라면 얼마나 좋았을까. 아가씨의 예쁜 친구 스미스 양하고 우리 아들 말이야. 그렇다면 그야말로 완벽하다고 할 텐데. 응접실에서 내가 사람들한테 프랭크가 곧 방문할 거라는 이야기를 할 때 듣지 못했지? 오늘 아침 그 아이한테서 편지가 왔는데, 보름 안에 이리 온다는 거야."

에마는 딱 적절한 만큼의 기쁨을 표하고, 프랭크 처칠 씨와 스미스 양만 더해진다면 모임이 아주 완벽해질 것이라는 생각에 전적으로 동의했다.

"9월부터 오겠다고 했는데." 하고 웨스턴 씨가 계속 말했다. "편지마다 온통 그 이야기뿐이었지만, 시간을 제 마음대로 쓸 수 없는가 봐. 비위를 맞추어 주길 원하는 사람들 생각도 해야 하고 (우리끼리 이야기지만) 그러자면 많은 희생을 감수해야만 하는 경우도 생기거든. 그렇지만 이제 정월 둘째 주쯤에는 틀림없이 집에 온 그 애를 볼 수 있을 게야."

"정말 얼마나 기쁘시겠어요! 웨스턴 부인도 아드님을 만나기를 학수고대하시니 거의 아저씨 못지않게 행복해하실 거예요."

"그럼, 그렇겠지. 그런데 그 사람은 또다시 연기될 거라고 생각해. 나처럼 반드시 올 거라고 굳게 믿지는 않는 거지. 그렇지만 그 사람은 그쪽 사람들을 나보다는 잘 모르니까. 어떻게 된고 하니 (그런데 이건 정말 우리끼리 이야기지. 저 방에서는 일언반구도 안 했거든. 아가씨도 알다시피 가족만의 비밀이 있잖아.) 아는 사람들을 정월에 엔스컴으로 초대한 모양인데, 이 초대가 연기되어야만 프랭크가 올 수 있어. 그렇지 않으면 꼼짝도 못 하고. 그러나 내 잘 알지, 틀림없이 연기될 거야. 엔스컴의 꽤 높으신 모 부인께서 특히 싫어하는 집안이거든. 이삼 년에 한 번은 초대해야 한다고 생각하지만, 막상 때가 되면 늘 연기하지. 그리 될 거라는 데 난 추호의 의심도 없어. 정월 중순 전에 프랭크가 여기 있는 것은 내가 있는 것만큼이나 확실해. 그렇지만 저기 아가씨 친구인 어부인께선 (탁자의 위쪽 끝을 향해 고개를 끄덕이면서) 워낙 본인이 변덕이라곤 없는 데다 하트필드에서도 그런 것을 거의 못 겪었기 때문에, 변덕의 효과를 계산해 볼 줄 몰라. 나야 오래전부터 익히 해 온 일이지만 말이야."

"의구심의 여지가 있다니 안됐네요." 에마가 대답했다. "하지만 전 아저씨 편을 들고 싶어요, 웨스턴 씨. 아저씨께서 아드님이 올 것이라고 생각하신다면 저도 그렇게 생각하겠어요. 엔스컴을 잘 아는 사람은 아저씨니까요."

"그럼, 나쯤 되면 좀 안다고 해도 되잖아. 아직 그 집에 가본 적은 없지만. 그 부인은 정말 이상한 여자야! 그러나 프랭크를 생각해서라도 난 그 부인 험담은 절대 안 해. 부인이 그 애를 대단히 좋아한다는 것은 사실이니까. 자신 말고는 그 누구도 좋아할 수 없는 사람인 줄 알았는데, 그 아이한테는 언제나 잘해 주거든. (자기 식으로지만. 이를테면 소소한 변덕이나 기벽은 오냐오냐 받아 주고, 만사가 자기 뜻대로 되기를 기대하는 식이지.) 그리고 내가 보기에, 그런 애정을 불러일으켰다는 것만 봐도 그 애는 참 대단해. 내 다른 사람한테는 절대로 말하지 않지만 일반적인 사람들한테는 무정하기가 차돌 같은 여자거든. 성질도 고약하기 짝이 없고."

에마는 이 화제가 아주 마음에 들었기 때문에 거실로 자리를 옮기고 얼마 안 되어 웨스턴 부인에게 그 이야기를 꺼내며 얼마나 기쁘시겠느냐, 하지만 첫 만남이라 좀 신경이 쓰이시 겠다고 했다. 웨스턴 부인은 동의하면서도 덧붙이기를, 첫 만남이 걱정은 되지만 그래도 이번에 말한 대로 오기는 올 거라고 확신할 수 있다면 정말 좋겠다고 했다. "꼭 올 거라고는 믿지 않아. 난 웨스턴 씨처럼 그렇게 낙관할 수가 없어. 결국 모두 무산되고 말까 봐 걱정이야. 정확하게 어떤 상황인지 웨스턴 씨한테서 들었겠지."

"예. 바로 처칠 부인이 심술을 부리느냐에 달렸나 본데, 세상에 그만큼 확실한 것이 또 있나요."

"에마!" 웨스턴 부인이 미소를 띠면서 대꾸했다. "변덕이란 게 어찌 확실할 수가 있겠어?" 그러더니 그때까지 대화에 끼지 않았던 이저벨라에게로 몸을 돌리며 "나이틀리 부인, 자기도 알아 둬야겠지만, 그 애 부친이 생각하는 것처럼 우리가 프랭크 처칠 씨를 꼭 보게 된다는 보장은 내가 보기에 절대 없어. 완전히 그 외숙모 마음과 의사에, 한마디로 그분 기분에 달렸으니까. 나한테는 딸이나 진배없는 사람들이니 두 사람한테는 사실을 털어놔도 되겠지. 처칠 부인이 엔스컴을 좌지우지한다는데 성격이 아주 괴팍한 여자라네. 그러니 이번에 그 아이가 여기 오고 안 오고는 그 부인이 그를 놔주려 하느냐에 달린 문제지."

"아, 처칠 부인 말이죠. 처칠 부인이라면 모르는 사람이 없지요." 이저벨라가 대답했다. "그 가련한 청년을 생각하면 정말 딱해 죽겠어요. 성질이 고약한 사람하고 늘 함께 지내야 한다니 정말 끔찍할 거예요. 우리는 다행히도 그런 일을 겪어 보지 못했지만 정말 불행한 생활일 거예요. 그 부인한테 아이가 없어 얼마나 다행이에요! 있었다면 그 불쌍한 꼬마들을 얼마나 들볶았겠어요!"

에마는 웨스턴 부인과 단둘이 있다면 좋을걸 싶었다. 그러면 더 많은 이야기를 들을 수 있었을 것이다. 이저벨라한테는 하지 못할 이야기도 에마 자신한테는 스스럼없이 털어놓았을 것이며, 처칠 집안에 관련해 아무것도 숨기려 하지 않았을 것이었다. 이미 그녀가 상상력을 발휘하여 직감적으로 간파한 바, 그 청년의 장래와 관련된 기대 섞인 생각들 빼고는 말이다. 그러나 지금은 더 들을 것이 없었다. 우드하우스 씨가 곧 그들을 따라 응접실로 들어왔다. 정찬이 끝난 한참 후까지 눌러앉아 있는 것을 그는 갑갑해서 참아내지 못했다. 포도주도 담소도 그에게는 중요하지 않았고, 그래서 같이 있으면 늘 편한 사람들한테로 기꺼이 옮겨 온 것이다.

그렇지만 그가 이저벨라에게 말하는 사이 에마는 이런 말을 할 기회를 얻었다.

"그러니까 아드님이 이번에 정말 방문할지 전혀 확실하지 않다는 말씀이지요. 안됐네요. 언제든 첫 인사라는 것은 서먹하게 마련이니, 빨리 끝낼수록 좋은데 말이에요."

"맞아. 그리고 지연될 때마다 다음에도 그런 일이 되풀이될 것 같다는 생각이 더 드는 거야. 설령 이번에 그 브레이스웨이트라는 집안의 방문을 연기한다 해도, 뭔가 우리를 실망시킬 변명거리를 찾아내지 않을까 난 여전히 두려워. 그 애 편에서 오기 싫어서 그런다고는 생각도 하기 싫어. 하지만 처칠 집안에서 그 애를 굉장히 붙잡아 두고 싶어 하는 것은 확실해. 시샘하는 거지. 그 사람들, 그 애가 제 부친을 생각하는 것조차 시샘하는 거야. 한마디로 난 정말 온다고 믿을 수가 없어. 웨스턴 씨도 덜 낙관했으면 좋겠는데."

"와야지요." 하고 에마가 말했다. "단 이틀밖에 못 있는다 해도 마땅히 와야지요. 그리고 젊은 남자가 그 정도도 제 맘대로 못 한다고는 생각하기 어렵네요. 여자라면 또 모를까. 못된 사람들 손아귀에 들어간 여자 같으면 들들 볶아서 함께하고 싶은 사람들과 떨어져 있도록 할 수도 있겠지만, 남자가 되어서 부친하고 일주일 같이 보내고 싶어도 그리 못할 정도로 매여 산다는 것은 이해할 수가 없어요."

"프랭크가 할 수 있는 게 뭔지 판정하기 전에 먼저 엔스컴에 찾아가 어떤 사람들인지 봐야 할 거야." 웨스턴 부인이 대답했다. "어느 집안 어느 누구의 처신을 판단할 때도 똑같은 조심을 해야겠지. 그러나 엔스컴은 일반적인 기준으로 판단해서는 안 된다는 게 내 생각이야. 그 부인은 너무나 비이성적이라 아무도 당해 낼 재간이 없다니까."

"그렇지만 조카는 아주 좋아한다잖아요. 단연 총애의 대상인 거죠. 글쎄요, 제가 이해하는 처칠 부인이 맞다면, 자기한테 모든 것을 베풀어 준 남편의 안녕을 위해서는 아무런 희생도 하지 않고 남편한테는 끊임없이 변덕만 부려 대면서도, 자기한테 아무것도 준 게 없는 조카 말은 오히려 잘 듣는 게 오히려 아주 자연스러울 것 같은데요."

"사랑하는 에마, 네 상냥한 성품으로 못된 성품을 이해하거나 그런 성품에 맞는 법칙을 정할 생각은 하지 마. 생긴 대로 하게 내버려 두는 수밖에 없어. 물론 그 애 말이 꽤 통할 때도 있겠지만, 언제 통할지는 그 애도 전혀 모르지 않을까."

에마는 가만히 듣고 있다가 딱 잘라서 말했다. "아무튼 안 온다면, 전 영 납득이 안 될 거예요."

"사안에 따라 그 애의 말이 먹히는 것도 있고 거의 아닌 것도 있겠지." 웨스턴 부인이 말을 계속했다. "그런데 그 부인 한테 프랭크의 말이 전혀 통하지 않는 사안들이 있다면, 그중 하나가 바로 그 집을 떠나 우리를 만나러 오는 일일 수도 있잖 아. 십중팔구 그럴 거야."

15

　우드하우스 씨는 곧 차를 마셨으면 했고, 다 마신 후에는 바로 집으로 갔으면 했다. 그와 함께 있던 세 사람이 할 수 있는 일은 다른 신사분들이 나타나기 전까지 재미있는 이야기로 그가 시간이 늦은 것을 의식하지 못하게 하는 것뿐이었다. 웨스턴 씨는 손님들을 대접하며 즐겁게 이야기꽃을 피웠고 어떻게든 일찍 파하고 싶지 않아 했다. 그러나 마침내 응접실 쪽 인원이 늘어났다. 가장 먼저 들어온 사람 중에 기분 좋은 얼굴의 엘튼 씨가 있었다. 웨스턴 부인과 에마는 소파에 같이 앉아 있었다. 즉각 그들에게 다가온 그는 앉으라는 소리도 별로 안 했는데 둘 사이에 자리를 잡고 앉았다.

　프랭크 처칠 씨가 온다는 흥미로운 소식에 에마 역시 기분이 좋아서 엘튼 씨가 얼마 전 무례하게 군 것을 잊어버리고 전처럼 좋게 대하기로 마음먹었고, 그래서 그가 첫 번째 화제로 해리엇 이야기를 꺼내자 더없이 우호적인 미소를 지으며 그의 말을 경청하려 했다.

　그는 그녀의 아리따운 친구, 그녀의 아리땁고 사랑스럽고 상냥한 친구 때문에 정말 걱정이 된다고 토로했다. "아시는 게 있는지? 랜들스에 도착한 이후로 무슨 소식이라도 들은 게 있는지? 정말 걱정스럽고 솔직히 말하면 해리엇의 증세를 보고서 정말 큰일이라는 생각이 들었다."라는 것이었다. 이런 식으로 얼마간 할 만한 이야기를 계속했는데, 답변에는 별로 구애받지 않고 악성 인후염이 얼마나 무서운지 충분히 안다고 했다. 에마는 그를 동정해 마지않았다.

그러나 어느 순간 이야기가 묘하게 흘러가기 시작했다. 갑자기 그가 해리엇의 심한 인후염 증세를 걱정하는 것이 해리엇보다는 에마 때문인 듯 보였으니, 환자가 감염되지 않았기를 바라기보다 에마가 감염되지 않는 데 더 신경을 쓰는 것이었다. 그는 에마에게 당분간은 환자의 방에 다시 찾아가지 말라고 신신당부하기 시작했다. 자기가 페리를 만나서 의견을 들어 보기 전까지는 그런 위험한 일은 감행하지 않겠다고 자기에게 약속해 달라는 것이었다. 그리고 에마가 웃어넘기면서 화제를 제자리로 돌려놓으려고 해 봤지만, 그녀에 대한 그의 지극한 염려는 그칠 줄을 몰랐다. 그녀는 화가 났다. 그의 거동은 정말로 해리엇이 아닌 그녀를 사랑한다고 밝히는 꼴이었고, 굳이 그것을 숨기려고도 하지 않았던 것이다. 이렇게 지조가 없다니, 정말이라면 지극히 경멸스럽고 혐오스러운 일이었다! 그녀는 화를 누르느라 애를 먹었다. 그는 웨스턴 부인에게로 몸을 돌려 도와 달라고 호소했다. "자기한테 힘을 실어 주시지 않겠느냐? 스미스 양의 병이 전염성이 없다는 것이 확인될 때까지는 우드하우스 양이 고더드 부인 집에 가지 못하게 함께 설득해 주시지 않겠느냐? 약속을 받기 전까지는 도무지 마음을 놓을 수가 없으니, 약속을 받아 낼 수 있도록 한마디 보태 주시지 않겠느냐?"

"남의 건강은 그렇게 신경을 쓰면서 정작 자기 몸은 그렇게 소홀히 하잖습니까!" 하고 그가 계속했다. "저한테는 오늘 집에서 감기를 다스리라고 하시면서 본인은 궤양성 인후염에 걸릴 위험을 피하겠다는 약속을 못 하겠다는 겁니다! 이것이 공정한가요, 웨스턴 부인? 누가 옳은지 판정해 주십시오. 제가 불평할 만하지 않은가요? 친절한 지원과 도움을 주실 거라 전 확신합니다."

에마는 웨스턴 부인이 이 발언에 놀라는 것을 보았는데, 하는 말이나 매너로 보아서 에마에게 관심을 기울일 권리가 있는 첫 번째 사람임을 자임하는 게 언사나 태도에서 역력했기 때문에 그런 것 같았다. 자신도 너무 화가 나고 기분이 상해서 대놓고 쏘아붙일 여력도 없었다. 그녀는 그를 한 번 차갑게 응시했을 뿐이었다. 그러나 그런 시선이면 그도 정신이 번쩍 났을 거라고 여겨졌고, 그녀는 소파를 떠나 언니 옆으로 자리를 옮겨 언니에게만 관심을 쏟았다.

엘튼 씨가 그 책망을 어떻게 감당하는지 확인해 볼 시간은 없었다. 곧바로 다른 화제가 이어졌으니, 날씨를 살펴보러 갔던 존 나이틀리 씨가 방으로 들어와서 땅이 눈으로 뒤덮였고 거세게 몰아치는 바람과 함께 눈이 지금도 평평 내린다는 소식을 모두 앞에서 꺼내 놓은 것이다. 그러고는 이야기를 끝내며 우드하우스 씨에게 이렇게 말했다.

"장인어른의 올겨울 회동들이 이렇게 활기차게 막을 열었네요. 장인어른 댁 마부나 말들한테는 눈보라를 뚫고 가는 새

"이것이 공정한가요, 웨스턴 부인?"

로운 경험이 되겠고요."

가련한 우드하우스 씨는 너무나 놀라 아무 말도 못했다. 그러나 다른 사람들은 저마다 한마디씩 했으니, 놀랐다는 사람도 놀라지 않았다는 사람도 있고, 질문을 던지는 사람도 안심을 시키는 사람도 있었다. 웨스턴 부인과 에마는 그가 기운을 차리고 매정한 태도로 승리를 구가하는 사위한테서 관심을 돌리게끔 무진 애를 썼다.

"이런 날씨에 길을 나서기로 하신 장인어른의 결단력에 전 대단히 탄복했습니다." 그가 말했다. "금방이라도 눈이 오리라는 것을 물론 아셨으니까요. 눈이 내릴 거라는 것은 누구나 알았을 겁니다. 정말 탄복할 만한 기백이십니다. 그리고 뭐, 우리야 무사히 집으로 돌아가겠지요. 한두 시간쯤 눈이 더 온다고 길이 막히지는 않을 테고, 마차 두 대로 가니까 공동경작지의 황량한 구역에서 한 대가 뒤집히더라도 다른 한 대가 있을 거고 말입니다. 뭐, 자정 전에는 모두 하트필드에 무사히 돌아가겠지요."

웨스턴 씨는 이와는 다른 식으로 뿌듯해하면서 털어놓기를, 언젠가 눈이 올 것을 알았지만 우드하우스 씨가 불안한 마음에 서둘러 떠날까 봐 입을 다물고 있었다는 것이다. 돌아가는 길이 막힐 정도로 눈이 많이 쌓였다거나 쌓일 것 같다는 소리는 그저 농담일 뿐이고, 자기는 오히려 아무 곤란도 없을까 봐 걱정이라고 했다. 길이 막혀서 모두 랜들스에 발이 묶였으면 싶다는 것이었다. 그리고 그는 지극한 선의에서, 모두들 묵을 수 있게 자리를 마련하는 것은 틀림없이 가능할 것이라며,

조금만 궁리하면 모두 묵을 수 있지 않겠느냐고 아내의 동의를 구했다. 예비 침실이 단 두 개뿐임을 아는 아내 편에서는 난감할 뿐이었다.

"에마야, 우리 이제 어떡하나? 이제 어떡해?"가 우드하우스 씨의 첫 외침이었고, 얼마 동안 그는 이 말밖에 하지 못했다. 딸한테서 위안을 구했던 것이다. 에마가 안전할 것이라고 장담하며 말들도 제임스도 아주 능숙하고 함께 갈 사람들도 많지 않느냐고 말하자, 그는 기운을 좀 되찾았다.

큰딸의 놀라움은 부친에 필적할 정도였다. 아이들을 하트필드에 둔 채 랜들스에 갇히면 어떡하나 하는 두려움이 머릿속에 가득했다. 용기를 낸다면 통행이 가능하지만 추호도 지체해서는 곤란한 도로 상태일 거라고 지레짐작하면서, 부친과 에마는 랜들스에 남고 자기 부부는 즉시 길을 나서 눈보라가 얼마나 쌓였든 헤치고 가 보기로 하자고 열심히 주장했다.

"당장 마차를 부르도록 해요, 여보." 그녀가 말했다. "출발하면 틀림없이 갈 수 있을 거예요. 그리고 혹시 뭔가 아주 곤란한 일이 생긴대도 내려서 걸어가면 되지요. 난 하나도 안 무서워요. 반은 걸어가야 해도 상관없어요. 집에 가는 즉시 신을 갈아 신으면 되잖아요. 이만한 일로 내가 감기에 걸리지는 않을 거예요."

"옳거니!" 하고 그가 대꾸했다. "그렇담, 여보 이저벨라, 그거야말로 세상에서 가장 놀라운 일일 거요. 보통 당신은 여차하면 감기에 걸리잖소. 집까지 걸어간다! 그런 신발로 집까지 잘도 걸어가겠네. 말들도 꽤 힘들 텐데."

이저벨라는 자기 계획을 밀어 달라고 웨스턴 부인 쪽으로 몸을 돌렸다. 웨스턴 부인이야 찬성할 수밖에 없었다. 그다음 이저벨라는 에마한테 갔다. 그러나 에마는 다 함께 간다는 희망을 완전히 버릴 수가 없었다. 그래서 그 문제를 두고 논의를 계속하던 중에, 눈이 온다는 소식을 동생이 처음 들고 온 후 바로 방을 떠났던 나이틀리 씨가 돌아와서는, 밖에 나가 살펴보니 당장이든 한 시간 후든 돌아가고 싶을 때는 언제든 아무 어려움 없이 갈 수 있다고 말했다. 시계(視界) 너머까지, 즉 하이베리 도로를 따라 한참 가 보았지만, 눈이 반 인치 넘게 쌓인 곳은 한 군데도 없고 대부분은 땅이 겨우 하얗게 덮힌 정도이며 지금은 눈발이 희끗 비치기는 하지만 구름이 물러나고 있어서 곧 그칠 것으로 보인다, 마부들도 만나 봤는데 둘 다 걱정 놓으시라고 하더라는 것이었다.

이저벨라는 이 소식을 듣고 크게 안도했고, 부친 생각에 에마도 못지않게 반가운 마음이었다. 부친의 약한 신경이 받아들일 만큼은 안심을 시켜 드렸으나, 랜들스에 있는 한 일단 놀란 가슴이 진정되어 아주 편해지기는 힘들었다. 돌아가는 길에 별다른 위험이 없다는 데는 흡족해했으나 머물러 계셔도 괜찮다는 말에는 고개를 저었다. 저마다 다른 권유와 제안이 속출하는 동안 나이틀리 씨와 에마는 간단한 몇 마디로 일을 마무리 지었다. "부친께서 불편하실 것 같네. 어서 출발하도록 해요."

"다들 준비가 되었다면 전 좋아요."

"벨을 울릴까?"

"네, 그러세요."

벨을 울리고 마차를 차비시켰다. 몇 분이 더 지났고, 속으로 에마는 골치 아픈 두 일행 중 한 사람은 집에 내려주면 정신을 차리게 될 것이며 다른 사람도 이 고난의 방문이 끝나고 나면 화를 가라앉히고 행복을 되찾게 되리라 희망했다.

두 대의 마차가 도착했다. 이런 경우에 늘 최우선 대우를 받는 우드하우스 씨는 나이틀리 씨와 웨스턴 씨의 세심한 부축을 받으며 자기 마차에 올랐다. 그러나 이 두 사람이 아무리 안심시켜 주어도, 막상 실제로 내린 눈을 보고 예상보다 훨씬 더 어두워졌다는 것을 안 우드하우스 씨의 두려움이 되살아나는 것은 막지 못했다. 그는 "아주 험한 여정이 될 것 같아 걱정이고, 불쌍한 이저벨라가 잘 견뎌 낼지 걱정이고, 뒤에 따로 오는 불쌍한 에마도 있으니 어떻게 하는 게 최선일지 모르겠고, 될 수 있는 대로 서로 가깝게 붙어 있어야 한다." 하는 것이었다. 그러면서 제임스에게 아주 천천히 몰고 다른 마차가 따라잡을 때까지 기다리라고 일렀다.

이저벨라가 부친 뒤를 이어 마차에 올랐다. 존 나이틀리는 거기 타는 게 아니라는 것을 깜빡 잊고 지극히 자연스럽게 아내 뒤를 따라 마차에 올랐다. 그래서 에마는 엘튼 씨의 도움을 받으며 두 번째 마차에 올랐고, 이어서 엘튼 씨가 오르자 그 순간 기다렸다는 듯이 마차 문이 닫히면서 이제 별 수 없이 엘튼 씨와 머리를 맞대고 갈 수밖에 없다는 것을 깨달았다. 바로 그날 생겨난 의심만 아니라면, 한순간도 어색하기는커녕 오히려 즐거웠을 터였다. 그와 해리엇 이야기를 나눌 테고, 사분의 삼 마일도 사분의 일 마일처럼 여겨졌을 것이다. 그러나 지금은 이렇게 안 되었더라면 하는 마음이었다. 그녀가 보기에 그는 웨스턴 씨의 훌륭한 포도주를 지나치게 마셨고, 허튼소리를 해 대려 들 것이 분명했다.

자기 편에서라도 예절 바르게 처신함으로써 그의 무리한 언동을 최대한 막아 보자는 마음에 그녀는 즉각 지극히 침착하고 정중하게 날씨와 어두운 밤을 화제로 꺼내려 했다. 그러나 입을 떼기가 무섭게, 저택 문을 통과하여 앞 마차와 합류하기가 무섭게, 엘튼 씨가 그 화제를 잘라먹고 손을 덜컥 잡고 드릴 말씀이 있다고 하고서 정말로 열렬히 구애를 하고 나서는 것이 아닌가. 이 소중한 기회를 놓칠 수 없어서 아가씨께서도 벌써 눈치채고 계셨을 감정을 토로하는 바이며, 희망과 …… 두려움과 …… 연모하는 마음으로 …… 만일 거절하신다면 죽어 버릴 준비가 되어 있다는 것이었다. 그러나 자신의 열렬한 애정과 비할 바 없는 사랑과 유례를 찾을 수 없을 정열에 반드시 보답을 주실 것이니, 한마디로 가능한 한 빨리 진지하게 수락해 주시면 좋겠다는 것이다. 이런 일이 정말로 벌어지고 말았다. 가책도 사과도 별다른 망설임도 없이 엘튼 씨가, 해리엇을 사랑하던 엘튼 씨가, 자기를 사랑한다고 선언했다. 그녀가 중단시키려고 해 봤으나 소용이 없었다. 그는 굴하지 않고 할 말을 남김없이 다 할 태세였다. 그녀는 화가 났지만 정황을 생각해서 말을 가려 하기로 마음먹었다. 이런 우행의 반은 필경 취기 때문일 것이고, 시간이 지나면 사라질 것이라는 기대도 가져 볼 만했다. 그래서 그의 반취 상태에 가장 적절한 대응이라 기대하며 진지함과 장난기를 섞어 대답했다.

"깜짝 놀랐어요, 엘튼 씨. 이런 말을 저한테 하시다니요! 착각하신 모양이네요. 제가 제 친구인 줄 아셨나 봐요. 스미스 양한테 보내는 전갈이 있으시다면 기꺼이 전해 드리지요. 하지만, 저한테는 더 이상 이런 말 마세요, 부탁이에요."

"스미스 양이! 스미스 양한테 보내는 전갈요! 도대체 무슨 말씀이십니까!" 무슨 뜬금없는 소리냐는 표정을 지으며 자신 있는 어조로 그가 에마의 말을 되뇌는 바람에, 에마도 재빨리 이렇게 대답할 수밖에 없었다.

"엘튼 씨, 참으로 놀라운 행동이네요! 저로선 설명할 길이 하나밖에 없군요. 지금 제정신이 아닌 거라고요. 그게 아니라면, 저한테도 그렇고 해리엇에 대해서도 이런 식으로 말할 순 없었겠지요. 더 이상 아무 말씀도 말아 주세요, 그러면 저도 잊어 보도록 할게요."

그러나 엘튼 씨는 기분 좋을 정도로만 포도주를 마셨지 이성이 혼란될 정도로 마신 것은 전혀 아니었다. 자기가 무슨 말을 하는지 적어도 스스로 아주 잘 안다는 것이며, 그녀의 의심은 매우 모욕적이며 사실이 아니라고 열심히 항변하고 스미스 양에 대해서는 그녀의 친구로서 존중한다는 말을 슬쩍 끼워 넣고는, 그러나 스미스 양 이야기가 나오는 것부터가 놀라운 것은 사실이라고 했다. 그러고는 자신의 열정이라는 화제로 다시 돌아가 긍적적인 답변을 독촉했다.

술주정인가 보다는 생각이 줄어들면서 지조 없고 주제넘은 남자라는 생각이 더해진 에마는 이제 애써 예의를 갖추려는 생각을 반쯤 접으며 이렇게 답했다.

"더 이상 긴가민가 할 여지도 없네요. 그러기에는 무슨 말씀이신지 너무나 확실해졌으니까요. 엘튼 씨, 너무 경악스러워서 형언할 말이 없군요. 지난 한 달 내내 스미스 양한테 하는 행동을 제 눈으로 지켜보았는데, 얼마나 관심을 표현했는지 제 눈으로 매일매일 거의 습관처럼 목격했는데, 이제 와서 저한테 이런 식의 말씀을 하시다니 정말 이렇게 지조 없이 나오리라곤 꿈에도 생각하지 못했어요! 확실히 말씀드리지요. 저는 그런 고백의 대상이 되었다는 사실이 전혀, 추호도 기쁘지 않습니다."

"아니, 세상에!" 엘튼 씨가 소리쳤다. "도대체 무슨 말씀입니까? 스미스 양이라니요! 전 여태껏 스미스 양 생각은 한 번도 한 적이 없습니다. 아가씨 친구로 말고는 관심을 표한 적도 한 번 없고요. 아가씨 친구만 아니라면 죽든 살든 제가 무슨 상관입니까. 그분이 달리 생각했다면, 욕심 때문에 착각을 일으킨 것이지요. 그렇다면 참 안된 일이네요. 저도 정말 유감입니다. 그러나 세상에 스미스 양이라니요! 아! 우드하우스 양! 우드하우스 양을 옆에 두고 스미스 양을 생각할 사람이 어디 있겠습니까? 명예를 걸고 말씀드리건대, 지조가 없다니, 아니요, 당치도 않습니다. 전 아가씨만을 생각했습니다. 다른 누구한테 조금의 관심도 둔 적이 없습니다. 지난 몇 주 동안 제 모든 말과 행동은 오로지 아가씨를 사모하는 제 마음을 표시하려는 한 가지 목적뿐이었습니다. 그 점은 아가씨도 진실로, 진심으로, 의심하지는 못할 것입니다. 아니지요! (넌지시 비치려는 뜻이 역력한 어조로) 아가씨도 그런 제 마음을 보고 들어 잘 아신다고 확신합니다."

이런 말을 들은 에마의 심정이 어땠는지, 온갖 불쾌한 감정 중 어느 것이 가장 우세한지 말하기 힘들 것이다. 너무 격해서 바로 답변할 수 없을 정도였다. 침묵이 꽤 이어지자 엘튼 씨의 낙관적인 심리는 크게 고무되었고, 그는 다시 그녀의 손을 잡고 기쁨에 들떠 이렇게 소리쳤다.

"매력적인 우드하우스 양! 이 흥미로운 침묵을 제 나름대로 해석해 보겠습니다. 아가씨께서도 제 마음을 오래전부터 알았다는 고백이 아닌지요."

"아닙니다, 그런 고백이라니요." 에마가 소리를 높였다. "당신의 마음을 오래전부터 알기는커녕, 지금 이 순간까지 당신의 생각을 완전히 오판했네요. 제 입장에서는, 당신이 그런 감정을 갖게 되셨다니 참으로 유감입니다. 그것만큼 제 뜻과 거리가 먼 것도 없습니다. 제 친구 해리엇에게 보여 주신 마음과 그리고 그 애에게 구애를 하시는 것을 보면서 (구애라고 보였으니까요.) 저는 매우 기뻤고 진심으로 성공하시기를 바랐습니다. 그러나 당신이 하트필드에 오는 게 그 애 때문이 아닌 줄 알았다면, 틀림없이 전 그렇게 잦은 방문은 그릇된 행동이라고 생각했을 것입니다. 당신이 스미스 양의 마음을 얻으려 든 적이 한 번도 없다고 믿으란 말씀인가요? 그 애를 진지하게 생각한 적이 한 번도 없다고요?"

"그럼요, 아가씨." 엘튼 씨 역시 감정이 치솟아서 소리쳤다. "분명히 말씀드리지만, 절대 없습니다. 제가 스미스 양을 진지하게 생각하다니요! 스미스 양은 대단히 괜찮은 처녀고,

점잖은 혼처를 찾는다면 저도 기쁠 겁니다. 그분이 잘되기를 바라 마지않습니다. 뭐…… 별로 개의치 않을 남자들도 분명 있을 거고요. 저마다 수준이 다르니까요. 그러나 저로 말씀드리면, 지푸라기라도 잡을 만큼 그렇게 절박한 처지는 아니라고 생각합니다. 대등한 결혼을 할 가망이 없다고 실의에 차 스미스 양에게 청혼할 정도라니요! 아니요, 아가씨, 제가 하트필드에 간 것은 오직 당신을 위해서였습니다. 그리고 고무적인 반응도 얻지 않았던가요……."

"고무적이요! 제가 당신한테 고무적으로 대했다고요! 아니, 그렇게 생각했다면 완전히 잘못 짚었습니다. 전 당신을 제 친구의 연모자로만 봐 왔습니다. 그게 아니라면 당신은 저한테 평범한 지인에 불과했을 겁니다. 지극히 유감스럽습니다만 이렇게라도 착오를 바로잡은 게 다행이네요. 계속 같은 식으로 처신하셨다면 스미스 양이 당신의 생각을 오해할 수도 있었겠지요. 당신이 그렇게도 중히 생각하는 그 커다란 신분 격차를, 저 못지않게 그 애도 아마 의식하지 못할 테니 말이에요. 그러나 아직까지는 실망은 한 사람에 그치고, 그것도 길게 가지는 않으리라 믿습니다. 저는 지금은 결혼할 생각이 전혀 없습니다."

그는 너무 화가 나서 더 이상 아무 말도 하지 못했으며, 그녀의 태도 또한 아주 단호해서 간청해 볼 여지도 없었다. 그리고 서로 이렇게 커지는 분노와 깊은 치욕감 속에 몇 분 동안을 함께 앉아 있어야 했으니, 우드하우스 씨의 걱정이 지나쳐서 말들의 속도가 걷는 정도에 그쳤기 때문이다. 그렇게 엄청난

분노만 아니었다면, 참을 수 없이 어색했을 터였다. 그러나 불
문곡직 밀려드는 감정 때문에 당황하고 말고 할 여유도 없었
다. 언제 마차가 목사관 길로 접어들고 언제 멈추어 섰는지 의
식하지도 못하는 사이에 어느새 그의 집 앞이었다. 그리고 그
제야 한마디 말이 오갔으니, 에마는 잘 주무시라는 인사말까
지 안 할 수는 없다고 생각했다. 차갑고 거만한 어투로 똑같은
인사말이 즉각 돌아왔다. 그리고 그녀는 형언할 수 없이 상한
기분으로 마차에 실려 하트필드로 갔다.

　　그녀가 도착하자 부친이 뛸 듯 기뻐하며 맞이했는데, 그
는 딸이 목사관에서부터 위험하게 혼자 온다고 노심초사했던
것이다. 모퉁이를 돈다는 것은 생각조차 하기 싫은데 그것도
낯선 손에 맡겨야 하다니, 제임스가 아니라 한낱 평범한 마부
손에 말이다. 그리고 하트필드의 분위기는 마치 그녀가 무사
히 돌아온 것을 끝으로 이제 모든 게 제자리를 잡은 형국이었
다. 성질을 냈던 자신이 부끄러워진 존 나이틀리 씨는 이제는
온통 친절과 배려로 가득했으니, 장인어른의 안녕을 위해서는
못 할 것이 없을 듯했다. 비록 죽을 드는 데 동참할 정도까지는
아니지만 죽이 건강에 매우 좋다는 점에 완전히 동감인 듯 보
였으니 말이다. 이렇게 그녀 자신을 빼고는 모두가 평화롭고
평온하게 그날 하루를 마무리하고 있었다. 그러나 에마는 이
렇게 마음이 심란한 적이 없었으니, 다들 잠자리에 들 시간이
되어 혼자 느긋하게 생각해 볼 여유가 생기기까지, 사람들과
명랑하게 어울리는 모습을 보여 주기 위해서는 대단한 의지와
노력이 필요했다.

16

　하녀가 머리를 말아 주고 물러가게 한 후 에마는 앉아서 참담한 생각에 잠겼다. 정말이지 엉망진창이었다! 그녀의 모든 바람이 이렇게 물거품이 되다니! 만사가 어쩌면 이렇게 꼬일 수가 있는지! 해리엇의 타격은 또 얼마나 클 것인가! 그것이 가장 문제였다. 하나하나가 생각할수록 이런저런 고통과 굴욕감을 자아낼 뿐이지만, 해리엇에게 닥친 불행에 비하면 다른 것은 모두 가벼웠다. 자기가 범한 실수의 여파가 자기 자신에게서 그칠 수만 있다면, 그녀는 오판으로 인해 자기가 실제 저지른 것보다 더 많은 실책과 과오와 더한 치욕이라도 기쁘게 받아들였을 것이다.

　"내가 해리엇을 설득해서 그 사람을 좋아하게 하지만 않았다면 무엇이든 견딜 수 있을 텐데. 그 남자가 나를 두고 두 배나 더 주제넘은 생각을 한대도 말이야. 아, 불쌍한 해리엇!"

　어떻게 그렇게 감쪽같이 속을 수가 있었는지! 그는 해리엇을 진지하게 생각해 본 적이 단 한 번도 없었노라고 항변했다. 단 한 번도! 아무리 되짚어 보아도 온통 혼란투성이였다. 자기가 그런 생각을 떠올리고는 모든 것을 그 방향으로 꿰맞춘 모양이었다. 하지만 그의 태도도 흐리멍덩 오락가락 애매모호했던 게 틀림없다. 그렇지 않았다면 그녀도 그렇게까지 오도되지는 않았을 것이다.

그 초상화! 그 초상화에 그가 얼마나 열심을 보였던가! 또 그 낱말 맞히기 수수께끼! 그리고 백 가지도 넘는 다른 정황들. 모두 하나같이 아주 분명하게 해리엇을 가리키는 듯했는데. 물론 수수께끼에 '날렵한 재기'라는 말이 나오기는 했다. 그렇지만 '부드러운 눈길'이라는 말도 나오지 않았나. 사실 그 수수께끼는 자기네 두 사람 중 누구한테도 맞았다. 이것저것 뒤섞어 놓은 잡탕일 뿐, 취향도 진실성도 없었다. 이런 멍청한 허튼소리를 누군들 꿰뚫어 볼 수 있었겠는가!

자신을 대하는 그의 태도가 지나치게 사근사근하다는 생각이 자주, 특히 최근에 자주 든 것은 사실이었다. 그러나 워낙 그런 사람이려니, 판단이나 식견이나 취향이 모자라는 탓이려니, 늘 최상급 사람들과 어울려 지내지는 못했다는 것을, 말은 매우 상냥하지만 진정한 품격은 이따금 부족하다는 것을 드러내는 여러 증거 가운데 하나려니 하고 넘어갔던 것이다. 그러나 그의 태도가 해리엇의 친구인 자기한테 표하는 감사와 존경이 아닌 다른 것이라는 생각은 바로 그날까지 단 한 순간도 해 본 적이 없었다.

이런 생각을 처음으로 떠올리고 그럴 수도 있겠구나 하며 흠칫 놀라게 된 것은 존 나이틀리 씨 덕분이었다. 그 형제가 통찰력이 뛰어나다는 것은 부정할 도리가 없었다. 나이틀리 씨가 언젠가 엘튼 씨에 대해서 하던 말, 그녀에게 주의하라고 하면서 자기가 보기에는 엘튼 씨는 신중하지 않은 결혼을 할 사람이 절대 아니라고 하던 말이 생각났다. 그리고 엘튼 씨의 사람됨에 대해 자신이 파악한 것보다 훨씬 정확한 이해가 그 말에 담겨 있다는 것을 생각하니 얼굴이 달아올랐다. 수모도 이런 수모가 없었다. 결국 엘튼 씨 본인이 여러 면에서 그녀의 생각이나 믿음과는 정반대인 위인임을, 오만하고 방자하고 건방지며 제 잘난 줄만 알지 남의 감정은 돌볼 줄 모르는 위인임을 증명해 보인 셈이니 말이다.

상례와는 반대되는 결과가 빚어졌다. 엘튼 씨가 구애를 하고 나선 것이 그를 더 낮게 평가하게 했다. 고백과 청혼은 그에게 아무런 도움도 안 되었다. 그녀에게 그의 연모는 별것 아니었고, 그의 희망은 모욕이었다. 결혼 한번 잘해 보자는 욕심에 오르지 못할 나무를 넘보며 사랑에 빠진 시늉을 했지만, 걱정할 만큼 실의의 고통을 겪지는 않으리라는 점만큼은 확실하다고 안심해도 좋았다. 말에서나 매너에서나 어떤 진정한 애정도 보이지 않았던 것이다. 한숨과 멋드러진 말은 한껏 쏟아 냈으나, 표현이든 어조든 이렇게 진정한 사랑이 배어 있지 않은 경우란 지어내기도 상상하기도 어려웠을 터였다. 구태여 그를 동정할 필요도 없었다. 그는 지체를 높이고 재산을 불리기를 원했을 뿐이었다. 3만 파운드의 상속녀인 하트필드의 우드하우스 양이 생각처럼 녹록한 상대가 아니라면, 2만이나 1만을 가진 다른 아무개 양을 곧 타진해 볼 사람이었다.

그러나 고무적인 반응 운운하면서 그녀가 자기 속마음을 안다고, 그의 관심을 받아들이고 (한마디로) 결혼할 뜻이 있다고 생각했다니! 가문에서나 정신에서 그녀와 대등하다고 생각했다니! 그녀의 친구를 얕잡아 보고, 자기보다 신분이 낮은 경우에는 소소한 차이에도 그렇게 훤하면서 자기보다 높은 신분의 경우에는 분수도 모르고 그녀를 넘봐 놓고 주제넘은 짓이라 생각도 안 드는 지경이라니! 정말 언짢았다.

재능과 정신의 품격에서 자기가 그녀보다 엄청나게 열등한 것을 깨닫기를 그에게 기대한다면 아마도 부당한 처사일 것이다. 바로 대등하지 않다 보니까 차이도 알아차리지 못하는 것일 테니 말이다. 그러나 재산과 지위에서만큼은 그녀가 훨씬 월등함을 당연히 알아야 하지 않은가. 우드하우스 집안은 유서 깊은 가문의 방계로 여러 세대에 걸쳐 하트필드에 거주해 왔다는 사실, 이에 비해 엘튼 집안은 그 존재가 없다는 사실 만큼은 알아야 했다. 하트필드 소유의 토지는 나머지 하이베리 전부가 속한 돈웰애비의 부동산에 대면 한 모퉁이에 불과할 만큼 얼마 안 됐지만, 토지 이외 자산에서 나오는 재산은 상당해서 다른 모든 중요한 점에서는 돈웰애비에 처진다고 하면 섭섭할 정도였다. 우드하우스 집안은 오래전부터 이웃들의 높은 평판을 얻었지만, 엘튼 씨가 여기 온 지는 불과 이태도 되지 않았다. 당시 엘튼 씨는 인생을 개척해 볼 생각으로, 직책과 몸에 밴 예절 빼고는 별로 내세울 것도 없는 몸으로 사업상 연고밖에 없는 이곳으로 찾아든 것이었다. 그런데도 그녀가 자기를 사랑한다고 상상했고, 그로서는 분명 천군만마를 얻은 심정이었을 것이었다. 점잖은 매너와 교만한 머리의 이 같은 부조화에 그녀는 잠시 분노를 토했지만, 생각해 보면 그에 대한 자신의 언동이 너무 싹싹하고 너그러웠으며, 예의와 관심으로 가득 차 있었다는 점을 인정하지 않을 수 없었다. 그러다 보니 (자신의 진짜 동기를 눈치채지 못했다면) 엘튼 씨처럼 관찰력과 감수성이 평범한 위인이라면 자기를 제일 좋아한다고 상상할 법도 했겠다 싶어졌다. 자기도 그의 감정을 그렇게 오독한 마당이니, 이해관계에 눈먼 그가 그녀의 감정을 오해했다고 해서 놀라워할 자격이 별로 없는 셈이었다.

최초의 잘못이자 최악의 잘못은 바로 그녀 자신의 몫이었다. 애당초 멀쩡한 두 사람을 엮어 주겠다고 나선 것부터가 어리석고 잘못된 일이었다. 그것은 너무 무모한 처사, 지나친 참견이고, 심각하게 대해야 할 일을 가볍게 여기고 담박해야 마땅한 일을 잔꾀로 어찌해 보려 한 처사였다. 그녀는 근심과 부끄러움에 휩싸이며 이제 다시는 그런 일은 하지 않겠다고 결심했다.

"실제로 내가 자꾸 뭐라고 하는 바람에 불쌍한 해리엇이이 남자한테 마음을 많이 주게 된 거야." 하고 그녀는 말했다. "나만 아니었으면 그 사람 생각은 하지도 않았을지도 몰라. 그리고 상대방도 마음이 있다고 내가 장담하지 않았다면, 그 사람을 두고 희망을 품는 일은 분명 없었을 거야. 내가 생각한 것과 달리 소박하고 겸손한 것은 그 사람이 아니라 그 애니까 말이야. 아! 그 아이한테 마틴이라는 청년의 청혼을 받아들이지 말라고 설득한 것으로 만족했더라면 얼마나 좋았을까. 그것만큼은 내가 아주 옳았어. 아주 잘한 일이야. 그러나 거기서 그치고 나머지는 시간과 운에 맡기는 게 옳았어. 이미 그 애를 좋은

"아! 아냐, 윌리엄 콕스 같은 시건방진 풋내기 변호사는
내가 참고 보기 힘들 거야."

지인들한테 소개해서 훌륭한 연분을 만날 기회를 만들어 주었
잖아. 그 이상은 나가지 말았어야 했는데. 그러나 이제 그 불쌍
한 아인 당분간 마음의 평화를 얻지 못할 거야. 난 해리엇한테
반쪽짜리 친구에 불과했어. 혹시 해리엇이 이 일로 아주 크게
실의에 빠지지 않는다 해도, 그 애한테 웬만큼이라도 어울릴
만한 사람이 도대체 있어야 말이지…… 윌리엄 콕스는…… 아!
아냐, 윌리엄 콕스 같은 시건방진 풋내기 변호사는 내가 참고
보기 힘들 거야."

그러다 그녀는 아차 하며 자기 병통이 또 도졌다는 생각에
얼굴을 붉히며 웃고는, 어떤 일이 벌어졌고 이제 어떻게 할 수
있을지 그리고 어떻게 해야 하는지 좀 더 심각하고 암담한 상
념에 다시 잠기기 시작했다. 해리엇에게 해야 할 곤혹스러운
설명이라든가 불쌍한 해리엇이 겪을 모든 아픔, 그리고 이후
벌어질 어색한 만남들이라든가, 교분을 계속할지 말지 감정을
죽이고 분노를 감추고 소문을 막아야 하는 난제들만으로도 이
후 한참 동안 우울한 고심을 거듭할 수밖에 없었고, 정말 끔찍
한 실책을 범했다는 것만 더 분명해졌을 뿐 결국 아무런 결론
도 내리지 못한 채 에마는 잠자리에 들었다.

에마처럼 풋풋한 젊음에 밝은 기질을 타고난 사람들은,
잠시 우울한 밤을 보냈다고 해도 날이 바뀌면 거의 예외 없이
기운도 돌아오게 마련이다. 풋풋한 젊음과 밝은 아침은 서로
잘 어울리며 힘 있게 작동하는 법이다. 뜬눈으로 밤을 새울 정
도로 사무친 괴로움이 아니라면, 아침에 눈을 뜰 때는 아픔도
좀 누그러들고 희망도 밝아오게 마련이다.

에마는 잠자리에 들 때보다는 더 편안한 마음으로 일어났고, 이번 일로 인한 괴로움도 차차 덜어질 것이며 그럭저럭 떨쳐 버릴 수 있을 거라는 낙관도 좀 생겼다.

엘튼 씨가 정말 자기를 사랑했을 리는 없다는 점, 그를 실망시킨 것이 놀라운 일일 만큼 특별히 사랑스러운 인물도 아니라는 점, 그리고 해리엇의 천성도 강렬한 감정을 꾸준히 유지하는 그런 빼어난 유형은 아니라는 점, 그리고 세 주역 말고는 어느 누구도 무슨 일이 있었는지 알 필요가 없고 특히 한순간이라도 부친의 마음을 불편하게 할 일은 없으리라는 점이 큰 위안이었다.

이런 생각은 매우 고무적이었다. 그리고 눈이 많이 쌓인 정경도 또 다른 도움이 되었으니, 지금으로서는 세 사람을 떨어져 있게 해 주는 것이라면 뭐든 고마운 심정이었다.

날씨도 그녀에게 매우 우호적이었다. 크리스마스지만 교회에 갈 수가 없었던 것이다. 딸이 교회에 가겠다고 들면 우드하우스 씨는 노심초사할 것이었다. 그래서 그녀는 불쾌하고 매우 부적절한 생각들을 불러일으키거나 감수하는 고초를 면할 수 있었다. 지면은 눈으로 덮이고, 기후는 밖에서 활동하기에 가장 안 좋은, 눈이 얼었다 녹았다 오락가락하는 상태로, 아침이면 비나 눈으로 시작하여 저녁이면 내린 비나 눈이 얼어붙는 것으로 끝나는 통에, 여러 날을 집 안에 갇혀 있는 데 좋은 구실이 되었다. 해리엇과의 접촉도 쪽지로만 가능했다. 크리스마스 날처럼 일요일에도 교회에 갈 수 없었다. 또한 엘튼 씨가 찾아오지 않는 연유를 굳이 꾸며 낼 필요도 없었다.

다들 집에 가두어 놓을 만한 날씨였다. 그녀는 부친이 이런저런 사람들과 어울려 지낼 때 가장 편안해하신다고 믿고 또 그러시기를 바랐지만, 외출할 생각은 꿈도 꾸지 않은 채 집에서 혼자 지내는 데 아무 불만이 없으며, 아무리 날씨가 나빠도 가끔씩이라도 꼭 들르는 나이틀리 씨에게 이렇게 말하는 부친이 무척 다행스러웠다.

"아니! 나이틀리 씨, 왜 불쌍한 엘튼 씨처럼 집에 가만히 있지 않는 겐가?"

이렇게 집에 틀어박혀 지내는 나날은 마음속 번민만 없었다면 매우 편안했을 것이니, 모두들 그녀 형부의 기분을 매우 중시하는데 형부한테는 이런 격리된 생활이 아주 잘 맞았기 때문이다. 그리고 그는 랜들스에서 느꼈던 짜증을 깨끗이 털어 버리고 하트필드에 머무는 나머지 나날 동안 싹싹함을 한 번도 잃지 않았다. 그는 언제나 유쾌하고 겸손하며 모든 사람에 대해 좋게 말했다. 그러나 에마가 완전한 안정을 얻기는 역시 불가능했다. 즐거운 나날에 대한 희망도, 당장은 미뤄 둘 수 있다는 위안도 결국은 해리엇에게 사실을 알려 주어야 한다는 무거운 부담감을 떨쳐 내기에는 역부족이었기 때문이다.

17

    존 나이틀리 씨 부부가 하트필드에 묶여 있는 나날이 길지는 않았다. 날씨가 곧 풀려서 떠날 사람들은 떠날 수 있었다. 언제나처럼 우드하우스 씨는 아이들하고 더 있다 가라고 딸을 설득해 보았지만 결국 딸네 식구를 모두 떠나보낸 채 다시 불쌍한 이저벨라의 신세를 한탄하는 수밖에 없었는데, 정작 그 불쌍한 이저벨라는 오로지 장점만 보일 뿐 결함은 눈에 들어오지 않는, 사랑해 마지않는 이들과 함께 늘 별일 없이 바쁜 생활에 파묻혀 살고 있으니 가히 여성적 행복의 귀감이라 할 만했다.

    그들이 떠난 바로 그날 저녁 엘튼 씨한테서 우드하우스 씨에게 전갈이 왔는데, 엄청 격식을 갖춘 예의 바른 긴 편지로 엘튼 씨 특유의 최상의 인사말과 더불어 이렇게 적혀 있었다. "다음 날 아침 바스*로 가느라 하이베리를 떠나게 되었는데 몇몇 친구들이 하도 권하는 바람에 바스에서 몇 주일을 보내게 된 것이고, 날씨나 업무 등 이런저런 사정으로 말미암아 친절한 대접에 늘 감사하고 있는 우드하우스 씨께 따로 작별 인사

---

* 질병 치유에 효과가 있다고 인기를 끈 휴양지.

를 드리지 못하게 되어 대단히 아쉬우며, 우드하우스 씨께서 하명하실 일이 있다면 무엇이든 기꺼이 받들겠다."라는 것이었다.

에마에게는 뜻밖이지만 즐거운 소식이었으니, 바로 이 시기에 엘튼 씨가 떠나 있는 것이야말로 바라던 바이기 때문이다. 그가 그런 꾀를 내다니 잘한 일이다 싶었다. 통고하는 방식은 썩 마음에 들지 않았지만. 부친에게 그렇게 정중한 예를 표하면서 자기를 쏙 빼놓은 것만큼 분노를 노골적으로 표현하기도 어려울 것이었다. 심지어 서두의 인사말에서조차 에마는 빠졌으니, 이름도 거론되지 않았던 것이다. 그리고 이 모든 점에서 전과 현저히 달라졌고 또 그 모든 감사 인사에 이별의 엄숙함을 쓸데없이 얹어 놓은 탓에, 처음에는 부친의 의심을 피할 수 없겠다는 생각이 들었다.

그렇지만 별 문제는 없었다. 부친은 그렇게 갑작스러운 여행에 놀란 마음과 엘튼 씨가 목적지에 무사히 도착하지 못할지도 모른다는 걱정에 사로잡힌 나머지, 그의 언사에서 특이한 점을 전혀 보지 못했다. 그것은 매우 유용한 전갈이 되었는데, 둘만 남은 그날 저녁 나머지 시간 동안 생각하고 대화할 신선한 소재를 제공해 주었기 때문이다. 우드하우스 씨는 거듭 걱정을 해 댔고, 에마는 평소의 순발력을 한껏 발휘하여 열심히 안심시켜 드렸다.

그녀는 더 이상 해리엇에게 숨기지 않기로 결심했다. 해리엇의 감기가 거의 다 나았다고 믿을 만한 근거도 있었고, 그 신사가 돌아오기 전에 상심이라는 그녀의 다른 증세를 극복할 만한 시간이 주어질 필요도 있었다. 그에 따라 그녀는 사실을 알려 주는 속죄의 의무를 치르러 바로 다음 날 고더드 부인 댁으로 갔다. 그것은 정말 힘든 속죄였다. 자신이 북돋아 온 모든 희망을 무너뜨리고, 그가 선택한 사람이 자기라는 곤란한 입장을 감수하고, 이 문제에 관한 한 지난 여섯 주 동안 자기가 한 모든 생각과 관찰, 확신, 예언이 통째 잘못이고 판단 착오였음을 시인해야만 했다.

고백을 하면서 그녀는 맨 처음 느꼈던 수치심이 그대로 되살아났고, 해리엇의 눈물을 대하니 다시는 스스로를 좋게 봐 줄 수 없을 것만 같았다.

해리엇은 이 비보를 잘 견뎌 내고, 아무도 탓하지 않고, 모든 면에서 순진한 성품과 겸손함을 입증했으니, 그 순간 그녀가 친구인 자기보다 훨씬 나은 인물이라는 생각을 금할 수가 없었다.

에마는 단순함과 소박함을 최고로 치고 싶은 기분이었다. 그리고 사랑스럽고 매력적이어야 마땅한 자질은 모두 그녀 자신이 아니라 해리엇 편에 있는 듯했다. 해리엇은 자기가 무슨 불평할 처지라고 생각하지 않았다. 엘튼 씨 같은 분의 사랑을 언감생심 어떻게 바랄 수 있겠느냐, 자기는 결코 그럴 자격이 없었을 것이다, 우드하우스 양처럼 그렇게 자기를 편애하는 친절한 벗이 아니면 아무도 그런 일이 가능하다고 생각하지 않았을 것이라고 했다.

그녀는 눈물을 펑펑 쏟았다. 그러나 그녀의 슬픔은 진실로 전혀 가식이 없어서, 에마의 눈에는 이보다 고귀한 것은 없을 것만 같았다. 그녀는 성심성의껏 그녀의 말에 귀 기울이고 위로해 주려고 애썼다. 그 순간만은 둘 중에서 해리엇이 더 월등한 존재라고 진실로 믿어 의심치 않았다. 그리고 그녀를 닮는 것이 저 모든 재능이나 지성보다 자신의 복리와 행복에 더 많은 도움이 될 것이라고 확신했다.

그날은 시간이 벌써 꽤 되어서 단순하고 무지한 사람으로 새 출발을 하기에는 늦어 버렸다. 그러나 그녀를 떠나면서 에마는 전에 했던 모든 결심, 즉 앞으로는 겸손하고 신중하게 행동하고 남은 평생 상상력을 억누르기로 한 결심을 되새겼다. 이제 그녀의 두 번째 의무, 아버지에 효도하는 것 다음가는 의무는 해리엇을 더 편안하게 해 주고 중매보다 더 나은 어떤 방법으로 자신의 애정을 입증하려 노력하는 것이었다. 그녀는 해리엇을 하트필드로 불러들여 변함없는 최상의 친절을 베풀며 소일거리와 오락을 제공하고, 책과 대화를 동원하여 엘튼 씨를 그녀의 머리에서 지우기 위해서 애를 썼다.

그녀는 이 일을 완수하려면 시간이 필요하다는 것을 깨달았다. 그리고 자신은 이런 문제 일반에 대해서 신통치 않은 판관에 불과하고, 더구나 엘튼 씨에 대한 애정이라는 이번 사안에 공감하기에는 적격이 아닌 것 같았다. 그러나 해리엇만 한 나이에다 모든 희망이 완전히 사라진 상황이라면, 엘튼 씨가 돌아올 무렵까지는 훨씬 마음의 평정을 찾아 세 사람 모두 괜스레 감정을 노출한다거나 키우지 않고 통상 아는 사이로 다시 만날 수 있지 않겠느냐는 생각이 들었다.

해리엇은 그를 모든 면에서 완벽하다고 생각했고, 인물에서나 선량함에서 그에 필적할 사람은 존재하지 않는다고 굳게 믿었다. 사실 에마가 예상했던 것보다 더 심각하게 사랑에 빠져 있었던 것이다. 그러나 보답받지 못한 그런 애정이라면 맞서 싸우는 것이 아주 자연스럽고 또 불가피하다고 여겼기 때문에, 에마로서는 그 사랑이 똑같은 강도로 아주 길게 지속되리라고는 생각할 수 없었다.

엘튼 씨가 돌아오면 반드시 자신의 무관심을 분명하고 확실하게 드러내지 못해서 안달일 테고, 그렇게 된다면 해리엇도 그를 바라보거나 추억하는 것에서 행복을 찾으려는 태도를 고집할 리는 없을 것이라 여겨졌다.

그들이 모두 같은 곳에서, 빼도 박도 못하게 같은 곳에서 살 수밖에 없다는 것은 각자에게, 셋 모두에게 불행이었다. 한 사람도 거처를 옮기거나 교분의 범위를 실질적으로 바꾸거나 할 힘은 없었다. 서로 맞닥뜨릴 수밖에 없고 거기서 최선을 다하는 수밖에 없었다.

고더드 부인 집에 같이 지내는 사람들의 분위기도 해리엇에게는 그리 편하지가 않았다. 엘튼 씨는 그 학교 모든 선생들과 상급 여학생들의 선망의 대상이었으니, 그 사람에 관해서 해리엇이 과한 칭찬이 아닌 소리나 혹은 역겨운 진실을 들을 수 있는 곳은 오로지 하트필드뿐이었다. 치유책이 있다면 그것은 바로 상처를 입힌 곳에서 찾아져야 할 것이었다. 그리고 에마는 그녀가 치유의 길로 접어드는 모습을 보기 전에는 자신에게도 진정한 평화는 없을 것이라는 느낌이 들었다.

18

프랭크 처칠 씨는 오지 않았다. 예정된 날짜가 다가왔을 때, 웨스턴 부인이 우려하던 대로 사과 편지가 도착한 것이다. 현재로서는 시간을 낼 수 없다며 "정말 가슴 아프고 아쉽지만 머지않아 랜들스에 갈 수 있기를 여전히 희망하고 있다."라는 것이었다.

웨스턴 부인의 실망은 무척 컸다. 그 청년을 못 볼 수도 있다는 훨씬 더 현실적인 판단을 하기는 했지만, 사실 실망은 자기 남편보다 훨씬 더 컸다. 낙관적인 기질의 사람은 늘 실제보다 나은 것을 기대하지만, 기대의 크기에 비례하는 낙담이라는 대가를 치르지는 않는 법이다. 그런 사람은 현재의 실패를 딛고 곧장 날아올라 다시 희망을 품기 시작하는 것이다. 웨스턴 씨가 놀라고 섭섭해한 건 삼십 분에 불과했고, 그 후로는 프랭크가 두세 달 후에 오는 편이 오히려 낫다고 여기기 시작했다. 시기로 보아 그때가 더 낫고, 날씨도 더 좋을 터이고, 먼저 올 때보다 훨씬 더 오래 머물 수 있으리라는 것이었다.

이런 생각으로 그가 금방 기분이 풀린 반면 걱정이 많은 웨스턴 부인은 앞으로도 변명과 연기가 되풀이될 것이라고만 예상하는 것이었다. 그녀는 남편이 속상해할까 봐도 걱정이지만 자기도 마음이 몹시 상했다.

에마는 지금으로서는 프랭크 처칠 씨가 못 온다고 크게 신경 쓸 기분이 아니었다. 신경이 쓰인다면 랜들스에서 실망할 텐데 하는 정도였다. 현재로선 그 만남이 그리 끌리지가 않았다. 오히려 이런저런 유혹을 벗어나 조용히 지내고 싶었다. 그러나 평소와 다른 모습을 보이는 것은 안 좋겠다 싶어서, 웨스턴 부부가 보여 준 우의에 합당할 만큼 관심도 표하고 실망도 함께 나누었다.

나이틀리 씨에게 그 소식을 처음 알린 사람도 그녀였다. 그녀는 프랭크를 붙잡아 두는 처칠 집안의 처사에 필요한 만큼(혹은 연기를 해야 하다 보니 어쩌면 좀 과할 정도로) 비난을 가했다. 그러고서 그 사람이 오게 되면 서리 지방에 한정된 사교 모임에 큰 이득이 될 것임을 실제 느낀 이상으로 역설하게 되었다. 새로운 사람을 만나는 즐거움이라든가 그의 등장으로 하이베리 전체가 축제 분위기가 될 수도 있겠다고 했다. 끝으로 다시 처칠 집안에 대한 생각을 피력했는데 그 즉시 그녀는 나이틀리 씨와 이견에 봉착했음을 알게 되었다. 그리고 아주 재미있게 된 것이, 그 문제에서 그녀가 정작 진짜 자기 견해와는 다른 편을 들면서, 자기에 맞서서 웨스턴 부인이 했던 주장을 내세우고 있었던 것이다.

"처칠 집안도 문제겠지." 하고 나이틀리 씨가 냉정하게 말했다. "그렇지만 본인 마음만 있다면 올 수 있었을 거요."

"왜 그런 말씀을 하시는지 모르겠네요. 본인은 굉장히 오고 싶은데 그분 외삼촌 외숙모가 놓아 주지를 않는 건데요."

"그 친구가 확실하게 주장했다면 올 힘이 없어 못 오지는 않았을 텐데. 증거가 있다면 모를까, 나로서는 무척 믿기 힘든 일이오."

"정말 이상하시네요! 프랭크 처칠 씨가 어쨌다고 그렇게 비정상적인 사람으로 만드시는 거예요?"

"그 집안 사람들의 본보기만 보면서 살다 보니까 친부모는 몰라라 하고 자신의 즐거움 외에는 별로 괘념치 않나 보다는 생각은 하지만, 그렇다고 그 사람이 비정상적이라고 한 것은 전혀 아닌데 뭘. 오만하고 사치스럽고 이기적인 사람들 손에 자라난 청년이 오만하고 사치스럽고 이기적이 되는 것은 아주 정상적인 일이니까. 우리야 안 그러길 바라지만 말이오. 만약 프랭크 처칠이 친부를 보고 싶었다면, 9월에서 1월 사이에 어떻게든 왔을 거요. 그만한 나이의 남자가 (몇 살이나 되었나? 스물서넛은 되었지 아마.) 그 정도 수완도 없을 리가 있나. 있을 수 없는 일이오."

"쉽게 말씀하시고 쉽게 생각하시는데, 그야 당신은 늘 자기 뜻대로 했으니까요. 남한테 기대 사는 어려움이 무언지, 나이틀리 씨, 당신 같은 분이 알 리가 만무하죠. 남의 비위를 맞추는 것이 어떤 일인지 모르시잖아요."

"스물서넛이나 먹은 남자가 그 정도까지 정신의 자유나 거동의 자유가 없다고 생각할 수는 없지. 돈이 부족한 것도 아닐 테고 시간 여유가 없는 것도 아닐 테고. 오히려 둘 다 너무나 넘쳐나서 이 나라의 가장 하릴없는 유흥지들을 돌아다니며 흥청망청 탕진하고 있다는 것은 우리도 알잖소. 언제나 여기

저기 바닷가 휴양지에 갔다는 소리나 들려오고. 얼마 전만 해도 웨이머스에 갔다지. 이것만 봐도 처칠 부부 곁을 떠날 수 있다는 것을 알 수 있잖소."

"예, 어떨 때는요."

"그리고 그때가 언제인가는 자기 마음에 달린 거지. 즐거움이 유혹할 때는 언제라도 떠날 수 있으니까."

"속사정도 잘 모르면서 남의 행실을 판단하는 건 매우 부당해요. 그 집안을 안에서 겪어 보지 않고서는, 식구로서 당하는 어려움이 무엇인지 아무도 말 못 해요. 엔스컴을, 그리고 처칠 부인의 기질을 잘 알고 난 연후에야 그분의 조카가 무엇을 할 수 있는지 안다고 나설 수 있지 않을까요. 어떨 때는 다른 때보다 훨씬 많은 걸 할 수 있을지도 모르고요."

"남자가 하자고만 든다면 언제든 할 수 있는 게 하나 있으니, 에마, 그건 바로 의무요. 작전이나 수를 써서가 아니라 단호한 결단을 통해서 말이오. 이번에 부친에게 관심을 표하는 것은 프랭크 처칠의 의무요. 약속을 하고 전갈을 보내온 것을 보면 그 사람도 잘 아는 바고. 하자고만 했다면, 할 수 있었겠지. 생각이 제대로 박힌 사람이라면 처칠 부인에게 당장 간결하고 단호하게 말할 거요. '단순한 오락 같으면 외숙모님을 위해서 언제라도 포기할 것입니다. 그러나 제 부친은 즉각 가 뵈어야겠습니다. 이런 대사에 제가 인사를 차리지 않는다면, 부친께서는 마음의 상처를 입으실 겁니다. 그러니 내일 출발하겠습니다.' 당장 남자답게 이렇게 단호한 어조로 말하면, 가지 말라고 막을 수야 없겠지."

"그렇겠지요." 웃으면서 에마가 말했다. "그렇지만 다시 돌아오지 말라고 나올지도 모르지요. 전적으로 생활을 의존하고 있는 청년보고 그렇게 말하라고요! 나이틀리 씨, 그런 게 가능하다고 생각하는 사람은 당신밖에 없을 거예요. 하지만 당신과 정반대 처지에 놓인 경우에 어찌해야 하는지 하나도 모르세요. 자기를 길러 주고 또 나중에 재산을 물려줄 외삼촌 부부한테 프랭크 처칠 씨가 그런 연설을 한다고요! 방 한가운데 딱 버티고 서서 목청껏 큰 소리로 말이지요! 어떻게 그런 행동이 가능하다고 생각하세요?"

"분명히 말하건대 에마, 분별 있는 사람이라면 전혀 어렵지 않은 일일 거요. 자기가 옳다고 느낄 테니까. 그렇게 분명히 말하는 편이 (물론 분별 있는 사람답게 적절한 방식으로 말이오.) 뭐라고 둘러대거나 임시변통으로 때우는 것보다 본인한테도 더 이득이고, 의탁하고 있는 분들한테도 더 높은 평가와 더 탄탄한 입지를 확보할 수 있을 거요. 그 사람을 신뢰할 수 있겠다는 생각이 들 테고, 조카가 제 부친한테 잘하는 만큼 자신들한테도 잘할 것이라는 믿음이 갈 테니. 이번에 부친을 찾아뵙는 게 옳다는 것은, 그 사람도 알고 세상 사람들이 다 알듯이 그분들도 잘 알 테니까. 그리고 방문을 미루도록 속 좁게 힘을 행사하면서도 내심으로는 자신들의 변덕에 굴복하는 그 사람이 탐탁지만은 않을 거요. 올바른 행실에는 존경이 따르는 법이오. 그 사람이 원칙적이고 한결같은 자세로 이런 처신을 보인다면, 정신이 아무리 협소한 분들이라도 결국 그 사람한테 승복할 거요."

"글쎄요, 과연 그럴까요. 당신은 협소한 정신을 승복시키기를 매우 좋아하시지만, 그 협소한 정신이 권위 있는 부유층의 것일 때는 이상하게도 부피가 늘어나 거대한 정신들만큼이나 좌지우지하기 어렵다는 것이 제 생각이에요. 나이틀리 씨, 혹 당신이 현재 그대로 당장 프랭크 처칠 씨의 처지로 옮겨 앉는다면, 지금 권하시는 그대로 말하고 행할 수 있겠지요. 결과가 아주 좋을 수도 있겠고요. 처칠 부부도 응수할 말이 없겠고요. 그렇지만 당신 경우에는 일찍부터 복종하며 오랫동안 준수해 온 습관을 깨고 나와야 한다든가 하는 일은 없잖아요. 그런 습관이 몸에 밴 그 사람이 단번에 완전한 독립을 이루고, 감사와 존경을 기대하는 그분들의 요구를 간단히 무시하기란 그렇게 쉽지 않을 거예요. 그 사람도 뭐가 옳은지 구분하는 강한 분별력은 당신 못지않지만, 특정한 상황에서 그 분별력을 행동으로 옮기는 데는 당신한테 뒤지는 것일 수도 있지요."

"그렇다면 그리 강한 분별력이라고는 할 수 없지. 동등한 행동으로 이끌지 못하는 게, 동등한 신념일 리 있나."

"아니! 처지와 습관의 차이는 어쩌고요! 한 상냥한 젊은이가 어렸을 때부터 내내 우러러본 분들한테 정면으로 맞서야 할 때 어떤 느낌일지 좀 이해해 주셨으면 좋겠네요."

"다른 사람들의 뜻을 거슬러 옳은 일을 해야겠다는 결심을 관철하려 한 적이 여태 한 번도 없고 이번이 처음이라면, 당신이 말하는 그 상냥한 젊은이란 나약해 빠진 젊은이에 불과하오. 편의에 따르는 생각 대신 의무를 준수하는 습관이 지금쯤에는 형성되었어야 한다는 거요. 어린아이야 겁을 먹는 것도 당연하지만, 다른 어른이 그러면 곤란하지. 이성을 갖춘 어른이 된 다음엔 그분들이 행사하는 권위 중 부당한 게 있다면 분연히 떨쳐 버렸어야지. 자기한테 부친을 소홀히 대할 것을 강요한다면 처음부터 거부하는 게 마땅하지. 그런 마땅한 일을 진작 시작했더라면 지금은 아무 어려움도 없었을 거요."

"그 사람에 대해서는 결코 의견 일치를 못 보겠네요." 에마가 소리쳤다. "하기는 뭐, 특별한 일도 아니지만요. 전 나약한 젊은이라고는 전혀 생각하지 않아요. 그럴 리가 없어요. 웨스턴 씨도 아무리 아들이라도 어리석은 꼴을 못 보실 리 없고. 그러나 당신의 이상적인 남성상보다는 더 고분고분하고 순종적이고 유순한 성품일 수는 있지요. 아니, 실제로 그럴 거예요. 그런 성품 때문에 손해를 보기도 하겠지만 이득을 볼 때가 더 많은걸요."

"그렇지. 행동을 해야 할 때 꼼짝도 안 하는 것, 그냥 빈둥빈둥 즐기면서 사는 것, 그럴 구실을 찾아내는 데 자기가 대단한 전문가라고 뿌듯해하는 것, 뭐 그런 이득이라면 얼마든지 볼 수 있겠지. 이런저런 허언과 거짓말로 가득한 편지를 앉은자리에서 일필휘지로 써내고는, 집안의 평화도 지키고 부친이 어떤 불만도 표할 수 없는 최상의 방안을 찾아냈다고 의기양양할 수도 있겠지. 그런 편지들이라니, 정말 역겹소."

"당신만의 생각이지요. 다른 사람들은 다 납득한 것 같은데요."

"웨스턴 부인은 납득한 것 같지 않은데. 그분처럼 분별력이 훌륭하고 감성이 예민한 여성이라면 납득이 갈 리 없지. 어머니가 되기는 했지만 모성애에 눈이 멀지는 않은 그런 여성이라면 말이오. 새어머니가 들어왔으니 마땅히 랜들스에 갑절의 관심을 기울여야 마땅하고, 그러니 찾아오지 않은 것이 부인 편에서는 갑절로 서운할밖에. 새어머니가 지체 높은 분이었다면 틀림없이 찾아왔을 거요. 그리고 그런 경우에는 오든 안 오든 별로 중요하지 않았을 거고. 당신의 벗이 이런 생각을 미처 하지 못했을 거라고 볼 수 있소? 속으로 이런 생각을 자주 곱씹지 않을 거라고? 그렇소 에마, 당신의 그 상냥한 청년은 프랑스식으로만 그렇지 영국식으로는 아니오. 아주 '상냥'하고 매너도 좋고 붙임성 있을지도 모르지. 그러나 타인의 감정을 배려하는 영국인다운 섬세함은 전혀 없소. 진정한 상냥함은 전무한 거지."

"안 좋게 보기로 작정하신 모양이네요."

"내가! 천만의 말씀." 좀 언짢아진 나이틀리 씨가 대꾸했다. "안 좋게 보려는 게 아니오. 다른 사람들한테 하듯 장점이 있다면 얼마든지 인정할 것이고. 그렇지만 외면에 관한 이야기밖에 들은 것이 없군. 교양 있고 미남이고 매너가 부드럽고 말재주가 있다는 소리 정도."

"그렇담 달리 칭찬할 점이 없다 해도 하이베리에선 보물 같은 존재가 될 거예요. 이곳에서 교양 있고 예절 바른 멋진 청년을 흔히 보는 것은 아니니까요. 우리로서는 모든 장점을 다 갖출 것을 요구하며 까다롭게 굴 수는 없지요. 나이틀리 씨, 그 사람이 오면 다들 얼마나 야단법석일지 상상이 안 가세요? 돈웰과 하이베리 교구를 통틀어 한 가지 화제밖에 없을 거예요.

모든 관심과 호기심이 단 한 군데로, 온통 프랭크 처칠한테로 쏠릴 거라고요. 다른 사람은 생각도 거론도 않을 거예요."

"나도 그런 하찮은 다른 사람 중 하나일 테니 미안하게 되었군. 더불어 대화할 만한 사람이라면 나도 기꺼이 알고 지내겠소. 그렇지만 말만 번지르르한 인사라면 별로 상종하지 않을 것이오."

"제가 생각하는 그 사람은 상대방 취향에 맞추어 대화를 할 줄 알고 누구한테나 싹싹하게 대할 의사와 능력이 있을 거예요. 당신에게는 농사, 저한테는 그림이나 음악 이야기를 하고 모두에게 그런 식으로 말예요. 모든 주제에 식견이 있기 때문에 예의에 어긋나지 않게 이야기를 따라가기도 주도하기도 하면서 대화를 잘 이어 가는 거지요. 제 생각에는 이런 사람일 거예요."

"그리고 내 생각에는:" 하고 나이틀리 씨가 열이 나서 말했다. "정말 그런 사람이라면, 진실로 참아 줄 수 없는 위인인 셈이오! 뭐라고! 스물셋밖에 안 된 나이에 벌써 제 패거리의 제왕, 거물, 이골 난 정치인이 되어서 모든 사람의 성격을 읽고 모든 사람의 재능을 자신의 우월성을 과시하는 데 이바지하게 한단 말이오? 온통 듣기 좋은 소리만 하고 다녀서 자기 곁에서는 다들 바보처럼 보이게 한다는 말인데! 사랑하는 에마, 막상 그런 꼴을 보면 당신의 양식(良識)부터가 그런 꼭두각시를 참아 내지 못할 것이오."

"그 사람 이야기는 더 이상 않겠어요." 에마가 소리쳤다. "죄다 나쁜 쪽으로 바꾸어 버리시니까요. 우린 둘 다 편견이 있어요. 당신은 나쁜 쪽으로, 저는 좋은 쪽으로. 그 사람이 실제로 여기 오기 전까진 의견 일치를 볼 가능성도 없고요."

"편견이라! 난 편견이 없는데."

"그러나 전 아주 심해요. 그리고 하나도 안 부끄러워요. 웨스턴 부부를 사랑하다 보니 그 아드님 편을 드는 확실한 편견이 생겼지요."

"나 같으면 그런 위인 생각은 한 달이 가도 안 날 거요." 꽤 심기가 틀린 나이틀리 씨가 말했다. 왜 화를 내는지 이해는 안 갔지만, 에마는 즉각 화제를 돌렸다.

자기하고 기질이 달라 보인다는 이유만으로 한 청년을 싫어하는 것은, 그녀가 늘 익숙히 보아 온 그의 대범한 정신에 어울리지 않았다. 에마는 그의 자부심이 대단하다고는 생각했지만, 그 때문에 다른 사람의 장점을 제대로 못 볼 수도 있다는 생각은 여태 단 한 순간도 해 본 적이 없었다.

2부

I

어느 날 아침 에마와 해리엇은 함께 산책을 하고 있었다. 에마의 생각으로는 엘튼 씨 이야기는 그날 하루치로는 이미 충분히 나눈 셈이었다. 그만하면 해리엇에게 충분히 위로도 하고 사죄도 했다고 여겨서, 돌아오는 길에는 그 화제가 나오지 않도록 무던히 애썼다. 이만하면 잘 넘어갔다고 생각했고, 빈민들이 겨울에 얼마나 고생하는지 얼마간 이야기를 했으나 또 그 이야기가 터져 나오고야 말았다. "엘튼 씨는 빈민들한테 참 잘하셨는데요." 하는 구슬픈 답변밖에 나오지 않자 그녀는 뭔가 다른 방도를 취해야겠다는 생각이 들었다.

마침 베이츠 부인 모녀 집이 가까워지고 있었다. 그녀는 그들을 방문하여 여러 사람들 속에 섞임으로써 이런 화제를 벗어나기로 마음먹었다. 방문의 예를 취할 이유는 늘 충분했다. 베이츠 모녀는 사람이 찾아오는 것을 좋아하거니와 에마한테 도대체 부족한 점이 있다고 감히 생각하는 극히 소수의 사람들은 그녀가 그 면에서 좀 소홀하다고, 궁색한 사람들을 제대로 배려하지 않는다고 보는 것을 에마도 잘 알았다.

그녀는 나이틀리 씨한테서 자기의 소홀함에 대해 은근한 언질을 여러 번 받았고 자기가 느끼기에도 그런 점이 있었지

만 아무튼 불쾌한 일은 불쾌한 일이 아니냐는 생각이 늘 앞서
는 것이었다. 시간 낭비일 뿐, 따분한 부인네들 하며 거기다 언
제나 베이츠 모녀를 찾아오는 하이베리의 이류나 삼류 인생들
과 만날지도 모른다는 게 정말 싫었기 때문에 에마는 이들 모
녀 근처에는 얼씬도 하기 싫었다. 그러나 이제 그녀는 그 댁 앞
을 그냥 지나치지는 말자는 느닷없는 결심을 하고, 해리엇한
테 같이 가자고 하면서 날짜를 따져 보건대 제인 페어팩스의
편지에 시달리는 일도 없을 것 같다고 말했다.

그 주택 소유주는 상업에 종사하는 사람들이었다. 베이
츠 모녀는 응접실이 있는 층에 세 들어 사는데, 그들이 소중하
게 가꾸는 아주 아담한 규모의 그 집에서 두 방문자는 더없이
친절하며 감사에서 우러나온 환대를 받았다. 뜨개질감을 들고
가장 따뜻한 아랫목에 앉아 있던 조용하고 단정한 노마님은
우드하우스 양에게 자리까지 양보하려고 했고, 좀 더 활발하
고 말도 많은 딸은 배려와 친절을 쏟아부었으니 방문에 감사
해하며 그들의 신발 걱정을 하고, 우드하우스 씨의 건강이 어
떤지 간절히 묻고 자기 어머니의 정정하심을 신이 나서 전하
며 손님용 식기대에서 케이크를 집어 오는 등 법석을 피웠다.
"콜 부인이 방금 왔다 갔는데, 십 분만 있을 생각으로 들렀다
가 친절하게도 한 시간이나 앉았다 가셨다. 케이크 한 조각을
드시고는 고맙게도 맛이 참 좋다고 하셨으니 우드하우스 양과
스미스 양도 한 조각씩 맛을 보면 좋겠다." 하는 것이었다.

콜 부부 이야기가 나오면 엘튼 씨 이야기가 따라오게 마련
이었다. 서로 친한 사이로, 엘튼 씨가 떠난 후로 콜 씨한테 소

식이 왔던 것이다. 에마는 올 것이 왔구나 싶었다. 이제 그들은 그 편지 내용을 다시 하나하나 검토하면서, 그가 떠난 지 얼마나 지났고 얼마나 많은 모임에 나갔으며 어딜 가든 얼마나 인기가 있었는지 의전(儀典)장관 무도회는 얼마나 성황이었는지 따져 보아야 할 것이었다. 그녀는 잘 감당해 냈다. 꼭 필요한 대목에서는 깊은 관심을 표하고 칭찬을 아끼지 않았으며, 해리엇이 한마디 거들어야 하는 일이 없도록 자기가 앞에 나섰다.

이 집으로 들어섰을 때 이 정도는 각오한 일이었다. 그러나 일단 그 사람 이야기가 한차례 지나가고 나면 더 이상은 골치 아픈 화제에 휘말리지 말고 하이베리의 모든 부인들과 아가씨들과 그들의 카드 모임 등을 두루 화제로 삼을 작정이었다. 엘튼 씨에 이어 제인 페어팩스가 등장할 줄은 미처 몰랐던 것이다. 그러나 실상 베이츠 양은 엘튼 씨 이야기를 서둘러 몰아내다시피하고 콜 씨 부부로 훌쩍 건너뛰더니 바로 조카딸한테서 온 편지 이야기를 끄집어내는 것이었다.

"아! 그래요…… 엘튼 씨가 그랬대요…… 특히 춤이라면…… 콜 부인 말씀이 바스에서 춤을 출 때…… 콜 부인은 고맙게도 여기 한참을 계시면서 제인 이야기를 하셨지. 들어오자마자 제인 안부부터 물으셨는데, 그 댁에서는 제인을 아주 총애하거든. 그 애가 여기 올 때마다 콜 부인은 어떻게든 잘해 주려고 무진 애를 쓰시지. 하긴 제인은 누구 못지않게 그런 대접을 받을 만한 아이지. 그렇게 바로 그 애 안부를 물으면서 이렇게 말하시는 거야. '최근에는 제인 소식을 들으셨을 리가 없겠지요, 아직 편지를 쓸 때가 안 되었으니까.' 내가 바로 '그렇지만 실은 받았답니다. 바로 오늘 아침에 편지가 온걸요.' 하자, 세상에 그렇게 놀라실 수가 없더라고. '편지가 왔다고요, 아니 어떻게!'라고 하면서 '정말 예상 밖이네요. 어디 뭐라고 썼는지 들어 봅시다.' 하더라고."

에마가 예의를 차리느라고 곧바로 관심 어린 미소를 지으며 말했다.

"그렇게나 최근에 편지가 왔다고요? 정말 기뻐요. 잘 지낸다지요?"

"고마워요. 정말 친절도 하네!" 에마의 속내를 알 리 없는 아주머니는 편지를 열심히 찾으면서 대답했다. "아하! 여기 있네. 멀리 있지 않을 줄 알았어. 내가 아무 생각 없이 그 위에 반짇고리를 얹어 놓은 바람에 눈에 안 보였구나. 바로 얼마 전에 손에 들고 있던 거라 반드시 탁자 위에 있을 줄 알았어. 콜 부인한테도 읽어 드리고, 그분이 가신 다음에는 어머니께 다시 읽어 드렸거든. 제인 편지는 정말 좋아서 아무리 들어도 싫증이 안 나신데. 그러니 그게 어디 멀리 갔겠느냐고, 그래 바로 여기 반짇고리 밑에 있었던 거지. 아가씨가 고맙게도 제인이 뭐라고 하는지 듣고 싶어 하니…… 그렇지만 그 전에 우선 사과부터 하는 게 제인한테도 공평할 테지. 이번에는 아주 짧게 썼거든. 보다시피 두 장밖에, 아니 두 장도 채 안 되는데, 보통 그 애는 한 면을 다 채우고 그 여백에 다시 세로로 써넣거든.*

---

* 당시 비싼 종이값을 절약하기 위해 쓸 공간이 부족하면 새 종이 대신 종이를 옆으로 돌려 그 여백에 다시 글을 썼는데, 오스틴도 이렇게 하곤 했다.

"아하! 여기 있네."

어머니는 내가 어떻게 그렇게 잘 알아보는지 신기하다고 하시고. 처음 편지를 개봉할 때면 어머닌 종종 이런 말씀을 하시지. '그런데 헤티, 이제 그 체스판 무늬 같은 글자를 판독하려면 애를 먹겠구나.' (그렇죠, 어머니?) 그러면 내 말하지. 어머니도 읽어 줄 사람이 아무도 없다면 스스로 읽어 내실 수 있을 거라고, 한 글자도 빼지 않고 말이야. 틀림없이 단어 하나하나 다 알아낼 때까지 열심히 들여다보실걸. 뭐 사실 시력이 예전 같지는 않으시지만, 정말 고맙기도 하지! 안경만 끼면 아직 놀랄 만큼 잘 보실 수 있어. 얼마나 큰 복이야! 시력이 정말 아주 좋으시니. 여기 머물 때면 제인도 말하곤 하지. '할머니, 그런 것을 다 보시다니 할머닌 정말 시력이 좋으세요. 뜨개질도 이렇게 잘 하셨네요! 제 시력도 할머니만큼 오래갔으면 좋겠어요.'라고 말이야."

속사포처럼 마구 쏟아 낸 베이츠 양은 잠시 숨을 돌려야만 했다. 에마는 페어팩스 양의 글씨체가 훌륭하다고 예의 바른 소리를 했다. "정말 친절도 하셔." 베이츠 양이 흡족해서 대답했다. "안목이 뛰어나고 글씨체도 정말 예쁜 아가씨가 그런 말을 해 주다니. 어느 누구의 칭찬도 우드하우스 양의 칭찬만큼 기쁘지는 않을 거야. 어머닌 잘 안 들리셔. 귀를 약간 잡수셨거든. 어머니. (모친에게 말을 건네면서) 우드하우스 양이 고맙게도 제인 글씨를 칭찬하는 거 들었어요?"

덕분에 에마는 노마님이 알아들을 때까지 자기가 한 별 뜻 없는 찬사가 두 번씩 되풀이되는 소리를 듣는 혜택을 누렸다. 그동안 그녀는 어떻게 하면 크게 무례하지 않게 제인 페어팩스의 편지에서 벗어날 수 있을지 궁리했고, 무슨 사소한 구실이라도 내세워 서둘러 일어나기로 거의 결심한 차인데 베이츠 양이 다시 그녀에게로 몸을 돌리며 주의를 끄는 말을 했다.

"어머니는 가는귀가 먹었지만 보다시피 아주 경미한 정도지. 뭐든지 큰 목소리로 두세 번 되풀이 말씀드리면 알아들으시니까. 내 목소리에 익숙하시기도 하고. 그러나 확실히 언제나 내 말보다 제인 말을 더 잘 알아들으셔. 제인이 또박또박 또렷하게 말하긴 하지! 그렇지만 그 애가 이제 할머니를 뵙게 되면 이태 전에 뵈었을 때보다 귀가 아주 더 나빠지셨다고는 생각하지 않을 거야. 이 년이라면 모친 연세에서는 아주 긴 시간인데. 정말 그 애가 떠난 지 꼬박 이 년이나 되었다니까. 전에는 이렇게 오래 못 본 적은 없었거든. 그래서 콜 부인한테도 말했지만 이번에는 아무리 봐도 계속 보고 싶을 거야."

"페어팩스 양이 곧 오나요?"

"그럼, 그럼. 다음 주에 온다네."

"그렇군요! 정말 기쁘시겠어요."

"고맙네. 아가씬 정말 친절하셔. 그래, 다음 주라네. 모두들 하나같이 깜짝 놀라면서 한결같이 고마운 말씀들을 해 주시대. 그 애도 하이베리의 아는 분들을 보게 되어 정말 기쁠 거야, 그분들도 마찬가지고. 그래, 금요일이나 토요일에 올 거야. 두 날 중 하루는 캠벨 대령이 마차를 쓰셔야 하는데, 어느 날이 될지는 아직 확실히 말할 수 없다네. 그 애한테 마차를 하루 종일 내주시겠다니 정말 친절한 분들이셔. 아, 맞아, 다음 금요일이나 토요일. 그 아이가 그렇게 써 보냈어. 그 애가 이번에 이른바 '규칙 위반'을 한 것도 바로 그 때문이지. 통상적인 경우라면 다음 화요일이나 수요일이 되어야 편지가 왔을 테니까 말이야."

"예, 저도 그리 생각했어요. 애석하지만 오늘은 페어팩스 양 소식을 듣지 못하겠다고."

"아이고, 고마워라! 아니, 그 아이가 곧 온다는 이런 특별한 사정만 아니라면 우리도 소식을 듣지 못했을 거야. 어머닌 아주 좋아하셔! 여기 와서 적어도 삼 개월은 머물 예정이라니까 말이지. 삼 개월이라고, 그렇게 아주 확실하게 써 놨어. 내 곧 편지를 읽어 주겠지만서도. 어떻게 된 일이냐면, 캠벨 부부께서 아일랜드로 가게 되셨거든. 딕슨 부인이 부모님께 얼른 오시라고 청을 했다지. 원래는 여름쯤 건너가실 생각이었지만 딸이 부모님을 무척 보고 싶어 해서 말이야. 지난 10월에 결혼하기 전까지는 일주일 이상 부모 곁을 떠난 적이 없었으니 서로 다른 왕국에서 산다는 게, 아니 이건 틀린 얘기고, 하여간 다른 나라에서 산다는 게* 낯선 것도 무리는 아니지. 그래서 속달우편을 모친한테, 아니 부친이었나, 어느 쪽인지 잘 모르겠네. 제인 편지를 보면 나와 있는데, 아무튼 편지를 보냈다는 게야. 자기만 아니라 딕슨 씨 이름으로 함께 써서 바로 와 달라고 재촉했다는데, 우선 더블린에서 만나서는 발리크레이그의 시골 영지로 모시고 갈 모양이야. 아주 아름다운 곳인가 봐. 제인은 그곳이 얼마나 아름다운지 많이 들었대. 음, 딕슨 씨한테

---

* 1801년의 통합법으로 영국과 아일랜드는 연합 왕국으로 통합되어 같은 왕 치하에 놓였다.

서 말이지. 다른 사람한테서도 들은 적이 있는지는 잘 모르겠네. 하지만 구애를 하는 사람이 자기 영지 이야기를 하고 싶어 하는 거야 무지 당연하고, 제인은 그 두 사람과 자주 산책을 가곤 했으니까 말이야. 캠벨 대령과 부인께서 딸한테 딕슨 씨와 단둘이 자주 산책하면 안 된다고 단단히 못을 박으셨다는데 그분들로서는 당연하다 싶어. 그래서 딕슨 씨가 캠벨 양한테 아일랜드에 있는 자기 저택에 대해 한 이야기를 제인이 다 들은 거야. 그리고 그 애가 편지에 딕슨 씨가 두 사람한테 그곳 그림을, 자기가 직접 그린 그림 몇 장을 보여 주었다는 이야기도 썼던 것 같아. 분명히 아주 상냥하고 매력적인 청년일 게야. 제인은 그분 이야기를 듣고 무척이나 아일랜드에 가 보고 싶어 했지."

제인 페어팩스와 이 매력적인 딕슨 씨, 그리고 아일랜드로 가지 않는 것에 뭔가 기막히고 흥미로운 사연이 있을 것 같다는 직감이 순간 머리를 스쳐 에마는 더 알아보려는 속셈에 이렇게 말했다.

"이럴 때 페어팩스 양을 이리로 보내 주시다니 정말 다행이라는 생각이 드시겠어요. 조카따님과 딕슨 부인 사이의 각별한 우정으로 본다면, 캠벨 대령 부부하고 동행하지 않을 거라고 기대하기 힘드셨을 테니까요."

"그렇지, 그렇고말고. 바로 그 때문에 항상 걱정이 되긴 했지. 그 아이가 이역만리에 몇 달씩 가 있다면 우리도 좋기야 했겠어. 무슨 일이 생겨도 올 수도 없을 테고. 그런데 글쎄, 모든 일이 가장 좋은 방향으로 풀린 거야. 그쪽에서는 (딕슨 씨 부부 말이야.) 그 아이가 캠벨 대령 부부와 같이 건너오기를 간절히 바라. 사실 단단히 믿고 있지. 곧 읽어 주겠지만, 제인 말로는 부부가 한목소리로 그럴 수 없이 친절하고 간절하게 초청을 했다네. 딕슨 씨도 열성에서는 부인 못지않은가 봐. 정말 매력적인 청년이야. 웨이머스에서 제인을 도와준 걸 생각하면⋯⋯ 그러니까 함께 뱃놀이를 갔는데 그 애가 돛 사이에서 뭔가에 걸려 넘어지는 바람에 그만 순식간에 바다로 떨어질 뻔했다네. 그 청년이 아주 침착하게 옷자락을 잡아 주지 않았다면 그렇게 되고야 말았겠지. (그 생각만 하면 언제나 몸이 떨려!) 그날 이야기를 전해 들은 이후로 난 딕슨 씨가 정말 좋아졌어!"

"그렇다면 친구도 그렇게 간절히 바라고 자신도 아일랜드를 보고 싶어 했으면서도 페어팩스 양은 아주머니와 할머니와 시간을 보내는 편을 택한 것이네요?"

"그래. 순전히 그 애 생각이고 선택이지. 그리고 캠벨 대령 부부도 그 애 생각이 옳고 자기들도 그리 권했을 거라고 생각하신다더라. 그리고 실은 그 애가 최근 들어 몸이 평소 같지 않았기 때문에 고향 공기를 쐬는 게 좋겠다고 각별히 바라기까지 하신대."

"그것 참 걱정이네요. 그 댁에서 현명한 판단을 하신 것 같네요. 그러나 딕슨 부인은 대단히 실망이 크겠어요. 제가 알기로 딕슨 부인은 그리 빼어난 미모는 아니라지요. 페어팩스 양하고는 전혀 비교가 안 된다고요."

"그럼! 비교가 안 되지. 그렇게 말해 주니 참 고맙네. 뭐, 분명 그렇긴 하니까. 비교고 자시고 할 것도 없어. 캠벨 양은 워낙이 박색이라…… 하지만 아주 품위 있고 상냥한 분이지."

"그럼요, 물론 그렇겠지요."

"제인은 심한 감기에 걸렸어, 불쌍한 것! 아주 오래전, 그러니까 11월 7일에 걸렸는데 (내가 곧 읽어 주긴 할 텐데.) 그 후로 몸이 영 좋지가 않은가 봐. 그렇게 오래 감기가 안 떨어지다니, 원. 우리가 놀랄까 봐 전에는 일절 언질도 없었지. 정말 그아이다워! 그렇게 사려가 깊으니! 그렇지만 좋아질 조짐이 전혀 없어서, 친절하신 캠벨 부부께서 집으로 가 고향 공기를 쐬는 것이 좋겠다고 생각한 거지. 고향 공기가 그 애 몸에 언제나 좋았으니까. 하이베리에서 서너 달 지내다 보면 틀림없이 깨끗이 나을 거라고 믿고 계셔. 몸이 안 좋다면, 아일랜드로 가는 것보단 집으로 오는 편이 훨씬 낫지, 그럼. 누가 우리만큼 간호를 잘해 줄 수 있겠어."

"가장 바람직한 조치였던 것 같네요."

"그래서 그 아이가 다음 금요일이나 토요일에 집에 올 예정이고, 캠벨 부부는 그분들대로 그다음 주 월요일에 런던에서 홀리헤드*로 떠날 거라네. 곧 제인의 편지를 읽어 보면 알수 있겠지만. 정말 갑작스러운 일이라서! 우드하우스 양, 내가얼마나 심란한지는 말 안 해도 알 거야. 그 아이가 아프다는 문제만 없었다면…… 그렇지만 야위고 아주 초췌해진 그 애를볼 각오를 해야 할 거야. 그 일 탓에 내가 얼마나 불운한 일을겪었는지 그 이야기를 해야겠네. 어머니한테 제인 편지를 읽

---

* 아일랜드로 가는 여행자들이 이용한 웨일스 북부 항구.

어 드릴 때는 꼭 내가 먼저 끝까지 읽어 보는데, 혹시라도 마음 상할 소식이라도 있을까 해서 말이야. 제인이 그러라고 해서 늘 그렇게 하고 있지. 오늘도 평소대로 주의를 기울이며 읽기 시작했는데, 건강이 좋지 않다는 대목에 이르는 순간 무지 놀라 '맙소사! 우리 불쌍한 제인이 아프다니!' 하고 소리를 지르고 말았고, 열심히 지켜보던 어머니도 또렷이 알아듣고 그만 아주 놀라신 거야. 그렇지만 계속 읽어 보니 내가 처음에 생각한 것만큼 심하지는 않더라. 지금은 어머니한테 별것 아니라고 말씀드려서 별로 심각하게 생각하지 않으시지. 내가 어떻게 그렇게 부주의하게 굴었는지 나도 이해가 안 가! 제인이 금방 낫지 않으면 페리 씨한테 왕진을 청할 거야. 비용은 생각하지 말아야지. 페리 씨야 참으로 손이 크고 제인을 예뻐하기 때문에 왕진비를 안 받으려고 하시겠지만, 그냥 넘길 수는 없는 노릇이잖아. 그분한테도 부양할 부인과 식구들이 있는데 시간을 헛되이 쓰시게 해서야 되겠어, 어디. 자, 제인이 뭐라고 썼는지 간단한 힌트를 주었으니 이제 편지를 읽어 볼 차례네. 내가 전하는 것보다는 직접 그 아이 말을 듣는 편이 낫겠지. 훨씬 요령 있게 이야기하니까."

"서둘러 가 봐야 할 것 같아요." 해리엇에게 눈짓을 보내며 자리에서 일어나면서 에마가 말했다. "아버지께서 기다리셔서요. 처음 왔을 때는 오 분 이상 머물 여유는 없겠다는 생각이었거든요. 베이츠 부인의 안부를 묻지 않는 것은 곤란하다 싶어 잠깐 들른 건데, 말씀을 재미있게 나누다 보니 시간이 이렇게 되었네요. 그렇지만 이젠 아주머니와 노마님께 인사를 드려야겠어요."

더 있다 가라고 아무리 설득해도 소용없었다. 어쩔 수 없이 견뎌야 하는 일도 많았고, 사실상 제인 페어팩스의 편지 내용 전부를 들은 셈이지만 편지라는 실물을 피한 것만 해도 어디냐 생각하며 에마는 다시 거리로 나섰다.

2

베이츠 부인 막내딸이 남긴 유일한 혈육인 제인 페어팩스
는 일찍 부모를 여의었다.

모 보병 연대의 페어팩스 중위와 제인 베이츠 양도 한때는
명성과 즐거움, 희망과 계획이 가득한 결혼 생활을 누렸다. 그
러나 지금 남은 것이라고는 해외에서 작전 중 전사한 중위와
곧이어 폐병과 슬픔에 시달리다 죽어 간 미망인에 대한 슬픈
기억과 이 여식밖에 없었다.

그녀는 태생부터가 하이베리의 일원이었다. 세 살 때 어
머니를 여의고 외할머니와 이모 손에 자라면서 그들의 자식이
자 책무이자 위안이자 귀염둥이가 되었을 때만 해도, 십중팔
구 그녀는 영원히 그곳에 붙박힌 채 극히 한정된 수입으로 시
킬 수 있는 정도의 교육만 받고 자라나, 장점이라곤 이 타고난
보기 좋은 용모에 좋은 머리, 그리고 따뜻한 마음씨의 선량한
친척뿐, 훌륭한 뒷배나 발전의 이점이 더해질 가능성은 없어
보였다.

그러나 부친의 친구 한 분의 측은지심으로 그녀의 운명은
달라졌다. 그는 바로 캠벨 대령으로, 대령은 페어팩스를 훌륭
한 장교이자 대단히 성실한 청년으로 매우 높이 평가했고, 야

영지에 심각한 열병이 번졌을 때 페어팩스의 극진한 간병 덕분에 목숨을 건졌다고 생각했다. 그는 이런 은혜를 결코 잊지 않았지만, 불쌍한 페어팩스가 사망한 후 수년이 지나서야 영국으로 돌아와 뭔가를 해 줄 수 있었다. 그는 귀국하는 대로 페어팩스의 혈육을 찾아내고 뒤를 보살펴 주었다. 그는 결혼했으며 살아 있는 자식은 제인 또래 딸 하나뿐이었다. 제인은 그 집에 초대받아 길게 머물기도 하면서 점차 그 집 식구들 모두의 총애를 받았고, 제인이 아홉 살이 되기 전 캠벨 대령은 자신의 딸도 제인을 무척 좋아하고 자기도 제대로 후원자가 되어야겠다는 마음에, 제인의 교육을 전부 책임지겠다고 제안했다. 그 제안은 받아들여지고, 그때부터 제인은 캠벨 대령과 한 식구가 되어 아예 그 집에서 살면서 이따금씩만 할머니를 찾아보곤 했다.

대령의 계획은 그녀를 남을 가르치는 사람으로 키우는 것이었다. 그녀가 부친에게서 물려받은 몇백 파운드로는 경제적 독립이 불가능했다. 그녀에게 다른 생활을 마련해 주는 것은 캠벨 대령의 능력을 벗어나는 일이었으니, 급여와 직책 수당으로 수입은 괜찮았지만 별로 많지 않은 고만고만한 재산은 모두 딸에게 물려주어야 했다. 그러나 교육을 시켜 주면 차후 점잖은 생활을 할 수단이 되지 않을까 하여 제인에게 교육을 시켰다.

이것이 제인 페어팩스의 이력이었다. 그녀는 훌륭한 손에 맡겨졌으니, 캠벨 부부의 따뜻한 보살핌 속에 자라나며 훌륭한 교육을 받았다. 생각이 올곧고 식견이 풍부한 사람들 속에서 살다 보니 가슴과 머리가 고루 훈련되고 교양도 획득했다. 그리고 캠벨 대령의 거처가 런던에 있는 만큼 일급 선생들의 보살핌으로 작은 재능 하나하나를 제대로 꽃피울 수 있었다. 그녀의 성품과 능력 또한 이 같은 온갖 후의를 베풀 만했다. 그녀는 열 여덟아홉 살쯤 되었을 때, 그런 어린 나이에 아이 돌보는 일을 맡겨도 괜찮다면 말이지만, 아이들을 가르칠 충분한 자격을 갖추었다. 그러나 제인을 떠나보내기에는 사랑하는 마음이 너무 컸다. 부모도 보낼 마음이 별로 없었지만 딸도 헤어지는 것을 못 견뎌 했다. 이별의 날은 연기되었다. 아직 너무 어리다는 것만으로 이유는 충분했다. 결국 제인은 그들 곁에 남아 또 한 명의 딸로서 우아한 사교계라면 마땅히 제공되는 즐거움을 누리며 가정과 여흥이 적절히 배합된 생활을 함께 나누었다. 다만 문제는 다가올 미래와, 이 모든 것이 곧 끝날지도 모른다는, 그녀의 뛰어난 이해력에서 비롯한 냉정한 자각이었다.

가족 모두의 애정, 특히 캠벨 양의 뜨거운 사랑은, 누가 보더라도 미모와 교양에서 제인이 우위라는 정황을 고려하면 더욱 상찬할 만한 일이었다. 타고난 용모의 우월함이 그 젊은 처녀 눈에 안 보일 리가 없고 더 높은 정신 능력이 부모에게 느껴지지 않을 리 없었다. 그럼에도 그들의 사랑은 한결같았는데 그러던 중 캠벨 양이 결혼을 하게 된 것이다. 혼인의 인연이란 종잡을 수 없는 것이어서 모든 면에서 탁월한 사람보다 평범한 사람이 더 매력적인 상대가 되기도 하는데, 캠벨 양이 바로 그런 행운의 주인공이었다. 그녀는 부유하고 성격도 좋은 딕

슨 씨라는 청년을 만나면서 곧바로 그의 애정을 얻게 되어 무
난하고 행복한 살림을 꾸린 반면, 제인 페어팩스는 앞으로 밥
벌이를 해야 할 처지였다.

이 일은 아주 최근에, 그것도 너무 최근에 일어났고, 그래
서 친구와 같은 행운을 만나지 못한 제인은 스스로 독립하기
로 작정했던 바로 그 나이에 도달했음에도 의무의 길로 들어
설 아무런 대책도 아직 마련하지 못한 상태였다. 그녀는 오래
전부터 스물한 살을 기점으로 삼겠다고 마음먹었다. 열성적
인 수습생다운 꿋꿋함으로 그녀는 스물한 살이 되면 모두 다
떨쳐 버리고 희생의 길로 완전히 전환하기로, 합리적 소통이
나 대등한 교분이나 평화와 희망 등 모든 삶의 즐거움에서
물러나 고행과 금욕의 삶으로 영원히 귀의하기로 작정했던
것이다.

캠벨 대령 부부는 심정적으로는 이런 결심에 반대하고 싶
지만 양식에 따르자니 그럴 수가 없었다. 자신들이 살아 있는
동안에야 제인이 일부러 애를 쓸 필요도 없고 이 집에서 변함
없이 한 식구로 살 수 있을 터였다. 그리고 자신들의 안락만 생
각했다면 그녀를 언제까지고 데리고 있었을 것이다. 그러나
이것은 이기적인 생각일 뿐 어차피 해야 한다면 빠른 편이 나
았다. 아마도 그들도 한사코 미루는 게 능사는 아니었고, 이제
는 포기해야 할, 안락하고 여유로운 삶의 모든 즐거움들의 맛
을 알려 주지 않는 편이 더 친절하고 현명한 처사였을지도 모
른다는 생각이 들기 시작했을 것이다. 그렇지만 그 서글픈 순
간을 서두르지 않아도 될 그럴싸한 이유라면 무엇이든 붙잡으

려는 것이 그들의 여전한 애정이었다. 딸이 결혼한 후로 제인의 건강은 썩 좋지가 않았다. 그러니 평소의 건강을 완전히 되찾을 때까지는 일자리로 떠나는 것을 막아야만 했다. 약한 몸과 불안정한 기분 상태로는 배겨 내기 힘들 뿐 아니라, 아무리 좋은 조건에서도 웬만큼 편안하게 해내려면 몸과 마음 모두 인간적으로 가능한 것 이상으로 완벽해야 하는 듯 보이는 그런 일자리였으니까.

제인이 그들을 따라 아일랜드로 가지 않은 이유는, 몇 가지 빼놓은 사실이 있을지는 몰라도 그녀가 이모에게 설명한 사실 그대로였다. 그들이 자리를 비운 동안을 하이베리에서 지내기로 한 것, 몸이 어디에 매이기 전 마지막 몇 달을 그녀가 그토록 아끼는 그 고마운 친척들과 지내기로 한 것은 그녀 스스로 택한 일이었다. 캠벨 부부의 동기가 무엇이든, 그리고 하나든 둘이든 셋이든, 그들은 그 계획을 바로 재가하면서 제인의 건강을 회복하기 위해서는 고향 공기를 쐬며 몇 개월 지내는 것이 무엇보다도 좋을 것이라 믿는다고 말했다. 그녀가 오는 것은 확실했다. 이제 하이베리는 그토록 오래전부터 온다고 하던 완전히 새로운 인물 프랭크 처칠 씨를 맞이하는 대신, 이 년 떠나 있었을 뿐이어서 신선도가 떨어지는 제인 페어팩스로 당분간 만족해야 하는 모양이었다.

에마는 영 탐탁지 않았다. 좋아하지도 않은 사람한테 석 달씩이나 예절을 차려야 한다니! 하고 싶지 않은 일을 기껏 해 봤자 항상 미흡하기만 할 텐데! 왜 제인 페어팩스가 마음에 들지 않는가는 아마도 답하기 어려운 물음이었을 것이다. 언젠가 나이틀리 씨의 말로는, 에마 자기가 도달했으면 싶은 완벽한 젊은 여성의 모습을 바로 제인에게서 보았기 때문이라는 것이다. 그 말을 들을 때는 천만의 말씀이라고 펄쩍 뛰었지만 자기한테 그런 면이 아주 없는 것은 아닐지도 모른다는 생각이 드는 자성의 순간들도 이따금 있었다. 그러나 "제인하고는 도무지 친해지지가 않더라, 어째서인지는 몰라도 아주 차갑고 사리는 구석이 있으며 상대야 좋아하든 말든 상관없는 것처럼 굴고, 거기다 그 이모는 또 얼마나 끝없는 수다쟁이인가! 모두들 제인 일이라면 노심초사 난리법석이고! 다들 언제나 우리 둘이 절친한 친구가 될 거라고 상상하는데, 동갑이라는 이유만으로 모두들 당연히 우리가 서로 아주 좋아할 거라 생각하다니." 이런 것들이 그녀의 이유였고, 더 나은 이유는 대지 못했다.

싫다고는 하지만 그럴 만한 타당한 이유도 별로 없고 단점이라고 여긴 것들도 하나같이 상상으로 과장되었기 때문에 오래 떠나 있던 제인 페어팩스를 다시 처음 만날 때면 에마는 언제나 자기가 그녀를 부당하게 대접했다는 느낌을 받았다. 그리고 이제, 이 년의 공백 끝에 돌아온 제인을 인사차 방문한 에마는 자기가 이 년 내내 깎아내렸던 제인의 외모와 매너에 특히 깊은 인상을 받았다. 제인 페어팩스는 대단히, 특출 날 정도로 우아했다. 그런데 에마 자신이 가장 높이 치는 것이 우아함이었다. 키는 거의 모두들 크다고 보겠지만 너무 크다고 생각할 사람은 없을 딱 그 정도로 아름다운 키였다. 몸매도 약간의 병색 때문에 굳이 고르라면 야윈 편이라 하겠지만, 실은 살이 찌지도 야위지도 않은 아주 적당한 보기 좋은 몸매였다. 에마는 이 모두를 느끼지 않을 수 없었다. 거기다 얼굴과 그 이목구비도 기억하던 것보다 전반적으로 더 아름다웠다. 전형적인 미모는 아니지만 아주 보기 좋은 미모였다. 진한 잿빛 눈은 검은 속눈썹 및 눈썹과 더불어 진작부터 찬사를 받았지만, 창백하다고 흠잡히기도 하던 피부는 정말 더 이상 활짝 피어날 수 없을 정도로 깨끗하고 섬세했다. 우아함이 가장 두드러지는 아름다움이었고 그런 만큼 에마로서는 자기 원칙에 비추어도 높이 평가하는 게 당연했으니, 외양에서든 정신에서든 하이베리에서는 찾아보기 힘든 우아함이었다. 천박함과는 거리가 먼, 남달리 돋보이는 격조가 있었던 것이다.

한마디로 첫 방문에서 제인 페어팩스를 바라보며 앉아 있는 에마는 즐거운 느낌에 착오를 바로잡는 느낌이 더해져 두 겹의 뿌듯함을 맛보았고 더 이상 그녀를 싫어하지 말아야겠다고 다짐했다. 제인의 아름다움과 함께 그녀의 이력과 현재의 처지를 생각하면, 이 모든 우아함이 어떤 운명에 처했으며 제인이 어떤 생활을 했고 이제 어떤 생활로 전락할 것인지를 생각하면, 동정과 경의 외에 다른 감정이 들어설 여지가 없었다. 관심을 받을 만한 그 잘 알려진 사연들에, 제인이 딕슨 씨를 향한 연모의 정을 자연스레 마음속에 품게 되었을 가능성까지 보태면 더욱 그러했다. 사실이 그렇다면, 제인이 치르기로 한 희생만큼 가엾고 명예로운 것도 없을 것이었다. 에마는 이제 제인이라면 딕슨 씨 마음을 아내로부터 뺏는다거나 처음에 자기가 얼핏 상상했던 어떤 못된 짓을 저지를 리가 없다고 얼마든지 믿을 수 있었다. 그것이 사랑이라면, 혼자서 간직한 소박하고 일방적이고 절망적인 사랑일 것이었다. 제인은 그와 친구의 대화를 듣는 사이 자기도 모르게 그 서글픈 독배를 마셨을 것이고, 지고지순한 동기에서 이제 아일랜드 방문을 스스로 접고 곧 고된 의무의 길에 들어섬으로써 그나 그의 친지들과 실질적으로 갈라설 결심을 했을 것이었다.

제인의 집을 나서는 에마의 마음은 대체로 한결 부드럽고 자비로워서, 집으로 걸어오면서 주위를 둘러보며 제인에게 독립적 삶을 선사할 자격이 있는 청년, 자기가 엮어 주고 싶은 그런 청년이 하이베리에 하나도 없음을 한탄하게 되었다.

이는 매력적인 감정이었지만 지속성은 없었다. 그녀가 이런 속내를 공개적으로 밝혀서 제인 페어팩스에 대한 영원한 우정을 기정사실로 만들기 전에, 혹은 나이틀리 씨에게 "확실히 아름다운 여자예요, 아니 아름다운 것 이상이에요." 하고 말했을 뿐 과거의 편견과 잘못을 철회하는 다른 표시를 하기 전에, 제인이 자기 할머니와 이모를 모시고 하트필드에서 저녁 시간을 함께하면서 모두 물거품이 되고 말았다. 예의 짜증스러운 일들이 재연되었다. 그녀의 이모는 여전히 지겹게 굴었다. 아니 전보다 더했으니, 조카딸의 능력을 예찬하는 소리에 이제 건강을 걱정하는 소리까지 보태졌다. 그리고 자기 모녀에게 조카딸이 사다 준 새 모자와 새 반짇고리를 봐 주어야 할 뿐 아니라, 조카딸이 아침 식사 때 빵과 버터를 얼마나 적게 먹으며 정찬에서는 양고기 조각을 얼마나 적게 먹는지 시시콜콜한 이야기를 들어 주어야 했다. 제인의 거슬리는 태도도 다시 눈에 들어왔다. 음악 모임을 갖기로 해서 에마는 연주를 해야만 했고 당연히 제인의 갈채와 감사가 따랐는데, 에마에게는 그것이 더 품격 있는 연주로 자신의 훨씬 뛰어난 솜씨를 과시할 생각이면서 겉으로만 진솔하고 대범한 척하는 가식으로만 여겨졌다. 게다가 가장 최악은 제인이 지극히 냉정하고 지극히 조심스러웠다는 것이다! 진짜 무슨 생각을 하는지 도무지 알아낼 수가 없었다. 공손함의 외투로 몸을 꽁꽁 감싼 채 어떤 위험도 감수하지 않겠다고 작심한 듯했다. 제인은 거슬릴 만큼, 수상쩍을 만큼 몸을 사렸다.

모든 면에서 사리는 정도가 극심했지만, 그 가운데서도 유독 더 심했던 것은, 특히 웨이머스와 딕슨 씨 부부에 화제가 미칠 때였다. 그녀는 딕슨 씨의 성격은 어떤지 그리고 그와 같이 있는 게 좋은지 싫은지, 그 결혼이 어울린다고 생각하는지 신통한 답은 하나도 주지 않기로 작심한 모양이었다. 뭉뚱그린 칭찬으로 부드럽게 넘어갈 뿐, 무엇 하나 딱 부러지게 말하는 법이 없었다. 하지만 그래 봤자 아무 소용없었다. 그녀의 모든 신중함은 수포가 되었다. 에마는 그 인위성을 간파하고 원래의 추측으로 되돌아갔다. 딕슨 씨를 사랑하는 것 이상의 무언가 숨기고 싶은 일이 있는 게 거의 틀림없었다. 딕슨 씨가 말하자면 신발을 바꾸어 신다시피 했거나, 혹은 처음부터 캠벨 양으로 마음을 정했더라도 오로지 미래의 1만 2000파운드 때문에 그렇게 했을 수도 있었다.

다른 화제에서도 사리는 태도는 여전했다. 제인과 프랭크 처칠 씨는 같은 시기에 웨이머스에 머문 적이 있었다. 둘이 서로 약간 안면이 있다는 것은 이미 알려진 사실이었지만, 에마는 그가 정말 어떤 사람인지 제대로 된 정보는 단 한마디도 들을 수 없었다. "잘생겼나요?" "아주 멋진 젊은 청년으로 여기는 것 같더군요." "상냥한가요?" "대개들 그렇다고 생각하더군요." "분별력이나 식견이 뛰어나 보이던가요?" "해수욕장에서나 런던의 통상적 교제 관계에서는 그런 점들을 확실히 판단하기가 어려워요. 그나마 웬만큼 판단할 수 있는 것은 매너 정도인데, 그것도 처칠 씨를 우리보다 훨씬 더 오래 알고 지낸 경우에나 가능하겠지요. 모두들 그분 매너가 보기 좋다고 하기는 한 것 같아요." 에마는 그녀를 용서할 수 없었다.

3

에마는 제인을 용서할 수 없었지만, 그 자리에 같이 있었던 나이틀리 씨는 양쪽 모두 서로 적절한 예의와 즐거운 태도로 임했다고만 생각했고 성미를 긁고 긁히는 일이 벌어진 줄은 꿈에도 생각하지 못했기 때문에, 다음 날 아침 업무차 우드하우스 씨를 뵈러 하트필드에 다시 들러서는 다 잘했다고 에마를 칭찬했다. 그녀의 부친이 자리를 비웠다면 더 내놓고 말했겠지만, 그래도 에마가 알아들을 만큼은 분명하게 말했다. 에마가 제인을 부당하게 대한다고 생각했는데, 개선된 모습을 보니 무척 기쁘다는 것이었다.

"대단히 즐거운 저녁이었소." 우드하우스 씨에게 어떻게 해야 할지 설명하고 알았노라는 답을 듣고 서류들을 자리에서 치우고 나서 그는 곧장 이렇게 말했다. "각별히 즐거웠지. 당신과 페어팩스 양이 정말 멋진 음악을 들려주고. 어르신, 저에게 가장 큰 호사는 말입니다, 편안히 앉아서 저녁 내내 아름다운 두 숙녀분이 혹은 음악으로, 혹은 대화로 베풀어 주는 즐거움을 누리는 것 같습니다. 페어팩스 양도 어제저녁 즐거웠을 거야, 에마. 당신 정말 추호의 소홀함도 없더군. 연주를 그렇게 많이 하게 배려해 주다니 보기 좋았고. 외할머니 댁에 피아노가 없으니 오랜만에 한껏 쳐 볼 수 있었을 거요."

"인정해 주시니 기쁘네요." 미소를 지으면서 에마가 말했다. "그렇지만 제가 하트필드 손님 대접에 부족했던 적이 그리 많지는 않았으면 좋겠군요."

"아니." 즉각 부친이 말했다. "부족하다니, 그런 이야긴 하지도 마라, 얘야. 배려와 예의라면 네 절반도 따라갈 사람이 없을 텐데. 탈이라면 오히려 너무 챙겨 주어서 탈일까. 어젯밤 머핀도 말이다, 한 차례 돌렸으면 그걸로 족하지 않았을까."

"아니." 하고 거의 동시에 나이틀리 씨가 말했다. "부족할 때는 별로 없지. 매너에서나 이해력에서라면 부족할 때가 별로 없어. 그러니까 내 말도 잘 이해했을 거라고 생각하는데."

"이해하고도 남지요." 하고 말하는 짓궂은 표정을 지었지만 그녀는 이렇게만 말했다. "페어팩스 양은 속을 내보이지 않아요."

"그것은 나도 늘 한 말이지. 좀 그런 편이라고. 그러나 겸손해서 그런 면도 있는데, 그거야 극복해 내야겠고 당신 같으면 금방 극복할 수 있을 거요. 분별력에서 비롯된 것이라면 존중해 주어야겠고."

"겸손한 사람이라고 보네요. 난 그렇게 안 봤는데."

"아니, 에마." 자리에서 일어나 그녀 곁의 의자로 옮겨 앉으면서 그가 말했다. "어제저녁 때 그다지 즐겁지 않았다고 말하는 건 아니겠지."

"어머! 천만에요. 계속 질문을 던져 대는 저의 집요함도 즐거웠고, 그러고도 별 정보도 얻지 못한 것도 재미있었는데요."

"실망이네." 하는 것이 그의 유일한 답변.

"모두들 즐거운 시간이 되었다면 좋겠구나." 우드하우스 씨가 늘 그렇듯 조용하게 말했다. "나도 즐거웠어. 한번은 벽난로 열기가 좀 과했지만, 의자를 조금, 아주 조금 뒤로 물리니 괜찮아졌고. 베이츠 양은 늘 그렇듯이, 이야기도 많이 하고 명랑하더구나. 말이 좀 빠르긴 하지만. 그렇지만 참 상냥한 여성이야. 베이츠 부인도 딸하고 방식은 다르지만 마찬가지고. 역시 오랜 친구들이 좋구나. 그리고 제인 페어팩스 양은 아주 아리따운 아가씨야, 아주 아리땁고 정말이지 아주 참한 아가씨지. 나이틀리 씨, 에마가 있어서 그 아가씨도 어제 즐거웠을 게야."

"맞습니다, 어르신, 에마도 페어팩스 양이 있어서 즐거웠고요."

에마는 걱정하는 그의 마음이 보여 당분간만이라도 걱정을 덜어 주려고, 누가 봐도 진심을 담아 이렇게 말했다.

"눈을 뗄 수 없을 만큼 우아한 사람이에요. 볼수록 감탄하게 되더군요. 그리고 마음 깊이 동정도 느끼고요."

나이틀리 씨는 대단히 흡족하나 표현은 절제하고 싶은 모양이었고, 그가 미처 답을 하기 전에, 베이츠 댁에 생각이 가 있던 우드하우스 씨가 말했다.

"그렇게 옹색하게들 지내셔야 하다니 참 유감이네! 정말 유감이야! 나도 마음으로는 자주…… 그러나 할 수 있는 게 얼마 없어서…… 좀 흔치 않은 것이 생기면 작은 선물이라도 보내 드리는 정도…… 지금은 우리 집에서 돼지 한 마리를 잡았

"베이츠 양은 늘 그렇듯이, 이야기도 많이 하고 명랑하더구나."

는데, 에마는 허리 고기나 다리 고기 한 짝을 보내 드릴까 한다네. 아주 작고 연한 놈인데, 하트필드 돼지는 여느 돼지와는 다르거든. 하긴 그래도 돼지고기는 돼지고기지…… 얘 에마야, 그 댁에서도 우리처럼 기름기를 완전히 제거하고 바싹 튀겨 낸 스테이크로 만들 것이 확실하지 않다면 (오븐 구이가 아니라 말이야. 돼지고기 오븐 구이를 누가 소화해 낼 수 있겠니.) 다리 부위를 보내 드리는 게 나을 것 같구나. 네 생각도 그렇지 않니, 애야?"

"아빠, 뒤쪽 부분을 통째 보내 드렸어요. 아빠도 그걸 바라실 것 같아서요. 다리 고기는 소금에 절이면 아주 좋을 거고 허리 고기는 곧장 원하는 대로 양념해서 드시면 될 거고요."

"잘했다, 애야, 아주 잘했어. 내 미처 생각을 못 했다만 그게 최상의 방법이구나. 다리에 소금을 너무 많이 치면 안 되는데. 과하게 절이지만 말고 우리 집 서릴이 하듯이 완전히 푹 삶아서 삶은 순무에다 약간의 당근이나 파스닙을 곁들여 아주 조금만 먹는다면 건강에 해로울 것도 없지."

"에마." 하고 나이틀리 씨가 곧이어 말했다. "들려줄 새 소식이 하나 있소. 당신은 새 소식을 좋아하니까. 오는 도중에 한 가지 들은 이야기가 있는데 당신도 아마 관심이 있을 거요."

"새 소식이라고요! 어머! 그럼요, 새 소식이라면 언제나 환영이죠. 뭔데요? 그 미소는 뭐예요? 어디서 들었는데요? 랜들스에서요?"

그는 "아니, 랜들스는 아니오. 랜들스 근처에는 간 적도

272

없는걸."이라는 말만 간신히 했는데 문이 활짝 열리며 베이츠 양과 페어팩스 양이 방으로 들어온 것이다. 감사 인사에다 새로운 소식에다 베이츠 양은 무엇부터 먼저 말해야 할지 갈피를 못 잡았다. 나이틀리 씨는 곧 알게 되었다. 자기가 말할 기회를 놓쳤고, 이제 그 소식에 대해 자기는 한마디도 보탤 수 없게 되었음을.

"아! 나이틀리 씨, 안녕하세요? 우드하우스 양, 정말 고마워. 그렇게 훌륭한 돼지고기 뒷부분을 통째 보내다니! 너무 큰 선물을 주셨네. 참, 소식 들었어? 엘튼 씨 결혼한대."

엘튼 씨 생각은 미처 떠올릴 틈도 없었던 에마는 그 소리에 너무 놀라 흠칫하며 얼굴이 좀 붉어지는 것을 어쩔 수 없었다.

"내가 말한 소식이 바로 이거요. 당신도 관심이 있을 것 같았지." 둘 사이에 무슨 일이 있었는지 알 만큼 안다는 듯한 미소를 지으면서 나이틀리 씨가 말했다.

"아니, 당신이 어떻게 들었어요?" 베이츠 양이 소리쳤다. "도대체 어디서 들으셨어요, 나이틀리 씨? 내가 콜 부인의 쪽지를 받은 지 불과 오 분도 안 지났는데…… 그래, 오 분도 채 안 되지…… 아니, 길어 봤자 십 분도 안 돼요. 이미 보닛과 웃옷을 걸치고 외출 차비를 해 놓았거든요. 돼지고기 때문에 패티한테 다시 할 말이 있어 내려왔던 참이었어요. 제인은 복도에 서 있었고. 그랬지, 제인? 어머니가 우리 집에 소금절이를 할 만큼 큰 냄비가 없을까 봐 걱정을 하셨거든요. 그래서 내가 내려가 보겠다고 했더니 제인이 '제가 대신 내려갈까요? 이모님은 감기 기운이 있으신 것 같고, 패티는 부엌을 청소하고 있

273

던데요.' 하는 거예요. '어머! 얘야.' 하고 내가 말하는데, 글쎄, 바로 그때 쪽지가 온 거예요. 호킨스 양이라는 사람이래요, 난 그 소리밖에 못 들었어요. 바스의 호킨스 양이라고. 그런데 나이틀리 씨, 도대체 어디서 벌써 들으셨어요? 콜 부인이 콜 씨한테서 그 이야기를 듣자마자 곧바로 앉아서 나한테 쪽지를 써 보냈는데 말예요. 호킨스 양이라는 사람이라고……."

"한 시간 반 전에 업무차 콜 씨를 만났습니다. 제가 들어갔을 때 콜 씨는 막 엘튼의 편지를 읽었고 곧장 내게 건네 주었지요."

"그래요? 그것 참…… 이렇게 다들 관심 있어 할 소식이 어디 있겠어요. 어르신, 정말 무지 큰 선물을 주셨습니다. 제 모친께서 따님한테 최상의 찬사와 존경과 천 번의 감사를 전하라 하시고, 어르신께 정말 큰 신세를 졌다고 하시네요."

"우리가 보기에는, 사실 실제로도 그런데, 하트필드 돼지고기가……." 하고 우드하우스 씨가 대답했다. "여느 돼지고기보다 훨씬 뛰어나기 때문에 에마와 저야 더없이 기쁜 마음으로……."

"아! 어르신, 제 모친도 말씀하시지만 이웃분들이 우리한테 정말 잘해 주세요. 가진 재산이 많지 않아도 한껏 누릴 수 있는 사람이 있다면 그건 분명 우리예요. '우리의 운명은 아름다운 기업 속에 놓였도다.'*라는 말씀은 우리한테 딱 맞아

---

* 성서 중 시편 16장 6절 "나의 기업이 실로 아름답나이다."라는 구절에서 나온 말.

요. 자, 나이틀리 씨, 그래서 그 편지를 직접 보신 거네요. 그
럼……"

"용건만 짧게 적었더군요. 물론 명랑하고 의기양양한 기
색이었습니만." 여기서 그는 에마에게 슬쩍 곁눈질을 했다.
"정말 운이 좋게도 어쨌다던데…… 정확한 표현은 생각이 안
나는군요. 제가 일일이 기억할 필요는 없겠지요. 그렇지만 말
씀하신 대로 호킨스라는 아가씨와 결혼하게 되었다는 내용이
었습니다. 어투로 봐서는 결정되자마자 적은 것 같았습니다."

"엘튼 씨가 결혼을 한다고요!" 입을 열 수 있게 되는 즉시
에마가 말했다. "모두들 행복을 기원할 거예요."

"아직 결혼하기는 이른 나이인데." 하는 것이 우드하우
스 씨의 말씀. "서두르지 않는 것이 좋을 텐데. 지금도 아주
잘 살고 있는 것 같더만. 하트필드에서도 그 사람은 늘 환영
받았고."

"우리 모두 새 이웃이 생기는 거네, 우드하우스 양!" 베이
츠 양이 즐거워하며 말했다. "어머니도 아주 기뻐하셔! 목사관
에 여주인이 없어서야 되겠느냐고. 정말이지 대단한 뉴스야.
제인, 너 엘튼 씨 본 적 없지! 그러니 어서 보고 싶어 하는 것도
무리는 아니지."

제인은 보고 싶은 마음이 그리 간절한 것 같지는 않았다.

"네, 한 번도 못 뵈었어요." 갑자기 자기한테 화살이 날아
오자 그녀가 긴장하며 대답했다. "키가…… 키가 크신가요?"

"이 질문에 누가 답을 해야 할까요?" 에마가 소리쳤다.
"아버진 '그렇다'고 하고, 나이틀리 씨는 '아니'라고 할 텐데.

베이츠 양과 전 딱 보기 좋은 키라고 할 거고요. 페어팩스 양, 여기서 좀 더 지내다 보면 하이베리에서는 엘튼 씨야말로 용모와 정신 모두 완벽함의 표준이라는 걸 알게 될 거예요."

"맞아, 우드하우스 양, 금방 알게 되겠지. 정말 일등 청년이지. 하지만 얘 제인, 내가 어제 페리 씨와 똑같은 키라고 한 것 기억나지. 호킨스 양이라…… 틀림없이 뛰어난 처자겠지요. 엘튼 씨는 우리 어머니한테 얼마나 잘하는지. 더 잘 들리게 목사 가족석에 앉으시라 권하고. 알다시피 어머니가 귀를 좀 잡수셨잖아요. 심하지는 않지만 얼른 알아듣지는 못하세요. 제인 말로는 캠벨 대령님도 약간 귀를 잡수셨대요. 대령님은 목욕, 따뜻한 목욕을 하면 도움이 될까 했다지만, 제인 말로는 장기적인 효험은 보시지 못했대요. 캠벨 대령님은 정말 우리한테는 천사 같은 분이랍니다. 딕슨 씨도 그런 분 사위답게 아주 매력적인 젊은이인 모양이고요. 착한 사람들끼리 연을 맺는 건 크나큰 행복인데, 언제나 그렇게 되지요. 그래, 이제 엘튼 씨와 호킨스 양도 그리 될 거고, 콜 씨 부부도 있지요. 정말로 착한 분들이지요. 페리 씨 부부는 또 어떻고요. 페리 씨 부부만큼 행복하고 훌륭한 짝도 없었던 것 같아요. 제 말은, 어르신, (우드하우스 씨한테로 몸을 돌리며) 하이베리처럼 착한 분들이 모인 곳도 찾아보기 힘들다는 거예요. 늘 제가 하는 말이지만 이런 곳에서 사는 우린 정말 복 받은 거지요. 어르신, 제 모친이 무엇보다 좋아하시는 게 있다면 바로 돼지고기예요. 허리 고기 오븐 구이 말이에요."

"호킨스 양이 누구고 어떤 사람인지, 두 사람이 얼마나 알고 지냈는지……." 에마가 말했다. "알려진 건 하나도 없는 모양이네요. 별로 오래되지는 않았을 것 같지만요. 그분이 떠난 지 넉 주밖에 안 되었잖아요."

아무도 알려 줄 정보가 없었다. 몇 가지 궁금증을 덧붙인 끝에 에마가 말했다.

"아무 말도 안 하네요, 페어팩스 양. 그렇지만 이 소식에 관심을 가져 주길 바라요. 이런 문제라면 최근에 보고 들은 것도 많고 캠벨 양을 위해 깊이 관여도 했을 텐데, 우린 그런 분이 엘튼 씨와 호킨스 양 일에 무관심하도록 놔둘 수가 없지요."

"엘튼 씨를 만나고 나면……." 제인이 답했다. "틀림없이 관심이 생길 거예요. 저 같은 경우에는 먼저 만나 봐야 하거든요. 그리고 캠벨 양이 결혼한 지도 여러 달이 되었기 때문에 기억이 좀 희미해진 것 같네요."

"맞아, 우드하우스 양, 아가씨 지적대로 사실 엘튼 씨가 여기를 떠난 지 넉 주밖에 안 되었어." 베이츠 양이 말했다. "어제로 딱 넉 주네. 호킨스라는 아가씨라…… 음, 난 엘튼 씨 신붓감이 이 근방 아가씨일 거라고 늘 생각했는데. 뭐 그렇다고 내가…… 콜 부인이 한번은 귓속말로 전하길…… 허나 내 즉시 말했지요. '아닐 거예요, 엘튼 씨가 아주 훌륭한 청년이긴 하지만…… 그래도.' 한마디로 난 그런 일에는 눈치가 빠른 편이 못 되나 봐. 빠르다고 주장할 생각도 없고. 눈앞에 보이는 것만 보니까. 그렇지만 그런 희망을 품었다 해도 뜻밖이라 할 사람도 없지 않나…… 내가 계속 떠드는데도 우드하우스 양은 내버려 두네요. 기분 좋게 넘기면서. 나쁜 뜻은 없다는 걸 잘 아니까. 스미스 양은 어떻게 지내나? 이제 다 나은 것 같던데. 존 나이틀리 부인한테서는 최근에 무슨 소식 없고? 아유! 그 귀여운 것들. 제인, 내가 늘 딕슨 씨가 존 나이틀리 씨를 닮았을 거라고 상상해 보는 거 아니? 겉모습 말이야. 큰 키에 그 표정하며. 거기다 말도 별로 없고."

"틀렸어요, 이모. 닮은 점이 하나도 없어요."

"거 참 이상하네! 그렇지만 보기도 전에 미리 제대로 짐작하기란 불가능한 일이지. 생각이 한곳으로 꽂히면 자꾸 그쪽으로 달려가게 돼. 딕슨 씨는 엄밀히 말해서 미남은 아니지?"

"미남요! 오! 아니에요, 전혀요. 확실히 못생겼어요. 못생겼다고 말씀드렸잖아요."

"얘, 캠벨 양은 그 청년이 못생겼다고 생각하지 않는다면서. 그리고 너도 사실은……."

"아이! 저로 말하면, 제 판단은 아무 가치도 없어요. 전 존경하는 사람은 늘 잘생겼다고 생각하거든요. 그렇지만 그분이 못생겼다고 한 건 일반적인 의견을 말씀드린 거예요."

"그런데 제인, 우리 이제 서둘러 가 봐야겠다. 날씨가 안 좋아서 할머니께서 걱정하시겠어. 정말 고마워, 우드하우스 양. 그렇지만 이제 정말 가 봐야겠네. 정말이지 아주 기분 좋은 소식이야. 콜 부인 댁에 잠깐 들러야겠다. 하지만 삼 분도 채 안 있을 거야. 그리고 제인, 넌 집으로 바로 가는 게 낫겠고. 소나기를 맞으면 곤란하지! 우리 생각에는 이 애가 하이베리에 와서 벌써 꽤 좋아진 것 같아요. 고맙습니다, 정말 고마워. 고더드 부인한테는 들르지 않을 작정이에요, 그이는 돼지고기는 삶은 것만 좋아하거든요. 우리가 양념한 다리 고기를 맛보면 생각이 달라지겠지만요. 어르신, 안녕히 계세요. 어머! 나이틀리 씨도 가시려고요. 으음, 그것 참 친절······! 제인이 피곤해지면 팔을 좀 빌려 주시면 되겠네요. 엘튼 씨와 호킨스 양이라. 아가씨도 잘 있어."

아버지와 단둘이 남은 에마는, 한편으로는 젊은 사람들이 그렇게, 그것도 서로 잘 모르면서 결혼을 서두르다니 안타깝다는 아버지 말씀을 들어 드리면서, 자기는 이 문제를 어찌 볼지 생각해 볼 수 있었다. 자기로서는 흥미롭고도 대단히 반가운 소식이니, 엘튼 씨의 괴로움이 오래가지 않았다는 소리가 되기 때문이었다. 그러나 해리엇을 생각하면 속이 상했다. 해리엇은 충격이 클 수밖에 없을 텐데 자신이 할 수 있는 일이라고는 이 사실을 먼저 알려 주어 불쑥 다른 사람한테서 듣는 일을 막아 주는 것이 전부였다. 이제 얼추 그녀가 찾아올 시간이되었다. 오는 길에 베이츠 양과 만나기라도 하면 어쩌지! 비가 내리기 시작하면서 에마는 해리엇이 날씨 때문에 고더드 부인 댁에서 지체하다가 아무 준비도 없이 이 소식에 맞닥뜨릴 것을 각오하지 않을 수 없었다.

소나기는 세찼으나 짧았다. 비가 그치고 오 분도 안 돼 해리엇이 들어왔는데, 벅찬 가슴을 안고 달려온 것이 역력할 만큼 잔뜩 달아오르고 동요된 얼굴이었다. 즉각 터져 나온 "아! 우드하우스 양, 무슨 일이 있었는지 아세요!"라는 말 역시 이런 표정에 부합하는 당혹감을 생생히 보여 주는 것이었다. 이미 타격은 가해졌으니, 에마는 이제 가만히 들어 주는 것밖에 달리 해 줄 일이 없겠다는 생각이 들었다. 그래서 해리엇은 아무 방해 없이 하려던 말을 일사천리로 쏟아 놓았다. "고더드 부인 댁에서는 삼십 분 전에 출발했는데, 당장이라도 소나기가 억수같이 내릴 것만 같아 걱정도 되었지만 그 전에 하트필드에 도착할 수 있을 것이라 생각하고 최대한 걸음을 재촉했다. 그렇지만 오다 보니 드레스를 주문해 놓은 젊은 여자 집을 지나가게 되어 어찌 되고 있는지 잠깐 들여다보기로 했다. 아주 잠깐밖에 머물지 않은 것 같은데 그 집을 나오고 얼마 안 지나 비가 오기 시작해서 어찌할 바를 모르겠더라, 그래서 곧장 전속력으로 달음박질쳐서 포드 상점으로 몸을 피했다." 하는 것이었다. 포드 상점은 모직물, 면직물, 방물을 함께 취급하는, 이 지역에서 규모나 유행에서 첫째가는 가게였다. "거기서 아무 생각 없이 앉았는데, 아마 꼬박 십 분은 되었을 거예요. 그런데 갑자기 누가 들어왔는지 아세요? 정말이지 너무나 이상한 일이었어요! 하긴 그 집은 늘 포드 상점에서 물건을 샀으니까. 누가 들어왔는지 아세요? 바로 엘리자베스 마틴하고 그 오빠였어요! 우드하우스 양! 생각해 보세요. 전 기절하는 줄 알았어요. 어쩔 줄 몰랐지요. 전 문 근처에 앉아 있었는데, 엘리자베스는 바로 절 봤지만 그 사람은 못 봤어요. 우산을 고르느라 바빠서요. 분명히 엘리자베스는 절 봤는데 바로 눈길을 돌리고 모른 척하더라고요. 그 둘은 가게 저쪽 끝까지 갔고, 전 계속 문 근처에 앉아 있었지요! 아! 세상에, 너무나 비참했어요! 제 얼굴은 틀림없이 제 드레스만큼이나 하얗게 질렸을 거예요. 아시다시피 비 때문에 자리를 뜰 수도 없었지만, 거기가

"누가 들어왔는지 아세요?
바로 엘리자베스 마틴하고 그 오빠였어요!"

아니라면 세상 어디라도 좋겠다 싶었어요. 아! 우드하우스 양. 마침내 그 사람이 둘러보다 저를 봤어요. 두 사람이 물건을 고르다 말고 귓속말을 주고받기 시작했으니까요. 틀림없이 제 이야기를 했을 거예요. 전 그 사람이 동생한테 제게 말을 걸라고 설득하는 것만 같았어요. (그랬을까요, 우드하우스 양?) 금방 동생이 다가오더니 아주 가까이 와서는 어떻게 지내느냐고 묻고, 저만 괜찮다면 악수도 할 태세였거든요. 태도는 전과 달랐지요. 달라진 걸 알 수 있었어요. 어쨌든 아주 친절하게 대하려고 애쓰는 것 같았고, 우리는 악수를 하고 잠시 서서 이야기를 나누었어요. 그렇지만 제가 무슨 말을 했는지 지금은 하나도 생각이 안 나요. 무척 떨렸거든요! 엘리자베스가 요새 서로 한 번도 못 봐서 서운하다고 하던 말은 기억나요. 이렇게 친절할 수가 싶었어요! 아, 우드하우스 양, 전 지독히 비참했어요! 그때쯤 비가 잦아들기 시작해서 무슨 일이 있어도 얼른 빠져나갈 생각이었는데…… 그때 글쎄 말예요! 그 사람도 제 쪽으로 오는 거예요, 천천히 말이에요, 어찌할 바를 모르겠는 사람처럼. 그렇게 다가와 말을 건넸고, 전 대답했어요. 그러고는 잠시 서 있는데, 정말 얼마나 참담한 기분인지 이루 말할 수 없었어요. 마침내 용기를 내서 비가 그쳤으니 가야겠다고 말하고는 나왔답니다. 그런데 문에서 3야드도 채 못 갔을 때 그 사람이 쫓아와서는 하는 말이, 하트필드로 가는 거라면 자기 생각에는 콜 씨 댁 마구간 쪽으로 돌아가는 것이 좋겠다고, 지름길은 비 때문에 물에 잠겼을 것이라더군요. 아! 세상에, 그리 갔다간 죽을 수도 있었겠다는 생각이 들더라고요! 그래서 그렇게 말하고 정말 감사하다고 했어요. 그 정도도 안 할 수는 없잖아요. 그 사람은 엘리자베스한테 돌아갔고, 전 마구간 쪽으로 돌아서 왔어요. 그 길로 온 것 같아요. 사실 정신이 없어서 여기까지 어떻게 왔는지 하나도 모르겠어요. 아! 우드하우스 양, 전 그런 일을 막을 수만 있다면 무슨 일이든 했을 거예요. 그렇지만 있잖아요, 그 사람이 그렇게 기분 좋게 친절하게 대해 주는 모습을 보니 뭔가 마음이 흡족했어요. 그리고 엘리자베스도요. 아! 우드하우스 양, 뭐라고 말씀 좀 해 주세요. 제 마음이 다시 편해지게요."

에마도 진심으로 그러고 싶었다. 그러나 당장은 그럴 기운이 없었다. 잠시 생각해 봐야 했다. 에마 본인도 마음이 완전히 편하지가 못했다. 그 청년과 여동생의 행동은 진심에서 우러난 행동인 것 같아 동정이 가지 않을 수 없었다. 해리엇이 전해 준 그들의 언동에는 상처 입은 애정과 진정한 사려가 절묘하게 뒤섞여 있었다. 그러나 그들이 착하고 훌륭한 사람들인 것은 전부터 알던 일이고, 그런 연분으로 초래될 불행은 여전한 것 아닌가? 이만한 일로 마음이 흔들리는 것은 바보 같은 짓이었다. 물론 그는 해리엇과 맺어지지 못해 못내 아쉬웠을 것이고 식구들 모두 그랬을 것이다. 사랑만이 아니라 필시 야심도 좌절되었을 터였다. 해리엇과의 연분을 통해 모두들 신분 상승을 기대했을 것이다. 게다가 해리엇이 전하는 말에 무슨 무게를 두겠는가? 쉽게 즐거워하고 식별력도 부족한데, 그 애의 칭찬이 무슨 의미가 있겠는가?

그녀는 기운을 차려서, 별것 아닌 일이니 길게 고민할 필요가 없다면서 해리엇의 마음을 편하게 해 주려고 애썼다.

"당장은 난감했겠지만······." 하고 그녀가 말했다. "아주 처신을 잘한 것 같네. 이제 끝난 일이고 다시 일어날 수도 없는 일이니까, 너도 그 일은 생각할 필요 없어."

해리엇은 "지당한 말씀."이라고 하면서 "그 일은 생각하지 않겠다."라고 했지만, 여전히 그 이야기만 했고, 다른 이야기는 하지 못했다. 결국 에마는 그녀의 머리에서 마틴 오누이를 몰아내기 위해, 매우 조심스럽게 전하려 했던 그 소식을 서둘러 꺼낼 수밖에 없었다. 가련한 해리엇의 이런 마음 상태에, 해리엇에게 엘튼 씨의 비중이 고작 이 정도라는 결론에 기뻐해야 할지 화를 내야 할지, 수치심을 느껴야 할지 그냥 재미있어만 해도 좋을지 스스로도 모르겠는 기분으로 말이다.

그러나 엘튼 씨의 기득권이 점차 되살아났다. 하루나 한 시간 전에 들었다면 충격이 컸을 텐데, 지금은 그 정도는 아니지만 관심은 곧 늘어났다. 둘의 첫 대화가 끝나기 전에 해리엇은 말을 하다 보니 자기도 모르게 이 운 좋은 호킨스 양에 관해 호기심, 경탄과 아쉬움, 고통과 기쁨 등 온갖 느낌의 소용돌이에 빠져들어, 마틴 오누이는 자연스럽게 그녀의 뇌리에서 뒷전으로 물러났다.

에마는 마틴을 만난 게 오히려 잘됐다고 생각하게 되었다. 첫 충격을 무디게 하는 데 도움이 되고, 경계할 만한 후유증도 없어 보였다. 지금 해리엇의 생활 방식으로는, 마틴네 식구들이 일부러 찾지 않는 이상 그녀를 만나기가 어려웠는데, 지금까지는 용기가 부족해서든 아량이 부족해서든 일부러 찾는 일

284

은 없었다. 해리엇이 오라버니를 마다한 이후로 누이들도 고더드 부인 댁에 한 번도 들르지 않았던 것이다. 그러니 무슨 용건이나 용기가 생겨나 서로 다시 만나는 일은 열두 달이 지나도록 아마도 일어나지 않을 것이었다.

4

흥미로운 상황에 처한 이에게 마음이 기우는 게 인지상정 인지라, 결혼을 하거나 죽음을 맞이한 젊은이에게는 덕담이 쏟아지게 마련이다.

호킨스 양의 이름이 처음 하이베리 주민들의 입에 오른 지 일주일도 지나지 않아서 그녀가 외모도 마음도 더없이 빼어난 여성이라는 사실이 이런저런 통로로 알려졌다. 아름답고 우아하고 다재다능하고 더없이 상냥하다는 것이었다. 그래서 당사자인 엘튼 씨가 돌아와 행복한 미래를 뽐내며 그녀의 소문난 덕목을 주변에 알리려고 했지만, 세례명이 무엇이고 주로 누구 곡을 연주하는지를 말해 주는 것 말고는 할 일이 별로 없었다.

엘튼 씨는 아주 행복한 남자가 되어 돌아왔다. 그는 거절의 치욕 속에 떠났었다. 이만하면 애정을 얻었다고 여길 만한 일이 잇달아 일어나자 잘되리라 낙관했으나 결국 뜻을 접어야 했다. 천생연분이라고 생각했던 여성을 잃었을 뿐 아니라 전혀 엉뚱한 여성의 배필감으로 전락했다는 것을 알게 되었었다. 깊은 분노를 안고 떠났던 그가 이제 또 다른 사람을 만나 약혼한 몸으로 돌아온 것이다. 물론 첫 번째 여성보다 더 나은 여성이니, 이런 경우에는 늘 제 손에 들어온 것이 우월해 보이는 법. 그는 자기만족에 휩싸인 사람 특유의 명랑하고 들뜬 기분으로 돌아와서는 열심히 돌아다녔는데, 우드하우스 양을 전혀 개의치 않았고 스미스 양은 아예 무시해 버렸다.

그 매력적인 오거스타 호킨스는 완벽한 미모와 미덕이라는 모든 통상적인 장점에다 독립적인 재산까지 소유하고 있었다. 어림잡아 만 파운드라고 할 만한 수천 파운드 재산으로, 생활의 편의뿐만 아니라 품위를 웬만큼 누릴 수 있는 수준이었다. 이만하면 근사한 이야기였다. 그는 자신을 싸구려로 넘기기는커녕, 만 파운드 내지 거의 그에 근접하는 재산을 가진 여성을, 그것도 매우 즐겁게도 초고속으로 얻은 것이었다. 한 시간의 첫 만남을 갖기가 무섭게 각별한 관심으로 이어졌다는 것이다. 그가 콜 부인에게 털어놓은바 그 연애의 시작과 진행은 가히 영광의 연속이었다. 우연한 재회에서 그린 씨 댁 정찬 모임으로, 브라운 씨 댁 파티로 일사천리로 진전되고, 미소와 홍조가 갈수록 의미심장해지고 상대를 의식하는 동요된 기색이 도처에서 드러나며 여자 쪽에서 너무나 쉽게 감격해하고 사근사근했으니 알아듣기 쉽게 줄인다면 그를 받아들일 만반의 태세를 갖추었으므로, 그는 허영심과 신중함 둘 다 충족할 수 있었던 것이다.

그야말로 실리도 명분도 챙긴, 즉 돈도 애정도 챙긴 격이니 행복한 것도 당연하고 그는 딱 그렇게 처신했다. 언제나 자기와 자기 일에 대한 이야기뿐으로, 당연히 축하해 줄 것으로 기대하고 농담거리가 되는 것쯤은 기꺼이 감수하겠다는 투였고, 몇 주 전만 하더라도 더 신중하고 정중하게 대했을 젊은 아가씨들을 이제 두루 친근하고 무람없는 미소로 대하는 것이었다.

혼례는 먼 이야기가 아니었으니, 따로 눈치 볼 사람도 없고 꼭 필요한 준비만 마치면 더 기다릴 이유도 없었다. 그래서 그가 다시 바스로 출발했을 때 사람들은 다음 하이베리로 돌아올 때는 신부를 대동하고 오리라 예상했고, 콜 부인의 눈빛에도 여기에 이의를 제기할 기미는 없어 보였다.

이번의 짧은 체류 동안에 에마는 그를 거의 보지 못했다. 그러나 이제 첫 만남은 치렀다고 생각할 만큼은, 그리고 앙심과 오만으로 도배한 그의 태도로 보아 사람이 전혀 나아진 게 없다는 인상을 받을 만큼은 만나 본 셈이었다. 사실 어떻게 자기가 이런 사람을 조금이라도 좋게 볼 수 있었는지 대단히 의아해지기 시작했다. 그를 보면 불쾌하기 짝이 없는 감정들이 불가분 따라왔기 때문에, 도덕적인 면에서는 참회나 교훈, 혹은 정신 수양에 유익한 수치심의 근원으로 삼을지언정 정말이지 다시 보지 않았으면 했다. 그녀도 그가 잘되기를 바라지만 그를 보는 것은 힘들었고, 그래서 그가 20마일쯤 떨어진 곳에서 행복하게 지낸다면 가장 만족스러울 터였다.

그렇지만 결혼하고 나면 그가 하이베리에 계속 거주하기 때문에 야기되는 고통은 아무래도 약화될 것이었다. 부질없는 많은 근심도 미연에 방지되고 어색함도 많이 줄어들 것이었다. 엘튼 부인이라는 존재가 달라진 관계의 좋은 핑곗거리가 되어, 전처럼 친하게 지내지 않는데도 입에 오르내릴 일이 없었다. 서로 깍듯이 대하는 관계로 되돌아가는 거나 진배없는 터였다.

그 여성 개인에 대해서는 에마는 별로 관심이 없었다. 물론 엘튼 씨의 짝이 될 만은 하겠지 하는 정도였다. 하이베리에 어울릴 만큼은 교양도 미모도 갖추었을 것이고, 다만 해리엇 옆에 서면 필시 못나 보일 테지 했다. 집안 배경에 대해서는 에마는 완전히 마음이 놓였으니, 기고만장하며 해리엇을 내친 사람치고는 이룬 것이 하나도 없어 보였던 것이다. 그 점에 관한 한 진실 확인이 가능한 듯했다. 그녀가 어떤 사람인지는 불확실할 수밖에 없지만, 그녀가 누구인지는 쉽게 알아낼 수 있을 것이었다. 그리고 만 파운드를 제외하면 해리엇보다 나을 것이 전혀 없어 보였다. 가문도 혈통도 연고도 없었다. 호킨스 양은 브리스틀* 사람의 두 딸 가운데 동생인데, 그 아버지는 물론 상업가라고 불러야겠지만 상업 활동에서 벌어들인 수익을 다 합쳐도 고작 그런저런 정도인 듯하므로, 그가 경영하는 사업의 격도 그런저런 정도라고 봐도 억울할 것은 없을 터였다. 그녀는 겨울마다 얼마 동안은 바스에서 보내곤 했지만 집은 브리스틀에, 브리스틀 바로 중심부에 있었다. 양친 모두 몇 년 전 타계했고, 법조 계통에 있는 삼촌이 있는데 내세울 점이라고는 법조계에 있다는 것이 전부인 사람이었다. 그 딸은 그런 삼촌과 함께 지내 왔다. 에마는 그가 어떤 사무 변호사 밑에서 꾸역꾸역 일하면서 너무 멍청해 출세도 못한 위인이 아닐까

---

* 상업이 발달한 잉글랜드 남서부 항구도시로, 당시 노예무역으로 유명했다.

짐작했다. 버젓하게 내세울 만한 연고라고는 맏딸 쪽이 전부인 듯한데, 브리스틀 근처에 사는 어느 대단한 신사와 매우 대단한 결혼을 했고 그 신사에겐 마차가 두 대나 있다는 것이었다! 그것이 호킨스 양 이력의 결정판이자 그녀의 영광이었다.

이 모든 생각들을 해리엇에게 털어놓을 수만 있다면! 에마는 말로 그 아이를 사랑에 빠뜨렸지만, 그러나 아아! 말로 사랑에서 벗어나게 하기는 그리 쉽지가 않았다. 해리엇의 마음 빈 구석을 채워 준 대상의 매력은 말로 없애지지 않았다. 다른 대상으로 대체될 수는 있고, 사실 그리 되고야 말 것이었다. 그 이상 확실한 일도 없었으니 로버트 마틴 정도로도 충분했을 것이다. 그러나 그것 말고는 다른 어떤 것으로도 치유가 안 되게 생겼으니 걱정이었다. 해리엇은 일단 사랑을 시작하면 언제나 그 마음을 간직할 그런 유형이었다. 그리고 이제, 불쌍도 하지! 엘튼 씨가 이렇게 다시 나타나면서 해리엇의 상태는 훨씬 더 나빠졌다. 해리엇은 늘 어디선가 그의 모습을 보았다. 에마는 단 한 번 그를 보았을 뿐이지만, 해리엇은 하루에 두세 번은 그를 방금 만났거나 방금 놓쳤거나 방금 목소리를 들었거나 방금 그의 어깨를 보았거나, 계속 그를 마음속에 간직할 무슨 일인가가 방금 일어나 애틋한 마음으로 놀라고 추측하곤 하는 것이었다. 더구나 그녀에겐 그의 이야기가 늘 들려왔다. 하트필드에 있을 때를 제외하면 늘 주변에 엘튼 씨를 완전무결한 사람으로 보며 그의 일이라면 최고의 관심거리로 삼는 사람들이 있었기 때문이다. 온갖 소식이, 온갖 짐작이 판을 치며 수입, 하인, 가구 등을 포함하여 혼사의 진행 과정에서 이미 있었던 일과 앞으로 있을 일들을 두고 시시콜콜 입방아를 찧어 대고 있었다. 한결같이 그를 칭송하는 소리를 들으며 그녀의 존경심은 더해 갔다. 그리고 아쉬움 또한 생생해지고 기분이 비참해졌으니, 호킨스 양의 행복을 귀가 닳도록 듣고 그가 얼마나 사랑에 빠졌는지 끝없이 전해 들었기 때문이다! 집 앞을 지나가는 그의 거동이나 모자를 쓴 모양이나 그 모두가 그가 얼마나 사랑에 빠졌는지 보여 주는 증거라는 것이었다!

그냥 즐겨도 무방한 일이었다면, 흔들리는 해리엇의 마음이 해리엇에게는 고통으로 자신에게는 자책감으로 다가오지 않아도 되었다면, 에마는 그 변화무쌍한 마음을 재미있게 여겼을 것이다. 엘튼 씨가 이길 때도 있었고 마틴 씨가 이길 때도 있었다. 그리고 각기 상대방을 해리엇의 마음에서 몰아내는 데 도움이 되기도 했다. 엘튼 씨의 약혼은 마틴 씨와의 조우에서 생겨난 동요를 치유하는 약이 되었다. 반면에 그 약혼 소식에서 비롯된 불행감은 며칠 후 엘리자베스 마틴이 고더드 부인 댁을 방문하면서 뒤로 좀 물러났다. 그때 해리엇은 집에 없었지만 미리 써서 두고 간 쪽지를 받았는데, 가슴을 울리는 문체로 약간의 질책과 함께 친애하는 마음이 넘치는 그런 쪽지였다. 엘튼 씨 본인이 나타나기까지는, 그녀는 그 쪽지에 온통 정신이 팔려 어떻게 보답해야 하나 끊임없이 궁리하고, 드러내놓고 할 수 있는 것 이상을 해 주고 싶었다. 그러나 엘튼 씨가 돌아오면서 그 모든 관심들은 밀려나고 말았다. 그가 머무는 동안에는 마틴 오누이는 잊힌 사람이었다. 그리고 그가 다시 바스로 떠난 날 아침, 거기서 비롯된 슬픔을 얼마간 덜어 주자는 생각에 에마는 해리엇이 엘리자베스의 방문에 답례를 하는 편이 좋겠다는 판단을 내렸다.

그 방문에 어떻게 감사를 표할지, 무엇을 해야 하고 무엇이 가장 안전할지, 만만치 않은 문제였다. 초대를 받아 놓고 모친과 누이들을 완전히 무시한다면 배은망덕한 결례일 것이다. 그래서는 안 된다. 그렇지만 잘못하다간 다시 친하게 지내게 될 위험이 있으니!

심사숙고 끝에 에마는 최선의 방안은 해리엇이 답방을 하되, 이해력이 있는 사람들이라면 형식적인 관계만이 가능함을 알아차리게끔 하는 것이라는 결론에 도달했다. 해리엇을 마차로 데리고 가 애비밀에 내려 주고 자기는 잠시 더 돌아다니다가 곧바로 다시 불러냄으로써 위험스럽게도 지난 일을 상기시키고 은근히 설득할 시간을 주지 않고 앞으로 어느 정도의 관계를 원하는지 확실하게 보여 주자는 것이 에마의 생각이었다.

더 좋은 방안은 생각나지 않았다. 물론 스스로도 용인이 안 되는 대목, 그냥 얼버무리고 넘어갔지만 뭔가 배은망덕에 가까운 대목이 있긴 했으나, 어쩔 수 없는 일이었다. 그러지 않았다간 해리엇이 어떻게 되겠는가?

5

 해리엇은 방문하고 싶은 생각이 별로 없었다. 에마가 고 더드 부인 댁으로 찾아오기 불과 삼십 분 전 해리엇은 무슨 불 운인지 '바스의 화이트하트, 필립 엘튼 목사'한테 가는 트렁크 하나가 정육점 수레에 실리는 찰나 그 현장에 있었던 것이다. 트렁크는 역마차가 다니는 길까지 옮겨질 터였다. 그 순간부 터 그녀에게는 그 트렁크와 주소를 제외하고는 이 세상 모든 것이 다 무의미했다.

 그렇지만 그녀는 갔다. 두 사람은 농장에 도착했고, 사과 나무 울타리 사이로 앞문까지 이어진 넓고 깔끔한 자갈길 끝 에서 해리엇을 내려주기로 했는데, 지난가을 그렇게도 큰 즐 거움을 안겨 주었던 모든 것을 다시 본 해리엇의 마음 한구석 에 약간의 동요가 되살아나기 시작했다. 헤어질 때 보니 해리 엇이 두려운 듯 호기심 어린 표정으로 주위를 둘러보고 있어 서 에마는 이 방문이 예정된 십오 분을 넘지 않도록 해야겠다 고 마음을 다져 먹었다. 그녀는 막간을 이용해서 결혼 후 돈웰 에 정착한 옛 하인을 찾아보려고 계속 마차를 타고 갔다.

 십오 분 후 그녀는 다시 그 하얀 대문 앞에 당도했고, 호출 을 받은 스미스 양은 지체 없이 나왔는데, 경계 대상인 청년은 따라나오지 않았다. 그녀는 혼자서 자갈길을 걸어 내려왔고, 마틴네 딸들 가운데 하나가 문간에 나타나서 격식과 예의를 갖춘 인사말만 하고 헤어지는 듯 보였다.

해리엇은 감정이 북받쳐서 당장은 조리 있게 설명하지 못했다. 그러나 결국 에마는 만남이 어떠했으며 어떤 고통을 불러일으켰는지 짐작할 만큼은 듣게 되었다. 해리엇은 마틴 부인과 두 딸만을 보았다. 그들은 차갑지 않을지는 몰라도 미심쩍어하는 듯한 태도로 그녀를 맞았다. 그리고 방문하는 거의 내내 지극히 통상적인 화제 이상은 일절 나오지 않았다. 그러다가 끝에 가서 마틴 부인이 느닷없이 스미스 양의 키가 더 자란 것 같다고 하면서 더 흥미로운 화제를 나누게 되고 태도도 더 다정해졌다. 바로 그 방에서 그녀는 지난 9월 두 친구와 같이 키를 잰 적이 있었다. 창문 옆 징두리널에 연필 자국과 메모 들이 남아 있었다. 바로 그이가 한 것이었다. 모두들 그날, 그 시간, 그 자리, 그 일을 기억하며, 똑같은 생각과 똑같은 아쉬움에 잠기고 그때의 깊은 공감으로 금방이라도 돌아갈 듯했다. 그리고 예전 모습을 막 되찾아 가던 바로 그때 (에마는 해리엇이야말로 누구 못지않게 다정하고 행복해할 태세가 아니었을까 의심할 수밖에 없었다.) 마차가 다시 오고 모든 것이 끝났다. 방문 형식도 그렇고 허용된 짧은 시간도 그렇고 그 단호함이 절실히 느껴지는 순간이었다. 고마운 마음으로 여섯 주를 함께 보낸 지 여섯 달도 안 된 사람들에게 고작 십사 분밖에 시간을 내지 않다니! 에마는 그 모든 정경이 눈에 선하게 떠오르며 이 집 식구들이 언짢아하는 것도 무리가 아니며 해리엇이 괴로워

창문 옆 징두리널에 연필 자국과 메모 들이 남아 있었다.
바로 그이가 한 것이었다.

하는 것도 당연하다고 느끼지 않을 수 없었다. 못된 처사였다. 마틴 집안이 좀 더 지체가 높았다면 얼마든지 많은 것을 내주고 혹은 감내했을 것이다. 이만한 품격을 갖춘 사람들이니 지체가 조금만 더 높았다면 충분했을 터였다. 그러나 그렇지가 않으니, 자기로서도 다른 방도가 없지 않은가? 있을 수 없는 일이다! 후회 따위는 곤란하다. 두 사람은 헤어지는 수밖에 없었다. 그러나 그 과정은 많은 고통을 안겨 주었고 이번에는 에마 자신한테도 괴로움이 커서, 작은 위안이 필요하다는 생각이 들어 돌아가는 길에 랜들스에 들러 위안을 구해 보기로 마음먹었다. 엘튼 씨나 마틴네 생각은 이제 지긋지긋했다. 랜들스에서의 기분 전환이 절대 필요했다.

계획은 좋았으나 마차를 타고 간 그들은 문간에서 "주인 나리도 마님도 안 계신다."라는 이야기를 들었다. 두 분다 출타하신 지 꽤 되었는데 하트필드로 가신 것 같다고 하인이 말했다.

"참 운도 없네." 되돌아 나오면서 에마가 소리쳤다. "이제는 엇갈리고 말겠지. 아이 짜증나! 이렇게 속상한 적은 처음이야!" 그녀는 구석 자리에 몸을 파묻고 혼자 맘껏 불평을 해 대거나 아니면 이성적으로 불평을 가라앉힐 작정이었다. 아마도 두 가지 다 조금씩은 했을 것이다. 성깔이 고약하지 않다면 이런 경우 흔히들 그러듯 말이다. 곧 마차가 멈추었다. 고개를 들어 보니 웨스턴 부부가 마차를 세운 것으로, 둘이서 에마와 이야기를 나누려고 서 있었다. 두 사람을 보는 순간 기분이 좋아졌고, 목소리를 듣자 훨씬 더 좋아졌으니, 웨스턴 씨가 즉각 이렇게 이야기를 건네 온 것이다.

"잘 있었지? 아가씨도? 방금 부친을 뵙고 오는 길인데, 그렇게 건강한 모습을 뵈니 마음이 좋네. 내일 프랭크가 와. 오늘 아침에 편지를 받았거든. 내일 정찬 시간까지는 틀림없이 우리 집에 오기로 했어. 오늘은 옥스퍼드에 있고, 이번에 오면 꼬박 보름을 있겠다는군. 내 이리 될 줄 알았지. 크리스마스 때 왔으면 사흘도 못 머물렀을 게야. 내가 그랬잖아, 왜. 크리스마스에 못 온 것이 차라리 잘됐다고. 요즘은 날씨도 그 애가 와 있기 딱 좋고. 화창한 날씨가 이어지잖아. 그 애하고 완벽한 시간을 보낼 수 있을 거야. 모든 것이 더 바랄 나위 없이 잘 풀렸어."

그런 소식을 무덤덤하게 받아들이거나 웨스턴 씨의 행복한 얼굴에 영향을 받지 않기란 불가능했으니, 그의 아내도 말과 표정으로 이 모든 이야기를 뒷받침해 주고 있었다. 말수도 더 적고 목소리도 나지막했지만, 전하는 내용은 남편 못지않게 분명했다. 부인 쪽에서도 그가 오는 게 확실하다고 생각한다니 에마는 그것을 기정사실로 받아들였고 그들의 기쁨을 진심으로 함께했다. 그것은 지친 마음에 다시 생기를 주는 매우 즐거운 소식이었다. 낡아 빠진 지난 일은 다가오는 미래의 신선함에 파묻혀 버렸고, 이제 엘튼 씨는 화젯거리가 안 되리라는 희망이 전광석화처럼 뇌리를 스쳤다.

웨스턴 씨는 엔스컴에서의 약속들이 어떻게 풀리는 바람에 아들이 꼬박 보름을 확보할 수 있었는지 자초지종을 전하면서, 그가 어디를 거쳐 어떻게 오는지 알려 주었다. 그녀는 열심히 듣고 미소와 축하를 보냈다.

"내 곧 그 아이를 데리고 하트필드로 가겠네." 그가 이렇게 말을 마쳤다.

그러자 부인이 남편 팔을 슬쩍 건드리는 모습이 에마는 굳이 보지 않아도 눈에 그려졌다.

"다시 출발하는 게 좋겠어요, 웨스턴 씨." 하고 그녀가 말했다. "우리가 아가씨들을 붙잡고 있잖아요."

"그래요, 그래요, 그럼 가지 뭐." 그리고 다시 에마에게로 몸을 돌리면서 "그렇지만 대단한 미남이라고 기대하지는 마요. 여태 아가씨가 들은 이야기라곤 내 말뿐이잖아. 뭐, 아주 특출 난 것은 아니야." 하고 말했다. 비록 그 순간 반짝이는 눈으로는 딴소리를 하는 듯 보였지만 말이다.

에마는 전혀 아무것도 모르는 척 순진한 표정을 짓고 무색무취한 대답을 해 주었다.

"내일 4시쯤에는 에마, 내 생각을 좀 해 주렴." 하는 것이 웨스턴 부인의 작별 훈령이었다. 얼마간 불안이 담긴 어조로 그녀한테만 한 소리였다.

"4시라니! 틀림없이 3시까지는 올 거요." 하는 것이 웨스턴 씨의 재빠른 수정이었다. 흡족하기 그지없는 이 만남은 이렇게 끝이 났다. 에마는 기분이 날아갈 듯 행복했다. 모든 것이 달라 보였다. 제임스와 그의 말들도 늑장 부리는 게 전보다 반은 덜한 듯했다. 산울타리를 보면서 에마는 최소한 딱총나무는 곧 움트기 시작하겠다는 생각이 들었다. 그리고 해리엇 쪽을 돌아보니 심지어 거기서도 봄을 가득 담은 듯한 표정, 부드러운 미소가 피어오르고 있는 것이었다.

그러나 질문은 과히 상서롭지 못했으니, "프랭크 처칠 씨가 옥스퍼드 말고 바스도 들러서 올까요?" 하는 것이었다.

지리 상식도 마음의 평정도 일시에 얻어질 순 없는 법, 이제 에마의 기분으로는 때가 되면 둘 다 이루어질 것만 같았다.

그 흥미로운 날의 아침이 밝아 오고, 웨스턴 부인의 충실한 생도인 에마는 4시에 자기를 생각해 달라던 부인의 언질을 10시에도 11시에도 12시에도 잊지 않았다.

"내가 정말 정말 사랑하는 분, 걱정하고 계시지요." 자기 방에서 나와 계단을 내려가는 동안 그녀는 속으로 독백했다. "자신은 뒷전으로 돌리고 모든 다른 사람의 안녕을 위해 늘 노심초사하시니. 조바심을 치면서 모든 것이 이상 없는지 몇 번이고 아드님 방에 들어가 보는 모습이 지금 눈에 선하네요." 복도를 지날 때 시계가 열두 번 울렸다. "12시가 되었네요. 앞으로 네 시간 동안 잊지 않고 생각해 드릴게요. 그리고 늦어도 내일 이맘때쯤이면 아마도, 아니면 조금 더 뒤에, 난 그분들이 찾아올지도 모른다는 생각을 하겠지. 분명히 곧 그 사람을 데리고 오실 거야."

그녀는 응접실 문을 열고 부친과 함께 앉아 있는 두 신사를 보았다. 웨스턴 씨와 그 아들이었다. 그들이 바로 몇 분 전에 도착하여 웨스턴 씨가 프랭크가 하루 일찍 왔다는 설명을 막 끝내고 그녀 부친이 예의 바른 환영과 축하 인사를 하는 참에 그녀가 나타난 것이었고, 놀라움과 소개와 기쁨을 그녀도 함께 나누었다.

그렇게 오랫동안 사람들의 입에 오르내리며 큰 관심을 모으던 프랭크 처칠이 실제로 그녀 앞에 나타나 모습을 드러낸 것인데, 그녀는 그에 대한 칭송이 과장이 아니었다는 생각이 들었다. 그는 대단히 잘생긴 청년이었다. 키며 태도며 말씨며 어디 하나 나무랄 데가 없고, 표정은 부친을 닮아 활기와 박력이 넘쳤다. 그는 분별 있고 영민해 보였다. 그녀는 즉각 그를 좋아하게 될 것만 같은 예감이 들었다. 좋은 가문에서 자란 사람 특유의 편안한 매너와 기꺼이 대화를 나누려는 자세가 배어 있어서, 그녀는 그가 자기와 친해지려는 생각으로 왔으며 곧 서로 친해질 수밖에 없겠다는 확신이 들었다.

그는 전날 저녁 랜들스에 도착했다. 그녀는 어서 오고 싶어서 반나절이라도 줄이려고 계획을 바꾸고 더 일찍부터 나서서 더 늦게까지 길을 재촉한 그 열성이 마음에 들었다.

"어제 내가 말했잖아요." 웨스턴 씨가 의기양양하게 소리쳤다. "이 아이가 정해진 시간 전에 도착할 거라고 두 분 모두에게 말했잖아요. 나도 그랬거든요. 일단 길을 떠나면 미적거릴 수가 없어요. 계획했던 것보다 더 속도를 내고야 말지요. 친구들이 미처 기다릴 틈도 없이 불쑥 등장하는 즐거움을 위해서라면 애 좀 쓰는 것이야 아무것도 아니고요."

"그리 해도 괜찮은 곳에서라면 대단히 즐거운 일이지요." 아들이 말했다. "아직까지는 제가 감히 그렇게 할 수 있는 집이 많지는 않지만. 이번에 제 집으로 오면서는 어떻게 해도 괜찮겠다 싶더군요."

제 집이라는 말에 그의 부친은 새삼 흡족한 눈빛으로 그를

300

바라보았다. 그 즉시 에마는 그가 호감을 사는 법을 잘 안다는 생각이 들었고, 그 확신은 이어지는 그의 말로 더 굳어졌다. 그는 랜들스가 대단히 마음에 들고 대단히 훌륭하게 꾸며진 저택이라고 생각한다며 심지어는 규모가 아주 작다는 사실조차도 인정하지 않으려 했고, 저택 입지와 하이베리로 가는 산책로와 하이베리와 더 나아가서는 하트필드에 감탄하며, 자기가 늘 이 지방에 고향에만 느끼는 그런 관심을 갖고 있었고 와 보고 싶은 마음이 지극히 간절했노라고 토로했다. 전에는 그렇게 다감한 감정을 절대 느꼈을 리 없지 않나 하는 의구심이 에마의 뇌리를 스치고 지나갔지만, 설혹 거짓이더라도 듣기 좋게 표현된 기분 좋은 거짓말이었다. 그의 태도에는 미리 준비했거나 과장하는 기미가 없었던 것이다. 말씨나 표정이나 정말로 흔치 않은 기쁨에 빠진 것처럼 보였다.

대체로 화제는 처음 친교를 트기 시작한 사람들 사이에서 나올 법한 것들이었다. 그 편에서는 이런 질문들을 했다. "승마를 즐기시나요? 좋은 승마로가 있지요? 좋은 산책로는요? 이웃은 많은지요? 하이베리에는 아마도 충분한 사교 모임이 있겠지요? 하이베리와 그 주변에 매우 예쁘장한 집들이 여러 채 있던데요. 무도회는요? 무도회도 열리나요? 이곳에선 음악도 많이 즐기나요?"

그러나 이 모든 점들이 확인되고 그에 비례하여 서로 좀 더 친숙해지자, 그는 부친들끼리 대화를 나누는 사이에 새어머니 이야기를 꺼낼 기회를 만들어 냈다. 새어머니에 대한 그의 말에는 풍성한 칭찬과 뜨거운 찬양, 그리고 그녀가 부친에게 가져다준 행복과 자신을 맞이하여 베풀어 준 친절에 대한 감사가 넘쳐나서, 그가 호감을 사는 법을 잘 안다는 점과 에마의 호감을 사려는 의사가 십분 있다는 점이 다시 한 번 입증되었다. 그는 에마가 생각하기에 웨스턴 부인이 받아 마땅한 찬사 이상은 한마디도 입에 담지 않았다. 그러나 사실 그가 별로 아는 게 없는 것 또한 분명했다. 그는 어떤 말을 해야 환영받을지 잘 알았고, 그 밖에는 자신 있게 말할 수 있는 것이 별로 없었다. "아버지의 결혼은 가장 현명한 결정이었고, 아버지를 아는 사람이면 누구나 기뻐했겠지요. 제게 그런 복을 선사해 준 집안 분들을 저는 언제나 은혜를 베풀어 준 분들로 여길 것입니다." 이런 식이었다.

그는 테일러 양의 미덕을 두고 에마에게 감사해하는 지경에까지 이를 뻔했지만, 우드하우스 양이 테일러 양의 성격을 형성했다기보다는 테일러 양이 우드하우스 양의 성격을 형성했다고 보는 것이 상식임을 아주 망각한 것 같지는 않았다. 그리고 마치 빙빙 돌고 돌아 드디어 목표에 이르렀음을 보여 주기로 작정한 듯 새어머니의 젊음과 아름다움에 놀라움을 표하며 그 모든 이야기를 마무리지었다.

"우아하고 상냥한 매너야 예상을 했습니다만……." 하고 그가 말했다. "여러모로 볼 때 상당한 연배에 과히 처지지 않는 용모 이상은 기대하지 않았다고 고백해야겠네요. 웨스턴 부인이 그렇게 젊고 아름다운 여성일 줄은 몰랐습니다."

"제 느낌으로야 당신이 웨스턴 부인한테서 아무리 많은 완벽함을 찾아내셔도 과할 게 없겠지요." 에마가 말했다. "설령 열여덟 살처럼 보인다고 하셔도 전 즐겁게 들을 거예요. 그러나 정작 그분은 그런 표현을 달가워하지 않으실 텐데요. 당신이 젊고 아름다운 여성이라고 했다는 소리가 그분 귀에 들어가지는 않게 하세요."

"저도 그쯤은 알지 않을까요." 그가 대답했다. "그럼요, 믿어 보세요. (멋스럽게 절을 하며) 웨스턴 부인과 이야기할 때는 누구를 칭찬해야 아무리 해도 과한 소리로 듣지 않으실지 알아 모셔야겠습니다."

에마는 자기네 둘의 만남에 대해 어떤 기대들을 하는 게 아닌가 하는, 오래전부터 에마 자신의 마음을 강하게 사로잡아 온 그 생각을 그도 떠올린 적이 있는지, 그리고 그의 찬사를 순응의 표시로 봐야 할지 아니면 저항의 증거로 봐야 할지 궁금했다. 그의 표현 방식을 이해하자면 더 지켜보아야 했다. 지금 알 수 있는 것은 그저 듣기 좋다는 것뿐이었다.

웨스턴 씨가 속으로 자주 무슨 생각을 떠올리는지에 대해서는 의문의 여지가 없었다. 그의 재빠른 눈길이 그들을 향하곤 하는 것이 거듭 포착되었던 것이다. 억지로 눈을 돌리고 있을 때조차도 귀는 자주 쫑긋 기울이고 있다고 그녀는 확신했다.

아버지는 그런 생각을 전혀 할 줄 모르신다는 것, 이런 종류의 어떤 통찰이나 추측도 할 능력이 전무하다는 것은 참으로 다행한 일이었다. 혼사를 반길 줄도 몰랐지만 예상할 줄도 몰랐기에 그는 행복한 사람이었다. 결혼 계획이라면 언제나 반대하지만 결혼의 조짐에 미리부터 괴로워한 적은 한 번도 없었다. 마치 설마 멀쩡한 두 사람이 결혼을 할 정도로 지각이 없으랴 하는 듯했다. 결혼이 성사되어서 그렇다는 사실이 드러날 때까지는 말이다. 그녀는 이렇게 눈이 멀어서 오히려 큰 다행이라고 여겼다. 지금도 그는 한 점 언짢은 짐작 없이, 자기 손님이 배반할 가능성은 꿈도 못 꾼 채 타고난 따뜻한 친절을 한껏 발휘하여 프랭크 처칠 씨가 곤란하게도 이틀 밤을 길에서 묵을 수밖에 없었다니 여행 중 숙박은 어떠했는지 걱정스럽게 물어보고, 정말 감기에 안 걸렸는지 진심으로 순수하게 걱정되는 마음에서 캐물었는데, 그로서는 하룻밤 더 보내 보기 전까지는 도무지 안심할 수는 없는 일이었다.

이만하면 자리를 파할 때가 되었을 때 웨스턴 씨가 몸을 일으켰다. "그만 가야겠다. 건초 건으로 크라운에 볼일이 있고 웨스턴 부인이 포드 상점에 들러 사 오라고 한 것도 아주 많다. 그렇지만 다른 사람들은 서둘 필요 없다."라는 것이었다. 양갓집에서 예절 바르게 자란 그의 아들은 이런 암시에 즉시 따라 일어나며 이렇게 말했다.

"아버지, 볼일을 보러 가시겠다면 전 그사이에 한 군데 방문을 좀 할까 합니다. 언젠가는 해야 할 일이니 지금 해치우는 게 좋겠네요. 제가 영광스럽게도 당신의 (에마에게로 몸을 돌리면서) 이웃과 안면이 있는데, 하이베리나 그 근처에 사는 여성분으로 페어팩스라고 하는 댁입니다. 그 댁 위치는 어렵지 않게 찾을 수 있겠지요. 그런데 그 댁 성씨는 페어팩스는 아닌 것 같고, 반스나 베이츠라고 하는 것 같은데요. 혹시 그런 이름의 집안을 아세요?"

"암, 알고말고." 그의 부친이 소리쳤다. "베이츠 부인이구먼. 오는 길에 그 집을 지나온걸. 베이츠 양이 창가에 있던데. 맞아, 맞아, 너 페어팩스 양과 안면이 있지. 웨이머스에서 알게 되었다고 했지. 훌륭한 아가씨야. 그래, 반드시 찾아가 보거라."

"꼭 오늘 아침에 가야 하는 것은 아닙니다." 하고 그 청년이 말했다. "다른 날 가도 상관없어요. 그렇지만 웨이머스에서의 친분을 생각하면……."

"아! 오늘 가야지, 오늘. 미루지 말거라. 해야 할 일이라면 이를수록 좋지. 거기다가 한 가지 알려 줄 게 있구나, 프랭크. 여기서는 그 아가씨를 대하는 데 한 점 소홀함이 없어야 할 거다. 네가 전에 만났을 때는 그 아가씨가 캠벨 댁에 있을 때여서 주변 사람들과 대등한 위치였지만, 여기서는 근근이 입에 풀칠이나 하는 형편인 늙은 할머니 댁에서 지내거든. 일찌감치 방문하지 않으면 무시하는 셈이 될 게야."

아들은 알아들은 듯 보였다.

"그이가 당신을 안다고 하더군요." 에마가 말했다. "대단히 우아한 분이에요."

그도 동의했지만 아주 조용하게 "네."라고만 해서, 정말로 동의하는지 의심스러울 지경이었다. 만약 제인 페어팩스의 우아함이 평범하게 여겨질 정도라면, 상류사회에서 통하는 우아함은 훨씬 더 남다른 모양이다.

"그이의 매너에 특별히 탄복한 적이 아직 없다면……." 하고 그녀가 말했다. "오늘은 탄복하실 거예요. 얼마나 빼어난지 보시면 알 테니까요. 보고 또 들으시면…… 아니, 한마디도 못 들을지도 모르겠네요. 절대 잠자코 있지 못하는 이모가 한 분 계셔서요."

"제인 페어팩스 양하고 안면이 있는가, 젊은이?" 대화에는 늘 뒷북을 치는 우드하우스 씨가 말했다. "내 보장하지만 아주 괜찮은 아가씨네. 지금 할머니와 이모한테 다니러 왔는데, 아주 훌륭한 분들이야. 내 평생 알고 지낸 친구들이지. 자네를 보면 틀림없이 대단히 반가워하실 거네. 하인을 하나 딸려 보내 길을 안내하도록 하겠네."

"절대 그러실 필요 없습니다, 어르신. 길은 부친께서 가르쳐주시면 됩니다."

"그렇지만 자네 부친이 거기까지 가시진 않을 텐데. 크라운까지만 가시는데 그곳은 길 건너편에 있잖아. 집들이 하도 많아서 헤맬지도 모르고, 인도만 벗어나면 진흙투성이 흙길이거든. 우리 집 마부라면 어디서 길을 건너는 게 가장 좋은지 가르쳐 줄 수 있을 거네."

프랭크 처칠 씨는 여전히 사양했는데 진심인 듯했고, 그의 부친이 충심으로 아들을 지지하는 뜻을 큰 소리로 표했다. "참 친절한 말씀이지만, 그러실 필요는 전혀 없습니다. 프랭크도 웅덩이 정도야 알아볼 수 있을 테고, 크라운에서 베이츠 부인 댁은 엎어지면 코 닿을 데 있으니까요."

결국 그들끼리만 가라는 허락이 내려져 한 사람은 다정하게 고개만 까딱하고 또 한 사람은 우아하게 허리를 굽히고서, 두 신사는 자리를 떴다. 에마는 이런 식으로 안면을 튼 게 대단

히 마음에 들었고, 이제는 랜들스의 모든 사람이 다들 편안하
리라는 확신과 함께 수시로 그들 생각을 떠올릴 수 있었다.

6

다음 날 아침 프랭크 처칠 씨가 다시 찾아왔다. 웨스턴 부인과 같이 왔는데, 부인과 하이베리를 진심으로 좋아하게 된 듯했다. 그는 집에서 부인의 평소 산책 시간 때까지 자리를 같이하며 말동무를 해 주다가 산책할 곳을 정해 보라고 하자 바로 하이베리를 지목한 모양이었다. "어느 쪽이나 대단히 쾌적한 산책로가 있으리라 믿어 마지않지만, 자기보고 고르라면 언제나 같은 곳을 고를 것이다. 하이베리, 그 공기 맑고 쾌적하고 유쾌한 하이베리에 언제나 마음이 끌릴 것이다."라는 것이었다. 웨스턴 부인에게 하이베리는 하트필드를 의미했으며 그도 마찬가지인가 보다고 생각했다. 그들은 즉시 그곳으로 산책에 나섰다.

에마는 두 사람이 오리라는 생각은 거의 하지 못했다. 자기 아들이 대단한 미남이라는 말을 듣고 싶어 삼십 초쯤 들렀다 간 웨스턴 씨도 그들 계획을 전혀 몰랐던 때문이다. 따라서 두 사람이 서로 팔을 끼고 함께 저택으로 걸어 올라오는 모습은 기분 좋은 놀라움이었다. 그녀는 그를 다시 보고 싶고 특히 웨스턴 부인과 함께 있는 모습을 보고 싶었는데, 부인에게 대하는 태도에 따라 그에 대한 생각이 달라질 터였다. 만일 그 방면에서 부족함이 있다면 다른 어떤 것으로도 벌충이 안 될 것이었다. 그러나 함께 있는 두 사람의 모습을 보면서 그녀는 흡족했다. 그는 단순히 미사여구나 과장된 찬사로 예를 표하는 게 아니었다. 부인을 대하는 그의 전반적인 태도만큼 적절하고 보기 좋기도 힘들 것이었다. 친해지고 애정을 얻었으면 하는 바람을 그 이상 기분 좋게 표현할 수는 없을 것이었다. 그들의 방문이 오전 내내 이어졌기 때문에 에마는 온당한 판단을 내릴 충분한 시간이 있었다. 그들은 다 함께 한두 시간 산책했다. 처음에는 하트필드의 관목 숲을 돌다가 나중에는 하이베리 시내를 걸었다. 그는 보는 것마다 마음에 들어 했고 우드하우스 씨 귀에도 흡족할 만큼 하트필드를 칭찬했다. 그리고 더 멀리까지 가 보기로 정해지자 마을 전체를 알고 싶다는 희망을 토로하며 에마가 예상한 것보다 훨씬 빈번하게 칭찬과 관심의 대상을 찾아냈다.

그가 호기심을 보이는 몇몇 대상은 그의 다정다감한 심성을 잘 말해 주었다. 그는 부친이 아주 오래 살았던, 부친의 부친 소유였던 저택을 보여 달라고 간청했다. 또 자기 유모였던 노파가 아직 살아 있다는 것을 떠올리고는 곧장 그 오두막을 찾아서 거리의 끝에서 끝까지 마다 않고 걸어갔다. 그가 찾아보거나 주목하는 대상 중에는 딱히 미덕의 증거랄 수 없는 것들도 있었지만, 이것들 역시 전체적으로 하이베리 전반에 대한 호감을 드러내는 것이었고, 동행들에게 그런 호감은 거의 미덕이나 진배없었다.

지켜보면서 에마가 내린 결론은, 지금 그가 드러내는 감정으로 볼 때 그간 고향에 오지 않은 것이 자의에서라고 보기는 어렵다, 연기를 하거나 빈말만 잔뜩 늘어놓는 것도 아니다, 그러니 나이틀리 씨의 판단이 틀린 게 틀림없다는 것이었다.

그들이 처음 멈춘 곳은 크라운 인으로, 여관으로는 첫째가는 곳이지만 보잘것없는 건물에다 구비한 역마 한 쌍도 여행용이라기보다는 이웃의 편의를 위해서였다. 그래서 그의 동행들은 그곳을 관심 있게 살펴보느라 지체할 줄은 예상도 하지 못했다. 그러나 그곳을 지나면서 그들은 나중에 증축한 것이 역력한 커다란 방의 내력을 이야기해 주었다. 여러 해 전에 무도회장으로 쓰려고 지은 방으로 이 마을에 사람도 유독 많고 춤을 즐기던 시절에는 그런 목적으로 이따금 사용되기도 했다. 그러나 화려한 시절은 이미 한참 전 이야기고, 지금은 최고 용도래야 이 지역 신사 내지 준신사급 사람들이 조직한 카드놀이 모임에 쓰이는 것이 고작이었다. 그는 즉각 관심을 보였다. 무도회장이라는 점에 끌린 것이다. 그리고 그냥 지나치는 대신, 열려 있는 위 창문 두 개에 몇 분씩 멈추어 서서 안을 들여다보며 몇 명이나 수용할 수 있을지 가늠해 보고 이제는 원래 목적대로 쓰이지 않는다니 애석하다고 했다. 그는 그 방에 아무런 결함도 없다고 보았고, 몇 가지 결함이 지적되어도 전혀 수긍할 생각이 없었다. 아니, 길이도 충분하고 폭도 충분하고 그만하면 충분히 훌륭하다. 수용 가능한 인원도 편안한 모임에 딱 맞다. 겨울 내내 적어도 보름에 한 번은 거기서 무도회를 열어야 한다. 우드하우스 양은 이 방의 지난 영광을 왜 되살리시지 않았는지? 하이베리에서 무엇이든 하실 수 있

그리고 그냥 지나치는 대신,
열려 있는 창문으로 안을 들여다보았다.

는 분이! 하이베리에서 부를 만한 집안이 부족하고, 그곳 부근 바깥에서는 참석하려고들 하지 않을 것이라는 점이 지적되었다. 그러나 그는 그것으로 넘어가려 들지 않았다. 오면서 본 그 많은 멋진 저택들에서 그런 무도회를 열 만한 인원이 조달되지 않는다니 도저히 납득이 안 간다는 것이었고, 구체적으로 지적하고 어떤 집안들인지 설명해도, 그렇게 섞어 놓았다가는 불편이 클 것이라는 점도 수긍하려 하지 않았고 다음 날 아침 다들 제자리로 돌아가는 데 무슨 추호의 문제라도 있느냐는 것이었다. 춤에 푹 빠진 젊은이처럼 한사코 주장을 굽히지 않았다. 에마는 웨스턴 집안 체질이 처칠 집안 습관을 압도하는 것을 보고 좀 놀랐다. 그는 부친의 활력과 생기, 유쾌한 기질, 그리고 사교성을 그대로 물려받았을 뿐, 엔스컴의 자부심이나 자제력은 전무한 것처럼 보였다. 자부심으로 말하면 사실상 많이 부족하다 싶었다. 신분의 뒤섞임에 무심한 정도가 가히 정신적 우아함의 결핍에 준할 지경이었다. 그렇지만 그 해악을 가볍게 여기는 사람한테 훌륭한 판관이 되기를 기대할 수는 없는 일. 그것은 다만 활기찬 정신의 분출일 뿐이니.

마침내 그도 크라운 인 앞을 떠나 걸음을 옮기게 되었다. 그리고 이제 베이츠 식구들이 사는 집 거의 앞에까지 왔을 때, 에마는 그가 전날 방문하겠다던 게 생각나서 방문을 했느냐고 물었다.

"네, 아! 그럼요." 그가 대답했다. "그렇지 않아도 막 말씀 드리려던 참이었습니다. 아주 성공적인 방문이었어요. 세 숙녀분 모두 뵈었는데, 미리 제게 언질을 주셔서 정말 고마웠습

312

니다. 아무것도 모른 채 그 수다스러운 이모님을 만났다면 저한테는 죽음이었을 테니까요. 사실인즉 뜻하지 않게 그만 무리하게 오래 머물 수밖에 없었거든요. 십 분이면 인사차 방문에는 충분할 것이고 아마도 그게 옳았겠지요. 그래서 부친께도 제가 먼저 집에 가 있을 것이라고 말씀드렸고요. 그렇지만 도무지 빠져나올 수가 없었습니다. 말을 그쳐야 말이지요. 그리고 저 스스로도 놀랍게도, 부친께서 (다른 어디서도 제가 안 보이니까) 마침내 그 댁으로 절 찾아오셨을 때는 사실상 거의 사십오 분이나 그 댁에 있었더군요. 이모님 때문에 그 전에는 도저히 빠져나올 수가 없었습니다."

"그래 페어팩스 양은 보시기에 어떻든가요?"

"아파서 안 좋아 보이더군요, 아주요. 그러니까, 젊은 숙녀분한테 안 좋아 보인다고 말해도 된다면 말입니다. 그렇지만 그런 표현을 쓰면 안 되겠지요, 웨스턴 부인, 그렇지 않은가요? 숙녀는 안 좋아 보일 수가 없으니까요. 뭐, 솔직하게 말씀드리자면 페어팩스 양은 본래 너무 창백해서 거의 언제나 건강이 안 좋아 보이기는 합니다만. 애석하게도 안색이 참 안 좋지요."

에마는 동의를 거부하며 페어팩스 양의 안색을 열심히 옹호하기 시작했다. "화사하다고야 결코 말할 수 없지만 전반적으로 병색이 있다는 말은 받아들일 수 없다. 피부가 부드럽고 섬세하기 때문에 오히려 얼굴 느낌에 특이한 우아함이 깃들어 있다."라는 것이었다. 그는 십분 존중하는 자세로 경청하며, 많은 사람들이 똑같은 말을 하더라고 시인했다. 그러나 솔직히 자기가 보기에는 빛나는 건강미의 부족을 보완할 수 있는 것은 아무것도 없고, 안색만 좋으면 이목구비가 보잘것없어도 아름다워 보이며 이목구비도 뛰어나다면 그 효과는…… 다행히 그 효과에 대해서는 설명할 필요가 없으리라는 것이었다.

"글쎄요." 에마가 말했다. "취향이야 사람 나름이니까요. 어쨌든 안색 말고는 다 좋게 보신 거네요."

그는 고개를 저으며 웃었다. "저는 페어팩스 양과 그분의 안색을 떼어 놓고 생각할 수 없습니다."

"웨이머스에서 자주 보셨어요? 같은 모임에서 자주 만나셨나요?"

그때 그들은 포드 상점 가까이 왔고, 그는 서둘러 이렇게 외쳤다. "아하! 이곳이 제 아버지 말씀에 따르면 모든 사람이 매일 들른다는 바로 그 가게인 모양이네요. 아버지도 일주일에 엿새는 하이베리로 오는데 그때마다 포드 상점에 늘 볼일이 있다고 하시더군요. 불편하지 않으시다면 같이 들어가 볼까요. 저도 이 지역 사람이라는 사실을, 하이베리의 진정한 주민이라는 사실을 입증하게 말입니다. 포드 상점에서 뭐라도 하나 사야지요. 제 자유를 철회해 버리는 셈이 될 테지만요.* 음, 틀림없이 장갑도 취급하겠지요."

"아, 그럼요, 장갑도 있고 없는 게 없어요. 애향심이 참 보기 좋네요. 하이베리 주민들이 아주 좋아하겠는데요. 오시기

---

* 상업에 종사하는 자유민이 도시의 시민권을 얻기 위해 보상금을 내던 중세 전통에 대한 언급이다.

전에도 웨스턴 씨 아드님인 덕분에 인기가 대단했지만, 포드 상점에서 반 기니*만 써 보세요. 이번에는 본인의 미덕 덕분에 인기를 누리실 거예요."

그들은 상점 안으로 들어갔다. 매끈하게 잘 묶은 '남성용 비버 장갑'과 '요크산(産) 가죽 용품' 꾸러미를 끌어 내려 카운터에 올려놓는 동안 그가 말했다. "그런데 실례지만 우드하우스 양, 이렇게 저의 애향심을 발휘하려는 바로 그때에 제게 무슨 말씀을 하려고 하시지 않았나요. 제가 그걸 놓치면 안 되지요. 아무리 대단한 공적 명예도 사생활의 행복을 놓친다면 아무 보상이 못 되니까요."

"웨이머스에 계실 때 페어팩스 양이나 그 친구들을 자주 보셨느냐고 물은 것뿐이에요."

"그런데 질문을 듣고 보니 대단히 불공정한 질문인 것 같습니다. 친분의 정도를 판단할 권리는 언제나 여성 쪽에 있는 것 아닙니까. 페어팩스 양이 이미 뭐라고 이야기하셨을 텐데요. 그분이 인정하고자 하는 것 이상을 주장하는 형국은 피하고 싶군요."

"세상에! 그이만큼이나 신중한 답변이네요. 이야기를 하긴 했지만 늘 많은 추측을 할 수밖에 없게 너무 과묵하고 그 누구에 대해서도 최소한의 정보도 주기를 꺼리기 때문에, 어느 정도 아시는 사인지 그냥 원하는 대로 말씀하셔도 될 것 같은데요."

---

* 영국의 옛 금화. 1기니는 1.05 파운드에 해당한다.

"정말 그래도 될까요? 그럼 있는 대로 말씀드리겠습니다. 제 성격에도 그게 가장 좋고요. 웨이머스에서 자주 만났습니다. 캠벨 댁과 런던에서 친분이 좀 생겼고, 웨이머스에서는 대개 같은 사람들과 어울렸으니까요. 캠벨 대령은 대단히 유쾌한 분이고 부인도 자애롭고 정이 많으세요. 다들 마음에 듭니다."

"그렇다면 페어팩스 양이 처한 상황도 아시겠네요. 앞으로 어떤 일을 하게 될지도요."

"네…… (좀 머뭇거리면서) 안다고 해야겠지요."

"민감한 화제를 건드리네, 에마." 웨스턴 부인이 미소를 지으면서 말했다. "나도 옆에 있는 걸 명심해야지. 페어팩스 양 처지 이야기를 끄집어내면 프랭크 처칠 씨도 뭐라고 답하기가 난감하지 않겠어. 내가 좀 떨어져 있을게."

"맞아요, 전 자꾸 잊어버린답니다." 에마가 말했다. "이분은 저한테 친구, 가장 소중한 친구로만 여겨지지, 다른 것은 자꾸 잊게 돼요."

그는 그런 감정을 충분히 이해하고 귀히 여기는 듯한 표정이었다.

장갑을 구입하고 함께 가게를 나왔을 때 프랭크 처칠이 말했다. "우리가 이야기하던 그 여성분의 연주를 들어 본 적 있으신가요?"

"들어 본 적이 있느냐고요!" 에마가 되뇌었다. "그이가 속속들이 하이베리 사람이라는 점을 잊으셨네요. 우리 둘 다 피아노를 시작한 후로는 해마다 들은걸요. 연주 솜씨가 기가 막히지요."

"그렇게 보시는군요? 누군가 안목 있는 분의 의견을 들어 보고 싶었습니다. 연주를 잘한다, 즉 취향이 뛰어나다는 의견은 들었습니다만, 사실 전 문외한이거든요. 음악은 굉장히 좋아하지만 남의 연주를 평가할 기량이나 자격은 전혀 없지요. 그분 연주 솜씨를 칭송하는 소리는 익히 들었는데, 뛰어난 연주 솜씨를 인정받고 있다는 증거가 하나 생각나네요. 음악에 조예가 깊은 분이 있었는데, 다른 여성을 사랑하고 있고 사실 이미 약혼한 사이로 곧 결혼을 앞둔 상태였지요. 그런데도 이 문제의 여성이 대신 연주할 수만 있다면 자기 약혼녀한테 피아노 앞에 앉아 달라고 청하는 법이 절대 없는 거예요. 다른 연주를 들을 수 있는데 굳이 이쪽 연주를 들을 마음이 없다는 듯 말입니다. 음악적 재능으로 이름난 사람인만큼 이만하면 꽤 증거가 되겠다 싶었습니다."

"정말 훌륭한 증거네요!" 귀가 솔깃해진 에마가 말했다. "딕슨 씨도 음악에 조예가 깊지 않나요? 그분들에 대한 정보라면 페어팩스 양한테서 반년 듣느니 당신한테서 삼십 분 듣는 편이 훨씬 낫겠네요."

"네, 딕슨 씨와 캠벨 양이 맞습니다. 그런데 그만하면 아주 강력한 증거 같더군요."

"물론이죠. 아주 강력한 증거지요. 솔직히 제가 캠벨 양이었다면 기분 좋을 리가 없겠다 싶을 만큼 대단히 강력한 증거네요. 상대방이 사랑보다 음악을, 눈보다 귀를 더 챙긴다면 전 용서가 안 되었을 거예요. 제 기분보다 아름다운 소리에 더 민감하게 감응한다면 말예요. 캠벨 양은 어떻게 받아들이던가요?"

"그게 아시다시피 자기의 가장 각별한 친구였으니까요."

"위안치고는 참!" 에마가 웃으며 말했다. "각별한 친구보다는 차라리 모르는 사람인 편이 나을 거예요. 모르는 사람인 경우에는 그런 일이 되풀이되지는 않을 테니까요. 그렇지만 자기보다 모든 면에서 뛰어난 각별한 친구를 늘 곁에 두어야 한다면 얼마나 참담하겠어요! 불쌍한 딕슨 부인! 흠, 그나마 아일랜드에서 살림을 차렸다니 다행이네요."

"맞습니다. 캠벨 양에게는 그리 기분 좋은 상황이 아니었지요. 그렇지만 정말로 본인은 의식하지 못하는 것 같았습니다."

"그렇다면 다행이네요. 아니 더 문제인가. 어느 쪽인지 저도 잘 모르겠네요. 그러나 캠벨 양이야 마음이 착해서든 어리석어서든 우정에 충실해서든 감정이 무뎌서든 그랬다 치더라도, 그런 상황을 의식할 수밖에 없는 사람이 하나 있지요. 페어팩스 양 본인 말예요. 그이만큼은 자기가 그렇게 돋보이는 것이 얼마나 부적절하고 위험한지 잘 알았을 거예요."

"그런 문제는…… 저야……."

"어머! 제가 당신한테든 다른 누구한테든 페어팩스 양 심경을 설명해 줄 것을 기대한다고는 생각 마세요. 그런 건 당사자 말고는 아무도 모르는 거잖아요. 그러나 그이가 계속 딕슨 씨가 청할 때마다 연주를 했다면, 나름대로 짐작은 해 볼 수 있겠지요."

"세 사람 사이에는 완벽한 이해가 존재했던 것 같습니다."
그는 말을 좀 급히 시작하다가 얼른 자제하면서 덧붙였다. "그
렇지만 세 사람이 실제로 어떤 사이였는지, 이면에서는 어땠
는지 저로서야 말할 수 없지요. 제가 할 수 있는 이야기는 겉
으로는 전혀 문제가 없었다는 것뿐입니다. 그렇지만 당신이야
말로 어린 시절부터 페어팩스 양을 알았으니 그분의 성격이라
든가 결정적인 상황에서 어떻게 처신할 가능성이 큰지 저보다
더 잘 판단할 수 있으시겠지요."

"어린 시절부터 알고 지낸 것은 맞아요. 어린 시절도 성인
이 되는 것도 우린 함께 겪었으니까요. 그러니 우리가 친할 거
라고, 그이가 친척 집에 다니러 올 때마다 서로 친하게 사귀었
을 거라고 생각하는 게 당연하지요. 하지만 그런 적은 한 번도
없어요. 어쩌다 그리되었는지는 잘 모르겠네요. 제가 성격이
좀 못되서인지도 모르죠. 그 이모와 할머니와 그 친구분들 모
두가 하도 우상처럼 받들고 치켜세우는 바람에 싫어하는 마음
이 생겼던가 봐요. 거기다 너무 과묵해서요. 전 그렇게 철저하
게 입을 다무는 사람한테는 영 정이 가지 않거든요."

"그래요, 그렇다면 참 거슬리는 성격이지요." 그가 말했
다. "대단히 편리할 때도 분명 많겠지만, 유쾌할 리는 없지요.
과묵하다는 것은 안전하기는 하지만 매력은 없어요. 과묵한
사람을 사랑할 수는 없지요."

"자기한테만은 과묵하지 않다면야 문제가 달라지지요.
그 경우엔 더 매력적일 수도 있잖아요. 그렇지만 저로서는
지금까지와는 달리 제 곁에 친구나 기분 좋은 벗이 없다면

모를까, 그런 과묵한 성격을 무릅쓰고 친구가 되겠다고 애쓰는 일은 없을 거예요. 페어팩스 양과 제가 친해지는 건 생각도 할 수 없어요. 저도 그이를 나쁘게 생각할 이유는 없어요. 손톱만큼도요. 다만 그렇게 항상 언행을 극도로 조심하고 누구에 대해서든 확실한 의견을 내놓기를 저어한다면 무언가 숨기는 게 있지 않나 하는 의심을 사기 십상이지요."

그 말에 그도 전폭적인 동의를 표했다. 그렇게 오랫동안 같이 걷고 또 같이 많은 생각을 하고 나니, 에마는 그를 잘 알게 되었다는 느낌이 들어서 이제 두 번째 만났을 뿐이라는 사실이 믿기 어려울 정도였다. 그는 예상했던 것과는 좀 달랐다. 마음 씀씀이가 그리 속되지 않고 버릇없이 자란 부잣집 자제 행투도 덜 했고, 따라서 예상했던 것보다 나은 사람이었다. 생각도 더 온건하고 감정도 더 따뜻했다. 엘튼 씨 집에 대한 그의 생각에 그녀는 특히 놀랐는데, 그는 교회와 마찬가지로 그 집에도 들어가 보고 싶어 했고 열심히 흠을 잡는 두 사람의 이야기에 동참하려 들지 않았다. 아니, 초라한 집이라고는 못 믿겠다. 집이 그렇다고 딱하게 여길 정도는 아니다. 누구라도 그 집에서 사랑하는 여인과 살림을 꾸린다면, 집이 어떻다고 동정받을 이유가 없다. 참된 평안을 누릴 공간은 차고도 넘칠 것이다. 더 많은 것을 원하는 남자가 오히려 멍청이라는 것이었다.

웨스턴 부인은 웃음을 터뜨리며 그건 정말 뭘 몰라서 하는 소리라고 했다. 큰 저택에서만 살아 규모에 따라 얼마나 많은 이점과 편의가 달라지는지 한 번도 생각해 본 적이 없는 사람이 작은 집에 필연적으로 따르게 마련인 불편을 어찌 알겠느냐는 것이었다. 그러나 에마는 몰라서 하는 소리가 전혀 아니라고, 훌륭한 동기에서 일찍 자리 잡고 결혼하고 싶어 하는 매우 사랑스러운 성향을 보여 준다고 속으로 판정을 내렸다. 하녀장(長)의 방이 따로 없거나 집사의 찬방이 초라해서 가정의 평화가 침해당할 수 있다는 점을 모를지는 몰라도, 엔스컴에서는 자기가 행복할 수 없을 것이며 사랑하는 사람이 생기면 언제라도 재산의 상당 부분을 기꺼이 포기하고 일찍 자리 잡겠다는 확실한 생각을 갖고 있는 게 분명했다.

7

프랭크 처칠에 대한 에마의 대단히 높은 평가는 다음 날 그가 단지 이발을 하기 위해 런던으로 출타했다는 소식을 듣고 약간 흔들렸다. 아침 식사를 하다가 불쑥 변덕스러운 생각에 사로잡혔는지 경마차를 불러 떠났는데, 정찬에는 돌아오겠다고 했지만 이발을 하는 것 말고는 아무 긴요한 용무도 없어 보였다. 이런 일로 16마일을 왕복한다고 무슨 해가 될 리는 없었지만, 거기서 엿보이는 황당할 정도로 겉치레에 신경 쓰는 기미가 그녀는 영 탐탁지가 않았다. 이는 합리적 계획이나 절제된 지출에도 부합하지 않고, 나아가 어제 그에게서 발견했다고 생각한 이기적이지 않은 다정한 마음씨와도 상충했다. 허영과 방종, 변화를 좋아하고 좋건 나쁘건 뭔가 저지르고야 마는 불안정한 기질, 부친과 웨스턴 부인이 좋아할지에 무관심하고 자신의 행실이 일반 사람에게 어떻게 보일지 개의치 않는 태도. 그는 이 모든 비판을 받을 만했다. 그의 부친은 그저 아들을 멋쟁이라고 부르며 대단히 재미있는 이야깃거리로 여겼지만, 웨스턴 부인은 가급적 빨리 그 이야기를 끝내려 하며 "젊은 사람은 다 조금씩은 괴벽이 있게 마련"이라는 말 말고는 아무 언급도 안 하는 것이 심기가 불편한 게 역력했다.

황당할 정도로 겉치레에 신경 쓰는 기미가 그녀는 영 탐탁지가 않았다.

이 작은 오점을 예외로 하면, 에마는 그가 아직까지는 이번 방문에서 그녀의 벗에게 좋은 인상만을 안겨 주었음을 알게 되었다. 웨스턴 부인은 그가 함께 지내기에 얼마나 배려 깊고 유쾌한 상대인지, 그의 성품 전반에 마음에 드는 점이 얼마나 많은지 기꺼이 알려 주려 했다. 그는 매우 개방적인 성품, 확실히 매우 쾌활하고 발랄한 성품을 지닌 듯했다. 사고방식에서 잘못된 점은 안 보이고, 확실히 옳은 점은 대단히 많았다. 외삼촌에 대해서는 애정 어린 존경심을 품고 말했는데, 외삼촌 이야기를 즐겨 하면서 그분 생각대로 할 수 있었다면 세상에서 최고의 남자였을 것이라고 했다. 그리고 외숙모에 대해서는 애정을 느끼기는 불가능하지만 자기한테 잘한다는 점은 감사하는 마음으로 인정했고 그분을 거론할 때면 언제나 존경심을 담고자 하는 듯했다. 이 모두가 아주 상서로운 조짐이었으며, 머리를 자르려는 이 대단히 애석한 충동만 아니라면 그녀의 상상력이 그에게 하사한 그 각별한 영예에 미달한다고 볼 점이 하나도 없었다. 즉 그녀와 정말 사랑에 빠지는 지경까지는 아니라도 최소한 거기에 아주 근접하되, 오로지 그녀 자신의 무관심 덕분에 (절대로 결혼하지 않겠다는 결심은 여전히 유효했으니까.) 그런 지경을 면하는 것이니, 한마디로 두 사람을 다 아는 사람들에 의해 그녀 짝으로 점지되는 영예 말이다.

웨스턴 씨 편에서도 이런 생각에 꽤 묵직한 장점 하나를 보탰다. 프랭크가 그녀를 굉장히 칭찬하고, 대단히 아름답고 매력적이라고 생각하더라는 것이었다. 그래서 전체적으로 이렇게 칭찬할 점이 많으니, 자기가 그에게 가혹한 판단을 내리지 말아야 함을 그녀는 알게 되었다. 웨스턴 부인 말대로 "젊은 사람은 다 조금씩은 괴벽이 있게 마련"이니까.

그가 서리 지방에서 새로 만난 사람들 가운데는 이런 말에 호락호락 넘어가지 않는 사람이 하나 있었다. 돈웰과 하이베리 두 교구에 걸쳐 대체로 프랭크 처칠은 터놓고 좋은 평가를 받았다. 이렇게 잘생긴 청년이라면, 미소가 떠나지 않고 정중중하게 인사도 멋지게 하는 이런 사람이라면 소소한 것쯤이야 좀 과하더라도 얼마든지 봐줄 수 있다는 것이었다. 그러나 그 가운데는 정중한 인사나 미소로도 비판력을 무디게 만들 수 없는 한 정신이 있었으니, 바로 나이틀리 씨였다. 그는 하트필드에 왔다가 그 이야기를 들었는데, 당장은 아무 말도 안 했으나 에마는 그가 손에 들고 있던 신문 너머로 거의 즉각 혼잣말을 하는 소리를 들었다. "흠! 짐작했던 대로 경박하고 어리석기 짝이 없는 친구군." 그녀는 뭐라고 할까 하는 생각도 좀 들었지만, 얼른 보니 스스로 심기를 달래려고 한 말일 뿐 상대방을 자극할 뜻은 없었다는 확신이 들어 그냥 넘어갔다.

그리 좋지 않은 소식도 한 가지 가져온 셈이지만 다른 점에서는, 특히 그날 아침 웨스턴 부부의 방문은 시의적절했다. 부부가 하트필드에 있는 동안 에마가 조언을 구하고 싶은 일이 일어난 것이다. 더 큰 다행은 그들의 조언이 바로 에마가 듣고 싶은 말이었다는 점이다.

사건의 전말은 이랬다. 콜 집안은 몇 년 전 하이베리에 정착했는데 사람들이 매우 괜찮았으니, 붙임성 있고 도량이 넓고 허세도 없었다. 그러나 한편으로는 낮은 출신에다 상업에 종사하는 만큼 간신히 점잖은 축에 낄 정도였다. 처음 이 마을에 들어왔을 때는 수입에 맞춰 조용히 생활하며 교제 범위도 매우 좁고 그런 데 많은 돈을 들이지도 않았다. 하지만 최근 한두 해 사이에 재산이 상당히 불어났으니, 런던 사업체에서 더 많은 수익이 나는 등 전체적으로 행운이 그들에게 미소를 보내는 듯했다. 부와 더불어 그들의 눈도 높아져, 더 큰 저택을 원하고 더 많은 사람과 교제하고 싶어 했다. 그들은 주택을 증축하고 하인 수를 늘리고 각종 지출을 늘렸다. 그래서 이 무렵에는 재산과 생활 양식에서 이들을 능가하는 집안은 하트필드밖에 없어졌다. 사교 모임을 좋아하고 새로 식당도 꾸몄기 때문에 모두들 그 집 정찬에 기꺼이 참석하게 되었고, 이미 독신 남성들을 중심으로 두세 번 파티도 열렸다. 에마는 그 집에서 감히 최고로 인정받는 제대로 된 집안사람들, 돈웰이나 하트필드나 랜들스의 사람들을 초대하리라고는 생각하지 못했다. 설령 초대를 받더라도 그녀는 갈 생각이 전혀 없었다. 부친이 남의 집에서 식사를 잘 안 하기로 유명하기 때문에 자신의 거절 취지가 제대로 이해받지 못할 것 같아 유감이었다. 콜 집안도 나름대로 점잖은 집안이지만, 자기네 원대로 상층 가문이 초대에 덥석 응하지는 않는다는 사실을 배워야 할 터였다. 이런 가르침을 주는 게 자기뿐 아닐까 심히 우려스럽기는 했다. 나이틀리 씨한테는 별로 기대하기 힘들고 웨스턴 씨의 경우는 전혀 불가능했다.

그러나 그녀는 벌써 몇 주 전부터 이런 주제넘은 짓에 어떻게 대처할지 마음을 정해 놓았는데, 막상 이런 모욕이 가해졌을 때 그녀의 반응은 매우 달랐다. 돈웰과 랜들스는 초대장을 받았는데 부친과 자기한테는 아무것도 오지 않았던 것이다. "이 댁에는 무람하게 굴 수가 없는 모양이네. 밖에서 식사하지 않는다는 걸 아나 봐."라는 웨스턴 부인의 설명으로는 부족했다. 그녀는 자기가 거절할 수 있었기를 바란다는 것을 깨달았다. 그리고 나중에는, 바로 자기가 매우 소중히 여기는 그런 사람들로 구성된 모임이 그 집에서 열린다는 생각이 뇌리를 떠나지 않으면서, 어쩌면 자기도 승낙하고 싶어지지 않았을지 장담할 수 없어졌다. 해리엇도 저녁때 그 집에 갈 것이고 베이츠 댁 식구들도 그랬다. 그 전날 하이베리 주변을 산책하면서도 그들은 그 이야기를 나누었고, 프랭크 처칠은 그녀가 오지 않을 거라는 사실을 진심으로 애석해했다. 저녁 모임이 결국 춤으로 마무리되지 않겠는가 하는 것이 그의 질문 중 하나였다. 그럴지도 모른다는 생각만으로 그녀는 기분이 더 나빠졌고, 자신이 누릴 고독한 영광은, 설령 대접하는 뜻에서 자기를 빼놓은 것이라 하더라도 하찮은 위안에 불과했다.

그런데 마침 웨스턴 부부가 하트필드에 와 있는 동안에 바로 이 초대장이 도착했으니, 그들의 존재가 그만큼 더 고마울 수밖에 없었다. 초대장을 읽고 그녀가 처음 한 말은 "물론 거절해 버려야지."였지만, 바로 이어서 어떻게 하는 게 좋을지 그들에게 조언을 구했으므로 그들 역시 매우 신속하고 설득력 있게 참석하는 게 좋겠다는 조언을 주었다.

그녀는 여러모로 볼 때 자기도 그 모임에 갈 생각이 아주 없지 않음을 인정했다. 콜 부부는 대단히 적절하게 의사를 전해 왔으니, 그들의 표현 방식에는 진정한 관심이, 부친에 대한 깊은 배려가 가득했다. "진작부터 영광을 베풀어 주십사고 청하고 싶었으나 런던에서 접이식 병풍이 도착하기만을 기다렸으니, 병풍이 있어야 우드하우스 씨께서 외풍을 면할 수 있을 것이고 그래야 저희에게 같이하는 영광을 베풀어 주실 의향도 좀 더 가지시지 않을까 싶었다." 하는 것이다. 그녀는 그리 어렵지 않게 가는 쪽으로 마음을 정했다. 그리고 부친의 평안을 해치지 않으면서 이 일을 성사시킬 방법을 다 함께 잠시 상의해 본 결과 베이츠 부인이나 고더드 부인에게 함께 있어 달라고 확실히 부탁해 놓기로 했다. 이제 우드하우스 씨에게 딸이 아주 가까운 날짜에 밖에서 정찬을 들며 저녁 내내 따로 지내게 되었다는 이야기를 털어놓고 승낙을 얻어 내는 일만 남았다. 에마는 부친까지 같이 가는 방안에 대해서는 부친이 생각도 하지 않기를 바랐다. 시간도 너무 늦고 사람도 너무 많을 터였다. 그는 금방 쉽게 포기했다.

"난 밖에서 정찬 드는 것을 좋아하지 않거든." 그가 말했다. "그래 본 적도 없고. 에마도 마찬가지지. 늦게까지 나가 있는 것은 우리한테 안 좋거든. 콜 부부가 그런 일을 벌였다니 유감일세. 그 대신 오는 여름에 날을 잡아서, 오후쯤 우리 집에 와서 차나 같이하고 산책이나 함께하는 편이 훨씬 좋을 텐데. 우리는 시간도 아주 적당하게 잡으니 얼마든지 그럴 수 있을 테고, 눅눅한 저녁 공기를 쐬면서 돌아가지 않아도 되니까. 누구한테든 여름밤 이슬을 맞게 해서야 쓰겠나. 그렇지만 그 부부가 우리 귀한 에마를 그렇게나 대접하고 싶어 한다고 하고,

또 당신들 두 사람도 함께할 것이고 나이틀리 씨도 합석해서 우리 딸내미를 돌봐 준다 하니 나도 막을 수는 없겠네. 날씨나 좋아 눅눅하거나 춥거나 바람이 세지 않으면 좋겠구먼." 그러고는 웨스턴 부인에게 몸을 돌리며 부드러운 질책이 담긴 눈빛으로 말했다. "아! 테일러 양, 자네가 결혼만 안 했다면 나하고 함께 집에 있어 주었을 텐데."

"저, 어르신." 웨스턴 씨가 소리쳤다. "테일러 양을 데려간 사람이 바로 저니까, 할 수만 있다면 빈자리를 채워 드리는 일은 제가 맡아야겠습니다. 원하시면 지금 당장 고더드 부인한테 들러 보고요."

그러나 당장 무슨 조치를 취해야 한다는 생각만으로도 우드하우스 씨의 노심초사는 줄어들기는커녕 늘어났다. 불안을 가라앉히는 방법은 여성들이 더 잘 알았다. 웨스턴 씨는 가만있으라 하고 모든 일을 세심하게 처리했다.

이렇게 다독여 주자, 우드하우스 씨는 곧 진정되어 평소처럼 말할 수 있게 되었다. "고더드 부인을 보게 되어 기쁘다. 자기는 부인에게 큰 존경심을 품고 있다. 에마가 한 줄 써서 부인을 초대하는 것이 좋겠다. 전갈을 들고 가는 것은 제임스를 시켜라. 그러나 무엇보다도 우선 콜 부인한테 답장을 보내 드려야 한다." 하는 것이었다.

"얘야, 아무튼 최대한 정중하게 내 사과를 전하거라. 내가 아주 병약해서 아무 데도 안 가고 따라서 고마운 초청에 응할 수 없다고 쓰거라. 물론 첫머리는 내가 전하는 인사말로 시작하고. 물론 네가 어련히 알아서 할 테니, 내가 일일이 말할 필

329

요도 없겠다만. 화요일에 마차를 쓸 거라고 우리 제임스한테 잊지 말고 알려 두자꾸나. 제임스하고 가는 한 난 아무 걱정도 없다. 새 접근로가 만들어진 후로 그쪽으로 가 본 적은 한 번뿐이지만. 그래도 제임스라면 틀림없이 안전하게 데려다 줄 게야. 그리고 거기 도착하면 몇 시에 다시 데리러 오면 되는지 그 친구한테 꼭 일러 주거라. 가급적 이른 시간으로. 늦게까지 있는 것은 너도 안 좋을 게야. 차를 마시고 나면 아주 피곤해질 테니."

"그렇지만 피곤하지도 않은데 미리 자리를 뜨는 것은 원하시지 않지요, 아빠?"

"아! 그야 아니지. 그렇지만 금방 피곤해질 게야. 많은 사람들이 한꺼번에 떠들어 댈테니. 시끄러워서 못 견딜 거다."

"그렇지만 어르신." 웨스턴 씨가 소리쳤다. "에마가 일찍 자리를 뜨면 파티가 파하고 말 텐데요."

"그야 해될 것 없지." 우드하우스 씨가 말했다. "파티야 빨리 파할수록 좋은 것 아닌가."

"그렇지만 콜 부부가 어찌 받아들일지도 생각하셔야지요. 에마가 차를 마시자마자 나와 버리면 언짢아할지도 모릅니다. 물론 성격도 좋고 자신을 별로 내세우지도 않는 사람들이긴 합니다만, 누구든 서둘러 떠난다면 자신들에 대한 칭찬은 아니라는 생각쯤이야 하겠지요. 그리고 그게 우드하우스 양이라면 다른 누가 그런 것보다 더 중하게 받아들일 겁니다. 어르신도 물론 콜 부부한테, 싹싹하고 더없이 선량한 데다 십 년씩이나 어르신과 이웃으로 지내 온 이 부부한테 실망이나 굴욕을 안겨 주고 싶으신 생각은 없을 겁니다."

"아니, 절대 그럴 리가 있나. 웨스턴 씨, 환기해 주어 대단
히 고맙소. 나 때문에 추호라도 속상해한다면 나도 대단히 유
감스러울 것이네. 얼마나 훌륭한 사람들인지야 나도 잘 알지.
페리 말이, 콜 씨는 맥아주엔 손도 안 댄다더군. 얼굴은 그렇게
안 생겼지만, 담즙질이라서 말이야. 그래서 성미가 아주 까다
로운 편이지. 아니, 나 때문에 속이 상해서야 쓰나. 그래, 에마,
우리 이 점을 명심해야겠구나. 너도 물론, 콜 씨 부부의 심기를
해치는 위험을 감수하느니 좀 더 머물러 주는 편을 택할 게야.
피곤 따위는 크게 개의치 않을 게야. 거기다 친구들과 함께 있
으니 절대 안전할 게다."

"아, 그럼요, 아빠. 제 걱정은 전혀 안 해요. 그리고 웨스턴
부인이 남아 계시는 한 좀 늦더라도 전 아무 상관없어요. 아빠
만 아니라면요. 주무시지 않고 저를 기다리실까 봐 그게 걱정
이죠. 고더드 부인과 함께 계실 동안이야 불편하실까 걱정은
안 해요. 부인은 피켓*을 좋아하잖아요. 그렇지만 부인이 집
으로 돌아가시고 나면, 평소처럼 시간 맞춰 잠자리에 들지 않
고 혼자 앉아 계실까 봐 걱정이에요. 일단 그런 생각을 하게 되
면 전 마음이 아주 불편해질 거예요. 그러니 앉아서 기다리지
않겠다고 약속하셔야 해요."

그는 딸도 몇 가지 약속을 하는 조건으로 그렇게 했다. 약
속인즉 돌아왔을 때는 몸이 얼었을 테니 반드시 철저히 몸을

---

* 2인용 카드 게임.

녹일 것, 시장하다면 뭔가 요기를 할 것, 하녀한테 앉아서 기다
리라고 할 것, 평상시처럼 서럴과 집사한테 문단속을 꼼꼼히
하라고 할 것 등이었다.

8

프랭크 처칠이 돌아왔다. 아들 때문에 부친의 정찬이 늦어졌다 해도 하트필드에는 그 사실이 알려지지 않았다. 웨스턴 부인은 그가 우드하우스 씨 마음에 들기를 간절히 바랐기 때문에 숨길 수 있는 흠이라면 묻어 두려고 했다.

머리를 자른 모습으로 다시 찾아온 그는 스스로를 흔쾌히 웃음거리로 삼았으나, 자기가 한 행동을 진심으로 부끄러워하는 기색은 전혀 없었다. 못생긴 얼굴을 가리느라 머리를 길러야 하는 것도 아니고, 기분 전환 겸 쓴 돈을 후회할 이유도 없다는 것이다. 그는 예나 다름없이 거침없고 생기발랄했다. 그래서 그를 만나고 난 에마는 속으로 이런 도덕론을 펼쳤다.

'이게 온당한 일인지는 모르겠지만, 어리석은 짓도 분별 있는 사람들이 아무렇지도 않게 해 버리면 분명 어리석지 않은 것이 되지. 악은 언제나 악이지만, 어리석음은 언제나 어리석지는 않아. 그런 행동을 하는 사람의 성격에 따라 달라지지. 나이틀리 씨, 그 사람은 경박하고 어리석기 짝이 없는 청년은 아니에요. 혹 그런 사람이었다면 이번 일도 달리 처리했겠지요. 자기 행동을 뽐내든가 아니면 부끄러워했을 거예요. 멋쟁이처럼 허장성세를 부리거나 아니면 자신의 허영을 변호할 수도 없을 만큼 나약한 정신처럼 문제를 회피하든가 말이에요. 아니요, 경박하거나 어리석은 사람이 아니라는 것은 아주 분명해요.'

화요일이 왔고, 이제 그를 다시, 지금까지보다 더 긴 시간 동안 보게 될 반가운 기회가 다가왔다. 그의 전체적인 태도와 그에 입각해 자신에 대한 그의 태도가 갖는 의미를 판단하고, 그에게 냉정한 태도를 취할 필요가 얼마나 빨리 생겨날지 예측하고, 이제 자기네 둘을 한자리에서 처음 보게 된 사람들이 뭐라고들 할지 상상해 볼 기회가 온 것이다.

그녀는 유쾌한 시간을 보낼 작정이었다. 하필이면 콜 씨 댁이라는 점이 걸리기는 하지만, 그리고 엘튼 씨가 좋게만 보이던 시기에도 콜 씨의 정찬 초대에 응하려는 그의 태도만큼 눈에 거슬리는 결함도 없기는 했지만 말이다.

고더드 부인뿐 아니라 베이츠 부인도 올 수 있게 되어서 부친의 평안은 충분히 확보되었다. 집을 나서기 전 그녀의 마지막 즐거운 의무는 정찬을 마친 후 같이 앉아 있는 두 분께 예를 표하는 것이었다. 그리고 부친이 그녀의 드레스가 예쁘다고 다정하게 칭찬하는 사이에 큼직한 케이크 조각과 가득 채운 포도주 잔으로 두 부인에게 최대한 보상을 해 드리는 것이었다. 혹 부친이 그들의 건강을 염려하는 바람에 마지못해 식사를 절제해야 하지는 않았을까 싶어서였다. 두 부인을 위해 풍성한 음식을 차려 드렸는데, 실제로 다 드실 수 있었음을 확인할 수 있다면 좋았을 것이다.

그녀는 다른 마차 뒤를 따라 콜 씨 댁 문 앞에 도착했는데 기쁘게도 그것은 나이틀리 씨의 마차였다. 나이틀리 씨는 자기 말이 없는 데다 여윳돈도 별로 없는 대신 건강과 활동력과 독립심은 넘쳐 나서 되도록 걸어 다니고 돈웰애비 주인에 어울릴 만큼 자주 마차를 사용하지는 않았던 것이다. 그가 멈춰서서 그녀의 손을 잡아 마차에서 내리는 것을 도와주었기 때문에, 그녀는 기쁜 마음이 식기 전에 그 자리에서 표현할 기회가 생겼다.

"진작 이렇게 오시지 그랬어요." 그녀가 말했다. "신사답잖아요. 여기서 뵈니 정말 반가워요."

그는 고맙다며 이렇게 말했다. "우리가 동시에 도착한 게 천만다행이군. 응접실에서 처음 만났다면, 내가 평소보다 더 신사답다는 것을 당신이 못 알아보았을지도 모르니까. 표정이나 태도만 보고는 마차를 타고 왔는지 걸어왔는지 구별 못 했을 거요."

"아뇨, 전 알았을 거예요, 그럼요, 물론이죠. 신분에 못 미치는 방식으로 온 분들 얼굴에는 언제나 부산스럽거나 찜찜해하는 표정이 드러나거든요. 물론 당신은 아무런 티를 안 낸다고 생각하시겠지만, 당신의 경우에는 일종의 배짱이나 억지 초연함으로 나타나지요. 그런 상황에서 당신을 만날 때면 제 눈에는 언제나 그게 보이지요. 지금이야 애써 꾸며 낼 필요가 없으시잖아요. 부끄러워하는 모습으로 비칠까 봐 걱정하지도 않고, 누구보다 키가 커 보이려고 애쓰지도 않고요. 지금이야 대단히 행복한 마음으로 당신과 함께 입장할 수 있을 거예요."

"이런 엉터리 아가씨!"가 그의 답변이었는데, 화난 기미는 전혀 없었다.

에마는 나이틀리 씨가 마음에 들었듯, 나머지 참석자들도 마음에 들었다. 기분 좋을 수밖에 없는 정중한 응접을 받았고, 더 바랄 나위 없는 귀빈 대접을 받았던 것이다. 웨스턴 부부가 도착했을 때, 가장 친절한 애정의 표정과 가장 강렬한 감탄은 남편이나 부인이나 모두 그녀에게 향해졌고, 그 아들은 그녀가 자신의 목표임을 드러내며 열심으로 즐겁게 접근했고 정찬에서는 그녀 옆자리에 앉았다. 그의 편에서 상당히 기민하게 움직인 덕분도 있을 거라고 그녀는 굳게 믿었다.

파티 규모는 꽤 큰 편으로, 콜 씨 부부가 기쁘게 지인으로 꼽을 수 있는, 그만하면 버젓하다 할 그 지역의 어느 집안과 콕스 씨 집안의 친가 쪽 친척인 하이베리의 변호사도 포함되어 있었다. 급이 좀 떨어지는 여성들은 베이츠 양, 페어팩스 양, 스미스 양과 더불어 저녁때 오기로 되어 있었지만, 이미 정찬 자리에도 사람이 너무 많아 무슨 주제든 다 함께 대화를 나누기는 힘들었다. 그래서 정치와 엘튼 씨가 화제에 오른 사이에 에마는 옆 사람의 기분 좋은 환대에만 모든 관심을 기울일 수 있었다. 저만치에서 들려오는 소리에 처음으로 귀가 솔깃해진 것은 제인 페어팩스의 이름이 나와서였다. 콜 부인이 제인에 대해 무슨 이야기를 하는 모양인데 대단히 흥미로운 것 같았다. 에마는 귀를 기울이고 그러기를 잘했다 싶었다. 에마의 저 대단히 소중한 기질, 즉 상상력에 흥미로운 재료가 공급된 것이었다. 콜 부인은 베이츠 양한테 들렀다 온 이야기를 하고 있었는데, 방에 들어가는 순간 피아노가 눈에 들어와 깜짝 놀랐다는 것이다. 피아노는 아주 기품 있게 생긴 것으로 그랜드 피아노는 아니지만 대형 스퀘어 피아노*였다. 그녀 편에서 놀라움과 질문과 축하와 베이츠 양 편에서 설명으로 이어진 숱한 대화 끝에 알아낸 사연의 골자인즉, 이 피아노가 그 전날 브로드우드 악기점**에서 배달되어 왔고, 전혀 예상치 못했던 일이라 이모나 조카나 대단히 놀랐다는 것이다. 베이츠 양의 설명에 따르면, 처음에는 당사자인 제인부터가 도무지 무슨 일인지 알 수 없었고 도대체 누가 주문한 것인지 짐작이 안 갔지만, 지금은 두 사람 다 그럴 만한 사람은 한 사람밖에 없다고 믿어 의심치 않는다는 것이었다. 캠벨 대령이 아니라면 누구겠는가.

"다른 가능성이 있는 것도 아니고." 하고 콜 부인이 덧붙였다. "전 오히려 처음부터 선뜻 결론을 못 내린 게 놀라웠지요. 그러나 보아 하니 제인이 최근에 그 댁에서 보낸 편지를 받았는데 그런 이야기는 한마디도 없었다네요. 그 댁에 대해서야 제인이 가장 잘 알겠지만, 그 이야기를 편지에 적지 않았다고 해서 선물할 뜻이 없었다고 해석할 필요는 없다고 봐요. 깜짝 선물을 하고 싶었나 보지요."

콜 부인의 말에 많은 사람들이 동의했고, 입을 여는 사람마다 하나같이 캠벨 대령이 보낸 것이 틀림없다고 확신하고 그런 선물을 보내 준 것에 하나같이 기뻐했다. 많은 사람들이

---

* 그랜드피아노와 같은 형이나 크기가 좀 더 작은 당시의 피아노.

** 존 브로드우드(John Broadwood, 1732~1812)는 유명한 피아노 악기상으로, 런던에 가게가 있었다.

337

한마디씩 걸치려 들었기 때문에, 에마는 혼자 생각을 간추려 보고도 콜 부인 이야기를 경청할 여유가 있었다.

"정말이지 이런 반가운 소식이 세상에 또 어디 있겠어요. 그렇게 연주 솜씨가 좋은 제인 페어팩스한테 피아노가 없다는 걸 생각하면 늘 마음이 아팠거든요. 참으로 유감스러운 일이 잖아요. 특히 훌륭한 악기를 건드리지도 않고 완전히 내팽개쳐 둔 집이 얼마나 많은지 생각하면 말이에요. 말이야 바른말이지 우린 한 대 얻어맞은 셈이에요! 사실 바로 어제만 해도 제가 콜 씨한테 응접실에 놓인 우리 집 새 피아노를 보면 부끄럽다는 말을 했지요. 저는 도레미도 모르고, 우리 딸들이라고 해야 이제 초보자 수준이고 어쩌면 끝내 제대로 써먹지도 못할지 모르니까 말이에요. 그런데 불쌍한 제인 페어팩스는 음악에 통달했는데도 연주를 하며 즐길 악기 같은 것이 하나도 없으니…… 낡은 소형 스피넷* 하나 없잖아요. 바로 어제 이런 이야기를 콜 씨한테 했는데, 그이도 완전히 같은 생각이었지요. 다만 그이는 음악을 특히 좋아하다 보니까 구입하고 싶은 마음을 억제하지 못한 것인데, 고맙게도 가끔씩 우리보다 더 잘 활용해 줄 사람이 우리 선량한 이웃들 가운데 있을지도 모른다는 희망도 있었지요. 사실 그게 이 악기를 산 이유고요. 그렇지 않다면야 이것을 가진 걸 부끄럽게 여겨야 하지 않겠어요! 우리는 오늘 저녁 우드하우스 양께서 이 악기를 한번 시험해 주십사는 우리 청을 들어주실 거라 크게 기대하고 있답니

---

* 작은 하프시코드 비슷한 건반 악기로, 이 시기에는 이미 구식이 되어 피아노로 대체되고 있었다.

다.”

우드하우스 양은 응당 예절 바르게 승낙했다. 그리고 콜 부인 이야기에서 더 나올 것이 없다는 것을 알고 프랭크 처칠에게로 몸을 돌렸다.

“그 미소는 뭐예요?” 그녀가 말했다.

“아닌데요, 당신은요?”

“제가요! 제가 그랬다면, 캠벨 대령님이 그렇게 돈이 많고 후한 분이라니 기뻐서겠지요. 상당한 선물이잖아요.”

“대단한 선물이지요.”

“왜 진작 안 하셨나 싶어지네요.”

“아마도 페어팩스 양이 여기서 이렇게 오래 머문 적이 없었기 때문이겠지요.”

“아니면 그 댁 피아노를 빌려 주셔도 되었을 텐데 말예요. 지금은 아무도 손대지 않은 채 런던에서 썩고 있을 텐데요.”

“그건 그랜드피아노라서 베이츠 부인 댁에 두기에는 너무 크다고 생각하셨나 보지요.”

“말씀은 그렇게 해도, 이 문제에 대해 저와 아주 비슷한 생각을 하고 있다는 게 표정에 역력한걸요.”

“글쎄요. 오히려 당신이 저의 통찰력에 과한 점수를 주시는 게 아닌가 하는데요. 저야 당신이 미소 지으니 따라 미소 짓는 것이고, 당신이 뭐라고 의심하든 저도 아마 똑같이 의심하겠지요. 그러나 지금으로선 의문을 품을 여지가 뭐 있나 싶군요. 캠벨 대령이 보낸 게 아니라면, 도대체 누구겠습니까?”

“딕슨 부인은 어때요?”

"딕슨 부인요! 그렇네요, 정말. 딕슨 부인 생각은 하지도 못 했습니다. 그분이라면 부친만큼이나 피아노가 얼마나 반가운 선물일지 잘 알겠지요. 그리고 선물한 방식을 보면, 누가 보냈는지 알리지 않고 깜짝 선물로 만든 것을 봤을 때 나이 든 남성보다는 젊은 여성이 꾸민 일에 더 가깝네요. 딕슨 부인에게 한 표 던지겠습니다. 당신의 의심은 곧 제 의심이라고 이미 말씀드렸지요."

"그러시다면 의심을 더 확장해서 딕슨 씨도 포함해 보시지요."

"딕슨 씨라고요. 대단히 훌륭합니다. 네, 딕슨 씨와 딕슨 부인의 공동 선물일 수밖에 없다는 것을 즉각 깨닫는 바입니다. 그분이 그 아가씨 연주의 열렬한 찬미자라는 이야기를 우리 일전에도 나눈 적 있잖아요."

"그래요, 그리고 그 점에 대해서 당신이 하는 말을 듣고 제가 전부터 품었던 생각을 확인할 수 있었지요. 딕슨 씨나 페어팩스 양의 선량한 의도를 못 믿겠다는 건 아니지만, 딕슨 씨가 그이 친구에게 청혼한 다음에 불행하게도 그이를 사랑하게 되었거나 아니면 그이 쪽에서 자기한테 얼마간 애정을 품고 있다는 사실을 의식하게 되었거나 한 것이 아닌가 하는 의혹이 자꾸 드네요. 추측을 스무 가지나 해 봤자 하나도 제대로 맞지 않을 수는 있어요. 하지만 그이가 캠벨 부부와 함께 아일랜드로 가지 않고 하이베리로 오기로 한 데는 분명 특별한 이유가 있을 거예요. 여기서는 궁핍과 고행의 생활을 해야 하고, 거기서는 즐거움만 가득했을 텐데요. 고향 공기를 시험해 본다는 구실은 제가 보기엔 그저 변명일 뿐이에요. 여름이라면 통할지도 모르지만 1월, 2월, 3월에야 고향 공기가 누구한테 효험이 있겠어요? 몸이 허할 때는 대개 좋은 난롯불과 마차가 훨씬 더 이로운 법이고, 그이 경우에는 분명히 그럴 거예요. 제 의혹을 다 받아들이시라는 것은 아니에요. 고결하게도 그러겠노라고 공언하시지만요. 전 그냥 제 생각들을 솔직하게 말씀드리는 것뿐입니다."

"그런데 정말이지 모두 개연성이 아주 높아 보이네요. 딕슨 씨가 그 아가씨 연주를 아내 된 분 연주보다 좋아한다는 것, 그게 확실하다는 건 제가 장담할 수 있습니다."

"거기다가 생명을 구해 주기도 했잖아요. 그 이야기 들은 적 있으세요? 물놀이 중이었다는데, 어찌하다 보니 그이가 배에서 떨어질 뻔했다지요. 그분이 붙잡아 주었고요."

"그랬지요. 저도 그 자리에 있었습니다. 일행 중 한 사람으로요."

"정말이에요? 세상에! 그러나 물론 아무것도 알아차리지는 못하신 거죠. 이런 생각은 처음 해 보시는 것 같으니까요. 제가 그 자리에 있었다면 분명 뭔가 알아냈을 거예요."

"틀림없이 그러셨겠지요. 하지만 단순한 제게는 사실밖에 안 보였지요. 페어팩스 양이 배에서 거의 떨어질 뻔했고 딕슨 씨가 붙잡아 주었다는 사실 말입니다. 순식간에 벌어진 일이었지요. 그 후의 충격과 놀라움은 대단했고 훨씬 더 오래갔지만 (사실 우리들 마음이 진정된 것은 삼십 분이 지나서였거든요.) 다들 그런 흥분 상태였기 때문에 무슨 특이한 감정의 낌새

341

같은 것을 알아볼 수는 없었습니다. 당신이 그 자리에 계셨더라도 못 읽어 냈을 거라는 말은 아닙니다만."

대화는 여기서 중단되었다. 다음 음식이 나올 때까지 기다리는 시간이 좀 길어지면서 그 어색한 분위기에 두 사람도 동참하여, 다른 사람들처럼 공식적이고 예의 바르게 처신해야 했다. 그러나 다시 식탁이 무사히 차려지고 모든 모서리용 접시도 제자리에 딱 맞춰 놓고 다들 음식을 들기 시작하고 편안한 분위기가 회복되자, 에마가 말했다.

"피아노가 배달된 것이 저한테는 결정적이에요. 좀 더 알았으면 싶었는데 이것으로 충분하네요. 장담하지만, 딕슨 씨 부부가 보낸 선물이라는 이야기를 곧 듣게 될 거예요."

"그리고 만약 딕슨 씨 부부가 전혀 모르는 일이라고 극구 부인한다면, 캠벨 댁에서 보낸 것이라고 결론지어야겠지요."

"아네요, 캠벨 댁에서 보낸 건 아니라고 확신해요. 페어팩스 양도 캠벨 댁에서 온 게 아니라는 걸 알아요. 그렇지 않다면 처음부터 그렇게 짐작했을 테지요. 그 댁에서 한 일이라고 말할 수 있었다면, 그렇게 당혹해하지는 않았을 거예요. 아직 제말을 믿지 못하실지 몰라도 저 자신은 딕슨 씨가 이 일의 주모자라고 백 퍼센트 자신해요."

"제가 믿지 못한다고 생각하신다니 억울한 말씀입니다. 제 판단은 전적으로 당신의 추리를 따르고 있으니까요. 처음에 당신이 캠벨 대령이 보냈다고 생각하시는 듯했을 때는, 다만 아버지 같은 자애심으로 보였고 그거야말로 세상에서 가장 자연스러운 일이라고 여겨졌지요. 그러나 당신이 딕슨 부인을 언급하자 그래 맞다, 여성들 사이의 따뜻한 우정의 표현이라는 게 훨씬 더 그럴싸하겠다 싶었고요. 그리고 이제는 사랑의 공물로밖에는 볼 수 없어졌네요."

더 밀어붙일 필요는 없었다. 그의 믿음은 사실인 듯했고, 진실로 그렇게 느끼는 것처럼 보였다. 그녀는 그 이야기는 더 이상 언급하지 않았고, 다른 화제들이 이어졌다. 그렇게 정찬의 나머지 시간도 지나갔다. 디저트가 이어지고, 아이들이 들어오고, 통상적인 대화에서 늘 그렇듯이 아이들한테 말을 걸기도 하고 칭찬을 하기도 했다. 똑똑한 소리도 몇 가지 나오고 대놓고 실없는 소리도 몇 가지 나왔지만 십중팔구는 이도 저도 아니었으니, 일상적인 이야기들, 따분한 되풀이들, 구닥다리 소식들, 무거운 농담들 정도로 그 이상 나쁘지는 않았다.

숙녀들이 응접실로 옮긴 지 얼마 안 되어 다른 부류의 여성들이 도착했다. 에마는 자신의 각별한 어린 친구가 입장하는 것을 지켜보았다. 에마는 비록 친구의 품위와 우아함을 뿌듯해할 수는 없다 해도, 앳된 사랑스러움과 꾸밈 없는 태도를 사랑할 수 있었을뿐더러 실연의 아픔 속에서도 여러 즐거움으로 마음을 달랠 수 있었던 그 가볍고 명랑하고 감상적이지 않은 성격을 진심으로 기뻐할 수 있었다. 그 애가 저기 앉아 있었다. 그 애가 최근에 얼마나 많은 눈물을 흘렸는지 그 누가 짐작하겠는가? 많은 사람들이 있는 자리에 나와서, 잘 차려입은 모습으로 역시 잘 차려입은 사람들을 보는 것, 미소를 띠고 예쁜 모습으로 말없이 앉아 있는 것만으로도 이 시간의 행복에는 충분했다. 외모나 행동거지나 제인 페어팩스가 더 나은 것은 사실이었다. 그러나 에마는 그녀가 해리엇과 심정을 맞바꿀 수 있다면 기꺼이 그리하지 않았을까 하는 생각이 들었다. 사랑을 했지만, 그렇다, 상대가 엘튼 씨 같은 사람이라 해도, 사랑했지만 외면당하는 굴욕을 당하더라도 친구 남편이 자기를 사랑한다는 것을 아는 위험한 쾌감에서 벗어날 수만 있다면 기꺼이 그리하지 않았을까 싶었던 것이다.

이렇게 사람이 많은 자리에서는 에마가 그녀에게 꼭 다가갈 필요는 없었다. 에마는 피아노 이야기를 꺼내고 싶지는 않았다. 이미 그 비밀을 너무 많이 알게 된 느낌이었기 때문에 호기심이나 관심을 표현하는 것은 부당한 처사 같았고, 그래서 일부러 거리를 유지했다. 그러나 다른 사람들의 입을 통해 그 화제가 거의 즉각 거론되고, 축하를 받으면서 꺼림칙한 마음에 페어팩스 양의 얼굴이 붉어지는 모습을, "제 훌륭한 벗 캠벨 대령"이라는 이름을 거론할 때 죄의식으로 얼굴이 붉어지는 모습을 에마는 놓치지 않았다.

음악을 좋아하는 인정스러운 웨스턴 부인이 특히 이 일에 관심이 컸으며, 에마는 그녀가 그 화제를 길게 끄는 것을 보며 속으로 웃음을 금할 수가 없었다. 자기 눈에는 그 아름다운 주인공의 안색에 가급적 입을 다물고 싶어 하는 마음이 역력히 읽혔으나, 부인은 아무 눈치도 채지 못한 채 음색이니 터치니 페달이니 묻고 말할 것이 매우 많았던 것이다.

몇몇 신사가 곧 합류했는데, 그중에서도 첫 번째는 프랭크 처칠이었다. 가장 선두에다 얼굴도 가장 미남인 그가 들어왔다. 그는 베이츠 양과 그 조카를 지나치며 예를 표하고는 곧장 그 반대쪽 무리한테 다가갔는데, 우드하우스 양이 거기 앉아 있었다. 그는 그녀 옆에 자리가 날 때까지 앉으려고도 하지 않았다. 에마는 거기 있는 사람들이 모두 무슨 생각을 할지 짐작이 갔다. 그의 목표는 그녀이고, 모두들 그것을 알아차리지 못할 리 없었다. 그녀는 그를 친구인 스미스 양에게 소개했고, 나중에 기회가 닿는 대로, 각자 상대를 어떻게 생각하는지 들었다. 그 편에서는 "그렇게 사랑스러운 얼굴은 난생처음이고, 순진무구함이 보기 좋더라."라고 했고, 그녀 편에서는 "과찬이라는 것은 잘 알지만 어딘가 엘튼 씨를 닮은 구석이 있는 것 같았다."라고 했다. 에마는 화를 누르며 그저 말없이 돌아섰다.

페어팩스 양 쪽으로 처음으로 시선이 갔을 때 에마와 그 신사 사이에는 이심전심의 미소가 오갔다. 그러나 입 밖에 내놓지 않는 편이 가장 현명했다. 그는 그녀에게 어서 식당에서 나오고 싶어 혼났다고, 죽치고 앉아 있는 것도 싫어하고 자리를 옮길 수 있을 때면 항상 가장 앞장서는 편이라고 했으며, 부친과 나이틀리 씨, 콕스 씨, 콜 씨는 교구 이야기로 한창인데, 식당에서 보낸 시간도 그만하면 즐거웠으니 모두들 대체로 신사답고 분별 있는 사람들이더라고 했다. 그가 하이베리 전체에 대해 무척 좋게 이야기하고 좋은 집안들이 넘쳐나는 듯 여기는 바람에, 에마는 자기가 이곳을 너무 평가절하한 것은 아닌가 하는 생각까지 들기 시작했다. 그녀는 요크셔의 사교계는 어떤지, 엔스컴 주변의 이웃은 얼마나 많은지 하는 질문들을 했다. 그리고 그의 답변을 통해 엔스컴에 관한 한 이렇다 할 행사가 없다는 것을 알 수 있었다. 방문을 한대야 몇몇 명문가들에 국한되는데, 아주 가까이 사는 사람들은 하나도 없었다. 그나마 날짜가 잡히고 초대를 수락한 경우에도, 처칠 부인의 몸이나 마음이 갈 상태가 못 될 때가 반쯤 되며, 새로 알게 된 사람 집에는 찾아가지 않는 것을 철칙으로 하고, 따로 자기만의 약속이 있기는 하지만 집을 떠나거나 아니면 지인을 불러 하룻밤 묵게 하자면 어려움이 없지 않고 때로는 한참 말씀을 드려야 한다는 것이었다.

그녀는 원하는 것 이상으로 칩거 생활을 해야 하는 이 청년에게 엔스컴의 생활이 만족스러울 리가 없고 최고의 모습만 본 하이베리가 좋게 여겨지는 것도 당연하다는 생각이 들었다. 엔스컴에서 그가 중요한 인물인 것은 매우 분명했다. 그가 자랑하지는 않았지만 외삼촌도 어쩌지 못하는 일을 그가 나서서 외숙모를 설득했다는 사실이 자연스럽게 드러났고, 그녀가 웃으며 그 점을 지적하자, 그는 시간만 들인다면 외숙모를 설득하지 못할 일은 (한두 가지만 제외하면) 없다고 생각한다고 인정했다. 그러고는 자기의 영향력이 통하지 않는 것 중 한 가지를 언급했다. 그는 무척 해외로 나가고 싶었고, 사실 여행 허락을 받으려고 무진 애를 썼으나 외숙모는 들을 생각도 않더라는 것이다. 지난해 있었던 일이었다. 그런데 지금은 그런 생각이 더 이상 안 들기 시작하는 중이라고 그는 말했다.

에마는 그가 언급하지 않은, 설득이 불가능한 나머지 하나는 부친에 대한 효도가 아닐까 짐작했다.

"최근에 깨달은 사실이 있는데 대단히 속상한 일입니다."

잠시 멈추었다가 그가 말했다. "제가 여기 온 지 내일이면 일주일입니다. 제게 주어진 시간의 절반이지요. 하루하루가 이렇게 빨리 지나간 적은 처음이네요. 내일이면 일주일이라니! 아직 본격적으로 즐겨 보지도 못하고, 웨스턴 부인을 비롯하여 여러 분들을 이제 간신히 알게 되었는데! 그 생각은 하기도 싫습니다."

"그렇게 며칠밖에 없는데 꼬박 하루를 머리 자르는 데 쓴 것이 이제 후회되기 시작하실지도 모르겠네요."

"아니요." 미소 지으며 그가 말했다. "후회할 이유가 전혀 없지요. 전 외관을 제대로 갖추지 않고서는 친구들을 봐도 즐겁지가 않거든요."

나머지 신사들도 이제 방으로 들어와서 에마는 그에게서 잠시 몸을 돌리고 콜 씨의 이야기를 들어 주어야 했다. 콜 씨가 자리를 뜨고 다시 관심을 기울일 수 있을 때, 그녀는 프랭크 처칠이 반대편에 앉은 페어팩스 양 쪽을 열심히 바라보는 것을 보았다.

"무슨 일 있어요?" 하고 그녀가 말했다.

그는 화들짝 놀랐다. "일깨워 주셔서 감사합니다." 그가 대답했다. "제가 매우 무례하게 굴었네요. 그러나 사실 페어팩스 양의 머리 스타일이 너무나 이상해서…… 너무나 이상해서 눈을 뗄 수가 없어요. 저렇게 기묘한 스타일은 본 적이 없어요! 저 컬 하며! 나름대로 창의성을 발휘한 것인가 보지요. 저런 머리를 한 사람은 하나도 안 보이네요! 가서 혹시 아일랜드식인지 물어보아야겠습니다. 그래 볼까요? 예, 해 봐야지요, 반드시 해 봐야겠어요. 저쪽에서 어떻게 받아들이는지 지켜보세요. 얼굴을 붉히는지 아닌지."

그는 곧장 자리를 떴고, 곧 에마는 그가 페어팩스 양 앞에 서서 말 거는 것을 보았다. 그러나 그 젊은 숙녀에게 그 말이 어떤 효과를 자아냈는지는, 그가 부주의하게도 바로 그들 사이에, 바로 페어팩스 양 정면에 자리를 잡고 선 탓에 전혀 식별할 수가 없었다.

그가 미처 앉았던 의자로 돌아오기 전에 웨스턴 부인이 그 자리를 차지했다.

"큰 파티가 좋은 점은 바로 이거지." 그녀가 말했다. "아무한테나 다가가서 아무 말이나 할 수 있으니까. 에마, 자기하고 얘기하고 싶어 죽을 뻔했어. 나도 꼭 자기처럼, 알아내기도 하고 계획도 짜고 했는데, 그것들이 생생할 때 얼른 이야기해야겠어. 베이츠 양과 그 조카딸이 여기 올 때 어떻게 왔는지 알아?"

"어떻게라니요! 초대를 받았으니까 왔겠지요, 아닌가요?"

"아, 그야 물론이지. 그런데 여기까지 어떻게 왔을까? 어떤 식으로 왔느냐 말이야."

"걸어왔겠지요 뭐. 다른 방도도 없지 않아요?"

"그야 그렇지. 그런데 조금 아까 제인 페어팩스가 돌아갈 때 걸어가야 한다면 참으로 안되었다는 생각이 문득 드는 거야. 늦은 밤에, 요즘은 밤기운이 차잖아. 그래서 그 애를 봤더니 그 어느 때보다도 근사해 보이기는 하지만 더운 데 있다 보니 특히 감기에 걸리기 쉽겠다는 생각이 들더군. 딱하기도 하지! 난 그 생각을 지울 수가 없었어. 그래서 들어오는 웨스턴 씨를 붙들고 마차를 태워 주자고 했지. 그이가 얼마나 기꺼이 내 소망을 들어주었는지는 상상에 맡길게. 아무튼 그이도 좋다고 하기에 난 곧장 베이츠 양한테 다가가 먼저 우리 집 마차를 쓰시라고, 우리는 그다음에 가겠다고 했지. 바로 안심시켜 드리는 게 좋겠다 싶어서. 그 아주머니 마음씨도 곱지! 그래, 그렇게 고마워하실 수가 없어. '자기처럼 운이 좋은 사람이 어디 있겠느냐!' 하는 거야. 그런데 끝없이 고맙다고 하면서 '우리한테 폐를 끼치지 않아도 되겠다, 나이틀리 씨의 마차를 타고 왔고 갈 때도 그것을 타고 가기로 되어 있다.'라는 거 있지. 난 정말 놀랐어. 물론 다행이다 싶었지만, 정말 놀랍더군. 대단히 극진하고 대단히 사려 깊은 배려잖아! 남자들은 대개 이런 생각을 잘 못하는데. 그래서 간단히 말하자면, 평소 그이 습관을 생각하면 바로 그 댁 식구들을 태워 주려고 마차를 사용한 게 아닌가 하는 생각이 자꾸 드네. 본인을 위해서라면 말 한 쌍 부를 리 없는 분이니 모두 그 댁을 돕기 위한 구실이었다고밖에 안 보여."

"아마도 그랬을 거예요." 에마가 말했다. "십중팔구 그랬겠지요. 그런 행동을 할 만한 남자분이 나이틀리 씨 말고 또 어디 있겠어요. 진정 선의에서 우러난, 유용하고 사려 깊고 친절한 행동 말이에요. 여자 앞에서 무조건 사근사근하진 않지만, 자비심이 대단한 분이지요. 제인 페어팩스가 몸이 안 좋다는 사실을 감안할 때 이번 경우는 자비심을 보여야 마땅하다 여겼겠지요. 그리고 소리 안 나게 친절을 베풀 사람을 꼽으라면 저로서는 누구보다 먼저 나이틀리 씨를 들 거예요. 그이가 오늘 마차를 불렀다는 건 저도 알아요. 같은 시간에 도착했거든요. 그걸 두고 제가 우스갯소리를 했지만, 속생각을 드러내는 말은 한마디도 안 하더군요."

"그런데 말이지." 웃음기 어린 얼굴로 웨스턴 부인이 말했다. "이번에는 사심 없는 단순한 자비심에 자기가 나보다 더 점수를 주는 셈이네. 실은 베이츠 양 이야기를 듣는 사이 한 가지 의혹이 불쑥 머리에 떠오르더니 도무지 다시 내쫓을 수가 없는 거야. 생각하면 할수록 그럴싸해 보이거든. 한마디로, 나이틀리 씨와 제인 페어팩스의 결합을 상상해 본 거야. 자기하고 어울리다 보니 이렇게 생각이 돌아가네! 자, 어떻게 생각해?"

"나이틀리 씨와 제인 페어팩스요!" 에마가 소리를 질렀다. "아, 웨스턴 부인, 어떻게 그런 생각을 하실 수가 있어요? 나이틀리 씨라니! 나이틀리 씨는 결혼하면 안 돼요! 제 조카 헨리가 돈웰에서 떠밀려 나는 꼴은 부인도 보고 싶지 않겠지요? 아! 안 돼요, 안 돼, 헨리는 돈웰을 물려받아야 해요. 나이틀리 씨의 결혼에는 절대로 찬성할 수 없어요. 그리고 장담해요, 그런 일은 절대 없을 거예요. 그런 생각을 하시다니 그저 놀라울 뿐이네요."

"에마, 어쩌다 그런 생각이 났는지는 이미 말했잖아. 내가 그 결혼을 원해서나 사랑스러운 헨리에게 해를 끼치고 싶어서가 아니라, 정황상 그런 생각이 든 거지. 그리고 만약 나이틀리 씨가 진심으로 결혼하고 싶어 한다면, 헨리 때문에, 그런 문제에 대해서 아무것도 모르는 여섯 살박이 아이 때문에 못 하게 막는 일은 자기도 못 할 텐데?"

"아뇨, 막을 거예요. 헨리가 밀려나는 것은 못 참을 거예요. 나이틀리 씨가 결혼을 한다고요! 아니요, 여태 그런 생각은 한 번도 안 해 봤고, 지금도 받아들일 수 없어요. 게다가 하고 많은 여자 중에 제인 페어팩스라니요!"

"아니, 그 아가씨야말로 그이가 언제나 가장 아끼는 사람이었잖아. 자기도 잘 알면서 그러네."

"그렇지만 그건 신중한 결혼이 못 되잖아요!"

"신중하느냐 아니냐를 말하는 게 아냐. 단지 그럴 가능성이 높다는 거지."

"전 가능성이 전혀 없다고 봐요. 언급하신 것보다 더 나은 근거를 대신다면 몰라도. 마차를 태워 준 거야 그이의 선한 성정과 인간미로 충분히 설명이 되지요. 아시다시피 그이는 제인 페어팩스하고 상관없이 베이츠 댁 분들을 중하게 여겨 왔지요. 그리고 늘 기꺼이 배려해 드리고. 에이, 웨스턴 부인, 중매 같은 건 하지 마세요. 너무나 서투시니까요. 제인 페어팩스가 애비의 여주인이라니! 아! 안 돼요, 안 돼. 감정적으로 도무지 용납이 안 돼요. 그분 본인을 위해서라도 그런 미친 짓은 못 하게 막겠어요."

"신중치 못하달 수는 있겠지만 미친 짓은 아니지. 재산의 차등이나 아마도 약간의 나이 차를 제하면 안 될 게 뭐 있어."

"그렇지만 나이틀리 씨는 결혼 생각이 없어요. 분명히 그런 생각은 추호도 안 할 거예요. 그분 머리에 그런 생각을 불어

넣지는 마세요. 뭐하러 결혼을 하겠어요? 혼자서도 얼마든지 행복한데요. 농장에다, 양에다, 서재에다, 교구 전체도 관장해야 하고요. 거기다 조카아이들을 아주 예뻐해요. 빈 시간이나 허전한 마음을 채우려고 결혼할 필요는 전혀 없다고요."

"아이고, 에마, 그이도 그런 생각이라면 어쩌겠어. 그렇지만 제인 페어팩스를 정말 사랑한다면……."

"말도 안 돼요! 제인 페어팩스한테는 아무 생각도 없으세요. 사랑 같은 것이라면 분명히 아니에요. 그 아가씨한테나 그 식구들한테 최대한 도움을 주고 싶어는 하지요. 그렇지만……."

"글쎄." 웃으면서 웨스턴 부인이 말했다. "그이가 줄 수 있는 가장 큰 도움은 바로 제인한테 그렇게 훌륭한 가정을 안겨 주는 게 아닐까."

"여자 편에서는 좋을지 몰라도 그분 본인한테는 안 좋은 일일 게 분명해요. 대단히 수치스럽고 격이 떨어지는 연고가 생기잖아요. 베이츠 양이 한 식구처럼 된다면 어떻게 견디겠어요? 맨날 애비에 드나들면서 조카딸과 결혼해 준 크나큰 친절에 온종일 감사를 퍼부어 댄다면요? '정말 친절하고 자상하세요! 그렇지만 우리에게는 언제나 대단히 친절한 이웃이셨지요!' 그러다가 말을 채 끝맺지도 않은 채 모친의 낡은 속치마 이야기로 풀쩍 건너가서는 하는 말이 '그렇다고 속치마가 그렇게 심하게 낡았다는 말씀은 아니고요, 아직은 꽤 오래 입을 만하니까요, 그리고 감사한 마음으로 말씀드립니다만, 사실 우리 집 속치마는 하나같이 질기답니다.'"

"부끄러운 줄 알아야지, 에마! 흉내 좀 그만 내. 나까지 양심에 쩔리게 웃게 만드네. 그리고 내 장담하지. 나이틀리 씨라면 베이츠 양한테 크게 괘념하지 않을 거야. 사소한 일로는 화를 내지 않는 분이니까. 그 아주머니가 아무리 말이 많다 해도, 본인이 할 말이 있는 경우에는 더 큰 목소리로 제압해 버리겠지. 그러나 문제는 그이한테 나쁜 연고냐가 아니라 그이가 원하느냐인데, 내 생각에는 원하는 것 같아. 제인 페어팩스를 아주 좋게 이야기하는 거야 나도 익히 들었고 자기도 마찬가지잖아! 기울이는 관심이나, 건강에 대한 염려나, 더 나은 미래가 주어지지 않았다고 속상해하는 마음이나! 열을 내서 이런 이야기들을 하는 소리도 들었고! 피아노 연주 솜씨와 목소리는 또 얼마나 칭찬하는데! 그 아가씨가 연주하는 음악이면 언제까지고 들을 수 있겠다고도 하던데. 참! 떠오른 생각이 있는데 깜박 잊을 뻔했네. 누군가 보냈다는 그 피아노 말인데…… 우리 모두 캠벨 부부가 보낸 선물이라고 생각하고 말았지만 혹 나이틀리 씨가 보냈을 수도 있지 않을까? 그이한테 자꾸 의심이 가네. 사랑하지 않더라도 그런 일을 할 만한 분이니까."

"그렇다면 사랑한다는 것을 입증하는 논거는 못 되는 셈이지요. 제 생각에는 그런 일을 하실 리가 없어요. 나이틀리 씨는 무슨 일이라도 뒷구멍으로 하진 않으니까."

"그 아가씨한테 피아노가 없어 참으로 안된 일이라는 소리를 거듭 되풀이하던데. 그런 생각을 해 보시는 게 당연하고도 남겠다 싶을 정도로."

"좋아요. 그래도 만약 선물할 생각이 있었다면, 당사자한테 말을 했을 거예요."

"조심스러워서 그랬을지도 모르지, 에마. 내 생각엔 분명히 그분이 보낸 것 같아. 정찬에서 콜 부인이 그 이야기를 꺼내자 유독 침묵을 지키더라니까."

"웨스턴 부인, 어쩌다 든 생각을 가지고 한껏 상상의 나래를 펼치시네요. 그러지 말라고 저한테 여러 번 야단치셔 놓고요. 애정의 조짐은 제 눈에는 하나도 안 보이는데요. 피아노 건도 전혀 믿음이 안 가고요. 저로서는 확실한 증거가 없는 한 나이틀리 씨한테 제인 페어팩스와 결혼할 생각이 조금이라도 있다고 믿지 못하겠어요."

두 사람은 이런 식으로 얼마간 더 옥신각신했다. 에마가 상대방의 마음을 좀 움직인 셈인데, 두 사람 중 웨스턴 부인이 져 주는 데 더 익숙했기 때문이다. 그러던 중 방 안에 부산스러운 움직임이 일어서 보니, 어느새 차 시간이 끝나고 피아노도 연주자를 맞을 준비가 되어 있었다. 그리고 바로 그 순간, 콜 씨가 다가와 우드하우스 양에게 한번 연주해 주시는 영광을 베풀어 달라고 청했다. 웨스턴 부인과 대화에 열중하느라고 프랭크 처칠에 대해서는 페어팩스 양 옆에 자리를 잡고 앉았다는 것 말고는 아무것도 보지를 못했는데, 그도 콜 씨에 이어서 대단히 간곡하게 청하는 말을 보탰다. 그리고 매사에 앞장서는 것이 에마 구미에도 맞았으므로, 그녀는 아주 적절한 말로 수락했다.

그녀는 자기 실력의 한계를 아주 잘 알아서 훌륭하게 해낼수 있는 것 이상은 넘보지 않았다. 다들 좋아할 만한 조촐한 곡들에 관한 한 취향도 정신도 부족하지 않고, 직접 노래를 하며 연주하는 것도 잘했다. 그런데 놀랍고 기쁘게도 그녀의 노랫 소리에 다른 목소리가 하나 끼어들었으니, 프랭크 처칠이 나 지막하지만 정확하게 2파트를 맡은 것이었다. 노래가 끝나자 당연히 그녀에게 용서를 구하는 말이 건네지고 당연히 나올 만한 말들이 이어졌다. 알고 보니 듣기 좋은 목소리에 곡을 완 벽하게 이해하고 계신 것 아니냐는 힐난이 나오고, 그는 천만 의 말씀이라고 부인하며 자기는 음악은 아무것도 모른다, 목 소리랄 것도 없다고 뻗댔다. 두 사람이 함께 한 곡 부르고, 그 다음 에마는 페어팩스 양에게 자리를 양보하고자 했는데, 그 녀의 솜씨가 성악과 연주 모두에서 자기보다 한없이 월등하다 는 사실은 에마 스스로도 인정하지 않을 수 없었다.

좀 착잡한 기분으로 에마는 피아노 주변에 모여든 사람들 에서 약간 거리를 두고 앉아 귀를 기울였다. 프랭크 처칠이 다 시 노래를 불렀다. 두 사람은 웨이머스에서 한두 번 같이 노래 한 적이 있는 모양이었다. 그러나 가장 열심히 듣는 사람들 가 운데 나이틀리 씨도 있는 것을 보고 에마는 정신의 반은 거기 쏠렸다. 그리고 웨스턴 부인이 의혹을 표명한 문제에 대해 일 련의 생각이 꼬리를 물었기 때문에 감미로운 이중창 소리는 순간순간 잠깐씩 귀에 들어올 뿐이었다. 나이틀리 씨의 결혼 에 반대하는 마음은 조금도 덜해지지 않았다. 그녀는 나쁜 점 밖에 보이지 않았다. 그 결혼은 존 나이틀리 씨와 따라서 이저 벨라에게도 대단한 실망을 안겨 줄 것이었다. 아이들에게는 실질적 손해요, 언니네 식구 모두에게 더없이 굴욕적인 변화이자 물질적 손실일 뿐 아니라, 부친에게는 나날의 위안거리가 대폭 줄어들 것이고, 그녀 자신으로 말하자면 제인 페어팩스가 돈웰 안주인이 된다는 생각 자체가 용납이 되지 않았다. 그들 모두 최우선 대우를 해 주어야 할 나이틀리 부인이라니! 안 된다! 나이틀리 씨는 절대로 결혼하면 안 된다. 어린 헨리가 돈웰 상속자로 남아야만 한다.

곧 나이틀리 씨가 뒤를 돌아보더니 곁으로 다가와 앉았다. 처음에 두 사람은 연주 이야기만 나누었다. 그가 열심히 칭찬한 것은 사실이나, 그녀는 웨스턴 부인의 말만 없었다면 전혀 신경 쓰이지 않았을 것이라는 생각이 들었다. 그렇지만 그녀는 그 이모와 조카를 태워 준 그의 친절을 일종의 시금석 삼아 화제에 올리기 시작했다. 그리고 대답하는 투로 보아 그 이야기는 그만했으면 하는 듯했지만, 그녀는 그것 역시 자신의 친절이 길게 이야기되는 것을 싫어하는 성향 때문일 뿐이라고 믿었다.

"좀 미안할 때가 많아요." 그녀가 말했다. "오늘 같은 날 우리 집 마차를 좀 더 활용하자고 할 수 없어서요. 저도 그러고 싶지만, 아시다시피 아버지께선 절대로 제임스를 그런 일에 부릴 수는 없다고 여기시거든요."

"그야 어림없지, 어림없는 일이오." 그가 대답했다. "하지만 물론 당신이야 그러고 싶을 때가 많겠지." 그리고 그런 확신이 매우 흡족한 듯 미소를 지었기 때문에 그녀는 한 걸음 더 밀고 나가기로 했다.

"캠벨 부부 선물 말인데요." 그녀가 말했다. "피아노를 보내다니 정말 인정이 많으세요."

그는 "그렇지." 하고 대답하고는, 전혀 당황하는 기미 없이 말했다. "하지만 미리 통지를 해 주는 편이 좋았을 텐데. 깜짝 선물이란 어리석은 짓이오. 기쁨이 더해지는 것도 아니고, 오히려 상당한 불편만 초래할 때가 많으니까. 캠벨 대령이라면 그 정도는 아실 줄 알았는데."

그 순간부터, 에마는 나이틀리 씨가 그 악기 선물과 아무 상관이 없다고 맹세라도 할 수 있었을 것이다. 그러나 각별한 마음마저 전혀 없는지, 실제로 특별한 끌림도 없었는지는 좀 더 오래 미지수로 남았다. 두 번째 노래를 끝마칠 즈음 제인의 목소리가 갈라지기 시작했다.

"그만하면 되었네." 노래가 끝나자 그가 소리 내어 혼잣말을 했다. "하룻저녁에 그 정도 불렀으면 충분해. 이제 그만 부르지."

그렇지만 곧 한 곡 더 부르시라는 청이 이어졌다. "한 곡만 더 해 주시라, 페어팩스 양을 피곤하게 할 생각은 전혀 없으니 딱 한 곡만 더 청할 것이다." 그리고 프랭크 처칠이 하는 소리가 들렸다. "이 곡이라면 힘들지 않게 소화해 내실 수 있을 겁니다. 첫째 파트는 얼마 되지 않거든요. 이 노래의 강점은 둘째 파트에 있으니까요."

나이틀리 씨는 화를 냈다. 그는 분개하며 말했다.

"저 친구는 그저 제 목소리를 뽐낼 생각뿐이군. 그래선 안 되지." 그러고는 마침 가까이서 지나가는 베이츠 양을 슬며시 건드리면서 "베이츠 양, 조카따님이 노래 부르다 목이

357

프랭크 처칠은 정중한 자세로 에마에게 다가와
그녀를 맨 앞으로 이끌었다.

쉽게 내버려 두다니, 제정신이십니까? 가서 말리시지요. 저 사람들 아가씨한테 정말 심하네요."

베이츠 양은 정말 제인이 걱정된 나머지 제대로 감사를 표하지도 못한 채 앞으로 나아가 더 이상 노래는 안 된다고 말렸다. 여기서 이날 저녁 음악회는 끝이 났으니, 피아노를 연주할 젊은 여성은 우드하우스 양과 페어팩스 양뿐이었기 때문이다. 그러나 곧 (오 분도 안 되어) 누구 입에서 나온 소리인지 정확히 아는 사람은 없었지만, 춤을 추자는 제안이 아주 설득력 있게 콜 씨 부부에게 제기되고 그 결과 적당한 공간을 확보하기 위해 모든 물건이 빠르게 치워졌다. 컨트리댄스에 능한 웨스턴 부인이 피아노 앞에 앉혀져 매력적인 왈츠곡을 치기 시작하고, 프랭크 처칠은 매우 어울리는 정중한 자세로 에마에게 다가와 수락을 받아 내고 그녀를 맨 앞으로 이끌었다.

다른 젊은이들이 짝을 지을 때까지 기다리는 사이 에마는 목소리와 취향이 대단하시다는 찬사를 한 귀로 흘리며 나이틀리 씨는 어쩌고 있는지 살펴볼 수 있었다. 이것이 하나의 시험이 될 터였다. 보통 그는 춤을 잘 안 추었다. 만약 그가 제인 페어팩스에게 재빨리 춤을 청한다면, 뭔가 있다는 조짐일 것이었다. 그런데 당장은 그럴 조짐이 없었다. 아니, 그는 콜 부인과 담소를 나누며 무심하게 지켜볼 뿐이었다. 제인이 다른 사람의 신청을 받았는데, 그는 여전히 콜 부인과 이야기를 나누고 있었다.

에마는 이제 헨리를 걱정할 필요가 없었다. 그의 위치는 아직 안전했다. 에마는 생기발랄하고 즐겁게 춤을 주도해 나갔다. 다섯 쌍밖에는 나서지 않았지만, 춤추는 게 흔한 일도 아니고 갑작스러운 만큼 더 즐거웠고, 파트너도 아주 잘 만났다. 두 사람은 보기 좋은 한 쌍이었다.

불행하게도 춤은 두 번밖에 허용되지 않았다. 밤이 깊어지기 시작한 데다 베이츠 양이 모친 생각에 집에 가고 싶어 조바심을 냈다. 다시 춤을 시작해도 좋다는 허락을 얻어 내려 몇 차례 시도해 본 끝에, 결국 그들은 웨스턴 부인에게 감사하며 아쉬운 표정으로 끝낼 수밖에 없었다.

"차라리 잘된 일인지도 모르겠습니다." 에마를 마차까지 수행하면서 프랭크 처칠이 말했다. "페어팩스 양한테 신청할 수밖에 없었을 텐데, 당신 춤을 경험한 마당에 그 아가씨의 힘 없는 춤이 마음에 들 리 있겠습니까."

9

몸을 낮춰 콜 댁 초대에 응한 것이 에마는 후회스럽지 않
았다. 그다음 날 즐거운 회상거리를 많이 안겨 준 것이다. 그리
고 독야청청의 위엄을 잃은지는 몰라도, 대신 찬란한 인기로
풍부한 보상을 받았다. 그녀는 콜 부부를 기쁘게 해 준 게 분명
했으며 (행복해할 자격이 있는 훌륭한 분들 아닌가!) 쉽게 지워지
지 않을 이름을 남기고 온 것이었다.

기억에서조차도 완벽한 행복이란 흔하지 않은 법이니, 두
가지가 마음에 좀 걸렸다. 제인 페어팩스의 감정 상태에 대한
자신의 의혹을 프랭크 처칠한테 말한 것은 여자끼리의 신의를
깨뜨린 게 아닌가 싶었다. 잘한 일이라기는 힘들었다. 그러나
그런 생각이 매우 강하게 드는 바람에 언제든 입 밖에 낼 수밖
에 없었을 것이고, 그가 자기의 모든 말에 수긍한 것은 자신의
통찰력이 대단하다는 칭찬이나 마찬가지였기 때문에, 그녀는
입을 다물고 있는 편이 꼭 옳았을지 확신이 안 갔다.

후회가 되는 다른 일 또한 제인 페어팩스와 관련된 것
인데, 이 점에서는 의심하고 자시고 할 것이 없었다. 자신의
연주와 노래가 떨어진다는 생각에 그녀는 꾸밈없고 두말할
여지없는 후회에 잠겼다. 어릴 때 게으름을 부린 것이 진심

으로 안타까웠고, 그래서 한 시간 삼십 분 동안 피아노 앞에 앉아 열심히 연습했다.

그러던 중 해리엇이 들어와 연습이 중단되었다. 만약 해리엇의 칭찬으로 만족할 수 있었더라면 금방 위안을 얻을 수 있었을 것이다.

"아유! 저도 아가씨나 페어팩스 양처럼 연주를 잘하면 얼마나 좋을까요!"

"우리를 동급으로 취급하지 마, 해리엇. 내 연주는 그이와는 천양지차야, 불빛과 햇빛만큼 말이야."

"어머! 그럴 리가…… 제가 보기에는 아가씨가 더 나은 것 같은데요. 그분 못지않게 잘 치시는 것 같아요. 저라면 틀림없이 아가씨 연주를 더 듣고 싶을 거예요. 어젯밤 모두들 아가씨 연주에 감탄했는데요."

"음악을 조금이라도 아는 사람이라면 차이를 느꼈을 거야. 사실은 해리엇, 내 연주는 딱 칭찬받을 정도지만, 제인 페어팩스의 연주는 그런 수준을 한참 넘어섰어."

"그래도 전 아가씨 연주가 그분만큼 뛰어나다고, 아니면 설령 차이가 있다 해도 아무도 알아채지 못할 정도라고 언제나 생각할래요. 콜 씨는 아가씨 안목이 높다고 하셨고 프랭크 처칠 씨도 아가씨 취향을 한참 이야기하며 자기는 연주 실력보다 취향을 더 높이 친다고 하시던데요."

"그랬어! 그렇지만 제인 페어팩스는 둘 다 가진걸, 해리엇."

"정말요? 그분 연주 실력은 알겠지만 안목까지는 모르겠던데요. 안목을 칭찬하는 사람도 없었고요. 그리고 전 이탈리아 노래가 싫어요. 한마디라도 알아들을 수가 있어야지요. 게다가 연주 솜씨가 정말로 아주 좋다 해도, 앞으로 남을 가르칠 분이니 그 정도야 당연한 것 아니겠어요? 어젯밤 콕스 댁 따님들은 그분이 명문대가 댁에 들어갈 수 있을까 하던데요. 어제 그 따님들 어떻게 보셨어요?"

"평소 그대로지 뭐. 격이 한참 떨어지더군."

"그분들한테서 들은 이야기가 있는데요." 좀 머뭇거리면서 해리엇이 말했다. "뭐 중요한 일은 아니에요."

에마는 엘튼 씨 이름이 튀어나올까 봐 걱정은 되었지만 무슨 이야기냐고 묻지 않을 수 없었다.

"그게 저…… 지난 토요일 정찬에 마틴 씨도 참석했대요."

"그래!"

"용무차 그 댁 어른을 찾아왔는데, 그 어른께서 있다가 정찬을 들고 가라고 했다는 거예요."

"그래!"

"그이 이야기를 한참들 하던데요, 특히 앤 콕스가요. 무슨 뜻인지는 몰라도 저한테 오는 여름에 다시 그 집에서 머물 생각이냐고 묻더라고요."

"뜻은 무슨 뜻이겠어. 주제넘게 떠보는 거지. 딱 앤 콕스다운 짓이네."

"앤 콕스 말로는 그 댁에서 식사한 날 그이가 대단히 사근사근하게 굴더래요. 식탁에서 자기 옆자리에 앉았다고 하고. 내시 양 말로는 콕스네 두 따님 모두 그이하고 결혼할 수 있다면 좋아 죽을 거래요."

"그러고도 남겠지. 하나같이 하이베리에서 가장 격이 떨어지는 여자들이니까."

해리엇은 포드 상점에 볼일이 있었다. 에마는 혹시 모르니 자기도 따라가는 것이 좋겠다고 생각했다. 마틴 식구들과 다시 우연히 마주칠 수도 있는데 해리엇의 현재 상태로는 위험천만한 일이었다.

해리엇은 보는 물건마다 마음에 들어 하고 귀가 아주 얇아서 물건 사는 데 언제나 아주 오래 걸렸다. 그녀가 아직도 모슬린을 뒤적이며 마음을 바꿔 대는 사이, 에마는 무료함을 달랠 겸 문 쪽으로 갔다. 하이베리에서 가장 분잡한 거리지만 행인들에게서 대단한 구경거리를 기대할 수는 없었다. 급하게 지나가는 페리 씨나, 사무실 문으로 들어가는 윌리엄 콕스 씨, 운동을 하고 돌아오는 콜 씨의 마차용 말들, 말 안 듣는 나귀를 타고 거리를 헤매는 우편배달부 소년 정도가 기대할 수 있는 가장 활기찬 광경들이었다. 이번에는 둘러봐야 보이는 것이라고는 쟁반을 들고 가는 푸주한, 가득 찬 바구니를 들고 가게에서 나와 집으로 돌아가는 단정한 노부인, 더러운 뼈다귀를 사이에 두고 으르렁거리는 개 두 마리, 빵집의 작은 돌출 창 앞에서 생강빵을 훔쳐보며 어슬렁거리는 꼬마들 한 떼가 고작이었지만, 그만하면 불평할 것이 못 된다는 점을 그녀도 알았고, 충분히 계속 문간에 서 있을 만큼 재미도 있었다. 활달하고 편안한 정신은 볼 게 없어도 잘 견딜뿐더러, 보이는 것에마다 호기심을 느끼게 마련이다.

그녀는 랜들스 거리를 내다보았다. 저 멀리서 두 사람이 나타났다. 웨스턴 부인과 그 의붓아들이었다. 그들은 하이베리로 들어오고 있었는데, 물론 하트필드로 가는 길이었을 것이다. 그러나 제일 먼저 걸음을 멈춘 것은 베이츠 부인 집 앞이었다. 포드 상점보다 그 집이 랜들스 쪽에 더 가까웠다. 그리고 막 문을 두드리려는 순간 에마와 눈이 마주쳤다. 그들은 곧장 길을 건너 그녀에게 다가왔다. 어제 모임의 즐거움이 지금의 만남에 신선한 즐거움을 안겨 주는 듯했다. 웨스턴 부인은 새 피아노 소리를 들어 보러 베이츠 댁에 가던 길이라고 일러 주었다.

"여기 동행 말로는……." 그녀가 말했다. "어젯밤 내가 베이츠 양한테 오늘 아침에 들르겠다고 철석같이 약속했다는 거야. 나도 몰랐어. 내가 날짜를 못 박아 말했는지 나도 몰랐는데, 이 친구 말이 그랬다기에 지금 가는 중이야."

"그럼 웨스턴 부인께서 방문을 하시는 동안……." 하고 프랭크 처칠이 말했다. "저는 두 분과 함께 다니다가 하트필드에서 부인을 기다리고 싶은데, 그래도 될까요. 집으로 가실 거라면 말입니다."

웨스턴 부인은 실망했다.

"나하고 같이 갈 생각인 줄 알았는데. 그분들도 아주 좋아할 테고."

"제가요! 방해만 될 텐데요. 그렇지만 어쩌면…… 여기서도 역시 방해만 될지도 모르겠군요. 우드하우스 양은 저를 원하지 않는 표정이니까요. 제 외숙모께서는 물건을 사는 동안에 늘 절 쫓아 버리시지요. 성가셔 죽겠다고요. 우드하우스 양도 비슷한 말씀을 하실 것처럼 보이네요. 어째야 좋을까요?"

"제 볼일로 여기 온 것이 아니라 친구 때문에 온 거예요."
에마가 말했다. "그 애도 아마 금방 용무를 마칠 테고 그러면
우린 집으로 가려고요. 그렇지만 당신은 웨스턴 부인하고 같
이 가서 피아노 소리를 들어 보시는 편이 낫겠네요."

"글쎄요…… 그렇게 권하신다면…… 그런데 혹시 (미소를
지으며) 캠벨 대령이 부실한 친구한테 시킨 바람에 음색이 변
변찮으면, 전 뭐라고 해야 하지요? 웨스턴 부인께 아무 도움
이 안 될 겁니다. 혼자서 더 잘하실 거예요. 불쾌한 사실도 부
인 입에서 나오면 달게 느껴지지만, 저야 예의 바른 거짓말에
는 아주 손방인 위인이라서요."

"그건 믿기 힘든데요." 에마가 답했다. "맘에 없는 말도 필
요하다면 누구 못지않게 잘하실 것 같은데요. 그렇지만 변변
찮은 악기일까 봐 걱정할 이유도 없잖아요. 오히려 그 반대일
거예요. 어젯밤 페어팩스 양의 견해를 제가 제대로 알아들었
다면 말예요."

"나하고 같이 가시게." 웨스턴 부인이 말했다. "아주 싫은
게 아니라면 말이야. 오래 머물지는 않을 거야. 그러고 나서 하
트필드로 가자고. 이 두 사람의 뒤를 좇아서. 난 정말 자네가
같이 들어갔으면 해. 그러면 대단한 대접으로들 여기실 거야!
내내 난 자네도 갈 생각인 줄 알았는데."

그는 더는 뭐라 할 수 없었고, 하트필드 방문이라는 보상
을 기대하며 웨스턴 부인과 함께 베이츠 부인 댁으로 되돌아
갔다. 에마는 두 사람이 안으로 들어가는 것을 지켜본 후, 관심

이 가는 매대 앞에 서 있는 해리엇한테 가 보았다. 그리고 만약 무지(無地) 모슬린을 사려는 거라면 무늬 있는 것은 봐야 소용 없고, 아무리 예뻐도 파란색 리본은 그녀의 노란색 패턴에는 어울리지 않는다는 것을, 조목조목 알아듣게 해리엇한테 확인 시켜 주었다. 마침내 포장물을 보낼 주소까지 포함해 모든 것 이 정해졌다.

"고더드 부인 앞으로 보내 드릴까요, 아가씨?" 포드 부인 이 물었다. "네…… 아뇨…… 네, 고더드 부인 앞으로 보내 주 세요. 그런데 드레스 패턴이 하트필드에 있어서…… 아네요, 하트필드로 보내 주시면 좋겠네요. 그렇지만 고더드 부인이 보고 싶어 하실 텐데…… 그리고 드레스 패턴은 언제라도 집 으로 들고 오면 되고. 하지만 리본은 당장 써야 할 텐데…… 하 트필드로 보내는 게 낫겠네, 최소한 리본은. 혹시 두 군데로 나 눠서 보내 주실 수도 있나요, 포드 부인?"

"부인한테 그런 수고까지 끼칠 필요는 없잖아, 해리엇."

"그건 그렇네요."

"수고랄 것도 없습니다, 아가씨." 하고 포드 부인이 순순 히 말했다.

"정말요! 그렇지만…… 하긴 하나로 받는 게 훨씬 더 나 은데. 그럼 괜찮으시다면 전부 고더드 부인 댁으로 보내 주세 요…… 아이 모르겠네요…… 아네요, 제 생각엔 우드하우스 양, 하트필드에서 받아서 밤에 집으로 가져가는 것도 괜찮을 것 같은데요. 어느 편이 좋을까요?"

"이 문제에 시간을 0.5초도 더 안 쓰는 편이 좋겠지. 하트필드로 보내 주세요, 포드 부인."

"그래요, 그게 제일 낫겠네요." 아주 만족해서 해리엇이 말했다. "고더드 부인 댁으로 보내기는 저도 싫었을 거예요."

목소리들이 가게로 다가왔다. 아니, 목소리 하나와 숙녀 둘이 왔다고 할까. 웨스턴 부인과 베이츠 양이 문간에서 그들을 맞이했다.

"우드하우스 양." 베이츠 양이 말했다. "잠시 들러 우리 새 피아노에 대해 한마디 해 달라고 청하려고 이렇게 막 달려왔네. 아가씨하고 스미스 양 둘 다 말이야. 어떻게 지내나, 스미스 양? 나도 잘 지내, 고맙네. 그리고 웨스턴 부인한테 같이 오셔서 내 청이 받아들여지게 도와 달라고 청했지."

"베이츠 부인과 페어팩스 양 모두 평안……."

"그럼 다들 평안하지. 정말 고맙네. 모친도 아주 건강하시고, 제인도 어젯밤 감기에 걸리지도 않았네. 우드하우스 씨는 어떠신가? 그렇게 건강하시다니 정말 기쁘네. 아가씨가 여기 있다고 웨스턴 부인이 일러 주셨지. 그래서 내가, 어머! 그렇담 어서 달려가 봐야겠다, 내가 달려가서 들렀다 가라고 청해도 우드하우스 양은 뭐라고 안 할 거다, 어머니도 아가씨를 보면 아주 행복해하실 거고, 여기 이렇게 훌륭한 분들이 모인 자리니 아가씨도 거절은 못 할 거다 했지. 그러니까 프랭크 처칠 씨가 말하는 거야. '네, 부디 그렇게 하세요. 우드하우스 양의 악기 평은 꼭 들어 봐야지요.'라고. 그래서 내 말했지. '누가 나하고 같이 가 주면?' 그랬더니 '아! 그럼 이 일을 마칠 때까지 삼십 초만 기다려 주십시오.'라고 하는 거야. 무슨 일인고 하니, 우

368

드하우스 양, 믿을 수 있겠어? 글쎄, 자상하기 그지없게도 어머니 안경 리벳을 손봐 주고 있어. 오늘 아침에 리벳이 빠졌거든. 어쩜 그렇게 자상한지! 어머니가 안경이 망가져서 못 쓰셨거든. 그나저나 누구나 안경은 두 벌 있어야 해. 반드시. 제인이 그렇게 말했어. 원래는 오늘 제일 먼저 존 손더스한테 가져가 맡길 생각이었는데, 오전 내내 자꾸 일이 생기는 바람에. 처음에는 이것, 다음에는 저것, 일일이 열거하기도 힘들 때가 있잖아 왜. 한번은 패티가 와서 부엌 굴뚝을 청소할 때가 된 것 같다는 거야. 내 말했지. 아이고, 패티, 그런 나쁜 소식은 들고 오지 마. 노마님 안경 리벳이 빠져 버린 마당에 말이야. 그다음엔 구운 사과가 집으로 왔는데, 월리스 부인이 아들 편에 보내온 거야. 그분들은 우리한테 대단히 예절 바르고 친절하게 대하셔. 월리스 부부 말인데, 한결같지. 어떤 사람들은 월리스 부인이 어떨 때는 예의가 없고 대답을 아주 무례하게 한다고 말하는 모양이던데, 우리한테는 오로지 극진한 관심만 보여 주었거든. 그리고 이번엔 우리 집 습관대로 보내 주신 것은 아니고. 우리가 빵을 먹으면 얼마나 먹겠어? 달랑 세 식구잖아. 지금은 제인도 있기는 하지만, 그 앤 정말 먹는 게 없거든. 아침 식사라고 해야 사람들이 봤다간 놀라 까무라칠걸. 그 애가 이렇게 끼니를 소홀히 하는 걸 어머니께서 알게 할 수는 없지. 그래서 이렇게 저렇게 얼버무리는 식으로 넘어가고 있지. 하지만 정오쯤 되면 그 애도 시장기를 느끼는데, 구운 사과만큼 그애가 좋아하는 것도 없거든. 건강에도 아주 좋고. 일전에 기회를 봐서 페리 씨한테 물어보았거든. 길에서 우연히 만났을 때 말이야. 그렇다고 그 전에도 추호의 의심이 있었던 것은 아니고. 우드하우스 씨께서 구운 사과가 좋다고 하시는 소리를 아주 자주 들었거든. 이 과일이 몸에 좋은 것은 오로지 구웠을 때뿐이라고 생각하시는 것 같아. 하지만 우리 집에서는 사과 만두*도 자주자주 만들어 먹지. 패티가 사과 만두를 아주 잘 만들거든. 자, 웨스턴 부인, 바라건대 부인의 설득이 주효해서 이 숙녀분들이 우리 청을 들어주면 좋겠네요."

에마는 "베이츠 부인을 비롯해 여러 분을 뵙게 되어 대단히 행복할 것"이라고 했고, 마침내 모두 가게에서 나왔는데, 베이츠 양도 다음과 같은 말 외에는 일행을 더 지체시키지 못했다.

"안녕하세요, 포드 부인? 용서하세요. 미처 못 뵈었어요. 듣자 하니 런던에서 멋진 새 리본 컬렉션을 들여놓으셨다고요. 어제 제인이 좋아하며 왔더라고요. 고마워요, 장갑은 아주 잘 맞아요. 손목 부분이 아주 조금 크기는 한데, 제인이 줄여준답니다."

"내가 무슨 이야기를 하고 있었더라?" 모두 거리로 나왔을 때 다시 말을 시작하며 그녀가 물었다.

에마는 그녀가 두서없이 쏟아 놓은 그 많은 화제 중 과연 무엇을 골라잡을지 궁금했다.

"세상에, 무슨 이야기를 하던 중인지 기억이 안 나네. 아, 어머니 안경! 프랭크 처칠 씨는 어쩌면 그렇게 고마우신지! 이

---

* 구운 사과에 초콜릿을 입힌 요리.

370

러는 거야. '아하! 리벳 조이는 건 제가 하면 되겠네요. 전 이런 일을 굉장히 좋아하거든요.' 이것만 봐도 정말 얼마나……이 말은 꼭 해야겠네, 이야기도 많이 들었고 기대도 많이 했지만, 직접 보니 훨씬 더…… 정말 충심으로 축하드려요, 웨스턴 부인. 그런 아드님이라면 정말로 어떤 자애로운 부모라도……'아하! 리벳 조이는 건 제가 하지요. 전 이런 일을 굉장히 좋아하거든요.'라니. 그런 태도는 결코 못 잊을 거예요. 그리고 찬장에서 구운 사과를 내와 손님들한테 부디 드셔 보라고 권했더니 곧바로 이러는 거예요. '아! 어떤 과일도 구운 사과 반도 못 미칠 것입니다. 그리고 집에서 구운 이렇게 훌륭한 사과는 여태껏 한 번도 본 적이 없네요.' 이런 말을 해 주다니 정말이지…… 그리고 태도로 볼 때 분명 단순한 인사치레만은 아니에요. 사실 정말 맛있는 사과인 데다 윌리스 부인이 제대로 만들었거든요. 두 번만 구운 게 좀 걸리긴 하지만요. 우드하우스 씨한테 반드시 세 번 굽겠노라고 약속해서요. 그렇지만 우드하우스 양은 착하니까 말씀드리지는 않겠지. 물론 사과 자체도 구운 사과를 만들기에 최상급이지요. 모두 돈웰에서 온 건데, 나이틀리 씨가 넉넉하게 보내 주시는 것 중 하나예요. 매년 한 자루씩 보내 주세요. 그리고 저장용 사과치고 그 댁 사과나무만 한 것은 틀림없이 없었을 거예요. 지금은 두 그루로 늘었다지요. 어머니는 당신이 젊었던 시절에는 그 댁 과수원 명성이 언제나 자자했다고 하시지요. 그러나 일전에는 정말 깜짝 놀랐답니다. 어느 날 아침 나이틀리 씨가 오셨는데, 제인이 보내 주신 사과를 먹고 있었지요. 그래서 함께 사과 이야기도 하고 그 애가 얼마나 이 사과를 좋아하는지도 이야기하는데, 나이틀리 씨가 글쎄 혹시 이제 다 떨어지지는 않았느냐고 묻는 거예요. 그러고는 '틀림없이 떨어졌을 겁니다. 한 자루 더 보내 드리지요. 저야 먹고도 한참 많이 남는걸요. 윌리엄 라킨스가 성화를 하는 통에 금년에는 평소보다 더 많은 양을 저장해 두었거든요. 먹을 수도 없게 되기 전에 좀 더 보내 드리지요.' 그래서 내가 부디 그러지 마시라, 사실 사과가 동이 난 문제라면 아직 많이 남았다고는 못 하겠다, 실은 여섯 개밖에 안 남았지만 죄다 제인 몫으로 남겨 둘 것이다, 그러니 이미 그렇게 많이 보내 주신 마당에 더 보내시는 것은 도저히 받아들일 수 없다고 했지요. 제인도 같은 말을 했고. 그분이 가시고 나서 제인하고 말다툼을 할 뻔했지요. 아니, 말다툼이란 말은 안 맞고. 우린 살면서 한 번도 다툰 적이 없거든요. 그렇지만 그 애는 사과가 거의 바닥 났다는 말을 왜 했느냐고 매우 속상해했어요. 사과가 아직 아주 많이 남았다고 했어야 한다는 거지요. 그래서 내 말했지요. '아이고! 애야, 나도 그런 말을 최대한 한다고 했다.' 그렇지만 바로 그날 저녁 윌리엄 라킨스가 커다란 사과 광주리를 들고 온 거예요. 같은 품종 사과에 적어도 한 부셸*은 되었을 거예요. 나는 정말로 고마워서 내려가 윌리엄 라킨스에게 감사하단 말을, 짐작하시겠지만 하나도 빼지 않고 다 했어요. 윌리엄 라킨스와는 아주 오래전부터 알고 지냈는데, 보면 언제나 반갑지요. 그런데 나중에 패티한테 들어 보니 윌리

---

* 곡물이나 과일의 중량 단위로 약 28킬로그램에 해당함.

엄 말이 그 품종은 그게 전부였다는 거예요. 남은 걸 다 가져왔으니 이제 자기 주인은 굽거나 졸임을 할 사과가 하나도 안 남았다고요. 윌리엄 본인은 별로 괘념치 않는 모양으로, 그만큼 주인이 많이 팔았다는 이야기니 기분이 좋다고 했대요. 윌리엄한테는 알다시피 무엇보다 주인의 이익이 중요하잖아요. 그렇지만 호지스 부인은 사과를 다 보낸다고 아주 못마땅해했대요. 주인이 올봄에 새로 애플파이는 드시지도 못하게 되었으니 말이 되느냐고요. 윌리엄은 패티한테 이 말을 해 주었지만, 신경 쓰지 말라고, 우리한테는 아무 소리도 말라 하면서 호지스 부인은 가끔씩 공연히 심통을 부리곤 한다고, 그렇지만 그렇게 많은 자루가 팔린 게 중요하지 남은 사과야 누구 입에 들어가든 무슨 상관이냐고 했다네요. 패티한테서 그 이야기를 듣고 난 정말 깜짝 놀랐어요! 나 역시 무슨 일이 있어도 나이틀리 씨는 모르시게 하려고 했는데 말이우! 안 그랬다가는 그분이 아주…… 제인한테는 알리지 않으려 했어요. 그렇지만 나도 모르는 사이에 불행히도 발설하고야 말았답니다."

패티가 문을 열어 주었을 때는 베이츠 양이 막 말을 마친 참이었다. 2층으로 올라가는 방문객들을 따라온 것은 그녀의 산만한 당부의 말뿐, 이제 그들은 본격적인 이야기를 들어 주는 일에서는 잠시 벗어날 수 있었다.

"조심하세요, 웨스턴 부인, 모퉁이에 계단이 한 단 있어요. 조심해요, 우드하우스 양, 우리 집 계단은 좀 어둡다네. 좀 불편할 정도로 어둡고 좁은 편이지. 스미스 양, 조심해요. 우드

373

하우스 양, 이걸 어쩌나. 발을 찧은 것 같으니. 스미스 양, 모퉁이 계단 조심해요."

IO

그들이 들어갔을 때 그 작은 거실의 모습은 그야말로 정적 그 자체였다. 안경 때문에 평소 소일거리를 빼앗긴 베이츠 부인은 벽난로 한쪽에서 졸고 있고, 그 옆 탁자에서는 프랭크 처칠이 안경을 손보느라 여념이 없고, 두 사람을 등지고 선 제인 페어팩스는 피아노만 열심히 살펴보고 있었다.

그렇지만 그 바쁜 와중에도 그 청년은 다시 만난 에마한테 더없이 환한 표정을 보여 줄 수 있었다.

"참 반갑습니다." 그가 조금 소리 죽여 말했다. "제 계산보다는 적어도 십 분은 일찍 오셨으니까요. 지금 전 쓸모 있는 사람이 되고자 애쓰는 중인데, 어떠세요, 성공할 것 같은가요?"

"뭐라고!" 웨스턴 부인이 말했다. "아직도 못 끝냈단 말인가? 그런 속도라면 은 세공사로는 밥벌이가 힘들겠는걸."

"쉬지 않고 일한 건 아니거든요." 그가 대답했다. "페어팩스 양이 피아노를 탄탄하게 자리 잡는 것을 도와 드리고 있었습니다. 좀 불안정했거든요. 바닥이 고르지 않아서 그런 것 같아요. 보다시피 둘이서 다리 하나를 종이로 괴는 중이었습니다. 이렇게 순순히 와 주시다니 정말 친절하십니다. 서둘러 집으로 돌아가실까 봐 걱정도 좀 되었거든요."

옆 탁자에서는 프랭크 처칠이 안경을 손보느라 여념이 없었다.

그는 그녀를 자기 옆에 앉도록 하더니, 가장 잘 구워진 사과를 골라 주고 자기 작업에 도움이나 조언을 구하는 등 할 일이 많았는데, 그러다 제인 페어팩스가 피아노 앞에 다시 앉을 채비가 되었다. 에마는 그녀가 곧장 그러지 못한 것은 신경이 예민해진 탓이 아닌가 싶었다. 피아노를 갖게 된 지 얼마 안 되어 아직은 감정적 동요 없이 피아노에 손댈 수가 없는 모양이었다. 애써 마음을 다잡아야 연주할 힘이 생겨나는 것 같았다. 에마는 어디서 비롯된 것이든 이런 감정에 동정을 금할 수 없었고, 옆에 앉은 사람한테 다시는 이런 속사정을 발설하지 말아야겠다고 다짐하지 않을 수 없었다.

마침내 제인이 연주를 시작했는데, 첫 몇 마디는 손에 힘이 없었지만 점차 악기의 성능을 최대한 이끌어 낼 수 있었다. 웨스턴 부인은 이미 감탄한 바 있지만 다시 감탄을 표했다. 에마도 그녀의 칭찬에 전적으로 동감했다. 그리고 이 피아노는 모든 음이 정확하고 선명해서 전체적으로 최상급 악기라는 판정이 내려졌다.

"캠벨 대령이 누구한테 시켰는지 몰라도 심부름한 사람이 제대로 골랐네요." 프랭크 처칠이 에마에게 미소를 보내며 말했다. "웨이머스에서도 캠벨 대령의 안목은 평판이 높았지요. 고음부의 부드러움이야말로 그분이나 그곳 분들 모두가 특히 높이 치는 것이지요. 내 짐작에는 페어팩스 양, 대령께서 심부름꾼한테 아주 세밀하게 지시해 놓았거나 아니면 브로드우드 상점에 직접 편지를 쓴 것 같네요. 그렇지 않을까요?"

제인은 고개를 돌리지 않았다. 꼭 듣지 않아도 괜찮았

다. 그와 동시에 웨스턴 부인도 그녀에게 말을 건네고 있었던 것이다.

"부당한 처사네요." 에마가 귓속말로 말했다. "전 그냥 이것저것 추측해 본 것뿐이에요. 저이를 괴롭히지 마세요."

그는 미소를 지으며 고개를 저었고, 마치 자기한테는 의문의 여지도 자비의 여지도 별로 없다는 듯한 표정이었다. 조금 있다 그는 다시 말을 시작했다.

"이번 일로 당신이 기뻐할 것을 생각하며 아일랜드의 친구 분들이 얼마나 좋아하고 계실까요. 아마도 자주 당신을 떠올리면서, 악기가 언제쯤, 정확하게 며칠쯤 손에 들어갈까 궁금해하시겠지요. 바로 지금 일이 여기까지 진척된 것을 캠벨 대령도 아실까요? 그분이 직접 지시한 결과인지, 아니면 그분은 전체적인 지시만 하고 시간은 미정으로 남겨 둔 채 사정과 형편에 따르도록 한 것인지, 당신 생각은 어떠세요?"

그는 말을 멈추었다. 그녀는 듣지 않을 도리도, 대답을 피할 도리도 없었다. 애써 차분한 목소리로 그녀가 말했다.

"캠벨 대령님한테서 편지를 받기 전에는 아무것도 자신 있게 말할 수 없네요. 모두 추측에 불과할 테니까요."

"추측이라…… 그렇죠, 추측이란 맞을 때도 있고 틀릴 때도 있지요. 리벳 조이는 일이 얼마나 빨리 끝날지 추측할 수 있다면 좋겠군요. 열심히 일을 할 때는, 우드하우스 양, 얼마나 말이 안 되는 소리를 하게 되는지요. 입을 연다면 말입니다. 진짜 일꾼들은 아마 입을 다물고 하겠지요. 그러나 우리 신사 일꾼들은 한마디라도 귀에 들어왔다 하면…… 페어팩스 양이 추측이란 말을 꺼내서서 말이지요. 자, 이제 끝났네요. 저도 기쁩니다, 부인, (베이츠 부인을 향해서) 안경을 돌려 드리게 되어서. 지금으로선 고쳐진 셈입니다."

모친과 딸 둘 다 그에게 대단히 뜨거운 감사를 보냈다. 베이츠 양한테서 잠시 벗어나려는 마음에 그는 피아노로 가서는 아직 그 앞에 앉아 있는 페어팩스 양에게 한 곡 더 연주해 달라고 청했다.

"아주 친절을 베푸시려면……." 하고 그가 말했다. "어젯밤 우리가 춤출 때 그 왈츠곡 중 하나로 해 주십시오. 그 순간을 되살려 보게요. 당신은 저만큼 즐기시진 않았지요. 내내 피곤해 보이시더군요. 춤을 그만두었을 때 아마도 다행이다 싶으셨겠지요. 그러나 전 온 세상을, 제가 가진 모든 세상을 다 내주었을 겁니다. 삼십 분만 더 춤출 수 있다면요."

그녀는 연주했다.

"이미 행복하게 들었던 곡조를 다시 들으니 행복해서 날아갈 것 같군요. 제가 틀리지 않았다면, 웨이머스에서 춤출 때도 이 곡이었지요."

그녀는 잠시 그를 올려다보고 얼굴이 새빨개져서는 다른 곡을 연주했다. 그는 피아노 근처 의자에서 악보들을 집어 들고는 에마를 돌아보며 말했다.

"여기 한 번도 못 들어 본 곡이 있네요. 당신은 아는 곡인가요? 크라머*입니다. 여기 아일랜드 신곡(新曲)들이 있군요.

---

* 당대의 유명한 피아노 연주자이자 작곡가인 요한 밥티스트 크라머(Johann Baptist Cramer, 1771~1858)로 추정된다.

그분들이 보냄 직한 곡이네요. 모두 악기하고 함께 보내온 것들이지요. 캠벨 대령은 정말 생각이 깊으시네요, 그렇지 않습니까? 여기 페어팩스 양 집에 악보가 없을 줄 아신 거지요. 그분의 배려 가운데 특히 이 대목이 전 귀하게 여겨집니다. 정말 마음에서 우러나와 한 일이라는 걸 보여 주니까요. 급하게 하느라 어설픈 구석도 전혀 없고, 미완으로 남겨 놓은 것도 전혀 없네요. 이런 배려는 오로지 진정한 호의에서만 가능한 것이지요."

에마는 그가 덜 신랄했으면 싶었지만, 재미있는 것은 어쩔 수 없었다. 그리고 슬쩍 제인 페어팩스를 보니 미소의 여운이 남아 있고, 찔리는 게 있는 듯 얼굴이 새빨개지면서도 남몰래 기쁨의 미소를 지었던 게 역력하자, 재미있어하는 자신을 덜 책망하게 되고 제인에 대한 양심의 가책은 훨씬 덜해졌다. 이 사랑스럽고 꼿꼿하고 완벽한 제인 페어팩스가 도덕적으로 매우 흠결 있는 감정을 보듬고 있는 것이 분명했다.

그가 악보를 전부 그녀에게 들고 와, 둘이 함께 훑어보았다. 에마는 그 기회를 잡아 귓속말을 했다.

"말씀이 너무 노골적이네요. 무슨 소린지 알아듣겠어요."

"그러길 바랍니다. 알아들었으면 좋겠어요. 제 말뜻에 대해 전 추호의 부끄러움도 없으니까요."

"그렇지만 사실 전 반쯤은 부끄러운걸요. 그리고 애당초 그런 생각을 떠올리지 않았더라면 좋았겠다 싶네요."

"당신이 그런 생각을 해 내고 저한테 전해 주어 전 정말 기쁜데요. 저분의 묘한 표정과 태도를 이해할 수 있는 열쇠를 이제 얻은 셈이니까요. 부끄러움은 저이 몫으로 남겨 두세요. 만일 잘못을 저질렀다면, 마땅히 부끄러움을 느껴야지요."

"아주 안 느끼는 건 아닌 것 같은데요."

"제 눈에는 그런 표시가 별로 안 보입니다. 지금 이 순간도「로빈 어데어」*를 연주하고 있잖습니까. 바로 그 남자분이 좋아하는 곡을요."

잠시 후 멀지 않은 곳에서 말을 타고 가는 나이틀리 씨 모습이 창가를 지나던 베이츠 양 눈에 불현듯 들어왔다.

"틀림없이 나이틀리 씨예요! 한번 말을 건네 봐야겠어요. 그냥 감사하다는 말을 하려고요. 이 방 창문은 안 열게요. 그랬다간 다들 감기에 걸릴 테니까. 어머니 방에 가서 부르면 돼요. 누가 왔는지 알면 아마 들어오실 거예요. 모두 이렇게 만나게 되다니 얼마나 신나는 일이에요! 우리 작은 방이 정말 영광이네요!"

그녀는 여전히 입을 멈추지 않은 채 옆방으로 건너가 창문을 열고는 곧장 나이틀리 씨를 불러 세웠는데, 둘 사이에 오가는 대화 한마디 한마디가 마치 집 안에서 오가는 것처럼 다른 사람들한테도 뚜렷하게 들려왔다.

"안녕하세요? 안녕하세요? 잘 지냅니다, 고맙습니다. 어젯밤 마차 정말 고마웠어요. 딱 제시간에 돌아왔답니다. 마침 모친이 저희를 맞을 채비를 하셨더라고요. 들어오세요, 들어오세요. 친구분들도 몇 분 와 계시거든요."

---

* 아일랜드에서 스코틀랜드로 전해진 전통적인 곡으로 당시에는 대개 피아노 반주에 맞춰 불렸다.

이렇게 베이츠 양이 말을 시작했는데, 나이틀리 씨도 자기 할 말은 제대로 전하기로 작정한 모양이니, 아주 단호하고 위엄 있게 이렇게 말하는 것이었다.

"조카분은 어떻습니까, 베이츠 양? 댁네 모두들 안녕하신지 궁금합니다만 특히 조카분이 그렇군요. 페어팩스 양은 어떠신가요? 어젯밤 감기에 걸리지는 않았겠지요. 오늘은 어떤가요? 페어팩스 양 안부를 알려 주십시오."

베이츠 양은 곧장 대답을 하는 수밖에 없었으니, 그는 그러기 전에는 어떤 다른 이야기도 들어 줄 기세가 아니었다. 옆에서 듣던 사람들은 재미있어했고, 웨스턴 부인은 에마에게 특별한 뜻을 담은 시선을 보냈다. 그러나 에마는 그럴 리 없다고 꿋꿋이 믿으며 여전히 고개를 저었다.

"정말 감사합니다! 마차 건은, 정말 정말 감사해요." 베이츠 양이 다시 시작했다.

그는 말을 잘랐다.

"킹스턴으로 가는 길입니다. 혹시 저한테 시킬 일은 없으신가요?"

"어머나! 킹스턴에, 정말이세요? 콜 부인이 저번 날 킹스턴에서 살 것이 있다고 했는데."

"콜 부인이야 하인을 보내면 되겠지요. 아주머니께서는 시킬 일 없으신가요?"

"없어요, 고맙습니다. 그렇지만 정말 들어오세요. 여기 누가 와 있는지 아세요? 우드하우스 양과 스미스 양이 왔어요. 친절하게도 새 피아노 소리를 들어 보려고 들렀답니다. 말은 크라운 여관에 매 놓고. 어서 들어오세요."

"그렇다면." 하고 그가 숙고하는 자세로 말했다. "오 분쯤."

"그리고 웨스턴 부인하고 프랭크 처칠 씨도 와 계세요! 정
말 신나네요, 이렇게 많은 친구들이!"

"아니, 지금은 안 되겠네요, 감사합니다. 들어가도 이 분
도 못 있을 겁니다. 되도록 빨리 킹스턴에 가야 해서요."

"아유! 들어오세요. 당신을 보면 모두들 무지 좋아할 텐
데."

"아닙니다, 아니에요, 그렇지 않아도 방 안에 충분히 사람
이 많군요. 피아노 소리는 다른 날 와서 들어 보지요."

"어머나, 정말 아쉽네요! 아! 나이틀리 씨, 어젯밤 파티 정
말 멋졌어요. 아주아주 즐거웠어요. 그런 춤 본 적 있으세요?
정말 멋지지 않았어요? 우드하우스 양과 프랭크 처칠 씨 말예
요. 그렇게 훌륭한 춤은 난생처음이에요."

"아, 네! 정말 대단히 멋진 춤이었습니다. 최소한 이렇게
는 말씀드려야겠지요. 우드하우스 양과 프랭크 처칠 씨가 지
금 오가는 이야기를 빠짐없이 듣고 계실 테니까요. 그리고 (목
소리를 더 크게 내며) 페어팩스 양 말씀도 하실 만한데 안 하시
니 이상하군요. 제 생각에 페어팩스 양도 춤을 대단히 잘 추십
니다. 그리고 웨스턴 부인은 이론의 여지없이 잉글랜드 지방
최고의 컨트리댄스 곡 연주자시지요. 자, 친구분들께서 조금
이라도 고마운 마음이 있다면, 답례 삼아 아주머님과 저에 대
해서도 꽤 큰 소리로 몇 말씀 하시겠지요. 그러나 듣고 있을 시
간이 없군요."

"어머나! 나이틀리 씨, 잠깐만요."

"어머나! 나이틀리 씨, 잠깐만요. 중요한 용건이 있거든요. 대단히 놀랐어요! 제인과 저 모두 그 사과 때문에 대단히 놀랐답니다!"

"뭐가 잘못되었습니까?"

"저장해 놓은 사과를 우리한테 전부 보내셨다니 말이에요. 굉장히 많이 있다고 하셨잖아요. 그런데 이제 보니 한 알도 안 남았다고요. 우린 정말로 무척 놀랐어요! 호지스 부인이 화를 내는 것도 당연해요. 윌리엄 라킨스가 와서 이야기해 줬어요. 그러지 마셨어야죠, 정말이지 그러시면 안 되지요. 아! 가버리시네. 감사받는 걸 참지를 못하셔. 그렇지만 난 좀 더 있을 줄 알았지. 그리고 그 말은 반드시 해야만…… 여러분, (방으로 돌아오면서) 성공하지 못했네요. 나이틀리 씨는 지체할 수가 없답니다. 킹스턴으로 가는 길이래요. 나보고 뭐 부탁할 건 없느냐고 하셨는데……."

"네." 제인이 말했다. "우리도 그 친절한 말씀을 들었어요. 주고받는 이야기 모두요."

"어머나! 그래, 얘야, 그랬겠지, 문도 열려 있고 창문도 열려 있고, 나이틀리 씨 목소리도 컸으니까. 암, 틀림없이 다 들었을 거야. '킹스턴에서 저한테 시킬 일은 없으신가요?' 하고 그이가 말하더라. 그래서 내가…… 어머! 우드하우스 양, 꼭 가야 해요? 방금 온 것만 같은데…… 정말 고마워요."

에마는 이제는 정말 집에 가야겠다고 생각했다. 이미 오래 앉아 있었던 것이다. 그리고 시계를 보니 오전도 거의 다 가버렸기 때문에, 웨스턴 부인과 그 동행은 함께 작별 인사를 하

고 두 젊은 숙녀를 하트필드 정문까지 바래다주고 랜들스로
돌아갈 여유밖에 없었다.

일절 춤을 추지 않고 지내는 것도 가능은 할 것이다. 몇 개월씩 어떤 무도회에도 안 가고도 몸과 마음 모두 아무 탈이 없었던 젊은이들의 사례도 알려진 바 있다. 그러나 일단 시작했다면, 빠른 움직임의 날아갈 것 같은 기분을 조금이나마 느꼈다면, 더 춤추기를 원하지 않는 자는 매우 몸이 무거운 인간형임에 틀림없다.

프랭크 처칠은 하이베리에서 춤을 한번 춰 보았고, 다시 추기를 열망했다. 그리고 우드하우스 씨가 설득 끝에 딸과 함께 랜들스에서 저녁 시간을 보냈을 때, 그 마지막 삼십 분을 두 젊은이는 이 문제와 관련된 계획을 짜는 데 할애했다. 프랭크가 먼저 이런 생각을 해냈고, 가장 열심히 밀고 나간 것도 그였으니, 숙녀 쪽은 난점을 잡아 내는 선수인 데다 수용 여건과 모양새 때문에 걱정이 많았다. 그러나 그녀 역시 프랭크 처칠 씨와 우드하우스 양이 얼마나 멋지게 춤을 추는지 사람들 앞에 다시 보여 주고 싶은 마음이 꽤 컸으니 춤이라면 제인 페어팩스와 비교해도 얼굴 붉힐 필요가 없을 터였고, 꼭 허영심의 사악한 부추김이 아니더라도 단순히 춤 그 자체를 추고 싶은 마음도 컸다. 그래서 그를 도와 우선 지금 이 방에 몇 사람이나 수용할 수 있을지 발걸음으로 재 보고 그다음에는 다른 응접실의 넓이를 재 봤으니, 두 방 크기가 같다는 웨스턴 씨의 장담에도 불구하고 그 방이 조금이라도 더 크지 않을까 하는 희망에서였다.

콜 씨 댁에서 시작된 춤을 이곳에서 마무리하자는, 똑같은 사람들을 초대하고 똑같은 연주자로 하자는 그의 첫 제안과 요청은 금방 받아들여졌다. 웨스턴 씨는 쌍수를 들어 환영했고, 웨스턴 부인은 춤을 그만 추겠다고들 할 때까지 연주를 해 주겠다고 기꺼이 수락했다. 그래서 정확하게 누구누구 참석할지 꼽아 보고 각 커플에게 필수적으로 필요할 공간을 계산해 보는 흥미로운 작업이 이어졌다.

"당신과 스미스 양, 페어팩스 양, 이렇게 셋에다 콕스 댁 따님 둘을 더하면 다섯."이라는 계산이 몇 번이나 되풀이되었다. "그리고 나이틀리 씨 외에도 길버트 댁 신사분 둘에, 콕스 댁 아드님, 제 부친, 그리고 제가 있지요. 그래요, 즐거운 파티가 되기에 충분한 숫자네요. 당신과 스미스 양, 페어팩스 양, 이렇게 셋에다 콕스 댁 따님 둘을 더하면 다섯. 다섯 쌍이라면 공간은 넉넉할 겁니다."

그러나 곧 한쪽에서는 "다섯 쌍이 들어갈 만한 공간이 될까요? 전 정말 모자랄 것 같은데요."라고 하고 다른 쪽에서는 "따지고 보면 다섯 쌍으로는 제대로 된 춤을 추기에는 모자랍니다. 진지하게 생각해 보면 다섯 쌍은 아무것도 아니거든요. 다섯 쌍만 초대해서는 안 되겠습니다. 얼핏 생각하기에는 그래도 되겠다 싶었지만 아니네요."라고 하는 식이 되었다.

길버트 양이 오빠 집에 다니러 올 예정이니, 함께 초대해야 한다고 누군가 말했다. 또 다른 누군가는 저번 저녁 파티 때 길버트 부인도 신청하는 사람만 있었으면 춤을 췄을 것이라고 믿었다. 콕스네 둘째 아들도 한마디 거론되고, 웨스턴 씨가 꼭 포함해야 한다며 사촌들 집안 이름을 하나 대고, 빠뜨려서는 안 된다며 오래전부터 알고 지낸 또 하나의 집안을 대는 바람에, 결국 다섯 쌍이 아니라 적어도 열 쌍은 될 게 분명해지면서 이 많은 사람을 도대체 어떻게 수용할지 흥미진진한 궁리에 돌입했다.

두 방문이 바로 마주하고 있었다. "두 방을 다 쓰면서 복도를 가로질러 춤을 추면 안 될까요?" 그것이 최상의 계획인 듯했다. 그러나 좋다고는 해도 여러 사람이 더 나은 계획이 필요하다는 쪽이었다. 에마는 번거로울 것이라 했고, 웨스턴 부인은 그럼 저녁 식사는 어떻게 하느냐며 걱정했고, 우드하우스 씨는 건강을 이유로 열심히 반대했다. 그가 너무 불행해했기 때문에 그 계획을 더 이상 밀고 나가기란 불가능했다.

"아니! 안 되지." 그가 말했다. "그야말로 부주의하기 짝이 없는 짓이야. 에마를 생각하면 참을 수 없는 일이네! 에마는 강골이 아니야. 끔찍한 감기에 걸릴 거라고. 불쌍한 우리 해리엇도 마찬가지고. 여기 모두가 마찬가지야. 웨스턴 부인, 자네는 아예 자리에 눕게 될 게야. 그런 말도 안 되는 소리는 그만 하라고 하게. 그 이야기는 꺼내지도 못하게 하라고, 제발. 저 젊은 친구는 (낮은 목소리로) 정말 생각이 없어. 제 아비한테는 말하지 말고. 하지만 문제가 많은 친구야. 오늘 저녁만 해도 방

389

문을 자꾸만 열고는 아무 생각 없이 그대로 열어 놓잖아. 외풍은 생각도 안 하고 말이야. 자네와 저 친구 사이를 나쁘게 만들고 싶지는 않지만, 정말 문제가 많은 친구야."

웨스턴 부인은 이런 비난에 아차 싶었다. 그녀는 그것의 심각성을 잘 알기 때문에 비난을 덜어 내기 위해 할 수 있는 모든 말을 했다. 이제 모든 방문을 닫아 놓고, 복도를 사용한다는 계획도 포기하고, 그 방에서만 춤을 춘다는 애초 계획으로 되돌아갔다. 그리고 프랭크 처칠 쪽의 선의가 대단해서, 십오 분 전만 해도 자기 입으로 다섯 쌍에도 버거울 정도라더니 지금은 열 쌍에도 충분하다고 역설했다.

"우리가 너무 넉넉하게 잡았어요." 그가 말했다. "불필요한 공간까지 넣은 겁니다. 이 방이라면 열 쌍도 무난합니다."

에마는 이의를 제기했다. "너무 복닥댈 텐데요, 곤란할 정도로요. 몸을 돌릴 여유도 없는 곳에서 춤추는 것만큼 싫은 게 어디 있겠어요?"

"지당한 말씀입니다." 그가 심각하게 대답했다. "아주 싫지요." 그러면서도 그는 넓이를 재 보고 여전히 이렇게 결론짓는 것이었다.

"제가 보기에는 그럭저럭 열 쌍을 수용할 공간은 될 것 같은데요."

"아니, 아니에요." 그녀가 말했다. "정말 터무니없는 말씀을 하시네요. 그렇게 바짝 붙어서 춤춘다면 끔찍할 거예요! 복닥대는 사람들 속에서 춤추는 것만큼 즐거움과 거리가 먼 게 어디 있겠어요. 게다가 작은 방 안에서 복닥대는 거잖아요!"

"그 말씀엔 뭐라고 못 하겠네요." 그가 대답했다. "저도 십분 동의합니다. 작은 방 안에서 복닥댄다…… 우드하우스 양, 몇 개 단어로 눈에 선한 그림을 그려 내는 기술이 뛰어나네요. 절묘합니다, 정말 절묘해요! 그렇긴 하지만 이왕 여기까지 이야기된 마당에 없던 일로 하기는 싫으네요. 제 부친께서도 실망하실 것이고…… 또 전체적으로 볼 때…… 꼭 불가능하다고는…… 제 생각은 열 쌍도 너끈히 수용할 만하다는 데 좀 더 기우는 편인데요."

에마는 그의 신사다운 사근사근함에 약간 억지스러운 데가 있음을, 그리고 그가 자기와 춤추는 기쁨을 놓치느니 차라리 자기한테 반대하는 편을 택하리라는 것을 알아차렸지만, 거기 담긴 찬사만을 취하고 나머지는 용서해 주었다. 그와 결혼할 생각이 조금이라도 있다면야 한 걸음 물러서서 생각해 보고 그의 호감의 가치와 기질적 특성을 파악해 볼 필요가 있겠지만, 그냥 친하게 지내는 정도에서는 그만하면 충분히 유쾌한 상대였던 것이다.

다음 날 정오 전에 그는 하트필드에 왔다. 그는 그 계획이 계속 유효함을 보여 주는 쾌활한 미소를 만면에 지으며 방으로 들어왔다. 더 나은 방안을 알리기 위해 찾아왔음이 곧 드러났다.

"저, 우드하우스 양." 그는 거의 즉각 말을 꺼냈다. "제 아버지 댁 작은 방들에 질겁한 바람에 춤출 생각이 그사이 다 사라져 버린 것은 아니시겠지요. 제가 새로운 제안을 들고 왔습니다. 부친이 생각해 낸 것인데, 당신만 좋다고 하시면 곧바로 시행에 옮길 것입니다. 제가 처음 두 번의 춤을 당신과 함께하는 영광을 기대해도 되겠습니까? 랜들스가 아니라 크라운 인에서 열리게 될 작은 무도회에서요."

"크라운요!"

"그렇습니다. 당신과 우드하우스 씨만 반대하지 않으신다면요. 저도 반대는 못 하시리라 믿고, 제 부친도 여기 친구분들께서 그쪽으로 왕림하는 친절을 베풀어 주실 거라 기대하고 계시지요. 랜들스에서보다 더 편안히 모실 것을 약속드리며 고맙고 반가운 마음도 집에서보다 덜하지 않을 것이라고요. 이 방안은 부친 생각입니다. 웨스턴 부인도 아가씨만 좋다고 하면 이의가 없답니다. 우리 모두 같은 생각입니다. 아! 지극히 옳은 말씀이셨어요! 랜들스의 두 방 중 어느 방이든 열 쌍이 춤을 춘다면 견디기 힘들었겠지요! 끔찍했을 거예요! 옳은 말씀이라는 것은 저도 내내 알았지만, 뭐가 되었든 확보해 놓고 싶은 마음이 큰 나머지 승복하지 못했습니다. 잘 바꾼 것 아닌가요? 당신도 동의하시지요…… 동의하시길 바랍니다만."

"그런 계획이야 웨스턴 씨 부부만 괜찮으시다면 그 누구도 이의를 달 수 없는 것 아닌가요. 저도 멋진 계획이라고 생각하고, 제 스스로 생각하기에도 그리되면 저에게도 대단히 행복한 시간이 될 거예요. 유일하게 가능한 개선책 같네요. 훌륭한 개선책이라고 생각하지 않으세요, 아빠?"

부친이 충분히 이해하기까지 그녀는 몇 번이고 설명을 거듭해야 했고, 그러고 나서도 많은 해명이 더해진 후에야 간신히 납득시킬 수 있었다.

"아니, 개선과는 전혀 거리가 멀다고 생각한다." 하는 것이었다. "아주 안 좋은, 전보다 훨씬 안 좋은 계획이다. 여관 방은 늘 눅눅하고 위험하다. 환기를 제대로 하는 법도 없고, 발을 들여놓을 만한 곳이 절대 아니다. 꼭 춤을 춰야겠다면 그냥 랜들스가 낫겠다. 크라운의 그 방에는 생전 가 본 적도 없고 주인 얼굴도 잘 모른다. 아니, 안 된다! 아주 나쁜 계획이다. 크라운에서 하면 다른 어느 곳에서 하는 것보다 더 심한 감기에 걸릴 거다."

"바로 제가 드리려던 말씀입니다, 어르신." 프랭크 처칠이 말했다. "이렇게 장소를 변경할 때 가장 좋은 점 중 하나가 누군가 감기에 걸릴 위험이 거의 없다는 것이니까요. 랜들스보다는 크라운에서 하는 게 위험이 훨씬 덜하거든요! 페리 씨라면 이렇게 바꾸는 것을 못마땅하게 여길지 몰라도, 다른 누구도 그렇게 생각하지 않을 겁니다."

"이보게 젊은이." 하고 좀 열을 내며 우드하우스 씨가 말했다. "페리 씨를 그런 사람으로 본다면 큰 오산일세. 페리 씨는 우리 식구 중 누구라도 병에 걸렸다 하면 걱정이 대단한 사람이야. 자네한테는 크라운의 그 방이 부친 집보다 더 안전하게 여겨진다니 도무지 이해가 안 가는구먼."

"다름 아니라 그 방이 더 크기 때문입니다, 어르신. 창문 열 일이 전혀 없을 겁니다. 저녁 내내 한 번도요. 그리고 창문을 열어서 뜨거워진 몸에 찬 바람을 쐬게 하는 저 끔찍한 습관이야말로 (어르신께서 잘 아시다시피) 감기를 불러오는 주범이지 않습니까."

"창문을 열다니! 허나 처칠 씨, 랜들스에서도 창문을 열 생각을 할 사람은 분명 아무도 없을 것이네. 그렇게 경솔한 사람이 어디 있겠나! 그런 소리는 들어 본 적도 없네. 창문을 열어 둔 채 춤을 춘다니! 자네 부친이나 웨스턴 부인이나 (불쌍한 테일러 양 말일세.) 그렇게 내버려 둘 리가 없지 않은가."

"맞습니다, 어르신. 그렇지만 생각 없는 젊은 사람이 창문 커튼 뒤로 들어가서는 아무도 모르게 창틀을 올려놓는 경우도 가끔 있거든요. 그런 경우를 저도 자주 겪은걸요."

"아니 그게 정말인가, 젊은이? 원, 세상에! 그런 일은 꿈에도 생각하지 못했는데. 그러나 사람들을 별로 접하지 않고 세상 밖에서 살다 보니, 전해 듣는 이야기에 놀라는 일도 자주 생기는군. 그렇지만 정말 자네 말대로라면 이야기가 달라지지. 그리고 함께 자세히 검토해 보면, 어쩌면…… 그러나 이런 일들은 한참을 생각해 봐야 하네. 서둘러 결정하면 곤란해. 웨스턴 내외가 오전에 한번 들르면, 함께 검토하면서 어떻게 하는 게 좋을지 생각해 볼 수 있겠지."

"그러나 불행하게도 어르신, 제게는 주어진 시간이 너무 짧기 때문에……."

"아!" 에마가 끼어들었다. "하나하나 검토해 볼 시간은 충분할 거예요. 서두를 일은 전혀 없어요. 크라운에서 할 수만 있다면 아빠, 말한테는 매우 편리할 거예요. 우리 마구간과는 지척이니까요."

"그렇겠구나, 애야. 그건 참 잘된 일이다. 제임스가 여태 불평 한마디 한 적은 없다만, 할 수만 있다면 말들을 편하게 해 주는 게 옳지. 그곳 방들이 환기가 잘 되는지 확인만 된다면…… 그런데 스토크스 부인은 믿을 만한가? 그게 영 미심쩍구나. 난 그 사람을 알지 못해, 얼굴도 모르는걸."

"그런 일이라면 모두 제가 보장할 수 있습니다, 어르신. 웨스턴 부인이 주관할 것이니까요. 웨스턴 부인이 모두 맡아 이끌어 나갈 겁니다."

"거봐요, 아빠! 이제 안심이 되시지요? 우리 웨스턴 부인은 조심성 그 자체잖아요. 아주 오래전에 제가 홍역에 걸렸을 때 페리 씨가 했던 말 기억나지 않으세요? '테일러 양이 에마 양의 옷을 따뜻하게 챙겨만 준다면, 어른께선 걱정 놓으셔도 됩니다.' 그런 대단한 칭찬을 받을 만하다면서 제게 수없이 들려주신 말이잖아요!"

"아무렴, 그렇고말고. 페리 씨가 정말 그렇게 말했지. 내가 어떻게 잊겠느냐. 불쌍한 우리 아가! 넌 홍역이 아주 심했어. 그러니까 페리가 훌륭하게 보살펴 주지 않았으면 아주 심할 뻔했지. 그 사람은 꼬박 일주일을 하루에 네 번씩 들러 주었어. 처음부터 페리는 아주 순한 종류라고 했지. 그래서 우리도 크게 안심이 되었다만, 홍역이란 게 워낙 무서운 병이라서 말이다. 불쌍한 이저벨라의 어린것들도 홍역에 걸린다면 그때마다 페리를 부르면 좋겠구나."

"부친과 웨스턴 부인은 지금 크라운에 가셨습니다." 프랭크 처칠이 말했다. "그 집이 얼마나 쓸 만한지 살펴보려고요. 두 분을 거기 모셔다 드리고 곧장 하트필드로 온 것입니다. 당신이 어떻게 생각하시는지 어서 알고 싶고 또 함께 가서 직접

둘러보며 조언을 주실 수도 있지 않을까 해서요. 두 분 모두 그렇게 전해 달라고 하셨습니다. 거기까지 당신을 모실 수 있게 허락하신다면, 두 분 모두 대단히 좋아하실 것입니다. 당신 없이는 아무것도 흡족하게 해낼 수가 없으시다네요."

에마는 그런 자문에 자기를 불러 주어 대단히 기뻤다. 그녀가 자리를 비운 사이 더 생각해 보겠다는 아버지의 약속을 받아 낸 후, 두 젊은이는 함께 지체 없이 크라운으로 출발했다. 이미 와 있던 웨스턴 씨 부부는 그녀가 와 주고 찬성한다는 말까지 해 주자 기뻐했고, 각자 나름대로 매우 분주하고 매우 행복해했다. 부인은 이런저런 작은 걱정거리로 심란했고, 남편은 모든 것이 완벽하다고 여겼다.

"에마." 그녀가 말했다. "벽지가 예상보다 못하네. 이거 봐! 군데군데 끔찍하게 지저분하잖아. 징두리널도 누렇게 변색해서 생각한 것보다 훨씬 흉하고."

"여보, 너무 까다로운 것 아니오?" 그녀의 남편이 말했다. "그게 뭐 그리 대수인가? 촛불 빛에서는 아무것도 안 보일 텐데. 촛불 빛으로 보면 랜들스만큼 깔끔해 보일 거요. 밤 클럽 모임 때 우리는 아무것도 못 봤는데."

이 대목에서 두 숙녀는 십중팔구 의미심장한 눈짓을 교환했을 것이다. '남자들이야 지저분한지 아닌지 알 리가 없는 종족이니까.' 그리고 두 신사는 아마도 이렇게 생각했을 것이다. '여자들이란 쓸데없는 것에 목을 매는 종족이지.'

그렇지만 신사들도 무시할 수 없는 한 가지 곤란한 문제가 생겨났다. 저녁 식사를 어느 방에서 하느냐는 문제였다. 무도회장을 지은 시절에는 저녁 식사는 신경 쓸 필요가 없었고, 그래서 작은 카드놀이용 방이 딸려 있는 것이 전부였다. 어떻게 해야 하나? 카드놀이용 방은 이번에도 그 용도로 써야 할 것이다. 설령 여기 넷이서 편의상 카드놀이는 빼기로 정한다고 해도, 편안한 저녁 식사를 하기에는 방이 여전히 너무 좁지 않을까? 식사만 생각하면 다른 방을 확보하면 되겠지만, 그 방은 크기로는 훨씬 나으나 건물 반대쪽 끝에 있어서 거기까지 가려면 길고 불편한 복도를 통과해야 했다. 이는 난감한 문제를 일으켰다. 웨스턴 부인은 젊은 사람들이 그 통로를 지나다가 찬 기운에 노출될까 걱정인 한편, 에마나 신사들은 구질구질하게 복닥대는 저녁 식탁은 차마 생각도 하기 싫었다.

웨스턴 부인은 정식 식사 대신에 작은 방에 샌드위치 같은 것만 차려 내자고 제안했지만, 옹색하기 짝이 없는 안이라고 거부당했다. 앉아서 저녁도 들 수 없는 개인 무도회란 참석한 선남선녀의 권리에 대한 형편없는 기만행위라는 천명이 나오고, 웨스턴 부인한테는 그런 이야기일랑 다시는 입에 담지 마시라고 못을 박았다. 그러자 그녀는 또 다른 편의적 노선으로 갈아타며, 그 의심스러운 방을 들여다보면서 이렇게 말했다.

"뭐, 다시 보니까 그렇게 아주 작은 방은 아니네요. 인원도 별로 많지 않잖아요."

그와 동시에, 웨스턴 씨는 긴 보폭으로 복도를 성큼성큼 걸어 보며 외쳐 댔다.

"당신은 이 복도가 길다고 야단이지만, 여보, 따지고 보면 아무것도 아니잖소. 계단에서 외풍도 전혀 불지 않고 말이오."

"아휴." 웨스턴 부인이 말했다. "손님들이 대체로 어느 쪽을 더 선호할지 미리 알 수 있다면 얼마나 좋을까요. 다수한테 좋은 쪽으로 하는 것을 목표로 삼아야 할 거예요. 그게 뭔지 알 수만 있다면 말이지만."

"네, 지당한 말씀입니다." 프랭크가 소리쳤다. "지당해요. 이웃들 의견을 들어 보고 싶으신 거지요. 제가 보기에는 전혀 이상할 것이 없는 생각이신데요. 주요 인사들의 의견만 확인할 수 있다면 좋을 텐데, 가령 콜 부부 같은 분들 말입니다. 여기서 멀지도 않고요. 제가 다녀올까요? 아니면 베이츠 양은요? 거리도 훨씬 더 가깝네요. 다른 사람들이 무엇을 더 좋아할지는 베이츠 양도 누구 못지않게 잘 아실 것 같기도 합니다만. 정말 상의할 인원을 좀 더 늘릴 필요가 있겠네요. 제가 가서 베이츠 양도 함께해 주십사 부탁하면 어떨까요?"

"글쎄, 자네가 그러고 싶다면야." 좀 머뭇거리며 웨스턴 부인이 말했다. "그분이 조금이라도 도움될 거라고 생각한다면 뭐."

"베이츠 양한테서는 확실한 이야기는 하나도 못 들을걸요." 에마가 말했다. "그저 기쁘고 감사하다고 난리를 칠 뿐, 아무 말도 안 해 줄 거예요. 질문을 제대로 듣지도 않을걸요. 베이츠 양한테 자문을 구해 봤자 아무 소득이 없다고 봐요."

"그렇지만 아주 재미있는, 정말 굉장히 재미있는 분이잖아요! 전 베이츠 양 이야기를 듣는 걸 아주 좋아합니다. 거기다 그 댁 식구들을 전부 불러올 필요는 없겠고요."

여기서 웨스턴 씨가 합류했는데, 그 제안을 듣더니 확실한 찬성을 표했다.

"그래, 그렇게 하거라, 프랭크. 가서 베이츠 양을 모셔 와서 당장 이 문제를 매듭짓자꾸나. 틀림없이 그분은 이 방안이 마음에 들 거야. 난점을 해소하는 방법을 가르쳐 줄 사람으론 그분만 한 적임자도 없지. 베이츠 양을 모셔 와. 지금 우린 좀 지나치게 까다롭게 따지는데. 그분이야말로 만족하는 법을 보여 주는 살아 있는 교훈이지. 그렇지만 두 사람 다 모셔 와라. 두 사람 다 와 달라고 해."

"두 사람이라뇨! 노마님도 여기……?"

"노마님이라니! 아니, 물론 아가씨 말이지. 만일 네가 조카딸은 빼놓고 이모만 모셔 온다면, 프랭크, 난 저런 바보 멍텅구리가 있나 싶을 거다."

"이크! 죄송합니다, 미처 생각을 못 했네요. 물론 원하신다면 두 분 모두 한번 설득해 보겠습니다." 그러고는 그는 달려 나갔다.

작달막한 체구에 단정하고 거동이 활달한 이모와 우아한 조카를 대동하고 그가 다시 나타나기 한참 전에, 웨스턴 부인은 상냥한 여성이자 좋은 아내답게 그 복도를 다시 점검해 보았는데 문제점이 앞서 생각한 것보다 훨씬 덜하며 사실상 별것 아니라는 생각이 들었고, 이로써 결정하기 어려운 문제들은 마무리되었다. 나머지는 전부, 최소한 머릿속에서는 지극히 순조로웠다. 탁자와 의자, 촛불과 음악, 차와 저녁 식사 등은 저절로 해결되거나, 혹은 웨스턴 부인과 스토크스 부인이 언제든 정하면 되는 사소한 문제들로 남겨 놓았다. 초대한 사

"저 애가 에마에게 춤을 청했네요, 여보."

람은 분명 모두 참석할 것이었다. 이미 프랭크는 정해진 이 주보다 며칠 더 머물렀으면 한다는 편지를 엔스컴에 보냈고, 이것도 안 된다고 할 리는 없었다. 그래서 즐거운 무도회가 기약되었다.

도착한 베이츠 양도 충심으로 그러리라 동의했다. 조언자로는 불필요한 인물이지만 (훨씬 더 안전한 배역인) 승인자로는 대환영이었다. 세세한 데서부터 전반적인 것까지 끊임없이 열렬히 찬동하는 그녀의 발언들이 기분 좋을 수밖에 없었다. 다시 삼십 분을 다 같이 이 방 저 방 왔다 갔다 돌아보고, 제안하는 사람이 있으면 경청하는 사람도 있는 가운데, 모두 즐겁고 행복한 기대에 차 있었다. 기약된 파티의 주인공에게 처음 두 번의 춤을 같이 추기로 에마가 확실히 수락하고 웨스턴 씨가 아내에게 "저 애가 에마에게 춤을 청했네요, 여보. 맞아요. 내 그럴 줄 알았지." 하고 속삭이는 소리를 에마도 귀동냥으로 듣고 난 다음에서야, 이 회동은 파하게 되었다.

12

무도회 계획이 에마한테 완벽하게 흡족하기에는 딱 한 가지가 부족했으니, 그녀는 프랭크 처칠이 서리 지방에 머물도록 허락받은 기간 중에 날짜를 잡았으면 했던 것이다. 웨스턴 부인이 그럴 리 없다고 했음에도, 그녀는 처칠 부부가 조카에게 준 이 주 이상은 하루도 더 허용하지 않을 수 있다는 생각을 떨칠 수 없었기 때문이다. 그러나 그녀의 바람은 불가능한 것으로 드러났다. 준비에 시간이 걸리게 마련이고, 셋째 주까지는 아무것도 제대로 갖출 수 없는 탓이었다. 그러니 며칠 동안은 불확실한 가운데 위험을 감수하면서, 그녀 생각으로는 모두 무위로 끝날 커다란 위험을 감수하면서 계획하고 진행하고 희망하는 수밖에 없었다.

그러나 엔스컴은 자비를 베풀었으니, 말은 아니더라도 실제로는 그런 셈이었다. 더 있다 갔으면 좋겠다는 그의 바람을 언짢게 여긴 게 분명했지만, 못하게 막지는 않았다. 모든 것이 안전하고 순조로웠다. 그리고 일반적으로 한 가지 걱정이 사라지면 다른 걱정이 들어서듯이, 이제 무도회가 확실해졌다 싶자 에마는 나이틀리 씨의 무관심을 다음번 걱정거리로 삼기 시작했다. 자기는 춤을 추지 않기 때문이든 아니면 자기한테는 일언반구도 없이 계획을 세웠기 때문이든, 그는 아무 관심도 안 갖기로 작심한, 현재 어떠한 호기심을 갖는 것도 나중에 재미있게 즐기는 것도 절대 안 하기로 작정한 모양이었다. 에마가 자발적으로 정보를 전해 줘 봤자 찬성하는 답변이라고는 고작 이것뿐이었다.

"잘 알았소. 웨스턴 부부께서 단 몇 시간 시끄러운 여흥을 위해 이 모든 수고를 기꺼이 감수하시겠다면, 내가 무슨 말을 하겠소. 내 여흥거리까지 정해 주실 수는 없는 노릇이라는 말밖에. 아! 그래요, 나도 가기는 갈 거요. 거절하지 못했으니까. 가능한 한 깨어 있도록 노력은 하지. 그렇지만 차라리 집에 앉아 윌리엄 라킨스의 주간 보고서나 검토했으면 싶소. 고백컨대, 그편이 훨씬 낫지. 춤 구경이 즐겁다고! 천만에, 난 아니오. 난 절대 쳐다보지도 않는걸. 대체 누가 그러고 있겠소. 훌륭한 춤은 미덕이 그런 것처럼 그 자체를 보상으로 여겨야겠지. 옆에 서 있는 사람들은 딴 생각이나 하는 게 보통이니."

에마는 자기를 겨냥한 말이라고 느껴져 무척 화가 났다. 그렇지만 그가 그렇게 무관심하거나 분개하는 것은 제인 페어팩스에게도 유리한 게 아니었다. 그의 무도회 배척이 그녀의 감정을 따른 것은 아니었으니, 그녀 본인은 무도회를 연다는 계획에 기뻐해 마지않았다. 그래서 생기차고 솔직한 태도로 변해 먼저 이런 말을 꺼내기까지 하는 것이었다.

"아! 우드하우스 양, 무도회가 무산될 일은 생기지 않았으면 좋겠어요. 얼마나 실망스럽겠어요! 솔직히 전 대단히 즐거운 마음으로 고대하고 있으니까요."

따라서 그가 차라리 윌리엄 라킨스와 있는 편이 낫겠다고 한 것은 제인 페어팩스 때문은 아니었다. 절대로! 에마는 웨스턴 부인의 추측이 완전히 빗나갔음을 점점 더 확신했다. 나이틀리 씨 편에 다정하고 인정스러운 호감이 상당한 것은 맞지만, 사랑은 아니었다.

아뿔싸! 곧 나이틀리 씨와 말씨름할 여유가 없어졌다. 안심하며 기뻐한 것도 이틀뿐, 곧이어 모든 것이 수포로 돌아가고 말았다. 즉각 돌아오라는 처칠 씨 편지가 조카에게 온 것이었다. 처칠 부인 건강이 안 좋다, 너무 안 좋아서 그가 없으면 안 되겠다, 이틀 전에 편지를 보낼 때도 (그 남편에 따르면) 이미 병이 심한 상태였는데, 다만 걱정을 끼치고 싶어 하지 않는 평소 성격과 자기 몸 생각은 절대 하지 않는 평생의 습관 때문에 그런 말은 적지 않았다, 그렇지만 이제는 소홀히 넘기기에는 용태가 너무 심해졌으니 지체 없이 엔스컴으로 출발하라고 부탁하는 수밖에 없겠다는 것이었다.

편지 내용이 웨스턴 부인의 쪽지를 통해 즉각 에마에게 전달되었다. 그가 가는 것은 불가피했다. 그는 몇 시간 안으로 떠나야 했지만, 외숙모가 진심으로 걱정되는 것은 전혀 아니었기 때문에 분노를 달랠 길이 없었다. 그는 외숙모의 병을 잘 알았으니, 그 병은 언제나 외숙모의 편의에 따라 도지곤 했다.

웨스턴 부인은 덧붙이기를 "시간이 무지 촉박해서 그는 아침을 먹고 서둘러 하이베리로 가 자기한테 조금이라도 관심을 가질 법한 몇 안 되는 친구분들한테 작별 인사를 드릴 여유밖에 없겠는데, 아마 곧 하트필드에 들를 것이다." 하고 적었다.

이 비보(悲報)로 에마의 아침 식사는 종지부를 맞이했다. 일단 그런 소식을 읽고 나자, 그저 한탄과 탄식만 나올 뿐 아무것도 할 수 없었다. 무도회도 사라지고 그 젊은 남자도 사라지고, 게다가 본인 심정은 오죽하겠는가! 너무나 참담한 일이었다! 정말 즐거운 저녁이 되었을 텐데! 모두들 정말 행복해하고! 그리고 그녀와 그녀의 파트너가 가장 행복한 사람이었을 텐데! "내 이렇게 될 거라고 했잖아."가 유일한 위안이었다.

부친의 감정은 전혀 딴판이었다. 그는 주로 처칠 부인의 병세에 관심을 쏟으며, 치료는 어떻게 하고 있는지 궁금해했다. 그리고 무도회에 대해서는 사랑하는 에마한테 실망스러운 일이 생긴 것은 충격이지만 집에 있는 편이 모두 더 안전할 터.

에마가 그를 맞을 차비를 갖추고도 꽤 지나 그가 모습을 드러냈다. 그렇지만 이로 인해 그가 정말 서둘러 오고 싶어 했는지 조금이라도 의구심이 들었다 해도, 막상 나타난 그의 슬픈 표정과 완전히 풀 죽은 모습을 보고는 그런 생각이 깨끗이 사라졌을 것이다. 그는 떠나야 하는 게 너무 속이 상해 거의 말도 안 나오는 모양이었다. 낙담한 게 아주 역력했다. 처음 몇 분 동안은 마냥 생각에 빠져 앉아 있기만 했다. 그리고 정신을 차리고 한 말도 고작해야 "수많은 끔찍한 일 중에서도 작별이 최악입니다."였다.

"하지만 다시 오실 거잖아요." 에마가 말했다. "랜들스 방문이 이번만은 아닐 테니까요."

"아! (고개를 저으면서) 언제나 돌아올 수 있을지 불확실하니! 열과 성을 다해 애써는 볼 겁니다! 모든 생각과 관심을 이 목표에 쏟아부을 겁니다! 그리고 만약 외삼촌 내외분이 올봄에 런던으로 가신다면…… 그렇지만 걱정입니다. 지난봄에는 움직이지 않으셨거든요. 그런 관행은 이제 끝난 게 아닌지 걱정이네요."

"안됐지만 우리 무도회는 아주 포기하는 수밖에 없겠네요."

"아! 그 무도회! …… 무슨 영광을 보겠다고 뜸을 들였을까요? 즐거움을 당장 움켜쥐지 않고? 준비만 하다가, 바보스럽게 준비만 하다가 행복을 잃고 마는 일이 얼마나 많은데! 당신도 이렇게 될 거라고 했었는데…… 아! 우드하우스 양, 어쩌면 언제나 그렇게 옳은 말씀만 하십니까?"

"글쎄요, 이번만큼은 제 말이 맞아서 오히려 아주 속상한걸요. 현명한 편보다는 즐거운 편이 훨씬 나을 테니까요."

"제가 다시 올 수 있다면, 그때 무도회를 열면 되지요. 아버지도 그것만 믿고 계시고요. 당신도 약속한 것 잊으시면 안 됩니다."

에마는 부드러운 눈길을 보냈다.

"지난 두 주는 얼마나 좋았는지요!" 그가 말을 계속했다. "하루하루가 그 전날보다도 더 소중하고 더 즐거웠지요! 하루하루 지날수록 정이 푹 들어 다른 곳 어디서도 못 견디겠다 싶어졌지요. 하이베리에 계속 있을 수 있는 분들은 얼마나 행복할까!"

"이제 그렇게 넉넉하게 평가해 주시니." 에마가 웃으면서 말했다. "이런 질문도 드릴 수 있겠네요. 처음 오실 때는 좀 미심쩍었던 것 아닌가요? 우리가 예상보다 좀 나왔던 것 아닌가요? 분명 그랬을 거예요. 우리가 마음에 찰 거라는 기대는 틀림없이 별로 없었겠지요. 하이베리를 좋게 생각했다면, 오는 데 그렇게 뜸을 들이지는 않으셨을 테니까."

그는 좀 찔리는 듯 웃으며 비록 그런 부정적 감정은 없었다고 부인했지만, 에마는 자기 추측이 맞다고 확신했다.

"오늘 아침 곧바로 떠나셔야 한다고요?"

"네, 아버지가 이리 찾아오시기로 했습니다. 그러면 함께 집으로 돌아가 곧바로 출발해야 합니다. 당장이라도 나타나실 것만 같아 조마조마하네요."

"당신 친구분들인 페어팩스 양과 베이츠 양한테 오 분도 낼 수가 없는 건가요? 참 운도 없으세요! 베이츠 양의 강력한 논변이 펼쳐지면 당신도 혈기가 돋았을지도 모르는데요."

"예, 벌써 들렀다 왔습니다. 그 댁 앞을 지나면서 그러는 게 낫겠다는 생각이 들더군요. 마땅히 해야 할 일이니까요. 삼 분쯤 있을 요량으로 들어갔다가 베이츠 양이 안 계신 바람에 지체되었지요. 마침 출타 중이셨는데, 돌아오실 때까지 기다리지 않을 수 없겠다 싶었거든요. 비웃자면 비웃을 수도 있는, 아니 비웃을 수밖에 없는 분이긴 하지만, 홀대해서는 안 되는 분이니까요. 그러니 찾아뵙는 편이 나았습니다."

그는 망설이다가 일어나 창가로 걸어갔다.

"한마디로." 하고 그는 말했다. "아마도 우드하우스 양…… 당신도 아주 모르실 리는 없다고 생각합니다만……"

그는 마치 그녀의 생각을 읽어 내려는 듯 그녀를 바라보았다. 그녀는 거의 할 말을 찾지 못했다. 그녀로서는 듣고 싶지 않은, 뭔가 심각하기 짝이 없는 발언의 서곡처럼 들렸다. 그래서 우선 미뤄 보자는 생각에 애써 입을 열어 침착하게 말했다.

"아주 잘하셨습니다. 찾아뵙는 게 지극히 당연했지요."

그는 침묵했다. 그녀는 그가 자기를 바라보고 있다고 믿었는데, 아마도 그녀가 한 말을 곱씹으며 어떤 어조인지 생각해 보는 모양이었다. 한숨 소리가 들렸다. 그가 한숨을 지을 수밖에 없다고 느끼는 것도 당연했다. 그녀가 자기에게 고무적인 태도를 보인다고 믿을 수는 없을 터였다. 얼마간 어색한 순간이 지나고 그는 다시 자리에 앉아 좀 더 결연한 어조로 이렇게 말했다.

"남은 시간 내내 하트필드에서 보낼 수 있겠다고 생각하니 가슴이 벅찼습니다. 하트필드에 대한 제 존경심은 매우 뜨겁고……"

그는 또 말을 멈추고 다시 일어섰는데, 당황해서 어쩔 줄 모르는 것 같았다. 에마를 연모하는 마음이 에마가 생각했던 것 이상이었다. 마침 그의 부친이 등장하지 않았다면 결국 어떻게 되었을지 누가 알겠는가? 곧 우드하우스 씨가 따라 들어왔고, 응대를 해야 하다 보니 그도 좀 진정이 되었다.

몇 분 안 지나 지금의 시련은 끝이 났다. 해야 할 일은 언제나 민첩하게 해내는, 혹시 모를 불행을 예측할 능력도 없지만 불가피한 불행을 미루는 것도 못 참는 웨스턴 씨가 "이제 가 봐야겠다." 하고 말했다. 청년은 절로 한숨을 토해 냈지만 그 말에 동의하며 일어나 작별을 고하는 수밖에 없었다.

"이 댁 모든 분의 소식을 전해 듣겠지요." 그가 말했다. "그것이 저의 주된 위안입니다. 여기서 일어나는 일은 빠짐없이 듣게 될 겁니다. 편지를 주겠다는 웨스턴 부인의 약속을 얻어 냈거든요. 친절하게도 약속해 주셨어요. 아! 멀리 있는 사람들 소식이 정말 궁금할 때, 편지를 해 주는 여성이 있다는 것은 축복이지요! 부인께서 제게 전부 알려 줄 겁니다. 그분 편지를 읽으며 전 마치 다시 하이베리에 온 기분일 겁니다."

대단히 정다운 악수와 함께 "안녕히 계십시오."라는 대단히 진심 어린 인사로 그의 말은 끝났고, 문이 곧 닫히며 프랭크 처칠은 눈앞에서 사라졌다. 통지도 짧았고 만남도 짧았다. 그는 떠나갔다. 에마는 헤어진 것도 무척 서운하고 자신들의 작은 사교 모임에 그의 부재가 얼마나 큰 손실일지 뻔히 내다보였기 때문에, 너무 속상하고 너무 손실을 실감하게 될까 봐 우려되기 시작했다.

슬픈 변화였다. 그가 온 후로 두 사람은 거의 매일 만났다. 그가 랜들스에 있다는 사실이 분명 지난 두 주에 대단한 활기를, 형언할 수 없는 활기를 불어넣었다. 매일 아침 품었던, 그를 만나리라는 생각과 기대, 그의 관심과 생기와 매너에 대한 확신! 정말 행복한 두 주였으니, 갑자기 하트필드의 일상으로 돌아가는 것은 쓸쓸한 일일 수밖에 없었다. 화룡점정이라고 그는 그녀를 사랑한다고 거의 말할 뻔했다. 그가 느끼는 애정이 얼마나 강한지 혹은 꾸준한지는 또 다른 문제였다. 어쨌든 지금은 그가 자기한테 확고하고 열렬한 찬미를 바치고 사랑하는 마음을 의식하고 있다는 점은 의심할 수 없었다. 그리고 이런 생각에 다른 모든 정황이 합쳐지면서, 그녀는 그러지 않기로 했던 예전의 온갖 결심에도 불구하고 조금은 그를 사랑하게 된 게 틀림없다는 생각이 들었다.

"틀림없어." 그녀는 말했다. "이렇게 침울하고 멍하고 무기력한 기분이니! 차분히 앉아서 뭘 할 생각도 안 나고, 우리 집의 모든 게 따분하고 무미건조하게만 느껴지니 말이야! 난 사랑에 빠진 게 틀림없어. 그렇지 않다면, 적어도 몇 주 동안이라도 말이야, 오히려 내가 세상에서 가장 이상한 인간인 거지. 참! 우는 사람이 있으면 웃는 사람도 있다지. 꼭 프랭크 처칠을 생각해서가 아니더라도 무도회 때문에 슬픔을 함께할 동지들이 많겠지만, 나이틀리 씨는 행복하겠네. 이제 원한다면 그 소중한 윌리엄 라킨스와 저녁 시간을 보낼 수 있을 테니."

그렇지만 나이틀리 씨는 의기양양 즐거워하는 기색은 없었다. 그냥 내 입장으로는 속상하다는 말은 못 하겠다, 그런들 밝은 얼굴 표정에서 거짓임이 드러날 것이다, 그러나 다른 사람들이 실망하게 된 것은 속상한 일이라며 꽤 친절한 어조로 덧붙였다.

"에마, 당신도 말이오, 춤출 기회도 별로 없는데 참 운도 없네. 정말 운이 없어!"

그녀가 제인 페어팩스를 만난 것은 며칠이 지나서였으니 이 참담한 변화에 그녀가 느끼고 있을 진솔한 비탄을 가늠해 볼 기회였다. 그러나 정작 만났을 때 그녀의 침착함은 가히 얄미울 정도였다. 하지만 그사이 그녀는 두통이 심하고 몸이 특히 안 좋았고, 그래서 그 이모는 무도회가 열렸더라도 제인은 참석하지 못했을 것이라는 말까지 하게 되었다. 그러니 관용을 베풀자면, 그 밉살스러운 무관심은 몸이 아파 무기력해진 탓인지도 몰랐다.

13

　여전히 에마는 자기가 사랑에 빠졌다는 사실에 의문의 여지가 없다고 여겼다. 얼마나 사랑하느냐 하는 문제에서만 생각이 달라졌다. 처음에 그녀는 꽤 많이 사랑한다고 생각했다. 그리고 나중에는 그저 조금만이라고 생각했다. 그녀는 프랭크 처칠 이야기를 듣는 것이 즐거웠고, 그 덕분에 웨스턴 부부와의 만남이 그 어느 때보다도 즐거웠다. 그리고 틈만 나면 그를 생각했고, 그가 어떻게 지내는지, 기분은 어떤지, 그의 외숙모 건강은 어떤지, 올봄에 그가 다시 랜들스에 올 가능성이 얼마나 있을지 등등을 알려 줄지도 모를 편지가 오기를 초조히 기다렸다. 반면 그녀는 자기가 불행해한다고는, 그가 떠난 첫날 아침 이후로는 평소보다 일이 손에 잡히지 않는다고는 말할 수 없었다. 그녀는 여전히 분주하고 명랑했다. 그리고 기분 좋은 사람이긴 해도 결함 또한 지닌 사람으로 그를 떠올릴 수 있었다. 거기다 프랭크 생각도 많이 하고, 앉아서 그림을 그리거나 뜨개질을 하면서 둘의 사랑이 발전하고 마무리되는 가지가지 재미있는 청사진을 그려 보는 가운데 마음속으로 흥미로운 대화를 상상하고 우아한 편지들을 지어 보기는 했지만, 마침내 고백에 이르렀다 해도 그 상상의 결말은 언제나 자기가 그를 거절하는 쪽이었다. 언제나 두 사람의 애정은 차분한 우정으로 바뀌게 되어 있었다. 온갖 부드럽고 매력적인 말들로 아름답게 수놓아지겠지만 작별은 기정사실이었다. 이런 사실을 의식했을 때 그녀는 자기 사랑이 그리 크지는 않음을 깨달았다. 절대로 부친을 떠나지 않고 절대로 결혼을 하지 않겠다는 결심을 이미 확고히 하기는 했지만, 그래도 강한 애정이 있었다면 상당한 갈등을, 지금 자신의 감정에서 생겨날 법한 것보다는 더 심한 갈등을 분명 느꼈을 것이기 때문이다.

"그러고 보니 난 '희생'이라는 말도 전혀 안 쓰네." 그녀는 말했다. "나의 모든 영리한 대답들과 세심한 거절들 그 어디에도 희생한다는 암시는 전혀 없어. 나의 행복에 그이가 꼭 있어야 하는 것은 아닌 모양이네. 그렇다면야 다행이지. 분명한 건 내가 실제 이상의 감정을 느끼려고 스스로 부추기진 않으리라는 것이야. 이만하면 충분해. 더 많이 사랑하게 된다면 오히려 유감일 거야."

그녀는 그의 감정을 짚어 보고, 전반적으로 같은 만족을 느꼈다.

"그이는 의심할 여지없이 무척 사랑에 빠졌어. 모든 면에서 표시가 나. 정말이지 무척이나 사랑하고 있어! 그리고 다시 돌아왔을 때 그의 사랑하는 마음이 그대로라면, 난 부추기지 않도록 경계해야 할 거야. 이미 마음을 확고하게 정했으니, 그리하지 않는다면 변명의 여지도 없는 셈이지. 물론 여태까지도 내가 자기한테 고무적으로 나왔다고는 생각할 수 없겠지만. 아니, 나도 자기하고 같은 감정이라고 믿었다면 그렇게 비참해하지는 않았을 거야. 고무적이라고 생각할 수 있었다면, 헤어질 때 표정과 언사가 달랐을 거야. 그렇지만 여전히 경계는 해야지. 물론 그이의 애정이 여전히 지금 같다고 가정할 때 이야기야. 그러나 그럴 거라고 내가 예상하는 건지는 잘 모르겠어. 난 그이를 그런 남자로 보지는 않는 거야. 일편단심일 거라고 전적으로 신뢰하는 것도 아니고. 감정은 뜨겁지만 좀 변할 수도 있겠다고 생각해. 한마디로 하나하나 따져 볼수록, 내 행복이 여기에 더 깊이 연루되지 않은 게 다행이다 싶네. 시간이 좀 지나면 난 다시 아주 괜찮아질 거야. 그다음엔 다 잘 끝나겠지. 누구나 일생에 한 번은 사랑을 한다고들 하는데, 나는 쉽게 빠져나온 셈일 테니까."

웨스턴 부인에게 그의 편지가 왔을 때, 에마도 일독을 해 보았다. 그리고 읽어 나가면서 상당한 기쁨과 경탄을 느껴서 처음에는 자신의 감정에 고개를 저으며 자기 감정의 힘을 과소평가했다고 생각할 정도였다. 잘 쓰인 긴 편지로, 그는 자신의 여정과 느낌들을 세세하게 적고, 자연스럽고 명예로운 모든 애정과 감사와 존경을 표명하고, 매력적이라고 여겨질 만한 모든 지역 풍광을 생기 있는 필체로 정확하게 묘사했다. 사과하거나 걱정하는 의심스러운 미사여구는 이제 전혀 보이지 않았다. 표현에 웨스턴 부인에 대한 진솔한 감정이 배어 있고, 하이베리에서 엔스컴으로의 변화와 사교 생활의 첫 축복들에서 두 장소가 보여 주는 대조를 언급한 대목도 그가 그 대비를 얼마나 예리하게 느꼈는지, 그리고 예의에 구속되지만 않았다면 얼마나 더 많은 이야기를 했을지 보여 주기에 딱 충분한 정도였다. 그녀 자신의 이름이라는 주문(呪文)을 보는 매력도 결여되지 않았다. '우드하우스 양'이라는 말이 한 번 이상 등장했고, 반드시 안목에 대한 찬사든 아니면 그녀가 한 말에 대한 기억이든 무언가 기분 좋은 것과 연관되었다. 그녀의 이름이 마지막으로 나타난 대목에 여성을 치켜세우는 미사여구의 풍성한 화관 장식은 없었지만, 거기서 그녀는 자신의 영향력의 효과를 읽을 수 있었으며, 그것은 그 편지에 담긴 모든 찬사 가운데 가장 커다란 찬사라 인정할 만했다. 편지지 맨 아래 빈 구석에 빼곡히 이런 말을 적어 놓은 것이었다. "아시다시피 화요일에는 우드하우스 양의 아름다운 어린 친구분에게 시간을 낼 여유가 없었습니다. 그분에게 저의 사과와 작별 인사를 전해 주십시오." 모두 그녀 자신을 생각해서 하는 말이라는 것은 의심의 여지가 없었다. 해리엇을 챙긴 것은 단지 그녀의 친구라는 사실 때문이었다. 그가 전해 온 엔스컴의 소식과 전망은 예상보다 좋지도 나쁘지도 않았다. 처칠 부인은 회복 중이고, 언제 랜들스로 다시 올지 시기를 확정하기는 혼자 상상으로라도 무리라고 했다.

그렇지만 그 편지가 실질적 내용이나 거기 담긴 감정에서 만족스럽고 고무적이기는 했어도, 편지를 다시 접어 웨스턴 부인에게 돌려주면서 그녀는 그 편지로 말미암아 감정이 더 뜨거워지는 지속적 효과는 없으며, 자기는 그 편지를 쓴 사람 없이도 계속 잘 지낼 수 있고, 그도 그녀 없이 지내는 법을 배우는 수밖에 없겠다는 생각이 들었다. 그녀의 뜻은 변함없었다. 거절하겠다는 그녀의 굳은 마음은 차후 그의 위안과 행복을 위한 한 가지 계획이 더해지면서 더욱 흥미진진해졌다. 그가 해리엇을 기억하고 그 기억을 "아름다운 어린 친구"라는 말로 치장하는 것을 보면서 그녀는 자기에 이어 해리엇이 그의 마음을 차지할 수도 있지 않을까 하는 생각이 든 것이었다. 불가능한 일일까? 아니다. 해리엇이 이해력에서 그보다 훨씬 떨어지는 것은 분명하지만, 그래도 그는 그녀의 사랑스러운 얼굴과 따뜻하고 소박한 태도에 대단히 깊은 인상을 받은 것이었다. 그리고 정황이나 인맥 등 모든 미래의 조건들이 다 그녀에게 좋았다. 해리엇 입장에서는 호박이 덩굴째 굴러 오는 격일 터였다.

"이 생각에 너무 빠져들지는 말자." 그녀는 말했다. "생각하지도 말자. 이런 추측에 몰두하는 것이 얼마나 위험한지 잘 아니까. 하지만 더 이상한 일들도 일어난 적이 있잖아. 그리고 서로를 향한 우리 마음이 지금보다 덜해졌을 때, 이렇게만 된다면 사심 없는 진정한 우정을 보장해 줄 수 있을 테니, 벌써부터 그런 우정이 기쁘게 기대되는 마음이네."

상상의 나래를 너무 펼치지 않는 것이 현명하기는 하겠지만, 해리엇을 위해서는 그런 위안거리가 하나 생겨난 게 다행이었다. 그 방면에서 불행이 코앞까지 다가왔기 때문이다. 하이베리의 대화에서 프랭크 처칠의 도착이 엘튼 씨의 약혼을 이어받았듯이, 최신 관심사가 앞선 관심사를 완전히 밀어냈듯이, 이제 프랭크 처칠이 떠나자 엘튼 씨 일들이 뿌리칠 수 없는 매력을 띠기 시작했다. 그의 혼례 날짜가 정해졌다. 얼마 안 있어 그는 다시 이곳으로 올 것이었다. 엘튼 씨와 그의 신부로.

엔스컴에서 온 첫 번째 편지 이야기를 제대로 나눌 시간도 없이 "엘튼 씨와 그의 신부"가 모든 사람 입에 오르면서 프랭크 처칠은 잊혔다. 에마는 그 소리만 들어도 신물이 났다. 석 주 동안 그녀는 엘튼 씨한테서 벗어나 행복을 누렸다. 그리고 그녀의 기대 섞인 희망이지만, 해리엇의 마음도 최근 들어 꿋꿋해지고 있었다. 적어도 웨스턴 씨의 무도회를 앞두고는 다른 일들에는 무척 무관심해졌다. 그러나 실제로 닥쳐온, 새 마차니 종소리니 등을 의연히 견뎌 낼 만큼 평정한 마음에는 이르지 못했음이 이제 아주 분명해졌다.

가련한 해리엇이 안절부절 어쩔 줄 몰라 하는 바람에, 에마는 알아듣게 설명하고 위로하고 배려해 주는 등 갖은 애를 써야 했다. 에마는 해리엇을 위해서는 아무리 해 줘도 모자란다는, 온갖 기지와 온갖 인내심을 요구할 권리가 해리엇에게 있다는 생각이었다. 그러나 아무 효과도 없이 끝없이 설득하기란 힘겨운 일이었으니, 끝없이 동의는 하면서도 생각은 같아지지 않는 상태였던 것이다. 해리엇은 순순히 귀를 기울였고 "지당한 말씀이시다…… 우드하우스 양 말씀 그대로다…… 그 사람들 생각은 할 가치도 없다…… 더 이상은 그 사람들 생각은 하지 않겠다."라고 말했다. 그러나 화제를 바꿔 봤자 소용없었으니, 삼십 분만 지나면 다시 엘튼 씨를 생각하며 전과 다름없이 심란해하고 걱정해 대는 것이었다. 마침내 에마는 다른 논거로 그녀를 공략했다.

"그렇게 엘튼 씨 결혼 생각에만 마냥 사로잡혀 불행해하는 거야말로 해리엇, 네가 나한테 할 수 있는 가장 강력한 질책이야. 내가 저지른 실책을 그 이상 더 비난할 수는 없을 거야. 다 내가 저지른 일이라는 건 나도 잘 알아. 정말이지, 잊은 적이 없어. 착각에 빠져서는 불행하게도 너까지 착각하게 만들었지. 그 생각만 하면 난 언제나 괴로울 거야. 내가 그걸 잊어버릴지도 모른다고는 생각하지 말아 줘."

해리엇은 무척이나 감동해서 몇 마디 간곡한 탄성을 토할 뿐 아무 말도 하지 못했다. 에마는 계속 말했다.

"내가 나를 위해 해리엇 너 스스로 분발해 봐라, 나를 위해서 엘튼 씨 생각도 이야기도 덜해라 하는 식으로 말한 적은 없어. 바로 너 자신을 위해 그리했으면 좋겠다는 거야. 나의 평안보다 더 중요한 걸 위해서 말이야. 다시 말해 속으로 자제하는 습관, 자기 의무를 명심하고 적절히 처신하려는 노력, 의심받을 일을 피하고 스스로 건강과 신용을 지키고 평정을 되찾으려는 노력 같은 것 말이야. 바로 이런 동기들을 갖도록 내가 그렇게 자꾸 다그쳤던 거야. 아주 중요한 것들이거든. 그리고 네가 이런 동기들을 느끼고 그에 따라 행동했으면 좋겠는데 그게 안 되니 안쓰러워. 내가 고통에서 벗어나는 건 지극히 부차적인 문제야. 네 스스로 더 큰 고통에서 벗어났으면 좋겠어. 어쩌면 가끔은 나도 그런 생각을 했을지도 몰라. 나를 대접하는 것이, 아니 나에게 친절한 것이 무엇인지 해리엇은 잊지 않을 거라고 말이야."

애정에 호소하는 이 말이 다른 어떤 말보다도 효과가 있었다. 진심으로 사랑해 마지않는 우드하우스 양에게 감사와 배려를 드리지 못했다는 생각이 들자 그녀는 얼마 동안 비탄에 빠졌고, 위로 덕분에 격렬한 슬픔이 진정되고 나서도 이런 생각의 영향력은 여전해서 올바른 행동을 시도하고 웬만큼 견지해 나갈 수 있도록 도와주었다.

"아가씬 제게 평생 가져 보지 못한 최고의 벗이 되어 주셨는데…… 아가씨한테 감사할 줄 모르다니! …… 아가씨만 한 분은 세상에 없는데! 제가 아가씨만큼 사랑하는 분이 세상에 없는데요! 아! 우드하우스 양, 제가 어쩜 그렇게 은혜도 모르고!"

이런 말들에 표정이나 태도로 할 수 있는 모든 것이 더해지는 것을 보면서 에마는 자기가 일찍이 지금만큼 해리엇을 사랑하고 그녀의 애정을 높이 평가한 적이 없었던 것 같았다.

"따뜻한 마음씨에 필적할 매력은 없어." 후에 그녀는 이렇게 혼잣말을 했다. "어떤 것도 비교가 안 되지. 따뜻하고 부드러운 마음씨에 다정하고 열린 태도라면 세상에서 가장 총명한 두뇌보다도 더 매력적일 거야. 그렇고말고. 사랑하는 아버지를 다들 그렇게 좋아하는 것도, 이저벨라가 그렇게 인기가 많은 것도 다 따뜻한 마음씨 때문이야. 나는 그것이 없지만, 그래도 그것을 귀하게 여기고 존중할 줄은 알아. 그것이 가져다주는 모든 매력과 모든 행복에서는 해리엇이 나보다 뛰어나지. 사랑하는 해리엇! 난 세상에서 가장 총명한 머리에 가장 선견지명이 있고 가장 판단력이 뛰어난 여성을 준대도 너와는 바꾸지 않을 거야. 아! 제인 페어팩스 같은 사람의 차가움이라니! 그런 사람 백 명을 합쳐 봤자 해리엇은 못 따라가. 그리고 아내로서는, 분별력 있는 남자의 아내로서는, 이런 마음이야

말로 더없이 귀한 자질이잖아. 누구라고 이름은 말하지 않겠
지만 에마 대신 해리엇을 얻는 남자는 정말 복이 터진 거야!"

사람들이 엘튼 부인의 모습을 처음 본 것은 교회에서였다. 예배 도중 틈틈이 훔쳐볼 수야 있었지만, 신도석에 앉은 신부를 본 것으로 호기심이 충족될 리는 만무했으니, 신부가 실제로 아주 예쁜지, 그냥 좀 예쁜 편인지, 아니면 하나도 안 예쁜지 결론을 내리려면 이제 곧 있을 정식 방문들을 기다리는 수밖에 없었다.

에마는 호기심보다는 자존심 내지 예의에서, 인사치레에 꼴찌가 되는 일만큼은 피하리라 결심하고, 이 힘든 일을 최대한 빨리 치러 버리게 해리엇도 반드시 데리고 가기로 했다.

그 집에 다시 들어서서 석 달 전에 구두끈을 맨다는 공연한 핑계로 찾아들었던 그 방으로 들어가면서, 그녀는 지난 일을 떠올리지 않을 수 없었다. 수만 가지 속상한 기억들이 자꾸 생각났다. 찬사, 낱말 맞히기 수수께끼, 끔찍한 착각들. 그러니 불쌍한 해리엇도 지난 생각을 떠올리고 있을 게 분명했다. 그렇지만 그녀는 아주 잘 처신했고, 다만 좀 창백하고 말이 없을 뿐이었다. 방문은 물론 짧았다. 너무나 당혹스럽고 얼른 나가자는 생각뿐이었으므로, 에마는 부인에 대해 확실한 판단을 내리는 일은 스스로 삼가려고 하며 "옷맵시가 세련되고 대단

사람들이 엘튼 부인의 모습을 처음 본 것은 교회에서였다.

히 명랑한 분"이라는 무의미한 말 이상은 한마디도 입 밖에 내지 않았다.

그 부인이 정말 맘에 들지는 않았다. 성급히 흠잡는 일은 삼가겠지만, 고상한 면이 없지 않나 싶은 게, 무람없으되 고상하지는 않았다. 젊은 여성으로나 생면부지의 사람으로나 시집온 신부로는 과하게 무람없는 편임이 거의 틀림없었다. 생긴 것은 괜찮은 편이고, 얼굴도 안 예쁜 것은 아니지만, 용모나 태도, 음성, 행동거지가 고상하지는 않았다. 두고 봐야겠지만 최소한 자신의 생각이 틀리지는 않을 것이라는 생각이 들었다.

엘튼 씨로 말하면, 행동거지가 보기에 과히…… 아니, 에마는 그의 행동거지를 두고 성급한 재담을 할 생각은 절대 없었다. 혼인 축하 방문을 받는 일은 언제든 쑥스러운 의례이니, 남자로서 무난히 치러 내려면 갖은 세련미를 동원해야 할 것이었다. 여자 쪽은 좀 나으니, 멋진 옷차림도 도움이 되고 또 수줍어할 특권도 있지만, 남자는 오로지 자신의 양식(良識)밖에 기댈 데가 없었다. 그리고 자기가 방금 결혼한 여자, 과거에 결혼하려 했던 여자, 결혼할 것이라는 오해도 있었던 여자와 동시에 한 방에 있게 되었으니, 불쌍한 엘튼 씨가 처한 특히 난처한 상황을 감안하면, 그렇게 어리석어 보일뿐더러 무람없는 척 애를 쓰지만 제대로 되지 않아 어색한 것도 어쩌면 당연하다고 봐야 할 것이었다.

"저기, 우드하우스 양." 그 집을 나와 친구가 입을 열기를 기다렸으나 아무 말이 없자, 해리엇이 말했다. "저기, 우드하우스 양, (가볍게 한숨을 내쉬며) 신부 어떠셨어요? 대단히 매력적이지 않아요?"

에마의 답변에는 머뭇거리는 기색이 약간 엿보였다.

"아! 그래…… 대단히…… 대단히 명랑한 사람이더라."

"제 생각에는 아름다운, 아주 아름다운 것 같아요."

"그래, 옷이 멋있더군. 대단히 우아한 드레스야."

"그분이 사랑하게 된 것도 전혀 놀랍지 않네요."

"아! 그럼. 놀랄 게 뭐 있어. 재산도 꽤 되고, 때마침 나타났는데."

"제 짐작에는." 해리엇이 다시 한숨을 쉬며 대답했다. "제 짐작에는 신부 쪽에서도 그분을 많이 좋아했을 거예요."

"아마도 그랬겠지. 그렇지만 모든 남자가 자기를 가장 사랑하는 여자와 결혼하게 되는 것은 아니잖아. 호킨스 양 쪽에서는 어쩌면 새 가정이 필요한데 자기한테는 이보다 나은 자리가 없을 거라고 생각했는지도 모르지."

"그랬겠지요." 해리엇이 진지하게 대답했다. "그야 당연하잖아요. 누구한테든 이보다 나은 자리가 어디 있겠어요. 전 충심으로 두 분이 행복했으면 좋겠어요. 그리고 이제는, 우드하우스 양, 두 분과 다시 부딪친다 해도 상관없을 것 같아요. 여전히 빼어난 분이지만 결혼을 하셨으니, 이제 전혀 다른 이야기잖아요. 그럼요, 정말이지 우드하우스 양, 걱정하지 않으셔도 돼요. 이제는 크게 슬퍼하지 않으면서 가만히 앉아서 그분을 경모할 수 있거든요. 아무한테나 자신을 던져 버린 게 아니라는 것을 알게 되어 정말 다행이에요! 정말로 매력적이고 그분한테 딱 어울리는 신부네요. 얼마나 행복할까요! 그분은 신부를 '오거스타'라고 부르시데요. 얼마나 보기 좋아요!"

답방을 받았을 때 에마의 판단은 확고해졌다. 이번에는 더 많은 것을 보고 더 잘 판단할 수 있었다. 해리엇이 마침 하트필드에 오지 않았고 엘튼 씨는 아버지가 상대했기 때문에, 그녀는 이 숙녀와 단둘이 십오 분간 대화를 나누면서 차분히 살펴볼 수 있었다. 그리고 이 십오 분이라는 시간 동안 확인된 사실은 엘튼 부인이 허영심이 강하고 지극히 자기만족적인 여자로 자신을 대단히 중요한 인물로 생각한다는 것, 대단히 우월한 빛나는 존재처럼 굴기로 작심했으되 행동거지에 제대로 교육받지 못한 티가 나고 하는 생각이라곤 모두 한 무리 사람들 및 한 가지 생활 방식에서 나온 것이며, 어리석지는 않을지 몰라도 무지하고, 그녀와 함께 지내는 것이 분명 엘튼 씨에게 아무런 득이 되지 않으리라는 것이었다.

배우자로는 해리엇이 더 나았을 것이다. 그녀 역시 현명하거나 세련되지는 못했지만, 그녀를 매개로 그런 사람들과 교분을 맺을 수 있었을 것이다. 그러나 그렇게 안이한 자만심으로 미루어 짐작할 때, 호킨스 양은 자기 동아리 중 최고였던 모양이었다. 브리스틀 근처에 거주하는 잘사는 형부가 가장 자랑스러운 연고이고, 그에게서 가장 자랑스러운 점은 그의 지위와 마차들이었다.

자리에 앉고 나서 처음으로 꺼낸 화제부터가 메이플그로브, "제 형부인 서클링 씨 거처"였고, 하트필드를 메이플그로브와 비교하는 말이었다. 하트필드의 정원들은 작지만 깔끔하고 예쁘장하며, 저택도 현대식이고 튼튼하다는 것이었다. 엘튼 부인은 방, 현관, 그리고 그녀가 보거나 상상할 수 있는 모든 것의 크기가 아주 마음에 든 모양이었다. "정말 메이플그로브와 매우 닮았다! 비슷한 것을 보고 아주 놀랐다! 이 방만 하더라도 언니가 즐겨 거처하는 방인 메이플그로브의 모닝룸*과 모양과 크기가 똑같다." 하는 것이었다. 그러면서 엘튼 씨에게 동의를 구했다. "놀랄 만큼 비슷하지 않은가? 정말이지 메이플그로브에 있다는 생각이 들 정도다."

"그리고 층계도요. 들어오면서 보니까 층계가 아주 비슷하더군요. 놓인 자리도 꼭 같고. 정말 탄성이 절로 나오더군요! 메이플그로브처럼 제가 지극히 좋아하는 곳을 떠올리게 되다니, 정말이지 우드하우스 양, 대단히 기쁘네요. 그곳에서 행복한 여러 달을 보냈답니다! (감회 어린 한숨을 살짝 내쉬면서) 매력적인 곳이고말고요. 보는 사람마다 그 아름다움에 반한답니다. 그렇지만 제게는 내 집이나 진배없었어요. 언제든 당신도 저처럼 다른 곳으로 옮겨 살게 되면, 우드하우스 양, 떠나온 곳과 비슷한 곳을 만난다는 게 얼마나 큰 즐거움인지 알게 될 거예요. 이것이야말로 결혼 생활의 나쁜 점 가운데 하나라고 전 항상 말하곤 한답니다."

에마는 최대한 가벼운 응답으로 넘겼으나, 자기 이야기를 더 하고 싶은 마음뿐인 엘튼 부인에게는 충분하고도 남았다.

"어쩌면 그렇게 메이플그로브를 닮았는지! 단순히 저택만 그런 게 아니에요. 정원들도, 제 눈에 들어온 한에서는 놀랄

---

* 주방 곁의 조식용 방.

만큼 비슷하더군요. 메이플그로브의 월계수들도 여기처럼 풍성하고, 거의 똑같은 모양으로 서 있어요, 잔디밭 바로 너머에요. 지나면서 얼핏 보니까 벤치로 둘러싸인 크고 멋진 나무가 있던데, 그걸 보니 꼭 닮은 나무 생각이 나지 뭐예요! 형부와 언니도 이곳에 반할 거예요. 집에 드넓은 정원들이 있는 사람들은 같은 걸 보면 언제나 즐거워하지요."

에마는 정말 즐거워할지 의문이었다. 오히려 자기 집에 드넓은 정원들이 있는 사람들은 남도 드넓은 정원을 갖고 있다면 별로 좋아하지 않는다고 확신해 마지않는 편이었다. 그렇지만 그렇게 완벽한 착각에는 뭐라 할 가치가 없었고, 그래서 그저 이렇게만 대답했다.

"이 고장을 좀 더 보고 나면, 하트필드를 과대평가했다는 생각이 드실 것 같네요. 서리 지방은 도처가 아름답답니다."

"어머! 그럼요, 잘 알아요. 잉글랜드의 정원이지요. 서리 지방을 잉글랜드의 정원이라고들 하잖아요."[*]

"예. 그렇지만 그런 영광에 너무 기대서는 안 되겠지요. 제 생각에는, 잉글랜드의 정원이라 불리는 곳은 서리 지방 말고도 많은 것 같으니까요."

"아니, 아닌 것 같은데요." 득의만만한 미소를 지으며 엘튼 부인이 대답했다. "서리 지방 말고 다른 곳을 그렇게 부르는 소리는 들어 본 적이 없는걸요."

에마는 할 말이 없었다.

---

[*] 흔히 잉글랜드의 정원으로 꼽히는 곳은 서리 지방이 아니라 켄트 지방이다.

"형부와 언니는 봄이나 늦어도 여름에는 우리 집에 들르겠다고 약속했답니다." 엘튼 부인이 말을 계속했다. "그리고 그때 우리는 소풍을 다닐 거예요. 언니 부부가 우리 집에 머무는 동안, 여기저기 소풍을 많이 다니게 될 거랍니다. 언니 부부는 물론 4인승 랜도 마차*를 가져올 것인데, 네 사람이 너끈히 탈 수 있거든요. 그래서 우리 집 마차는 굳이 거론할 것도 없이 아주 편하게 아름다운 곳들을 돌아볼 수 있을 거예요. 그 계절에 이륜 경마차를 타고 올 가능성은 별로 없을 것 같아요. 사실 그때가 되면 언니 부부한테 랜도 마차를 가져오라고 강력히 권할 거예요. 그편이 훨씬 나을 테니까요. 이곳처럼 아름다운 지역에 올 때면, 우드하우스 양, 최대한 많이 돌아보고 싶은 게 인지상정이잖아요. 거기다 형부는 소풍을 굉장히 좋아하거든요. 지난여름에는 다 같이 마차를 타고 킹스 웨스턴**에 두 번씩이나 소풍을 갔는데, 형부네가 처음으로 4인승 랜도 마차를 구입하고 곧바로 갔지요. 이곳에도 여름마다 그런 모임이 많겠지요, 우드하우스 양?"

　　"아니요. 이 근처는 그렇지 않아요. 말씀하시는 그런 모임을 끌어들일 만한 절경들은 좀 먼 곳에 있는 데다, 아마도 우리는 아주 조용한 편에 속할 거예요. 여흥거리를 찾기보다는 집에 가만히 있는 편이지요."

　　"어머! 진짜 편하게 쉬는 데는 집에 가만히 있는 것만 한 게 없지요. 저만큼 집에 머무는 것을 좋아하는 사람도 없을 거

* 당시 제작된 희귀한 사륜마차로 지붕포장이 앞뒤로 나뉘어 접히게 되어 있었다.

** 브리스틀 서쪽, 세번강에서 2마일쯤 떨어진 곳에 있는 웅장한 저택.

예요. 메이플그로브에서는 그것으로 정평이 났었답니다. 브리스틀로 가면서 셀리나가 이런 말을 한 것도 한두 번이 아니에요. '정말이지 얘는 아무리 해도 집 밖으로 끌어낼 수가 없네요. 말벗도 없이 4인승 랜도 마차 안에 처박혀 있는 건 정말 싫지만, 나 혼자 타는 수밖에 없겠네요. 맘대로 내버려 두면 오거스타는 정원 울타리 밖으로 한 걸음도 나가지 않을 거예요.' 이런 말을 한 게 한두 번이 아니지만, 전 완전한 은둔 생활을 주장하는 사람은 아니에요. 오히려 완벽히 세상과 담을 쌓는 건 아주 안 좋은 일이라고 생각한답니다. 그리고 너무 많이도 너무 적게도 세상에 휩쓸리지 않으면서 적절한 만큼 세상과 섞여 사는 것이 훨씬 권장할 만한 일이라고 생각하고요. 그렇지만 우드하우스 양, 어떤 처지신지 아주 잘 압니다. (우드하우스 씨 쪽을 바라보며) 아버님의 건강 상태가 큰 걸림돌이겠지요. 아버님께서 바스에 가 보시면 어떨까요? 아니, 반드시 그렇게 하셔야 해요. 바스를 추천할게요. 장담하지만 틀림없이 우드하우스 씨에게 도움이 될 거예요."

"아버지께서도 전에 한 번 이상 가 보셨어요. 그렇지만 아무 도움도 안 되었지요. 페리 씨도 (이분 이름은 이미 들으셨겠지요.) 이제 와서 더 도움이 될 거라고는 전혀 생각하지 않고요."

"어머! 그렇다니 참 안된 일이네요. 자신 있게 말하지만, 우드하우스 양, 물이 맞는 경우에는 얼마나 몸에 좋은지 정말 놀랍거든요. 바스에서 지낼 때 그런 경우를 여럿 보았거든요! 게다가 아주 즐거운 곳이어서 우드하우스 씨처럼, 제가 알기로는 말예요, 가끔씩 기분이 아주 가라앉는 분들한테는 반드

429

시 도움이 될 거예요. 당신한테 좋은 점들은 굳이 길게 이야기 할 필요도 없겠지요. 젊은 사람한테 바스가 얼마나 좋은지는 꽤 널리 알려졌으니까요. 이렇게 고적한 생활을 해 온 당신한 테는 새로운 매력적인 경험이 될 거예요. 그리고 그곳의 최고 급 사교계도 몇 군데 당장 소개해 드릴 수 있는데요. 제가 한 줄 적어 드리면 꽤 많은 사람들과 교분을 틀 수 있을 거예요. 그리고 제가 바스에 갈 때면 늘 그 댁에 머무는 제 각별한 친구 인 파트리지 부인도 기꺼이 모든 배려를 해 드릴 것이고 바깥 출입을 할 때도 동반해 드릴 거예요."

에마로서는 도저히 더 이상 예의를 지키면서 들어 주기가 힘들었다. 자기가 엘튼 부인한테 소위 '소개'의 은덕을 입는다 니, 엘튼 부인 친구의 비호 아래 바깥출입을 한다니! 친구래야 아마도 저속하고 겉만 번지르르한 과부로, 하숙인들 덕분에 겨우 생계를 이어 갈 텐데! 우드하우스 양의, 그리고 하트필드 의 위엄이 실로 땅에 떨어진 셈이었다!

그렇지만 그녀는 금방 튀어나올 듯한 반박을 일체 삼가면 서, 냉정하게 엘튼 부인에게 고맙다는 말만 했다. "그렇지만 우리가 바스에 가는 것은 전혀 생각할 수도 없다. 그리고 그곳 이 아버지보다 자기한테 더 맞을 것이라는 확신도 별로 없다." 라고 했다. 그러고는 더 이상 분개할 일을 피하려고 곧장 화제 를 바꾸었다.

"음악을 좋아하시느냐는 질문은 않겠어요, 엘튼 부인. 이 런 경우에는 숙녀분보다 소문이 앞서는 법인데, 연주 실력이 뛰 어나시다는 사실은 하이베리에선 이미 오래전부터 알았지요."

친구래야 아마도 저속하고 겉만 번지르르한 과부일 텐데!

"어머! 천만에요. 그런 말씀은 받아들일 수가 없네요. 뛰어난 연주 실력이라니요! 분명히 말씀드리지만, 아주 거리가 멉니다. 그 정보가 얼마나 편파적인 데서 나왔는지 생각해 보세요. 저는 음악이라면 사족을 못 쓴답니다. 열렬한 애호가지요. 그리고 지인들도 제게 안목이 아주 없지는 않다고 말하지요. 그렇지만 그것 말고는, 제 연주는 맹세코 지극히 평범한 수준이에요. 당신이야말로 우드하우스 양, 연주 실력이 뛰어나신 줄 잘 아는걸요. 분명히 말씀드리지만, 여기 분들이 음악을 대단히 즐긴다는 소리를 듣고 더없이 큰 만족과 위안과 기쁨을 느꼈답니다. 전 음악이 없으면 정말 안 되거든요. 저한테 음악은 삶의 필수품이지요. 그리고 메이플그로브에서나 배스에서나 언제나 대단한 음악 애호가들과 벗하며 지냈기 때문에, 만일 음악이 없었다면 대단히 심각한 희생이 되었을 거예요. 전 엘 씨*한테도 솔직하게 말했지요. 그분이 제가 앞으로 살게 될 집 이야기를 하면서 고적해서 불편할지도 모르겠다고 걱정할 때 말예요. 집이 누추하다고도 했고요. 제가 어떤 집에서 지냈는지 아니까 한 말이지만, 물론 그분은 걱정이 전혀 없지는 않았지요. 그런 식으로 이야기하기에, 저도 솔직하게 말했어요. 고적한 생활은 전혀 겁나지 않으니 세상은 포기할 수도 있다고요. 파티니 무도회니 연극 같은 것 말예요. 다행스럽게도 혼자 소일할 수 있게 많은 재주를 타고났기 때문에, 저한테는 세상이 꼭 필요하지는 않다고요. 세상이 없이도

---

* 엘튼을 지칭. 애칭 삼아 일부러 약칭을 쓴 것이다.

얼마든지 잘 지낼 수 있다, 재주가 없다면 문제겠지만, 타고난 재주 덕분에 저는 독립성이 강하다고요. 그리고 제가 거처하던 곳들보다 더 작은 방쯤은, 정말이지 전혀 개의치 않을 수 있다, 그런 희생이라면 얼마든지 할 수 있는 사람이라고 자부한다, 물론 메이플그로브에서는 온갖 호사를 다 누렸지만, 저의 행복에 마차 두 대나 넓은 방들이 꼭 필요한 것은 아니라고 안심시켜 주었지요. '그렇지만.' 하고 전 말했어요. '솔직하게 말하자면 음악 애호가 모임 같은 것 없이는 살 수가 없어요. 다른 조건은 달지 않겠어요. 그렇지만 음악 없는 삶이란 저한테는 백지나 같아요.'라고 말이에요."

"우리들 생각으로는." 에마는 미소 지으며 말했다. "엘튼 씨가 아무 주저 없이 하이베리에 대단한 음악 애호가 모임이 있다고 안심시켜 드렸을 것 같은데요. 그리고 부인도 그렇게 말한 동기를 감안하면 사실이라고 봐줄 만하다고 여기게 되기를 바랍니다."

"아무렴요, 그 점에는 추호의 의심도 없답니다. 그런 분들을 만나서 기쁜걸요. 우리가 함께 달콤한 작은 음악회를 많이 열었으면 좋겠어요. 내 생각에는, 우드하우스 양, 당신과 내가 음악 클럽을 만들어 이 댁이나 우리 집에서 매주 정기적으로 모임을 가져야 해요. 좋은 계획이지 않겠어요? 우리만 분발한다면 머지않아 우군이 생겨날 거예요. 그런 클럽이 생기면 나한테는 특히 좋을 거예요. 계속 연습할 자극이 될 테니까요. 아시다시피 결혼한 여자는…… 기혼 여성 일반에 대한 서글픈 이야기도 있잖아요. 너무나 쉽게 음악을 포기하는 경향이 있

433

다고요."

"그렇지만 부인께선 그렇게도 음악을 지극히 좋아하시니, 그런 위험이 있을 리야 없겠지요."

"나도 그랬으면 좋겠어요. 그렇지만 지인들을 돌아보면 정말 저도 불안해서요. 셀리나는 음악을 완전히 접었거든요. 피아노는 손도 안 대지요. 전에는 그렇게 곱게 연주하더니만. 그리고 제프리즈 부인, 처녀적 이름으로는 클라라 파트리지 경우도 그렇고, 이제는 버드 부인과 제임스 쿠퍼 부인이 된 밀먼 댁 두 따님 경우도 똑같은 이야기를 할 수 있어요. 이런 사례는 더 댈 수 있어요. 정말이지 이만하면 충분히 겁날 만하잖아요. 전에는 셀리나한테 아주 화가 났지만, 정말이지 기혼 여성한테는 신경 쓸 일이 많다는 게 이제 이해 가기 시작해요. 오늘 아침만 해도 우리 집 가정부와 둘이서 꼼짝 못하고 방에 있었던 것이 삼십 분은 되는 것 같네요."

"그렇지만 그런 일들이야, 금방 규칙적인 일상이 되어서……" 에마가 말했다.

"글쎄요." 엘튼 부인이 웃으며 말했다. "두고 보지요."

음악을 소홀히 하기로 그렇게 단단히 결심한 모습을 보고 에마는 더 이상 할 말이 없었다. 잠시 침묵이 흐른 후 엘튼 부인은 다른 화제를 꺼냈다.

"남편하고 랜들스에 들렀는데요." 그녀는 말했다. "두 분 모두 댁에 계시더군요. 아주 유쾌한 분들 같아요. 정말 맘에 들어요. 웨스턴 씨는 아주 멋진 분 같아요. 벌써 제가 일등으로 총애하는 분이 된걸요. 부인도 정말 선량해 보이더군요. 뭔가 모성적이고 다정한 느낌이 있어서 곧장 호감이 가요. 이 댁 가정 교사였다지요?"

에마는 너무 놀라 답변을 멈칫거렸지만, 엘튼 부인은 그렇다는 답을 거의 기다리지도 않고 계속 떠들었다.

"그래서 좀 놀랐어요. 행동거지가 무척이나 귀부인 같아서요. 정말 점잖은 분이긴 하더군요."

"웨스턴 부인의 매너는 언제나 아주 훌륭했습니다." 에마가 말했다. "적절하고 소박하고 우아해서 어떤 젊은 여성에게든 가장 안전한 본보기가 될 만했지요."

"그런데 우리가 있을 때 누가 들어왔을 것 같아요?"

에마는 영문을 알 수 없었다. 어조로 보면 오래전부터 알던 사람인 모양인데, 그러니 무슨 짐작이 가겠는가?

"나이틀리요!" 엘튼 부인이 계속 말했다. "바로 나이틀리요! 운이 좋았지요? 일전에 그 사람이 들렀을 때는 내가 출타 중이어서 아직 못 만났었거든요. 그런데 엘 씨와 그렇게 각별한 친구라니, 나도 물론 굉장히 궁금했지요. '내 친구 나이틀리'라는 말을 하도 자주 해서 나도 정말 만나 보고 싶었어요. 그리고 내 낭군님한테 부끄러워할 필요가 없는 친구가 있다는 말은 해 주는 게 도리겠지요. 나이틀리는 정말 신사예요. 아주 마음에 들어요. 척 보기에도 아주 신사다운 남자예요."

다행히도 이제 갈 시간이 되었다. 그들은 떠났고, 에마는 그제야 숨을 쉴 수 있었다.

"상종 못 할 여자!" 곧장 이런 소리가 터져 나왔다. "생각했던 것 이상이야. 정말 상종을 못 하겠어! 나이틀리라고! 도무

435

지 믿을 수가 없네. 나이틀리라니! 평생 처음 보는 주제에 그냥 나이틀리라고 불러! 거기다 척 보기에도 신사 같다고! 쪼그만 여자가 방자하고 천박하기도 하지. 엘 씨니, 낭군님은 뭐며, 재주는 또 뭐고, 주제넘은 자만심에다 상스럽게 나대는 태도라니. 나이틀리 씨가 신사 같다고 생각한단 말이지! 그분이 이런 칭찬을 그대로 돌려 주며 이 여자를 숙녀라고 여겨 주기나 할지 의문이네. 정말 믿기지가 않아. 그리고 나보고 함께 힘을 합쳐 음악 클럽을 결성하자고! 누가 들으면 우리가 절친한 친구 사이인지 알겠네. 거기다 웨스턴 부인 이야기라니! 나를 길러 준 사람이 점잖은 분이라 놀랐다고! 점입가경이네. 이런 여자는 난생처음이야. 내가 은근히 바랐던 것보다 훨씬 더하군. 비교를 한다는 것부터가 해리엇한테 모욕이지. 아! 프랭크 처칠이 여기 있었다면, 그 여자한테 뭐라고 했을까? 얼마나 화를 내고 얼마나 재미있어했을까! 아! 나 좀 봐. 곧장 그이 생각을 하고 있네. 언제나 제일 먼저 그이를 떠올리네! 어느새 보면 그러고 있잖아! 프랭크 처칠이 자꾸만 머릿속에 떠올라."

이 모든 생각이 쏜살같이 뇌리를 스치고 지나가, 엘튼 부부가 시끌벅적하게 떠나간 다음 아버지가 정신을 가다듬고 입을 열 채비가 되었을 즈음에는 에마는 어렵지 않게 아버지를 상대해 드릴 수 있었다.

"글쎄다, 얘야." 그는 신중하게 말을 시작했다. "처음 만난 사람치고는 아주 아리따운 여성 같구나. 틀림없이 네가 굉장히 마음에 드는 모양이더라. 말이 좀 빠르기는 하지. 말이 좀 빨라 귀가 아프더구나. 그렇지만 내가 까다롭게 구는 거지. 원체 낯선 목소리를 좋아하지 않는 데다가, 너나 불쌍한 테일러 양처럼 말하는 사람이 어디 있니. 하지만 아주 싹싹하고 행동거지가 아리따운 숙녀 같으니 그 친구한테 틀림없이 아주 훌륭한 아내가 되어 줄 거야. 그 친구야 결혼하지 않는 편이 낫겠다만. 이 행복한 혼사에 그 친구와 엘튼 부인을 찾아가 축하해 주지 못한 점에 대해 나로서는 최선의 변명을 하면서, 여름이 오면 그럴 수 있기를 바란다고도 했지. 벌써 찾아갔어야 해. 신부한테 축하 방문을 빼먹는 것은 대단한 태만이야. 아! 내가 얼마나 서글픈 환자 신세인지 잘 보여 주네! 그렇지만 목사관으로 접어드는 모퉁이 길이 영 탐탁지 않아."

"사과를 받아들였을 거예요, 아버지. 아버지가 어떤 분인지 엘튼 씨도 잘 알잖아요."

"그래. 그렇지만 젊은 숙녀에다 신부인데…… 할 수 있다면 경의를 표했어야지. 대단한 결례였어."

"그렇지만 사랑하는 아빠, 아버지는 혼인 같은 것은 좋아하지 않잖아요. 그러니 신부에게 경의를 표하려고 애쓰실 필요가 어디 있어요? 아빠가 보시기에는 칭찬할 일도 아닌데요. 신부라고 그렇게 중하게 대접하면 사람들한테 결혼하라고 부추기는 거나 마찬가지예요."

"아니다, 애야, 내 누구한테도 결혼하라고 부추긴 적은 없다. 그렇지만 숙녀한테는 언제나 모든 적절한 예를 갖추려 했지. 특히 신부는 소홀히 대해서는 안 되는 거야. 이번에도 좀 더 노력했어야 마땅하지. 신부는, 애야, 언제나 그 누구보다도 우선이지 않니."

"글쎄요, 아빠, 이게 결혼하라고 부추기는 게 아니라면, 뭐가 그럴지 모르겠네요. 그리고 불쌍한 젊은 숙녀들의 허영심을 조장하는 그런 일을 권장하고 나오실 줄은 전혀 몰랐어요."

"애야, 내 말을 잘못 알아들었구나. 그저 평범한 예의범절의 문제일 뿐, 결혼하라고 부추기는 것과는 아무 상관이 없단다."

에마는 그만두었다. 아버지는 심기가 불편해지기 시작했고, 말을 알아듣지 못하는 것은 아버지 쪽이었다. 그녀의 마음은 엘튼 부인의 불쾌한 행동으로 돌아갔고, 오래, 아주 오래 그 생각이 가시지 않았다.

15

그 후로도 에마가 새로운 점을 알게 되어 엘튼 부인에 대한 안 좋은 생각을 철회해야 하는 일은 없었다. 그녀의 관찰은 상당히 정확했다. 다시 만나 봐도, 엘튼 부인은 언제나 이 두 번째 만남에서 본 그대로, 거드름을 피우고 주제넘게 굴고 지나치게 격의가 없고 무식하고 본데없이 자란 티가 역력했다. 약간의 미모와 약간의 기예는 있었지만 판단력이 너무 부족해서 세상을 훨씬 더 잘 아는 자기가 나서서 시골 동네에 활력을 불어넣고 개선할 수 있다고 여겼다. 그리고 호킨스 양으로 누렸던 사회적 지위를, 오로지 엘튼 부인이라는 중차대한 위치에만 버금가는 대단한 것으로 여겼다.

엘튼 씨 생각이 아내와 조금이라도 다르다고 볼 이유는 없었다. 그는 아내가 흡족한 정도를 넘어 자랑스러운 듯했다. 심지어 우드하우스 양도 상대가 안 되는 뛰어난 여성을 하이베리로 데려온 자신이 장하게 여겨지는 모양이었다. 그리고 그녀가 새로 사귀게 된 사람들 대부분은 원래 칭찬을 좋아하든 아니면 판단하는 습관이 안 들어서든, 좋게 본 베이츠 양의 본을 받아서든 아니면 이 신부가 본인 주장대로 똑똑하고 상냥할 것이라고 당연시해서든 아주 만족해했다. 그래서 당연한

439

결과로 엘튼 부인에 대한 칭송이 입에서 입으로 퍼져 나갔고 우드하우스 양도 이를 막지 않았으니, 처음 해 주었던 말을 기꺼이 고수하면서 "아주 명랑하고 옷맵시가 대단히 세련되다." 라는 말로 품위를 지켰다.

한 가지 점에서는 엘튼 부인은 처음 생각했던 것보다 더 나빠졌다. 에마에 대한 감정이 바뀐 것이었다. 친하게 지내자는 제안에 별 반응이 없어 화가 났는지, 자기 쪽에서 그런 제안을 철회하더니 점차 훨씬 더 냉랭하게 굴며 거리를 두었다. 결과야 바라던 대로지만, 악감정에서 비롯된 것이니만큼 에마 쪽에서도 싫은 마음이 더할 수밖에 없었다. 해리엇을 대하는 그녀의 태도도, 그리고 엘튼 씨의 태도도 불쾌했다. 그들은 비웃고 무시했다. 이렇게 나오니 해리엇도 금방 나을 수 있겠다는 희망이 생겼지만, 그런 행동이 어떤 감정에서 나왔는지를 생각하면 두 사람이 더 한심해 보였다. 불쌍한 해리엇의 애정이 부부간의 흉금 없는 대화에 제물이 된 것은 물론이고, 그 일에서 그녀 자신이 했던 행동 또한, 그녀한테는 최대한 불리하고 그에게는 최대한 위안이 되도록 윤색되어, 십중팔구 제물이 되었을 것이었다. 물론 그들이 일치단결해서 싫어한 대상은 그녀였다. 할 말이 동나면 언제나 우드하우스 양 험담이라는 손쉬운 화제를 끄집어냈을 것이다. 그리고 감히 그녀에게 내놓고 무례하게 굴 용기는 없었으니, 해리엇을 홀대하는 더 쉬운 방법으로 적대감을 표시했다.

엘튼 부인은 제인 페어팩스를 대단히 마음에 들어 했는데 처음부터 그랬다. 나중에는 한 젊은 숙녀와 전투를 벌이다 보니 다른 숙녀가 좋아진 것이라고 볼 수도 있었지만, 그때만이 아니라 맨 처음부터 그랬다. 그리고 그녀는 자연스럽고 온당한 찬사를 표하는 데 만족하지 않고, 그러라고 부탁도 허락도 하기 전에 솔선해서 편을 들고 도와주고 싶어 했다. 그녀가 에마에 대한 신뢰를 거두어들이기 전, 둘이 세 번째쯤 만났을 때, 에마는 그 숙녀의 기사 역할을 자처하고 나서는 엘튼 부인의 이야기를 모두 들었다.

"제인 페어팩스는 정말 매력적이에요, 우드하우스 양. 제인 페어팩스라면 극찬을 금할 수가 없네요. 매혹적이고 흥미로운 아가씨예요. 어찌나 온화하고 숙녀다운지…… 거기다 그렇게 뛰어난 재능까지! 정말이지 난 그 사람 재능이 비범하다고 보거든요. 연주 실력이 뛰어나다는 점도 주저 없이 말할 수 있어요. 나도 그 정도 확실한 평가를 할 만큼은 음악을 아니까요. 아! 정말 매력적인 사람이에요! 너무 열심이라고 웃으시겠지만…… 정말이지, 난 요새는 입만 열면 제인 페어팩스 이야기네요! 거기다 그 처지를 생각하면 동정이 안 갈 수가 없잖아요! 우드하우스 양, 우리 분발해서 뭔가 해 주려고 노력해야 해요. 우리 둘이서 그 아가씨를 앞으로 이끌어 주어야 해요. 그런 재능이 묻혀 버리게 내버려 둘 수는 없잖아요. 당신도 분명 이런 매력적인 시구를 들어 보았을 거예요.

수많은 꽃이 보는 이 없이 얼굴을 붉히며,
사막의 대기에 헛되이 향기를 퍼뜨리누나.*

---

* 토머스 그레이(Thomas Gray)의 1755년작 「시골 교회 무덤에서 쓴 만가」(Elegy Written in a Country Churchyard) 55행을 약간 틀리게 인용한 것이다.

사랑스러운 제인 페어팩스가 이 시구의 본보기가 되는 사태를 우리가 두고 볼 수는 없지요."

"그럴 위험은 전혀 없을 것 같은데요." 에마가 차분하게 대답했다. "그리고 부인도 페어팩스 양의 상황을 좀 더 잘 알게 되고 그 사람이 캠벨 대령 부부와 함께 어떤 댁에서 지냈는지 알게 되면, 묻혀 버린 재능이라는 생각은 하지 않으실 거예요."

"그런가요! 그렇지만 우드하우스 양, 지금은 버림받은 채알아주는 사람도 없이 은거하는 처지잖아요. 캠벨 댁에서 어떤 호사를 누렸든 이제는 다 끝난 게 아주 분명하잖아요! 그 아가씨도 그렇게 느끼고 있다고 생각해요. 아니, 그렇다고 확신해요. 대단히 수줍고 말이 없는 사람이잖아요. 본인도 격려의 손길이 필요하다고 느낀다는 것이 훤히 보여요. 그래서 그아가씨가 좋아져요. 고백하지만, 나한테는 그런 점이 오히려장점으로 보이거든요. 나는 수줍음의 대단한 옹호자랍니다. 그리고 확실히 수줍음은 흔히 볼 수 있는 게 아니에요. 조금이라도 지위가 떨어지는 사람들에게서 그것을 보게 되면 정말 호감이 가지요. 아! 확실히 말씀드리지만, 제인 페어팩스는정말 귀염성 있는 성격이고, 나는 말할 수 없을 만큼 관심이 가네요."

"호감이 대단하신 것 같군요. 그렇지만 부인이든, 이곳의페어팩스 양의 지인 그 누구든, 부인보다 오래 알아 온 사람 그누구든, 그 사람에게 관심을 표하는 방식이란 다만……."

"친애하는 우드하우스 양, 행동으로 실천하는 사람들은

"당신도 분명 이런 매력적인 시구를 들어 보았을 거예요."

엄청나게 많은 것을 해낼 수 있어요. 당신과 나는 걱정할 필요 없어요. 우리가 모범을 보이면, 많은 사람이 가능한 만큼씩 뒤따를 겁니다. 모두 우리 같은 여건은 아니지만요. 우리는 그 사람을 집에서 데려오고 데려다 줄 마차도 있고, 우리 생활 방식 수준도 언제든 제인 페어팩스 한 사람쯤 더 얹힌다고 불편해질 리 없잖아요. 내가 공연히 제인 페어팩스에게 다 먹을 수도 없을 만큼 많이 권했나 하고 후회할 만큼 그렇게 빠듯한 식사를 라이트가 내온다면 나는 몹시 불쾌할 거예요. 그런 일은 난 생각도 할 수 없어요. 내가 여태껏 익히 누렸던 것을 생각하면, 그런 생각을 못 하는 게 당연하지요. 가계를 꾸려 나가면서 내가 가장 범하기 쉬운 잘못이란 아마도 그 정반대로, 너무 과하게 차리고 비용에 너무 무관심한 것일 거예요. 메이플그로브가 내 모범이 될 텐데, 사실 똑같이 해서는 곤란하지요. 내 형부 서클링 씨만 한 수입은 우리로선 엄두도 낼 수 없으니까요. 그렇지만 제인 페어팩스를 지원하는 일만큼은 꼭 하기로 결심한걸요. 무슨 일이 있어도 아주 자주 집에 부르고, 가능한 모든 곳에 소개해 주고, 제인 페어팩스의 음악적 재능을 이끌어 낼 수 있게 음악회도 열고, 적당한 일자리가 있는지 끊임없이 귀를 열어 둘 작정이에요. 나는 사교 범위가 대단히 넓으니까, 십중팔구 어딘가 적당한 자리가 났다는 소식을 금방 들을 수 있을 거예요. 언니 부부가 우리 집에 오면 그분들한테도 물론 소개해 드릴 거고요. 틀림없이 그 아가씨를 아주 맘에 들어들 할 거예요. 그리고 좀 친해지면, 아가씨의 두려운 마음도 완전히 사라질 거예요. 두 분 모두 사람 대하는 태도가 관대하기 그지

444

없거든요. 두 분이 와 계실 때 정말이지 아주 자주 아가씨를 집으로 초대할 거고, 장담하지만 소풍을 갈 때도 가끔씩은 4인승 랜도 마차에 자리를 내줄 수 있을 거예요."

'불쌍한 제인 페어팩스!' 에마는 그런 생각이 들었다. '이런 대우까지 받을 사람은 아닌데. 딕슨 씨 일로 잘못을 저질렀을 지는 몰라도 벌이 과하네! 엘튼 부인의 친절과 보호라니! '제인 페어팩스, 제인 페어팩스.' 세상에! 설마 나를 두고도 에마 우드하우스, 에마 우드하우스를 입에 달고 다니지야 못할 거라고 믿자! 그렇지만 정말이지 저 여자의 방자한 입놀림에는 한계가 없는 것 같네!'

에마는 그런 허장성세를, 자기만 있는 자리에서 하는, 끔찍하게도 "친애하는 우드하우스 양"이라는 말로 분식된 허장성세를 최소한 둘만 있는 자리에서는 다시 듣지 않아도 되었다. 엘튼 부인 편의 태도 변화도 그 후 곧 뚜렷해져 그녀는 평화를 누릴 수 있었으니, 억지 춘향으로 엘튼 부인의 아주 각별한 친구가 되거나, 엘튼 부인의 지도 아래 제인 페어팩스의 아주 적극적인 후견인이 되는 일을 면하고, 엘튼 부인이 어떤 생각이며 어떤 계획이고 어떤 일을 했는지 다른 사람들한테서 일반적인 이야기를 전해 듣는 정도일 뿐이었다.

그녀는 얼마간 재미있어하며 지켜보았다. 엘튼 부인이 제인에게 보인 관심에 베이츠 양이 보내는 감사는 가식 없는 소박함과 열렬함의 절정이었다. 엘튼 부인은 존경하는 분들의 반열에 올랐으니, 더없이 마음이 곱고 상냥하고 매력적인 여성으로 엘튼 부인 스스로 그리 여겨지기를 바란 그대로 대단

445

히 세련되고 너그러운 사람이라는 것이었다. 에마한테 유일한 놀라움은 제인 페어팩스가 이런 관심을 받아들이고 엘튼 부인을 참아 내는 것처럼 보인다는 점이었다. 그녀가 엘튼 부부와 함께 산책을 하고, 엘튼 부부와 자리를 같이하고, 엘튼 부부와 함께 하루를 보냈다는 이야기가 들려왔다! 깜짝 놀랄 일이었다! 페어팩스 양의 섬세한 취향이나 자존심으로 목사관에서 제공하는 식의 사교와 교분을 견뎌 낼 수 있으리라고는 꿈에도 생각하지 못했다.

"수수께끼 같은 여자야, 정말 수수께끼야!" 그녀는 말했다. "모든 결핍을 감수하며 몇 달이고 여기 남아 있는 편을 택하더니만! 이제는 언제나 그렇게 진실되고 관대한 애정으로 자기를 사랑한 훨씬 나은 친구들한테 돌아가는 대신, 엘튼 부인의 배려라는 치욕과 빈곤하기 짝이 없는 대화를 택하네."

제인은 공식적으로는 석 달 동안 머물 예정으로 하이베리에 왔다. 캠벨 부부가 석 달 예정으로 아일랜드에 갔던 것이다. 그렇지만 이제 캠벨 부부는 딸에게 적어도 하지까지는 있겠노라고 약속했고, 그녀에게 거기 와서 함께 지내자고 새로 초대했다. 베이츠 양에 따르면 (모두 그녀 입에서 나온 이야기인데) 딕슨 부인이 간곡히 청하는 편지를 보냈다는 것이다. 제인이 온다고만 하면 방책을 마련할 것이며 하인들을 보내 주고 길동무들도 찾아내어 여행에 어떤 어려움도 없게 해 주겠노라는 것이었다. 그런데도 그녀는 그것을 거절했다!

"이런 초대를 거절하다니, 보기보다 더 강력한 동기가 있는 게 틀림없어." 하는 것이 에마의 결론이었다. "캠벨 부부가

446

내린 벌이든 스스로 자청한 벌이든 모종의 참회를 하고 있는 게 분명해. 누구 편이든 대단한 두려움, 대단한 경계심, 대단한 결단이 있었던 거야. 딕슨 부부와 함께 지내는 일은 절대로 없어야 한다는 거지. 누군가 그런 칙령을 내린 거야. 그렇지만 엘튼 부인과 함께 다니는 것을 수락할 이유까지는 없잖아? 정말 또 다른 수수께끼네."

엘튼 부인에 대한 자신의 생각을 아는 몇 안 되는 사람들 앞에서 아무래도 이상하다고 털어놓자, 웨스턴 부인은 다음과 같이 제인을 변호하려 들었다.

"페어팩스 양이 목사관에서 대단히 즐겁게 지낸다고야 볼 수 없지, 에마. 언제나 집에 있는 것보다는 낫잖아. 이모가 착하기는 하지만, 항상 같이 지내기는 대단히 피곤한 분이고. 그런 곳을 드나든다고 취향을 탓하기 전에 페어팩스 양이 어떤 곳을 벗어나는지 먼저 생각해 봐야 하지 않을까."

"맞는 말씀입니다, 웨스턴 부인." 나이틀리 씨가 열띤 어조로 말했다. "페어팩스 양도 우리 못지않게 엘튼 부인을 제대로 판단할 능력이 있지요. 교제 상대를 선택할 수 있었더라면 엘튼 부인을 택하지는 않았을 겁니다. 그렇지만 (에마한테 힐책의 미소를 보내며) 아무도 베풀어 주지 않는 관심을 엘튼 부인이 보여 준 거지요."

에마는 웨스턴 부인이 자기를 힐끗 쳐다본다고 느꼈는데, 그녀 자신도 그의 열띤 어조에 놀랐다. 살짝 얼굴을 붉히며 그녀는 곧 대답했다.

"엘튼 부인 같은 관심이라면 페어팩스 양한테 달갑기보다

447

싫을 줄 알았는데요. 엘튼 부인의 초대가 전혀 반갑지 않을 줄 알았어요."

"이상한 일도 아니지." 웨스턴 부인이 말했다. "엘튼 부인의 정중한 배려를 받아들이기를 바라는 이모의 열렬한 바람 때문에 페어팩스 양이 내키지 않아도 그럴 수밖에 없었다고 해도 말이야. 약간의 변화를 바라는 매우 당연한 바람도 있었겠지만, 그보다는 딱하게도 베이츠 양이 조카딸을 그렇게 내몰았을 공산이 아주 크지 싶네. 친한 모양새를 취할 수밖에 없게 말이야. 페어팩스 양 자신의 양식으로는 내키지 않았겠지만."

두 사람 모두 다시 그의 말을 듣고 싶었으나, 그는 몇 분 동안 침묵을 지키다가 이렇게 말했다.

"또 한 가지 고려해야 할 것이 있지요. 남한테 페어팩스 양 이야기를 할 때와 페어팩스 양과 직접 이야기할 때 엘튼 부인 태도가 달라진다는 점 말입니다. 그 사람이라는 대명사와 당신이라는 대명사가 어떻게 다른지 우리 모두 잘 알잖습니까. 아주 흔히 쓰는 말들이니까요. 서로 만나서 이야기할 때면 평범한 예의 이상의 무언가에 영향을 받게 마련인데, 이것은 좀 더 일찍부터 굳어지지요. 한 시간 전만 해도 불쾌한 생각이 가득했다 해도, 그런 언질을 직접 대놓고 하지는 못하지요. 벌써 느낌이 달라지거든요. 그리고 이런 일반적 원리가 작동한다는 점 말고도, 페어팩스 양이 정신과 태도 모두에서 더 월등하기 때문에 엘튼 부인도 그 앞에서 조심한다는 점은 믿으셔도 무방할 것입니다. 직접 대면할 때는 엘튼 부인이 페어팩스 양한테 마땅히 그래야 하는 대로 존중하는 태도를 취한다는 점도요. 엘튼 부인은 제인 페어팩스 같은 여성을 만나 본 적이 없을지도 모릅니다. 아무리 허영심이 강하다고 해도, 생각으로는 아니라도 행동으로는 자기가 상대적으로 떨어짐을 인정하지 않을 도리가 없겠지요."

"제인 페어팩스를 얼마나 좋게 보시는지 잘 알아요." 에마가 말했다. 그녀는 어린 헨리를 떠올렸고, 경각심과 섣불리 나설 문제가 아니라는 생각이 엇갈리는 바람에 달리 무슨 말을 할지 망설여졌다.

"그렇소." 그가 대답했다. "내가 그 아가씨를 얼마나 좋게 보는지는 누구나 알겠지."

"그렇지만요." 에마가 장난스러운 표정으로 서둘러 말을 꺼내다가 곧 삼켜 버렸다. 그렇지만 매도 먼저 맞는 편이 나았다. 그녀는 급히 말을 이었다. "그렇지만요, 어쩌면, 얼마나 그런지는 본인 스스로도 모를 수 있지요. 이만큼 좋게 보았나 스스로 놀라는 날이 조만간 올지도 모르잖아요."

나이틀리 씨는 두툼한 가죽 행전 밑 단추들을 열심히 채우고 있었고, 단추 잠그는 일에 몰두해서든 다른 이유에서든 대답하는 얼굴이 붉게 물들었다.

"아! 그런 이야기인가? 그렇지만 딱하게도 뒤처지고 말았네. 육 주 전에 콜 씨가 이미 넌지시 비친 이야기니까."

그는 말을 멈추었다. 에마는 웨스턴 부인이 자기 발을 지그시 밟는 것을 느꼈고, 어떻게 생각해야 할지 자신도 알 수가 없었다. 잠시 후 그는 말을 계속했다.

"당신한테 분명히 말하지만 그런 일은 절대 없을 거요. 설령 내가 청한다고 해도 페어팩스 양이 받아들이지 않을 거요. 그리고 분명 내 쪽에서도 절대 청하는 일이 없을 거고."

에마는 받은 것에 이자를 붙여 웨스턴 부인의 발을 밟아주며, 기쁜 마음으로 외쳤다.

"허영심은 없으시네요, 나이틀리 씨. 그것만큼은 내가 보장해 드리지요."

그는 그녀의 말이 거의 들리지 않는 듯했다. 그는 생각에 잠기더니, 곧이어 별로 유쾌하지 않은 투로 말했다.

"그럼 당신은 그동안 내가 제인 페어팩스와 결혼해야 한다고 정해 놓은 거요?"

"천만에요. 중매쟁이 노릇을 한다고 한참 꾸짖으신 당신을 두고 그렇게 외람된 일을 할 리가 있겠어요. 방금 한 이야기는 별 뜻 없이 한 거예요. 별 심각한 뜻 없이 그런 이야기를 하기들 하잖아요. 어머! 아니에요, 정말이지 당신이 제인 페어팩스하고든 제인 누구하고든 결혼하기를 바라는 마음은 추호도 없어요. 결혼하면, 이렇게 편안하게 들러서 자리를 함께하실 수도 없잖아요."

나이틀리 씨는 다시 생각에 잠겼다. 그 상념의 결과는 이러했다. "글쎄, 에마, 그 아가씨를 이렇게까지 좋게 봤나 하고 놀라는 일은 결코 없을 거요. 확실히 말하지만, 그 아가씨에 대해서 그런 생각은 한 번도 해 본 적이 없어요." 그리고 곧이어 말했다. "제인 페어팩스는 아주 매력적인 아가씨요. 그렇지만 제인 페어팩스라고 해도 완벽하지는 않지. 단점이 있어. 남자

450

가 아내한테 바라는, 속을 털어놓는 성품은 아니거든."

에마는 그녀한테도 단점이 있다는 이야기를 듣고 기쁠 수밖에 없었다. "글쎄요." 그녀는 말했다. "그럼 콜 씨 입을 금방 막아 버렸겠네요?"

"그렇소, 아주 금방. 그 사람이 나한테 조용히 그런 이야기를 비치기에 잘못 본 것이라고 했고, 그러자 사과하면서 더는 그런 이야기를 꺼내지 않았지. 콜은 자기가 이웃들보다 더 현명하고 똑똑하고 싶어 하는 사람은 아니니까."

"그 점에서는 친애하는 엘튼 부인과 딴판이네요. 그 여자는 온 세상 사람들보다 더 현명하고 더 똑똑하고 싶어 안달이니까! 그 여자가 콜 부부에 대해서는 뭐라고 할지 모르겠네요. 뭐라고 부를지도요! 친밀하고 속되기 그지없는 칭호여야 할 텐데, 그런 칭호를 어떻게 찾아내겠어요? 당신도 그냥 나이틀리라고 부르는 마당에 콜 씨는 도대체 뭐라고 부를까요? 어쨌든 제인 페어팩스가 그 여자의 정중한 관심을 용인하고 함께 다니기로 수락했다고 해도 놀라면 안 된다는 말이네요. 웨스턴 부인, 선생님 설명이 내겐 가장 그럴듯하네요. 페어팩스 양이 정신으로 엘튼 부인을 압도했다고 믿는 것보다는 베이츠 양한테서 벗어나고 싶은 유혹 때문이라는 설이 훨씬 더 납득이 가니까요. 생각에서든 말에서든 행실에서든 엘튼 부인이 자기의 열등함을 인정할지, 혹은 그 여자가 자기의 그 미미한 예의범절의 규범 말고 달리 구애받는 것이 있을지 전혀 못 믿겠거든요. 그 여자가 자기 방문객을 칭찬과 격려와 도와주겠다는 제안으로 끊임없이 모욕하지 않을 거라고는 생각할 수 없어요. 영구적인 일자리를 확보해 주는 것에서부터 4인승 랜도 마차를 타고 가는 즐거운 소풍 모임에 끼어 주는 것까지 그 훌륭한 계획들을 끊임없이 시시콜콜 떠들어 대지 않을 거라고는 말예요."

"제인 페어팩스는 감성이 풍부하지." 나이틀리 씨가 말했다. "감성의 결여라는 비난은 할 수 없어. 내가 보기에는 감수성이 강하고, 인내와 참을성과 자제력이 뛰어난 성격이오. 그렇지만 개방적인 면이 부족해. 속을 드러내지 않는데, 전보다 더한 것 같더군. 그런데 난 속을 털어놓는 개방적인 성격이 좋거든. 아니, 내 이른바 연모의 정을 콜이 넌지시 언급할 때까지 그런 생각은 떠올려 본 적도 없소. 제인 페어팩스를 만나고 대화를 나누면서 항상 감탄하고 즐거웠지만, 그 이상의 생각은 한 번도 해 본 적이 없소."

"자, 선생님." 그가 자리를 뜨자 에마가 승리를 만끽하며 말했다. "나이틀리 씨가 제인 페어팩스와 결혼할지도 모른다시더니 이제 뭐라고 하실래요?"

"글쎄, 정말이지, 에마, 사랑하는 게 아니라고 한사코 잡아떼니, 결국 사랑으로 귀결된다고 해도 난 놀랍지 않을 것 같은데. 그런다고 날 때리지는 마."

16

하이베리나 그 주변에서 엘튼 씨를 한 번이라도 방문한 적
이 있는 사람은 모두 그의 결혼에 예를 갖추고 싶어 했다. 그와
그의 아내를 위해 정찬 모임, 저녁 모임들이 꾸려졌고 초대장
이 연이어 날아들었기 때문에 곧 그녀는 자기 부부한테 약속
이 없는 날이 하루도 없겠다고 걱정하는 즐거움을 만끽했다.

"어떨지 알겠네요." 그녀는 말했다. "여기 당신 동네에
서 내가 어떤 생활을 할지 말예요. 장담컨대 우리는 완전히 모
임으로 지새게 될 거예요. 정말 우리 인기가 대단하긴 한가 봐
요. 이런 게 시골 생활이라면, 크게 겁낼 것도 없네요. 다음 주
월요일부터 토요일까지 약속이 없는 날은 하루도 없다니까요!
나보다 타고난 재주가 적은 여자라도 남아도는 시간에 난감해
할 일은 없겠네요."

그녀에게 곤란한 초대란 없었다. 바스 시절에 익힌 습관
덕분에 그녀에게 저녁 파티는 지극히 자연스러운 일이었고,
메이플그로브에서는 정찬 모임에 취미를 붙였던 것이다. 거실
이 둘이 아니라던가 야회용 케이크라고 내온 것이 형편없다던

가, 하이베리의 카드놀이 모임에 얼음이 빠진 것*을 보며 약간 충격을 받기는 했다. 베이츠 부인, 페리 부인, 고더드 부인 등 부인네들은 세상 물정에 상당히 뒤처졌지만, 곧 자기가 모든 것을 어찌 처리해야 하는지 모범을 보여 줄 것이었다. 봄 동안에 답례 겸 월등히 우월한 파티를 한번 베풀어야 할 터인데, 이 모임에서는 진정한 격식에 맞게 카드놀이용 탁자마다 촛불과 뜯지 않은 카드를 비치할 것이며, 그날 저녁을 위해 집에서 조달할 수 있는 것 이상의 많은 급사들을 고용하여 딱 적절한 시간에 적절한 순서로 간식거리를 돌리게 할 작정이었다.

한편 에마도 엘튼 부부를 위해 하트필드에서 정찬을 베풀지 않고 지나갈 수는 없었다. 자기네도 다른 사람들에 뒤지지는 말아야 했으니, 그렇지 않았다가는 자기가 딴한 앙심을 품을 수 있는 인물로 여겨지고 끔찍한 오해를 살 것이었다. 정찬은 필수 사항이었다. 에마가 이야기를 꺼낸 지 십 분이 지나자 우드하우스 씨는 아무런 이의 없이 평소 요구대로 자기가 식탁 끝에 앉지는 않겠다는 말만 했고, 그 대신 누가 그 자리에 앉을지 정하는 항상 겪어 온 난제만이 남았다.

누구를 초대할지는 생각할 필요도 별로 없었다. 엘튼 부부 외에 웨스턴 부부와 나이틀리 씨는 꼭 있어야 했다. 여기까지는 당연한 일이었으며, 불쌍한 어린 해리엇한테 여덟 번째 참석자가 되어 달라고 청하는 것 역시 거의 마찬가지로 불가피한 일이었지만 똑같이 흡족한 마음으로 하는 초대는 아니었

---

* 당시 행세하는 집안에는 겨울에 얼음을 저장했다가 여름에 쓰는 얼음 창고가 있었다.

으니, 부디 자기는 빼 달라는 해리엇의 간청이 에마에게는 여러모로 각별히 반가웠다. "어쩔 수 없는 경우가 아니라면 그분과 자리를 같이하는 것은 피하고 싶다. 그분과 그분의 매력적인 행복한 아내분이 함께 있는 모습을 불편한 마음 없이 볼 수 있게까지는 아직 안 되었다. 우드하우스 양만 불쾌해하지 않으시면, 차라리 집에 있고 싶다."라는 것이었다. 이야말로 불감청이언정 고소원인 경우였다. 그녀는 어린 친구의 굳은 결심이 기뻤으니, 사람들과의 교분을 포기하고 집에 머무는 것이 친구에게는 굳은 결심을 요하는 일임을 잘 알았던 것이다. 그리고 이제 정말로 여덟 번째 참석자로 청하고 싶었던 사람, 즉 제인 페어팩스를 초대할 수 있게 되었다. 웨스턴 부인과 나이틀리 씨하고 나눈 지난 대화 이후로, 전에도 자주 그랬지만 제인 페어팩스에 대해 양심이 더 편치 않아졌다. 나이틀리 씨의 말이 뇌리에 감돌았다. 그는 제인 페어팩스에게 누구도 주지 않던 관심을 엘튼 부인이 보여 준 것이라고 했다.

"정말 맞는 말이야." 그녀는 말했다. "적어도 나에 관해서는 맞아. 그리고 그분이 하려던 이야기도 바로 내 이야기였잖아. 대단히 부끄러운 일이야. 같은 나이에 오래전부터 아는 사이니, 제인과 더 친하게 지내야 했어. 이제는 절대로 나를 좋아하지 않겠지. 너무나 오래 소홀히 대했으니. 그렇지만 이제는 좀 더 많은 관심을 보여 주겠어."

모든 초대가 수락되었다. 모두 다른 약속이 없었고 모두 기뻐했다. 그렇지만 이 정찬 모임 준비는 아직 끝나지 않았다. 좀 불운한 일이 벌어졌다. 나이틀리 집안의 큰 아이 둘이 봄에 몇 주 동안 할아버지와 이모와 함께 지내러 오기로 했고, 이제 그 아버지가 아이들을 데리고 와서 자기도 하트필드에서 만 하루를 머물고 가겠다고 나섰는데, 그 하루가 바로 이 파티 날이었던 것이다. 업무와 관련된 일 때문에 그도 오는 날짜를 늦출 수는 없었지만, 이렇게 되어 아버지나 딸이나 당혹스러웠다. 우드하우스 씨는 자기 신경으로는 정찬 인원 여덟 명이 견뎌 낼 수 있는 최대치라고 여겼는데, 여기 아홉 번째 참석자가 등장한 것이고, 에마는 이 아홉 번째 참석자가 하트필드에 와서도 정찬 모임에 말려들지 않고는 사십팔 시간을 보내기 어렵다는 사실에 대단히 심기가 불편할 것이기에 걱정스러웠다.

그녀는 그가 옴으로써 참석자가 아홉으로 늘긴 하겠지만 언제나 말이 별로 없는 사람이니 더 시끄러워진대 봤자 별 게 아닐 거라고 설명하여 아버지 마음을 달랠 수는 있었으나, 정작 자기한테는 별 위안이 되지 않았다. 맞은편에 그의 형이 아니라 침울한 표정으로 마지못해 몇 마디씩 하는 그가 앉게 되다니, 이 무슨 불행한 사태냐는 것이었다.

에마보다 우드하우스 씨에게 사정이 더 좋게 돌아갔다. 존 나이틀리가 도착하기는 했지만, 웨스턴 씨가 뜻밖의 일로 시내로 가게 되어 바로 그날 자리를 비울 수밖에 없게 되었다. 저녁때는 합류할 수 있을지 모르나 정찬 자리에는 못 오는 게 분명했다. 우드하우스 씨는 한결 마음이 놓였고, 아버지의 그런 모습을 보면서, 그리고 꼬마 아이들이 도착하고 자기가 치러야 할 운명을 달관한 듯 침착하게 들어 넘기는 형부를 보면서 에마의 주된 고민거리도 사라졌다.

그날이 왔고, 사람들이 제시간에 모여들었으며, 존 나이틀리 씨는 상냥한 모습을 보여 주는 책무에 일찍부터 열심히 임하는 듯했다. 정찬을 기다리는 동안 형을 창가로 끌고 가는 대신에 그는 페어팩스 양과 이야기를 나누었다. 레이스와 진주로 최대한 우아하게 꾸민 엘튼 부인을 그는 말없이 바라보기만 했는데 관찰은 나중에 이저벨라의 궁금증을 풀어 주는 데 필요한 만큼만 하고 싶었고, 페어팩스 양은 오래전부터 아는 사이인 데다 조용한 처녀였으므로 이야기를 나눌 만했던 것이다. 그는 아침 식사 전 아이들과 산책을 하고 돌아오는 길에 그녀를 만났는데, 마침 비가 막 내리기 시작할 때였다. 그 일과 관련해 예의 바른 희망을 얼마간 피력하는 것이 당연했으므로, 그는 말했다.

"오늘 멀리 가지 않았기를 바랍니다, 페어팩스 양. 그랬다면 틀림없이 비에 젖었을 테니까요. 우리만 해도 가까스로 제시간에 돌아올 수 있었어요. 당신도 곧장 돌아섰겠지요."

"우체국까지만 갔다가 빗줄기가 세지기 전에 집에 들어갔어요." 하고 그녀가 말했다. "저의 일과랍니다. 여기 있을 때는 항상 편지를 직접 받아 오거든요. 번거로움도 피할 수 있는 데다 외출할 기회도 되니까요. 아침 식사 전 산책이 건강에 도움이 되어서요."

"빗속에 산책하는 건 도움이 안 될 텐데요."

"그렇지요. 하지만 오늘 집을 나설 때는 비가 내린다기도 힘들 정도였거든요."

존 나이틀리 씨는 미소 지으며 대답했다.

"말씀인즉, 꼭 산책을 할 작정이었다는 거네요. 반갑게도 당신과 마주친 것이 당신이 현관을 나와 6야드도 못 갔을 때인데, 그때는 이미 헨리와 존이 빗방울을 따라 세지 못한 지 한참 되었으니까요. 인생의 어떤 시기에는 우체국이 대단히 매력적으로 여겨집니다만, 당신도 내 나이가 되어 보면 편지란 게 비 맞는 것까지 감수할 가치는 절대 없다고 생각하게 될 겁니다."

얼굴이 살짝 붉어지더니 이런 대답이 나왔다.

"선생님처럼 소중한 모든 사람들과 어울려 사는 일은 제게는 언감생심이겠지요. 그러니 저는 단순히 나이가 들었다고 해서 편지에 무관심해질 것 같지는 않은데요."

"무관심요! 하! 천만에요. 무관심해질 거라고 생각한 것은 전혀 아닙니다. 편지는 무관심해질 수 있는 물건이 아니니까요. 오히려 대개는 아주 명백한 저주이지요."

"업무상 편지를 말씀하시나 봐요. 제가 말하는 것은 우정의 편지예요."

"나로서는 그게 더 나쁘다는 생각을 자주 했소이다만." 그가 냉정한 어조로 대답했다. "업무는 돈이 될 수도 있지만, 우정은 거의 그렇지 못하잖소."

"어머! 이제 진심과는 다른 이야기를 하시네요. 존 나이틀리 씨가 어떤 분인지 아주 잘 아는데요. 누구보다도 우정의 진가를 이해하는 분이잖아요. 편지라는 게 선생님께는 별로 중요하지 않다거나, 저한테보다는 훨씬 사소한 일이라는 것은 얼마든지 믿을 수 있지만, 그런 차이도 저보다 연세가 열 살 더 많기 때문은 아니에요. 나이가 아니라 처지가 문제지요. 선생

458

님은 소중한 사람들을 언제나 곁에 둘 수 있지만, 저는 아마도 앞으로 다시는 그러지 못할 거예요. 그러니 제 애정이 다 사라질 때까지 살지 않는 한, 우체국은 언제나 틀림없이, 오늘보다 더 궂은 날씨라 해도, 저를 밖으로 끌어낼 힘을 지닐 거예요."

"당신도 세월이 흐르면, 해가 가면, 달라질 거라고 한 것은, 세월과 함께 통상 생겨나는 처지의 변화를 염두에 둔 말이었소." 존 나이틀리가 말했다. "내가 보기에 세월과 변화 이 둘은 항상 함께 가게 마련이니까요. 대개는 세월이 지나면 모든 애착도 점차 사그라지는 법이오. 매일 만나는 사람들을 빼곤 말이지요. 그렇지만 당신이 그런 변화를 겪을 거란 뜻은 아니오. 오랜 친구로서 이런 희망을 품어도 양해해 주겠지요, 페어팩스 양? 지금부터 십 년 후에는 당신한테도 애정을 쏟을 상대가 지금 나만큼 많을 것이라고 말이오."

이것은 선의에서 나온 말로 전혀 불쾌한 소리가 아니었다. "고맙습니다."라고 명랑하게 대답하며 웃어넘기려는 듯했으나, 얼굴이 붉어지고 입술이 떨리고 눈에 눈물이 고이는 것을 보면 무언가 웃음을 넘어선 감정의 북받침이 있는 게 분명했다. 이제 그녀는 우드하우스 씨한테 관심을 돌려야 했으니, 그는 이런 경우에 늘 하는 습관으로 손님들을 한 사람씩 순방하며 특히 숙녀들에게는 각별한 사의를 표하는 중으로, 이제 마지막으로 그녀 순서가 된 것이었다. 그는 더없이 온유하고 세련된 어조로 이렇게 말했다.

"듣자 하니 오늘 아침 빗속에 외출을 했다는데, 페어팩스 양, 참으로 유감이네. 젊은 아가씨들은 몸을 돌봄에 있어 자중

"듣자 하니 오늘 아침 빗속에 외출을 했다는데, 페어팩스 양, 참으로 유감이네."

자애해야지. 젊은 아가씨는 연약한 화초 같은 존재니까. 스스로 건강과 안색을 잘 챙겨야지. 그래, 양말은 갈아 신었겠지요?"

"예, 어르신. 그랬습니다. 이렇게 자상히 염려해 주시니 대단히 감사합니다."

"우리 페어팩스 양, 젊은 아가씨야 관심의 대상이 되는 게 당연하지. 착하신 할머님과 이모님도 건강하시겠지. 두 분은 나의 아주 오랜 친구라 할 수 있지. 내가 건강이 좋아서 더 나은 이웃이 될 수 있었으면 얼마나 좋겠나. 오늘 아가씨는 우리에게 대단한 영광을 베풀어 주는 게야. 내 딸과 나는 아가씨가 훌륭한 처자라는 것을 잘 알고, 아가씨가 하트필드에 와 줘서 더없이 흡족하네."

다정한 마음씨에 예절 바른 이 노인은 이제는 자리에 앉아, 자기가 의무를 다 마쳤고 모든 아름다운 숙녀를 편하게 환대해 주었다고 여겨도 무방했을 것이다.

이때쯤에는 이미 빗속 산책 이야기가 엘튼 부인 귀에 들어갔고, 바야흐로 제인에게 힐책이 쏟아졌다.

"아니 제인, 이게 다 무슨 소리야? 빗속에 우체국에 가다니! 내 분명히 말하지만, 있을 수 없는 일이야. 이 딱한 아가씨야, 어떻게 그런 짓을 할 수가 있어? 내가 곁에서 보살펴 주지 못했더니 금방 표시가 나는구먼."

대단한 참을성을 발휘하며 제인은 자기가 절대 감기에 걸리지 않았다고 안심시켰다.

"아이, 나한테는 그런 소리 안 통해. 정말이지 아주 딱한 아가씨네, 제 몸 돌볼 줄도 모르고. 우체국이라니! 웨스턴 부인, 이런 이야기 들은 적 있으세요? 부인하고 제가 적극적으로 권위를 행사해야겠습니다."

"나 역시 충고를 하고 싶은 마음이 확실히 드네요." 웨스턴 부인이 상냥한 설득조로 말했다. "페어팩스 양, 그렇게 위험을 무릅쓰면 안 돼요. 아가씨는 심한 감기로 고생한 적도 있으니 더더욱 조심해야지. 이런 계절에는 특히 그렇고. 봄에는 특히 주의해야 한다는 게 평소 내 생각이에요. 다시 감기에 걸릴 위험에 노출되느니, 편지가 한두 시간, 심지어 반나절 정도 늦어지는 편이 낫지 않을까? 이제 그런 생각이 들지요? 그래요, 분명 아가씨는 대단히 사리분별이 뛰어나니까. 다시는 그러지 않겠다는 표정이네."

"아! 다시는 그러지 못할 거예요." 엘튼 부인이 열심히 응답했다. "다시 그런 일이 있도록 우리가 허용치 않을 테니까요." 그러고는 의미심장하게 고개를 끄덕이며 "뭔가 조치를 취해야만 해요, 그래야 하고말고요. 엘 씨하고 이야기해 보겠어요. 아침마다 우리 집 편지를 가지러 가는 사람한테 (우리 집 하인 중 하난데, 이름은 생각이 안 나네.) 거기 편지도 찾아서 가져다주라고 해야겠네. 그러면 모든 문제가 사라질 거야. 그리고 정말이지 우리한테서라면, 친애하는 제인, 그런 편의쯤 거리낄 것도 없을 거야."

"정말 친절하시네요." 제인이 말했다. "그렇지만 아침 산보를 포기할 수는 없어요. 최대한 바깥 공기를 쐬라고 했거든요. 어딘가 걸어가야 하는데, 우체국은 좋은 목적지가 되지요. 그리고 맹세코, 오늘 말고는 아침에 궂은 날씨로 고생한 적도 거의 없고요."

"친애하는 제인, 더 이상 아무 소리도 마요. 결정은 내려졌으니, 즉 (태를 내면서 웃으며) 내 주인이자 가장의 동의 없이 내가 감히 무엇을 결정할 수 있다면 말이지. 그렇지요, 웨스턴 부인, 부인이나 저 같은 사람은 의사 표현을 할 때 조심해야 하잖아요. 그렇지만 자화자찬인지 몰라도, 친애하는 제인, 내 영향력이 아주 다 사라지지는 않았다고 생각해. 그러니까 무슨 난공불락에 부딪치지 않는 한, 이제 결정된 것으로 여겨도 좋아."

"미안합니다만." 제인이 간곡히 말했다. "부인 댁 하인에게 불필요한 수고를 끼치는 그런 조처에는 도저히 동의할 수가 없어요. 그 일이 저한테 즐겁지 않았다면, 제가 떠나 있을 때는 언제나 그랬듯이, 할머니 댁 하인한테 시켰을 거예요."

"아이, 제인! 그렇지만 패티는 할 일이 무지 많잖아! 그리고 우리 집 하인들에게 일거리를 맡기는 것은 친절을 베푸는 셈인데."

제인은 뜻을 굽힐 의사가 없어 보였지만, 대답을 하는 대신 다시 존 나이틀리 씨를 향해 말하기 시작했다.

"우체국은 멋진 시설이에요! 그렇게 정기적으로 신속하게 배달을 해 주니! 그렇게 많은 업무를 그렇게 잘 수행해 내는 것을 생각하면 정말 놀라워요!"

"분명 대단히 잘 돌아가고 있지요."

"과실이나 실수도 아주 드물잖아요! 왕국 전역을 끊임없이 오가는 편지 중 잘못 배달되는 경우는 수천 통 중 한 통에도 한참 못 미칠 것이고, 아마도 아주 분실되는 경우는 백만 통에 하나도 안 될 거예요! 거기다 해독해 내야 하는 그 다양한 필체들을 생각하면, 알아보기 힘든 필체도 숱할 텐데 더욱 놀라워요!"

"습관 덕분에 전문가가 되었겠지요. 직원들은 처음부터 눈과 손놀림이 어느 정도 빠른 사람들일 것이고, 자꾸 되풀이하다 보면 더 나아지겠지요." 그는 미소를 지으며 말을 이었다. "더 설명이 필요하다면, 직원들은 돈을 받잖소. 그런 대단한 능력의 열쇠는 거기에 있습니다. 사람들은 돈을 지불하니 좋은 서비스를 받는 게 마땅하지요."

다양한 필체 이야기가 더 나오고 그다음 통상적인 지적들이 이어졌다.

"전에 이런 주장을 들은 적이 있어요." 존 나이틀리가 말했다. "한 가족이 같은 필체를 보이는 경우가 많다고요. 같은 선생 밑에서 배우니 당연하다는 것이지요. 그렇지만 그런 요인이라면, 주로 여성들에서만 유사성이 나타나야 하지 않을까요. 남자아이들은 어릴 때 이후로는 거의 교육을 받지 않고 그저 편리한 대로 아무 손에나 맡겨지니까요. 이저벨라와 에마는 실제로 필체가 아주 닮은 것 같아요. 서로 구별이 잘 안 될 때가 많더군요."

"그래." 그의 형이 망설이며 말했다. "비슷하기는 하지. 뭘 말하는지 알겠어. 그렇지만 에마 필체가 더 힘이 있지."

"이저벨라와 에마 둘 다 아름다운 필체야!" 우드하우스 씨가 말했다. "언제나 그랬지. 그리고 불쌍한 웨스턴 부인도 그

464

렇고." 그는 한숨 반 미소 반으로 그녀를 바라보았다.

"제가 본 신사분들 필체 중에……" 에마 역시 웨스턴 부인을 바라보며 말을 시작했지만, 웨스턴 부인이 다른 사람을 상대하고 있는 것을 보고 말을 멈추었다. 그리고 그 짬에 이런 생각을 떠올렸다. '그런데 그이 이야기를 어떻게 꺼내지? 이 모든 사람들 앞에서 당장 그이 이름을 입에 담을 자신은 없는 건가? 뭔가 에둘러 지칭해야 하나? 음, 요크셔 친지라고 할까, 요크셔에 사는 편지 상대라고 할까…… 내가 아주 심각한 상태라면 아마도 그렇게 해야겠지. 아니, 난 그이 이름쯤 조금도 곤혹스러워하지 않고 말할 수 있어. 분명히 점점 더 나아지고 있잖아. 자, 이제 하자.'

웨스턴 부인이 대화를 마치자 에마는 다시 말을 시작했다. "프랭크 처칠 씨 필체가 제가 본 신사분들 중 가장 나은 축이에요."

"나는 좋아 보이지 않던데." 나이틀리 씨가 말했다. "너무 글자가 작아요. 힘이 부족하고. 여자 글씨 같던걸요."

두 숙녀 모두 인정하지 않았다. 그들은 이 일고의 가치도 없는 중상모략에 맞서 그를 옹호했다. "아니, 절대로 힘이 부족한 필체가 아니에요. 글자가 크지는 않지만, 아주 뚜렷하고 확실히 힘이 있어요. 웨스턴 부인께서 지금 내놓을 편지가 혹시 없나요?" 아주 최근에 받은 편지가 있는데, 답장을 하고 나서 보관해 두었다는 것이다.

"지금 다른 방이라면." 에마가 말했다. "제 책상이 앞에 있다면, 견본을 하나 내놓을 수 있는데요. 그이가 쓴 쪽지가 하나

465

있거든요. 생각 안 나세요, 웨스턴 부인, 일전에 그이한테 대신 편지를 쓰게 시키셨잖아요?"

"시켰다는 건 그 애 표현이고……."

"어쨌든 그 쪽지를 갖고 있어요. 정찬이 끝난 후 보여 드리면 나이틀리 씨도 생각이 바뀌실 거예요."

"아! 프랭크 처칠 씨처럼 여성을 추앙하는 청년이 우드하우스 양 같은 아름다운 숙녀에게 보내는 편지라면, 물론 최선의 기량을 발휘했겠지요."

정찬이 식탁에 차려졌다. 엘튼 부인은 누가 뭐라 하기도 전에 이미 차비를 갖추었으니, 우드하우스 씨가 다가가 모시고 정찬실로 가도 되겠느냐고 요청하기도 전에 이미 이렇게 말하고 있었다.

"제가 제일 먼저 가야 하나요? 항상 앞장서야 하니 정말 부끄러워요."

자기 편지를 찾아다 주는 것을 꺼리는 제인의 태도를 에마는 놓치지 않았다. 그녀는 모든 것을 보고 들었으며, 오늘 아침 비를 맞으며 걸어간 소득이 있었는지 좀 궁금해졌다. 필경 그랬을 것이라는 짐작이 들었다. 누군가 아주 소중한 사람의 편지가 와 있으리라는 확실한 기대가 없었다면 그렇게 작심하고 나서지는 않았을 것이며, 헛수고로 끝나지도 않았을 거라 생각되었다. 그녀에게 평소보다 더 행복한 기운이 감돈다고, 안색과 기분 모두 환해 보인다는 생각이 들었다.

아일랜드 우편제도의 신속성과 비용에 대해 한두 가지 질문을 던질 수도 있고, 그런 말이 입 밖으로 튀어나올 뻔했으나

466

그녀는 자제했다. 제인 페어팩스의 감정을 상하게 할 말은 한 마디도 하지 않을 작정이었다. 그리하여 그들은 각자의 아름다움과 우아함에 지극히 어울리는 화기애애한 모습으로 서로 팔을 끼고 다른 숙녀들의 뒤를 좇아 방을 나섰다.

17

    정찬을 마치고 숙녀들이 응접실로 돌아왔을 때, 에마는 그들이 두 그룹으로 확연히 나뉘는 것을 막기란 거의 불가능함을 깨달았다. 끝내 그릇된 판단과 행동을 고집하면서 엘튼 부인은 제인 페어팩스를 싸고돌고 에마를 무시했다. 에마와 웨스턴 부인은 거의 언제나 함께 담소하거나 함께 침묵하는 수밖에 없었다. 엘튼 부인 때문에 선택의 여지가 없었다. 제인이 얼마동안 제어해 봐도 그녀는 곧 다시 시작했다. 그리고 그들 사이에서 오간 이야기 대부분이, 두 사람은, 특히 엘튼 부인 편에서 이야기 내내 속삭이다시피 했지만, 주된 화제가 무엇인지는 듣고 싶지 않아도 들려왔다. 우체국이니, 감기니, 편지 찾아오기니, 우정이니 하는 논의가 오래 이어졌다. 그리고 제인에게는 적어도 똑같이 불유쾌할 또 하나의 화제가 이어졌으니, 적당한 일자리가 나온 게 있느냐는 물음들과 엘튼 부인이 생각해 둔 조치를 대놓고 하는 말들이었다.

    "벌써 4월인데!" 그녀가 말했다. "정말 자기 때문에 걱정되네. 금방 6월이 될 텐데."

    "그렇지만 6월이든 몇 월이든 정한 적은 없는걸요. 대략 여름쯤으로 생각할 뿐이에요."

"그렇지만 정말로 아무 자리도 아직 안 나왔단 말인가?"

"알아보지도 않은걸요. 아직은 알아볼 생각이 없어요."

"어머! 제인, 우리가 아무리 일찍 시작한들 이르지는 않을 걸. 딱 맞는 자리를 확보하는 게 얼마나 어려운지 모르네."

"제가요!" 제인이 고개를 저었다. "친애하는 엘튼 부인, 그 생각을 저만큼 해 본 사람이 어디 있겠어요?"

"그렇지만 자기는 나만큼 세상을 많이 겪어 보지는 않았 잖아. 일류 일자리에는 언제나 얼마나 신청자가 많은지 자기 는 몰라. 나는 메이플그로브 주변에서 그런 일을 무수히 보았 어. 서클링 씨 사촌인 브래그 부인도 끝없는 신청을 받았지. 모 두들 그 부인 댁에 있고 싶어 했으니까. 그 부인은 최상류층과 어울리거든. 교실에도 양초를 켠다니까! 그게 얼마나 좋은 조 건인지 상상이 갈 거야. 이 왕국의 모든 집안 중에서 브래그 부 인 댁이야말로 자기를 가장 들여보내고 싶은 댁이야."

"캠벨 대령 부부께서 하지쯤 돌아오실 예정이에요." 제인 이 말했다. "그분들과 얼마간 함께 지내야 해요. 틀림없이 그 러기를 바라실 거예요. 그다음에는 기꺼이 자리를 알아보아야 겠지요. 그렇지만 지금은 부인께 공연히 알아보는 수고를 끼 치고 싶지 않아요."

"수고라고! 그래요, 조심스러워하는 건 알겠어. 나한테 수고를 끼칠까 봐 걱정되는 거지. 그렇지만 분명히, 친애하 는 제인, 캠벨 부부가 나보다 더 자기 일에 관심을 쏟는 일 은 거의 없을 거야. 하루 이틀 사이에 파트리지 부인한테 편 지를 써서, 어디 괜찮은 자리가 있는지 눈여겨보라고 분명히 말해야겠어."

"감사합니다만, 그런 이야기는 안 하셨으면 합니다. 때가 되기 전까지는 누구한테도 폐를 끼치고 싶지 않아요."

"그렇지만, 아가씨, 이미 때가 되었잖아. 벌써 4월인데, 이런 일을 성사시키자면 6월, 아니 7월도 금방이거든. 정말 이렇게 경험이 없다니 재미있네! 자기 자격에도 맞고 친구들 보기에도 괜찮다 싶은 자리가 매일 나는 것도 아니고 연락한다고 곧장 얻어지는 것도 아니에요. 정말이지, 우리 당장 알아보기 시작해야 해."

"죄송합니다만 부인, 저는 그럴 의사가 전혀 없어요. 저 스스로 알아보지도 않는데, 제 친구들이 알아본다면 속상한 일이에요. 시기만 확정되면, 오래 무직 상태로 있는 일은 절대 없을 겁니다. 문의를 하면 금방 일자리를 알선해 주는 그런 사무실들이 런던에 있거든요. 인간의 육신이 아니라 지성을 거래하는 사무실요."

"어머! 자기, 인간의 육신이라니! 무슨 그런 끔찍한 소리를. 노예 거래를 꼬집는 말이라면, 확실히 말하지만 서클링 씨는 언제나 노예 폐지론에 우호적인 편이었어."

"그런 뜻은 아니었어요. 노예 거래 생각을 하고 있었던 건 아니에요." 제인이 대답했다. "분명히 말씀드리지만 제가 염두에 둔 것은 가정 교사 거래뿐이에요. 거래하는 사람들의 죄로 말하자면 분명 서로 큰 차이가 있지요. 희생자의 비참함이라면, 어느 쪽이 더 심한지 모르겠습니다만. 제 말은 다만 광고 사무실들이 있고, 거기 신청하면 웬만한 자리는 분명 금방 구할 수 있다는 것이에요."

"웬만한 자리!" 엘튼 부인이 되풀이 말했다. "그래, 자신을 낮추어 생각하는 자기한테는 그런 자리도 적격이겠지. 자기가 얼마나 겸손한 사람인지 잘 알아. 하지만 친구들 입장에선 자기가 특수층과 교분을 맺거나 생활의 우아함을 누릴 수 없는 가정의 격이 낮고 평범한 자리에 가게 된다면 마음이 좋지 않을 거야."

"대단히 친절하시네요. 그렇지만 그런 것 모두 저한테는 전혀 상관없어요. 부잣집에 가는 것을 목표로 삼지는 않을 겁니다. 제 생각에는 오히려 굴욕감만 더 커질 것 같아요. 비교하면서 속만 상할 거예요. 신사분 가족이 저의 유일한 조건일 것입니다."

"내 자기를 잘 알지, 잘 알아. 아무 자리나 받아들일 거야. 그렇지만 내가 좀 더 까다롭게 굴어야지. 선량하신 캠벨 부부도 틀림없이 나와 똑같은 생각일 것이야. 그만큼 뛰어난 재능이면, 상류층에 들어갈 권리가 있어. 음악적 지식만으로도 얼마든지 자기 편에서 조건을 제시하고, 원하는 대로 많은 방을 쓰고, 바라는 만큼 그 댁 식구들과 어울릴 자격이 충분한걸. 다시 말해…… 글쎄 나도 잘 모르지만…… 하프도 안다면, 아마 틀림없이 이 모든 것을 누릴 수 있을 거야. 그렇지만 자기는 연주만 아니라 노래도 하잖아. 그래, 자기라면 하프를 몰라도 얼마든지 조건을 제시할 수 있을 것 같아. 즐겁고 명예롭고 안락한 자리에 안착해야 하고 그렇게 될 거야. 그런 다음에야 캠벨 부부나 내가 마음을 놓겠지."

"그런 자리의 즐거움과 명예와 안락함은 한데 묶어도 되겠지요." 제인이 말했다. "틀림없이 거의 같은 것일 테니까요. 그렇지만 당장은 저 때문에 무얼 하지는 말아 달라는 제 말은 정말 진심입니다. 저로서는 엘튼 부인, 부인께 대단히 감사하고, 마음 써 주시는 모든 분께 감사합니다만, 정말 진심으로 여름까지는 아무것도 하지 마셨으면 합니다. 앞으로 두세 달은 지금 있는 곳에 지금 모습 그대로 머물 거예요."

"그리고 분명히 말하지만, 나도 정말 진심인걸." 엘튼 부인이 명랑하게 응수했다. "정말 흠잡을 데 없는 자리를 흘려보내지 않도록 나는 언제나 지켜보고 내 친구들한테도 지켜보게 하기로 결심했어."

그녀는 이런 식으로 계속 늘어놓았고, 어떤 것도 그녀를 완전히 멈추게 할 수는 없었다. 우드하우스 씨가 방으로 들어올 때까지는 그랬으니, 그때서야 허영심의 대상이 바뀌었고, 에마는 그녀가 여전히 반쯤 속삭이는 소리로 제인에게 이렇게 말하는 소리를 들었다.

"세상에, 여기 내 나이 든 남자 친구께서 오셨네! 다른 남자분들보다 먼저 자리를 떠 이리로 오시다니 얼마나 여성들을 극진히 챙기셔! 얼마나 사랑스러운 분인지. 분명히 말하지만 나는 저분이 정말 좋아요. 저 모든 진기한 구식 예의가 참 맘에 들어. 무람없는 현대식 태도는 거슬릴 때가 많거든. 그렇지만 이 선량한 노신사 우드하우스 씨는 정말 놀라워. 정찬 자리에서 그분이 나한테 한 극진한 언사를 자기도 들어 보는 건데. 아휴! 장담하지만, 내 낭군님이 완전히 질투하겠다는 생각이 들더라고. 아무래도 내가 총애하는 여인이 된 모양이야. 내 드레스 이야기를 하시더라니까. 자기가 보기에는 어때? 셀리나가 고른 건데…… 멋진 것 같기는 한데, 레이스 장식이 너무 지나친 건 아닌가 모르겠네. 난 과한 장식은 더없이 싫어하는데. 화려한 차림새는 끔찍이도 싫거든. 지금이야 사람들 기대도 있으니 몇 가지 장신구를 다는 수밖에 없지만. 신부는 신부답게 차려입어야 하잖아. 그렇지만 내 타고난 취향은 전적으로 소박함 쪽이야. 소박한 스타일의 옷이 화려한 차림보다 무지무지 낫지. 그렇지만 나 같은 사람은 정말 소수인가 봐. 소박한 옷차림을 높이 보는 사람은 별로 없는 것 같아. 화려한 겉치장만 높이 치니. 이런 레이스를 내 흰색과 은색이 섞인 포플린에 달까 하는 생각도 있는데. 어때, 잘 어울릴 것 같아?"

모든 사람들이 응접실에 막 다시 모였을 때 웨스턴 씨가 모습을 드러냈다. 그는 늦은 정찬을 들 시간쯤 집으로 돌아와 정찬을 마치는 대로 하트필드로 걸어왔다. 알 만한 사람들은 십분 예상한 일이어서 놀라지는 않았지만, 모두들 대단히 반가워했다. 우드하우스 씨는 그가 더 일찍 왔다면 언짢았을 만큼 지금 그를 봐서 기뻤다. 존 나이틀리만이 놀라움을 속으로 삭였다. 런던에서 하루 종일 사무를 본 끝에 집에서 조용히 저녁 시간을 보낼 수 있게 되었는데, 잠자리에 들 시간까지 잡다한 사람들과 어울리면서 애써 예의를 다하며 수많은 소음 속에서 하루를 마무리할 목적으로 다시 집을 나서 반 마일이나 걸어온다는 것은 그에게는 정말로 놀라운 일이었다. 아침 8시부터 계속 움직여 다니다가 이제 가만히 앉아 있고, 종일 떠들어 대다가 이제 침묵하고, 이런저런 무리 속에 섞여 있다가 이제 혼자 있을 수 있게 되었는데! 그런 사람이 고요하고 독립적인 제 집 난롯가를 떠나 진눈깨비가 내리는 차가운 4월 저녁에 다시 세상 속으로 뛰쳐 나가다니! 아내에게 슬쩍 손짓을 건네 즉각 대동하고 나갈 수 있다면, 그나마 동기라도 있을 텐데. 그러나 그의 도착은 파티를 파하게 하기보다 더 끌게 할 공산이 컸다. 존 나이틀리는 놀라운 심경으로 그를 바라보다가 어깨를 으쓱하며 말했다. "아무리 저 사람이라도 이렇게 할 줄이야."

한편 웨스턴 씨는 자기한테 분개하는 줄은 꿈에도 생각 못한 채, 평소대로 행복하고 명랑하며, 어디든 집 밖에서 하루를 보낸 사람에게 주어지는 이야기의 주역이 되는 권리를 한껏 누리며, 다른 사람들과 재미있는 시간을 보내고 있었다. 그리고 저녁 식사는 어떻게 했느냐는 아내를 안심시키고, 아내가 하인들에게 내린 모든 꼼꼼한 지시들이 하나같이 어김없이 실행되었다고 확인해 주고, 자기가 들은 모든 공적인 소식들을 퍼뜨린 후 가정사로 넘어갔는데, 주로 웨스턴 부인한테 하는 말이기는 했지만 다른 모든 사람들한테도 매우 흥미로운 소식일 거라 믿어 마지않았다. 그는 그녀에게 편지를 건넸는데, 프랭크가 그녀에게 보낸 편지였다. 그는 가는 길에 편지를 입수해서 이미 임의로 편지를 열어 보았다.

"읽어 봐요, 읽어 봐." 그는 말했다. "기쁜 소식일 테니까. 몇 줄밖에 안 되니, 오래 걸리지도 않을 거요. 에마에게 읽어 줘요."

두 숙녀는 함께 편지를 읽었다. 그는 미소를 지으며 앉아서 내내 말을 걸었는데, 목소리를 좀 죽이기는 했지만 모두 문제없이 알아들을 수 있었다.

"그래, 곧 이리로 온다지요. 좋은 소식 같구면. 그래, 당신 이제 뭐라고 하겠소? 내 언제나 그 애가 곧 다시 올 거라고 말하지 않았소? 여보, 앤, 내가 언제나 그렇게 말해도 끝내 안 믿지? 보다시피 다음 주에 런던으로 온다잖소. 아무리 늦어도 말이오. 그 애 외숙모는 뭔가 할 일이 있으면 암흑의 신사*마냥 조바심을 내거든. 십중팔구 내일이나 토요일이면 런던에 올 거요. 외숙모가 편찮으시다지만, 물론 아무 일도 아니지. 그렇지만 프랭크를 다시 곁에 두게 되었으니, 런던처럼 가까운 곳에 말이오, 정말 잘 되었어요. 일단 오기만 하면 꽤 오래들 머물 것이고, 그 애는 여유 시간의 반은 우리와 보낼 것이오. 이야말로 내가 바라던 대로요. 그래, 꽤 좋은 소식 아니오? 다 읽었소? 에마도 전부 읽어 봤고? 그럼 치워 둬요, 치워 둬. 나중에 언제 길게 이야기를 나눕시다. 하지만 지금은 안 돼요. 다른 분들에게는 그냥 어떤 일인지 알려만 놓지요."

이 소식에 웨스턴 부인은 마음 편안히 기쁨을 누렸다. 표정이나 표현을 억제할 이유가 없었다. 그녀는 행복했고, 자기가 행복하다는 것을 알았으며, 자기가 행복해해야 한다는 것을 알았다. 그녀의 축하는 열렬하고 거리낌이 없었다. 그렇지만 에마는 그렇게 말이 술술 나오지는 않았다. 실은 자신의 느

---

* 악마를 지칭한다.

낌을 가늠해 보고, 꽤 크다고 여겨지는 마음의 동요를 스스로 납득하는 데 정신이 좀 팔려 있었다.

그러나 웨스턴 씨는 너무 흥분한 나머지 눈여겨볼 여유도 없었고 할 말이 너무 많은 나머지 남의 이야기를 기다릴 여유도 없어서, 그녀가 던진 몇 마디에 대단히 흡족해했고, 이미 온 방 안 사람들이 다 귀동냥했을 게 분명한 소식을 새삼 따로 전파하는 행복의 전달자가 되려고 곧 자리를 떴다.

모든 사람이 당연히 기뻐하리라고 여기기 다행이지, 그렇지 않았다면 우드하우스 씨나 나이틀리 씨가 별로 즐거워하는 것 같지 않다는 의심이 들 수도 있었을 터였다. 웨스턴 부인과 에마 다음으로는 마땅히 이 두 사람한테 가장 먼저 행복을 나누어 주어야 했다. 그리고 그다음은 페어팩스 양으로 넘어갔을 것이나, 그녀가 존 나이틀리와 대화에 열중하고 있었기 때문에 그랬다간 너무 분명한 훼방이 될 것이었다. 그런데 마침 가까이 있는 엘튼 부인이 아무와도 대화하고 있지 않았으니, 그는 당연히 그녀에게 그 화제를 꺼내기 시작했다.

18

"곧 아들을 부인께 소개하는 즐거움을 누리게 되기를 바랍니다." 웨스턴 씨는 말했다.

엘튼 부인은 그런 바람을 자신에 대한 각별한 대접으로 생각할 만반의 태세가 된 만큼 대단히 우아한 미소를 지었다.

"아마도 프랭크 처칠이란 사람 이야기를 들었으리라 생각합니다만." 그는 말을 이었다. "그리고 그 애가 제 아들이라는 것도 아시겠지요. 비록 제 성을 따르지는 않았지만 말입니다."

"어머, 그럼요, 저도 아드님과 알게 된다면 대단히 행복할 거예요. 틀림없이 엘튼 씨가 지체 없이 아드님을 찾아뵐 것이에요. 그리고 우리 두 사람 모두 그분을 목사관에서 맞이하는 크나큰 기쁨을 누리겠지요."

"대단히 친절하십니다. 프랭크도 틀림없이 매우 행복해할 것입니다. 다음 주면 런던으로 올 겁니다. 더 일찍 올지도 모르지만요. 오늘 편지에서 그 소식을 들었어요. 오늘 아침 출타 중에 편지들을 입수했는데, 아들 필적이 있기에 감히 열어 보았지요. 나한테 보낸 건 아니지만요. 웨스턴 부인한테 보낸 것이었어요. 아들의 편지 상대는 주로 아내지요. 나한테는 거의 한 통도 안 보내요."

"그래서 부인께 보낸 편지를 그냥 열어 보셨다고요! 어머나! 웨스턴 씨, (억지로 웃어 보이며) 저로서는 항의할 수밖에 없네요. 정말이지 대단히 위험한 선례예요! 이웃에서 따라하지 않게 해 주세요. 정말 저도 이런 것을 각오해야 한다면, 우리 기혼 여성들은 당장 분발해야겠네요! 어머! 웨스턴 씨, 그러실 줄은 상상도 못 했어요."

"예, 우리 남자들이란 딱한 친구들이지요. 조심하시는 것도 당연합니다, 엘튼 부인. 이 편지에는, 미리 통지할 목적만으로 급하게 쓴 짧은 편지인데, 모두들 곧장 런던으로 온다고 써 있었지요. 처칠 부인 때문에요. 겨울 내내 몸이 좋지 않았고 엔스컴이 부인한테 너무 춥다고 생각해서, 모두 지체 없이 남쪽으로 옮길 예정입니다."

"정말요! 요크셔에서 말이지요. 엔스컴은 요크셔에 있지요?"

"예, 런던에서 190마일 정도 되지요. 상당히 먼 길입니다."

"예, 정말이지, 아주 먼 길이네요. 메이플그로브보다 런던에서 65마일이나 더 머네요. 그렇지만 대재산가들한테야, 웨스턴 씨, 거리가 무슨 상관이겠어요? 제 형부인 서클링 씨도 때로는 얼마나 여기저기 돌아다니는지 아마 들으시면 놀랄 거예요. 믿기 힘드시겠지만, 일주일에 두 번씩 형부와 브래그 씨는 사두마차로 런던까지 왕복을 하신답니다."

"엔스컴이 멀어서 곤란한 것은:" 웨스턴 씨가 말했다. "우리가 알기로, 처칠 부인이 한 주 내내 소파를 떠나지 못했기 때문이지요. 프랭크가 쓴 마지막 편지에 따르면, 그 부인 말로는

"제 형부 서클링 씨가 얼마나 여기저기 돌아다니는지 들으시면 놀랄 거예요."

너무 기운이 없어서 그 애와 그 애 외삼촌이 함께 부축해 주지 않으면 찬방도 못 갈 정도라네요! 이 정도면 기운이 아주 약해진 것 아닙니까. 그렇지만 지금은 한시라도 빨리 런던으로 오고 싶어 길에서 이틀만 묵을 작정이랍니다. 프랭크가 쓴 말로는요. 섬세한 숙녀분들은 분명 체질이 참 특이한가 봅니다. 엘튼 부인. 부인도 이 정도는 인정해야만 할 겁니다."

"아니요, 정말이지 전 아무것도 인정하지 않겠어요. 저는 언제나 우리 여성 편이니까요. 정말이에요. 미리 경고를 드리지요. 그 점에서는 제가 막강한 적수라는 걸 알게 되실 거예요. 저는 언제나 여성들을 편든답니다. 그리고 확실히 말씀드리지만, 여관에 묵는 걸 셀리나가 어떻게 여기는지 아신다면, 숙박을 피하기 위해 처칠 부인이 믿을 수 없을 만큼 기운을 낸다고 해서 이상하다 하시지는 않을 거예요. 셀리나는 정말 끔찍하다고 하지요. 그리고 저도 언니의 까다로움에 좀 물이 든 것 같아요. 언니는 여행할 때면 언제나 자기 홑이불을 가져가는데, 훌륭한 예방 조처예요. 처칠 부인도 그렇게 하시나요?"

"물론이지요, 다른 귀부인들이 하는 일이라면 처칠 부인도 하나도 빼놓지 않으니까요. 처칠 부인은 이 나라 어떤 귀부인한테든 죽어도 뒤지지 않으려……."

엘튼 부인이 열심히 끼어들었다.

"어머! 웨스턴 씨, 오해하지 마세요. 분명히 말씀드리지만 셀리나는 귀부인은 아니에요. 공연히 그런 상상은 하지 마세요."

"그래요? 그렇다면 처칠 부인에게는 기준이 못 되겠군요.

처칠 부인만 한 철두철미 귀부인은 아무도 못 봤을 테니까요."

엘튼 부인은 괜히 열심히 부인했나 싶어졌다. 언니가 귀부인이 아니라고 믿게 할 생각은 전혀 없었다. 짐짓 겸양할 때 좀 더 티나게 할 걸 그랬다 싶었다. 그래서 한 말을 어떻게 철회하는 게 가장 나을까 생각하는데, 웨스턴 씨가 말을 계속 이었다.

"아마 짐작하겠지만, 저는 처칠 부인한테 그리 대단한 호감을 갖고 있지는 않지요. 우리끼리니까 드리는 말씀입니다만. 그 부인은 프랭크를 아주 좋아하고 그래서 나도 나쁘게 이야기하고 싶지는 않아요. 거기다가 지금은 건강도 안 좋고요. 그렇지만 몸이 안 좋은 것이야, 본인 말로는 언제나 그런걸요. 아무한테나 이런 말을 하지는 않겠지만, 엘튼 부인, 저는 처칠 부인이 편찮으시다고는 별로 믿지 않는답니다."

"정말로 편찮으시다면, 왜 바스로 가시지 않는 거지요, 웨스턴 씨? 바스나 클리프턴*으로요."

"엔스컴이 자기한테는 너무 춥다는 생각이 든 거지요. 아마도 사실인즉, 엔스컴에 싫증이 났을 겁니다. 어느 때보다도 오래 거기 머물렀기 때문에 이제 변화를 주고 싶은 거지요. 엔스컴은 아주 외딴 곳입니다. 훌륭하지만 아주 외딴 곳이지요."

"그래요, 아마도 메이플그로브처럼요. 메이플그로브만큼 길에서 멀리 떨어진 곳도 없거든요. 온 주위가 엄청난 숲이고요. 모든 것에서 뚝 떨어져서 더없이 완벽한 외딴 곳에 온 느낌

---

* 브리스틀시 바로 외곽에 위치한, 우아한 주택들로 유명했던 주거지역.

이에요. 그리고 아마도 처칠 부인은 셀리나처럼 그런 외딴 곳을 즐길 만큼 건강하거나 활기찬 분은 아닌 모양이네요. 아니면 시골 생활을 할 만한 내면적 재능이 없든가요. 저는 언제나 여자한테는 아무리 재능이 많아도 부족하다고 말하곤 하지요. 그리고 저 자신도 사교에 목을 매지 않을 만큼 꽤 많은 재능을 갖춘 것을 대단히 고맙게 여긴답니다."

"프랭크는 2월에 이리로 와서 두 주를 지냈지요."

"들은 기억이 나네요. 다시 오시면, 하이베리 사교계에 자원이 늘어난 것을 알게 되시겠지요. 저 스스로 늘어난 자원이라고 자임해도 된다면요. 그렇지만 세상에 저 같은 존재가 있다는 이야기를 듣지도 못하셨을지도 모르지요."

이렇게 그냥 지나치기 힘들게 대놓고 찬사를 해 달라 요청하는지라 웨스턴 씨는 즉각 쾌히 외쳤다.

"친애하는 부인! 부인 말고는 아무도 그런 일은 생각도 못 할 것입니다. 부인 이야기를 못 들어 보다니요! 웨스턴 부인이 최근에 보낸 편지마다 거의 온통 부인 이야기뿐이었을 겁니다."

임무를 마친 그는 다시 아들 이야기로 돌아갈 수 있었다. 그의 말은 이렇게 이어졌다.

"프랭크가 떠났을 때만 해도 언제 다시 볼지 매우 불확실했기 때문에, 오늘 받은 소식이 갑절 반가운 것이지요. 전혀 예상 밖의 일이거든요. 무슨 말인고 하니, 저야 아들이 곧 다시 올 거라고 언제나 굳게 믿었고 뭔가 좋은 일이 생길 것이라고 확신했지만, 아무도 내 말을 믿지 않았어요. 아들과 웨스턴 부인 둘 다 지독히 비관적이었지요. '어떻게 다시 올 방도를 마련하겠는가? 외삼촌과 외숙모가 다시 보내 주리라고 어떻게 생각할 수 있겠는가?' 등등 말입니다. 저는 언제나 뭔가 우리한테 좋은 일이 일어날 것이라고 느꼈지요. 그리고 보다시피 그렇게 되었습니다. 저는, 엘튼 부인, 어느 달에 일이 안 좋게 풀린다면, 다음 달에는 틀림없이 나아진다는 걸 평생 봐 왔어요."

"대단히 옳은 말씀이에요, 웨스턴 씨, 완전히 옳은 말씀이에요. 당신도 아시는 신사분이 구애를 하던 시기에 제가 늘상 했던 말도 바로 그거예요. 일이 제대로 풀리지 않거나 바라는 만큼 신속하게 진행되지 않을 때면 그분은 금방 절망에 빠져서 이 속도라면 우리는 분명 5월에도 히멘의 사프란 의상*을 입지 못할 거라고 소리치곤 했답니다! 아휴! 그 우울한 생각을 떨쳐 버리고 더 밝은 전망을 볼 수 있도록 하려고 제가 얼마나 고생을 했는데요! 마차는 또 어떻고요. 저희는 마차 때문에 실망이 컸지요. 지금도 기억해요, 어느 날 아침, 그분이 지독히 낙담해서 저를 찾아온 거예요."

그녀는 가벼운 기침이 나오는 바람에 말을 멈추었고, 웨스턴 씨는 즉시 기회를 포착하여 말을 이었다.

"5월 이야기를 하셨지요. 5월은 바로 처칠 부인이 엔스컴보다 따뜻한 곳에서 지내라는, 간단히 말해서 런던에서 지내라는 지시를 받은, 혹은 스스로 그런 지시를 내린 달이랍니다. 그래서 기쁘게도 봄철 내내 프랭크가 자주 찾아오리라는 전망

---

* 혼례복을 가리키는 시적 표현. 히멘은 그리스신화에 나오는 혼인의 신이다.

인데…… 일부러 고르라면 골랐을 계절이 바로 봄 아니겠습니까? 해도 거의 가장 긴 데다가, 날씨는 따뜻하고 쾌적해서 언제나 밖으로 나가고 싶어지고, 나다니기에 너무 덥지도 않고요. 전에 아들이 왔을 때도, 우리는 최대한 즐겁게 지내기는 했지요. 그렇지만 비가 자주 오고 축축하고 음산한 날씨였지요. 알다시피 2월에는 언제나 그렇지 않습니까. 그래서 마음먹은 것의 반도 하지 못했답니다. 지금이야말로 안성맞춤이지요. 이번에는 완벽하게 즐길 수 있을 것입니다. 그리고 어쩌면, 엘튼 부인, 언제 만날지 불확실하다는 점이, 아들이 오늘이나 내일 언제라도 당장 올 것만 같은 그런 끊임없는 기대가 실제로 집에 온 아들을 만나는 것보다 더 행복을 안겨 주는지도 모르겠습니다. 아무래도 그런 것 같아요. 가장 큰 기쁨과 활력을 주는 건 바로 그런 마음 상태인 것 같습니다. 부인도 아들이 마음에 드시면 좋겠습니다. 그렇지만 불세출의 인물을 기대하시면 곤란합니다. 모두들 훌륭한 청년이라고는 합니다만, 불세출의 인물은 기대하지 마세요. 아들에 대한 웨스턴 부인의 편애는 아주 대단하고, 짐작하실 수 있겠지만, 저로서는 대단히 고마운 일이지요. 아내는 아들한테 필적할 사람은 아무도 없다고 여긴답니다."

"안심하세요, 웨스턴 씨, 거의 틀림없이 저도 아드님에 대해 단연코 좋게 생각할 것이에요. 프랭크 처칠 씨 칭찬을 아주 많이 들었거든요. 그렇지만 동시에 저는 언제나 스스로 판단을 내리지 남의 말에 절대로 좌지우지되지 않는 사람이라는 점을 말씀드려 두는 편이 공정하겠네요. 미리 말씀드리지만 저는 아드님을 제가 본 그대로 판단할 것입니다."

웨스턴 씨는 생각에 잠겨 있었다. 그러다 곧 이렇게 말했다.

"부디 제가 불쌍한 처칠 부인에게 심한 말을 한 것은 아니기를 바랍니다. 그 부인이 편찮으시다면, 저의 부당한 판단을 후회하게 되겠지요. 그렇지만 그 부인의 성격에는 제가 관용을 베풀고 싶어도 그렇게 하기 힘들게 하는 구석이 있지요. 부인도 모르지는 않을 것입니다, 엘튼 부인, 그 집안과 저의 관계라든가, 제가 받은 대접을요. 그리고 우리끼리 이야기지만, 모든 문제가 그 부인 탓이지요. 그 부인이 주동자니까요. 그 부인만 아니었다면 프랭크 모친도 결코 그렇게 홀대당하지는 않았을 것입니다. 처칠 씨도 자존심이 강한 분이지만, 아내에 대면 아무것도 아닙니다. 처칠 씨 경우는 누구한테 해를 끼치기보다는 스스로 좀 무력하고 골치 아픈 사람이 될 뿐인, 조용하고 나태하고 신사다운 자존심이지요. 그렇지만 그 부인의 자존심은 오만하고 무례해요! 그리고 더 참기 힘든 것은, 별로 내세울 가문이나 혈통도 아니라는 점입니다. 처칠 씨하고 결혼하기 전에는 별 볼일 없는 존재였고, 기껏 신사의 딸로 턱걸이하는 정도였지요. 그렇지만 처칠 가문에 들어오고부터는 내내 고귀하고 막강한 인물인 양 처신하는 데 어떤 처칠 식구보다도 더했지요. 그렇지만 분명히 말씀드리지만 본인은 벼락부자일 뿐입니다."

"생각만 해도 싫네요! 아니, 그런 꼴불견이 어디 있겠어요! 저는 벼락부자라면 끔찍이 싫어요. 메이플그로브에서 지내면서 그런 사람들을 철저히 혐오하게 되었어요. 이웃에 하도 자세를 부려 제 형부와 언니의 골칫거리가 된 집안이 하나 있었거든요. 처칠 부인 이야기를 들으니 곧장 그 사람들 생각이 났어요. 텁먼이라는 집안으로, 그곳에 들어온 지 얼마 안 되고 천한 친지들 투성이인데도 엄청나게 자세하면서, 오랜 토박이 집안들과 동렬로 대우해 주기를 바랐답니다. 웨스트 홀에 자리 잡은 것도 길어야 일 년 반이 안 되고, 어떻게 재산을 모았는지는 아무도 몰라요. 버밍엄* 출신인데, 뭐 대단한 곳이 못 되잖아요, 웨스턴 씨. 버밍엄에서 왔다 하면 별 기대를 하지 않지요. 제가 늘 하는 말이지만, 그 도시는 이름부터 뭔가 음울한 느낌이 있어요. 그렇지만 텁먼 집안에 대해서는 확실히 알려진 것이 없답니다. 의심이 가는 것은 물론 아주 많지만요. 그런데도 행동거지만 보면, 스스로 심지어 제 형부 서클링 씨하고도 동급으로 자처하는 게 분명했어요. 형부는 공교롭게도 그 집안과 가장 이웃인 편이에요. 이루 말할 수 없는 꼴불견이지요. 서클링 씨로 말하면 메이플그로브에 거주한 지 십일 년이나 되고 부친 때부터 거기서 살았는데(적어도 제가 알기로는 말이에요.)고 서클링 씨가 돌아가시기 전에 저택을 완전히 사 놓은 게 거의 분명할 거예요."

그들의 대화는 중지되었다. 차를 돌리는 중이었고, 하고 싶은 말을 다 한 웨스턴 씨는 그 기회를 틈타 곧 자리를 떴다.

차를 마신 후, 웨스턴 부부와 엘튼 씨는 우드하우스 씨와 자리를 잡고 앉아 카드 게임을 시작했다. 나머지 다섯 사람은

---

* 미들랜드 지방의 공업 도시로 당시 폭발적인 성장을 보였다.

각자 요량껏 시간을 보내야 했는데, 에마는 그들이 썩 잘 어울릴지 의심스러웠다. 나이틀리 씨는 대화를 나눌 생각이 별로 없어 보였고, 엘튼 부인은 관심을 못 받았으니, 아무도 그럴 의향이 없었던 것이다. 에마 자신도 심란한 기분이었기 때문에 가능하다면 아무 말도 안 하고 싶었다.

존 나이틀리 씨가 형보다 오히려 더 말수가 많았다. 그는 다음 날 일찍 떠날 예정이었고, 곧 이렇게 말을 시작했다.

"글쎄, 에마, 아들 놈들에 대해서는 내가 굳이 보탤 말이 없을 것 같군. 언니 편지를 받았지. 우리도 알다시피 모든 것을 아주 상세하게 적어 놓았을 것이야. 내 부탁은 언니 부탁보다는 훨씬 더 간단한데, 성격은 아마 다를 거야. 내 권고야 한마디면 족하니까. 너무 오냐오냐하지 말고, 너무 약을 많이 먹이지 말고."

"두 분 말씀 모두 들어 드릴 수도 있을 것 같은데요." 에마가 말했다. "저는 그 애들이 행복하게 지내도록 최선을 다할 것이고, 이저벨라 언니도 그것으로 족할 텐데, 행복에는 잘못된 관용과 약은 금물이니까요."

"그리고 혹시 애들 때문에 힘들면 그냥 집으로 돌려보내요."

"그럴 가능성이 대단히 크네요. 형부도 그렇게 생각하시죠?"

"장인께는 애들이 너무 시끄러울지도 모른다는 것쯤은 나도 아는 사람이었으면 하는데. 아니 어쩌면 처제한테도 거추장스러운 짐이 될지도 모르지. 요즘처럼 방문 약속이 계속 늘어난다면 말이야."

"늘어나다뇨!"

"그럼. 지난 반년 사이에 본인의 생활 방식이 크게 달라졌다는 것은 처제도 분명 알 텐데."

"달라졌다고요! 아니요, 전 정말 모르는데요."

"많은 사람들과 시간을 보내는 일이 훨씬 더 잦아졌다는 것은 의문의 여지가 없지 않나. 바로 이번 경우만 봐. 단 하루 지내러 왔더니만, 처제한테는 이미 정찬 약속이 잡혀 있잖아! 전에 이런 적이, 아니 비슷한 경우라도 있었나? 이웃이 늘어나고 처제도 사람들과 더 어울리고. 얼마 전에도 이저벨라한테 보낸 편지마다 새로운 여흥 이야기를 써 보냈잖아. 콜 씨 댁 정찬들에 크라운 무도회들이니. 랜들스, 랜들스만으로도 처제의 생활에 엄청난 변화가 생긴 거지."

"맞아." 그의 형이 재빨리 말했다. "모든 게 랜들스 식구들 때문이야."

"그럼요. 그리고 내가 보기에 랜들스의 영향력이 지금보다 줄어들 가능성도 별로 없으니, 헨리와 존이, 에마, 방해가 될 때도 있겠다 싶은 거지. 그리고 만일 그렇다면, 부디 애들을 집으로 돌려보내라는 것뿐이고."

"아니." 나이틀리 씨가 외쳤다. "그럴 필요는 없지. 애들을 돈웰로 보내면 돼. 나야 분명히 시간 여유가 많을 테니까."

"어머나." 에마가 외쳤다. "재미있는 말씀이네요! 저의 수많은 약속 중에서 당신도 끼지 않은 게 몇 번이나 되는지, 그리고 왜 제가 어린 조카들을 돌볼 여유가 없어진다는 건지 궁금하네요. 제가 한다는 이 놀라운 약속들이라니…… 그게 도대

488

체 뭐였지요? 콜 댁에서 정찬을 한 번 든 것과 실제로 열리지도 않은 무도회 이야기가 고작 아니에요? 형부는 이해가 가요. (존 나이틀리 씨를 향해 고개를 끄덕이며) 여기서 한꺼번에 이렇게 많은 지인들을 만나는 행운에 너무 기분이 좋아서 한마디 하지 않고 지나갈 수는 없으신 거지요. 그렇지만 당신은 (나이틀리 씨 쪽으로 몸을 돌리며) 제가 하트필드를 두 시간쯤 비우는 일도 아주아주 드물다는 것을 잘 아시는 분이, 왜 내가 그렇게 계속 다른 데 정신을 팔 거라고 예측하시는지 도무지 짐작이 안 가네요. 사랑하는 어린 조카들 입장에서도, 제가 보기에는, 만일 에마 이모가 놀아 줄 시간이 없다면, 나이틀리 삼촌한테가 봤자 뭐가 그렇게 좋을지 모르겠네요. 이모가 한 시간 집을 비운다면 삼촌은 다섯 시간 집을 비울 것이고, 집에 있을 때도 혼자 책을 읽거나 회계 정리를 하고 있을 테니까요."

나이틀리 씨는 미소를 참으려고 애쓰는 모양이었는데, 마침 엘튼 부인이 그에게 말을 걸어 와서 어렵지 않게 참아 냈다.

3부

I

에마가 프랭크 처칠 소식에 느꼈던 동요의 성격을 스스로 만족스럽게 설명하는 데는 아주 잠깐의 조용한 반추로 충분했다. 염려와 당혹감을 느낀 것은 절대로 자기 자신 때문이 아니라 그의 처지를 생각한 때문이라는 확신이 바로 든 것이었다. 그사이 그녀 편에서는 애정이 식어서 그야말로 아무것도 아닌 게, 생각할 가치도 없는 게 되어 버렸다. 그렇지만 만약에 그가, 둘 중 언제나 더 많이 사랑했던 게 틀림없는 그가, 떠날 때와 똑같은 뜨거운 감정 그대로 돌아온다면 매우 곤혹스러운 일이 될 터였다. 두 달 동안 떨어져 있은 것으로 그의 감정이 식지 않았다면, 그녀는 위험과 괴로움에 당면할 것이었다. 그를 위해서나 자신을 위해서나 경계할 필요가 있었다. 그녀로선 다시 그와 애정 문제로 얽힐 생각이 없었으니, 그의 사랑을 부추기는 일을 삼갈 의무도 그녀에게 있을 터였다.

그녀는 상대가 확실하게 애정을 공언하는 일은 막을 수 있기를 바랐다. 지금의 둘 사이를 생각하면 너무나 고통스러운 결말이 될 테니까! 그러면서도 뭔가 결정적인 일이 일어날 것만 같은 예감은 어쩔 수 없었다. 왠지 이 봄이 가기 전에 무언가 중대한 고비나 사건이 일어나 차분하게 가라앉은 그녀의 지금 상태를 바꾸어 놓을 것만 같았다.

웨스턴 씨가 예견했던 것보다는 더 오래 걸렸지만 그다지 오래지 않아 그녀는 프랭크 처칠의 감정 상태를 어느 정도 파악할 수 있었다. 상상했던 만큼 그렇게 곧바로 엔스컴 사람들이 런던 시내로 옮겨 오지는 않았지만, 옮겨 온 후에는 거의 득달같이 그가 하이베리에 들렀다. 그는 두어 시간 계획으로 말을 몰고 내려왔고, 그에게 그 이상은 아직 불가능했다. 그러나 그가 랜들스에서 곧장 하트필드로 찾아왔으므로, 그때 그녀는 자신의 영민한 관찰력을 한껏 발휘하여 그가 현재 어떤 심정이며 자기는 어떻게 처신해야 할지 신속한 판단을 내릴 수 있었다. 두 사람의 만남은 지극히 화기애애했다. 그가 그녀를 만나서 대단히 기쁘다는 점에는 의심의 여지가 없었다. 하지만 그녀는 거의 즉각 그가 전처럼 그녀를 좋아하는지, 똑같은 정도의 똑같은 애틋함을 느끼는지 의심이 갔다. 전보다 덜 사랑하는 것만큼은 분명한 사실이었다. 헤어져 지낸 시간과 그리고 아마도 상대방은 관심이 없다는 확신이 이 대단히 자연스럽고도 대단히 바람직한 효과를 자아낸 것이었다.

그는 기분이 매우 좋았다. 변함없이 즐겁게 떠들고 웃어 댔고, 전에 방문했던 이야기를 다시 하고 지난 일을 회고하니 즐거운 모양이었으며 흥분의 기미도 없지 않았다. 전에 비해 관심이 덜해졌다고 판단한 것은 차분한 행동거지 때문은 아니었다. 그는 차분하지 않았다. 들뜬 기분임이 분명했고 동요된 기색도 있었다. 활기가 넘쳤지만 그런 활기가 스스로도 탐탁지 않은 듯 보였다. 그러나 그 문제에 관한 그녀의 생각을 확정 지은 것은 그가 십오 분밖에 머물지 않고 다른 방문이 있다며 하이베리로 서둘러 떠나간 사실이었다. "거리를 지나면서 오랜 지인들이 모여 계신 것을 보았는데, 한마디 이상 나눌 정도로 말을 멈추지는 않았으나, 공연한 자만인지는 몰라도 만일 찾아뵙지 않는다면 그분들이 실망할 것 같아서, 하트필드에 더 오래 머물고 싶은 마음이 크지만 어서 가 봐야겠다." 하는 것이었다.

그녀가 보기에 그의 사랑이 줄어든 것은 의심의 여지가 없었지만, 들뜬 기분이라든가 서둘러 떠난 품을 보면 완전히 치유된 것 같지는 않았고, 그래서 든 생각은 그녀의 영향력이 되살아날까 하는 두려움과 그녀와 오래 만나는 것을 삼가려는 사려 깊은 결단에서 나온 행동이 아닌가 하는 쪽이었다.

열흘이 지나도록 프랭크 처칠이 찾아온 것은 이때뿐이었다. 찾아뵙기를 희망한다, 찾아뵙겠노라는 말은 자주 했지만, 언제나 장애물이 생겼다. 그의 외숙모가 그를 곁에서 떼어 놓지 않으려 든다는 것이었다. 그것이 그가 랜들스 부부에게 내놓은 해명이었다. 만일 그가 진심으로 오려고 했고 또 정말로 애를 썼다면, 런던으로의 이사가 처칠 부인이 앓고 있는 질환의 일부인 그 고집이나 신경질을 치유하는 데는 아무 도움도 되지 않았다고 봐야 했다. 그녀가 정말로 몸이 불편하다는 것은 매우 분명했다. 그는 분명히 그렇게 믿는다고 이미 랜들스 부부에게 토로한 바 있었다. 괜한 공상인 부분도 많겠지만, 돌이켜 보면 반년 전보다 건강이 나빠진 것은 분명하다는 것이었다. 그는 치료와 약으로도 치유할 수 없는 그런 질환 때문에 이렇게 악화되었다거나 혹은 적어도 앞으로 수명이 몇 해 안남았다고 믿지는 않았지만, 부친이 아무리 의심을 해 대도 그녀가 호소하는 증상들이 단순히 상상의 산물이라거나 예전 못지않게 정정하다는 말은 입 밖에 내지 않았다.

런던이 그녀에게 맞지 않는다는 것이 곧 드러났다. 그녀는 런던의 소음을 견딜 수 없어 했다. 끊임없는 짜증과 고통이 신경을 엄습했고, 그래서 열흘 후에는 그 조카가 랜들스에 보낸 편지를 통해 변경된 계획이 전해졌다. 그들은 즉시 리치먼드로 옮길 예정이었다.* 처칠 부인은 그곳에 사는 한 저명한 의사의 진료를 추천받았고 다른 면에서도 그곳에 마음이 끌렸다. 인기 있는 구역에 가구 딸린 저택을 계약했고 이런 변화가 많은 도움이 되리라 기대했다.

에마는 프랭크가 지극히 고무된 어조로 일이 이렇게 낙착되었다고 썼고, 5월에서 6월까지 그 저택을 빌렸으니 앞으로 두 달간 많은 소중한 친지들과 아주 가까운 곳에 머물게 된 축복에 매우 감사해하는 듯 보였다는 이야기를 들었다. 이제는 자주, 심지어 원하기만 하면 언제라도 함께 지낼 수 있을 것이라고 아주 자신하더라고도 했다.

에마는 웨스턴 씨가 이 기쁜 전망을 어떻게 받아들이는지 알았다. 그는 이런 전망에서 비롯된 모든 행복의 원천에 그녀가 있다고 여겼다. 그녀는 그렇지 않기를 바랐다. 두 달이면 시험해 보기에 충분했다.

---

* 런던의 서쪽 템즈강 변에 위치한 당시 상류층 거주지역.

웨스턴 씨 자신이 행복해한다는 것은 말할 나위도 없었다. 그는 매우 기뻤다. 그에게는 더 바랄 나위 없는 상황이었다. 이제는 정말로 프랭크를 지척에 둔 셈이 될 터였다. 젊은 청년에게 9마일이 대수겠는가? 말로 한 시간만 달리면 되는데. 그는 늘 건너올 것이다. 그 점에서 리치먼드와 런던은 그를 언제나 보는 것과 전혀 보지 못하는 것처럼 엄청난 차이가 난다. 16마일, 아니 18마일이다, 맨체스터가(街)는 꼬박 18마일 거리니까. 18마일은 심각한 장애물이다. 어쩌다 몸을 뺄 수 있더라도 오가는 데 하루가 소요될 것이다. 그러니 런던으로 왔다고 무슨 위안이 되겠는가. 엔스컴에 있는 것이나 마찬가지일 것이다. 그렇지만 리치먼드는 쉽게 오가기 안성맞춤인 거리였다. 더 가까운 것보다 오히려 더 낫다!

이 이사로 즉각 확실해진 한 가지 좋은 일이 있었으니, 바로 크라운에서 열기로 했던 무도회였다. 전에도 잊어버린 것은 아니지만, 날을 잡으려 해 봤자 부질없으리라는 생각이 먼저 들었던 것이다. 그러나 이제는 완전히 확정되었다. 모든 준비가 다시 시작되었고, 처칠 집안이 리치먼드로 이사하자마자 프랭크가 몇 자 적어 보내기를 처소를 옮긴 것만으로도 외숙모가 이미 훨씬 좋아진 기색이며 언제라도 날이 정해지면 틀림없이 스물네 시간을 함께할 수 있을 것이라고 하자, 그들은 가급적 이른 날짜로 정할 마음이 들었다.

웨스턴 씨의 무도회는 현실이 되었다. 하이베리의 젊은이들과 행복 사이에 놓인 것은 몇 번의 내일들뿐이었다.

우드하우스 씨는 체념했다. 그나마 계절 때문에 걱정이

줄어든 셈이었다. 2월보다는 5월이 모든 점에서 나았다. 베이츠 부인이 저녁때 하트필드에 오기로 약속도 되었고, 제임스에게도 미리 일러 놓았고, 그는 우리 에마가 없는 사이에 우리 어린 헨리나 우리 어린 존에게 아무 일도 없을 거라 낙관적인 희망을 품었다.

2

    다시 무도회를 무산시킬 불행한 일은 일어나지 않았다. 그날이 가까워지더니, 드디어 온 것이다. 오전에 얼마간 조바심을 내며 기다린 끝에 프랭크 처칠이 정찬 전 랜들스 집에 모습을 드러냈고, 모든 것이 순조로웠다.

    그때까지 그와 에마 사이에 두 번째 만남은 없었다. 크라운의 방이 이 만남을 목격하게 되었지만, 그래도 많은 사람들 사이에서 평범하게 만나는 것보다는 더 나을 것이었다. 웨스턴 씨가 그녀에게 일찍 참석해 달라, 자기 부부에 이어서 가능한 한 빨리 그곳으로 와 달라, 다른 누가 오기 전에 방들이 적절하고 안락하게 꾸며졌는지 의견을 들어 보고 싶다고 하도 간곡하게 청하는 바람에 그녀도 거절할 도리가 없었고, 그래서 얼마간 조용한 막간의 시간을 이 청년과 함께 보낼 수밖에 없게 된 터였다. 그녀가 해리엇을 데리고 오기로 했고, 두 사람은 먼저 도착한 랜들스 팀에 적절한 짬을 두고 좀 일찍 크라운에 마차로 도착했다.

    프랭크 처칠은 사람들이 오는 것을 지켜보고 있었던 모양이었다. 비록 말은 많지 않았지만, 눈빛에는 즐거운 시간을 보내기로 작정한 기색이 역력했다. 모든 것이 제대로 되었는지

다 함께 둘러보았고, 몇 분이 지나지 않아 또 다른 마차에서 내린 사람들이 합류했는데, 마차 소리를 듣고 에마는 처음에는 대단히 놀라지 않을 수 없었다. 그래서 "이렇게 턱없이 빨리 오다니!" 하고 외칠 뻔했으나, 오래 알고 지낸 집안으로 자기와 마찬가지로 특별한 청에 따라 웨스턴 씨의 판단을 도와주러 왔다는 사실을 곧 알게 되었다. 그리고 같은 용무로 역시 각별히 간곡한 청을 받은 사촌들을 실은 마차가 연이어 도착했으므로, 곧 참석자의 절반이 예비 시찰의 목적으로 한데 모이는 것은 아닌가 싶어졌다.

에마는 자신의 안목이 웨스턴 씨가 유일하게 의지하는 안목은 아님을 깨닫고, 그렇게 친구가 많고 발이 넓은 사람의 총애하는 친구라는 자리란 허영심의 만족에는 그리 신통한 것이 못 된다는 생각이 들었다. 그녀는 그의 소탈한 태도를 좋아하기는 했지만, 조금만 덜 개방적이었다면 더 고결한 인물이 되었을 것 같았다. 널리 관대하되 널리 사귀지는 않는 것, 그래야 남자다운 남자라 할 것이며, 그런 남자라면 좋아할 수도 있겠다 싶었다.

다시 다 함께 돌아다니며 살펴보고 칭찬했다. 그러고는 달리 할 일도 없는지라, 벽난롯가에 빙 둘러서서, 5월이긴 하지만 아직 저녁때는 불기가 대단히 반갑다는 말을, 다른 화제가 떠오를 때까지 각기 제 나름의 방식으로 나누었다.

에마는 이 추밀원* 위원 수가 더 늘어나지 않은 것이 웨스

---

* 영국 국왕을 위한 자문단으로, 여기서는 비유적으로 쓴 것이다.

턴 씨 탓은 아님을 알게 되었다. 오다가 베이츠 부인 집 문간에 멈추어 마차에 같이 타고 오자고 권했으나, 이모와 조카는 엘튼 부부가 데려오기로 했다는 것이었다.

프랭크가 그녀 옆에 서 있었지만 꾸준히 붙어 있지는 않았다. 마음의 평정을 잃은 것 같은 들뜬 기색이 엿보였다. 그는 주위를 두리번거리고, 문간으로 다가가고, 마차가 도착하는 소리가 나는지 귀 기울였으며, 얼른 파티가 시작했으면 하는 마음이든가 계속 그녀 곁에 있는 게 겁나는 모양이었다.

엘튼 부인 이야기가 나왔다. "곧 도착하겠지요." 그는 말했다. "엘튼 부인을 어서 만나 봤으면 좋겠네요. 이야기를 너무 많이 들어서요. 틀림없이 오래지 않아 오겠지요."

마차 소리가 났다. 그는 즉각 나갔다가 되돌아오며 말했다.

"서로 아는 사이가 아니라는 것을 잊었네요. 엘튼 씨든 엘튼 부인이든 한 번도 뵌 적이 없으니까요. 내가 직접 나설 자리는 아니네요."

엘튼 부부가 나타났고, 모든 미소와 인사치레가 오갔다.

"그런데 베이츠 양과 페어팩스 양은요!" 주위를 둘러보며 웨스턴 씨가 말했다. "댁에서 함께 모시고 오는 줄 알았는데요."

사소한 실수였다. 이제 그들을 태우러 그 마차를 보냈다. 에마는 엘튼 부인에 대한 프랭크의 첫 의견이 어떤지, 공들여 차려입은 드레스의 우아함이나 품위 있는 미소를 어떻게 보았는지 궁금했다. 소개말이 오간 후 그녀를 적절히 응대함으로써 그는 의견을 가질 자격을 즉각 갖추었던 것이다.

몇 분 후 마차가 돌아오고, 누군가 비 이야기를 하고, 프랭크 처칠이 그의 아버지에게 "우산을 갖고들 있는지 보고 오겠습니다. 베이츠 양을 잊어선 안 되지요." 하고는 자리를 떴다. 웨스턴 씨가 막 뒤따라가려는데 엘튼 부인이 그의 아들에 대한 자신의 의견을 들려주겠다며 그를 붙들어 아주 기세 좋게 서두를 꺼내는 바람에, 당사자인 청년의 걸음걸이가 절대 느리지 않았음에도 그의 귓전에 닿지 않았다기는 힘들었다.

"정말이지 아주 멋진 청년이네요, 웨스턴 씨. 일전에 제가 직접 보고 판단하겠노라고 솔직히 말씀드렸잖아요. 그리고 기쁘게도, 지극히 맘에 든다는 말을 하게 되었네요. 제 말은 믿으셔도 돼요. 공치사는 절대 안 하는 사람이니까요. 제 생각에 아드님은 대단히 잘생긴 청년이고, 행동거지도 바로 제가 좋아하고 칭찬하는 그대로예요. 정말이지 진정한 신사예요. 자만심이나 겉멋이라곤 하나도 없네요. 아시겠지만, 전 겉멋 든 젊은이를 무진장 싫어해요. 정말이지 질색이에요. 메이플그로브에서도 그런 청년들은 용납을 안 했지요. 서클링 씨나 제나* 그런 청년은 절대 못 참았고, 때론 아주 신랄하게 쏴 주곤 했답니다! 셀리나는 거의 숙맥이라고 할 정도로 성품이 온화한 사람이라 그런 사람들을 훨씬 더 잘 견뎌 냈지만요."

그녀가 아들 이야기를 하는 동안은 웨스턴 씨의 관심이 거기 붙들려 있었지만, 메이플그로브 이야기에 이르자 그는 막 도착해서 챙겨야 할 숙녀들이 있다는 점을 떠올릴 수 있었고

---

* '저나'라고 해야 한다. 고상한 척하나 문법에 안 맞는 표현을 쓰는 예다.

행복한 미소와 함께 서둘러 자리를 떴다.

엘튼 부인은 웨스턴 부인 쪽으로 돌아섰다. "베이츠 양과 제인을 태운 우리 마차가 틀림없어요. 우리 집 마부와 말들은 정말 매우 빨라요! 우리가 누구보다도 빨리 달릴걸요. 친구를 위해 마차를 보내다니 얼마나 즐거운 일이에요! 부인께서도 친절하게도 손을 내미신 줄 알지만, 다음부터는 그러실 필요가 전혀 없을 거예요. 그 댁 분들은 제가 언제나 챙겨 드릴 것이니 부인은 마음 푹 놓으셔도 됩니다."

베이츠 양과 페어팩스 양이 두 신사의 에스코트를 받으며 방으로 들어왔고, 엘튼 부인은 이들을 맞아들이는 일이 웨스턴 부인 못지않게 자신의 의무라 여기는 듯했다. 그녀의 몸짓이나 동작이 무슨 의미인지는 에마처럼 지켜보는 사람이라면 알 수 있었지만, 그녀의 말은, 그리고 벽난롯가에 모여 선 사람들의 말은 곧 베이츠 양의 끝없는 수다에 묻혀 버렸다. 베이츠 양은 처음부터 말하면서 들어와서는 모인 사람들 속으로 합류하고도 꽤 오랫동안 이야기를 끝마치지 않았던 것이다. 문이 열리면서부터 그녀의 목소리가 들렸다.

"정말 무척 감사해요! 비는 하나도 안 맞았어요. 별로 안 맞았어요. 저는 상관없어요. 아주 두꺼운 구두를 신었거든요. 그리고 제인 말이…… 어머! (문 안으로 들어서자마자) 어머! 정말 멋지네요! 놀라워요! 정말이지, 훌륭하게 꾸며 놓으셨네요. 부족한 점 하나 없이. 이렇게 달라질 줄은 상상도 못 했어요. 조명도 아주 환하고…… 제인, 제인, 이것 봐. 이런 것 본 적 있니? 아! 웨스턴 씨, 정말 알라딘의 램프라도 가지셨나 봐요. 선

503

량한 스토크스 부인도 자기 방을 못 알아보겠어요. 들어오는 길에 그 부인을 만났답니다. 입구에 서 있더군요. '어머! 스토크스 부인.' 이랬는데, 하지만 그 이상은 말할 시간이 없었어요." 이제 그녀는 웨스턴 부인의 영접을 받았다. "아주 잘 지내요, 감사합니다, 부인. 부인도 평안하시지요. 그러시다니 정말 기쁘군요. 두통이라도 앓지 않으실까 정말 걱정이었거든요! 지나가시는 것을 그렇게 자주 보고, 얼마나 할 일이 많으실지 잘 아니까요. 그러시다니 정말이지 다행이네요. 어머! 엘튼 부인, 마차 정말 감사해요! 시간도 딱 맞았지요. 제인과 저도 준비를 마쳤고요. 말을 잠시도 기다리게 하지 않았답니다. 아주 안락한 마차예요. 아 참! 그 점에서 우리가 감사드릴 분은 웨스턴 부인, 당신이라는 것 잘 압니다. 엘튼 부인이 대단히 친절하게도 제인에게 메모를 보냈거든요. 그렇지 않았다면 부인하고 함께 왔겠지요. 그렇지만 하루에 그런 제안을 두 번씩이나 받다니! 이런 이웃은 처음이에요. 제 어머니께도 말했지요. '원 세상에, 어머니…….' 감사합니다, 어머니께선 매우 건강하세요. 우드하우스 씨 댁에 가셨죠. 숄을 챙겨 가시게 했어요. 저녁때는 공기가 따뜻하지 않잖아요. 넓은 새 숄 말인데, 딕슨 부인의 결혼 선물이에요. 어머니까지 챙겨 주다니 얼마나 친절해요! 웨이머스에서 샀다지 뭐예요. 딕슨 씨가 고르고요. 제인 말로는, 다른 것도 세 개 있어서 다들 얼마간 망설였다네요. 캠벨 대령은 올리브색 숄이 더 마음에 든다 했고. 어머 제인, 너 정말 발 안 젖었니? 한두 방울 튀었을 뿐이지만, 정말 걱정되네요. 그렇지만 프랭크 처칠 씨가 그렇게 몹시…… 그리고 발

504

"어머, 정말 멋지네요!"

을 디딜 깔개도 있었고요. 그분의 지극히 공손한 대접은 결코 잊지 못할 거예요. 참! 프랭크 처칠 씨, 어머니 안경이 그 후로 한 번도 고장이 안 났다는 말씀을 드려야겠네요. 리벳이 다시 빠진 적이 한 번도 없었어요. 얼마나 인정스러운 분이냐고 어머니도 자주 이야기하신답니다. 그렇지, 제인? 우리가 프랭크 처칠 씨 이야기를 자주 하지 않니? 어머, 우드하우스 양이 여기 계시네. 우드하우스 양, 잘 지내지요? ……그럼 잘 있지, 고마워, 정말 잘 있어요. 이거 꼭 요정 나라에서 만나는 것 같네! 정말 몰라보게 달라지셨네! 그렇지만 물론 찬사는 삼가야겠지. (에마를 흐뭇한 눈으로 쳐다보면서) 그래, 결례가 되겠지. 그렇지만 정말이지, 우드하우스 양, 오늘 모습이…… 제인 머리 모양은 어때? 우드하우스 양은 보는 눈이 있잖아. 모두 제 손으로 했대. 저 애가 머리 만지는 것을 보면 정말 놀라워. 런던의 미용사라도 그렇게는 못할걸…… 어머, 휴스 박사네요. 그리고 휴스 부인도. 휴스 박사 부부께 잠시 가서 인사를 드려야겠네요…… 안녕하세요? 안녕하세요? …… 잘 있습니다, 감사해요. 정말 즐거운 모임이지요, 그렇지 않아요? 리처드 씨는 어디 계시죠? 아! 저기 있네요. 그냥 내버려 두세요. 젊은 숙녀들과 이야기하는 편이 훨씬 나을 테니까요. 안녕하세요, 리처드 씨? 저번 날 말 타고 읍내를 지나가시는 걸 보았답니다…… 세상에, 오트웨이 부인이네요! 훌륭하신 오트웨이 씨와, 오트웨이 양, 그리고 캐럴라인 양까지…… 아는 분들이 정말 많이도 오셨네요! 조지 씨와 아서 씨도! 안녕하세요? 모두들 안녕하세요? …… 잘 지낸답니다, 대단히 감사합니다. 어느 때보다도 잘 지내요…… 또 마차 소리가 나지 않아요? 이번에는 누구일까요? 틀림없이 존경하는 콜 부부일 거예요. 정말이지, 이런 친구들 가운데 서 있다니 멋지네요! 거기다 이렇게 훌륭한 벽난로 불까지! 몸이 다 녹았어요. 감사합니다만, 저는 커피 사양할게요. 커피는 절대 안 마신답니다. 괜찮으시면, 신사분, 좀 있다가 차나 좀 마실게요…… 서두를 건 없는데…… 어머! 벌써 가져오셨네요. 모든 게 정말 훌륭해요!"

프랭크 처칠은 에마 곁으로 돌아왔다. 그리고 베이츠 양이 조용해지자, 그녀는 약간 뒤에 서 있는 엘튼 부인과 페어팩스 양의 대화를 귀동냥할 수밖에 없는 형편이었다. 그는 생각에 잠겨 있었다. 그도 듣고 있는지 아닌지는 단정할 수 없었다. 제인의 드레스와 용모에 무수한 찬사를 보내고 이 찬사에 아주 차분하고 온당한 응답을 받은 후, 엘튼 부인은 자신도 찬사를 받고 싶은 것이 분명했으니 "내 드레스 마음에 들어요? 장식은 어때요? 라이트가 한 내 머리는요?" 같은 질문에 다른 많은 관련 질문들이 추가되고, 질문마다 참을성 있고 예의 바른 응답을 얻었다. 그러고 나서 엘튼 부인은 말했다.

"일반적으로 나만큼 옷에 신경을 안 쓰는 사람도 없을 거예요. 그렇지만 이런 경우에는, 모든 사람의 눈길이 나한테 쏠리는 만큼, 그리고 웨스턴 씨 댁에 대한 인사로라도 (분명히 이 무도회를 연 것은 주로 나한테 예를 차릴 목적에서니까.) 남한테 빠지고 싶지는 않네요. 그러고 보니 이 방에 내 것 말고는 진주가 거의 보이지 않네요. 그래, 프랭크 처칠이 훌륭한 춤꾼이라고요. 나와 춤 스타일이 맞는지 두고 봐야지. 프랭크 처칠은 확실히 멋진 청년이에요. 난 그 사람이 아주 마음에 들어요.”

이 순간 프랭크가 대단히 활기차게 이야기를 시작해서 에마는 그가 그 칭찬 소리를 주워들었고 더 듣고 싶지 않아 그런다고 생각할 수밖에 없었다. 숙녀들의 목소리는 잠시 묻혔으나, 잠깐 침묵이 흐르는 사이 엘튼 부인의 목소리가 다시 툭 불거졌다. 엘튼 씨가 그들과 막 합류했고, 그의 아내는 이렇게 큰 소리로 말했다.

“어머! 당신 마침내 우릴 찾아내셨네요, 이렇게 구석진 곳에서. 방금 제인에게 당신이 우리가 궁금해 조바심을 내기 시작할 것 같다고 이야기했는데.”

“제인에게!” 프랭크 처칠이 놀람과 불쾌함이 가득한 표정으로 되뇌었다. “너무 무람없네요. 그렇지만 페어팩스 양도 개의치 않나 봅니다.”

“엘튼 부인이 마음에 드세요?” 에마가 속삭였다.

“천만에요.”

“배은망덕이네요.”

“배은망덕요! 무슨 말씀이신지?” 그러다가 찌푸린 표정을 미소로 바꾸면서 말했다. “아니요, 말씀하지 마세요. 무슨 말씀인지 알고 싶지 않습니다. 제 아버지는 어디 계시지요? 춤은 언제나 시작되나요?”

에마는 왜 그러는지 이해가 잘 안 갔지만, 그는 기분이 상한 모양이었다. 그는 아버지를 찾으러 자리를 떴으나 금방 되돌아왔는데 웨스턴 씨와 그 부인 둘이 함께 왔다. 얼마간 당혹해하는 부부와 마주쳤는데 에마에게 털어놓을 일이 있다고 한 것이었다. 춤 시작을 엘튼 부인에게 청해야 하지 않나, 그렇게 기대하고 있을 거라는 생각이 웨스턴 부인에게 떠오른 것이고, 그 영예를 에마에게 부여하고자 했던 그들의 간절한 바람은 접을 수밖에 없게 되었다는 것이다. 에마는 이 슬픈 사실을 꿋꿋하게 들어 넘겼다.

"그 부인에게 맞는 파트너 문제는 또 어떻게 한담?" 웨스턴 씨가 말했다. "당연히 프랭크가 청해야 한다고 생각할 텐데."

프랭크는 즉시 에마를 돌아보며 이미 했던 약속을 확인하고서 자신은 이미 선약이 있음을 내세웠고, 이 말에 그의 아버지는 십분 찬동한다는 표정을 지었다. 그러자 이제 웨스턴 부인이 자기 남편이 엘튼 부인의 파트너가 되기를 원하고 다들 그런 방향으로 몰아가야 하는 것처럼 되었고 금방 그렇게 정해졌다. 웨스턴 씨와 엘튼 부인이 앞장서고, 프랭크 처칠 씨와 우드하우스 양이 그 뒤를 따랐다. 에마는 이 무도회가 특히 자기를 위한 것이라고 항시 생각해 왔지만, 엘튼 부인을 앞세우고 두 번째 자리에 서는 것을 감수할 수밖에 없었다. 이는 그녀로 하여금 거의 결혼할 생각이 나게 할 정도였다.

이때 엘튼 부인이 허영심의 완전한 충족이라는 이득을 누렸음은 의심의 여지가 없었다. 춤 시작을 프랭크 처칠과 함께 할 생각이기는 했지만, 상대가 이렇게 바뀐 것도 손해는 아니었던 것이다. 웨스턴 씨가 그의 아들보다 윗전이라고도 할 수 있었다. 그러나 이 작은 장애물에도 불구하고, 에마는 춤의 대열이 상당히 길게 형성되는 것을 보고 앞으로 특별히 흥겨운 축제의 시간이 펼쳐질 것이라는 예감에 즐거운 미소를 띠었다. 그녀는 다른 무엇보다도 나이틀리 씨가 춤을 추지 않는 것이 속상했다. 그는 저편 구경꾼들 사이에 서 있었는데, 거기는 그가 있을 자리가 아니었다. 그는 춤을 추는 게 옳지, 남편이니 아버지니 게임 준비가 진행되는 동안 춤에 관심이 있는 척하고 있는 휘스트 게임꾼들이니 하는 사람들과 자신을 한 부류로 자처해서는 곤란했다…… 저렇게 젊어 보이는데! 어쩌면 지금 서 있는 저곳만큼 그가 돋보일 곳도 없을지 몰랐다. 나이지긋한 남자들의 둔중한 몸집과 처진 어깨들 사이에서 그의 훤칠하고 단단하며 꼿꼿한 체구는 에마가 느끼기에 모든 사람의 눈길을 끌 만했고, 그녀 자신의 파트너를 제외하면 늘어선 모든 젊은이 가운데 그에 필적할 만한 인물은 한 명도 없었다. 그는 몇 걸음 더 가까이 자리를 옮겼는데, 그가 마음만 먹는다면 얼마나 신사다운 매너로 얼마나 자연스럽고 우아하게 춤을 췄을지 그 몇 걸음으로도 입증되고 남았다. 시선이 마주칠 때마다 그녀는 그에게서 미소를 끌어냈지만, 대체로 그는 엄숙해 보였다. 그녀는 그가 무도회장을 더 좋아하고 프랭크 처칠을 더 좋게 보았으면 하는 생각이 들었다. 그는 그녀를 자주 지켜보는 듯했다. 그가 자기의 춤추는 모습을 생각하고 있다고 자만할 수야 없지만 만일 그녀의 행동에 비평을 가하고 있는 것이라면 겁낼 게 없다 싶었다. 그녀와 파트너 사이에 연애 장난 같은 것은 전혀 오가지 않았다. 그들은 연인이라기보다 명랑하고 편안한 친구 사이처럼 여겨졌다. 프랭크 처칠이 그녀 생각을 전보다 덜 한다는 것은 의심의 여지가 없었다.

나이 지긋한 남자들의 둔중한 몸집과
처진 어깨들 사이에서 그는 모든 사람의 눈길을 끌었다.

무도회는 즐겁게 진행되었다. 웨스턴 부인의 세심한 보살
핌과 끊임없는 관심이 헛수고로 끝나지는 않았다. 다들 행복
해 보였고, 무도회가 마무리되기 전에는 거의 나오는 법이 없
는 말이지만, 즐거운 무도회라는 칭찬이 이 무도회가 시작된
순간부터 계속 이어졌다. 무도회란 매우 중요하고도 길이 기
록할 만한 사건들을 만들어 내게 마련인데, 이 무도회는 그런
점에서는 별로 생산적이지 않았다. 그렇지만 에마가 중요하다
고 여긴 사건이 하나 있었다. 저녁 식사 전 마지막 두 번의 춤
이 시작되었는데, 해리엇한테는 파트너가 없어서 자리에 앉아
있는 유일한 젊은 숙녀가 되었다. 여태까지 춤추는 사람 수가
균등했기 때문에 어떻게 짝이 없는 사람이 생길 수 있는지 놀
라운 일이었다! 그러나 엘튼 씨가 유유히 돌아다니는 것을 보
고 에마의 놀라움은 곧 줄어들었다. 그는 피할 수만 있다면 해
리엇에게 춤을 청하지 않을 것이었다. 그녀는 그가 그러지 않
으리라 확신했고, 그가 언제라도 카드놀이 방으로 빠져나가리
라 예상했다.

그러나 빠져나가는 것은 그의 계획이 아니었다. 그는 앉
은 사람들이 모여 있는 곳으로 와서 몇몇에게 말을 걸더니, 마
치 자기는 춤 약속 따위에 매이지 않는 자유로운 몸이고 앞으
로도 그럴 것이라는 결의라도 과시하듯 그들 앞에서 어슬렁거
렸다. 그는 가끔씩 스미스 양 바로 앞으로 오거나 그녀 가까이
앉은 사람들에게 말을 거는 것도 빼놓지 않았다. 에마는 그 광
경을 보았다. 그녀는 아직 춤을 시작하지 않았고, 맨 끝에서 앞
으로 나오는 중이어서 주위를 둘러볼 여유가 있었고, 그래서

약간 고개만 돌려도 모든 것이 다 보였다. 그녀가 대열 중간쯤 올라왔을 때 그 무리 전체를 바로 등지게 되었고, 그녀는 곁눈질은 그만두기로 했지만 엘튼 씨가 매우 가까이 있었기 때문에 그때 막 그와 웨스턴 부인 사이에서 시작된 대화를 한마디도 빠짐없이 다 들었다. 그리고 그녀는 자신의 바로 위쪽에 서 있는 그의 아내 역시 귀를 기울이고 있을 뿐 아니라 의미심장한 눈짓으로 그를 부추기기까지 하는 것을 보았다. 마음씨 곱고 예의 바른 웨스턴 부인이 자리를 떠나 그에게 다가와 "춤안 추세요, 엘튼 씨?" 하고 말했고, 그에 대한 그의 즉각적인 대답은 "부인께서 저와 춤을 추시겠다면, 웨스턴 부인, 아주 기꺼이 그리하겠습니다."였다.

"저요! 어머, 아녜요. 저보다 나은 파트너를 구해 드리지요. 저는 춤을 못 추거든요."

"길버트 부인이 춤추시길 원한다면." 그가 말했다. "대단히 즐거울 것입니다, 틀림없이. 저 자신 낫살 먹은 기혼자라는, 저의 춤추던 시절은 다 지나갔다는 느낌이 들긴 하지만, 길버트 부인처럼 오랜 친구와 나란히 서는 것은 언제라도 저에게 매우 대단한 즐거움일 것입니다."

"길버트 부인은 춤출 생각이 없으세요. 그렇지만 젊은 숙녀 한 분이 짝이 없는데 이분이 춤추는 모습을 본다면 저도 대단히 기쁘겠네요. 스미스 양 말예요."

"스미스 양요! 아! 미처 보지 못했군요…… 대단히 배려가 깊으십니다. 제가 낫살이나 먹은 기혼자만 아니라면…… 그렇지만 저의 춤 시절은 끝났습니다, 웨스턴 부인. 양해해 주세요.

다른 일을 시키신다면 어떤 일이든 더없이 행복하게 하겠습니다만…… 제 춤 시절은 끝난걸요."

웨스턴 부인은 더 이상 아무 말도 하지 않았고, 그녀가 얼마나 놀랍고 굴욕적인 심정으로 자리로 돌아갈지 에마는 상상이 갔다. 이게 엘튼 씨의 본모습이었다! 상냥하고 친절하며 예의 바른 엘튼 씨의 본모습…… 그녀는 잠시 뒤를 돌아보았다. 그는 약간 떨어져 있는 나이틀리 씨에게 다가가 긴 대화를 나눌 차비를 하고 있었고, 그사이 즐거워 죽겠다는 미소가 그와 그의 아내 사이를 오갔다.

다시는 쳐다보지 않으리라. 그녀는 분노로 가슴이 뜨거웠고 얼굴도 그렇게 뜨거울 것 같아 걱정이 되었다.

잠시 후 더 보기 좋은 모습이 눈에 잡혔다. 나이틀리 씨가 해리엇을 대열로 인도하고 있었다! 그녀는 그 순간보다 더 놀란 적은 한 번도 없었고, 더 즐거웠던 적도 거의 없었다. 그녀는 해리엇과 그녀 자신을 위해 온통 기쁘고 고마운 마음뿐이었고, 그에게 감사를 전하고 싶어 죽을 지경이었으며, 말을 건네기에는 거리가 꽤 있었지만 그의 시선을 다시 붙잡은 순간 그녀는 얼굴로 많은 말을 전했다.

그의 춤 솜씨는 그녀가 믿었던 그대로였으니, 지극히 뛰어났다. 그리고 해리엇에게는 과분한 행운이라고 할 수 있었을 것이다. 조금 전의 잔인한 사태만 없었다면, 그리고 그녀의 행복한 표정에서 완벽한 기쁨과 자신에게 베풀어진 영예에 고마워하는 마음이 역력히 드러나지 않았다면 말이다. 그 영예는 그녀에게 헛되이 던져진 것이 아니었으니, 그녀는 그 어느

때보다 높이 뛰어오르고 한가운데로 훨씬 더 멀리 미끄러져
갔고, 미소가 얼굴에서 그치지 않았다.

엘튼 씨는 이미 카드놀이 방으로 물러나고 없었는데 (에마
생각에는) 바보가 된 몰골이었을 것이다. 그녀는 그가 비록 아
내와 매우 비슷해지고는 있지만 아내와 똑같이 철면피가 되지
는 않았다고 생각했다. 아내 쪽도 자신의 감정을 얼마간 드러
냈으니, 파트너에게 들릴 만한 소리로 이렇게 말했다.

"나이틀리가 불쌍한 스미스 양에게 동정을 베풀어 주었네
요! 정말 따뜻한 마음씨예요."

저녁 식사가 선포되었다. 이동이 시작되고, 그 순간부터
베이츠 양의 목소리가 들려와 결국 자리에 앉아 스푼을 들 때
까지 쉴 틈 없이 이어졌다.

"제인, 제인, 우리 제인, 너 어디 있니? 여기 네 어깨걸이*
있어. 웨스턴 부인께서 너보고 어깨걸이를 두르라고 야단이시
네. 복도에 외풍이 들까 봐 걱정된다고 말이야. 단단히 단속해
놓긴 했지만 말이지…… 문 한 짝은 못으로 봉해 놓고…… 깔
개도 수없이 깔아 놓고…… 얘, 제인, 정말 꼭 해야 해. 처칠 씨,
어머! 정말 배려가 깊으시네요! 얼마나 잘 둘러 주시는지! 정
말 감사하네! 정말로 멋진 춤이었고! 그래, 얘야, 집으로 달려
갔지 않겠니, 내가 그래야 한다고 했잖아, 그래서 할머니가 침
대에 드시는 걸 도와 드리고 다시 돌아왔는데, 아무도 내가 없
는 걸 눈치채지 못했단다. 너한테 말한 대로 아무 말도 하지 않

---

* 어깨에 걸쳐 앞가슴 쪽으로 드리우게 되어 있는 부인용 목도리의 하나.

고 갔거든. 할머니는 아주 평안하시고, 우드하우스 씨와 멋진 저녁을 보냈대. 담소도 무진장 나누고, 백개먼*도 하고. 차를 아래층으로 내려오고, 떠나오기 전에 비스킷과 구운 사과와 포도주를 드셨다는구나. 게임도 몇 차례 굉장히 운이 좋았다고 하시고. 할머니가 네 이야기를 많이 물으시더라. 네가 재미있게 시간을 보내고 있는지, 누구누구와 파트너를 했는지 말이야. 내 말씀드렸지. '아이! 제인이 할 말을 가로채진 않겠어요. 조지 오트웨이 씨와 춤추고 있는 것을 보고 떠나왔는데요, 내일 본인이 직접 모든 것을 말씀드리고 싶어 할 거예요. 첫 파트너는 엘튼 씨였답니다. 다음 차례에는 누가 청할지 모르겠지만 아마 윌리엄 콕스 씨일 거예요.' 아, 정말로 배려가 깊으시네요. 달리 도와주실 분은 없나요? 제가 거동이 불편하지는 않은데요. 신사분, 정말 친절하세요. 세상에, 한쪽 팔엔 제인을, 다른 쪽 팔엔 저를! …… 잠깐, 잠깐, 조금 뒤로 물러납시다, 엘튼 부인이 지나가네요. 엘튼 부인, 얼마나 우아해 보이는지! 아름다운 레이스에! 이제 모두 부인 뒤를 따라갑시다. 오늘밤의 여왕답네요! 자, 이제 복도네요. 계단이 두 개 있어, 제인, 계단 조심하거라. 어머! 아니, 하나밖에 없네요. 글쎄, 두 개인 줄 알았는데. 정말 이상도 하네요! 두 개가 있다고 믿었는데 하나밖에 없군요. 이렇게 안락하고 멋진 광경은 처음이네요. 도처에 촛불이 켜 있고…… 내가 너한테 할머니 이야기를 하는 중이었지, 제인. 조금 실망스러운 일도 있었단다. 알다시피 구

---

* 두 사람이 하는 주사위 놀이.

운 사과와 비스켓도 그 나름대로 훌륭하지. 그렇지만 처음에
는 송아지 췌장에 아스파라거스를 조금 곁들인 맛있는 프리카
세*가 나왔는데, 친절하신 우드하우스 씨께서 아스파라거
스가 충분히 익지 않았다는 생각에 죄다 다시 돌려보냈다는
거야. 근데 할머니가 송아지 췌장과 아스파라거스만큼 좋아하
는 것도 없잖니. 그래서 좀 실망을 하셨다는데, 아무한테도 이
이야기는 하지 말자고 우리끼리 정했단다. 친애하는 우드하우
스 씨 귀에 들어갈지도 모르고 그러면 얼마나 신경을 쓰시겠
니! …… 아, 눈이 부시네요! 정말 놀라울 뿐이에요! 이런 건 상
상도 못 했어요! 이렇게 우아하고 풍성하다니! 정말이지 이런
것을 본 지가…… 저, 우리는 어디에 앉으면 될까요? 어디 앉
을까요? 어디든, 제인이 외풍만 맞지 않으면 돼요. 나야 어디
앉든 상관없어요. 오라! 이쪽 자리가 좋겠다고? 그래요, 분명
히 그렇겠네, 처칠 씨…… 다만 무척이나 좋은 자리 같아서. 그
렇지만 좋을 대로 해요. 이 집에서 자네가 하라는 게 잘못될 리
없겠지 …… 얘, 제인, 어떻게 이 요리의 반이라도 기억했다 할
머니께 말씀드리지? 거기다 수프까지! 세상에나! 저한테 이렇
게 빨리 권하시면 안 되는데요. 하지만 정말 맛있는 냄새가 나
서 식사를 시작하지 않을 수 없네요."

　　에마는 저녁 식사가 끝날 때까지는 나이틀리 씨한테 말 걸
기회가 전혀 없었다. 그렇지만 모두 다시 무도회장으로 돌아
오자, 그가 오지 않을 수 없게 눈짓을 보냈고 감사 인사를 건넸

---

* 송아지나 닭고기를 잘게 썰어 만든 스튜나 찜 요리.

다. 그는 엘튼 씨 행동을 질책하는 데 열을 올렸으니 용서할 수 없는 무례함이라는 것이며, 엘튼 부인의 표정 역시 응분의 비난을 받았다.

"저들이 상처를 입히려 한 게 해리엇만은 아니었지." 그가 말했다. "에마, 어쩌다가 저들과 적이 된 거요?"

그는 미소 어린 꿰뚫어 보는 눈으로 바라보더니 아무 대답도 없자 덧붙였다. "그 사람이야 어떻든, 내 짐작에 아내 쪽에서는 당신한테 화를 내면 안 될 것 같은데…… 이런 추측에 당신은 물론 입을 다물겠지. 그렇지만 에마, 이건 털어놔야지. 그 사람과 해리엇이 결혼하길 바란 건 사실이라는 것 말이오."

"그랬지요." 에마가 대답했다. "그러니 저들로서는 제가 용서가 안 되는 거지요."

그는 고개를 저었지만, 너그러운 미소를 지으며 이렇게만 말했다.

"핀잔하지는 않겠소. 당신의 자성에 맡겨 두기로 하지."

"자성요? 저를 그런 아첨꾼한테 믿고 맡길 수 있으세요? 제 자만심이 언제 제가 틀렸다고 말한 적 있나요?"

"당신의 자만심이 아니라 당신의 진중함에 맡기는 거지요. 전자가 당신을 잘못 인도한다면, 후자가 경고를 보낼 것이라고 난 확신하니까."

"제가 엘튼 씨를 완전히 잘못 봤다는 건 저도 인정해요. 그 사람한테는 협량한 구석이 있는데, 그걸 당신은 알아보고 전 그러지 못했지요. 게다가 그 사람이 해리엇을 사랑한다고 아주 확신했으니까요. 말도 안 되는 과오의 연속이었지요."

"그 정도로 인정하고 나오니, 보답으로 나도 이 말은 해 줘야겠네. 당신이 골라 준 짝이 그 사람 스스로 선택한 짝보다 더 나았을 거라고. 해리엇 스미스한테는 엘튼 부인에게 전혀 없는 몇 가지 최고의 자질이 있지. 젠체하지 않고, 성실하고 순박한 처녀요. 지각과 안목이 있는 남자라면 엘튼 부인 같은 여자보다는 백번 그 아가씨를 택할 거요. 해리엇은 내가 짐작했던 것보다 더욱 더불어 이야기할 만하던걸."

에마는 대단히 고맙고 기뻤다. 웨스턴 씨가 모두 다시 춤을 시작하라고 재촉하는 통에 그들의 대화는 중단되었다.

"어서 우드하우스 양, 오트웨이 양, 페어팩스 양, 모두 뭐 하고 있어요? 어서 에마, 친구들한테 본보기를 보여야지. 다들 굼뜨잖아! 다들 졸고 있어!"

"신청만 들어오면 언제든지요." 에마가 말했다.

"누구하고 출 거요?" 나이틀리 씨가 물었다.

그녀는 잠시 망설이다가 대답했다. "당신하고요. 청하신다면요."

"추실까?" 손을 내밀며 그가 말했다.

"추고말고요. 춤을 잘 춘다는 건 이미 보여 주셨고, 뭐 사돈지간이긴 하지만 오누이 같은 사이도 아닌데 함께 춤을 춘다고 부적절할 것도 전혀 없잖아요."

"오누이라니! 천만의 말씀이지."

3

이렇게 나이틀리 씨와 약간의 이야기를 주고받은 것은 에마에게 상당히 즐거운 일이었다. 다음 날 아침 잔디밭을 거닐면서 즐겁게 무도회를 떠올릴 때 이것은 가장 유쾌한 기억 중 하나였다. 두 사람이 엘튼 부부와 관련해서 서로 그렇게 잘 이해하게 되었고 남편이나 아내 둘 다에 대해 그렇게 비슷한 견해를 가지고 있다는 점이 그녀는 지극히 기뻤다. 그리고 그가 해리엇을 칭찬하고 자신의 편을 들어 주어 특히 고마웠다. 엘튼 부부의 오만방자함에 남은 시간을 망쳐 버릴 것 같았던 것도 잠시, 오히려 가장 큰 만족 중 하나를 맛보는 계기가 되었다. 한편 그녀는 또 하나 행복한 귀결을 기대했으니, 해리엇의 혹한 마음이 치유되는 일이었다. 무도회장을 나서기 전에 해리엇이 이 일에 대해 이야기하는 태도를 보고 그녀는 강한 희망을 품게 되었다. 마치 해리엇은 갑자기 눈이 뜨인 듯했고, 엘튼 씨가 자기가 믿었던 것처럼 빼어난 인물이 아니라는 걸 깨닫게 되었다. 열병은 끝났고, 에마로서는 백해무익한 예의 때문에 맥박이 다시 빨라지는 일이 일어날까 걱정할 필요는 거의 없었다. 엘튼 부부의 악감이 분명하고, 그들은 악감에서 해리엇을 내놓고 무시함으로써 해리엇에게 더 필요할지도 모를

단련을 시켜 줄 것이었다. 해리엇은 이성을 되찾고, 프랭크 처칠의 사랑도 과하지 않고, 나이틀리 씨는 그녀와 다툴 마음이 없으니, 얼마나 행복한 여름이 기약되었는가!

그녀는 그날 아침에는 프랭크 처칠을 못 보게 되었다. 그가 그날 점심때까지는 집으로 돌아가야 해서 하트필드에 들르는 즐거움을 누릴 수 없겠노라고 그녀에게 말했던 것이다. 그녀는 애석해하지 않았다.

이렇게 모든 일을 정리하고, 철저히 들여다보고, 모두 바로잡아 놓고, 그녀가 상쾌해진 기분으로 두 어린애들과 그 애들 할아버지의 시중을 들러 막 집을 향해 돌아서던 참에, 밀어 여는 큰 쇠문이 열리고, 함께 보리라고는 꿈에도 생각지 못했던 두 사람이 들어왔으니, 프랭크 처칠과 그의 팔에 기댄 해리엇…… 정말로 해리엇이었다! 금방 그녀는 뭔가 엄청난 일이 있었음을 알 수 있었다. 해리엇은 하얗게 질린 안색이었고, 그는 그녀의 기분을 달래 주려 애쓰고 있었다. 쇠문과 현관문은 20야드도 떨어져 있지 않았다. 세 사람은 함께 곧장 홀로 들어섰고, 그 즉시 해리엇은 의자에 무너지듯 주저앉더니 기절해 버렸다.

기절하는 젊은 숙녀는 회복을 시켜야 하고, 질문에는 답이 주어져야 하고, 놀라움에는 설명이 주어져야 한다. 이런 사건들은 매우 흥미롭기는 하지만, 궁금증을 길게 끌어서는 안 되는 법이다. 몇 분 안에 에마는 사건의 전모를 알게 되었다.

스미스 양, 그리고 고더드 부인 학교의 또 다른 기숙생이자 역시 무도회에 참석했던 비커튼 양이 함께 산책을 나왔다가 어떤 길로, 아니 리치먼드 길로 접어들었는데, 분명 안전할 만큼 공도(公道)였지만 여기서 그들은 겁나는 일을 당한 것이었다. 하이베리에서 반 마일쯤 지나서 길이 갑자기 굽고 양쪽에 떡갈나무가 늘어서 어둡게 그늘지면서 그때부터 외진 길이 꽤 이어졌다. 젊은 숙녀들이 이 길로 얼마간 접어들었을 때, 갑자기 그들은 얼마 떨어지지 않은 앞쪽에, 길가로 좀 넓게 펼쳐진 잔디밭 위에 집시 무리가 있는 것을 보았다. 망을 보던 아이 하나가 구걸을 하려고 그들에게 다가왔고, 지나치게 겁에 질린 비커튼 양은 큰 소리로 비명을 지르면서 해리엇한테 따라오라고 소리치고는 가파른 언덕을 뛰어올라 꼭대기의 듬성듬성한 산울타리를 뚫고 나가 지름길로 해서 하이베리로 쏜살같이 달아나 버렸다. 그러나 가엽게도 해리엇은 쫓아가지 못했다. 그녀는 어제 춤을 춘 뒤 쥐가 나서 많은 고생을 했는데, 언덕을 올라가려고 첫 발을 떼는 순간 다시 쥐가 심하게 나는 바람에 꼼짝도 할 수 없었고, 그래서 이런 상태로 몹시 겁에 질린 채 그 자리에 서 있을 수밖에 없었다.

젊은 숙녀들이 좀 더 용감하게 나왔더라면 이 부랑자 무리가 어떻게 굴었을지는 잘 모를 일이다. 그러나 그렇게 공격을 부추기는 행동을 그냥 넘길 수는 없는 일이었고, 곧 해리엇은 건장한 여인과 커다란 사내아이를 필두로 한 여섯 아이들의 습격을 당했는데, 모두 소란스럽게 요구를 해 대고, 비록 아주 무례한 말투는 아니었지만 표정은 그러했다. 점점 더 겁을 먹은 그녀는 즉각 돈을 주겠다고 약속하고, 지갑을 꺼내어 1실링을 주면서 더 달라고 하거나 자기한테 나쁜 짓을 하지는 말아

점점 더 겁을 먹은 그녀는 즉각 돈을 주겠다고 약속했다.

달라고 간청했다. 이제 그녀는 느리게나마 걸을 수 있게 되어 자리를 뜨려고 했는데, 겁에 질린 거동과 지갑에 더더욱 이끌린 이들은 더 달라고 요구하며 떼를 지어 그녀를 뒤쫓았다. 아니 에워쌌다.

이런 상태에서 프랭크 처칠이 그녀를 보았으니, 그녀는 벌벌 떨면서 흥정을 해 보려 하고 그들은 요란하고 무례하게 나오는 중이었다. 대단히 다행스러운 우연으로 하이베리에서의 출발이 늦어진 바람에 이 결정적인 순간에 그는 그녀를 도와줄 수 있었다. 상쾌한 아침 공기에 얼마간 걸어갈 마음이 생긴 그는 자신의 말들은 하이베리에서 1~2마일 더 간 다른 도로 가에서 기다리라고 해 놓고, 마침 전날 밤 베이츠 양의 가위를 빌렸다가 잊고 돌려주지 못했기 때문에 그 집 문간에 잠깐 멈춰 설 수밖에 없었고, 안으로 들어가 몇 분 머물게 되었다. 그래서 원래 예정보다 더 늦어졌고, 걸어간 덕분에 거의 다 다가갈 때까지 이들 무리 중 아무도 그를 보지 못했던 것이다. 여자와 사내아이가 해리엇에게 불러일으킨 공포는 이제 그들 몫이 되었다. 떠날 때 그는 그들을 완전히 겁에 질리게 만들었다. 그리고 해리엇은 열심히 그에게 매달리며, 거의 입을 열지도 못한 채, 하트필드까지 갈 만큼의 기운밖에 남아 있지 않았다. 그녀를 하트필드로 데리고 오는 것은 그의 생각이었고, 다른 곳은 생각도 해 보지 않았다.

이런 사연이었다. 그가, 그리고 감각과 말을 되찾는 대로 해리엇이 자초지종을 말해 주었다. 그는 해리엇이 회복되는 것을 지켜보고는 바로 떠나야 했다. 요 며칠 일정을 늦췄기 때

524

문에 일 분도 지체할 수가 없었다. 에마가 고더드 부인에게 해리엇이 안전하다는 것을 알려 안심시키겠으며 이런 무리가 나이틀리 씨 이웃에 있다는 것을 알려 주기로 약속하고, 그는 해리엇은 물론 자기를 위해서도 감사하다는 에마의 곡진한 인사를 뒤로 하고 떠나갔다.

멋진 청년과 사랑스러운 처녀가 이런 식으로 함께 모험을 겪게 되었으니 더없이 가슴이 냉담하고 머리가 침착한 사람이라도 어떤 생각을 떠올리지 않기는 힘들 것이었다. 적어도 에마는 그렇게 생각했다. 언어학자나 문법학자나 심지어 수학자라도 자기가 본 것을 보고, 두 사람이 함께 나타나는 것을 목격하고 그들이 하는 이야기를 들었다면, 서로 각별한 관심을 가질 수밖에 없겠구나 하는 느낌을 받지 않겠는가? 자기와 같이 상상꾼인 경우에는 얼마나 더 많은 짐작과 예견에 휩싸이겠는가! 특히 그녀처럼 마음속으로 이미 그런 기대의 기반 공사를 해 놓았다면 말이다!

정말 전에 없던 일대 사건이었다! 그녀가 기억하는 한, 그곳에서 어떤 젊은 숙녀에게도 이런 일이, 이런 식으로 험한 사람들을 만나고 놀라는 일이 한 번도 일어난 적이 없었다. 그런데 이제 이런 일이 누구도 아닌 자기 친구한테 일어났고, 우연히도 바로 그 순간에 지나가다가 구해 준 사람이 그 남자라니! 정말 놀라운 일이 아닐 수 없었다! 두 사람 모두 현재 마음 상태가 호조건임을 잘 아는 만큼, 그녀는 더욱 강렬한 인상을 받았다. 그는 바로 에마 자신에 대한 애착에서 벗어나기를 원하고, 그녀는 엘튼 씨에 대한 집착에서 막 회복하는 중이었다. 마치 모든 것이 한데 어울려 가장 흥미로운 귀결을 약속하는 듯했다. 이런 일이 생겼는데도 서로 상대방에게 커다란 호감을 품게 되지 않는다는 것은 있을 수 없는 일이었다.

지금까지 그녀는 해리엇이 반쯤 정신을 잃은 사이 그와 몇 분간 대화를 나누었을 뿐이지만, 그때 그는 해리엇의 공포와 순진함과, 그의 팔을 붙들고 매달릴 때의 간절함을 재미있고 유쾌한 투로 이야기했다. 그리고 해리엇 자신의 설명이 있고 나서 마지막에 그는 비커튼 양의 가증스러운 어리석음에 대해 분노해 마지않았다. 그러나 재촉하거나 방조하지 말고 모두 제 길을 찾아가게 놔두어야 할 것이었다. 그녀는 한 발자국도 떼지 않고, 암시도 하지 않을 것이었다. 천만에, 간섭이라면 이미 충분히 해 보았다. 하나의 속셈 정도라면, 단순히 수동적인 속셈 정도라면 아무런 해도 없을 것이었다. 그저 바람에 불과하니까. 그 선을 절대로 넘지 않을 터였다.

에마의 첫 번째 결심은 어떤 일이 있었는지 아버지가 알면 대단히 놀라고 걱정하실 테니 모르시게 하겠다는 것이었다. 그러나 숨기는 것은 불가능함을 곧 깨달았다. 삼십 분도 채 안 지나 하이베리 전부가 다 알게 된 것이다. 가장 말 많은 축, 즉 젊은 층과 하층민이 흥미로워할 바로 그런 사건이었고, 하이베리의 모든 젊은이들과 하인들은 곧 이 끔찍한 소식에 접하는 행복을 맛보았다. 지난밤 무도회는 집시 이야기에 파묻혔다. 불쌍한 우드하우스 씨는 떨리는 몸으로 앉아서, 에마가 예견한 대로, 그들한테서 관목 수풀 너머로는 다시는 가지 않겠노라는 약속을 받아 내기 전까지는 좌정하지 못했다. 남은 하루 내내 많은 사람들이 자기와 우드하우스 양(이웃들은 그가 이런 안부 인사를 좋아한다는 것을 알았으므로) 그리고 스미스 양의 안부를 물어 온 것이 그에게 얼마간 위안이 되기는 했다. 그는 모두 그럭저럭 괜찮다는 답을 보내는 즐거움을 누렸는데, 자신은 건강하기 짝이 없고 해리엇도 별반 다르지 않은 만큼 정확한 사실은 아니었지만 에마도 구태여 말릴 생각은 없었다. 그녀의 건강 상태로 말하면 이런 인사(人士)의 핏줄로는 썩 바람직하지 않았으니, 두통이나 감기 등 소소한 질환조차 겪어 본 적이 거의 없었던 것이다. 그러니 그가 그녀의 질환을 만들어 내지 않는 한, 그녀는 안부 인사에 등장할 도리가 없었다.

집시들은 정의의 집행을 기다리지 않고, 서둘러 떠나갔다. 하이베리의 젊은 숙녀들은 미처 겁먹을 사이도 없이 다시 안전하게 산책을 나갈 수 있었고, 에마와 조카들을 제외하면 이 일은 곧 별로 중요하지 않은 일이 되어 버렸다. 그것은 에마의 공상에 단단히 뿌리를 내렸으며, 헨리와 존은 여전히 날마다 해리엇과 집시 이야기를 해 달라고 졸라 댔는데 그녀가 원래 이야기에서 조금이라도 벗어나면 고집스럽게 바로잡곤 했다.

4

이 모험이 있은 지 며칠 안 된 어느 날 아침, 해리엇이 작은 꾸러미를 손에 들고 에마를 찾아와 자리에 앉아 망설이다가 말을 꺼냈다.

"우드하우스 양, 지금 시간이 있으시면…… 말씀드렸으면 하는 게 좀 있는데요…… 일종의 고백 같은 것인데요…… 그러고 나면요, 다 끝날 거예요."

에마는 상당히 놀랐지만, 어서 말해 보라고 했다. 해리엇의 태도가 말만큼이나 심각해서 뭔가 범상치 않은 이야기일 것 같았다.

"제 의무이기도 하고, 또 분명 제 바람이기도 한데요." 그녀는 말을 이었다. "이 문제에 대해 아가씨한테는 숨기는 게 없어야겠지요. 다행히도 제가 한 가지 점에서는 아주 달라졌으니까, 아가씨도 안심하시게 알려 드려야 마땅하지요. 꼭 필요한 것 이상은 말씀드리고 싶지 않지만요…… 제가 그렇게 홀딱 빠졌다니 무척이나 창피하거든요. 틀림없이 무슨 말인지 아실 거예요."

"그래." 에마가 말했다. "그런 것 같네."

"어쩌면 제가 그렇게 오랫동안 그런 턱도 없는 자만에 빠

528

질 수가 있지요!" 해리엇이 간절하게 외쳤다. "미쳤었나 봐요! 지금 보니 하나도 비범한 분이 아니네요. 이제 그분과 부딪치든 말든 상관없어요. 안 보는 편이 낫기는 하지만요. 정말이지 피할 수만 있다면 아무리 먼 거리라도 돌아갈 거예요. 그 부인도 하나도 부럽지 않아요. 여태 그런 것처럼 경탄도 질투도 하지 않아요. 물론 아주 매력적이고 뭐 그렇긴 하지만, 성질이 아주 못됐고 불쾌한 사람이라고 생각해요. 그날 밤 그 부인의 표정은 결코 잊지 못할 거예요! 그러나 분명히 말씀드리지만, 우드하우스 양, 그 부인이 못되기를 바라지는 않아요. 아니, 언제나 둘이서 아주 행복하게 지내라지요, 그래 봤자 전 단 한 순간도 아프지 않을 거예요. 지금 제 말이 진실이라는 것을 확인해 드리게, 지금 없애 버릴 작정이에요…… 오래전에 없애야 했고 처음부터 간직하지 말았어야 했는데…… 그건 저도 아주 잘 알아요. (얼굴이 붉어지며) 이제 전부 없애 버리겠어요. 특별히 아가씨 보는 앞에서 그러고 싶어요, 이제 제가 얼마나 이성적인지 보여 드리게요. 이 꾸러미에 뭐가 들었는지 짐작 안 가세요?" 그녀는 켕기는 표정으로 말했다.

"전혀 모르겠는데. 무슨 선물이라도 받았던 거야?"

"아니요. 선물이랄 수는 없어요. 그렇지만 제가 아주 소중하게 간직해 온 물건들이에요."

그녀는 꾸러미를 내밀었고, 에마는 윗면에 "가장 소중한 보물"이라고 쓰인 글자를 읽었다. 부쩍 호기심이 일었다. 해리엇이 꾸러미를 펼치고, 그녀는 조바심을 내며 지켜보았다. 풍성한 은종이 속에 예쁘장하고 조그만 턴브리지 상자*가 놓여 있고, 해리엇이 상자를 열었다. 지극히 부드러운 솜으로 안을 댔는데, 솜 외에 에마 눈에 들어온 것은 작은 비단 반창고 조각뿐이었다.

"이제는 분명 기억이 나실 거예요." 해리엇이 말했다.

"아니, 정말 안 나."

"어머나! 바로 이 방에서 반창고를 두고 일어났던 일을 아가씨가 잊어버리리라고는 생각도 못 했어요! 바로 우리가 마지막으로 여기서 만났던 날들 중 하루였지요! 제가 인후염에 걸리기 바로 며칠 전이었어요. 존 나이틀리 부부께서 오시기 바로 직전에요. 바로 그날 저녁이었던 것 같아요. 그분이 아가씨의 새 펜 칼**에 손가락을 벤 일 기억 안 나세요? 아가씨가 반창고를 붙이라고 하셨잖아요. 그렇지만 아가씨는 지닌 것이 없었고 저한테 있다는 걸 아시고는 저보고 드리라 하셨지요. 그래서 제 것을 꺼내 한 조각 잘라서 그분에게 드렸는데, 너무 커서 그분이 더 작게 자르고 남은 조각을 얼마동안 만지작거리더니 제게 다시 돌려주었지요. 그래서 바보처럼 저는 그것을 보물로 삼을 수밖에 없었고…… 그걸 다시 사용하지 않기로 따로 보관해 두고는 대단한 선물인 양 가끔씩 꺼내 보곤 했지요."

"세상에 해리엇!" 에마가 손으로 얼굴을 가리고 벌떡 일어나면서 외쳤다. "나 자신이 참을 수 없이 부끄러워지네. 기

---

* 켄트의 턴브리지웰스 일대에서 제작된 상감 목공 세공품.

** 깃펜을 만들고 다듬는 데 쓰는 작은 포켓용 칼.

억하느냐고? 그럼, 이제 전부 기억나. 전부 다. 네가 이 유품을 챙겨 둔 것만 빼놓고. 지금 이 순간까지 꿈에도 몰랐으니까. 하지만 손가락을 벤 것, 내가 반창고를 붙이라고 권한 것, 나는 지닌 게 없다고 한 것은! 아! 내 죄야, 내 죄! 실은 내내 주머니에 충분히 들어 있었는데! 내 말도 안 되는 꼼수 중 하나였지! 나는 앞으로 평생토록 끊임없이 얼굴을 붉혀도 싸…… 그래…… (다시 앉으며) 계속해 봐. 또 다른 건?"

"그런데 정말로 아가씨도 반창고가 있었던 거예요? 정말이지 전 짐작도 못 했어요. 정말 자연스럽게 그러셨으니."

"그래서 넌 그 사람을 생각하며 정말 이 반창고 조각을 챙겨 두었다는 거야!" 수치심을 가라앉히며 놀라운 마음과 우스운 마음 반반으로 에마가 말했다. 그리고 남몰래 속으로 이렇게 덧붙였다. '맙소사! 나 같으면 프랭크 처칠이 잡아당겨 대던 반창고 조각을 솜 안에 간직해 둘 생각을 언제 했겠어! 나로서는 도저히 넘보지 못할 수준이네.'

"여기요." 해리엇이 다시 상자를 바라보며 말을 시작했다. "여기 그것보다도 더 귀중한 물건이 있어요. 그러니까 더 귀중했던 물건요. 이건 실제로 한때 그분 것이었으니까요. 반창고는 그렇지 않잖아요."

에마는 이 더 나은 보물을 보고 싶은 마음이 간절했다. 그것은 오래된 연필 끄트머리, 심이 들어 있지 않은 조각이었다.

"이건 정말 그분 것이었어요." 해리엇이 말했다. "어느 날 아침 일 생각나지 않으세요? 아니, 분명히 안 나실 거예요. 그렇지만 어느 날 아침에, 정확하게 어느 날인지는 잊었지만, 아

531

마도 그 저녁 전 화요일이나 수요일쯤 되었을 텐데, 그분이 자기 수첩에 기록을 하려 하셨어요. 가문비나무 술에 관한 것이었지요. 나이틀리 씨가 그분에게 가문비나무 술 제조법에 대해서 뭔가 가르쳐 주셨고, 그분은 그것을 적어 두려 했지요. 하지만 연필을 꺼냈을 때 연필심이 얼마 없어서 연필을 깎으니 심이 금방 다 없어졌고, 그래서 그 연필로는 쓸 수가 없어서 아가씨가 다른 것을 빌려 주고 이것은 쓸잘머리 없다고 탁자에 놔둔 채 버려 두었지요. 저는 이것을 주시하고 있다가 용기를 내 집어 들었고, 그 순간부터 한 번도 몸에서 멀리하지 않았어요."

"이제 기억나네." 에마가 외쳤다. "전부 다 기억나…… 가문비나무 술 이야기가 나왔고…… 아! 맞아. 나이틀리 씨하고 내가 둘 다 그 술을 좋아한다고 말하고, 엘튼 씨 역시 그 술을 좋아하는 법을 배우기로 작정한 듯했어. 전부 다 기억나…… 잠깐. 나이틀리 씨는 바로 여기 서 있었지, 안 그래? 바로 여기 서 있었던 것 같은데."

"아! 전 모르겠어요. 생각이 안 나는걸요. 정말 이상하지만 생각이 나지 않아요. 엘튼 씨가 여기, 지금 제가 앉아 있는 바로 여기쯤에 서 있었던 것은 기억이 나네요."

"그래, 계속해 봐."

"아! 그게 전부예요. 더는 보여 드릴 것도, 말씀드릴 것도 없어요. 다만 이제 이 물건을 둘 다 벽난로 뒤로 던져 버릴 작정이라는 것 말고는요. 그리고 제가 그렇게 하는 것을 아가씨가 직접 보셨으면 해요."

"아, 불쌍한 해리엇! 이것들을 간직하면서 정말로 행복을 맛보았다는 거야?"

"예, 정말 멍청이였지요! 그렇지만 지금은 그랬다는 게 아주 부끄럽고, 이것들을 쉽게 태워 버릴 수 있는 만큼 잊어버리는 것도 쉬웠으면 좋겠어요. 그분이 결혼한 다음에도 제가 추억의 물건을 간직한 것은 정말 잘못이잖아요. 잘못인 줄은 저도 알지만, 이것들과 헤어질 결심은 못 했었죠."

"그렇지만 해리엇, 반창고를 태워 없앨 필요가 있을까? 연필 토막이라면 한마디도 안 하겠지만, 반창고라면 쓸모가 있을 텐데."

"태워 버리는 편이 더 행복할 거예요." 해리엇이 대답했다. "이젠 보기도 싫은걸요. 다 없애 버려야 해요…… 자 이제 사라졌네요, 아 다행이에요! 엘튼 씨도 이것으로 끝장이에요."

'그리고 언제쯤……' 에마는 생각했다. '처칠 씨가 시작될까?'

그 후 곧 그녀는 그 시작이 이미 이루어졌다고 믿을 이유가 생겼고, 그 집시 여인이 해리엇의 행운을 점치지는 않았지만 만들어 주기는 한 것으로 귀결될 거라는 희망을 품지 않을 수 없었다. 놀란 일이 있은 지 두 주쯤 되었을까, 두 사람은 충분한 설명에, 그것도 전혀 뜻하지 않게 도달했다. 에마는 그 당시는 그 일을 생각하지 않았던 터라 얻은 정보가 더 가치 있었다. 그녀는 뭔가 사소한 잡담을 나누던 중에 "그래, 해리엇, 네가 언제든 결혼한다면 이렇게 저렇게 했으면 좋겠네." 하는 말을 했을 뿐이고, 그러고는 그 생각은 잊어버렸는데, 일 분쯤 침묵이 흐른 후 해리엇이 아주 심각한 어조로 "저는 절대로 결혼 안 할 거예요."라고 말하는 소리가 들려왔다.

고개를 들어 보니 즉각 무슨 일인지 알 수 있었고, 모른 채 넘어갈지 말지 잠시 망설이다가 대답했다.

"절대로 결혼을 안 한다고! 새로운 결심이네."

"그렇지만 이 결심은 절대 변하지 않을 거예요."

다시 잠깐 망설이다가 말했다. "혹시라도 그 이유가…… 엘튼 씨를 기리는 마음 때문은 아니었으면 좋겠네!"

"엘튼 씨요!" 해리엇이 발끈하며 외쳤다. "어머! 아니에요." 그리고 에마는 "엘튼 씨는 따라가지도 못할 분인데!"라는 몇 마디 말을 간신히 알아들을 수 있었다.

이제 그녀는 좀 더 시간을 들여 숙고했다. 더 이상 나가지 말까? 아무것도 짐작하지 못한 척 그냥 넘어갈까? 그러면 냉 담하거나 화가 났다고 오해할지도 모른다. 완전히 침묵을 지 켰다가는 해리엇이 너무 많은 이야기를 들어 달라고 요구하는 결과만 빚을 수도 있다. 그런데 전처럼 숨김없이 대화하고 그 렇게 터놓고 자주 희망과 기회에 대해 이야기를 나누지는 않 으리라고 단호히 결심한 바였다. 그녀는 자기가 즉시 말하고 아는 편이, 하고자 하는 말을 모두 하고 알고 싶은 것을 모두 알아내는 편이 더 현명한 처사가 될 것이라고 믿었다. 담백한 대응이 항상 최선이니까. 이런 종류의 이야기가 나올 때 자기 가 어디까지 나갈지 이미 정해 놓은바 있고, 자기 머리에서 나 온 현명한 준칙을 신속히 밝혀 두는 편이 둘 다를 위해 더 안전 할 것이었다. 결심이 선 그녀는 이렇게 말했다.

"해리엇, 무슨 이야기인지 모르는 척은 안 할게. 절대 결혼하지 않겠다는 네 결심은, 아니 그렇게 되리라는 네 예상은 네가 선택할 그 사람이 너보다 월등한 신분이라 너를 생각할 리가 없다는 생각 때문이지. 그렇지 않아?"

"어머! 우드하우스 양, 믿어 주세요. 제가 주제넘게 그런 생각을…… 그렇게 정신이 없지는 않아요. 그렇지만 멀리서 경모하는 것만으로도 저는 기뻐요. 이 세상 누구도 따라가지 못할 그분의 월등함을 감사와 경탄과 존경의 마음으로 생각하는 것 말이에요. 이런 마음을 갖는 게 아주 당연하고, 특히 저는 그래야 마땅하지요."

"나도 전혀 놀랍지 않아, 해리엇. 그분이 너한테 베풀어 준 도움을 생각하면 감동할 만하지."

"도움이라고요! 아! 그것은 정말 말할 수 없는 은혜였어요! 그때를 떠올리면, 그때 제 모든 느낌…… 그분이 다가오는 것을 보았을 때…… 그 고상한 표정과…… 그리고 그 직전 저의 비참한 몰골을 생각하면. 그렇게 달라질 수가! 순식간에 그렇게 달라질 수가! 완전한 불행에서 완전한 행복으로."

"아주 당연한 일이야. 당연하고도 명예로운 일이야. 그래, 그렇게 감사한 마음으로 그렇게 훌륭한 선택을 하는 건 명예로운 일이라고 생각해. 그렇지만 다행스러운 선택이 될지는 나도 단언을 못 하겠네. 그런 선택에 마음을 다 맡기라고는 권하지 않겠어. 응답이 돌아온다고 보장할 생각도 전혀 없고. 네가 무슨 생각인지 잘 가늠해 봐. 어쩌면 가능할 때 감정을 단속하는 편이 더 현명할지도 몰라. 어쨌든 지나치게 감정에 휩쓸리지는 마. 그분도 널 좋아한다는 확신이 없는 한 말이야. 그분을 잘 지켜 봐. 그분의 행동을 네 감정의 지침으로 삼고. 내가 지금 이렇게 경고하는 건 앞으로는 이 문제에 대해서 한마디도 안 할 것이기 때문이야. 어떤 간섭도 안 할 작정이거든. 이후로 나는 이 일에 대해서 아무것도 모르는 거야. 어떤 이름도 입에 담지 말기로 하자. 이미 전에 완전히 틀렸잖아. 이번에는 신중해야지. 그분은 물론 너보다 신분이 높고, 아주 심각한 성격의 반대와 장애도 실제로 있겠지. 그렇지만 해리엇, 이보다 더 놀라운 일들도 일어난 적이 있고, 이보다 더 차등이 나는 결합도 있었어. 하지만 자중자애하는 마음을 가져. 너를 지나치게 낙관하게 할 생각은 없어. 다만 어떤 결말이 나든, 네 생각이 그분께 미쳤다는 것은 뛰어난 안목의 징표라고 믿어도 돼. 그리고 이런 안목을 나는 언제나 귀하게 여길 거야.”

해리엇은 말없이 순종하는 감사의 마음으로 그녀의 손에 입을 맞추었다. 에마는 이런 끌림이 친구에게 절대로 나쁜 일이 아니라고 믿어 마지않았다. 그것은 친구의 정신을 더 고상하고 세련되게 하는 방향으로 작용할 것이며, 그리하여 퇴보의 위험에서 구해 줄 것이었다.

5

이 같은 속셈과 희망과 묵인의 상태에서 하트필드에 6월이 다가왔다. 하이베리 전체로 보자면 6월에 무슨 실질적 변화가 있었던 것은 아니다. 엘튼 부부는 서클링 집안이 자기네 집에 방문하여 4인승 랜도 마차를 쓸 일이 생길 거라는 이야기를 여전히 해 댔고, 제인 페어팩스는 여전히 외할머니 댁에서 지냈다. 그리고 캠벨 집안 식구들이 아일랜드에서 돌아오는 일정이 한여름에서 다시 연기되어 8월로 정해졌기 때문에, 도와준답시고 원하지도 않는 멋진 일자리로 서둘러 들여보내려는 엘튼 부인의 활동을 저지해서 그런 곤경을 모면할 수만 있다면, 그녀가 외할머니 댁에 머무는 기간이 꼬박 두 달 늘어날 가능성이 컸다.

자기가 가장 잘 알 테지만 무슨 이유에선지 일찌감치부터 프랭크 처칠을 싫어한 것이 분명한 나이틀리 씨는 갈수록 그를 더 싫어하게 될 뿐이었다. 그는 에마를 쫓아다니는 그의 행동에 뭔가 표리부동한 구석이 있다고 의심하기 시작했다. 에마가 그의 목표라는 점은 이론의 여지가 없어 보였다. 그것은 모든 면에서 분명히 드러났다. 그 스스로 내보이는 관심과, 그의 부친의 암시와 새어머니의 조심스러운 침묵, 이 모든 것이 일치했다. 말과 행동과 주의와 부주의가 같은 이야기를 전했다. 그러나 그렇게 많은 사람들이 그를 에마의 연인이 될 만한 인물로 여기고 에마 자신은 그를 해리엇에게 떠넘기는 동안 나이틀리 씨는 그가 제인 페어팩스와 바람을 피우려는 게 아닌가 하는 의심을 품었다. 그로서는 이해가 가지 않았지만, 두 사람 사이에 서로 통하는 게 있다는 조짐들이 보였다. 적어도 그에게는 그렇게 여겨졌다. 남자 편에서 연모하는 조짐이 보였으니, 그가 아무리 에마와 같은 상상력의 과오를 피하고 싶다 해도 이 조짐들을 무의미한 것으로 치부할 수는 없었다. 의심이 처음 생겨났을 때 에마는 그 자리에 없었다. 엘튼 집에서 정찬을 함께할 때 랜들스 식구들과 제인이 자리를 같이했는데, 그는 우드하우스 양의 숭배자의 것으로는 그리 어울리지 않는 눈길이, 그것도 한 번 이상 페어팩스 양에게로 향하는 것을 보았다. 나중에 그가 다시 그들과 합석하게 되었을 때 그는 전에 본 것을 떠올리지 않을 수 없었고, 쿠퍼 그리고 황혼 녘의 그의 벽난로처럼 "내가 본 것은 나 스스로 빚어낸"* 것이 아닌 한 프랭크 처칠과 제인 사이에 뭔가 은밀한 호감, 심지어 은밀한 이해가 있다는 의심은 더욱 짙어질 수밖에 없었다.

그는 어느 날 정찬을 든 후, 종종 그러듯이, 하트필드에서 저녁 시간을 보내려고 걸어갔다. 에마와 해리엇이 산책을 나가려는 참이었고, 그도 함께 나갔다. 그리고 돌아오는 길에 그들은 더 많은 무리와 부딪치게 되었으니, 웨스턴 부부와 그 아

---

* 윌리엄 쿠퍼(William Cowper)의 장시 「과업」(The Task) 4권 중 한 구절.

들, 우연히 만난 베이츠 양과 그 조카였다. 이들 또한 비가 올 것 같은 날씨니 일찍 운동을 하는 편이 낫겠다고 판단했던 것이다. 모두 합류하여 하트필드 대문에 이르렀을 때, 아버지가 이런 방문을 반가워할 것을 아는 에마는 모두 들어가서 아버지와 차를 들자고 권했다. 랜들스 식구들은 즉시 수락했고, 귀담아 듣는 사람은 거의 없었지만 베이츠 양 역시 꽤 긴 장광설 끝에 친애하는 우드하우스 양의 대단히 친절한 초대를 받아들일 수 있겠다고 했다.

그들이 대문 안으로 들어가는데 페리 씨가 말을 타고 지나갔다. 신사들 사이에 그 말에 관한 이야기가 오갔다.

"그나저나." 하고 프랭크 처칠이 웨스턴 부인에게 곧 말했다. "마차를 장만한다는 페리 씨 계획은 어찌 되었나요?"

웨스턴 부인은 놀란 표정으로 말했다. "그런 계획이 있는지 나는 알지도 못했는데."

"아니, 어머니한테서 들었는데요. 석 달 전 편지에 쓰셨잖아요."

"내가! 말도 안 돼!"

"그러셨어요. 확실히 기억나요. 매우 조속히 틀림없이 그렇게 될 거라고 하셨잖아요. 페리 부인이 누군가에게 그렇게 말하면서 대단히 행복해하더라고요. 남편이 궂은 날씨에 돌아다니다 보니 건강을 많이 해친 것 같아 부인 자신이 권한 일이라고요. 이제는 기억이 나시지요?"

"맹세코 금시초문이네."

"금시초문이라고요! 정말요! 세상에! 그럴 수가! 그렇다면

페리 씨가 말을 타고 지나갔다. 신사들 사이에 그 말에 관한 이야기가 오갔다.

제가 꿈에서 본 모양입니다. 그렇지만 전 정말 그런 줄 알았는데…… 스미스 양, 걸음걸이를 보니 피곤한 모양입니다. 어서 안으로 들어가는 편이 좋겠네요."

"이게 무슨 소리야? 이게 무슨 소리냐고?" 웨스턴 씨가 외쳤다. "페리와 마차? 페리가 마차를 장만한다고, 프랭크? 그럴 여유가 있다니 다행이구나. 그 사람한테서 직접 들은 거냐, 응?"

"아니요." 그의 아들이 웃으며 대답했다. "누구한테서 들은 이야기가 아닌가 봐요…… 정말 이상하네요! 전 정말 몇 주 전 웨스턴 부인이 엔스컴에 보낸 편지에서 그 이야기를 하신 줄 알았는데. 그렇지만 처음 듣는 소리라고 하시니까, 물론 제가 꿈에서 봤겠지요. 저는 꿈을 많이 꾼답니다. 하이베리에서 떠나 있을 때 이곳 모든 분들 꿈을 꾸는데…… 특별히 친한 분들 꿈을 다 꾼 다음에는 페리 씨 부부 꿈을 꾸기 시작하는 거지요."

"그렇지만 이상하구나." 그의 아버지가 지적했다. "엔스컴에서 있으면 생각날 법하지 않은 사람들에 대해 그렇게 조리 있는 꿈을 꾸다니 말이다. 페리가 마차를 장만한다니! 거기다 그 마누라가 남편 건강 걱정에 그렇게 하라고 권했다니…… 언제가 되었든 틀림없이 이런 일이 이루어지기는 할 텐데, 다만 좀 이른 편이구나. 꿈이란 어떨 때는 얼마나 그럴싸해 보이는지! 또 어떨 때는 황당한 것투성이고 그래, 프랭크, 네 꿈을 보니 여기 없을 때 하이베리 생각을 하는 게 틀림없구나. 에마, 아가씨도 꿈을 많이 꾸지 아마?"

에마는 이 말을 듣지 못했다. 그녀는 손님들이 온다는 것을 아버지에게 미리 알려 드리기 위해 앞질러 갔고, 그래서 웨스턴 씨가 던진 암시는 거기까지 미치지 않았다.

"글쎄요, 사실대로 말하자면야." 지난 이 분 동안 자기 이야기를 하려고 애썼지만 소용이 없었던 베이츠 양이 외쳤다. "저도 이 일에 대해 한마디 해야 한다면 말이지만, 틀림없이 프랭크 처칠 씨가, 아마도…… 꿈에서 본 것이 아니라는 말은 아니고요…… 정말이지 저도 어떨 때는 세상에서 가장 이상한 꿈을 꾸니까요. 하지만 만일 저한테 묻는다면, 지난봄에 그런 계획이 있었다고 털어놓아야겠네요. 페리 부인이 직접 우리 어머니한테 그 이야기를 했고, 콜 댁에서도 우리 못지않게 잘 알았지요. 그렇지만 어느 정도는 비밀이었어요. 그 밖에 다른 사람은 아무도 몰랐고, 그런 생각도 한 사흘 정도밖에 안 갔으니까요. 페리 부인은 남편한테 마차가 있기를 간절히 바랐고 어느 날 아침 자기 설득이 드디어 통했다는 생각에 아주 기분이 좋아서는 우리 어머니를 찾아왔대요. 제인, 우리가 집에 왔을 때 할머니가 이야기해 주시던 것 생각 안 나니? 어디 갔다오는 길인지는 잊어버렸어요. 아마도 랜들스 댁이겠지요. 예, 랜들스 댁이었던 것 같아요. 페리 부인은 언제나 우리 어머니를 각별히 좋아했지요. 정말이지 안 그런 사람이 있는지 모르겠지만요. 그래서 어머니만 아시라고 알려 드린 것이지요. 물론 우리한테는 말해도 괜찮지만, 그 이상은 알리지 말아 달라고요. 그날부터 오늘까지 저는, 제가 알기로는 그 누구한테도 이 이야기를 하지 않았어요. 그렇지만 뭐 넌지시 암시한 적도 한 번도 없다고 확실히 장담은 못하겠어요. 어떨 때는 저도 모르는 사이에 불쑥 말이 튀어나오기도 하니까요. 저는 말이 많잖아요. 말이 좀 많은 편이지요. 그리고 이따금씩 해서는 안 될 말이 튀어나올 때도 있답니다. 저는 제인 같지는 않아요. 그랬으면 좋겠는데. 이 애는 세상에서 가장 사소한 이야기라도 누설한 적이 없다고 장담할 수 있어요. 얘가 어디 갔나? 아! 바로 뒤에 있네요. 페리 부인이 찾아왔던 일 완벽하게 기억나요. 정말로 놀라운 꿈이에요!"

그들은 홀로 들어서는 참이었다. 베이츠 양보다 나이틀리 씨가 먼저 제인 쪽을 흘낏 일별했다. 프랭크 처칠의 얼굴에서 당혹감을 누르거나 웃어넘기려는 표정을 보았다고 생각한 그는 자기도 모르게 제인의 얼굴로 시선이 옮겨졌다. 그러나 그녀는 정말로 뒤에 있었고, 숄을 벗느라 무척 분주했다. 웨스턴 씨가 안으로 들어갔다. 나머지 두 신사는 문간에서 그녀가 지나가기를 기다렸다. 나이틀리 씨는 프랭크 처칠이 그녀의 시선을 붙잡으려 한다는 의혹이 들었다. 그는 그녀를 열심히 지켜보는 듯했다. 하지만 그랬다면 헛수고였으니, 제인은 두 사람 사이를 지나 홀로 들어서면서 아무도 쳐다보지 않았다.

더 언급하거나 설명할 시간은 없었다. 꿈으로 해 두어야 했고, 나이틀리 씨는 커다란 현대식 원형 식탁 주변에 다른 사람들과 함께 착석해야 했다. 이 식탁은 에마가 하트필드에 새로 들여놓은 것으로, 에마가 아니라면 누구도 그것을 거기 들여놓고 사십 년 동안 아버지의 하루 두 끼 식사가 빽빽이 차려

지던 작은 크기의 펨브룩 탁자* 대신 쓰라고 아버지를 설득하지 못했을 것이다. 다과 시간은 즐겁게 흘러갔고, 서둘러 자리를 뜨려는 사람은 아무도 없는 듯했다.

"우드하우스 양." 자기 뒤편에 놓인, 앉은 자리에서 손이 닿는 탁자 하나를 살펴보더니 프랭크 처칠이 말했다. "조카들이 자기네 철자들을 가져갔나요? 글자 상자 말입니다. 전에는 여기 놓여 있었는데요. 지금은 어디 있나요? 오늘은 좀 우중충한 저녁이니, 여름이라기보다 겨울로 취급하는 편이 맞겠습니다. 어느 날 아침 그 글자들을 가지고 아주 즐겁게 논 적이 있잖아요. 다시 우드하우스 양께 퀴즈를 내고 싶은데요."

에마는 그 생각이 마음에 들어 상자를 내놓고 금방 철자들을 탁자 위에 늘어놓았는데, 이들 두 사람만큼 그것들을 가지고 게임을 하고 싶은 사람은 아무도 없어 보였다. 두 사람은 상대방이나 그 밖에 퀴즈를 풀려는 사람을 위해 빠르게 낱말 문제를 냈다. 웨스턴 씨가 이따금 하자고 한 더 활발한 게임에 자주 속이 시끄러웠던 우드하우스 씨에게는 이 게임이 조용한 게임이라는 점에서 특히 나아 보였다. 지금 다행히도 웨스턴 씨는 자리에 앉은 채 "가엾은 꼬마 녀석들"이 가고 없다는 사실을 다감하고 구슬픈 어조로 애석해한다든가 곁에 돌아다니는 편지를 아무거나 집어 들고는 에마의 글 솜씨가 얼마나 멋진지 지적하느라 분주했다.

프랭크 처칠은 페어팩스 양 앞에 낱말 문제 하나를 펼쳐

---

* 양쪽에 경첩을 달아 접어 내릴 수 있게 한 탁자.

놓았다. 그녀는 식탁을 슬쩍 빙 둘러보더니 퀴즈를 풀기 시작했다. 프랭크는 에마 옆자리에, 제인은 두 사람 맞은편에, 나이틀리 씨는 이들 모두를 볼 수 있는 자리에 앉아 있었고, 가급적 눈에 띄지 않게 그러나 최대한 지켜보기로 마음먹었다. 제인은 낱말을 알아내고 살짝 미소를 띠며 그것을 밀쳐 냈다. 그녀가 활자들을 곧장 다른 것들과 뒤섞어 안 보이게 하려는 생각이었다면 바로 건너편을 바라보지 말고 탁자 위를 주시하는 편이 옳았을 터이니, 활자가 섞이지 않은 것이었다. 새 낱말이 나올 때마다 열심이던 해리엇은 새 낱말이 없자 곧장 이 문제를 이어받아 푸는 작업에 돌입했다. 그녀는 나이틀리 씨 옆에 앉아 있었기 때문에 그에게 도움을 청했다. 그 낱말은 '실수'였다. 해리엇이 의기양양하게 답을 말했을 때, 제인의 뺨이 붉어지는 바람에 이 낱말에 의미가 숨어 있다는 사실이 드러났다. 그렇지 않았다면 알아차리지 못했을 것이다. 나이틀리 씨는 이 낱말이 꿈 이야기와 상관있겠다 싶었지만 어쩌다 이 지경까지 되었는지 도무지 이해가 가지 않았다. 자신이 총애해 온 이 여성의 분별력이 그렇게 해이해졌을 수가 있을까! 그는 두 사람 사이에 결정적인 뭔가가 있다는 우려가 들었다. 볼 때마다 부정직하고 표리부동한 낌새가 눈에 띄는 듯했다. 이 글자들은 밀통과 속임수의 수단에 불과했다. 그것은 프랭크 처칠 쪽에서 더 심각한 게임을 숨기기 위해 택한 아이들 장난과 같은 것이었다.

커다란 분노와 함께 그는 계속 프랭크 처칠을 지켜보았고, 또한 커다란 경계심과 불신을 품고 눈이 가려진 채 그와 함께 퀴즈놀이를 하는 두 사람을 지켜보았다. 그는 에마를 위해 짧은 낱말 문제가 준비되고 장난기와 신중함이 어린 표정으로 그녀에게 건네지는 것을 보았다. 그는 에마가 곧 답을 알아내고 매우 재미있어하는 것을 보았다. "말도 안 돼요! 부끄러운 줄 아세요!"라고 말하는 걸 보면 나무라는 모양새를 취해야 마땅한 낱말인데도 말이다. 그다음에는 프랭크 처칠이 제인을 흘낏 쳐다보면서 말하는 소리가 들렸다. "저분께도 이 문제를 풀어 보라고 할래요. 그럴까요?" 그리고 에마가 깔깔 웃어 대며 열심히 반대하는 소리도 역시 선명히 들려왔다. "아니, 아니요, 그러시면 안 돼요. 그러지 마세요, 정말."

그러나 그렇게 했다. 사랑하되 다감하지 못하고 자신을 내세울 뿐 배려가 없는 듯한 이 사근사근한 청년은 곧장 페어팩스 양에게 문제를 건네고는 각별히 진지하고 공손한 어조로 풀어 보라고 권했다. 도대체 무슨 낱말인지 알고 싶은 지극한 호기심에 나이틀리 씨는 기회가 날 때마다 그쪽으로 시선을 돌렸고 '딕슨'임을 아는 데 오래 걸리지 않았다. 제인 페어팩스도 같은 때 답을 안 모양이었다. 그녀는 그렇게 배열된 다섯 철자*에 숨은 의미, 더 많은 의미를 분명 더 잘 알아차린 듯했다. 그녀는 마음이 상한 것이 분명했고, 고개를 들더니 지켜보는 눈을 의식하고는, 이제껏 본 중에서 가장 심하게 얼굴을 붉히면서 "고유명사도 되는지는 몰랐네요."라고만 말하며 거의 화를 내듯 활자들을 밀쳐 버리고는 더는 어떤 문제를 내도 풀지

---

* 즉 Dixon.

않기로 작정한 듯했다. 그녀는 그런 공격을 가한 사람들을 외면하고 이모에게로 얼굴을 돌렸다.

"그래, 맞다, 얘야." 제인은 한마디도 하지 않았지만 이모가 외쳤다. "나도 막 같은 말을 할 참이었단다. 정말 이제 갈 시간이구나. 저녁이 다가오고 있고, 할머니가 우리를 찾고 계실 거야. 선생님, 대단히 친절하시네요. 정말이지 이젠 작별 인사를 드려야겠어요."

민첩하게 자리를 뜨는 것을 보면 제인은 이모의 예상만큼 떠날 준비가 된 것이 분명했다. 그녀는 곧장 자리에서 일어나 탁자를 떠나려 했다. 그러나 매우 많은 사람들이 역시 자리를 뜨는 중이어서 곧장 빠져나가지는 못했고, 나이틀리 씨는 또 다른 활자 무리가 그녀 쪽으로 부지런히 건네지고 그녀가 쳐다보지도 않고 단호히 밀어 내는 것을 보았다. 그다음 그녀는 숄을 찾았고, (프랭크 처칠도 그 숄을 같이 찾았다.) 땅거미가 짙어졌으며 방 안은 혼란스러웠다. 그리고 두 사람이 어떻게 헤어졌는지 나이틀리 씨는 말할 수 없었다.

그는 다른 사람들이 모두 떠나간 후에도 하트필드에 남아 있었는데, 온통 자기가 목격한 것에 관한 생각뿐이었던 나머지, 촛불들이 들어와 좀 더 잘 볼 수 있게 되었을 때 에마에게 힌트를 약간 주고 물어봐야겠다고 생각했다. 그렇다, 친구로서, 염려하는 친구로서, 꼭 그렇게 해야만 했다. 그녀가 그런 위험한 상황에 처한 것을 보면서 구해 주려는 노력을 안 할 수는 없었다. 그것은 그의 의무였다.

"부디, 에마." 그가 말했다. "당신하고 페어팩스 양한테

낸 마지막 낱말이 왜 그렇게 재미있고 왜 그렇게 날카로운 일침이었는지 물어봐도 될까? 나도 그 낱말을 보았는데, 어떻게 한 사람한테는 그렇게 아주 재미있고 또 한 사람한테는 그렇게 아주 괴로운 게 될 수 있는지 궁금하네."

에마는 심히 당혹스러웠다. 그녀는 차마 그에게 사실대로 설명할 수는 없었다. 의혹이 사라진 것은 결코 아니었지만, 그것을 남에게 말했다는 사실이 정말로 부끄러웠다.

"아!" 그녀는 당황한 것이 역력한 기색으로 외쳤다. "아무것도 아니었어요. 그냥 우리끼리 우스개를 좀 한 거예요."

"우스개라면 당신과 처칠 씨한테만 그런 것 같던데." 그가 심각하게 대답했다.

그는 그녀가 다시 입을 열기를 바랐지만, 그녀는 그러지 않았다. 그녀는 입을 열기보다 아무거나 다른 일에 분주한 편을 택했다. 그는 잠시 망설이며 앉아 있었다. 여러 가지 폐해가 마음을 스쳤다. 간섭, 소용없는 간섭. 당황하는 것이나 친한 사이임을 인정하는 걸 보면 에마는 이미 연애를 하는 것이 분명했다. 그렇지만 입을 열어야 했다. 그녀의 안녕이 위험에 처하느니 그런 환영받지 않는 간섭으로 초래될 어떤 위험도 감수하는 것, 그녀의 안녕과 관련된 문제에서 의무를 저버렸다는 기억보다는 어떤 것도 감내하는 것이, 그가 그녀에게 해 주어야 하는 의무였다.

"저기 에마." 마침내 그는 진심 어린 부드러운 어조로 말했다. "당신은 우리가 이야기한 신사와 숙녀가 얼마나 친한지 다 안다고 생각하오?"

"프랭크 처칠 씨와 제인 페어팩스 양요? 어머! 그럼요, 다 알지요. 왜 아닐 거란 생각을 하시는 거죠?"

"남자 쪽에서 여자한테 마음이 있든가 여자 쪽에서 남자한테 마음이 있다고 볼 만한 점이 한 번도 없었소?"

"그럼요, 한 번도요!" 그녀는 아주 대놓고 열을 냈다. "한순간의 반의반도 그런 생각을 해 본 적 없어요. 도대체 어떻게 그런 생각을 하시는 거죠?"

"근자에 두 사람 사이에서 애정의 조짐이, 뭔가 의미심장한 표정 같은 것이 보이는 듯한 생각이 들어서…… 남들은 보지 못하게 하려는 것 같았소."

"아이! 정말 우습네요. 당신도 상상의 날개를 펼 수 있다는 걸 알게 되어 기뻐요. 하지만 그건 아니에요. 첫 시도신데 가로막고 나서자니 대단히 죄송하지만, 정말이지 그건 아니에요. 장담하지만, 두 사람 사이에 연모 같은 것은 전혀 없어요. 그리고 당신 눈에 띈 모습들은 모종의 특별한 상황에서, 전혀 다른 성격의 감정에서 비롯된 것이에요. 정확하게 설명드릴 수는 없어요. 말도 안 되는 허튼짓투성이니까요. 그렇지만 말씀드릴 수 있는 부분, 말이 되는 부분은 두 사람만큼 애정이나 연모를 품는 것과 거리가 먼 사이도 세상에 없다는 점이에요. 그러니까 제가 여자 쪽에 대해서는 그렇게 추정하고, 남자 쪽에 대해서는 보장할 수 있다는 말이에요. 신사분이 무관심하다는 것은 얼마든지 보장하지요."

그녀의 자신 있는 말투에 나이틀리 씨는 망설이게 되고, 그녀의 만족스러운 말투에 침묵하게 되었다. 그녀는 흥을 냈는데, 가능하다면 더 대화를 끌고 싶었을 것이다. 그가 구체적으로 어떻게 해서 의심을 하게 되었는지, 표정이 어떠했다는 것인지, 그녀로서는 매우 재미있기만 한 그 상황이란 것이 어디에서 어떻게 일어났다는 것인지 전부 듣고 싶었으니까. 그러나 그는 맞장구를 쳐 줄 만큼 흥이 나지 않았다. 말해 보았자 별 소용없을 거라는 생각이 들었고, 너무 열불이 난 나머지 이야기하기도 힘들었다. 추위를 타는 우드하우스 씨의 습관 때문에 일 년 내내 거의 매일 저녁 피워 놓는 벽난롯불 때문에 열이 오를 대로 오를까 봐 그는 이후 곧 서둘러 헤어져, 돈웰애비의 서늘한 고독을 찾아 집으로 걸어갔다.

6

오래전부터 서클링 부부가 금방 방문한다고 하는 바람에 기대에 부풀었던 하이베리 사람들은 가을까지는 찾아오지 않을 수도 있다는, 그 기대에 찬물을 끼얹는 이야기를 들어야 했다. 새로운 귀빈들이 마을에 찾아와 지식의 곳간을 풍성하게 해 주는 일이 당장은 불가능했다. 나날이 소식을 주고받을 때 그들은 서클링 부부의 왕림과 한동안 함께 이야기되던 다른 사안들에 다시 국한할 수밖에 없었으니, 가령 나날이 건강에 대해 다른 보고가 들어오는 듯한 처칠 부인의 최신 소문이라든가, 아기의 탄생이 임박했다는 소식에 모든 이웃의 행복이 배가된 그만큼, 그녀 자신의 행복도 배가되리라고 기대되는 웨스턴 부인의 정황 등이었다.

엘튼 부인은 대단히 실망했다. 한번 크게 과시도 하고 즐기기도 하려던 일이 지연된 것이었다. 소개하고 추천하는 일을 모두 뒤로 미루고 계획된 모든 파티도 여전히 말로만 그쳐야 했다. 처음에는 그녀도 그런 생각이었다. 그러나 잠시 생각해 보니 전부 미룰 필요는 없다는 확신이 들었다. 서클링 부부가 오지 않는다고 박스힐*로 소풍을 못 갈 이유가 어디 있는가? 그들과는 가을에 다시 가도 될 일이었다. 박스힐은 꼭 가야 한다고 정해져 있었다. 그런 소풍 모임이 있으리라는 것은 오래전부터 다들 아는 일이었고, 심지어 또 다른 소풍 계획을 촉발했다. 에마는 박스힐에 가 본 적이 없었다. 그녀는 다들 아주 볼 만하다고 하는 그곳에 가 보고 싶어서 웨스턴 씨와 하루 화창한 날을 잡아 오전에 마차로 가기로 약속했다. 엄선된 두세 명만 합류를 허용하고 요란하지 않게 조용하고 우아하게 진행하여, 시끌벅적 준비하고 마냥 먹고 마셔 대는 엘튼 부부와 서클링 부부의 소풍 행렬에는 비할 수 없이 나을 것이었다.

둘 사이에 이렇게 하기로 충분한 합의가 있었으므로, 웨스턴 씨가 다음과 같은 이야기를 전했을 때 에마는 상당한 놀라움과 약간의 불쾌감을 느끼지 않을 수 없었다. 말인즉 엘튼 부인에게 언니 부부가 약속을 깼으니 이제 두 모임을 합쳐 함께 가자고 제안했고, 엘튼 부인도 매우 기꺼이 응했기 때문에 에마만 이견이 없다면 그렇게 하기로 했다는 것이다. 그런데 그녀의 이견이란 다름 아닌 엘튼 부인에 대한 혐오감인데, 이는 웨스턴 씨도 이미 아주 잘 아는 것이므로 다시 끄집어내는 건 좋지 않았다. 그렇게 하자면 그에 대한 비난이 따르게 마련이고, 그러면 그의 아내를 매우 힘들게 할 것이었다. 그래서 에마는 무슨 수를 써서라도 피하고 싶은 약속에 동의하는 수밖에 없었다. 엘튼 부인이 주최한 모임에 따라갔다고 이야기되

---

* 산책로와 전망으로 유명한 서리 지방의 명소.

는 치욕까지 당하기 십상인데도) 감정을 꾹꾹 누르고 겉으로는 순순히 따르는 것처럼 참다 보니, 무골호인 노릇만 하는 웨스턴 씨의 감당하기 힘든 성품에 속으로는 앙앙불락이었다.

"내가 저지른 일에 찬동해 주니 기쁘네." 그는 아주 기분 좋게 말했다. "그렇지만 그럴 줄 알았지. 이런 모임은 모름지기 사람 수가 많아야지, 그렇지 않으면 헛것이니까. 사람이 너무 많아서 문제라는 소리는 있을 수가 없다. 많이 모이면 그것만으로도 재미가 있으니까. 거기다 따지고 보면 그 부인도 선량한 사람이고. 그 부인만 빼놓을 수야 있나."

에마는 겉으로는 아무 소리도 하지 않았지만, 속으로는 하나도 동의하지 않았다.

이제 6월 중순이 되었고, 날씨는 화창했다. 엘튼 부인이어서 날짜를 잡고 비둘기 파이*니 차가운 양고기에 대해 웨스턴 씨와 합의를 보고 싶어 조바심을 내고 있을 때, 마차 말이 다리를 다치면서 모든 것이 애석하게도 불확실해졌다. 말을 사용할 수 있으려면 몇 주가 걸릴 수도 있고 단 며칠에 불과할 수도 있었지만, 아무런 준비에도 착수할 수 없고 모든 것이 우울한 정체 상태였다. 이런 난관이 닥치자 엘튼 부인의 기지도 바닥을 드러냈다.

"정말 짜증나는 일 아니에요, 나이틀리?" 그녀는 외쳤다. "소풍에 딱 맞는 날씨인데! 이렇게 자꾸 지연되고 무산되고 하니 속상해 죽겠어요. 이제 우리 어떻게 하지요? 이런 식으로

---

* 양고기, 양파, 사과로 만든 파이.

가다간 한 해가 다 가도록 아무것도 못 할 거예요. 작년에는 이보다도 일찍 메이플그로브에서 킹즈웨스턴*까지 즐거운 소풍을 갔는데 말예요."

"돈웰로 소풍을 오시지요." 나이틀리 씨가 대답했다. "그건 말이 없어도 가능할 겁니다. 오셔서 우리 집 딸기를 드세요. 빠르게 익어 가는 중이거든요."

나이틀리 씨는 처음에는 진담이 아니었다 해도 나중에는 진심으로 청할 수밖에 없었다. 그의 제안이 즉각 기쁘게 받아들여지고 "어머! 세상에 이렇게 좋은 일이 어디 있겠어요."라는 뜻이 말보다도 행동으로 분명히 전해졌던 것이다. 돈웰은 딸기로 유명했으니 그것이 초대의 구실이 될 만했다. 그렇지만 구실은 전혀 필요하지 않았으니, 어디든 가기만 하면 되는 이 숙녀를 유혹하는 데는 양배추밭으로도 충분했을 것이다. 그녀는 그에게 가겠다는 약속을 거듭, 그가 의심도 않는데 자주 반복했고, 이를 대단한 친밀함의 증거이자 특별한 대접으로 해석하며 지극히 흡족해했다.

"믿으셔도 돼요." 그녀가 말했다. "틀림없이 갈 거예요. 날짜만 말씀해 주시면 제가 가지요. 제인 페어팩스는 데리고 가도 되겠지요?"

"지금은 날짜를 확정할 수 없습니다만." 그가 말했다. "부인과 같이 만났으면 싶은 몇몇 분들께 먼저 말씀드린 다음에 정하지요."

---

* 브리스틀에 있는 로마 시대 유적지.

"아유! 그건 제게 맡기세요. 저한테 백지위임장만 주세요. 저는 숙녀들의 여성 후원자잖아요. 이 모임은 제 모임이에요. 제가 친구들을 데려갈게요."

"엘튼을 데려오시기 바랍니다." 그가 말했다. "다른 초대는 부인께 수고를 끼치지 않겠습니다."

"아이! 지금 엉큼한 표정을 지으시네. 그렇지만 생각해 보세요. 저한테는 권력을 위임해도 걱정할 일이 없어요. 저는 결혼을 꿈꾸는 젊은 숙녀가 아니니까요. 기혼 여성한테는 권한을 주어도 안전하잖아요. 전부 제게 맡겨 두세요. 댁의 손님은 제가 초대할게요."

"아니요." 그가 차분하게 대답했다. "제가 돈웰에 원하는 대로 손님을 초청하도록 허용할 수 있는 기혼 여성은 이 세상에 한 사람밖에 없고, 그 여성은……."

"예, 웨스턴 부인이겠지요." 약간 속이 상한 엘튼 부인이 말을 가로챘다.

"아니요. 나이틀리 부인이지요. 그리고 그 여성이 존재하기 전까지는, 그런 문제는 저 스스로 처리할 겁니다."

"아휴! 정말 이상한 분이네요!" 자기보다 누구를 앞세운 것은 아니라는 점에 만족하며 그녀가 외쳤다. "괴짜시니 마음대로 말씀하세요. 정말 괴짜세요. 그래요, 저는 제인을, 제인과 그 이모를 데리고 갈게요. 나머지는 당신께 맡기겠어요. 하트필드 댁 분들과 만나는 것에도 아무 이의 없고요. 주저하실 것 없어요. 그분들과 친하신 줄 잘 아니까."

"제 설득이 통한다면 틀림없이 그분들을 만나시게 될 것

"아이! 지금 엉큼한 표정을 지으시네."

입니다. 베이츠 양 댁에는 제가 돌아가는 길에 들르지요."

"그러실 필요는 전혀 없는데. 제가 매일 제인을 보는걸요. 그렇지만 원하는 대로 하세요. 오전 모임으로 하지요, 나이틀리. 아주 소박한 모임으로. 전 넓은 보닛을 쓰고 제 작은 바구니를 하나 팔에 걸고 올래요. 아마도 분홍 리본이 달린 이 바구니요. 이보다 더 소박할 수는 없잖아요. 제인도 하나 가져오게 하고요. 격식이나 과시 같은 건 하나도 없는, 일종의 집시 파티죠. 우리는 댁의 정원을 산책하면서 직접 딸기를 따서 나무 아래 앉을 거예요. 그리고 댁에서 무엇을 준비하시든, 모두 야외에 두셔야 해요. 그늘에 펼쳐 놓은 식탁이라든가 말예요. 모든 게 최대한 자연스럽고 소박해야지요. 그런 계획 아니세요?"

"꼭 그렇지는 않습니다. 제가 생각하는 소박하고 자연스러운 방식이란 식탁을 식당에 펼쳐 놓는 것이겠지요. 신사숙녀의 자연스러운 천성과 소박함에는 하인과 가구가 딸려있으니 거기에 가장 충실한 방식은 실내 식사라 봅니다. 정원에서 딸기를 드시다 물리면, 안에 차가운 고기 요리가 마련되어 있을 것입니다."

"뭐, 원하는 대로 하세요. 다만 거창하게 차리지만 마세요. 그런데 저기, 저나 제 가정부 의견이 도움이 될까요? 부디진심을 말해 주세요, 나이틀리. 제가 호지스 부인한테 지시를 하거나 뭐든 감독했으면 하신다면……"

"그런 마음은 조금도 없습니다만, 감사합니다."

"그래요…… 하지만 무슨 어려움이라도 생긴다면, 제 가정부가 아주 똑똑하게 처리하거든요."

"저도 보증하지만, 제 가정부 역시 못지않게 똑똑하다고 자부하고 누구의 도움도 마다할 것입니다."

"우리 집에 당나귀가 있으면 좋았을걸 싶네요. 우리 모두 당나귀를 타고 가면 딱인데요. 제인하고 베이츠 양하고 저하고 말예요. 제 낭군님은 옆에서 걸어가고. 정말 낭군님한테 당나귀를 사들이라고 해야겠어요. 시골 생활에서는 당나귀가 일종의 필수품인 것 같네요. 아무리 재능이 많은 여자라도 언제나 집에만 처박혀 있을 수는 없잖아요. 그리고 꽤 멀리 산책도 해야 하는데…… 여름에는 흙먼지, 겨울에는 진창 투성이잖아요."

"돈웰과 하이베리 사이에는 둘 다 없을 것입니다. 돈웰 길에는 흙먼지가 날리는 법이 없고 지금은 땅이 완전히 굳었어요. 그렇지만 당나귀를 타고 오고 싶으시다면 그렇게 하세요. 콜 부인한테 빌리면 되지요. 모든 것이 최대한 부인 취향대로 되었으면 합니다."

"물론 그러시겠지요. 정말이지 당신이 어떤 분이신지 잘 안답니다, 친애하는 친구분. 그 특이한 딱딱하고 퉁명스러운 태도 밑에는 더없이 따뜻한 마음이 있는 거 잘 알아요. 엘 씨한테도 말하지만, 당신은 정말 괴짜예요…… 예, 정말이에요, 나이틀리, 파티 계획 전체에 저에 대한 배려로 가득하다는 사실은 저도 잘 알아요. 애당초 이런 생각을 해 낸 것부터가 저를 생각해서잖아요."

나이틀리 씨에게는 그늘에 식탁을 마련하지 말아야 할 또 다른 이유가 있었다. 그는 에마뿐 아니라 우드하우스 씨도 파티에 오라고 설득할 수 있기를 바랐고, 그들 중 누구라도 야외에 앉아 식사하게 한다면 그는 꼭 병이 나고 말 거라는 것을 잘 알았다. 아침 드라이브에다 돈웰에서 한두 시간을 보낸다는 그럴싸한 핑계로 우드하우스 씨를 비참한 궁지로 몰아넣을 수는 없는 일이었다.

우드하우스 씨의 초대는 진솔하게 이루어졌다. 무슨 끔찍한 일이 숨어 있다가 그로 하여금 너무 쉽게 넘어갔다고 자책하게 할 일은 없었다. 그도 승낙했다. 돈웰에 가 본 지도 이 년이 된 것이다. "아주 화창한 날 오전이라면 나와 에마와 해리엇도 무사히 갈 수 있을 것이다. 사랑스러운 그 애들이 정원을 산책하는 동안 나는 웨스턴 부인과 가만히 앉아 있으면 된다. 한낮에 정원이 젖어 있을 리는 없을 것이다. 그 오래된 저택을 다시 보고 싶은 마음이 간절하고, 엘튼 부부나 다른 이웃들을 보면 아주 반가울 것이다. 나와 에마와 해리엇이 아주 화창한 날 오전 거기 가는 데는 아무 문제도 없을 것이다. 나이틀리 씨가 우리네를 초대한 것은 아주 잘한 일이고 아주 친절하고 분별 있는 행동이니, 정찬 초대보다 현명한 일이다. 정찬을 밖에서 드는 것은 좋아하지 않는다."

나이틀리 씨는 모든 사람에게서 아주 기꺼운 수락을 수월하게 받아 냈다. 모두들 초대를 대단히 좋게 받아들여, 마치 다들 엘튼 부인처럼 이 파티가 자신에 대한 특별한 대접이라고 생각하는 듯했다. 에마와 해리엇은 이 파티가 대단히 즐거울 거라고 꿈에 부풀었고, 청하지도 않았는데 웨스턴 씨는 가능하다면 프랭크도 함께하게 만들겠다고 약속했다. 하지 않아도 좋았을 칭찬과 감사의 표시로 말이다. 그러니 나이틀리 씨는 자기도 반갑겠다고 말할 도리밖에 없었고, 웨스턴 씨는 지체 없이 편지를 쓰되 온갖 구실을 동원해 꼭 오게 하겠노라고 언약했다.

그사이 다리를 다친 말이 빨리 회복되는 바람에 금상첨화로 박스힐 소풍도 다시 검토되었다. 날씨도 안성맞춤인지라, 마침내 하루는 돈웰로 가고, 다음 날은 박스힐로 가기로 했다.

거의 하지에 가까운 어느 날, 정오의 환한 태양 아래, 우드하우스 씨는 한쪽 창문을 내린 자기 집 마차를 타고 이 나들이 파티 장소에 안전하게 도착했다. 그리고 그를 위해 오전 내내 불을 피워 특별히 준비해 놓은, 돈웰에서 가장 안락한 방 하나에 그는 행복하게 좌정했고, 아주 편안한 마음으로 어떻게 무사히 왔는지 이야기하고, 모두들 와서 앉으라고, 햇볕을 너무 쬐지 말라고 충고할 기분이 났다. 웨스턴 부인은 몸이 피곤하다는 구실로 내내 그와 함께 앉아 있을 요량으로 일부러 거기까지 걸어온 모양이었다. 누가 부르거나 설득하는 바람에 다들 밖으로 나갔을 때에도 그의 말을 참을성 있게 들어 주고 공감하는 상대 역할을 했다.

에마는 돈웰애비에 와 본 지 무척 오래된지라, 아버지가 편안하게 좌정하신 것을 확인한 즉시 흔쾌히 아버지를 떠나 주변을 둘러보았다. 자기와 자기 집 모든 식구한테 언제나 큰 관심거리일 이 집과 대지를 좀 더 꼼꼼히 살펴보고 좀 더 정확하게 파악함으로써 자신의 기억을 되살리고 바로잡고 싶었던 것이다.

건물의 당당한 규모와 양식, 낮고 아늑한 부지에 적절하고 어울리게 자리 잡은 그 특유의 입지 여건, 전망에 무관심한 옛 방식대로 저택에서는 거의 내다보이지 않는 개울물이 흐르는 목초지까지 쭉 내려가며 펼쳐진 방대한 정원들, 그리고 유행이나 낭비에 뿌리 뽑히지 않고 고스란히 남아 있는, 줄지어 선 길가의 풍성한 수목들을 보면서, 그녀는 현재와 미래의 집 주인과의 인척 관계를 생각하며 마땅히 가질 법한 정당한 자부심과 만족감을 만끽했다. 저택은 하트필드보다 더 크고 생김새도 전혀 달랐으니, 넓은 대지를 차지하고 이리저리 불규칙하게 이어진 구조로 안락한 방 여러 개와 멋진 방 한두 개가 있었다. 본분에 충실하고 딱 어울리는 저택이었고, 에마는 이 집이 갈수록 우러러보였다. 오염되지 않은 혈통과 지성을 유지하고 있는 진짜배기 향사층 가문의 거처다웠다. 존 나이틀리의 기질에 몇 가지 단점이 있기는 하지만 이저벨라는 흠잡을 데 없는 연분이었다. 이 가문의 품격에 누가 될 만한 사람이나 이름이나 장소를 끌고 들어간바 전혀 없으니까. 이런 생각들에 그녀는 기분이 아주 좋았고, 남들 하는 대로 딸기밭에 집결할 때까지 이리저리 거닐며 이런 기분을 만끽했다. 금방이라도 리치먼드에서 도착하기로 되어 있는 프랭크 처칠을 제외하고는 모든 사람이 모였고, 넓은 보닛과 바구니 등 행복의 장치를 모두 구비한 엘튼 부인은 딸기를 따고 고르고 담소하는 일을 얼른 주도하고 나섰는데, 이제 생각하고 말할 수 있는 것은 딸기, 오로지 딸기뿐이었다. "영국 최고의 과일…… 누구나 좋아하고…… 언제나 몸에 좋고…… 최고의 밭에서 난 최고의 품종…… 직접 따는 즐거움…… 딸기를 정말로 즐기는 유일한 방법…… 오전이 단연 최고의 시간대…… 절대 질리지 않는…… 모두 훌륭한 품종…… 오보에종이 단연 뛰어나…… 비교가 안 돼…… 다른 종류는 먹을 만한 게…… 오보에종은 아주 드문데…… 칠리종을 더 좋아하는…… 풍미는 화이트우드가 최고…… 런던 딸기 값…… 브리스틀 주변에는 흔하고…… 메이플그로브에선…… 재배…… 언제 밭을 새로 갈아엎을지…… 정원사들마다 생각이 정반대…… 일반 규칙 같은 것은 없고…… 정원사들 고집은 당해 낼 수 없고…… 맛있는 과일…… 다만 맛이 너무 강해 많이 먹을 수 없어서…… 버찌보다는 못해…… 더 상큼하기는 까치밥나무 열매고…… 딸기 따는 데 딱 하나 문제는 몸을 구부려야 하는 것…… 태양은 이글거리고…… 피곤해 죽겠고…… 더 이상 못 견디겠고…… 가서 그늘에 앉아야겠다."

삼십 분이 가도록 대화는 이렇게 이어졌고, 의붓아들 걱정에 웨스턴 부인이 나와 도착했느냐고 물을 때 단 한 번 중단되었는데, 그녀는 좀 불안해했다. 그의 말[馬] 때문에 약간 걱정이 되었던 것이다.

그만하면 그늘진 자리들을 찾아냈고, 이제 에마는 귓전에 들려오는 엘튼 부인과 제인 페어팩스가 나누는 대화를 들을 수밖에 없었다. 일자리, 더없이 바람직한 일자리 이야기를 하고 있었다. 엘튼 부인은 그날 아침 일자리가 났다는 통고를 받았고, 뛸 듯이 기뻐했다. 서클링 부인 댁도 아니고 브래그 부인 댁도 아니지만, 편의와 화려함에서는 이 두 집에나 뒤질까

한 최고 자리였다. 그것은 브래그 부인의 사촌이자 서클링 부인의 지인이며 메이플그로브에서도 아는 어느 숙녀 댁이었다. 쾌적하고 매력적이고 월등하며 최상류층에 신분, 연줄, 지위 등등. 그래서 엘튼 부인은 즉시 이 제안을 성사시키려고 야단이었다. 그녀는 온통 열렬하고 활기차고 의기양양했다. 그리고 친구의 부정적인 답을 받아들이기를 딱 잘라 거절했다. 페어팩스 양이 전에 내세웠던 그 이유를 다시 대면서, 지금은 어떤 계약도 할 생각이 없음을 거듭 분명히 하였음에도 말이다. 엘튼 부인은 이튿날 우편 마차 편으로 지인에게 편지를 보내게 위임해 달라고 고집했다. 제인이 어떻게 이 모든 것을 참아 낼 수 있는지 에마는 놀라웠다. 제인은 정말로 마음이 상한 듯 보였고, 실제로도 분명하게 입장을 밝혔으며, 마침내 그녀로서는 드문 결단력을 발휘하며 자리를 옮기자고 제안했다. "산책을 하는 게 좋지 않을까요? 나이틀리 씨께서 우리에게 정원을 보여 주시면 어떨까요? 모든 정원을요. 전부 빠짐없이 보고 싶네요." 친구의 고집이 그녀로서도 인내의 한계를 벗어난 모양이었다.

더운 날이었다. 세 명이 함께 걷는 경우도 별로 없이 뿔뿔이 흩어져 정원들을 둘러보며 얼마간 산보한 끝에 그들은 저도 모르게 짧고 널찍한 참피나무 가로수 길의 쾌적한 그늘을 앞서거니 뒤서거니 하면서 찾아들었다. 정원 너머로 강과도 같은 거리를 두고 뻗어 나간 이 길은 행락지의 마지막 결정판인 듯했다. 이 길은 어디로도 이어지지 않았으니, 길 끝에서 보이는 것이라고는 높은 주석(柱石)들이 서 있는 나지막한 돌담

너머로 내려다보이는 정경뿐이고, 이 주석들은 우뚝 선 모습이 생전 있지도 않았던 저택의 입구처럼 보이게 만들어 놓은 듯했다. 이런 끝마무리를 한 안목에는 논란의 여지가 있겠지만 길 자체는 매력적인 산책로이고, 길 끝에서 보이는 정경도 매우 아리따운 것이었다. 애비는 꽤 경사진 비탈의 거의 발치쯤에 서 있었는데, 이 비탈은 저택 부지를 넘어서면 점점 더 가파른 형태를 띠었다. 반 마일쯤 멀리로는 꽤 위용을 갖춘, 숲으로 뒤덮인 둑이 보였다. 이 둑 밑에 아늑하고 쾌적하게 자리 잡은 애비밀 농장이 자리 잡고 있는데, 그 앞으로는 목초지가 펼쳐지고, 농장 가까이 강줄기가 멋지게 감돌아들었다.

그것은 감미로운, 눈과 마음에 감미로운 정경이었다. 밝은 태양 아래 위압적이지 않은 모습의 잉글랜드 신록, 잉글랜드 문화, 잉글랜드의 안락함.

이 길 산책로를 걷다가 에마와 웨스턴 씨는 다른 사람들이 모두 모여 있는 것을 보았다. 그리고 그쪽을 본 에마 눈에 나이틀리 씨와 해리엇이 다른 사람들과 떨어져 조용히 앞장서 걸어가는 것이 즉각 들어왔다. 나이틀리 씨와 해리엇이라니! 묘한 밀담이지만, 그 모습을 보고 그녀는 기뻤다. 그가 그녀를 말상대가 못 된다고 여기고 별반 격식도 차리지 않은 채 외면할 때도 있었다. 그런데 지금은 둘이 유쾌한 대화를 나누는 듯했다. 애비밀 농장이 그렇게 멋져 보이는 지점에 해리엇이 서 있다는 것이 한때는 에마에게 싫었겠지만, 지금은 아무 걱정도 안 됐다. 번영과 아름다움을 말해 주는 그 모든 부속 시설들과 비옥한 목초지, 여기저기 흩어진 양 떼들, 꽃이 만발한 과수원,

가볍게 올라오는 연기 줄기 등을 거느린 농장 정경을 본들 이제 아무 문제도 없었다. 돌담이 있는 곳에서 그들과 합류한 에마가 보니 둘은 풍경보다는 대화에 더 골몰했다. 그는 해리엇에게 농사 짓는 방법 등등을 가르쳐 주고 있었고, 에마에게 보낸 미소는 "이것은 정말 내가 관심 있어 하는 일이오. 이런 이야기를 해도 로버트 마틴을 끌어들인다는 의심을 받지 않을 권리쯤은 나한테 있겠지."라고 말하는 듯했다. 그녀도 그런 의심은 하지 않았다. 그것은 너무 오래된 이야기였다. 로버트 마틴도 아마 해리엇 생각은 잊었을 것이다. 그들은 산책로를 따라 함께 몇 차례 산보를 했다. 그늘은 아주 쾌적했고, 에마는 이때가 그날 하루 중 가장 유쾌한 시간으로 여겨졌다.

그다음엔 집으로 자리를 옮겼다. 모두 들어가 요기를 해야 했다. 다들 식탁에 앉아 열심히 먹고 있는데도 프랭크 처칠은 아직 도착하지 않았다. 웨스턴 부인은 지켜보고 또 지켜봤지만 헛일이었다. 그의 아버지는 자기는 전혀 걱정이 안 된다며 아내 걱정을 웃어넘겼지만, 그녀는 처칠이 그 검은 암말을 진작 팔아 치우는 걸 그랬다며 불안을 떨치질 못했다. 그는 평소보다 자신 있게 꼭 오겠다고 천명했다. "외숙모님이 훨씬 더 좋아지셔서 갈 수 있으리라는 점에 추호의 의심도 없다."라고 썼다. 그러나 많은 사람이 나서서 상기시켰듯, 처칠 부인의 상태란 언제든 갑자기 바뀔 수 있고 그래서 믿었던 조카의 지극히 타당한 계획도 무산될 수 있는 일이었다. 마침내 웨스턴 부인도 그가 오지 못한 것은 처칠 부인 병세가 악화된 때문일 거라고 믿게, 혹은 최소한 그렇게 말하게 설득되었다. 이 문제가 거론되는 동안 에마는 해리엇을 쳐다봤다. 그녀는 아주 훌륭하게 처신하며 아무 감정도 드러내지 않았다.

차가운 음식으로 차려진 식사가 끝나고, 사람들은 아직 못 본 것들을 보러 다시 출발하기로 했다. 돈웰의 오래된 양어용 못을 보고, 이튿날부터 베기로 한 클로버 풀밭까지 가 볼 수도 있고, 어쨌든 더워졌다가 다시 몸을 식히는 즐거움을 누리기로 했다. 아무리 노파심이 크다 해도 강의 습기가 거기까지 올라오리라고는 생각할 수 없는, 가장 높은 지대 정원들을 이미 잠깐 둘러본 우드하우스 씨는 더 이상 움직이려 들지 않았다. 그리고 그의 딸은 웨스턴 부인이 남편의 설득대로 기분 전환도 할 겸 운동과 나들이를 하러 가게 아버지와 함께 남기로 했다.

나이틀리 씨는 우드하우스 씨의 즐거움을 위해 힘닿는 모든 조처를 취했다. 그의 늙은 우인이 오전 시간을 보낼 수 있게 판화집들과 메달, 카메오 세공품, 산호, 조개껍데기 및 기타 모든 집안 수집품들이 담긴 서랍들을 준비해 놓았다. 이러한 친절은 효과 만점이었다. 우드하우스 씨는 지극히 재미있는 시간을 보냈다. 웨스턴 부인이 이 모든 것을 그에게 보여 주었고 이제 그가 에마에게 보여 줄 차례였다. 다행히도 물건을 보아도 안목이라고는 일체 없는 것 말고는 어린아이와 닮은 점이 전혀 없었으니, 그는 느리고, 꾸준하고, 조근조근했다. 그러나 이 두 번째 구경이 시작되기에 앞서 에마는 저택 입구와 부지를 잠시 자유롭게 조망해 보려고 홀로 들어갔는데 거의 그 즉시 제인 페어팩스가 도망치는 듯한 표정으로 정원에서 재빠른 걸음으로 들어왔다. 그렇게 금방 우드하우스 양을 만나리라고는 예상하지 못한 일이라, 처음에는 깜짝 놀랐다. 그러나 그녀가 찾은 사람은 바로 우드하우스 양이었다.

"저 미안합니다만." 그녀가 말했다. "사람들이 날 찾으면 집에 갔다고 말해 줄 수 있을까요? 지금 당장 떠나려고요. 이모님은 시간이 얼마나 늦었는지, 얼마나 오래 집을 비웠는지 잘 모르시지만…… 하지만 분명 집에서는 우리를 찾으실 것이니 곧장 가 봐야겠어요…… 누구한테도 아무 말 안 했어요. 그래 봤자 공연히 폐만 끼칠 테니까요. 어떤 분들은 못으로 가셨고 어떤 분들은 참피나무 산책로로 가셨어요. 모두 돌아오실 때까지는 내가 떠난 줄 모르실 거예요. 혹 알게 되면 미안하지만 내가 이미 갔다고 말해 줄래요?"

"물론이지요, 원한다면요. 그렇지만 혼자 하이베리까지 걸어갈 생각은 아니지요?"

"그럴 생각이에요. 무슨 문제가 있겠어요? 난 걸음이 빨라요. 이십 분이면 집에 도착할 거예요."

"그렇지만 아무도 없이 혼자 걷기에는 너무, 정말 너무 멀어요. 아버지 하인하고 같이 가도록 해요. 마차를 부르게 해 줘요. 오 분이면 준비될 거예요."

"고마워요, 고마워요. 그렇지만 절대 그러지 마세요. 걷는 편이 더 나아요. 그리고 나 같은 사람이 혼자 걷기를 겁내다니요! 머지않아 다른 사람들을 지켜 주어야 할 몸이!"

그녀는 대단히 동요된 어조로 말했고, 에마는 아주 간곡하게 대답했다. "그렇다고 지금부터 위험을 자초할 필요는 없지요. 마차를 불러야겠어요. 햇볕도 위험할 수 있어요. 이미 많이 지쳤잖아요."

"그래요." 그녀가 대답했다. "지쳤어요. 하지만 몸이 지친 건 아니고…… 빨리 걸으면 기운이 날 거예요. 우드하우스 양, 정신의 피곤이 어떤 것인지 우리 모두 가끔씩 경험하잖아요. 솔직히, 난 녹초 상태예요. 당신이 나한테 보여 줄 수 있는 가장 큰 친절은 내 마음대로 하도록 내버려 두고 나중에 필요해졌을 때 내가 이미 떠났다고 말해 주는 것뿐이에요."

에마는 더 이상 말리지 않았다. 그녀는 다 알 수 있었고, 그녀의 감정에 공감이 가, 그녀에게 곧장 이 집을 떠나라고 권하고, 그녀가 안전하게 떠나가도록 친구답게 열심히 지켜보았다. 떠나는 그녀의 표정에는 감사가 가득했으며, 떠나면서 한 "아! 우드하우스 양, 가끔은 혼자 있는 게 위안이 되지요!"라는 말은 북받치는 감정에서 터져 나온 것으로, 그녀가 심지어 자신을 가장 사랑하는 몇몇 사람에 대해서조차 발휘해야 하는 끊임없는 인내를 얼마간 말해 주는 듯했다.

"정말이지 그런 집에! 그런 이모에!" 돌아서서 홀로 돌아오며 에마는 중얼거렸다. "정말 안됐네. 싫으면 당당하게 싫은 마음을 드러낼수록 난 당신이 더 좋아질 거야."

제인이 떠나간 지 십오 분도 안 지났고 아직 아버지와 베니스의 성마르크 광장 그림 몇 장 밖에 못 보았을 때, 프랭크 처칠이 방으로 들어왔다. 에마는 그를 생각하지 않았고 생각할 생각조차 못 했지만, 막상 보게 되니 대단히 기뻤다. 웨스턴 부인도 마음을 놓았다. 검은 암말 탓이 아니었다. 처칠 부인을 원인으로 지목한 그 사람들이 옳았다. 그녀의 병이 일시적으로 심해지는 바람에 지체되었던 것이다. 신경 발작이 몇 시간 지속되었고, 아주 늦은 시간이 되기 전까지는 그는 올 생각을 완전히 포기했었고, 오는 길에 얼마나 더위에 시달릴지, 그리고 아무리 서둘러 봤자 얼마나 늦어질지 알았더라면 애당초 오지 않았을 것이라고 했다. 더위가 지독했으니, 그런 더위는 난생처음이고, 집을 떠나지 말걸 그랬다는 생각이 들 정도였고, 더위만큼 사람을 지치게 하는 것도 없으니 추위니 기타 등등은 얼마든지 견딜 수 있지만 더위는 참을 수가 없다는 것이었다. 그는 아주 딱한 모습으로 우드하우스 씨를 위해 피워 놓았으나 이제 사그라지고 있는 벽난롯불에서 최대한 멀찌감치 떨어진 곳에 자리를 잡고 앉았다.

"가만히 앉아 있으면 더위가 조금 가실 거예요." 에마가 말했다.

"더위가 좀 가시는 즉시 되돌아가겠습니다. 그렇지 않아도 자리를 뜨기 미안했는데…… 하도 오라고들 야단을 해서요! 아마 모두들 곧 떠나겠지요. 모임도 파할 것이고. 오는 길에 한 사람 만났지요. 이런 날씨에 미쳤어요! 완전히 미쳤어요!"

듣고 지켜보며 에마는 곧 프랭크 처칠의 상태를 알아차렸으니, 기분이 바닥이라는 인상적인 표현이 딱 맞는 상태였다. 어떤 사람들은 더우면 언제나 화를 냈다. 그도 그런 체질인 모양이었다. 그녀는 먹고 마시다 보면 그런 우발적인 증상이 종종 치유됨을 알기 때문에, 그에게 가벼운 음식을 권했다. 식당에 모든 것이 풍성하게 차려져 있다고 말하며, 그녀는 인정스럽게 식당 문을 가리켰다.

"아니, 안 먹는 게 좋겠다. 배도 안 고프고, 먹어 봤자 더 덥기만 할 것이다." 하는 것이었다. 그러나 이 분이 지나자 그는 먹어 두는 것이 낫겠다는 쪽으로 마음이 누그러졌고, 가문비나무 술이 어쩌고 하며 중얼거리면서 걸어나갔다. 에마는 다시 모든 관심을 아버지에게 돌리면서 속으로 말했다.

'저이를 그만 사랑하길 다행이네. 아침부터 날씨가 덥다고 그렇게 금방 평정을 잃는 남자는 싫을 거야. 상냥하고 태평스러운 해리엇의 성격에는 상관없겠지만.'

그는 대단히 편안한 식사를 하기에 충분할 만큼 나가 있다가 훨씬 나아진 모습으로 돌아왔으니, 더위가 다 가신 덕분이었다. 평소 그답게 매너도 좋아져서, 두 사람 가까이 의자를 당겨 앉아 그들의 소일거리에 관심을 표하고, 그렇게 늦어서 속상하다고 제대로 아쉬워할 수 있었다. 그는 최고의 기분은 아니었지만, 기분을 내 보려고 애쓰는 듯했다. 그리고 마침내 매우 듣기 좋은 허튼소리도 할 수 있었다. 그들은 스위스 풍경들을 보는 중이었다.

"외숙모님이 좋아지시는 대로, 해외로 나갈 생각입니다." 그가 말했다. "이런 곳들을 몇 군데 돌아보기 전에는 결코 편안히 안착하지 못할 거예요. 조만간 제 스케치들을 보실 수 있을 겁니다. 아니면 제 여행기를 읽거나. 혹은 제 시를 읽게 되겠지요. 전 뭔가 이목을 끌 일을 저지르고 말 겁니다."

"그럴지도 모르지요. 그렇지만 스위스 스케치로는 아닐 거예요. 스위스에는 절대 못 가실걸요. 영국 밖으로 나가도록

평소 그답게 매너도 좋아져서, 두 사람 가까이 의자를 당겨 앉았다.

외숙부 댁에서 절대 허락하지 않으실 테니까요."

"같이들 가시자고 하면 가실 수도 있지요. 외숙모께 따뜻한 기후가 좋다는 처방이 나올 수도 있고요. 우리 모두 함께 해외로 나간다는 기대를 반 이상 하고 있습니다. 정말 그래요. 오늘 전 제가 곧 해외로 나갈 거라는 강한 확신이 드네요. 어디론가 떠나야 해요. 아무것도 안 하는 데 지쳤고, 변화를 원해요. 당신의 꿰뚫어 보는 눈에 무엇이 보이든, 우드하우스 양, 저는 진담입니다. 영국이 지긋지긋해요. 그래서 그럴 수만 있다면 내일 당장이라도 떠날 겁니다."

"마음대로 누리면서 잘 나가는 데에도 진력이 났나 보네요. 곤경을 좀 만들어 내서 그냥 남아 계실 수는 없나요?"

"제가 마음대로 누리면서 잘 나가는 데에 진력이 났다고요! 아주 잘못 보신 겁니다. 저는 제가 잘나간다고도 마음대로 누린다고도 생각하지 않아요. 중요한 문제에선 내 맘대로 되는 게 하나도 없는걸요. 저는 제가 운이 좋은 사람이라고는 전혀 생각하지 않습니다."

"그렇지만 처음 도착했을 때만큼 그렇게 비참하지는 않잖아요. 가서 먹을 것과 마실 것을 조금 더 들면 아주 좋아지실 거예요. 차가운 고기를 한 조각 더 드시고, 마데이라 백포도주와 물을 한 모금 더 드시면 나머지 사람들과 거의 똑같은 수준이 될 거예요."

"아니요, 꼼짝도 않겠습니다. 당신 곁에 앉아 있어야지요. 당신이 최상의 치료약이니."

"내일 우리는 박스힐에 가기로 했어요. 당신도 같이 가세요. 스위스는 아니지만 그렇게 변화를 바라는 젊은이한테는 괜찮은 곳일 거예요. 머물러 계시다가 같이 가실 거죠?"

"아니요, 분명 안 됩니다. 저녁에 서늘할 때 집으로 돌아가야지요."

"그렇지만 내일 아침에 서늘할 때 다시 오면 되잖아요."

"아니요. 그래 봤자 무슨 득이 되겠습니까. 와 봤자 화만 낼걸요."

"그렇다면 부디 리치먼드에 계세요."

"그랬다간 더 화가 날 거예요. 모두들 나 없이 거기 갔다고 생각하면 절대 참을 수 없으니까요."

"이 문제는 스스로 해결하셔야겠네요. 어떤 화가 더 나을지 직접 선택하세요. 저는 더 이상 권하지 않을래요."

다른 사람들이 이제 돌아오기 시작했고, 곧 모두 모였다. 프랭크 처칠을 보고 대단히 기뻐하는 사람도 매우 침착하게 반응하는 사람도 있었지만, 페어팩스 양이 떠나간 사정을 설명하자 다들 속상하고 언짢아했다. 모두 갈 시간이 되었다는 것으로 그 화제는 결론이 났고, 다음 날 계획에 대해 잠시 마지막 점검을 한 다음 그들은 헤어졌다. 자기만 빠지기는 싫은 마음이 매우 커진 프랭크 처칠이 에마에게 한 마지막 말은 이랬다.

"글쎄요, 만일 당신이 제가 머물렀다가 같이 가기를 바란다면, 그러겠습니다."

그녀는 미소로 수락했다. 그리고 리치먼드에서 호출이라도 오지 않는 한 아무것도 다음 날 저녁까지는 그를 다시 불러갈 수 없었다.

573

7

　박스힐로 가기에 대단히 화창한 날이었고, 채비와 조정, 시간 엄수 등 모든 다른 외적 정황에서도 즐거운 파티가 될 만했다. 웨스턴 씨가 만사를 관장하면서 하트필드와 목사관 사이에서 조정 역할을 무사히 해냈고, 모든 사람이 일찌감치 길을 떠났다. 에마와 해리엇이 함께 가고, 베이츠 양과 조카는 엘튼 부부와 함께, 신사들은 말을 타고 갔다. 웨스턴 부인은 우드하우스 씨와 함께 남았다. 도착했을 때는 행복할 일 외에는 없었다. 즐거운 기대 속에 7마일 여정을 마쳤고, 처음 도착했을 때는 다들 시끌벅적 감탄을 표했다. 그렇지만 이날 하루 대개의 시간에는 뭔가가 부족했다. 맥이 빠지고 신이 나지 않고 서로 버성기는 분위기가 아무리 해도 사라지지 않았다. 패가 너무 나뉘었다. 엘튼 부부는 둘이서 다니고, 나이틀리 씨는 베이츠 양과 제인을 맡고, 에마와 해리엇은 프랭크 처칠과 다녔다. 서로 더 잘 섞이게 하려고 웨스턴 씨가 애썼지만 허사였다. 처음에는 우연히 그렇게 나뉜 듯했으나 실질적으로는 전혀 변화가 없었다. 실제로 엘튼 부부는 사람들과 섞여 최대한 잘 지내려는 의사를 전혀 보이지 않았고, 언덕에서 보낸 두 시간 내내 다른 무리들도 서로 따로 다니기로 원칙이라도 세운 듯했으니 철저히 그 원칙을 고수하는 바람에 멋진 풍경도, 시원한 간식도, 유쾌한 웨스턴 씨도 그 앞에서는 무력했다.

처음에 에마는 따분하기 짝이 없었다. 그렇게 과묵하고 우둔한 프랭크 처칠의 모습은 처음이었다. 들을 만한 소리는 한마디도 않았고, 무엇을 보아도 눈에 들어오지 않는 모양이었으며, 감탄하는 말에도 내용이 없고, 그녀의 말도 듣는 시늉뿐이었다. 그가 그렇게 우둔하게 구는 판국에 해리엇도 똑같이 우둔한 것은 놀랄 일이 아니었으니 둘 다 참아 주기 힘들었다.

모두 자리를 잡고 앉자 좀 나아졌다. 그녀의 구미에는 훨씬 더 나았으니, 프랭크 처칠이 말이 많아지고 명랑해지면서 그녀를 일차적인 대상으로 삼은 것이었다. 표할 수 있는 모든 각별한 관심은 그녀에게 바쳐졌다. 오로지 그녀를 재미있게 해 주고 그녀 눈에 드는 데만 신경 쓰는 듯했다. 그리고 생기를 돋워 주니 즐겁고 추앙이 거슬릴 리도 없는 에마 역시 명랑하고 격의 없이 굴면서 그의 애정 표현을 한껏 친근하게 부추기고 허용했으니, 처음 둘이 알게 되었던 가장 생기발랄한 시기에도 이 이상은 아니었지만 이제 그녀 판단에는 아무 의미도 없는 일이었다. 그러나 지켜보는 사람들 대부분의 판단에는 연애 수작이라는 말로밖에 표현할 수 없는 그런 모습으로 비쳤을 게 틀림없었다. "프랭크 처칠 씨와 우드하우스 양이 서로 수작을 거는 게 지나치더라." 그들은 이런 말을 들을 만한 상황을 연출해 냈다. 이 말을 어느 숙녀는 메이플그로브에, 또 다른 숙녀는 아일랜드에 편지로 써 보냈다. 에마가 명랑하고 생각 없이 군 것은 진짜 행복에 겨워서는 아니었다. 오히려 기대했던 것보다 덜 행복했기 때문이었다. 그녀는 실망했기 때문에 웃었고, 관심을 표하는 그가 좋게 보이고 우의에서 나왔든 애모에서 나왔든 장난에서 나왔든 모두 너무나 잘 맞아떨어지는 언사라고 여겼지만, 그렇다고 다시 마음이 끌리지는 않았다. 여전히 그녀는 그를 친구로만 여길 생각이었다.

"오늘 오라고 말해 준 당신한테 얼마나 고마운지요!" 그가 말했다. "당신이 아니었더라면 이 행복한 파티를 놓쳤을 겁니다. 돌아가기로 단단히 작정을 했으니까요."

"맞아요, 심하게 화를 내더군요. 너무 늦게 와서 가장 좋은 딸기를 먹지 못하게 되었다는 것 말고는 무슨 이유로 그랬는지 정말 모르겠어요. 당신은 그런 대접을 받을 자격이 없었지만 저는 친절한 친구 노릇을 해 준 거지요. 그렇지만 당신도 겸손했어요. 오라고 명해 달라고 열심히 간청했으니까요."

"화를 냈다고는 말하지 마세요. 피곤해서 그랬던 겁니다. 더위에 진 거죠."

"오늘은 더 더운데요."

"제 느낌에는 아닙니다. 오늘은 완전히 편한걸요."

"통제가 되니까 편한 거죠."

"당신의 통제요? 맞습니다."

"저도 그런 대답을 바랐을지 모르지만, 제가 말한 건 자기 통제예요. 어제는 이유가 무엇이든 경계선을 넘어 스스로의 통제권에서 벗어나 버리셨지요. 오늘은 다시 돌아오신 거고요. 제가 언제나 함께할 순 없는 노릇이니 저보다는 당신 스스로 성질을 통제할 수 있다고 믿는 게 가장 낫지요."

"결국 똑같은 겁니다. 동기가 없는 한 저는 자기 통제가 불가능해요. 말로 하든 안 하든, 당신은 저한테 명령을 내리지요. 그리고 늘 저와 함께하시는 것도 가능합니다. 이미 그렇게 하고 있잖습니까."

"어제 3시부터 그렇겠죠. 제 영속적인 영향력이 그 전에 시작되었을 리는 없으니까요. 그랬더라면 그 전에 그렇게 기분이 나쁘시지는 않았을 테지요."

"어제 3시요! 그렇게 계산하시나요. 제가 당신을 처음 본 건 2월인 줄 알았는데요."

"그렇게 추어올리니 정말 응수할 말이 없네요. 그렇지만 (목소리를 낮추면서) 우리 말고는 입을 여는 사람이 아무도 없네요. 침묵하는 사람 일곱 명 재미있으라고 허튼소리를 늘어놓는 건 좀 그렇지 않나요?"

"전 스스로 부끄러워할 말은 안 합니다." 그는 호기롭게 대답했다. "당신을 처음 만난 것은 2월이지요. 박스힐에 있는 사람 누구나 들린다면 들으라지요. 제 목소리가 한쪽으로는 미클햄까지, 다른 쪽으로는 도킹까지 울려퍼지라지요.* 제가 당신을 처음 만난 것은 2월이에요." 그러더니 속삭였다. "이 사람들 지독히 둔하네요. 우리 뭘 해서 이 사람들을 일깨울까요? 어떤 허튼소리도 통할 겁니다. 입을 열게 하고야 말겠어

---

* 미클햄과 도킹은 서리 지방의 마을 이름.

요. 신사 숙녀 여러분, 우드하우스 양이 제게 명령하시길 (어딜 가든 좌장 역할을 맡아 하는 분이잖습니까.) 여러분이 다들 무슨 생각을 하고 계신지 궁금하다고 전하라 하시네요."

몇몇 사람이 웃으며 기분 좋게 대답했다. 베이츠 양은 말이 많았고, 엘튼 부인은 우드하우스 양이 좌장이라는 발상에 화가 치밀었는데, 나이틀리 씨의 대답이 가장 두드러졌다.

"우드하우스 양은 정말 우리 모두 무슨 생각을 하고 있는지 듣고 싶은 거요?"

"아니요, 천만에요." 개의치 않는다는 듯 웃으며 에마가 큰 소리로 말했다. "세상에, 그럴 리가요. 그걸 들었다가 그 타격을 제가 지금 어찌 견디겠어요. 여러분 모두가 생각하고 있는 것만 아니라면 다른 어떤 이야기도 괜찮아요. 모두 다라고는 하지 않겠어요. 무슨 생각을 하는지 알아도 걱정 안 해도 될만한 분도 (웨스턴 씨와 해리엇을 얼른 쳐다보면서) 한두 사람은 있을 테니까요."

"이런 것을 캐물을 특권은 나 같으면 감히 엄두도 못 냈을 거예요." 엘튼 부인이 힘을 주며 말했다. "물론 어쩌면 이 파티의 샤프롱*으로서……어떤 모임에서도 난…… 소풍 나들이 때마다…… 젊은 숙녀들이…… 기혼 여성들은……."

이 중얼거리는 말은 주로 남편한테 한 것이었고, 그도 중얼거리며 화답했다.

"그러게 말이오, 여보, 그러게 말이오. 정말 그래…… 들

---

* 젊은 여자가 사교 모임에 나갈 때 따라가서 보살펴 주는 사람.

어 본 적도 없는…… 그렇지만 일부 숙녀들은 아무 말이나 막 하니까. 그냥 농담으로 넘기는 게 나아요. 당신을 어떻게 대접해야 맞는지 다들 잘 아니까."

"그것으로는 안 통하겠는데요." 프랭크가 에마에게 속삭였다. "기분 나쁜 분들이 많은가 봐요. 더 말을 걸어 공격해야겠습니다. 신사 숙녀 여러분, 우드하우스 양이 제게 명령하시길 여러분 모두 무슨 생각을 하고 계신지 정확하게 알 권리는 포기하겠으며, 다만 각자 일반적으로 아주 재미있는 이야기를 해 보라고 전하라 하시네요. 여기 저 말고는 일곱 분이 계시는데 (저는 이미 큰 재미를 주었다고 기쁘게 말씀하시니) 우드하우스 양께서는 여러분 각자 산문이든 운문이든 창작이든 베낀 것이든 대단히 재치 있는 이야기를 한 가지 하시든가, 아니면 웬만큼 재치 있는 이야기를 두 가지 하시든가, 혹은 정말이지 아주 지리한 이야기를 세 가지 하실 것을 명하시며 모든 이야기에 열심히 웃어 주겠노라고 약속하십니다."

"어머! 잘되었네." 베이츠 양이 외쳤다. "그렇다면 나도 걱정할 필요는 없겠네. '아주 지리한 이야기 세 가지'라. 알다시피 나한테 딱 맞는 말이지요. 난 입만 열면 세 가지 지리한 이야기를 금방 하고야 말잖아, 그렇지 않아요? (모두 동의할 것으로 기대한다는 사람 좋은 표정으로 빙 둘러보며) 다들 그렇게 생각하지 않아요?"

에마는 참지 못했다.

"어머! 아주머니, 그렇지만 좀 어렵지 않을까요. 죄송합니다만, 한 번에 세 가지만 할 수 있게 횟수가 제한될 텐데요."

베이츠 양은 그녀의 짐짓 예절 바른 태도에 넘어가 말뜻을 즉각 알아차리지 못했지만, 불현듯 깨달았을 때도 화를 내지는 않았다. 얼굴이 살짝 붉어지는 것을 보면 마음이 아팠을 수는 있지만.

"아! ……그럼 ……물론이지. 그래요, 저 아가씨 말이 무슨 말인지 알겠네. (나이틀리 씨 쪽을 향하면서) 이제 전 입을 다물도록 해 보겠어요. 내가 너무 거슬리게 굴었나 봐요. 그렇지 않다면 오랜 친구에게 그런 소리를 하지는 않았겠지요."

"그거 좋은 일인데." 웨스턴 씨가 외쳤다. "찬성이야, 찬성. 나도 최선을 다해 보지. 난 수수께끼를 낼까 하는데. 수수께끼라면 괜찮겠니?"

"별로요, 애석하게도, 아버지, 아주 별로예요." 그의 아들이 대답했다. "그렇지만 그 정도야 우리가 눈감아 드리지요. 특히 가장 먼저 하시는 분에게요."

"어머, 아녜요." 에마가 말했다. "별로가 아닐 거예요. 웨스턴 씨 수수께끼라면 이분과 그 옆에 앉은 사람도 꼼짝 못할 거예요. 어서요, 아저씨, 어서 말씀해 보세요."

"내가 보기에도 아주 기발한 것은 못 된다만." 웨스턴 씨가 말했다. "너무 사실 그대로니까. 아무튼 그럼 내 볼까. 완벽*을 알파벳 두 글자로 줄이면?"

"두 글자요! 완벽이란 뜻의! 도무지 모르겠네요."

"아! 너야 절대 못 맞힐 거다. 아가씨도 (에마에게) 틀림없

---

* Perfection.

이 절대 못 맞힐걸. 내가 말해 주지. 'M'과 'A'야…… 엠, 아, 즉 에마…… 이제 알겠니?"

이해와 감사가 함께 터져 나왔다. 재치로는 별것 아닐지도 모르나 에마는 한참 웃고 즐거워했으며, 프랭크와 해리엇도 그랬다. 그러나 다른 사람들도 같은 반응은 아닌 듯했다. 어떤 사람은 시큰둥한 표정이었고, 나이틀리 씨는 엄숙하게 말했다.

"그만하면 어떤 재치를 바라는지 잘 알겠군요. 웨스턴 씨께서 아주 훌륭히 해내셨습니다. 그러나 다른 사람들은 할 게 없어졌네요. '완벽'이라는 문제를 이렇게 일찍 내시면 곤란하지요."

"어머! 전 사양해야겠어요." 엘튼 부인이 말했다. "전 정말 안 되는 것이, 이런 건 전혀 좋아하지 않거든요. 한번은 누가 제 이름을 가지고 아크로스틱 퀴즈*를 만들어 보낸 적이 있는데, 전 하나도 재미가 없더군요. 누가 보냈는지 알았지요. 꼴사납게 나대는 겉멋 든 청년이었어요! (남편한테 고개를 끄덕이며) 누구 이야기인지 아시지요. 크리스마스에 벽난롯가에 모여 앉아서라면 이런 놀이도 썩 괜찮지만, 여름에 전원으로 소풍 나왔을 때는 전혀 어울리지 않는다는 게 제 생각이에요. 우드하우스 양이 저는 면해 주셔야겠어요. 전 재치로 모두를 즐겁게 해 주는 그런 사람은 못 되거든요. 재주꾼 흉내는 안 내요. 나름대로 발랄한 면도 많지만, 입을 언제 열고 언제 다물지

---

* 각 시행의 첫 글자를 이으면 특정 어구가 되는 수수께끼.

는 제 판단에 따르도록 양해해 주셔야겠어요. 그러니 처칠 씨, 부디 우리는 넘어가 주세요. 엘 씨, 나이틀리, 제인과 저는 넘어가 주세요. 우린 재치 있는 이야기는 할 게 없으니까요, 우리 중 누구도 말이지요."

"예, 그래요, 저도 넘어가 주십시오." 은근히 비웃음을 흘리며 그녀의 남편이 덧붙였다. "저야 우드하우스 양께서나 어떤 다른 젊은 숙녀께서 재미있어할 만한 이야기가 없으니까요. 낫살 먹은 기혼 남성은…… 아주 무용지물이지요. 우리 산책이나 할까요, 오거스타?"

"좋고말고요. 이렇게 오래 한군데만 보자니 정말 지루하네요. 와요, 제인, 내 다른 쪽 팔은 자기가 잡아요."

그러나 제인은 사양했고, 남편과 아내는 자리를 떴다. "행복한 부부네요!" 그들이 안 들리는 데까지 가자마자 프랭크 처칠이 말했다. "어쩌면 저렇게 잘 어울리지요! 참 운도 좋네요. 오로지 공공장소에서만 사귄 채 결혼한 사람들인데 말예요! 알고 지낸 것도 바스에서 몇 주 정도라던데요! 운이 별나게 좋네요! 바스나 그런 공공장소에서는 사람의 성격을 제대로 알기가 절대 불가능하잖아요. 아무것도 알 수가 없어요. 바로 자기 집에서 평소 함께 지내는 사람들과 있는 평소 모습을 보아야 어떤 여성인지 제대로 판단할 수 있지요. 그렇지 못할 때는 모두 짐작과 운일 뿐이고…… 대체로는 불운이겠지만. 잠깐 사귀고 혼약을 맺었다가 평생을 망친 남자가 얼마나 많습니까!"

함께 다니던 사람들하고가 아니라면 이제껏 거의 한마디

도 하지 않던 페어팩스 양이 지금은 입을 열었다.

"그런 일이 물론 실제로 일어나기는 하지요." 기침이 나오는 바람에 그녀는 말을 멈추었다. 프랭크 처칠은 경청하기 위해 그녀 쪽으로 몸을 돌렸다.

"말씀 중이셨지요." 그가 엄숙하게 말했다. 그녀는 목소리가 되살아났다.

"제가 하려던 말은 다만, 남자든 여자든 그런 불운한 상황에 놓이는 경우도 있기는 하지만 그렇게 흔한 일이라고는 생각할 수 없다는 거였어요. 성급하고 경솔한 애정이 생겨날 수는 있지만 차후에 거기서 벗어날 시간이 대개는 있잖아요. 그런 불운한 교분 때문에 평생 불편과 억압을 감내하는 것은 오로지 나약하고 우유부단한 (그래서 자신의 행복을 언제나 우연에 내맡기는) 사람들밖에 없다는 말씀으로 들어 주시면 좋겠어요."

그는 대답을 하지 않고 바라보기만 하다가 수긍한다는 뜻으로 고개를 숙여 보이더니, 금방 활기찬 어조로 말했다.

"글쎄요, 저야 제 판단에 자신이 별로 없는지라, 언제 결혼을 하게 되든 누가 저 대신 아내를 골라 줬으면 합니다만. (에마를 향해) 당신이 해 주겠어요? 제 아내를 골라 주시겠어요? 당신이 정해 주는 사람이라면 분명히 제 마음에도 들 겁니다. (자기 아버지에게 웃어 보이며) 우리 집에 벌써 한 분 선사해 주셨잖아요. 저한테도 한 사람 찾아 주시지요. 급할 것은 없습니다. 그 여성을 친구로 삼아 교육해 주시지요."

"그래서 그 여성을 저처럼 만들라고요."

583

"얼마든지요, 가능만 하다면요."

"좋아요. 그 임무를 받아들이지요. 매력적인 아내를 구해 드릴게요."

"대단히 발랄하고 눈동자는 담갈색인 분이어야 합니다. 그렇지 않다면 관심 없어요. 전 이 년 정도 해외로 나갈 작정입니다. 그리고 돌아오면 아내를 인수하러 오겠습니다. 명심하세요."

에마야 잊을 위험이 없었다. 그것은 평소 즐겨 하던 생각과 부합하는 임무였다. 해리엇이 그가 묘사한 바로 그 인물이 될 수 없을까? 담갈색 눈동자만 빼면, 앞으로 이 년이면 해리엇이 그의 바람에 십분 부합하는 인물이 될 수도 있을 것이다. 어쩌면 지금 이 순간 그가 해리엇을 염두에 두고 있을지도 모른다. 그 누가 알랴? 교육 이야기를 꺼내는 것을 보면 그런 뜻인 것도 같았다.

"저, 이모." 제인이 베이츠 양에게 말했다. "엘튼 부인한테 가 볼까요?"

"그러고 싶다면, 얘야. 가고말고. 나야 언제든 가지. 아까 같이 갈까도 했지만, 지금 가는 것도 아주 좋겠구나. 금방 따라잡을 수 있을 거야. 저기 있네…… 아니, 다른 사람이구나. 저분은 아일랜드 마차*로 온 부인들 중 한 사람이고, 하나도 안 닮았네…… 글쎄, 정말이지……"

그들은 자리를 떴고, 삼십 초쯤 지나 나이틀리 씨가 뒤를

---

* 일반적으로 여유가 없는 사람들이 사용하던 유행에 뒤진 마차.

따랐다. 웨스턴 씨와 그의 아들, 에마, 해리엇만 남았다. 이제 청년은 거의 불쾌할 정도로 기분을 냈다. 심지어 에마마저도 찬사와 농담이 결국 지겨워졌고, 차라리 누구든 다른 사람과 조용히 산책을 하거나 혹은 귀찮게 따라다니는 사람 없이 거의 혼자 앉아 저 아래 펼쳐진 아름다운 정경을 고요히 지켜보면 좋겠다는 생각이 들었다. 마차들이 준비되었다는 소식을 전하러 그들을 찾아 나선 하인들의 모습이 오히려 반가웠다. 그리고 사람을 불러 모으고 떠날 채비를 하는 소란도, 자기네 마차가 가장 먼저 떠나도록 하려는 엘튼 부인의 안달도, 즐거웠는지 아닌지 의심스러운 이날 하루의 원유회를 마치고 조용히 집으로 갈 수 있다는 기대로 기꺼이 견뎠다. 이렇게 어울리지 않는 사람들로 구성된 이런 계획에 다시는 넘어가는 일이 없기를 그녀는 바랐다.

마차를 기다리는데, 나이틀리 씨가 곁에 와 섰다. 그는 가까이에 아무도 없는 것을 확인이라도 하는 듯 주위를 둘러보더니 말했다.

"에마, 이제까지 그런 것처럼 또 한 번 당신한테 한마디 해야겠네. 허용했다기보다는 참아 준 것이겠지만, 그래도 그것을 행사해야겠소. 당신이 그릇된 행동을 하고 뉘우치지도 않는 모습은 보고 싶지 않으니까. 어떻게 베이츠 양에게 그렇게 무정하게 굴 수가 있지? 성격과 연배와 처지를 생각해도 어떻게 그렇게 무례한 재담을 할 수가 있소? 에마, 당신이 그럴 줄은 정말 몰랐어."

에마는 그 일을 떠올리니 얼굴이 붉어지고 후회가 되었지

585

만, 웃어넘기려고 했다.

"아니, 그 말을 어떻게 안 하고 넘어가요? 누구라도 마찬가지였을 거예요. 그렇게 나쁜 말도 아니었고. 그분도 딱히 무슨 말인지 못 알아들었을걸요."

"틀림없이 알아들으셨어. 무슨 뜻인지 다 감지하셨지. 나중에 그 이야기를 하셨는걸. 그분이 뭐라고 했는지, 얼마나 솔직하고 관대했는지 당신도 들었으면 좋았을걸. 자기와 함께하는 게 그렇게 지겨우면서도 당신이나 당신 부친이 언제나 그런 배려를 아끼지 않다니, 참을성이 대단하다고 칭찬을 하시더군."

"아!" 에마가 외쳤다. "세상에 다시없는 좋은 분인 것은 저도 잘 알아요. 그렇지만 그분한테는 착한 면과 우스운 면이 아주 유감스럽게 섞여 있다는 점은 당신도 인정해야지요."

"섞여 있지." 그가 말했다. "그건 나도 인정하오. 그리고 그분 형편이 좋았다면, 나도 가끔은 우스운 면이 착한 면을 넘어선다는 사실을 얼마든지 감안해 주겠소. 그분이 부자였다면, 나도 악의 없는 엉뚱한 짓쯤이야 내버려 두고, 무람하게 군다고 당신한테 뭐라고 하지도 않았을 거야. 그분이 당신과 동등한 신분이었다면 말이오. 그렇지만 에마, 실제로는 얼마나 다른지 생각해 봐요. 가난한 처지에, 원래 태어날 때부터 누리던 안락한 생활도 이제 할 수 없게 되었고…… 노인이 될 때까지 살아 계시다면 아마도 더 못해지겠지. 그런 처지니 마땅히 온정을 보였어야지. 정말 잘못한 일이오! 그분은 당신을 아기 때부터 알았고, 그분의 관심을 받는 것이 영예가 되던 시절부터 당신의 성장을 지켜보았는데, 이제 당신이 아무 생각 없이 기분에 휩쓸려 한순간 우쭐한 마음에 자기를 비웃고 비하하고 나오니…… 그것도 조카딸이 보는 앞에서, 다른 사람들 앞에서 말이야. 그중 많은 사람들이 (틀림없이 일부는) 당신이 그분을 대하는 태도를 그대로 따라할 텐데 말이오…… 이런 말이 듣기 거북하겠지, 에마. 나도 대단히 거북스러워. 그렇지만 해야만 하는 말이니, 해야겠어. 할 수 있는 동안은 당신한테 진실을 말할 거요. 충심 어린 조언으로 내가 당신 친구임을 입증하는 데 만족하고, 지금은 아니라도 언젠가는 당신도 이런 나를 더 정당하게 평가해 주리라고 믿으면서 말이오."

이야기를 하는 동안 그들은 마차로 다가갔다. 마차는 이미 준비되었고, 그녀가 미처 다시 입을 열 틈도 없이 그는 그녀를 부축해 마차에 태웠다. 얼굴을 돌리고 입을 다물 수밖에 없었던 그녀의 속마음을 그는 잘못 읽었다. 그녀는 오로지 자신에게 화가 나고 수치스럽고 심히 걱정스러운 마음뿐이었다. 그녀는 입을 열 수가 없었고, 마차에 오르자 그런 기분에 압도되어 잠시 몸을 파묻고 앉아 있다가, 그다음에는 작별 인사도 못 하고 치하도 못 한 채 골이 난 것 같은 모습으로 헤어진 것을 자책하며, 달라진 모습을 보여 주려는 목소리와 손짓으로 밖을 내다보았다. 그러나 너무 늦었다. 그는 이미 자리를 떴고 말들은 앞으로 움직이고 있었다. 그녀는 계속 뒤를 돌아보았으나 소용없었다. 속도는 왜 그렇게 유난히 빠른지 곧 언덕을 반쯤 내려왔고, 모든 것이 뒤로 멀어졌다. 그녀는 이루 말할 수 없이, 거의 숨길 수 없을 정도로, 속이 탔다. 여태껏 살면서 어떤 상황에서도 이렇게 속상하고 수치스럽고 후회스러웠던 적이 없었다. 타격이 대단히 컸다. 그가 그려 보여 준 모습이 다 사실이라는 것은 부인할 수 없는 일이었다. 그녀는 이를 가슴 깊이 절감했다. 어떻게 베이츠 양에게 그렇게 모질고 그렇게 잔인하게 굴 수 있었는지! 누가 되었든 자신이 소중하게 여기는 사람 앞에서 도대체 어떻게 그렇게 비난받을 짓을 저지를 수 있었는지! 거기다 그분한테 감사나 동감이나 흔한 예의의 말 한마디 하지 못한 채 떠나 보낸 것인지!

시간이 가도 마음이 가라앉지 않았다. 생각하면 할수록 새록새록 더해만 갔다. 이렇게 울적한 기분은 처음이었다. 다행히 입을 열 필요는 없었다. 옆에는 해리엇밖에 없었는데, 그녀도 지치고 기분이 가라앉는 모양으로 기꺼이 침묵을 지켰다. 좀처럼 눈물을 보이는 법이 없는 에마였지만, 집으로 가는 거의 내내 눈물이 뺨을 타고 흘러내려도 굳이 참으려 하지 않았고 그대로 내버려 두었다.

8

엄망이었던 박스힐 소풍 생각이 저녁 내내 에마의 뇌리를 떠나지 않았다. 함께 갔던 다른 사람들에게 이 소풍이 어땠을 지는 알 수 없었다. 각자 자기 집에 돌아가 각자 다른 방식으로 소풍을 즐겁게 돌이켜 보고 있을지도 몰랐다. 그렇지만 그녀 생각에는 이렇게 철저히 그르친 시간, 당시에도 온당한 만족 이라고는 전혀 맛보지 못했고 돌이켜 보면 끔찍하기만 한 낮 시간은 여태껏 처음이었다. 저녁 내내 아버지와 백개먼을 하며 지내는 시간은 그에 비하면 행복이었다. 사실 이야말로 진정한 즐거움의 원천이었다. 하루 스물네 시간 중 가장 달콤한 시간들을 아버지의 안락을 위해 포기하는 것이었고, 아버지의 그런 다정한 사랑과 높은 신뢰에 보답하기에는 모자라지만 그래도 그만하면 심한 질책은 면할 수 있겠다는 느낌을 맛볼 수 있기 때문이었다. 그녀는 자기가 무정한 딸이 아니기를 바랐다. 아무도 자기에게 "아버지한테 어떻게 그렇게 무정하게 굴 수가 있어? 할 수 있는 동안은 내 당신한테 진실을 말해야만 하고, 말하겠소."라고 할 수 없기를 바랐다. 베이츠 양한테 다시는, 그래, 절대로 그러지 말아야지! 앞으로의 관심으로 과거를 없던 일로 할 수만 있다면, 용서를 기대할 수도 있을 것이다. 그녀는 잘못한 적이 많았다. 그렇다고 그녀의 양심이 말했다. 실제 행동으로보다는 속으로 저지른 잘못이겠지만. 얕보는 불손한 마음이 있었다. 그렇지만 앞으로는 달라질 것이었다. 진정한 참회에서 우러난 다정한 마음으로 바로 다음 날 아침 베이츠 양을 찾아볼 것이며, 그녀 편에서는 이것이 한결같고 대등하고 친근한 교분의 출발이 될 것이었다.

아침이 되었을 때 그녀의 결심은 여전했고, 다른 일로 미뤄야 할 일이 없도록 일찌감치 집을 나섰다. 가는 도중에 나이틀리 씨와 부딪치거나, 아니면 자기가 그 집에 간 사이에 그가 찾아올 수도 있다는 생각이 들었다. 그래도 상관없었다. 마땅히 해야 할 일이니만큼 참회하는 모습을 보이는 것을 부끄러워하지는 않으리라. 걷는 동안 그녀는 시선이 돈웰 쪽으로 갔지만 그를 보지는 못했다.

"모두들 댁에 계십니다." 전에는 이 말이 반가웠던 적이 없었으며, 복도로 들어서거나 층계를 오를 때도 의무를 다한다는 생각뿐 즐거움을 안겨 드리겠다거나 나중에 조롱하면서라면 몰라도 즐거움을 맛보게 되리라고 기대한 적이 없었다.

그녀가 다가가자 안에서 부산하게 이리저리 움직이고 숨죽여 이야기하는 기미가 느껴졌다. 베이츠 양 목소리가 들렸는데, 무언가 서둘러야 하는 모양이었다. 하녀는 놀라고 당황한 기색으로 잠시만 기다려 주시면 감사하겠다고 하더니, 그런 셈치고는 너무 일찍 그녀를 안으로 안내했다. 이모와 조카둘 다 곁에 딸린 방으로 몸을 피하는 중인 듯했다. 그녀는 제인 모습은 분명히 일별할 수 있었는데, 아주 몸이 안 좋아 보였다.

두 사람 뒤로 문이 다 닫히기 전에 베이츠 양이 이렇게 말하는 소리가 들렸다. "그래, 애야, 자리에 누웠다고 내 말해 주마. 실제로 몸이 안 좋잖니."

항상 그렇듯 겸손하고 예의 바른 가엾은 베이츠 노부인은 무슨 일이 벌어지고 있는지 잘 모르겠다는 표정이었다.

"제인이 몸이 별로 안 좋은 것 같아 걱정이지만," 그녀가 말했다. "잘 모르겠네. 다들 말로는 괜찮다고 하니까. 틀림없이 딸애가 금방 올 거야, 우드하우스 양. 어디 의자에 앉지그래요. 헤티가 외출을 안 했으면 좋았을걸. 나는 몸이 좀 말을 안 들어서…… 의자 찾았나, 아가씨? 앉은 자리는 마음에 들고? 딸애가 금방 올 거야."

에마도 진심으로 그러길 바랐다. 베이츠 양이 자기를 끝내 피하는 게 아닐까 하는 걱정이 잠시 들었다. 그러나 베이츠 양은 곧 돌아와 "대단히 기쁘고 고맙다."라고 했다. 하지만 에마의 꺼림칙한 양심 탓인지 그녀는 전처럼 명랑하게 수다를 늘어놓지도 않고, 표정이나 거동도 덜 편해 보였다. 아주 친근하게 페어팩스 양 안부를 물으면 옛 감정이 돌아오는 데 도움이 되지 않을까 하고 그녀는 바랐다. 즉각 효과가 나타나는 듯했다.

"아유! 우드하우스 양, 정말 친절도 하네! 아마 이미 듣고서 축하해 주러 온 거지. 사실 내 입장에서는 그렇게 기쁜 일은 아니야. (눈을 깜박여 한두 방울 떨어지는 눈물을 지우며) 그렇게 오래 데리고 있다가 이제 떠나보내자니 우리도 대단히 힘들고, 저 애도 지금 두통이 심하네, 오전 내내 편지를 썼거든. 아주 긴 편지를 캠벨 대령하고 딕슨 부인한테 보내야 해서. '얘야, 그러다가 눈이 멀겠다.' 하고 내 말했지. 저 애 눈에서 눈물이 마르지 않았거든. 이상할 것도 없지, 이상할 것도 없어. 커다란 변화니까. 그리고 대단한 행운이고. 처음 일자리를 구하는 젊은 처자한테 이만한 자리가 나는 것은 유례없는 일이니까. 우리가 그렇게 놀라운 행운에도 감사할 줄 모른다고는 생각하지 마요, 우드하우스 양. (다시 눈물을 삼키며) 그렇지만 불쌍한 것! 두통이 얼마나 심한지 아가씨도 직접 봤다면. 몸이 너무 아프면 축복도 제대로 느껴지지 않잖아. 지금 저 애는 상태가 지극히 안 좋아. 저 애를 본다면 그런 자리를 구해서 대단히 기쁘고 행복해하는 사람이라고는 아무도 생각 못 할 거야. 저 애가 아가씨를 맞이하지 못한 것 양해해 주길 바라. 그럴 상태가 못 되어서…… 제 방으로 들어갔거든. 침대에 누우면 좋겠구먼. '얘야, 자리에 누웠다고 내 말해 주마.' 했지만, 실제로는 아니야. 그냥 방 안에서 서성거리고 있어. 그렇지만 이제 편지도 다 썼으니 제 말로 곧 나아질 거라고 하네. 아가씨를 못 뵈어서 아주 유감일 거야, 우드하우스 양, 하지만 친절한 마음으로 양해해 주시겠지. 아가씨를 문간에 세워 두다니, 정말 부끄럽네. 좀 경황이 없었거든. 어쩌다 보니 우린 노크 소리를 듣지 못했고, 아가씨가 층계를 오를 때에야 누가 왔다는 걸 알았거든. '그냥 콜 부인이야.' 내가 말했지. '틀림없어. 이렇게 이른 시간에 달리 올 사람도 없잖니.' 그 애는 '뭐, 언제가 되었든 견뎌 내야 하는 일이니, 지금도 괜찮겠지요.' 하고 말했어. 그런데 그때 패티가 들어와서 아가씨가 왔다고 하데. 내가 그랬지.

'에구머니, 우드하우스 양이네. 너도 아가씨를 만나고 싶겠지.' 라고. 그 애는 '아무도 못 만나겠어요.'라면서 일어나 자리를 뜨려고 했어. 이러다 보니 아가씨를 세워 두게 된 거지. 대단히 미안하고 부끄러웠지만서도 '네 방으로 가겠다면, 애야, 그래야지, 자리에 누웠다고 내 말해 주마.' 하고 내가 말했지."

에마는 진심으로 걱정이 되었다. 제인에 대한 마음이 더 부드러워진 지도 꽤 되었고, 지금 이런 고통을 겪는 것을 보니 전에 품었던 용렬한 의심이 다 사라지고 동정심만 남았다. 그리고 과거에 자기 감정이 그리 온당하지도 부드럽지도 못했음을 기억하니, 콜 부인이든 누구든 계속 만나 온 우인은 만나겠다면서도 자기는 못 만나겠다고 하는 것도 제인 입장에서는 아주 당연하다고 여길 수밖에 없었다. 그녀는 느낀 그대로, 진심 어린 후회와 걱정을 담아서, 이제 일자리가 실질적으로 정해졌다는 것이 베이츠 양 말씀이니 페어팩스 양에게 최대한 유리하고 편안한 자리이길 바란다고 말했다. "식구들께는 매우 가슴 아픈 일일 것이다. 캠벨 대령이 돌아오기 전까지는 미뤄 두기로 한 것으로 알았다."라고 했다.

"어쩜 이렇게 친절하지!" 베이츠 양이 대답했다. "하긴 언제나 친절했지."

그런 '언제나'란 말은 견디기 힘들었다. 그래서 그 끔찍한 감사에서 벗어나려고 에마는 곧장 물었다.

"어디인지 여쭈어도 될까요? 페어팩스 양이 가는 곳이?"

"스몰리지 부인이라는 분 댁이래. 매력적인 분에 대단한 상류층인데…… 그 부인의 어린 세 딸을 맡아 돌봐 주게 되었다네. 귀염성이 많은 아이들이라 하고. 더 편안한 곳도 찾기 어려울 거야. 서클링 부인 자신 댁이나 브래그 부인 댁이라면 혹 몰라도. 그렇지만 스몰리지 부인이 두 분과 친한 사이에다 바로 한 마을에 사신다니까…… 메이플그로브에서 4마일밖에 안 된다네. 제인은 메이플그로브에서 4마일밖에 안 되는 곳에서 지낼 거야."

"짐작으로는 아마도 엘튼 부인 덕분에 페어팩스 양이……."

"그래, 고마운 우리 엘튼 부인 덕분이지. 끈기가 대단한 진짜 친구야. 사양도 소용없는 분이야. 제인이 '싫다'고 말하도록 내버려 두지 않으니까. 제인이 처음 이 이야기를 들었을 때는 (그저께였어, 우리가 오전에 돈웰에 갔던 바로 그날) 절대 이 제안을 받아들이지 않을 생각이었거든. 아가씨도 말한 그런 이유에서지. 바로 아가씨 말대로, 캠벨 대령이 돌아오실 때까지는 어떤 계약도 안 하기로 결심했고, 현재로서는 뭐라고 해도 계약을 할 생각이 없었는데…… 엘튼 부인한테 그렇게 거듭거듭 말하더라고. 나도 그 애가 생각을 바꿀 줄은 꿈에도 몰랐다니까! 그렇지만 판단을 그르친 적이 없는 고마운 엘튼 부인은 나보다 더 멀리 본 것이지. 그분처럼 제인의 대답을 선뜻 받아들이지 않고 그렇게 친절하게 끝까지 버티는 건 아무나 할 수 있는 일이 아니야. 하여간 어제 제인이 부탁한 거절 편지를 쓸 생각은 없다고 딱 자르면서 기다리겠다고 하셨는데…… 아니나 다를까, 어제저녁에 제인이 가기로 되었잖아. 어쩌나 놀랍던지! 난 꿈에도 몰랐어! 제인이 엘튼 부인을 따로 보자고 해서는 곧장 말한 거야. 서클링 부인 댁 자리의 이점을 숙고한 끝에 수락하기로 결심했다고. 다 정해질 때까지 나는 전혀 몰랐어."

"저녁때 엘튼 부인 댁에 계셨어요?"

"그래, 우리 모두. 엘튼 부인이 우리보고 같이 가자고 해서. 언덕에서, 나이틀리 씨와 함께 산책할 때 그러기로 정했지. 그분이 말했거든. '여러분 모두 저녁때 우리 집에 꼭 오세요. 반드시 모두 다 오시게 하겠어요.'라고."

"나이틀리 씨도 오신 건가요?"

"아니, 나이틀리 씨는 안 오셨어. 처음부터 사양하셨지. 나야 그분도 오실 줄 알았지만. 엘튼 부인이 그분을 놔드리지 않겠다고 단언했으니까. 하지만 그분은 오지 않았고, 우리 어머니와 제인과 나는 모두 그 댁에 가서 아주 유쾌한 저녁 시간을 보냈지. 그런 친절한 친구들은, 우드하우스 양, 언제나 기분 좋잖아. 비록 오전에 소풍을 갔다 왔으니 다들 좀 지치긴 했지만. 노는 것도 피곤하잖아. 거기다 그 소풍에서 대단히 즐거웠던 사람이 있었는지 잘 모르겠고. 그렇지만 나야 아주 즐거운 소풍으로 언제나 기억할 것이고, 나를 끼워 준 친절한 친구들 은혜에 대단히 감사하는 마음일 거야."

"아주머니는 알지 못하셨어도 페어팩스 양은 하루 종일 고심했던 모양이네요."

"그랬겠지."

"그게 언제든, 페어팩스 양이나 모든 친지분들껜 분명 반갑지 않은 일이겠지요. 그나마 가능한 한 모든 위안을 얻을 수 있는 자리였으면 좋겠네요. 그 댁의 인품이나 범절에서 말예요."

"고마워요, 우드하우스 양. 그래, 사실 그 애가 행복하게 지낼 모든 요건이 다 갖춰진 자리지. 서클링 댁이나 브래그 댁 말고는 엘튼 부인 지인 댁 중 그렇게 넓고 우아한 아이 방은 없다고 하네. 스몰리지 부인은 아주 유쾌한 여성이고, 거의 메이플그로브에 필적할 생활 방식에…… 거기다 아이들도, 서클링 댁이나 브래그 댁 말고는 어디서도 그렇게 의젓하고 상냥한 아이들은 찾아볼 수 없을 거래. 제인은 대단히 정중하고 친절한 대접을 받을 거야. 즐거운 일, 즐거운 생활밖에 없을 거야…… 거기다 또 급여! 정말이지 그 애가 얼마를 받게 될지 차마 아가씨한테 말할 수가 없네, 우드하우스 양. 큰 액수에 익숙한 아가씨라 해도 제인처럼 젊은 처자한테 그렇게 많은 급여를 지불하리라고는 믿기 힘들 거야."

"아이! 아주머니." 에마가 외쳤다. "그 아이들이 조금이라도 어린 시절의 절 닮았다면, 제가 이제까지 들어 본 급여의 다섯 배라 해도 충분한 보상이 못 될 거예요."

"어쩜 이렇게 마음이 넓지!"

"그런데 페어팩스 양은 언제 떠나기로 되었나요?"

"아주 금방, 정말 아주 금방이야. 그게 가장 안 좋은 점이네. 두 주 안에 떠나. 스몰리지 부인이 굉장히 급하다고 해서. 가엾은 어머니는 어떻게 견딜지 모르겠다 하시고. 그래서 그럴 때면 나는 어머니가 그 생각을 떨쳐 버리시게, 아이 어머니, 그 생각은 우리 더 이상 하지 마요, 이러지."

"페어팩스 양을 떠나보내게 되어 친구분들 모두 섭섭해할 거예요. 캠벨 대령 부부도 당신들이 돌아오기 전에 다른 자리를 구했다는 것을 알면 섭섭해하지 않으실까요?"

"맞아. 제인 말로도 분명 섭섭해하실 거라네. 그렇지만 이렇게 좋은 자리를 거절하는 건 온당치 않다고 생각하는 거지. 그 애가 엘튼 부인한테 뭐라고 했는지 처음 듣고 난 무척 놀랐어. 그리고 바로 그 순간 엘튼 부인이 나한테 다가와 축하를 하는 거야. 차를 들기 전인데…… 잠깐, 아니, 차를 들기 전일 리가 없는데. 막 카드놀이를 하러 가는 참이었으니까…… 그래도 차를 들기 전이었던 것 같아, 생각해 보니 막 마음속으로…… 에그! 아니네, 이제 생각나, 이제 알겠어. 차를 들기 전에 무슨 일이 있었지만, 그건 아니었어. 차를 들기 전에 엘튼 씨가 방에서 불려 나갔는데, 존 앱디 노인 아들이 드릴 말씀이 있다고 해서지. 가엾은 존 노인, 대단히 존경스러운 분이지. 그분은 이십삼 년이나 불쌍한 우리 아버지의 서기로 일했어. 그런데 이제, 불쌍한 노인, 침대 신세에, 관절마다 류머티즘성 통풍으로 아주 상태가 안 좋아…… 오늘 가 뵈어야겠네. 제인도 같이 가겠지, 틀림없어, 외출을 한다면 말야. 그 가엾은 노인의 아들이 엘튼 씨에게 교구 구조금 말씀을 드리러 온 거야. 아들 본인은 형편이 썩 괜찮긴 해. 크라운 여관 감독에, 말구종 등 갖가지 일을 하거든. 그래도 보조를 좀 받지 않으면 아버지를 부양하기는 힘들지. 그래서 엘튼 씨가 돌아와서는 말구종 존이 뭐라고 했는지 우리에게 이야기해 주고, 그다음에는 프랭크 처칠 씨가 리치먼드에 간다고 랜들스 댁으로 이륜마차를

말구종이 바깥에 서서 마차가 지나가는 것을 보니
톰이 꽤 속도를 내 말을 몰더라는 것이었다.

불렀다는 이야기가 나왔지. 이게 차를 들기 전에 있었던 일이 야. 제인이 엘튼 부인에게 말한 것은 차를 든 다음이었고."

에마는 모두 금시초문이라고 한마디 할 기회조차 없었으 나 베이츠 양이 프랭크 처칠의 거동에 대해서 에마가 낱낱이 알지 못하리라고는 생각하지 않고서 계속 시시콜콜 수다를 떨 었기 때문에 별 상관은 없었다.

말구종이 자기가 아는 것과 랜들스 댁 하인들이 아는 것을 합쳐 엘튼 씨에게 전해 준 내용인즉, 박스힐로 갔던 사람들이 돌아오기 직전에 리치먼드에서 전갈이 도착했는데…… 그러 나 그 전갈은 예상했던 것 이상은 아니고 처칠 씨가 조카에게 몇 줄 적어 보낸 것인데, 전체 내용은 처칠 부인의 상태가 웬만 하며 다만 일정대로 내일 아침까지는 돌아오기를 바란다는 소 식이었으나, 프랭크 처칠 씨가 더 기다리지 않고 곧장 집으로 돌아가기로 결심하고, 자기 말이 감기에 걸린 것 같아 즉시 톰 을 보내 크라운의 이륜마차를 불렀고, 말구종이 바깥에 서서 마차가 지나가는 것을 보니 톰이 꽤 속도를 내 계속 말을 몰더 라는 것이었다.

놀랍거나 흥미로운 내용이라고는 없는 소식이어서, 이 미 에마가 마음에 두고 있던 문제와 관련되는 대목에만 관심 이 갔다. 이 세상에서 처칠 부인이 누리는 비중과 제인 페어 팩스의 비중이 현격하게 대조되었다. 한쪽은 전부이며, 다른 쪽은 아무것도 아니었다. 그녀는 잠시 여자의 운명의 차이를 생각하느라 자기 시선이 어디에 가 있는지 전혀 의식하지 못 하고 앉아 있다가, 베이츠 양이 이렇게 말하는 것을 듣고 정신을 차렸다.

"이런, 무슨 생각을 하는지 알겠네. 피아노지. 저 물건은 이제 어쩌나 싶은 거지. 맞아. 가엾은 제인도 방금 그 이야기를 하고 있었지. '너도 이제 가야겠구나.' 하고 말하는 거야. '너와 난 헤어져야 해. 이제 넌 여기서 무용지물일 테니까…… 그렇지만, 그대로 두세요.' 하더라고. '캠벨 대령이 돌아오실 때까지 집에 그냥 두세요. 그분께 여쭤 볼게요. 어떻게 하라고 말씀해 주시겠지요. 제가 이 모든 어려움에서 벗어나게 도와주실 거예요.' 그런데 내가 보기에 지금까지도 그 애는 그것이 그분 선물인지 그분 따님 선물인지 잘 모르는 모양이야."

이제 에마는 피아노 생각을 할 수밖에 없었고, 전에 했던 허황되고 부당한 짐작들이 기억나는 바람에 기분이 썩 좋지 않았으므로 이만하면 충분히 오래 있었던 셈이라고 생각하며 진심으로 잘되기를 바라는 마음을 조심스레 거듭 전하고서 자리를 떴다.

9

집으로 걷는 길에는 에마의 우울한 명상을 방해할 것이 없
었다. 그러나 응접실에 들어서니 정신 차려 응대해야 할 사람
들이 와 있었다. 그녀가 출타한 사이에 나이틀리 씨와 해리엇
이 찾아와 아버지와 함께 앉아 있었다. 나이틀리 씨는 곧장 자
리에서 일어나, 평소보다 훨씬 심각한 말투로 이렇게 말했다.

"당신이 돌아오면 보고 가려고. 그러나 더는 지체할 시간
여유가 없어 이제 당장 출발해야 하오. 나는 런던으로 가서 존
과 이저벨라 집에서 며칠 지낼 것이오. 무슨 전갈이나 보낼 물
건은 없는지? '사랑'은 말고. 그것은 들고 갈 사람도 없으니."

"전혀 없어요. 하지만 갑작스러운 계획 아녜요?"

"그래…… 그런 편이지. 얼마 전부터 생각은 했었소."

에마는 그가 자기를 아직 용서하지 않았다고 확신했다.
평소와 달라 보였던 것이다. 그렇지만 시간이 지나면 그도 다
시 친구가 될 수밖에 없다는 것을 알게 되리라 생각했다. 그가
금방이라도 출발할 것처럼 굴면서 출발은 안 하고 서 있는 사
이에, 그녀의 아버지가 묻기 시작했다.

"그래, 얘야, 그곳엔 무사히 당도했고? 내 귀중한 오랜 친
구분과 그 따님은 어떻게 지내시더냐? 네가 찾아가서 틀림없

이 대단히 고마워들 하셨을 것이야. 아까도 말했지만, 나이틀리 씨, 우리 에마가 베이츠 부인과 베이츠 양을 찾아뵀거든. 이 아이는 그분들께 언제나 이렇게 잘해 드린다네."

이 듣기 민망한 칭찬에 에마는 얼굴을 붉히고, 많은 말을 담은 웃음 띤 표정으로 고개를 저으며 나이틀리 씨를 쳐다봤다. 그는 마치 즉각 그녀한테 좋은 인상을 받은 듯, 마치 그녀의 눈빛에서 진실을 읽고 그녀의 마음에 일어난 착한 생각들을 모두 감지하고 기리는 듯했다. 그는 그녀를 호감으로 빛나는 시선으로 응시했다. 그녀는 고마움에 마음이 따뜻해졌고, 다음 순간 그가 그냥 친한 사이 이상의 마음이 담긴 어떤 작은 동작을 하는 바람에 고마움이 더해졌다. 그가 그녀의 손을 잡았다. 그녀는 먼저 움직인 게 자기인지 아닌지 말할 수 없었다. 어쩌면 그녀 쪽에서 손을 내밀었을 것이다. 그는 그녀의 손을 잡고 꼭 쥐더니 분명히 입술 쪽으로 가져가려고 했으나 무슨 생각에선지 갑자기 손을 놓아 버렸다. 그가 왜 그렇게 조심해야 하는지, 거의 입술을 댄 거나 마찬가지인데 왜 거기서 생각을 바꾸어야 했는지 그녀는 알 수 없었다. 멈추지 않는 편이 더 나은 판단이었을 텐데 하는 생각도 들었다. 그러나 의도만큼은 의심의 여지가 없었다. 그리고 그가 그만둔 게 평소에 여자한테 그런 기사도를 발휘하는 법이 거의 없어서든, 다른 어떤 연유에서든, 그녀는 그 시도만큼 그에게 어울리는 행동도 없다는 생각이 들었다. 그가 하니까 대단히 소박하면서도 무척 고결한 행동이 되었다. 그녀는 이 시도를 돌이켜 보면서 대단한 만족감을 금할 수 없었다. 그것은 아주 완벽한 호감을 말해 주었다. 그는 곧장 그들을 떠났고, 일 분 뒤에는 시야에서 사라졌다. 그는 평소에도 우유부단하거나 꾸물대는 법이 없이 민첩하게 움직이기는 했지만 이때는 사라지는 발길이 평소보다 더 급작스러워 보였다.

그녀는 베이츠 양을 찾아간 것이 후회스럽지는 않았지만 십 분만 빨리 나올걸 하는 생각이 들었다. 나이틀리 씨와 함께 페어팩스 양의 상황에 대해 이야기를 나누었다면 대단히 즐거웠을 것이었다. 그가 브런즈윅스퀘어로 떠났다고 속상해하지는 않을 작정이었다. 그의 방문이 얼마나 반가운 것이 될지 잘 아니까. 그러나 더 적절한 때도 있었을 법하고, 더 일찍감치 알려 주었다면 더 좋았을 것이다. 그러나 두 사람은 완전한 친구로 헤어졌으니, 그의 표정과 하다 만 기사도 같은 동작의 의미를 그녀가 잘못 보았을 리는 없었다. 그녀에 대한 호감이 온전히 되살아 났음을 전하려는 행동이었다. 들어 보니 그는 그들과 삼십 분씩이나 같이 앉아 있었다고 했다. 그녀는 자기가 더 일찍 돌아오지 못한 게 한스러울 뿐이었다!

나이틀리 씨가 런던에, 그것도 그렇게 갑작스럽게 말을 몰고 가다니 아버지에게는 이 모두가 얼마나 불행한 일일지 잘 아는 만큼 그 언짢은 생각에서 관심을 돌리기 위해 에마는 얼른 제인 페어팩스의 소식을 전했고 역시 효과 만점이었다. 그 소식은 매우 유용한 방편이 되었으니, 아버지의 관심을 끌면서도 심기를 해치지는 않는 소식이었다. 그는 제인 페어팩스가 가정 교사로 가야 한다는 것을 진작부터 받아들였고, 그래서 밝은 마음으로 그 이야기를 나눌 수 있지만 나이틀리 씨가 런던에 가는 것은 뜻밖의 타격이었던 것이다.

"애야, 그 처자한테 그렇게 편안한 자리가 생겼다니 대단히 기쁘구나. 엘튼 부인은 아주 착하고 상냥한 사람이고, 그 사람 지인이라면 틀림없이 안성맞춤일 거야. 유모 노릇은 안 해도 되고, 그 애 건강을 잘 보살펴 주는 곳이면 좋겠구나. 그걸 최우선으로 살펴 줘야지. 불쌍한 테일러 양이 우리 집에 있을 때 언제나 그런 것처럼 말이다. 알지, 애야, 그 새 부인에게 그 애는 우리한테 테일러 양과 같은 존재가 될 거야. 그리고 한 가지 점에서는 더 잘되기를 바란다. 그렇게 오래 그곳을 자기 집으로 알다가 훌쩍 떠나 버리지는 않기를 말이야."

다음 날 리치먼드에서 날아온 소식에 다른 것은 모두 뒷전으로 밀려났다. 랜들스에 특급 우편이 도착했는데 처칠 부인이 사망했다는 것이었다! 조카가 서둘러 돌아갈 때만 해도 부인 때문은 아니었지만, 그녀는 그가 돌아온 지 서른여섯 시간을 넘기지 못했다. 그녀의 전반적인 상태를 보고 걱정했던 어떤 질환과 다른 성격의 질환에 갑자기 걸렸고, 잠깐의 씨름 끝에 그녀를 데려가고 말았다. 위대한 처칠 부인은 더 이상 이 세상 사람이 아니었다.

이런 일에 따르게 마련인 감정이 그대로 따라왔다. 모두 저마다 어느 정도 숙연함과 슬픔, 고인에 대한 애틋함, 뒤에 남겨진 친지들에 대한 염려를 표했고, 좀 시간이 지난 뒤에는 고인이 어디 묻힐지 궁금해했다. 아름다운 여인이 우행으로 전락할 때 남은 것은 죽는 일밖에 없다고 골드스미스는 말했는데,* 불쾌한 존재로 전락할 때 역시 오명을 일소하는 처방으로 죽음을 추천할 만하다. 적어도 이십오 년 동안 미움을 받았던 처칠 부인에게 이제 너그러운 이해와 동정이 주어졌다. 한 가지 점에서 그녀는 완전한 면죄부를 받았다. 전에는 심각한 질환이 있다고 해도 다들 믿은 적이 없었다. 그러나 사망과 함께 그녀는 온갖 공상벽이니 가상의 질환에서 비롯된 온갖 이기적인 환자 흉내의 혐의를 벗게 되었다.

"불쌍한 처칠 부인! 많이 편찮으셨던 게 분명해요. 누구도 생각하지 못했을 정도로요. 그리고 몸이 자꾸 아프다 보면 성격이 변하게 마련이지요. 슬프고 매우 충격적인 일이에요. 아무리 결함이 많았다 해도 부인 없이 처칠 씨는 이제 어떻게 하지요? 처칠 씨의 슬픔은 정말 끔찍할 거예요. 그 슬픔을 처칠 씨는 결코 벗어나지 못할 것이에요." 심지어 웨스턴 씨까지도 고개를 절레절레 젓고, 숙연한 표정으로 "아, 불쌍해라, 이렇게 될 줄 누가 알았겠어!" 하고 말했고, 상을 입음에 있어 최대한 예를 갖추기로 작정했다. 그의 아내는 넓은 치맛단을 펼치고 앉아** 진술하고 한결같은 연민과 양식(良識)으로 도덕적 반성을 하며 한숨지었다. 두 사람 머릿속에 일찌감치 떠오른 생각 중 하나는 프랭크에게 미칠 영향이었다. 에마 또한 진작부터 그것을 추측해 보곤 했다. 처칠 부인의 성격과 그 남편의 애통함, 이 두 가지를 생각하며 그녀는 잠시 두려움과 동정에

---

* 골드스미스의 작품 『웨이크필드의 목사(The Vicar of Wakefield)』에 나오는 대목이다.

** 상복을 갖추어 입은 모습을 가리킨다.

잠기다, 이어 프랭크가 이 일로 어떤 영향을 받을지, 어떻게 득을 보고 어떻게 자유로워질지 한결 가벼운 느낌으로 생각해 보았다. 그녀는 어떤 좋은 일이 있을지 모두 즉각 간파했다. 이제 해리엇 스미스에 대한 애정을 가로막을 것은 하나도 없을 터였다. 부인의 치마폭에서 벗어난 처칠 씨는 누구에게도 두려움의 대상이 아니었으니, 조카 말이라면 무엇이든 받아들일, 다루기 편한 쉬운 인물이었다. 이제 남은 소망은 조카가 사랑에 빠지는 일이니, 이 일이 성사되기를 바라는 마음이 굴뚝같은 에마도 이미 애정이 생겨났다고 확신하지는 못한 것이었다.

이번 일에 해리엇은 대단한 자제력을 보여 주며 지극히 훌륭히 처신했다. 밝아진 희망에 무슨 생각을 했든, 그녀는 아무것도 드러내지 않았다. 에마는 이처럼 해리엇의 성격이 꿋꿋해진 증거를 보니 기뻤고, 그것을 위태롭게 할지도 모를 언급은 일체 삼갔다. 따라서 처칠 부인의 사망 소식에 관한 두 사람의 대화는 서로 조심하면서 이루어졌다.

프랭크로부터 짤막한 편지들이 랜들스에 도착했는데, 그들의 현재 상태나 계획에 대해 당장 중요한 내용은 모두 담겨 있었다. 처칠 씨는 생각보다 좋은 상태고, 장례 행렬이 요크셔로 출발하면서 그들이 처음 묵을 곳은 윈저*에 있는 아주 오랜 친구 집으로, 처칠 씨가 지난 십 년 내내 방문하겠다는 약속을 되풀이해 온 곳이었다. 현재로서는 해리엇을 위해 해 줄 일

---

* 런던 서쪽에 템스강 변의 마을로, 윈저 성으로 유명하다.

이 없었다. 아직 에마 편에서 할 수 있는 것은 앞으로 잘되기를 빌어 주는 것뿐이었다.

그보다는 제인 페어팩스에게 관심을 표하는 일이 더 시급했으니, 해리엇의 미래가 새로 열렸다면 제인의 미래는 닫히고 있었고, 일자리까지 정해졌으니 하이베리의 누구든 그녀에게 친절을 베풀고 싶다면 이제 뜸 들일 여유가 없어졌다. 그리고 에마에게는 이것이 으뜸가는 소망이 되었다. 그녀는 지난날 자신의 냉정한 행동이 더없이 후회스러웠으며, 여러 달씩 소홀히 대한 이 인물이 이제 각별한 관심이나 동정심을 아낌없이 쏟아붓고 싶은 바로 그런 인물이 되었다. 에마는 그녀에게 도움이 되고 싶었고, 그녀와의 교분을 소중히 여긴다는 것을 보여 주고 존경과 관심을 입증하고 싶었다. 에마는 그녀를 설득해 하트필드에서 하루를 보내게 하기로 결심했다. 청하는 쪽지를 보냈는데, 초대를 거절하는 답이 그것도 구두로 전해져 왔다. "페어팩스 양이 몸이 불편해서 답장을 쓸 수가 없다." 라고 했고, 그날 오전 하트필드에 들른 페리 씨 이야기로는 비록 본인은 사양하기는 했지만 그의 왕진을 받을 만큼 그녀의 몸이 좋지 않으며 극심한 두통에 어느 정도 신경쇠약성 열병 기운도 있어서, 그로서는 예정된 날짜에 스몰리지 부인 댁으로 갈 수 있을지 의심스럽다는 것이었다. 그녀의 건강이 지금으로서는 완전히 흐트러져 식욕을 통째 잃었으며, 큰일 났구나 할 정도의 증상이라든가 식구들이 계속 우려하는 것과는 달리 폐병으로 의심되지는 않지만, 페리 씨는 여전히 걱정스럽다고 했다. 그의 생각으로는 그녀가 감당할 수 있는 것 이상을 감당해 왔고 비록 본인은 인정하려 들지 않지만 자신도 아는 것 같으며, 기력이 소진된 것 같다는 것이었다. 지금 그녀가 사는 집은 신경성 질환에는 좋지 않다고 말할 수밖에 없는 것이, 언제나 방 하나에 갇혀 지내는데 안 그랬으면 좋았을 것이고, 또 그 선량한 이모가 자신의 아주 오랜 친구이기는 하지만 이런 질환의 환자에게 최상의 동반자는 못 됨을 자기도 인정할 수밖에 없다고 했다. 이모가 열심히 보살핀다는 것엔 의문의 여지가 없지만 사실 오히려 너무 과한 편이어서 페어팩스 양에게는 득보다 해가 되지 않을까 매우 우려된다는 것이었다. 이런 이야기를 듣고 진심으로 걱정이 된 에마는 더욱더 마음이 아팠고, 도움이 될 방법이 없을까 이런저런 궁리를 했다. 이모한테서 다만 한두 시간만이라도 벗어날 수 있게 해 주고, 새로운 공기와 분위기에 조용하고 합리적인 대화를 나눌 수 있는 자리를 한두 시간이라도 마련해 준다면 도움이 되지 않을까 싶었다. 그래서 다음 날 아침 그녀는 다시 최대한 다정다감한 언어로, 제인이 시간만 정해 주면 마차로 데리러 가고 싶다고 쓰면서, 자기 환자에게 그런 운동이 좋다는 페리 씨의 확고한 의견도 들었다고 언급했다. 답변은 이런 짧은 쪽지뿐이었다.

"페어팩스 양이 안부와 감사를 전합니다. 그러나 아직 운동할 상태가 못 됩니다."

에마는 자신이 보낸 쪽지에 대한 대접으로는 좀 소홀하지 않나 하는 느낌이 들었지만, 고르지 못한 떨리는 필체부터 내키지 않는 마음이 역력했기 때문에, 언사를 가지고 왈가왈부

608

할 수는 없는 노릇이고, 만나기도 도움 받기도 꺼려하는 마음을 돌리자면 무엇이 최선일지만 생각했다. 그녀는 마차를 대령시켜 베이츠 부인 댁으로 갔으니, 그러면 제인을 불러낼 수 있을지도 모른다는 희망에서였다. 그러나 소용없었다. 베이츠 양이 마차 문까지 나와 수없이 감사해하면서 바람을 쐬는 게 가장 도움이 되리라는 에마 생각에 매우 열렬히 동의했고, 전갈로 할 수 있는 모든 걸 해 보았지만 모두 허사였다. 베이츠 양은 성공하지 못한 채 돌아올 수밖에 없었다. 제인은 도무지 말을 듣지 않았고, 외출 이야기만으로도 상태가 더 나빠지는 듯했다. 에마는 자기가 직접 만나 설득을 해 보았으면 했지만, 그런 바람을 채 꺼내기도 전에 베이츠 양은 절대로 우드하우스 양을 안으로 들이지 않겠다고 조카에게 약속했다는 점을 분명히 했다. "정말이지 사실은, 불쌍한 제인이 아무도 만날 수 없는 상태라서…… 아무도 말이야…… 엘튼 부인은 사실상 거절할 수 없지만…… 콜 부인은 너무나 완강해서…… 페리 부인도 너무나 여러 말씀을 하셔서. 그렇지만 그 밖에는 정말 아무도 안 만나겠대."

에마는 엘튼 부인, 페리 부인, 콜 부인처럼 아무데나 한사코 발을 들여놓는 사람들과 한 부류로 치부되고 싶지는 않았을뿐더러 자기한테 특별 대접을 받을 권리가 있다는 생각도 없었다. 그래서 그녀는 뜻을 굽히고, 다만 베이츠 양에게 조카의 식욕과 식사에 대해 좀 더 물으며 자기가 도움이 될 수 있으면 좋겠다는 말만 했다. 이 문제가 나오자 가엾은 베이츠 양은 대단히 걱정하며 말을 매우 많이 했다. 제인이 아무것도 안 먹

베이츠 양이 마차 문까지 나와 수없이 감사하다고 말했다.

으려 든다는 것이었다. 페리 씨가 영양가 있는 음식을 먹이라고 했지만, 차려 내는 음식마다 (이웃들이 그렇게 고마울 수가 없었는데) 마다했다.

집에 돌아온 에마는 곧장 가정부한테 비축된 음식을 조사하게 해서, 아주 뛰어난 품질의 칡가루 약간을 매우 친근한 쪽지와 함께 신속히 베이츠 양에게 보냈다. 삼십 분 후 칡가루는 베이츠 양의 수천 번 감사하다는 전갈과 함께 되돌아왔는데, "우리 제인이 이것을 돌려보내는 것을 봐야만 마음이 놓이겠다고 한다. 이건 그 애가 먹기 힘든 음식이고, 게다가 그 애는 자기는 부족한 게 하나도 없다는 말을 전해 달라고 고집했다." 라는 것이었다.

어떤 활동도 감당할 수 없다는 이유로 자기와 마차를 타고 나가는 것을 그렇게 단호하게 거절한 바로 그날 오후에 하이베리에서 꽤 떨어진 목초지를 거니는 제인 페어팩스 모습이 목격되었다는 이야기를 에마는 나중에 들었는데, 모든 것을 종합해 볼 때 제인이 에마 자신의 친절은 절대 안 받기로 작정한 것에 의심의 여지가 없었다. 유감이었다, 대단히 유감이었다. 이처럼 불편한 심기나 일관성 없는 행동, 오락가락하는 기력이 더욱 딱하고 염려스러운 한편으로, 자신의 온당한 감정을 거의 인정해 주지 않고 친구로 삼을 만한 사람이 못 된다고 본 것을 생각하면 속이 상했다. 그렇지만 그나마 위안이 된 것은 스스로 자기의 뜻이 선한 것임을 알고, 만약 나이틀리 씨가 제인 페어팩스를 도와주려 한 자신의 모든 노력을 알았다면 설혹 자기의 마음속을 환히 들여다볼 수 있다 할지라도 이

번에는 아무런 질책거리도 찾지 못할 것이라고 자신할 수 있
다는 사실이었다.

처칠 부인이 작고한 지 열흘쯤 지난 어느 날 아침, 에마는 "오 분도 머물 여유가 없는데, 특히 그녀와 할 이야기가 있다." 하는 웨스턴 씨의 부름에 층계를 내려갔다. 그는 응접실 문간에서 그녀를 만나 자연스러운 목소리로 잘 있었느냐는 물음을 던지는 둥 마는 둥 하더니, 곧장 아버지가 듣지 못하게 목소리를 낮추어 말했다.

"오늘 오전 언제든 랜들스로 올 수 있겠나? 가능하면 그렇게 해 다오. 웨스턴 부인이 만났으면 하더구나. 꼭 만나야겠대."

"몸이 안 좋으신 거예요?"

"아니, 아니, 그런 건 전혀 아니고…… 마음이 약간 산란한 것뿐이야. 마차를 대령해서 이리 올까도 했다만, 너만 따로 보아야 하는데, 너도 알다시피 (그녀 아버지 쪽을 향해 고갯짓을 하며) ……흠! 올 수 있겠니?"

"그럼요. 원하시면 지금 당장요. 아저씨가 이런 식으로 청하시는데 거절할 리 있나요. 그렇지만 도대체 무슨 일이에요? 정말로 어디 편찮으신 것은 아니지요?"

"그럼 내 말 믿어. 하지만 더 이상 아무것도 묻지 마. 때가 되면 전부 다 알게 될 테니. 도무지 설명을 할 수가 있어야지! 그렇지만 쉿, 쉿!"

도대체 이게 모두 무슨 이야기인지 넘겨짚기란 아무리 에마라 해도 불가능했다. 그의 표정을 보건대 정말 중요한 무슨 일이 있는 듯했지만, 자기 친구가 잘 있다니 그녀는 불안한 마음을 애써 누르고 이제 산책을 나가겠노라고 아버지께 잘 말씀드리고는, 곧 웨스턴 씨와 함께 집을 나와 빠른 걸음으로 랜들스로 갔다.

"이제." 차도 끝의 미는 문에서 꽤 멀리 오자 에마가 말했다. "이제 웨스턴 씨, 무슨 일이 생겼는지 알려 주세요."

"아니, 아니." 그는 심각하게 대답했다. "나한테 물어보지 마. 모두 아내한테 맡기기로 약속했거든. 아가씨한테 그 이야기를 터놓기는 아내가 나보다 더 나을 테니까. 너무 조바심 내지 마, 에마. 금방 모두 알게 될 테니."

"저한테 터놓을 이야기라니요." 에마는 겁에 질려 멈춰 서며 외쳤다. "세상에! 웨스턴 씨, 당장 말해 주세요. 브런즈윅스퀘어에 무슨 일인가 생긴 거예요. 분명히 그런 거예요. 말해 주세요, 무슨 일인지 지금 당장 말해 주세요."

"아니야, 그건 정말 오해야."

"절 허투루 취급하시면 안 돼요. 브런즈윅스퀘어에 제 가장 소중한 친구들이 얼마나 많은데. 그중 누구예요? 숨기지 마실 것을 모든 신성한 것의 이름으로 촉구합니다."

"장담하건대, 에마."

"장담요! 명예는 왜 안 거시지요! 왜 명예를 걸고 그중 누구와도 상관없다고 말하지 못하세요? 맙소사! 그 집 식구와 관련된 일이 아니라면, 저한테 터놓아야 할 이야기가 어디 있겠어요?"

"명예를 걸고 말하건대." 그는 매우 엄숙하게 말했다. "그건 아니네. 나이틀리라는 성씨의 누구하고는 추호도 관계없어."

에마는 용기를 회복하고 다시 걷기 시작했다.

"아가씨한테 터놓는다는 말을 한 내가 잘못이네." 그가 말을 계속했다. "그런 표현은 쓰지 말았어야 해. 사실 아가씨와 상관있는 일은 아니야. 오로지 나하고만 상관있지, 우리 바람으로는 말이야…… 흠! 간단히 말해서 에마, 그렇게 불안해할 이유가 없어. 불쾌한 일이 아니라고는 말 못 하겠지만, 더 나빠질 수도 있었으니까…… 빨리 걸으면 금방 랜들스에 도착할 거야."

에마는 기다려야 한다는 것을 알았고, 이제는 그러는 게 별로 힘들지도 않았다. 그래서 그녀는 더 이상 질문을 하지 않고 속으로만 상상력을 가동했는데, 그러자 곧 무언가 돈 문제가 아닐까 하는 생각이 들었다. 가족의 처지에서 불편한 성격의 무슨 일이 방금 드러났는지도, 리치먼드의 최근 사건을 계기로 불거졌는지도 모른다는 생각이었다. 그녀의 상상력은 활발하게 작동했다. 혹시 사생아가 여섯 명쯤 있어서 불쌍한 프랭크가 상속을 박탈당했나! 매우 바람직하지는 않지만 그녀에게 고통을 안겨 줄 일은 아니었다. 왕성한 호기심 이상은 거의 일지 않았다.

"말을 타고 가는 저 신사는 누구지요?" 길을 걷다가 그녀는 이렇게 말했는데, 다른 생각이 있어서가 아니라 웨스턴 씨가 비밀을 지킬 수 있게 도와주기 위해서였다.

"모르겠는데…… 오트웨이 형제 중 하나 같네. 프랭크는 아니야…… 틀림없이 프랭크는 아니야. 그 애를 보진 못할 것이야. 지금쯤 윈저까지 반은 갔을걸."

"그럼 아드님과 함께 계셨던 거예요?"

"허! 그렇지…… 아가씬 몰랐나? 자, 자, 신경 쓰지 말도록 하지."

잠시 그는 말이 없더니, 훨씬 더 조심스럽고 삼가는 어조로 덧붙였다.

"그래, 오늘 아침 프랭크가 왔다 갔어. 그냥 우리한테 안부차로."

그들은 걸음을 재촉했고, 금방 랜들스에 당도했다. "자, 여보." 방으로 들어서면서 그가 말했다. "에마를 데려왔으니 이제 당신도 곧 나아지길 바라요. 둘이 있게 나는 나가 볼게요. 뒤로 미뤄 봤자 소용없겠지. 멀리 가지는 않을 테니 필요하면 불러요." 그리고 에마는 그가 방을 나서기 전에 이렇게 나지막하게 덧붙이는 소리를 분명히 들었다. "내 약속한 대로 했소. 아직 아무것도 몰라요."

웨스턴 부인이 몸이 무척 불편해 보이고 너무나 심란한 기색인지라 에마는 불안감이 커졌고, 둘만 남는 즉시 간절히 말했다.

"사랑하는 선생님, 무슨 일이에요? 매우 불편한 일이 생긴 것 같은데. 부디 무슨 일인지 곧장 알려 주세요. 여기 오는 내내 아무것도 모른 채 마음만 졸였어요. 우린 둘 다 불안한 긴장 상태를 싫어하잖아요. 저를 더 이상 그런 상태로 두지 마세요. 무슨 일인지 몰라도 고민되는 것을 털어놓으시면 마음이 좀 편해질 거예요."

"정말 전혀 모르겠어?" 떨리는 목소리로 웨스턴 부인이 말했다. "정말, 에마, 정말 무슨 이야기를 들을지 짐작이 안 가?"

"프랭크 처칠 씨와 관계가 있다는 정도는 짐작이 가요."

"맞아. 그 애와 관련된 일이야. 그래 곧장 말해 줄게. (고개를 들지 않기로 작정한 듯 하던 일을 다시 시작하며) 바로 오늘 아침 여기 왔는데, 용건이 정말 뜻밖이었어. 우리도 얼마나 놀랐는지 이루 말도 못 해. 어떤 문제에 대해 아버지에게 말씀드리러 왔다고…… 좋아하는 사람이 있다고 공표하러 왔다고."

그녀는 말을 멈추고 숨을 몰아쉬었다. 에마는 처음에는 자기인가 했다가 그다음에는 해리엇인가 싶었다.

"실은, 좋아하는 정도가 아니라네." 웨스턴 부인이 다시 말을 시작했다. "약혼을, 확실히 약혼을 했다는 거야. 네가 뭐라고 할까, 에마…… 사람들이 뭐라고 할까, 프랭크 처칠과 페어팩스 양이 약혼했다는 것을 알면…… 아니, 이미 오래전에 약혼했다는 것을 알면!"

에마는 놀라 벌떡 일어나기까지 했고, 경악하며 외쳤다.

"제인 페어팩스요! 그럴 수가! 진담 아니지요? 정말 그렇다는 건 아니지요?"

"놀라는 것도 무리가 아니지." 여전히 시선을 피한 채 웨스턴 부인이 대답했고, 에마가 마음을 추스를 시간을 갖게끔

617

열심히 말을 이었다. "놀라는 것도 무리가 아니야. 그렇지만 정말 그렇게 되었단다. 두 사람은 10월부터 엄연한 약혼 상태였어…… 웨이머스에서 약혼하고는 모두에게 비밀로 해 왔다는 거야. 당사자들 말고는 아무도, 캠벨 댁 식구, 여자 쪽 가족이든 남자 쪽 가족이든 아무도 몰랐다는 거야. 정말이지 놀라워서, 사실이라는 것을 확실히 아는 데도 난 여전히 거의 믿기지가 않아. 믿기 힘들구나. 그 애를 안다고 생각했는데."

에마한테는 이야기가 거의 들리지 않았다. 그녀의 마음은 두 가지 생각으로 갈렸으니, 페어팩스 양을 두고 그와 전에 했던 대화와 불쌍한 해리엇 생각이었다. 얼마 동안 에마는 오로지 탄성을 발하며, 정말이냐고 되묻는 것밖에 하지 못했다.

"글쎄요." 마침내 그녀는 마음을 추스르려 애쓰며 말했다. "적어도 반나절 생각해 보기 전에는 도무지 이해할 수 없는 일이네요. 뭐라고요! 겨울 내내 그 여자하고 약혼한 상태였다고요? 각자 하이베리로 오기 전부터요?"

"10월에 약혼을, 그것도 비밀 약혼을 했다네 글쎄. 속상해, 에마, 아주 많이. 그 애 아버지도 역시 속상해하시고. 그 애 행동 중 어떤 부분은 도무지 용서가 안 되네."

에마는 잠시 생각에 잠겼다가 대답했다. "무슨 소리인지 모르는 척하지 않을게요. 그리고 제가 드릴 수 있는 위로라면, 그 사람이 보인 관심에 선생님이 염려하시는 그런 결과가 따르지는 않았으니 염려 놓으시라는 거예요."

웨스턴 부인은 감히 믿을 엄두가 안 나는 듯 고개를 들었지만 에마의 안색은 하는 말만큼이나 침착했다. 그녀는 말을 이었다.

"지금은 제가 전혀 관심이 없다는 이런 자랑을 좀 더 쉽게 믿으시게 더 말씀드리면, 우리가 처음 알게 되었을 때는 잠시 제가 실제로 그 사람을 좋아했던, 그 사람에게 애정을 느낄 만반의 준비가 되었던, 아니, 애정을 느꼈던 시기도 있었어요. 어떻게 그만두게 되었는지 어쩌면 그게 더 놀라운 일이겠죠. 그렇지만 다행히도 실제로 끝이 났어요. 정말 저는 얼마 전부터, 적어도 석 달 전부터는 그 사람에게 아무 관심도 없었어요. 제 말 믿으셔도 돼요, 웨스턴 부인. 있는 그대로 말씀드리는 거니까."

웨스턴 부인은 기쁨의 눈물을 흘리며 그녀에게 뽀뽀를 했고, 말을 할 수 있게 되자 자기에게는 이 말이 이 세상 그 어떤 것보다도 더 위로가 되었다고 확언했다.

"웨스턴 씨도 거의 나만큼이나 한시름 덜었다 싶을 거야." 그녀는 말했다. "우리는 이 문제 때문에 정말 괴로웠거든. 너희들이 서로 좋아하는 사이가 되는 것이 우리의 간절한 소망이었고, 실제로 그렇게 되었다고 믿었지. 그러니 네 생각을 하면 우리 느낌이 어땠을지 상상이 가지?"

"저는 위험에서 벗어났어요. 벗어날 수 있었다는 것 자체가 선생님과 저 자신에게 고맙고도 놀라운 일이겠지요. 그렇다고 해서 그 사람이 한 일이 없어지는 것은 아니에요, 웨스턴 부인. 저는 그 사람이 대단히 잘못했다 생각한다고 말할 수밖에 없어요. 애정과 신뢰를 언약해 놓고 그렇게 우리 앞에 나타나 전혀 언약한 몸이 아닌 듯 행동하다니, 그럴 권리가 어디 있어요? 실제로는 이미 한 여자와 약속한 몸이면서 어떤 한 젊은 여자 마음에 들려고 (분명히 그랬잖아요.) 그 여자에게 지속적인 관심으로 각별한 마음을 표하려고 애쓰다니, 그럴 권리가 어디 있어요? 그래도 해가 되지 않는다고 어떻게 장담할 수 있지요? 그러다 내가 자기와 사랑에 빠지지 않는다고 어떻게 장담할 수 있냔 말예요? 아주 나쁜, 정말이지 아주 나쁜 짓이에요."

"그 애가 한 이야기로 미루어 보면, 에마, 내 생각에는……"

"거기다가 그 여자 편에선 또 어떻게 그런 행동을 참을 수가 있지요! 자기 면전에서 거듭 다른 여자에게 관심을 표하는데도 싫은 내색 없이 그냥 차분하게 지켜보다니요! 그 정도의 침착함이란, 나로서는 이해할 수도 우러러볼 수도 없네요."

"둘 사이에 오해가 좀 있었단다, 에마. 그랬다고 그 애가 분명히 말했어. 길게 설명할 시간은 없었지만. 여기 십오 분밖에 안 있었고, 흥분한 상태여서 그 시간마저 온전히 활용하지 못 하더라만…… 그렇지만 오해가 있었다고는 확실히 말하더구나. 실제로 지금 이 결정적 국면은 그 오해들에서 초래된 모양이야. 그리고 그 오해들은 그 애의 부적절한 처신 때문일 공산이 아주 크고."

"부적절하다고요! 어머! 웨스턴 부인, 그건 너무나 경미한 비난이에요. 부적절을 한참, 한참 넘어선 짓이지요! 이 일로 그 사람에 대한, 그 사람에 대한 제 생각이 얼마나 나빠졌는지 이루 말할 수 없네요. 사내대장부의 본분에 못 미쳐도 그렇게 못 미칠 수가 있어요! 사내대장부가 인생을 살아가면서 매사에 견지해 마땅한, 그 올곧은 고결함, 진실과 원칙의 엄격한 고수, 잔꾀와 비소함에 대한 경멸이라고는 눈 씻고 찾아봐도 없네요."

"아니야, 에마, 이제 내가 그 애 편을 좀 들어야겠구나. 이번 일은 잘못한 것이지만, 그 애를 오래 안 사람으로서 내가 보장하지. 그 애한테도 정말 훌륭한 자질이 많다는 것을 말이야. 그리고……"

"세상에!" 그녀의 말을 듣는 둥 마는 둥 하며 에마가 외쳤다. "스몰리지 부인 건도 있잖아요! 제인이 실제로 가정 교사로 가기 직전이었잖아요! 그 사람, 그렇게 끔찍하게 무정하게 굴다니 도대체 어쩔 생각이었지요? 제인이 약속을 하도록 내버려 두다니, 그런 일을 할 생각까지 하도록 내버려 두다니요!"

"그 일은 까맣게 몰랐다는 거야, 에마. 이 점에 대해서는 그 애한테 아무 잘못이 없다고 장담할 수 있어. 제인 혼자 결정하고, 그 애한테 알리지도 않았대. 적어도 정말 그럴 것이라고 믿을 정도로는 전하지 않았다는 거야. 어제까지만 해도 제인의 계획에 대해서는 까맣게 몰랐다고 하더라고. 그러다 갑자기 알게 되었는데, 그 경위는 나도 잘 모르지만 무슨 편지나 전갈이 온 모양이야. 제인이 하려는 일을, 제인의 이런 계획을 알게 되자 그 애는 이제 더 이상 안 되겠다, 오랫동안 끌어온 그 참담한 은폐를 끝장내야겠다고 결심하게 된 거지. 바로 외삼촌에게 가서 모두 털어놓고 하회를 기다린 거야."

에마는 좀 더 귀 기울여 듣기 시작했다.

"그 애에게서 곧 나한테 소식이 올 거야." 웨스턴 부인이 말을 계속했다. "헤어질 때 나한테 곧 편지를 쓰겠다고 말했거든. 말하는 품으로 봐서 지금은 하지 못한 많은 세세한 이야기를 써 보내겠노라고 약속하는 것 같더라. 그러니까 우리 이 편지를 기다려 보자. 정상참작을 할 만한 많은 사연이 담겨 있을지도 모르잖아. 지금은 납득되지 않는 일이 많더라도 듣고 나면 이해하고 용서할 수 있을지도 모르잖아. 우리 너무 가혹하게 굴지도, 성급하게 비난하지도 말자꾸나. 인내심을 가지자. 나는 사랑을 보여 줘야 해. 그리고 이제 한 가지 결정적인 문제에서 마음을 놓았으니, 난 진심으로 모든 일이 결국 좋게 풀리기 바라고 그렇게 될 것이라 굳게 믿어. 그렇게 계속 숨기고 감추어야 했다니 둘 다 아주 힘들었을 거야."

"그 사람 경우에는." 에마가 냉담하게 대답했다. "힘들다 해도 크게 괴롭지는 않을 것 같은데요. 그나저나 처칠 씨는 이 일을 어떻게 받아들였대요?"

"조카의 말을 아주 호의적으로 받아들이고 거의 스스럼없이 동의해 주었다는구나. 한 주 사이에 그 집안이 얼마나 달라졌는지 생각해 봐! 불쌍한 처칠 부인이 살아 계신 한에는 희망도, 기회도, 가능성도 있을 수 없었을 것이야. 그렇지만 부인의 유해를 가족 납골당에 영면하기가 무섭게 그 남편은 부인이 요구했을 것과 정반대로 일을 처리하게 된 거지. 부당한 영향력이 무덤을 이기지는 못하니, 얼마나 다행이야! 별로 설득할 필요도 없이 수월하게 동의해 주셨다는구나."

'아!' 에마는 생각했다. '해리엇한테도 그렇게 해 주셨을

텐데.'

"어젯밤 이렇게 해결을 보고, 프랭크는 오늘 아침 동이 트는 대로 출발했대. 하이베리에, 아마도 베이츠 댁이겠지, 잠시 머물렀다 이리 왔어. 그러나 지금은 그 어느 때보다 자기가 외삼촌한테 필요한 시점인지라 얼른 돌아가려고 아주 서둘렀기 때문에, 아까도 말했지만 우리하고는 십오 분밖에 못 있었지. 그 애는 많이 심란해했어. 정말 아주 많이. 여태껏 보던 평소 모습과 너무 달라서 다른 사람처럼 보일 정도였지. 그 모든 일을 겪은 데다, 제인이 몸이 아주 안 좋다는 것을 그때까지 전혀 모르다가 갑자기 알게 된 충격까지 겹쳤으니. 온통 착잡한 심경인 것이 어느 모로 보나 역력하더구나."

"그런데 그런 관계가 그렇게 감쪽같이 계속 비밀로 남아 있었다니 정말이라 믿으세요? 캠벨 댁이나 딕슨 댁이나, 아무도 약혼 사실을 몰랐대요?"

에마는 딕슨이라는 이름을 말하면서 얼굴을 약간 붉히지 않을 수 없었다.

"전혀. 한 사람도. 자기네 두 사람 말고는 세상 사람 그 누구도 알지 못했다고 확실하게 말했거든."

"글쎄요." 에마가 말했다. "뭐 차차 우리도 받아들이게 되겠지요, 또 두 사람이 아주 행복하기를 바라고요. 그렇지만 정말 못할 짓이었다는 생각은 떨쳐지지 않을 것 같네요. 일관된 위선과 속임수 말고 그 무엇이겠어요? 염탐과 배신이고. 솔직하고 담백한 척하며 우리 앞에 나타나 놓고 뒤에서는 그렇게 은밀히 결탁해서 우리 모두를 판단하고 있었다니! 우리는 지난 겨울과 봄 내내 완전히 우롱당한 셈이에요. 우린 모두 똑같이 진실되고 명예롭게 행동한다고 생각했는데 거기에 그 두 사람이 섞여 있었던 거지요. 이런저런 말도 하고 심정도 토로한 것은 두 사람 모두 들으라는 건 아닌데, 둘이서는 자기들끼리 서로 옮기고 비교하고 심판하고 앉았던 거예요. 뭐 각자 그리 좋은 소리를 못 듣고 있었다는 걸 알았다 해도 자업자득이지요!"

"그 문제라면 나는 마음에 전혀 걸릴 게 없어." 웨스턴 부인이 대답했다. "그 애들 중 누구에 대해서든 두 사람 다 들어도 괜찮지 않은 이야기는 한 적이 없으니까."

"운이 좋으시네요. 우리 친구 하나가 그 숙녀와 사랑에 빠진 것 같다고 상상했던, 선생님의 단 한 번 실수는 제 귀에만 들어왔으니."

"그랬구나. 그렇지만 나는 언제나 페어팩스 양을 좋게만 생각했기 때문에, 다른 실수는 몰라도 페어팩스 양 이야기를 나쁘게 했을 리는 없어. 그리고 프랭크에 대한 험담이라면 나하고야 아주 무관하지."

이 순간 웨스턴 씨가 창문에서 조금 떨어진 곳에 모습을 나타냈는데, 무슨 일이 없나 훔쳐보는 것이 분명했다. 그의 아내는 눈짓으로 그를 불러들이고는 그가 돌아 들어오는 사이에 덧붙였다. "자, 사랑하는 우리 에마, 저분이 안심하고 이 결혼을 흡족하게 받아들일 수 있게 부디 말과 표정에 최선을 다해주길 부탁해. 기왕에 벌어진 일이니 최대한 잘 극복해야지. 사실 제인 편에서는 거의 모든 것이 잘된 셈이고. 감사할 만한 연분은 아니다만, 처칠 씨도 괘념하지 않는데 우리가 왜 그래야 해? 그리고 그쪽에서도, 프랭크 쪽 말이다, 성격도 신실하고 판단력도 훌륭한 그런 처녀를 만난 게 대단한 행운일지도 모르잖아. 나는 그 점에서 제인을 항상 높이 평가해 왔고, 지금도 마찬가지야. 올바른 행동의 엄격한 규율에서 이번 한 번은 크게 벗어났다고 해도 말이야. 또 제인 처지를 생각하면 이 과오조차 얼마든지 변명이 되지 않을까!"

"되고말고요!" 에마가 감정을 담뿍 담아 외쳤다. "여자가 자기 생각만 해도 무방한 경우가 있다면, 그건 바로 제인 페어팩스 같은 경우예요. 그런 처지라면 '세상이 그들 것이 아니니, 세상 율법도 마찬가지.'*라고 해도 별 무리가 없을 거예요."

그녀는 방으로 들어서는 웨스턴 씨를 미소 띤 얼굴로 맞이하며 외쳤다.

"어쩌면 그렇게 저를 감쪽같이 속이셨어요! 아마도 제 호기심을 자극하고 추측 능력을 발휘해 보라고 그러신 모양인데요. 그렇지만 아저씨 때문에 정말 놀랐어요. 최소한, 아저씨가 재산의 절반을 잃었나 했거든요. 그런데 막상 들어 보니 위로가 아니라 축하를 드릴 일이군요. 진심으로 축하드려요, 웨스턴 씨. 영국에서 가장 사랑스럽고 세련된 처녀 하나를 며느리로 맞게 되셨네요."

그는 아내와 한두 차례 시선을 주고받은 끝에 에마 말에서 짐작 가듯 모두 잘 해결되었다는 확신을 갖게 되었고, 그러자

---

* 「로미오와 줄리엣」에 나오는 로미오의 대사를 약간 달리 인용한 것이다.

즉각 기분이 좋아졌다. 태도와 목소리에 평소의 활달함이 다시 돌아왔고, 그는 충심으로 감사하며 그녀와 악수하고 그 이야기부터 하기 시작했는데, 말하는 투를 보면 아주 잘못된 약혼은 아니라는 생각으로 바뀌는 것은 약간의 시간과 설득만 필요한 문제로 보였다. 그의 대화 상대들은 경솔한 처신을 경감하거나 비판을 무마해 줄 이야기만 꺼냈으며, 그래서 셋이서, 또 에마와 둘이 하트필드로 다시 걸어오는 사이에 처음부터 끝까지 따져 본 끝에, 그는 완전히 마음이 누그러들어 이거야말로 프랭크가 가장 잘한 일이 아닐까 하는 것이었다.

II

　"해리엇, 불쌍한 해리엇!" 바로 이 말 속에 에마의 뇌리를 떠나지 않는 고통스러운 생각이 담겨 있었으니, 에마에게 이 사건의 진정한 불행은 바로 이것이었다. 프랭크 처칠이 자기 한테 여러 가지로 큰 잘못을 저지르기는 했지만, 그녀가 그에게 그렇게 화가 난 것은 그의 행동보다는 자신의 행동 때문이었다. 다시 해리엇 때문에 에마를 곤경에 빠지게 한 것이야말로 그의 가장 심각한 죄상이었다. 불쌍한 해리엇! 자기의 착각과 감언이설에 두 번씩이나 희생양이 되다니. "에마, 당신은 이제까지 해리엇 스미스에게 전혀 친구가 되어 주지 못했소." 라고 나이틀리 씨가 일전에 말했을 때, 그는 미래를 내다본 셈이었다. 그녀는 자기가 해리엇에게 해만 끼친 게 아닐까 두려웠다. 물론 이번 경우에는 저번과는 달라서, 애당초 자기가 불행의 씨앗이었다거나 자기만 아니었다면 해리엇이 그런 감정을 꿈에도 상상하지 않았을 것이라고 자책할 필요는 없었다. 자기가 어떤 언질을 주기도 전에 해리엇 편에서 프랭크 처칠을 존경하고 애모하는 마음을 인정하고 나왔으니까. 그렇지만 억제해야 할 것을 오히려 부추겼으니 그 잘못에서만큼은 철저히 유죄라고 느꼈다. 해리엇이 그런 감정을 탐닉하고 키워 나가는 것을 막을 수도 있었을 것이다. 자신의 영향력으로 충분했을 터였다. 이제는 그것을 막았어야 옳았다는 것이 분명해졌다. 자기가 더없이 불충분한 근거를 앞세워 친구의 행복을 위태롭게 했다고 느껴졌다. 자기가 상식에 충실했더라면, 해리엇에게 그 사람을 생각하는 것이 말이 되느냐며 그가 그녀를 좋아하게 될 가능성은 오백 분의 일도 안 된다고 말해 주었을 것이다. 그녀는 덧붙였다. "그렇지만 난 상식하고는 애석하게도 담을 쌓은 모양이야."

그녀는 자신에게 몹시 화가 났다. 프랭크 처칠한테 화를 낼 수 있었기 망정이지 그러지도 못했다면 정말 끔찍했을 것이다. 제인 페어팩스에 대해서는, 이제는 그녀 때문에 걱정하는 마음은 최소한 덜어 낼 수 있었다. 해리엇만으로도 근심거리는 충분할 것이었다. 제인에 대해서는 더 이상 안타까워할 필요가 없으니, 그녀의 근심과 안 좋은 건강은 말할 나위도 없이 똑같은 원인에서 비롯된 것이니 한꺼번에 치유될 것이었다. 하찮은 존재로 지내며 불행을 겪던 시절은 끝이 났다. 곧 건강을 되찾고 행복하고 풍족한 삶을 누릴 것이었다. 에마는 이제 자신이 보여 준 관심이 대접받지 못한 이유가 짐작이 갔다. 이런 깨달음과 함께 더 많은 사소한 일들도 확연해졌다. 의심할 바 없이 다 질투심에서 비롯된 것이었다. 제인의 눈에 그녀는 경쟁자였고, 그러니 도움을 주거나 관심을 보이려는 어떤 시도도 당연히 거부할 수밖에 없었을 것이다. 하트필드의 마차를 타고 바람 쐬러 나간다는 것은 고문이었을 것이고 하트필드의 광에서 나온 칡가루는 독약이었을 것이다. 에마는 모든 것이 이해가 갔고 부당하고 이기적인 분노의 감정을 스스로 마음에서 떨쳐 버릴 수 있었던 만큼, 제인 페어팩스의 지위 상승이나 행복이 다 분에 넘치는 것은 아님을 인정했다. 그러나 불쌍한 해리엇은 도저히 떨쳐 버릴 수 없는 짐이었다! 다른 사람한테 동정심을 베풀 여유가 거의 없었다. 에마는 슬프게도 이 두 번째 실망이 첫 번째보다 더 심하지 않을까 우려스러웠다. 상대가 훨씬 더 나은 사람이라는 점을 감안하면 당연히 그럴 것이고, 삼가고 자제하는 힘을 선사하는 등 해리엇의 마음에 미친 영향이 더 컸다는 점을 감안하면 실제로 그럴 것이었다. 그렇지만 그 고통스러운 진실은 반드시 알려 주어야 하고 그것도 가급적 빨리 그래야 했다. 헤어지면서 웨스턴 씨가 한 말 가운데는 이 일을 비밀로 해 달라는 요구도 있었다. "지금으로서는 이 일을 모두 완전히 비밀로 해 두어야 한다. 아주 최근에 잃은 아내를 추모하는 뜻에서도 그렇게 해야 한다고 처칠 씨가 못 박았고 그렇게 하는 게 마땅한 도리라고 모두 인정했다." 하는 것이었다. 에마도 약속했지만, 그래도 해리엇은 예외일 수밖에 없었다. 그것이 에마의 더 큰 의무였다.

그녀는 속이 타면서도 웨스턴 부인이 자기한테 한 난감하고 고통스러운 이야기를 자기가 해리엇한테 똑같이 해야 한다고 생각하니, 좀 우습다는 느낌을 지울 수 없었다. 자기한테 그렇게 근심스럽게 전해진 소식을 이제 자기가 또 다른 사람한테 근심스럽게 전해야 하는 것이었다. 해리엇의 발걸음 소리와 목소리가 들려오자 그녀의 가슴은 빠르게 뛰었다. 자기가 랜들스에 가까워질 때 불쌍한 웨스턴 부인도 그랬겠거니 하는 생각이 들었다. 전해 준 결과 역시도 비슷할 수 있을까! 그러나 불행히도 그럴 가능성은 전혀 없었다.

"어머나, 우드하우스 양!" 서둘러 방으로 들어오면서 해리엇이 외쳤다. "세상에 이렇게 이상한 소식이 있어요?"

"무슨 소식 말이야?" 표정이나 목소리로는 해리엇이 실제로 이미 귀띔을 받았는지 짐작이 안 가는 상태로 에마가 대답했다.

"제인 페어팩스 이야기요. 세상에 이렇게 이상한 이야기 들어 보신 적 있으세요? 참! 저한테는 얼마든지 말씀해 주셔도 돼요. 웨스턴 씨가 직접 저한테 알려 주신걸요. 방금 그분을 뵈었는데요. 중대 비밀로 해야 한다고 하시대요. 그래서 저도 아가씨 말고는 누구한테도 아무 말 안 할 거예요. 하지만 그분 말씀에 아가씨는 이미 아신다고 해서."

"웨스턴 씨가 뭐라고 하셨는데?" 여전히 어리둥절해서 에마가 말했다.

"아! 전부 말씀해 주셨어요. 제인 페어팩스와 프랭크 처칠 씨가 결혼할 예정이고, 그동안 내내 자기끼리 약혼한 상태였다고요. 얼마나 이상한 일이에요!"

정말로 아주 이상했다. 해리엇 태도가 너무나 이상해서 에마는 어떻게 받아들여야 할지 알 수가 없었다. 해리엇의 성격이 완전히 바뀐 것 같았다. 그녀는 그 소식을 듣고도 아무런 동요나 실망이나 특별한 관심도 드러내지 말자고 하는 듯했다. 에마는 할 말을 잊은 채 그녀를 쳐다봤다.

"그분이 그 아가씨와 사랑하는 사이인지 혹시 아셨어

요?" 해리엇이 외쳤다. "아가씨라면 어쩌면 아셨겠지요. 아가씨는 (얼굴을 붉히며) 모든 사람의 가슴속을 들여다보실 수 있으니까. 그렇지만 다른 사람들은 아무도……."

"정말이지……." 에마가 말했다. "나한테 그런 재능이 조금이라도 있는지 모르겠네. 진심으로 나한테 묻는 거야, 해리엇? 너한테 감정 가는 대로 하라고, 내놓고는 아니더라도 은근히 부추기던 바로 그때, 그 사람이 다른 여자를 사랑한다는 걸 짐작하고 있었느냐고? 바로 한 시간 전까지만 해도 난 프랭크 처칠 씨가 제인 페어팩스에게 눈곱만큼의 관심이라도 있다고는 추호도 생각 못 했어. 만일 그랬다면 틀림없이 너한테도 응당 주의를 주었겠지."

"저한테요!" 해리엇이 깜짝 놀라 얼굴을 붉히며 외쳤다. "저한테 왜 주의를 주시지요? 설마 제가 프랭크 처칠 씨를 좋아한다고 생각하시는 건 아니시지요."

"그렇게 당당하게 말하는 걸 들으니 기쁘네." 에마가 미소를 지으며 대답했다. "하지만 전에는, 그리 오래전도 아니지만, 그 사람을 좋아하는구나 하고 믿을 만한 이야기를 나한테 하지 않았나?"

"그분을요! 아니요, 그런 적 없어요. 우드하우스 양, 어떻게 제 말을 그렇게 오해하셨어요?" 속이 상해 고개까지 돌리는 것이었다.

"해리엇!" 한순간 침묵하다가 에마가 외쳤다. "무슨 말이야? 맙소사! 무슨 말이야? 오해라고! 그렇다면?"

그녀는 한마디도 더 할 수가 없었다. 목소리가 나오지 않았고, 자리에 주저앉아 두려움에 짓눌리며 헤리엇의 대답을 기다렸다.

그녀에게서 얼굴을 돌린 채 좀 떨어져 서 있던 헤리엇은 당장은 아무 말도 하지 않았다. 그리고 입을 열었을 때 그녀의 목소리는 에마 못지않게 동요되어 있었다.

"아가씨 같은 분이 제 말을 오해하실 줄은 꿈에도 몰랐어요!" 그녀는 말을 시작했다. "그분 이름을 발설하지는 말자고 서로 약속한 것은 저도 알아요. 하지만 누구도 따라올 수 없는 말할 수 없이 뛰어난 분인 걸 생각하면, 제가 다른 사람 이야기를 한다고 생각하실 줄은 꿈에도 몰랐어요! 프랭크 처칠 씨는 그분과 한자리에 선다면 아무도 안 쳐다볼 사람인데요. 제 취향이 프랭크 처칠 씨를 마음에 둘 정도는 넘어섰다고 감히 생각해요. 그분 곁에선 아무것도 아닌 사람인걸요. 그런데 아가씨가 그렇게 오해하셨다니 정말 놀라워요! 분명한 건요, 아가씨가 전적으로 찬성하고 격려해 주실 것이라 믿지 않았다면 처음에는 그분을 감히 마음에 두다니 너무나 주제넘은 짓이라 거의 생각했을 거란 점이에요. 더 놀라운 일들도 있었다고, 더 차이 나는 결합도 이루어진 적이 있다고 (아가씨 표현 그대로 예요.) 처음에 아가씨가 말해 주시지 않았다면, 전 감히 제 마음 가는 대로는…… 그런 일이 가능하다는 생각조차 못 했을 거예요. 그렇지만 만일 그분과 옛날부터 알고 지낸 아가씨께서……."

"헤리엇!" 마음을 굳게 다잡으며 에마가 외쳤다. "이제 더 이상 착오가 없게 서로 터놓고 이야기해 보자. 네가 말하는 사람이…… 나이틀리 씨야?"

"물론이에요. 전 다른 사람은 생각도 못 했어요. 그래서 아가씨도 아시는 줄 알았지요. 그분 이야기를 나누었을 때, 더 없이 분명했잖아요."

"꼭 그렇지는 않았어." 가까스로 침착을 유지하며 에마가 대답했다. "그때 네가 한 모든 이야기가 나한테는 다른 사람 이야기로 들렸으니까. 난 네가 프랭크 처칠 씨 이름을 대다시피 했다고 여겼을 정도거든. 프랭크 처칠 씨가 집시들한테서 보호해 준 이야기를 한 것 맞잖아."

"어머! 우드하우스 양, 어쩜 다 잊어버리셨네요!"

"해리엇, 그때 내가 무슨 말을 했는지 그 요지는 완전히 기억하고 있어. 너의 애정이 놀랍지 않다고, 그 사람이 너한테 해 준 일을 생각하면 지극히 자연스러운 일이라고 말했지. 그리고 너도 거기 동의하면서 그 일에 대한 고마움을 아주 열렬히 표현했고, 심지어 너를 구해 주러 나서는 모습을 보았을 때 기분이 어땠는지도 이야기했잖아. 그때 내가 받은 인상이 기억에 생생한데."

"어머, 세상에." 해리엇이 외쳤다. "이제 와 생각하니 무슨 말씀이신지 알겠네요. 그렇지만 그때 전 전혀 다른 일을 생각하고 있었어요. 제가 말한 것은 집시가 아니었어요, 프랭크 처칠 씨가 아니었어요. 천만에요! (좀 고양되며) 저는 훨씬 더 소중한 순간을 생각하고 있었어요. 엘튼 씨가 저와 춤추지 않겠다고 하고 방 안에 다른 파트너도 없는 상황에서 나이틀리 씨가 저에게 다가와 춤을 청하셨던 때 말이에요. 친절한 행동은 바로 그것이었고, 고귀한 관용과 아량 역시 그 행동을 말한 거였어요. 그 도움을 계기로 저는 그분이 이 세상 누구보다도 얼마나 더 뛰어난 분인지 느끼기 시작했어요."

"맙소사!" 에마가 소리쳤다. "대단히 불운한, 대단히 유감스러운 착오였구나! 이제 어쩌면 좋지?"

"제가 무슨 말을 하는지 아셨다면 격려하시지는 않았을 거라는 말씀이네요. 그렇지만 적어도 제가 다른 사람을 마음에 둔 경우보다 나쁜 상황은 아니잖아요. 그리고 이제는…… 어쩌면 정말로 그런 일이……."

그녀는 잠시 말을 멈추었다. 에마는 입을 뗄 수가 없었다.

"저도 이해해요, 우드하우스 양." 그녀는 다시 말을 시작했다. "저와 관련해서든 다른 누구와 관련해서든, 그 두 분 사이에 커다란 차이가 있다고 느끼시는 것을. 저보다 우월하기로는 한 분이 다른 분보다 오백 배는 더하다고 생각하시겠지요. 그렇지만 제 바람이지만요, 우드하우스 양, 혹시…… 만약에…… 비록 이상해 보이기는 하겠지만…… 그렇지만 아가씨가 그렇게 말했잖아요, 프랭크 처칠 씨와 저하고보다 더 신기한 일들도 일어난 적이 있다고, 그보다 더 크게 차이 나는 결합도 이루어진 적이 있다고. 그러니 심지어 이런 일도 이미 있었을 수도 있잖아요. 그리고 제가 말할 수 없이 아주 운이 좋아서 혹시라도…… 만일 나이틀리 씨가 정말로…… 그분이 그런 차이가 상관없다 하신다면, 우드하우스 양, 제 바람입니다만 아가씨도 반대하시거나 가로막지는 않으시겠지요. 그러실 수 없이 좋은 분이라는 거, 잘 알지만요."

634

해리엇은 창문가에 서 있었다. 에마는 경악하여 고개를 돌려 그녀를 쳐다보며 급히 말했다.

"혹시 네 애정에 나이틀리 씨가 화답할지도 모른다고 생각하는 거야?"

"예." 해리엇이 겸손하지만 두려움 없이 대답했다. "그렇다고 해야겠네요."

에마는 즉각 눈길을 돌렸다. 그리고 몇 분간 속으로 생각을 되씹으며 얼어붙은 듯 앉아 있었다. 자신의 마음을 알아차리는 데는 몇 분으로 충분했다. 그녀와 같은 정신은 일단 의혹을 품으면 급속한 진전을 보게 마련이었다. 그녀는 모든 진실을 문득 감지하고, 인정하고, 확인했다. 해리엇이 프랭크 처칠이 아니라 나이틀리 씨를 사랑하는 것이 왜 그렇게 훨씬 더 나쁘게 여겨질까? 해리엇이 자신의 사랑에 응답이 있으리라는 희망을 얼마간 품고 있다고 해서 왜 그렇게 더 끔찍하게 불행한 사태가 되는 것일까? 한 가지 생각이 쏜살같이 에마의 뇌리를 스쳤으니, 나이틀리 씨가 자기 말고 누구하고도 결혼해서는 안 된다는 것이었다!

자신의 마음과 아울러 자신의 행동이 그 몇 분 사이에 그녀 앞에 펼쳐졌다. 모든 것이 이제껏 한 번도 가져 보지 못한 명료함으로 다가왔다. 이제까지 해리엇한테 얼마나 부적절하게 처신했던가! 사려 깊고, 섬세하고, 합리적이고, 다감한 것과는 얼마나 거리가 먼 행동이었던가! 어떤 맹목에, 어떤 광기에 이끌려 그리 행동한 것일까! 그런 생각이 끔찍하게 물밀듯 밀려들고, 자신의 처신에 어떤 나쁜 이름이라도 기꺼이 붙이고 싶은 심정이었다. 그렇지만 이 모든 결점에도 불구하고 자신에 대한 한 조각 존중심, 체면을 잃을까 하는 얼마간의 우려와 해리엇에게 공정해야 한다는 의지 덕분에 (나이틀리 씨의 사랑을 받고 있다고 믿는 아이에게 동정을 베풀 필요야 없겠지만, 지금 조금이라도 차갑게 대해 그 애를 불행하게 하는 것은 공정에 어긋나는 짓이었다.) 에마는 침착하게, 심지어 겉보기에는 상냥한 모습으로 꿋꿋이 견디며 앉아 있었다. 사실 자신의 이익을 위해서도 해리엇의 희망의 최대치가 무엇인지 캐물을 필요가 있었다. 그리고 자기가 그렇게 자진해서 맺고 유지해 온 관심과 배려를 철회하게 할 만한, 혹은 한 번도 올바른 방향으로 조언해 준 바 없는 장본인한테서 무시를 당할 만한 짓을 해리엇이 한 것도 아니었다. 그래서 생각에서 깨어나 감정을 다스리며, 그녀는 다시 해리엇을 향하여 좀 더 부드러운 어조로 대화를 이어 나갔다. 처음에 그 대화를 촉발했던 화제, 즉 제인 페어팩스의 놀라운 이야기로 말할 것 같으면 완전히 가라앉아 사라져 버렸다. 두 사람 다 나이틀리 씨와 자기 자신 말고는 다른 생각을 하지 못했다.

해리엇은 결코 불행하지 않은 몽상에 잠겨 서 있었지만, 그럼에도 우드하우스 양 같은 심판관이자 친구가 이제 격려하는 투로 그 몽상에서 자신을 불러내자 대단히 기뻤고, 청하기만을 기다린 듯 기쁨에 떨리는 목소리로 희망을 품게 된 경위를 털어놓았다. 질문하고 귀 기울일 때 에마의 동요는 해리엇의 동요보다는 더 잘 감추어졌지만 덜하지는 않았다. 그녀의 목소리는 떨리지는 않았지만, 마음은 그런 자아의 발전, 그런 위협적인 불행의 엄습, 그런 갑작스럽고 곤혹스러운 감정의 혼돈이 자아내게 마련인 온갖 동요에 휩싸였다. 그녀는 속으로 매우 고통스러워하며, 그렇지만 겉으로는 매우 인내심 있게 해리엇의 자세한 설명에 귀를 기울였다. 체계적이거나 정연하거나 뛰어난 말솜씨를 기대할 순 없는 노릇이었지만, 취약하고 동어반복인 모든 말들과 별도로 그 속에는 그녀의 가슴을 철렁하게 하는 내용이 담겨 있었다. 특히 자신의 기억으로도 해리엇의 이야기에 부응하는 정황이 떠올랐으니 나이틀리 씨가 해리엇을 훨씬 더 좋게 보게 된 것은 사실이었다.

  해리엇은 그 두 차례의 결정적인 춤을 같이 춘 이후로 그의 행동이 달라졌다는 것을 내내 의식했던 모양이었다. 그 일이 있고 나서 그가 해리엇이 자기 기대보다 훨씬 더 낫다는 것을 알게 되었다는 사실은 에마도 알았다. 그날 밤 이후로, 적어도 그분 생각을 해도 좋다는 우드하우스 양의 격려가 있었던 때 이후로 해리엇은 그가 자기에게 전보다 더 많이 말을 걸고, 정말이지 자기를 대하는 태도가 완연히 달라진 것을 의식하기 시작했다. 친절하고 상냥한 태도로 바뀐 것이다! 요즘 들어서는 점점 더 그것을 의식하게 되었다. 모두 함께 산책을 할 때, 그는 자주 그녀에게 다가와 곁에서 걸으며 아주 즐겁게 이야기했던 것이다! 그는 그녀와 친해지고 싶어 하는 것 같았다. 에마는 실제로 그랬을 가능성이 크다는 것을 알았다. 그녀도 그런 변화를, 거의 같은 정도로 자주 목격했던 것이다. 해리엇은 그가 했던 시인과 칭찬의 표현들을 그대로 옮겼는데, 에마는 그 표현들이 자기가 알던바 해리엇에 대한 그의 판단과 아주 가깝게 일치한다고 느껴졌다. 그는 그녀가 꾸미거나 태를 내지 않는다고, 단순하고 정직하고 너그러운 감정을 가졌다고 칭찬했다. 그녀는 그가 해리엇에게서 그런 좋은 점을 보았다는 것을 알았으니, 자기에게 그런 이야기를 한 번 이상 했던 것이다. 해리엇의 기억 속에 살아 있는 많은 것들, 어떤 표정이나 말, 의자 옮겨 앉기, 찬사가 함축된 말, 해리엇을 먼저 배려한다고 짐작되는 행동 등 그가 보여 준 여러 세세한 관심들은 에마로서는 짐작도 못 한 만큼 알아차리지도 못했다. 그것을 눈여겨본 쪽에서 삼십 분씩 늘려 이야기할 수 있고 수많은 증거를 담고 있다고 여겨지는 정황들이 이제야 그 이야기를 듣게 된 쪽에서는 눈치도 못 챈 채 지나쳐 버린 일들이었다. 그렇지만 주목할 만한 정황 가운데 가장 최근의 것이자 해리엇에게 크나큰 희망을 안겨 준 두 경우는, 에마도 얼마간 직접 목격하지 않은 바는 아니었다. 첫 번째는 그가 돈웰의 라임 산책로에서 다른 사람들과 떨어져 그녀와 함께 걸었을 때였다. 거기서 두 사람은 에마가 오기 전까지 얼마간 함께 산책을 했는데, 그는 (그녀 생각에는 분명히) 다른 사람들에게서 떨어져 그녀와 단둘이 있으려고 일부러 애를 썼고, 처음에는 전에 없는 각별한 말투로 그녀에게 말을 걸어 왔는데, 정말로 아주 각별한 말투였다! (해리엇은 이것을 회상하며 얼굴을 붉히지 않을 수 없었다.) 그는 그녀가 마음에 둔 사람이 있는지 거의 물어볼 뻔했다는 것이다. 그러나 그녀가 (즉 우드하우스 양이) 곧 합류할 것처럼 보이는 즉시 화제를 바꾸고 농사 이야기를 시작했다. 두 번째는 그가 하트필드에 마지막으로 들렀던 바로 그날 아침으로, 처음 들어서면서는 오 분도 머물 수 없다고 해 놓고는 에마가 방문에서 돌아오기까지 거의 삼십 분이나 그녀와 앉아서 이야기를 나누었으며, 대화 중에 비록 런던에 가야 하기는 하지만 집을 떠난다는 것부터가 자기 의사에 매우 반하는 일이라고 털어놓았는데, 이것은 (에마 느낌에) 자기한테 한 이야기를 훨씬 넘어서는 내용이었다. 이 한 대목에서 드러난바, 그녀는 나이틀리 씨가 해리엇에게 자기 이야기를 더 터놓는다는 사실에 마음이 심하게 아팠다.

두 정황 중 첫 번째 경우에 대해서는, 그녀는 잠깐 생각한 끝에 다음과 같은 질문을 시도하기는 했다. "혹시 그런 건 아닐까? 네 생각대로 그분이 네 마음이 어떤지 물었다면, 그건 마틴 씨 이야기일 수도, 마틴 씨하고 잘될 가능성을 염두에 둔 말일 수도 있지 않아?" 그러나 해리엇은 그런 의혹을 완강히 부인했다.

"마틴 씨요! 절대 아니에요! 마틴 씨 이야기는 나오지도 않았어요. 이제 저도 마틴 씨를 좋아한다거나 그런 의혹을 살 정도는 넘어섰기를 바라요."

증거를 다 댄 후 해리엇은 친애하는 우드하우스 양에게 이만하면 희망을 가질 충분한 근거가 있는 건 아닌지 말해 주십사고 청했다.

"아가씨가 아니었다면." 그녀가 말했다. "애당초 그런 생각은 결코 엄두도 못 냈을 거예요. 아가씨께서 그분을 주의 깊게 관찰하고 그분의 행동을 제 행동의 원칙으로 삼으라고 하셨고, 저도 그대로 해 왔어요. 그렇지만 지금은 제가 그분 상대가 될 자격이 있다는, 그분이 실제로 저를 택하신다 해도 그렇게 아주 놀라운 일은 아닐 거라는 생각도 드는 것 같아요."

이 말에 쓸쓸한 감정, 많은 쓸쓸한 감정이 몰아쳤기 때문에 에마 편에서 이렇게 대답하기에는 극도의 노력이 필요했다.

"해리엇, 내 이 말만 할게. 나이틀리 씨는 어떤 여자에게든 일부러 감정을 과하게 표현해서 착각을 하게 할 분이 절대 아니야."

해리엇은 그렇게 만족스러운 답을 준 친구에게 숭배를 바칠 기세였고, 그 순간 끔찍한 고문이었을 환희와 애정 공세에서 에마가 벗어날 수 있었던 것은 오로지 아버지의 발자국 소리 덕분이었다. 그는 홀을 통해 방으로 오고 있었다. 해리엇은 마음이 너무나 동요되어 그를 만날 수가 없었다. "침착하게 굴 수가 없다. 우드하우스 씨가 놀랄 것이다. 자기가 자리를 뜨는 편이 낫겠다."라는 것이었다. 그래서 친구가 매우 기꺼이 그러라고 하는 가운데 그녀는 다른 쪽 문으로 빠져나갔고, 그녀가 나간 순간 에마의 감정은 이렇게 저절로 폭발하고 말았다. "아 하느님! 애당초 저 애를 만나지 않았더라면 좋았을까!"

해가 지고 밤이 왔지만, 생각을 정리하기에는 시간이 부족했다. 그녀는 지난 몇 시간 사이 그녀에게 몰아닥친 혼란스러운 일들에 정신이 어지러웠다. 매순간 새로운 놀라움이 다가오고, 놀라움 하나하나가 그녀에게는 치욕일 뿐이었다. 이 모든 것을 어떻게 이해하나! 자기가 그렇게 스스로에게 가한, 또 스스로 믿으며 살아 온 그 기만들을 어떻게 이해한단 말인가! 어리석기 짝이 없는 실수다, 자기 생각과 느낌에 대한 그런 무지라니! 그녀는 꼼짝 않고 앉았다가, 이리저리 돌아다니다가, 자기 방에도 들어가고, 관목 숲도 걸어 보았으나…… 어디를 가든 어떤 자세로 있든 그녀는 자기가 더없이 나약하게 행동했다는 것, 지극히 치욕스럽게도 남들한테 속았다는 것, 그러나 더욱더 치욕스러운 것은 스스로 자기 자신을 속였다는 것, 이제 참담한 궁지에 몰렸으며 어쩌면 이날이 참담함의 시작에 불과할지도 모른다는 것을 깨달았다.

무엇보다 자신의 마음을 이해하는, 철저히 이해하는 노력이 우선이었다. 그녀는 아버지 시중을 드는 짬짬이 모든 시간을 거기 쏟아부었고, 어떤 때는 멍하니 생각에 빠지기도 했다.

이제 자신의 모든 감정이 말해 주듯 나이틀리 씨가 자기한테 그렇게 소중한 이가 된 것은 언제부터였나? 그의 영향력, 그런 영향력이 시작된 것은 언제인가? 그녀의 애정에서 한때 잠시나마 프랭크 처칠이 차지했던 자리에 그가 들어선 것은 언제인가? 그녀는 지난날을 돌이키며 두 사람을 비교해 보았다. 각자에 대해 그녀가 언제나 가졌던 평가에 따라 후자를 알게 된 시점부터 두 사람을 비교해 보았는데, 아! 정식으로 비교해 볼 생각을 좀 더 일찍 할 수만 있었더라면 얼마나 다행한 축복이었을까. 그녀는 자기가 나이틀리 씨 쪽이 무한히 더 낫다고 여기지 않거나, 자신에 대한 그의 관심이 무한히 더 소중하지 않은 적이 없다는 것을 깨달았다. 그렇지 않은 양 스스로 설득하고 상상하고 처신한 자신이야말로 자기 마음은 하나도 모른 채 완전한 미망 속에 헤매고 있었음을 깨달았다. 간단히 말해 프랭크 처칠을 진심으로 좋아한 적은 한 번도 없었다!

이것이 첫 번째 일련의 생각에서 얻은 결론이었다. 처음 질문을 던진 이후 이러한 자기 인식에 도달하기까지는 오래 걸리지도 않았다. 그녀는 서글픈 분노에 휩싸였다. 새로 깨달은 감정, 즉 나이틀리 씨를 향한 마음을 제외하고는 모든 감정들이 수치스러웠다. 자기 마음의 모든 다른 부분이 역겹게 여겨졌다.

참아 줄 수 없는 허영심으로 그녀는 모든 사람의 숨겨진 감정을 자기가 안다고 믿고, 용서할 수 없는 교만으로 모든 사람의 운명을 조정하겠노라고 나댔다. 모든 점에서 착각에 빠져 있었음이 드러났는데, 그렇다고 아무것도 안 한 것도 못 되니 곧 해악을 저질러 왔다. 해리엇에게, 자기 자신한테, 그리고 무척이나 두렵지만 어쩌면 나이틀리 씨한테도 재앙을 몰고 왔다. 그 어떤 인연보다도 대등하지 못한 이 인연이 정말로 맺어진다면, 그 발단을 제공한 모든 비난은 그녀에게 돌아와야 마땅했다. 그녀로서는 그의 애정은 오로지 해리엇의 애정을 의식하면서 생겨났다고 믿어야만 했으니까. 설령 그렇지 않다 하더라도, 자기가 바보짓만 하지 않았더라면 그가 해리엇을 알게 되는 일은 결코 없었으리라.

나이틀리 씨와 해리엇 스미스 이 결합 앞에서는 어떤 놀라운 사례도 무색해질 것이었다. 이와 비교하면 프랭크 처칠과 제인 페어팩스의 애정은 상식적이고 시시하고 진부할 뿐, 전혀 놀라움을 자아내지도 격차를 드러내지도 입에 올리거나 생각을 기울일 거리를 제공하지도 못하는 것이 되어 버렸다. 나이틀리 씨와 해리엇 스미스 그녀 편에서는 그렇게 엄청난 상승! 그의 편에서는 그렇게 엄청난 격하! 이 일로 그에 대한 전반적인 평판이 얼마나 낮아질지 생각하니, 그를 비웃으며 사람들이 누릴 미소와 조롱과 즐거움이라든가 그의 동생이 느낄 굴욕감과 경멸, 그 사람 본인에게 가해질 수천 가지 불편들이 뻔히 예상되어 에마는 끔찍했다. 이런 일이 있을 수 있을까? 아니다, 불가능한 일이다. 그렇지만 불가능하다고만 하기는 힘든, 아주 힘든 일이다. 일급 능력을 갖춘 남자가 아주 저급한 힘들에 사로잡히는 것이 고금에 없었던 일인가? 한 남자가 아마도 너무 바빠서 제대로 연분을 찾아보지도 못한 채 그를 차지하려 덤벼드는 여자에게 돌아가는 일이 여태 없었던 일인가? 이 세상에서 불평등하고 일관성 없고 터무니없는 일이 벌어지는 것이, 혹은 (두 번째 원인으로서*) 우연과 상황이 인간의 운명을 관장하는 것이 여태 없었던 일인가?

아! 자기가 해리엇을 앞으로 끌어내지만 않았더라면! 원래 있어야 마땅한 자리에, 그가 그녀의 마땅한 자리라고 했던 그 자리에 그대로 내버려 두었더라면! 그녀한테 어울리는 자리에서 행복하고 존경받는 인생을 누리게 해 주었을 흠잡을 데 없는 청년과 결혼하지 못하게 자기가 나서서 막지만 않았더라면! 모두 안전했을 것이고, 이런 끔찍한 결과는 전혀 벌어지지 않았을 텐데. 이루 말할 수 없이 어리석은 짓이었다.

해리엇이 언감생심 나이틀리 씨를 넘보다니, 어떻게 그렇게 주제넘을 수가 있을까! 그런 남성에게서 확실한 언질도 없

---

* 첫 번째 원인은 모든 인간사를 관할하는 하느님이라는 당시의 발상이 전제되었다.

었는데 자기가 선택된 사람이라는 생각을 어떻게 감히 할 수가 있지! 그렇지만 해리엇은 전보다 겸손함도 조심성도 덜해졌다. 정신에서든 처지에서든 자신이 모자란다는 의식은 거의 사라진 듯했다. 엘튼 씨 경우에는 자기와 결혼하면 격이 떨어지게 된다는 것을 지금 나이틀리 씨보다 한결 더 의식했던 듯했다. 아! 그 또한 자기 때문에 그리 된 것 아닌가! 해리엇에게 자신이 중요한 존재라는 생각을 불어넣으려 애쓴 사람이 자기 말고 누가 있나? 가능하다면 좀 더 높은 자리로 올라가야 한다고, 높은 세속적 지위를 누릴 자격이 충분하다고 가르친 사람이 자기 말고 누가 있는가? 겸손했던 해리엇이 허영심을 갖게 되었다면, 그 또한 자신의 소행이었다.

12

자신의 행복이 얼마나 나이틀리 씨의 첫손에 꼽히는가 하
는 데, 관심과 애정에서 첫손에 꼽히는가 하는 데 달려 있는지,
그 자리를 잃게 될 위험에 처한 지금에 이르기까지 에마는 한
번도 깨닫지 못했다. 자기가 첫째라는 데 만족하고 자신의 마
땅한 몫이라고 여기며, 아무 생각 없이 그 자리를 누려 온 것이
었다. 그리고 오로지 다른 사람한테 밀려날 두려움이 생겨서
야 그 자리가 얼마나 말할 수 없이 중요했는지 알게 되었다. 오
래전, 아주 오래전부터 그녀는 자기가 첫째라고 느꼈다. 여자
친척이 없는 그에게는 그녀와 비슷한 위치에 있는 상대는 이
저벨라 뿐이었고, 그녀는 그가 어느 정도로 이저벨라를 사랑
하고 높이 보는지 옛날부터 정확하게 알았다. 오래전부터 그
녀 자신이 그에게 첫째였다. 그럴 만한 자격이 있어서는 아니
었다. 그녀는 자주 소홀히 대하거나 억지를 부렸으니, 그의 충
고를 무시하거나 그의 장점을 반도 모른 채 고집스럽게 그에
게 맞서기도 했고, 그녀의 그릇되고 오만한 자기평가를 그대
로 받아들이지 않는다고 불평을 하기도 했다. 그럼에도 그는
가족적 연분과 습관, 철두철미 탁월한 정신으로 그녀를 사랑
해 주었고, 소녀 시절부터 그녀를 지켜보면서 그녀를 더 나은

사람으로 만들려고 노력하고 그녀가 올바르게 처신하기를 바랐으니, 그런 사람은 세상에 둘도 없었다. 그녀는 자신의 모든 결점에도 불구하고 자기가 그에게 소중한 존재임을 알고 있었다. 아주 소중한 존재라고 해도 되지 않을까? 그렇지만 여기에 이어지게 마련인 희망의 조짐들이 모습을 드러내도 그녀는 맘껏 기뻐할 엄두는 나지 않았다. 해리엇 스미스는 자기가 나이틀리 씨의 각별하고 유일하며 열렬한 사랑을 받을 자격이 없지 않다고 생각할지 모르겠으나, 그녀는 그럴 수가 없었다. 자신에 대한 그의 애정이 맹목적이라고 자신만만할 수 없었던 것이다. 그 애정이 얼마나 불편부당한지는 아주 최근에 그 증거를 본 셈이다. 베이츠 양에 대한 그녀의 행동을 보고 그는 얼마나 놀라워했던가! 저지른 짓에 비하면 과한 정도는 아니었지만, 올곧은 정의와 눈 밝은 선의보다 더 부드러운 감정에서 비롯되었다기에는 너무, 너무나 과했다. 그가 지금 문제로 떠오른 그런 애정을 그녀에게 품고 있으리라는 어떤 희망도, 희망이라는 이름으로 불릴 만한 어떤 것도 그녀에게는 없었다. 그렇지만 해리엇이 착각한 것이며 그녀에 대한 그의 관심을 과대평가한 것일지도 모른다는 (어떨 때는 미미하고, 어떨 때는 더 강한) 희망은 있었다. 그를 위해서 그러기만을 바라야 했다. 그 결과가 자기에게는 그가 평생 독신으로 남는 것 이상 아무것도 아니라도. 실제로 그 점만, 그가 결코 결혼하지 않으리라는 점만 확신할 수 있다면, 자기는 완전히 만족하리라고 믿었다. 그가 자기와 아버지에게 지금과 같은 나이틀리 씨로, 온 세상에 대해 지금과 같은 나이틀리 씨로 남기만 한다면, 돈웰과 하트필드에 우정과 신뢰의 소중한 교분이 하나도 줄어들지만 않는다면 그녀의 평화는 완전히 확보될 것이었다. 사실 결혼은 그녀에게는 적절치 않았다. 아버지에 대한 의무나 아버지에 대한 마음과 양립할 수 없을 것이었다. 어떤 것도 그녀를 아버지한테서 떼어 놓을 수는 없었다. 설령 나이틀리 씨가 청혼을 하더라도 결혼은 하지 않을 것이었다.

해리엇이 실망을 겪는 것이 에마의 간절한 소망일 수밖에 없었다. 두 사람이 다시 함께 있는 모습을 볼 수 있다면 실망의 가능성이 얼마나 되는지 적어도 확인해 볼 수 있을 것이었다. 이제부터 그들을 아주 면밀하게 관찰해 보아야 했다. 그리고 지금까지는 한심하게도 자기가 뻔히 지켜보던 사람들조차 오해를 했지만, 이번에도 눈이 멀 수 있다고는 도무지 인정할 수 없었다. 그는 언제라도 돌아올 수 있었다. 관찰의 기회가 곧 주어질 텐데, 생각이 한쪽으로 흐를 때면 너무 빨리 올 것 같아 겁이 났다. 그때까지는 해리엇을 만나지 않기로 결심했다. 그 이야기를 더 하는 것은 자기한테나 그녀한테나 아무 도움이 안 될 것이고, 이 문제에도 아무 도움이 안 될 것이었다. 이야기를 하다 보면 심기만 더 불편해질 뿐이다. 그래서 그녀는 해리엇에게 친절하지만 결연하게 지금은 하트필드에 오지 말아 달라고 청하는 편지를 썼다. 한 가지 화제에 대해서는 더 이상 터놓고 이야기를 나누는 일은 피하는 편이 낫다는 확신이 든다고 인정하며, 다른 사람과 함께라면 예외지만 (둘만의 정담에만 반대하는 것이니까.) 서로 다시 만날 때까지 며칠 유예를 둔다면 둘 다 어제의 대화를 잊어버린 것처럼 행동할 수 있지 않을까 희망하는 내용이었다. 해리엇은 순순히 따르며, 찬성하고 고마워했다.

이렇게 막 처리했을 때, 어느 방문객이 찾아와 지난 스물네 시간 동안 자나 깨나 자신의 생각을 사로잡았던 그 단 한 가지 주제에서 다른 데로 생각을 돌리게 되었다. 며느릿감을 방문하고 온 웨스턴 부인이 집으로 돌아가는 길에 하트필드에 들러 그 흥미로운 면담 이야기를 모두 세세히 들려주었다. 자신이 원하기도 했지만 에마에게 말해 주는 것이 의무가 아닌가 해서였다.

웨스턴 씨도 그녀와 함께 베이츠 부인 댁에 가서, 꼭 치러야 할 이 절차에서 대단히 멋지게 제 몫을 수행했다. 그러나 베이츠 부인 댁 응접실에서의 십오 분은 아무래도 어색한 분위기 속에 지나갔고 그 후 페어팩스 양에게 함께 바람을 좀 쐬자고 불러낸 웨스턴 부인은 집 안에서보다 훨씬 더 많은 이야깃거리, 훨씬 더 많은 흡족한 이야깃거리를 안고 돌아왔다.

에마도 약간 호기심이 있었고, 그것을 최대한 활용해 가며 부인의 이야기를 들었다. 방문하러 출발할 때는 웨스턴 부인 본인도 마음이 상당히 불편해서, 애당초 지금은 아예 가지 말고 대신 페어팩스 양에게 편지만 보내는 것으로 넘어가고 얼마간 시간이 흘러 처칠 씨가 약혼을 공개해도 좋다고 생각할 때까지 이 방문 의례를 미룰 수 있었으면 했다. 모든 것을 감안할 때 그런 방문을 하면 소문이 안 날 수 없겠다 싶었기 때문이다. 그러나 웨스턴 씨 생각은 달랐으니, 그는 페어팩스 양과 그 가족에게 자기가 찬성한다는 것을 보여 주고 싶은 마음이 간절했고, 이 방문으로 무슨 의심을 사리라고는 생각하지 않았다. 혹은 그런다고 해도 아무 상관이 없다는 것이다. 그의 지적으로는 "그런 일은 언제나 소문나게 마련"이라는 것이었다. 에마는 미소 지었고, 웨스턴 씨 말에 충분한 일리가 있다고 생각했다. 간단히 말해, 부부는 방문을 했다. 그리고 문제의 숙녀가 느끼는 곤혹감과 혼란은 대단히 심해 보였다. 그녀는 거의 한마디도 하지 못한 채, 표정과 행동거지마다 떳떳하지 못하다는 의식에도 시달리는 게 역력했다. 조용히 진심으로 기꺼워하는 노부인과 황홀한 기쁨에 빠진, 심지어 무척이나 기뻐서 평소처럼 수다도 못 떠는 그 딸의 모습은 흡족하면서도 거의 가슴 아픈 장면이었다. 두 사람 모두 행복해하는 품이 참으로 점잖기 짝이 없고 사심 없는 마음이 매우 훤히 드러나기 때문에, 제인은 물론 모든 사람의 입장을 너무 배려하고 자기네 생각은 너무 안 했기 때문에 그들을 보면 온갖 친절한 감정이 절로 우러났다. 페어팩스 양이 최근에 병이 나서 웨스턴 부인에게는 바람 쐬러 가자고 청할 좋은 구실이 생겼다. 그녀는 처음에는 멈칫하며 사양했지만, 거듭 권하자 받아들였다. 그리고 같이 바람을 쐬던 중 웨스턴 부인의 부드러운 격려에 힘입어 당혹감을 떨쳐 내면서부터 그녀는 그 중대사에 대해 이야기를 할 수 있었다. 그러나 먼저 그 부부를 처음 맞이할 때 자기가 버릇없게 보일 정도로 침묵을 지킨 것을 사과하고, 우선 웨스턴 부인 본인과 웨스턴 씨에게 언제나 품고 있었던 감사의 마음을 열렬히 표했으니 이는 당연한 순서였다. 이런 마음이 다 토로된 후로 두 사람은 약혼의 현재와 미래를 두고 많은 이야기를 나누었다. 웨스턴 부인은 상대방이 너무 오랫동안 모든 것을 마음속에 가두어 놓으면서 스스로도 갇혀 있었던지라 그런 대화가 더없는 위안이 되었음에 틀림없다고 확신했고, 그 문제에 대해서 그녀가 한 말들이 모두 대단히 마음에 들더라고 했다.

"그렇게 여러 달 동안 숨기면서 얼마나 참담했는지 열심히 토로하더라고." 웨스턴 부인은 말을 계속했다. "이런 말도 했어. '약혼한 이후로 이따금 행복한 순간이 아주 없었다고는 하지 않겠어요. 그렇지만 정말 단 한 시간도 마음 편히 평화를 누린 적이 없다는 것은 말씀드릴 수 있어요.' 이 말을 할 때 떨리는 입술을 보니, 에마, 진심이 절절히 느껴지데."

"딱한 친구 같으니!" 에마가 말했다. "그렇다면 비밀 약혼에 동의한 것이 잘못된 일이라고는 생각하는군요?"

"잘못이라! 그 애가 자신을 탓하는 것 이상으로 그 애를 탓할 수 있는 사람도 없을 게야. 그 애 말이 '저에게 그 결과는 끊임없는 고통이었는데, 당연한 일이었지요. 그렇지만 그릇된 행동에서 비롯한 모든 벌을 받았다고 그릇된 점이 덜어지는 것은 아니지요. 고통이 면죄부는 아니니까요. 제가 결백하달 수는 절대 없어요. 어떻게 하는 게 올바른 행동인지 알면서 완전히 어긋나는 행동을 해 온 셈이니까요. 운 좋게 모두 잘 해결되었고 지금 제게 친절히들 대해 주시지만, 제 양심으로는 둘 다 있어서는 안 되는 일이지요. 제가 못 배워서 그렇다고는, 부인.' 이렇게 말을 잇더라. '생각지 말아 주세요. 저를 길러 주신 분들의 원칙이나 보살핌에 문제가 있나 보다는 생각은 부

650

디 말아 주세요. 잘못은 전적으로 저한테만 있답니다. 현재 상황이 훨씬 낫게 변하기는 했지만, 그래도 캠벨 대령한테 이 이야기를 어떻게 전할지 겁이 나는 것은 여전해요.'"

"딱한 친구!" 에마가 같은 소리를 반복했다. "그렇다면 상대방을 굉장히 사랑하는 모양이네요. 결국 약혼에 동의한 것은 오로지 애정 때문이었을 거예요. 애정이 판단력에 이긴 것이겠지요."

"맞아, 그 애에 대한 마음이 지극하다는 것은 의심할 여지가 없어."

"유감스럽지만." 에마는 한숨을 내쉬며 응답했다. "그 친구의 불행에 저도 종종 한몫했을 거예요."

"자기 편에서는 전혀 모르고 한 일이잖아. 그렇지만 프랭크가 우리한테 슬쩍 언급했던 오해들을 이야기할 때 보니 그 애 머릿속에도 그 생각이 있기는 했던 것 같아. 제 발등을 찍은 당연한 결과로 자기가 자꾸 비합리적이 되더라 말하더라고. 잘못을 의식하다 보니 불안만 수천 가지로 불어나 꼬투리를 잡고 짜증을 내게 되니, 프랭크도 참기 어려울 것이라고, 아니 실제로 참아 내지 못했다는 거야. 그 애가 이러더구나. '그 사람 성격이나 기질을 감안해야 했는데 그러지를 못했어요. 쾌활한 기질에다 명랑하고, 장난을 즐기는 성향이고, 상황만 달랐더라면 저도 처음처럼 그런 성격이 언제나 매력적으로 느껴졌겠지요.' 그러고는 네 이야기를 하기 시작했어. 자기가 아플 때 네가 매우 친절하게 굴었다고. 그리고 자기를 도와주려 애쓴 너의 모든 마음과 모든 노력에 감사한다는 말을 혹시 기회가 있으면 전해 달라는데 (나도 얼마나 고마운지 모르겠어.) 이 말을 하면서 붉어지는 얼굴을 보고서 난 무슨 영문인지 짐작이 간 거지. 자기가 너에게 제대로 된 인사 한번 못 했다고 마음에 걸려 하데."

"그 친구가 이제 행복하다는 것을 알았기 망정이네요." 에마가 심각하게 말했다. "자신의 엄격한 양심 때문에 소소한 장애물은 있겠지만, 분명히 행복할 테니까요. 그렇지 않았더라면 전 이런 감사 인사를 견딜 수 없었을 거예요. 아! 선생님, 제가 페어팩스 양한테 한 좋은 일 나쁜 일을 결산해 본다면요! 어쨌든 (감정을 억제하며 애써 더 경쾌한 어조로) 모두 잊어버려야지요. 이렇게 흥미로운 이야기를 세세히 해 주셔서 감사해요. 그 친구를 훨씬 좋게 생각하게 되네요. 아주 훌륭한 여성이라는 확신이 들어요. 아주 행복했으면 좋겠어요. 운이 좋은 건 남자 쪽이라 해야 맞겠네요. 미덕은 오로지 여자 쪽에만 있을 것 같으니까요."

웨스턴 부인으로서는 그런 결론을 그대로 지나칠 수는 없었다. 그녀는 거의 모든 면에서 프랭크를 훌륭하다 여기고 더 중요하게는 그를 대단히 사랑하기 때문에, 그녀의 변호는 간절할 수밖에 없었다. 그녀는 많은 사려와 적어도 그에 준하는 애정을 실어 변호했다. 그러나 너무 장황하다 보니 에마는 계속 집중하기가 어려웠고 곧 생각이 브런즈윅스퀘어나 돈웰로 향했다. 에마는 듣는 시늉을 하는 것조차 잊어버려, 웨스턴 부인이 끝으로 "우리 모두 간절히 기다리는 그 편지가 아직 오지는 않았잖아. 하지만 금방 오겠지."라고 했을 때 대답을 머뭇거릴 수밖에 없었고, 간절히 기다리는 편지가 무슨 편지인지 미처 기억을 못 한 채 결국 입에서 나오는 대로 답하는 수밖에 없었다.

"몸은 괜찮아, 에마?" 하는 질문이 웨스턴 부인이 헤어지면서 한 말이었다.

"어머! 그럼요. 전 언제나 건강하잖아요. 편지가 오는 대로 저한테도 꼭 알려 주셔야 해요."

웨스턴 부인의 이야기를 듣고 페어팩스 양을 다시 평가하며 동정심이 생겨나고 거기에 자기가 과거에 저지른 부당한 잘못들 생각이 더해지면서, 에마는 유쾌하지 않은 생각거리를 하나 더 떠안게 되었다. 좀 더 가깝게 지내려고 하지 않은 것이 지극히 후회스럽고, 분명 어느 정도는 질투심 때문이었다는 생각에 얼굴이 붉어졌다. 자기도 잘 아는 나이틀리 씨 바람대로 페어팩스 양에게 관심을 쏟았더라면. 어느 모로 보나 자격은 페어팩스 양한테 있는데. 그녀를 더 잘 알려고 했더라면, 친해지려고 자기 편에서 노력해 보았더라면, 해리엇 스미스 대신 그녀를 친구로 삼으려 해 보았더라면 틀림없이 지금 자기를 짓누르는 모든 고통을 면할 수 있었을 것이다. 출신 배경으로 보나 능력과 교육으로 보나, 자기 벗으로 고맙게 받아들여야 할 사람은 이쪽이었다. 그에 비해 다른 쪽은, 사실 인물 축에나 끼는가? 설령 둘이 절친한 친구가 되지는 못했더라도, 페어팩스 양이 이 중대사를 털어놓을 만한 사람 중에 자기가 꼽히지는 십중팔구 못했겠지만, 그렇더라도 그녀의 사람됨을 당연하고 자연스럽게 알게 되었을 터이니 딕슨 씨와 부적절한 관계라는 끔찍한 의심 따위는 하지 않았을 것이다. 그러나 너무나 어리석게도 그런 의심을 스스로 만들어 내고 간직했을 뿐 아니라 남에게 전하는 도저히 용서할 수 없는 짓까지 저질렀으니. 아뿔싸, 여기에 프랭크 처칠의 경솔함이나 부주의까지 가해졌으니 제인의 섬세한 감성을 얼마나 헤집어 놓았을지 가히 짐작이 갔다. 제인이 하이베리에 온 후로 그녀를 둘러싼 모든 재앙의 근원 중 자기가 아마 최악이었을 것이라는 생각이 들었다. 자기가 끊임없는 적이었을 것이다. 셋이 다 함께 있는 자리에서는 언제나 자기가 제인 페어팩스의 마음의 평화를 수없이 해치고야 말았을 것이며, 아마도 박스힐에서는 더 이상 참을 수 없는 괴로운 심정이었을 것이다.

하트필드의 이날 저녁은 매우 길고 우울했다. 날씨까지 음울함을 더하려고 기를 쓰는 듯했다. 차가운 비바람이 몰아치고, 7월다운 구석이라고는 바람에 유린되는 나무와 관목 들, 그리고 그런 잔인한 광경을 더 오래 지켜보게 할 뿐인 긴 하룻날뿐이었다.

날씨는 우드하우스 씨에게 영향을 미쳐, 딸 쪽에서 거의 끊임없이 시중을 들어주어야만 그럭저럭 평온한 상태가 될 수 있었는데, 그런 노력이 전보다 배는 더 힘들게 느껴졌다. 자기가 처음으로 아버지와 단둘이 대화를 나누어야 했던, 웨스턴 부인 결혼식 날 저녁이 떠올랐다. 그러나 그때는 차 마시는 시간이 지나고 얼마 안 되어 나이틀리 씨가 찾아와 모든 우울한 공상을 말끔히 씻어 주었다. 아! 그런 방문이 보여 주는, 하트필드가 지닌 매력의 즐거운 증거들도 이제 곧 끝날 것이었다.

그때 그녀가 그렸던, 다가오는 겨울의 쓸쓸한 모습은 틀린 것으로 드러났었다. 자신들을 버린 친구도 없었고, 사라진 즐거움도 없었다. 그러나 지금 느끼는 불길한 예감은 그렇게 틀리지 않을 것 같았다. 지금 그녀 앞에 놓인 전망은 매우 위협적이어서 완전히 사라지기는 불가능하고, 일부 밝아지는 것조차 힘들지 모를 일이었다. 그녀의 우인들 사이에 일어날지도 모를 일이 모두 일어난다면, 하트필드는 상대적으로 쓸쓸해질 것이 틀림없으며 자기만 홀로 남아 깨어져 버린 행복을 아쉬워하며 아버지를 위로해 드려야 할 것이다.

랜들스에 태어날 아이는 그 집에 자기보다 더 소중한 인연이 될 것이고, 웨스턴 부인의 마음과 시간은 거기 매일 것이었다. 자기와 아버지는 웨스턴 부인을 잃을 것이고, 아마도 상당 부분 부인의 남편 또한 잃을 것이었다. 프랭크 처칠도 이제 다시 들르지 않을 것이고, 페어팩스 양은 곧 하이베리 사람이 아니게 되리라고 보는 것이 온당했다. 두 사람은 결혼해서 엔스컴이나 그 근처에 보금자리를 꾸릴 것이었다. 모든 좋은 것이 사라질 것이고, 이런 상실에다 돈웰의 상실까지 더해진다면, 가까이 손닿는 곳에 어떤 즐거운 혹은 그럴듯한 사교가 남아 있겠는가? 나이틀리 씨가 저녁때 잠시 찾아와 편안히 있다 가는 일도 이제 없어진다니! 자기 집을 그들의 집과 바꾸고 싶은 양 아무 때나 걸어 들어오는 일도 없어진다니! 도대체 어떻게 견뎌 내나? 거기다 해리엇 때문에 자기 집에서 그를 잃어야 한다면, 이제부터는 그가 해리엇하고 함께하는 시간 속에서 모든 희망을 충족한다고 여겨야 한다면, 그가 인생의 모든 최상의 축복을 기대하는 첫손에 꼽히는, 가장 소중한 선택된 사람, 친구이자 아내가 해리엇이라면, 그 모두가 자기가 불러온 일이라는, 도무지 그녀의 마음을 떠나지 않는 이 생각처럼 에마의 참담함을 더할 것이 어디 있겠는가?

생각이 여기에 이를 때면 그녀는 깜짝 놀라거나, 무거운 한숨을 짓거나, 심지어 몇 초 동안 방 안을 이리저리 돌아다니지 않을 도리가 없었고, 위안이나 평안 같은 것을 얻을 수 있는 유일한 원천은 앞으로는 더 올바르게 행동하겠다는 결심과, 남은 평생 모든 겨울이 지난겨울에 비해 활기와 명랑함이 덜하더라도 자기가 좀 더 스스로를 잘 아는 이성적인 사람이 되고 겨울이 가고 나서 후회할 일도 줄어들리라는 희망뿐이었다.

13

다음 날 오전 내내 날씨는 거의 변함이 없어 똑같은 쓸쓸함과 똑같은 우울함이 하트필드를 짓누르는 듯했으나, 오후가 되면서 날씨가 개었다. 바람이 좀 더 부드러워지고 구름이 물러나고 태양이 모습을 드러내면서, 이제 다시 여름날이 되었다. 그런 일시적인 변화를 한껏 누려 보자는 생각에 에마는 가급적 빨리 밖으로 나가기로 결정했다. 폭풍우가 물러난 뒤의 조용하고 따뜻하며 찬란한, 자연의 절묘한 정경과 냄새와 감각이 이렇게 매력적으로 다가온 적은 처음이었다. 그녀는 거기서 얻을 수 있을지도 모르는 평정을 갈망했다. 정찬을 마치고 얼마 안 되어 여유 시간 한 시간을 아버지와 보내러 페리 씨가 들어오자, 그녀는 곧장 관목 숲으로 서둘러 걸어갔다. 거기서 약간 가벼워진 생각과 상쾌해진 기분으로 몇 바퀴를 산책했을 때 그녀는 나이틀리 씨가 정원 입구로 들어와 자기 쪽을 향해 오는 것을 보았다. 그녀는 그가 런던에서 돌아왔다는 것을 그제야 처음으로 알았다. 방금 전만 해도 그가 어김없이 16마일 떨어진 먼 곳에 있다는 생각을 하고 있었다. 여유라야 급히 마음을 가다듬을 정도밖에 되지 않았다. 침착하고 차분하게 굴어야 했다. 삼십 초쯤 지나 두 사람은 만났다. 양쪽 모두 '안녕하냐'는 인사를 나지막하고 거북하게 나누었다. 그녀는 두 사람 모두의 친지들 안부를 물었다. 모두 잘 있다, 언제 그 집을 떠났는가? 바로 그날 아침이다, 말을 타고 오다가 비 맞았겠다, 그렇다. 그가 자기와 함께 산책할 생각임을 그녀는 깨달았다. "방금 식당에 들렀는데, 할 일도 없어서 밖으로 나오는 게 낫겠다고 생각했다."라는 것이었다. 그녀는 그의 표정이나 말투가 밝지 못하다고 여겼고, 두려운 마음에 떠오른 그 가능한 첫 번째 원인은 그가 자기 계획을 동생에게 알렸는데 그것을 받아들이는 동생 태도에 마음이 상했나 보다는 것이었다.

둘은 함께 걸었다. 그는 말이 없었다. 그녀는 그가 자주 자기를 쳐다보며 왠지 기회만 닿으면 얼굴을 살펴보려고 한다는 생각이 들었다. 그리고 이런 생각은 또 다른 두려움을 낳았다. 혹시 해리엇에 대한 애정을 털어놓으려는 생각에, 말을 꺼낼 기회를 찾는 것인지도 몰랐다. 그녀는 그런 화제를 끌어낼 엄두가 나지도, 낼 수도 없었다. 모두 그가 나서서 하는 수밖에 없었다. 그렇지만 이런 침묵을 견딜 수는 없었다. 그와의 침묵은 지극히 부자연스러웠다. 그녀는 생각 끝에 결심하고 애써 미소를 지으며 말을 꺼냈다.

"이제 돌아오셨으니, 좀 놀라운 소식을 듣게 될 거예요."

"그렇소?" 그는 나지막하게 대답하고 그녀를 쳐다봤다. "어떤 소식인데?"

"아! 세상에서 가장 좋은 소식이지요. 결혼요."

마치 그녀가 더 말을 이을 생각이 없음을 확인이라도 하듯 잠시 기다린 후 그가 대답했다.

"페어팩스 양과 프랭크 처칠 이야기라면 이미 들었는걸."

"아니 어떻게 들었어요?" 붉게 타오르는 뺨을 그 쪽으로 돌리며 에마가 외쳤다. 말을 하는 사이, 그가 오는 길에 고더드 부인 댁에 들렀나 보다는 생각이 떠올랐기 때문이다.

"오늘 아침 교구 일 때문에 웨스턴 씨한테서 몇 줄 소식이 왔는데, 어떤 일이 있었는지 편지 끄트머리에 간단히 써 보내셨더군."

에마는 한숨 놓고 곧 좀 더 침착하게 말할 수 있었다.

"의심을 품은 적이 있으시니, 우리보다는 놀라움이 덜하셨겠지요. 한번 저한테 주의를 주시려 했던 걸 기억하니까요. 그때 귀담아 들었으면 좋았을 것을. 그렇지만 (가라앉은 목소리로 무거운 한숨을 내쉬며) 전 눈먼 장님이 될 운명이었나 봐요."

순간 침묵이 흘렀고, 그가 그녀의 팔을 자신의 팔로 감아 쥐고 가슴에 힘주어 갖다 대는 것을 느끼고 벅찬 감정이 담긴 어조와 나지막한 목소리로 이렇게 말하는 것을 듣기 전까지 그녀는 자기 말이 특별한 감흥을 불러일으킬 줄은 생각도 못 했다.

"시간이 가면, 내 소중한 에마, 시간이 가면 상처도 아물 거요. 뛰어난 분별력에다 아버지를 생각해 기운을 내다 보면, 난 믿어, 당신이 결코⋯⋯." 그는 더 가라앉은 어조로 띄엄띄엄 말을 이으며, 그녀의 팔을 다시 힘주어 눌렀다. "가장 뜨거운 우정과⋯⋯ 분노와⋯⋯ 천하의 악당 같으니!" 그러더니 더 크고 침착한 목소리로 이렇게 말을 맺었다. "그 남자는 곧 떠날 것이오. 두 사람은 곧 요크셔로 갈 거요. 아가씨 쪽이 참 안되었지. 더 나은 운명을 맞이해야 마땅한데."

에마는 그의 말뜻을 알 수 있었고, 그런 다정한 배려에 기뻐 뛰노는 가슴이 진정되자 곧장 대답했다.

"대단히 친절한 말씀이네요. 하지만 오해세요. 바로잡아 드려야겠네요. 저한테 그런 동정은 필요 없답니다. 무슨 일이 벌어지고 있는지 미처 모른 탓에 제가 그들에게 했던 처신은 앞으로 항상 부끄럽게 여길 것이고, 제가 저지른 많은 어리석은 말과 행동 들을 생각하면 불쾌한 추측의 대상이 되어도 싸지만, 더 일찍 비밀을 알아차리지 못했다고 안타까워할 이유는 그것 말고는 하나도 없으니까요."

"에마!" 그녀를 뚫어지게 바라보며 그가 "진심이오?" 하고 외쳤다. 그러나 얼른 자제하며 "아니, 아니, 잘 알겠소. 용서해요. 당신이 그런 말이나마 할 수 있어 다행이오. 맞아, 그 남자는 안타까워할 인물이 못 되오! 머지않아 당신도 이성만이 아니라 가슴으로도 이 사실을 인정할 때가 올 거라고 희망하오. 당신 마음이 더 얽히지 않은 것만도 다행이오! 태도만 보고 당신의 감정이 어느 정도인지 난 결코 자신할 수 없었지…… 내가 자신할 수 있었던 것은 다만 당신이 그 남자를 선택했다는 것, 그리고 그 남자가 그럴 인물이 못 된다는 것뿐이었지. 남자라는 이름에 먹칠을 하는 자니까. 그런데 그렇게 상냥한 처녀를 맞이하게 되다니 가당키나 한가? 제인, 제인, 그대의 앞날이 참으로 참담하구먼."

"나이틀리 씨." 에마는 쾌활한 어조로 말하려고 애는 쓰지만 실제로는 혼란투성이였다. "제가 참 이상한 상황에 처했네요. 계속 오해하시도록 놔둘 수도 없고, 그렇다고 제 태도에서 그런 인상을 받으셨을 텐데 문제의 인물한테 제가 전혀 마음 둔 적이 없다고 고백하자니, 부끄럽기가 여인네가 정반대되는 고백을 할 때 느끼는 부끄러움 못지않네요. 그렇지만 마음을 둔 적은 한 번도 없어요."

그는 완전히 침묵을 지키면서 귀를 기울였다. 그녀는 그가 뭐라고 말을 했으면 싶었지만, 그는 입을 열려 들지 않았다. 그의 너그러운 이해를 얻기에는 좀 더 해명이 필요한가 보다는 생각이 들었으나, 여기에 면목이 서지 않는 이야기를 더하기란 난감한 일이었다. 그렇지만 그녀는 말을 이었다.

"제 행동에 대해서는 별로 할 말이 없어요. 그 사람의 관심에 혹해서는, 나도 즐거운 것처럼 굴었으니…… 아마도 해묵은 이야기겠지요. 흔해 빠진 이야기, 많고 많은 여성한테 이미 수백 번 일어났던 일에 불과하겠지요. 그렇다고 저처럼 이해력을 자랑삼던 사람의 잘못이 줄어든다는 것은 아니에요. 여러 상황 때문에 더 혹하기는 했어요. 웨스턴 씨 아들인 데다가 끊임없이 집에 찾아오고…… 항상 유쾌하게 구는 데다가…… 간단히 말해서 (한숨을 내쉬며) 제가 아무리 여러 가지 이유를 꾸며 내 보았자 결국은 이 한 가지로 귀착되네요. 허영심에 우쭐해서 그 사람의 관심을 용인한 것이지요. 그렇지만 최근에 와서는, 사실상 얼마 전부터 그의 관심에 아무런 의미도 안 두게 되었어요. 그냥 습관이 저런가 보다 했고, 그런 장난에 제 편에서도 심각하게 대응할 일이 못 된다 싶었지요. 그

661

사람이 저를 속인 것은 사실이지만 저한테 상처를 입히지는 못했어요. 그 사람한테 마음을 준 적이 한 번도 없으니까요. 그리고 이제 그 사람 행동도 어느 정도 이해가 가요. 내 마음을 사로잡을 생각이 전혀 없었던 거예요. 그저 다른 사람과의 약혼을 숨기려는 눈속임에 불과했지요. 모두를 눈속임하는 것이 그의 목표였고, 저만큼 잘 속아 넘어갈 사람도 없었겠지만 실제론 제가 안 넘어갔으니 운이 좋았던 셈이지요. 간단히 말해, 어떤 이유에서든 난 그 사람한테서 안전했어요."

이쯤에서 그녀는 그가 뭐라고 답해 주기를, 그녀의 행동이 최소한 이해할 만하다고 몇 마디 해 주기를 바랐다. 그러나 그는 말이 없었고, 그녀가 판단할 수 있는 한에는, 깊은 생각에 잠겨 있었다. 마침내 어느 정도 평상시 말투로 돌아와 그가 말했다.

"난 한 번도 프랭크 처칠을 높이 본 적이 없소. 그렇지만 내가 너무 낮게 평가했을 가능성은 생각할 수 있겠소. 그 친구하고 시간을 함께 보낸 적도 별로 없으니까. 그리고 내가 지금까지 그 친구를 너무 낮게 평가한 게 아니라 해도, 나중에 사람이 더 나아질 수도 있으니까. 그런 여성하고라면 그럴 가능성도 있고. 그가 못되기를 바랄 이유도 없거니와 그 아가씨 행복이 그 친구의 훌륭한 성품과 행동에 좌우될 터이니. 그 아가씨를 생각해서라도 나 또한 그 친구가 잘되기를 분명히 바랄 것이오."

"두 사람 분명히 행복할 거예요." 에마가 말했다. "서로 아주 진지하게 사랑하니까요."

"대단히 운이 좋은 사람이오!" 나이틀리 씨가 열을 내며 대답했다. "스물세 살이라는 그렇게 이른 나이에, 그 연배에 아내를 선택하는 경우 잘못된 선택이 되기가 십상인데. 스물세 살 나이에 그런 보물을 얻다니! 어느 모로 보나 그 친구 앞으로 정말 오랫동안 행복을 누리겠군! 그런 여성의 사심 없는 사랑을 얻었으니. 제인 페어팩스 성품으로 보아 사심 없음은 말할 것도 없지. 모든 게 그에게 득이로군. 두 사람 처지도 대등하고 말이오. 사회적인 관점에서, 그리고 모든 중요한 습관이나 예절에서 보자면 대등하다는 말이고, 실로 한 가지만 제하고는 모든 면에서 대등한 셈이지. 여자 쪽의 순수한 마음에는 의심의 여지가 없으니까 대등하지 않은 그 한 가지조차도 그 친구의 행복만 더 키워 줄 뿐이니, 여자 쪽의 유일한 부족함을 채워 주는 행복을 누릴 수 있을 테니까 말이오. 여자가 여태껏 살던 집에서 데리고 나와 더 좋은 집을 마련해 주고 싶은 것이 모든 남자들 마음이니까. 그리고 여자 쪽의 애정이 분명할 때 그렇게 해 줄 수 있는 남자야말로 아마 가장 행복한 인간일 것이오. 프랭크 처칠은 정말로 행운아야. 모든 게 그에게 좋은 쪽으로 풀리니. 온천장에서 젊은 여성을 만나고, 애정을 얻어내고, 소홀히 대해도 여자 마음은 한결같은 데다가, 자기나 자기 식구가 완벽한 신붓감을 찾아 온 세상을 뒤진다고 해도 그 아가씨보다 나은 사람은 찾아내지 못했을 정도니. 외숙모가 방해가 되었지만 이제 돌아가셨고. 그 친구는 그저 입만 열면 되니. 친지들도 그를 행복하게 해 주려고 열심이고. 모두에게 잘못을 저질렀지만, 모두 즐거이 용서해 주고. 정말 운이 좋은 사람이오!"

"마치 부럽다는 투네요."

"그래요, 실제로 부럽소, 에마. 한 가지 점에서는 부러운 사람이지."

에마는 더 이상 입을 열 수가 없었다. 한두 마디만 더 하면 해리엇 이야기가 나올 것 같은데, 가능하다면 그 화제를 피하고 싶은 마음부터 드는 것이었다. 그녀는 뭔가 전혀 다른 이야기, 브런즈윅스퀘어의 아이들 이야기를 꺼내기로 작정하고 숨이 가라앉는 대로 말을 꺼내려는 참인데, 나이틀리 씨가 이런 말을 하는 바람에 깜짝 놀랐다.

"뭐가 부러운지 묻지 않을 생각이군. 아무 호기심도 갖지 않기로 작정한 모양이네. 그게 현명하겠지. 그렇지만 내 쪽에서는 현명하게 굴 수가 없소. 에마, 당신이 묻지 않으려 하는 이야기를 나는 해야만 하겠소. 다음 순간 하지 말 것을 하는 생각이 들지도 모르지만 말이오."

"어머! 그렇다면, 말하지 마세요, 말하지 마요." 그녀는 간절히 외쳤다. "좀 더 시간을 두고 생각해 보세요. 말을 꺼내 기정사실로 만들지 마시고요."

"고맙소." 그가 매우 굴욕적인 어조로 말하고, 더는 한마디도 안 했다.

에마는 차마 그에게 고통을 줄 수는 없었다. 그는 그녀에게 털어놓고 싶고, 어쩌면 아마도 상의를 하고 싶은 모양이었다. 그러니 아무리 힘들더라도 자기는 이야기를 들어 주어야 했다. 그의 결심을 돕고, 스스로 용납할 수 있게 도와줄 수 있을 것이었다. 공정하게 해리엇 칭찬을 하거나, 혹은 그가 독립한 몸임을 일깨워 그런 망설임 상태에서 벗어날 수 있게 도와줄 수 있을 것이었다. 그런 성격의 사람에게는 어떤 다른 선택보다도 그런 망설임 상태가 분명 참기 어려울 테니까. 그사이 그들은 집에 도착했다.

"당신은 이제 안으로 들어가겠지." 그가 말했다.

"아니요." 여전히 우울한 그의 말투에 더욱 심증이 굳은 에마가 대답했다. "한 바퀴 더 돌고 싶어요. 페리 씨도 아직 안 갔고." 그리고 몇 걸음 나아가고 나서 덧붙였다. "나이틀리 씨, 방금 제가 말씀을 무례하게 가로막아 힘들게 해 드린 것 같네요. 그렇지만 제게 친구로서 터놓고 싶은 이야기가 있거나 무슨 일이든 생각하고 있는 문제에 대해 의견을 묻고 싶으시다면, 정말이지 친구로서 그렇게 하셔도 돼요. 어떤 이야기를 하시든 잘 들을게요. 그리고 제 생각을 있는 그대로 말씀드릴게요."

"친구로서!" 나이틀리 씨가 그 말을 따라했다. "에마, 유감스럽게도 나에게는 그 단어야말로…… 아니, 하고 싶은 이야기 같은 것은…… 잠깐, 그래요, 내가 무엇 때문에 망설이겠소? 이미 숨기기에는 너무 멀리 나간 것을. 에마, 당신의 제안을 받아들이지. 정말 이상하게 보일지는 몰라도, 내 당신의 제안을 수락하고 당신한테 친구로서 내 이야기를 하지. 그렇다면 말해 줘요. 앞으로 내가 바라는 대로 될 가능성이 전혀 없는지?"

그는 잠시 말을 멈추고 간절한 마음을 담은 표정으로 그 질문을 대신했는데 그의 타는 듯한 눈빛이 그녀를 압도했다.

그는 잠시 말을 멈추고 간절한 마음을 담은 표정으로 그 질문을 대신했다.

"나의 가장 소중한 에마." 그가 말했다. "이 시간의 대화가 어떻게 귀결되든, 당신은 언제나 가장 소중한 사람일 것이니 나의 가장 소중한, 가장 사랑하는 에마, 당장 답해 줘요. '없다.'라고 답해야 한다면 그렇게 말해 줘요." 그녀는 정말로 아무 말도 할 수가 없었다. "아무 말이 없군." 그는 매우 동요되어 외쳤다. "단 한마디도 없어! 지금은 더 이상 묻지 않겠소."

이 순간 교란된 감정에 에마는 거의 주저앉을 지경이었다. 아마 가장 주된 감정은 최고로 행복한 꿈에서 깨어날까 봐 두려운 마음이었을 것이다.

"나는 연설은 못 하오, 에마." 그는 곧 말을 다시 이었다. 그리고 상당히 믿음이 가는 진지하고 단호하며 현명한 다정함이 묻어나는 어조로 말했다. "내가 당신을 덜 사랑했다면, 사랑에 대해 여러 말을 늘어놓을 수도 있었겠지. 그렇지만 내가 어떤 사람인지 당신도 알지 않소. 내가 하는 말은 오로지 진실뿐이라는 것을. 이제껏 나는 당신한테 야단도 치고 설교도 했는데, 당신은 잘 참아 냈지. 어떤 영국 여성도 그렇게는 못 했을 정도로. 이제껏 참아 온 대로, 가장 소중한 에마, 지금 내가 털어놓는 진실들도 참고 들어 줘요. 태도만 보면 진실이래 봤자 봐 줄 만한 게 없을지도 모르겠지만. 정말이지, 난 대단히 무심한 연인이었소. 그렇지만 당신은 나를 잘 알지요. 그래, 거봐요, 당신은 내 감정을 이해하고, 할 수만 있다면 응해 주고 싶을 거요. 지금으로서는, 다만 당신의 목소리를 들려 달라는, 한 번만 들려 달라는 청밖에 없소."

그가 말하는 동안 에마의 머리는 매우 바삐 돌아갔고, 생각의 그 경이로운 속도로 모든 진실을 정확하게 포착하고 파악하고, 그러면서도 그의 말을 한마디도 놓치지 않을 수 있었다. 그녀는 해리엇의 희망이 아무 근거도 없는 오해이자 미망, 자신의 미망만큼이나 완전한 미망이었음을 알 수 있었다. 해리엇은 아무것도 아니고 바로 자기가 모든 것임을, 자기가 해리엇에 관해 한 이야기가 모두 그녀 자신의 감정의 표현으로 받아들여졌음을, 그녀의 동요와 의혹과 거리낌, 말을 말아 달라는 요구가 모두 그녀의 거절로 받아들여졌음을 알 수 있었다. 그리고 찬란한 행복을 수반하는 이 모든 확신에 도달할 시간은 물론이고, 해리엇의 비밀을 말하지 않은 것을 기뻐하며 그럴 필요도 없고 그래서도 안 된다고 결심할 시간 또한 있었다. 그 불쌍한 친구에게 이제 해 줄 수 있는 것은 그것뿐이었다. 해리엇이 둘 중에서 월등히 뛰어나니 자기 대신 해리엇 쪽으로 애정을 돌려 달라고 그에게 청할 만큼 영웅적인 감정이라든가, 아니면 그가 두 사람 모두와 결혼할 수 없는 만큼 아무런 동기도 말하지 않은 채 즉각 영원히 그를 거절하기로 결심하는 좀 더 소박한 숭고함 따위는 에마에게는 없었던 것이다. 그녀는 해리엇을 생각하면 마음이 아프고 후회도 되었지만, 가능하거나 합당한 모든 것을 거스르며 미쳐 날뛰는 황당한 관용까지는 머리에 떠오르지 않았다. 그녀가 친구를 잘못된 길로 이끈 것이고, 앞으로 두고두고 죄책감을 느낄 것이었다. 그렇지만 그에게 친구와의 인연이란, 대등한 결합과 거리가 멀고 매우 격을 낮추는 잘못된 결합이라고 믿는 점에서는 그녀의 판단력 또한 감정 못지않게 강하고, 그 어느 때 못지않게 강했다. 그녀가 갈 길은 아주 평탄하지는 않지만 분명했다. 그래서 그녀는 그의 간청에 답했다. 무슨 말을 했느냐고? 물론, 바로 이럴 때 해야 할 말을 했다. 숙녀라면 언제나 그렇게 한다. 그녀는 절망할 필요가 없음을 보여 주고, 그의 이야기를 더 끌어낼 만큼은 충분히 말했다. 잠시 그는 정말 절망했었다. 그에게 내려진 조심하고 침묵하라는 명은 그때로서는 모든 희망을 산산이 무너뜨릴 만했다. 그녀는 처음에는 그의 말을 듣지 않으려 했다. 그러더니 갑자기 태도가 약간 달라졌다. 한 바퀴 더 돌자고 하고, 방금 그만하자던 화제를 다시 끄집어내다니, 좀 이상하겠지! 그 비일관성이 그녀에게도 느껴졌지만 나이틀리 씨는 너그럽게 받아들이고 더 해명을 요구하지도 않았다.

완전한 진실에 접하게 되는 것은 인간에게 드문, 아주 드문 일이다. 뭔가 약간의 위장이나 약간의 오해가 개입되지 않는 일은 매우 드물다. 그렇지만 이번처럼 행동에 대해서 오해했을지언정 감정에 대해서는 오해하지 않은 그런 경우라면, 오해도 별 문제가 되지 않을 것이다. 나이틀리 씨가 아무리 에마가 가슴으로 후회하고 있다고 여긴들, 또 그의 마음을 기꺼이 받아들일 자세가 되어 있다고 여긴들 에마의 실제 마음보다 더하지는 않았다.

그는 사실 자신의 영향력을 짐작도 못 했다. 그녀를 따라 관목 숲으로 들어갔을 때도 영향력을 행사해 볼 생각은 전혀 없었다. 그가 온 것은 프랭크 처칠의 약혼 소식을 그녀가 어떻게 견뎌 낼까 걱정이 되어서였고, 그녀가 자기한테 조금이라도 마음을 열어 준다면 위로와 조언을 아끼지 않겠다는 생각 말고는 어떤 이기적인 기대도, 사실상 아무런 기대도 없었다. 그 나머지는 순간의 일로, 에마 말을 듣고 그 당장 든 감정 때문이었다. 그녀가 프랭크 처칠에게 전혀 관심이 없고 마음을 둔 적도 없다는 것을 기쁘게 확인하며 시간이 가면 자기가 그녀의 마음을 얻을 수 있을지도 모른다는 희망이 생겨났다. 그러나 그것은 당장의 희망은 아니었다. 열렬한 마음이 일순간 판단력을 앞서면서 그녀에게서 듣고 싶었던 말은 그녀 마음을 붙잡아 보려는 자신의 시도를 금하지는 않겠노라는 말뿐이었다. 조금씩 열린 더 커다란 희망은 그만큼 더 황홀했다. 자기가 얻을 수 있다면 얻어 보려고 해도 될지 묻던 바로 그 마음이 이미 자기 것이라니! 삼십 분 사이에 그는 철저히 괴로운 심정에서 완전한 행복과 무척이나 닮은, 다른 어떤 이름으로도 부를 수 없는 그런 심정으로 바뀌었다.

그녀의 변화 또한 마찬가지였다. 이 삼십 분은 두 사람 모두에게 상대방이 자신을 사랑한다는 소중한 확신을 안겨 주고 두 사람 모두 똑같은 정도로 품고 있던 무지나 질투나 불신을 깨끗이 씻어 주었다. 그의 편에는 해묵은 질투심, 프랭크 처칠이 도착했을 때부터, 아니 도착할 것으로 예상되었을 때부터 시작된 오래된 질투심이 있었다. 그는 바로 이 시기 즈음부터 에마를 사랑하고 프랭크 처칠을 질투해 왔으니, 아마도 한 가지 감정 때문에 다른 감정을 스스로 깨닫게 되었을 것이다. 그가 이곳을 떠나야 한 것 또한 프랭크 처칠에 대한 질투심 때문이었다. 박스힐 소풍은 떠나야겠다는 결심을 굳혀 주었다. 에마가 프랭크 처칠의 관심을 용인하고 부추기는 모습을 지켜보는 지경은 면하고 싶었던 것이다. 그는 무관심해지는 법을 배우러 떠났다. 그렇지만 가는 곳을 잘못 고른 형국이었다. 동생집에는 가정적 행복이 너무나 넘쳐났고, 그 집에서 여성은 대단히 사랑스러운 모습이었다. 이저벨라는 에마와 무척 비슷하고 두드러지게 뒤떨어지는 몇 가지 점들에서만 달랐는데, 그것들을 보면서 그는 그녀 동생의 찬란한 모습을 생생하게 떠올리곤 했다. 그러니 설령 더 오래 머물렀다 해도 그리 큰 성과를 얻지 못했을 터였다. 그렇지만 그는 하루하루 온 힘을 다해 버텨 나갔다. 그러다가 바로 이날 아침 우편으로 제인 페어팩스 이야기를 전해 들은 것이다. 그러자 기쁜 마음을 어쩔 수 없는 동시에, 아니 프랭크 처칠이 에마 상대가 될 만하다고 생각해 본 적이 없으니 굳이 기쁜 마음을 삼갈 필요도 없는 동시에, 그녀가 무척이나 애틋하고 애가 타고 또한 심히 걱정스러워서 더 이상 머물 수가 없었다. 그는 비를 뚫고 집으로 말을 달렸고 정찬을 마치자 곧장 이곳으로 걸음을 재촉했다. 이 세상 누구보다도 사랑스럽고 뛰어난, 모든 결점에도 불구하고 흠잡을 데 없는 그 사람이 그 소식을 어떻게 견디고 있는지 궁금해서였다.

그는 그녀가 심란해하고 기분이 저조한 것을 보았다. 프랭크 처칠이야말로 악당이었다. 이 친구를 한 번도 사랑한 적이 없노라고 말하는 그녀의 말을 들었다. 프랭크 처칠의 인물됨이 손쓸 여지가 없을 정도는 아니었다. 두 사람이 집으로 돌아왔을 때 손으로나 말로나 그녀는 그의 에마가 되어 있었다.

그리고 그때 그가 프랭크 처칠 생각을 떠올릴 수 있었다면, 아주 괜찮은 친구로 여겼을지 모른다.

14

집에 들어올 때 에마의 느낌이 나갈 때와는 얼마나 완전히
달라졌는지! 나갈 때는 잠시 고통이 유예되기만 희망할 수 있
을 뿐이었다. 그런데 지금은 감미로운 행복에 가슴이 두근거
리고, 거기다가 두근거리는 마음이 가라앉으면 행복은 더더욱
커질 것이라고 믿어지니 말이다.

두 사람은 차를 들기 위해 자리에 앉았다. 똑같은 탁자에
똑같은 사람들…… 이렇게 모여 앉은 적이 얼마나 잦았던가!
잔디밭에 펼쳐진 똑같은 관목들에 시선이 갔던 일은 얼마나
잦았고 서쪽으로 지는 햇살이 만들어 내는 똑같은 아름다운
효과를 지켜본 적은 또 얼마였던가! 그렇지만 이런 기분으로
는 처음이었고, 비슷한 기분이었던 적도 한 번도 없었다. 그녀
가 평소의 자기를 소환해 내어 자상한 여주인, 심지어 자상한
딸 노릇을 하게끔 되기에는 상당한 노력이 필요했다.

불쌍한 우드하우스 씨는 자신이 그렇게 진심으로 환영하
면서, 말을 몰고 오다가 감기나 안 걸렸기를 간절히 기원해 주
고 있는 그 남자의 가슴속에서 자기한테 불리한 어떤 음모가
진행되고 있는지 거의 아무런 짐작도 하지 못했다. 그가 그 가
슴속을 들여다볼 수 있었다면, 폐에 무리가 안 갔나 하는 걱정

따위는 거의 안 했을 것이다. 그렇지만 임박한 재앙을 조금도 예상하지 못한 채, 두 사람의 표정이나 태도에서 어떤 이상한 점도 전혀 감지하지 못한 채, 그는 더없이 편한 마음으로 페리 씨한테서 들은 소식을 하나하나 그들에게 옮겼고, 그들 쪽에서 그에게 털어놓을 어떤 이야기가 있는지 추호의 눈치도 채지 못한 채 아주 흡족한 마음으로 이야기를 이어 갔다.

나이틀리 씨가 함께 있는 동안에는 에마의 들뜬 기분이 가라앉지를 않았다. 그렇지만 그가 자리를 뜨자 좀 차분하게 진정되기 시작했고, 저녁때 그런 일이 있었으니 당연한 대가겠지만 잠 못 이루는 밤을 보내면서, 그녀는 한두 가지 매우 심각한 문제점이 떠오르자 자신과 같은 행복에도 얼마간 불순물이 섞일 수밖에 없구나 하는 생각이 들었다. 아버지와 해리엇이 문제였다. 혼자 있노라니 자기가 이들 각자에게 진 책임의 무게가 온전히 다가왔고, 두 사람의 평안을 어떻게 최대한 지켜 주는가 하는 것이 관건이었다. 아버지에 관한 문제는 금방 답이 나왔다. 나이틀리 씨가 어떤 요구를 해 올지는 아직 거의 아무런 짐작도 안 갔지만, 자신의 마음과 잠시 대화를 나눈 결과 절대로 아버지를 두고 떠나지는 않겠노라는 더없이 경건한 결심이 생겨났다. 그 생각만으로도 마음으로 죄를 지은 듯해서 눈물까지 흘렸다. 아버지가 살아 계신 동안은, 약혼만으로 그쳐야 한다. 그렇지만 자기를 빼앗길 위험만 없다면, 아버지에게도 이런 변화가 더 큰 평안을 안겨 드릴 수 있을 것이라고 스스로 마음을 달랬다. 해리엇에게 어떻게 최선을 다할 것인지는 더 결정하기 어려운 문제였다. 어떻게 하면 불필요한

674

고통을 면하게 해 줄 수 있을까. 도대체 어떤 보상을 해 줄 수 있을까. 어떻게 하면 해리엇한테 가장 덜 적으로 보일 수 있을까? 이런 문제들을 생각하며 대단한 곤혹감과 근심에 사로잡혔고 그녀의 마음에 엄습했던 모든 쓰라린 자책과 서글픈 후회를 마음속으로 거듭거듭 곱씹어야만 했다. 결국 그녀가 내린 결단은 아직은 해리엇과 만나는 것은 피하고 할 이야기는 모두 편지로 하자는 것, 지금 당장은 잠시 하이베리에서 떠나 있게 하는 것보다 바람직한 일이 없으리라는 것뿐이었고, 한 가지 더 방법이 있다면 브런즈윅스퀘어로 초대받게 해 주는 것이라고 거의 마음을 먹은 것뿐이었다. 이저벨라는 해리엇을 마음에 들어 했으니, 런던에서 몇 주 지내면서 얼마간 즐거움을 누릴 수도 있을 것이었다. 해리엇이 거리와 상점들을 돌아다니고 아이들을 만나는 새롭고 다양한 경험에서 아무 위안도 얻지 못할 그런 성격은 아니라는 생각이 들었다. 어쨌든 뭐든지 다 해 주어야 할 자기 처지에서는 관심과 친절을 보여 주는 증거가 될 것이었다. 또한 지금 당장은 서로 떨어져 있으면서 모두 다시 한자리에 모이는 불행한 날을 피하는 방도이기도 했다.

그녀는 일찍 일어나 해리엇에게 편지를 썼다. 그 일을 하다 보니 대단히 심각해지고 거의 슬퍼져서 아침을 함께 들려고 하트필드로 걸어온 나이틀리 씨의 방문이 전혀 이르다고 여겨지지 않을 정도였다. 그리고 그 후 삼십 분 짬을 내어 문자 그대로나 비유적으로나 똑같은 지대를 다시 함께 점검해 본 시간은 전날 저녁때 느꼈던 행복을 제대로 다시 누리는 데 꼭 필요한 시간이었다.

그가 떠난 지 얼마 되지 않아 아직 다른 사람 생각을 할 마음이 조금도 없을 때, 랜들스에서 그녀에게 편지를 전해 왔다. 아주 두툼한 편지였다. 무슨 내용이 들어 있을지 짐작이 갔고, 읽을 필요가 있을까 싶었다. 이제 그녀는 프랭크 처칠을 가엾이 여길 만반의 용의가 있었으니, 아무런 해명도 들을 필요가 없고 다만 자기 문제에만 생각을 집중하고 싶었다. 그리고 그가 쓴 내용을 납득하는 문제라면, 자기로서는 불가능한 일임이 분명했다. 그렇지만 참고 읽는 수밖에 없었다. 그녀는 봉투를 뜯었다. 짐작한 대로였으니, 프랭크가 웨스턴 부인에게 보낸 편지 속에 웨스턴 부인이 그녀에게 쪽지를 남겼다.

동봉한 편지를 그대에게 전하게 되어 에마, 더없이 기뻐. 그대가 얼마나 공정하게 읽어 줄지 잘 알고, 좋은 결과가 있으리라는 것을 의심치 않으니까. 편지를 쓴 이에 대해서 우리 사이에 중대한 의견 차이는 이제 다시 없으리라고 생각해. 그렇지만 긴 머리말로 지체하게 하지는 않을게. 우리는 아주 잘 있어. 내가 요즈음에 갖고 있던 조그만 불안들도 이 편지로 모두 치유되었어. 화요일에 그대 표정을 보고 좀 걱정이 되었지만 그날 아침에는 날씨가 험했고, 비록 그대는 날씨에 영향을 받는다는 것을 인정한 적이 없지만 북동풍은 누구에게나 영향을 미친다는 게 내 생각이야. 화요일 오후와 어제 아침에는 그대 부친의 안부가 걱정스러웠다만, 지난 밤 페리 씨한테서 탈이

나시지는 않았다는 이야기를 듣고 안심했지.

그대의 변함없는 친구, A.W.

웨스턴 부인께

친애하는 새어머니께, 원저에서, 7월.

어제 제가 제대로 뜻을 전했다면, 이 편지를 예상하고 계셨겠지요. 그러나 예상을 하셨든 아니든, 허심탄회하고 너그러운 마음으로 읽어 주실 줄 압니다. 언제나 선의로 가득한 분이시지요. 그런데 제 지난 행동 중 어떤 부분들은 용납하자면 품고 계신 선의를 다 동원해야 가능하겠지요. 그렇지만 심지어 비난할 거리가 더 많은 사람도 저를 용서해 주었습니다. 글을 쓰다 보니 용기가 샘솟습니다. 잘나가는 자가 겸손하기란 매우 힘들지요. 이미 두 차례 청한 용서에서 매우 좋은 결과를 얻다 보니, 자칫 새어머니께서나 새어머니 친구분들 가운데 저로 인해 어떤 점에서든 불쾌했던 분이 있다면, 그분들도 모두 용서해 주시리라 너무 쉽게 믿을 위험도 있겠습니다. 부디 모두들 랜들스에 처음 방문했을 때 제가 정확하게 어떤 상황이었는지 이해하려 최선을 다해 주셔야 합니다. 어떤 일이 있어도 지켜야 하는 비밀을 지니고 있었던 점을 감안해 주십시오. 이것이 사실입니다. 하지만 그렇게 숨겨야 하는 상황으로 스스로를 몰고 갈 권리가 제게 있었느냐는 또 다른 문제겠지요. 그것은 여기서 말씀드리지 않겠습니다. 저는 권리라고 생각하고 싶은 유혹도 느낍니다만, 이를 비난하는 분이 있다면 아래층에는 내리닫이창들이,

677

위층에는 여닫이창들이 나 있는 하이베리의 벽돌집을 생각해 보시라 하겠습니다. 저는 그녀에게 공개적으로 구혼할 엄두가 안 났습니다. 당시 엔스컴의 상황에서 제가 처한 어려움은 아주 잘 아실 터이니 굳이 설명드릴 필요가 없을 것입니다. 그리고 우리가 웨이머스에서 헤어지기 전에 저는 제 뜻을 이루어, 이 세상에서 가장 강직한 정신을 지닌 여성이 자비로운 마음에 비밀 약혼을 수락하게 유도하는 행운을 누렸습니다. 만일 그녀가 거절했다면 전 미쳐 버렸을 것입니다. 그렇지만 이런 질문을 던지고 싶으시겠지요. 어떤 희망이 있었기에 그런 짓을 했는가? 무엇을 기대했는가? 무엇이든 모두 다요. 시간과 우연, 상황, 점진적인 효과, 갑작스러운 토로, 인내와 피로, 건강과 병환을요. 잘될 모든 가능성이 제 앞에 열려 있었고, 신의를 지키며 서한을 주고받겠다는 그녀의 약속을 얻어 낸 것*만으로도 첫 번째 축복은 이미 확보된 셈이었지요. 더 설명이 필요하시다면, 친애하는 새어머니, 저는 새어머니의 지아비의 아들로 태어나는 영예와, 미래에 대해 낙관하는 성향을 물려받는 혜택을 누렸습니다. 아무리 많은 저택이나 토지를 물려받은들 이것의 가치에 비하겠습니까. 그렇다면 랜들스에 첫 방문차 찾아갔을 때 제가 이런 처지였음을 감안해 주십시오. 그런데 이 점에서 제가 잘못했다는 것은 저도 잘 압니다. 좀 더 일찍 찾아뵐 수도 있었을 테니까요. 돌이켜 보면 아시겠지만, 페어팩스 양이 하

---

* 당시 미혼 남녀가 편지를 주고받는 경우는 약혼한 사이로 이해되었다.

678

이베리로 오기 전까지는 찾아뵙지 않았지요. 그리고 소홀한 대접을 받은 당사자가 바로 새어머니 본인이시니만큼, 새어머니께서는 즉각 저를 용서해 주실 테지요. 그렇지만 아버지께서는 제가 아버지 댁을 멀리한 시간이 오래다 보니, 새어머니를 아는 축복도 그만큼 오래 못 누린 셈이라는 점을 상기해 드려 동정을 구해야겠습니다. 제가 새어머니와 함께 보낸 그 행복한 두 주 동안 제 행동거지도 한 가지를 빼고는 비난을 살 이유가 없었다고 믿습니다. 그리고 이제 주된 문제, 즉 집에 머무는 동안 제가 한 중요한 행동 중 스스로도 염려가 되고 혹은 대단히 간절한 해명을 드려야 할 유일한 부분을 이야기해야겠네요. 우드하우스 양을 거명하는 제 마음은 더없는 존경과 뜨거운 우정으로 가득합니다. 아마도 아버지께서는 극심한 부끄러움이라는 말을 덧붙여야 한다고 여기시겠지요. 어제 아버지께서 문득문득 하신 몇 마디 말씀에서 아버지의 생각과 또 얼마간의 비난을 읽을 수 있었는데, 제가 그런 비난을 받아 마땅하다는 것은 저도 잘 압니다. 우드하우스 양에 대한 제 행동이 정도 이상으로 비쳤겠지요. 엄수해야 할 비밀을 더 잘 지키는 방편으로 만나자마자 친해진 그분과의 사이를 허용 가능한 것 이상으로 이용하려는 마음을 먹게 되었습니다. 우드하우스 양이 구애의 대상인 양 행동한 것을 부인하지 않겠습니다. 그렇지만 그분도 관심이 없다는 확신이 없었더라면 아무리 이기적인 목적에서라도 계속 밀고 나가지는 않았을 것이라고 확실히 말씀드리며, 새어머니께서는 분명히 믿어 주시겠지요. 우드하우스 양이 상냥하고 명랑한 분이지만, 남자에게 마음을 줄 처녀로는 결코 보이지 않았습니다. 그리고 제게 마음을 둘 가능성은 전혀 없다는 것이 저의 바람만이 아니라 확신이기도 했습니다. 그분은 저의 관심에 편안하고 친절하며 기분 좋은 장난스러운 태도로 대했고, 그게 제게도 딱 좋았습니다. 우리는 서로 상대방의 생각을 이해하는 것 같았습니다. 우리의 처지를 생각하면 그분에게 그런 관심을 보내는 것이 당연하며 또 그렇게 느끼는 듯했습니다. 그 두 주가 다 지나가기 전에 우드하우스 양이 정말로 제 생각을 알아차렸는지는 저로서는 말씀드릴 수가 없습니다. 작별 인사를 하러 들렀을 때 제가 막 진실을 고백하려 했던 기억이 나는데, 그때 제 상상이겠지만 그분도 의구심이 없지 않은 듯했습니다. 그렇지만 그 후, 적어도 어느 정도는 제 정체를 알게 된 것은 분명합니다. 전부 짐작할 수야 없었을지 몰라도 영민한 분이니 일부는 꿰뚫어 보셨겠지요. 지금은 터놓고 말하기 어려운 상황이지만, 나중에 그렇게 해 보시면 그분이 이 소식을 듣고 전적으로 놀라지만은 않았다는 것을 알게 되실 것입니다. 저한테 안다는 것을 넌지시 비친 적도 여러 번이거든요. 엘튼 부인이 페어팩스 양에게 관심이 지대하니 제가 고마워해야 하는 것 아니냐고 무도회에서 말하시던 것이 기억납니다. 그분에 대한 그간 제 행동을 이렇게 설명드리는 것은, 새어머니와 아버지께 잘못으로 비쳤던 행동들도 알고 보면 훨씬 그 죄가 덜하구나 하고 여겨 주시기를 바라서입니다. 제가 에마 우드하우스에게 못할 짓을 저질렀다고 여기시는 한, 전 두 분으로부터 어떤 것도 받을 자격이 없는 사람일 테니까요. 여기서 제 죄를 사해 주시고, 가능하다면 여기 거명된 에마 우드하우스의 사함과 축복을 얻어 주세요. 그분이 저만큼 깊고 행복한 사랑을 하길 바랄 만큼 그분에 대한 제 오라비 같은 애정은 크니까요. 그 두 주 동안 제가 한 모든 이상한 말과 행동을 이해할 열쇠를 이제 갖고 계시지요. 제 마음은 하이베리에 있었고, 가능한 한 자주, 최대한 의심을 사지 않고 몸을 그리로 향하는 것이 제 용무였습니다. 기묘한 일들이 기억나신다면 모두 이와 관련된 것임을 살펴 주십시오. 숱한 관심거리가 된 피아노에 대해서는 한 가지만 말씀드리면 되겠다 싶습니다. 피아노를 주문한 것을 페 양*은 전혀 몰랐으며, 자기한테 선택의 여지가 있었다면 결코 제가 피아노를 보내게 내버려 두지 않았을 것입니다. 약혼 기간을 통틀어 그녀가 보여 준 섬세한 정신을 온전히 전하기란, 친애하는 새어머니, 저의 능력을 한참 넘어서는 일입니다. 진심으로 바라건대, 머지않아 새어머니께서도 직접 그녀를 남김없이 알게 되실 것입니다. 어떤 묘사로도 제대로 그려 낼 수 없는 사람입니다. 그녀 스스로 새어머니께 자기가 어떤 사람인지 알려 드리는 수밖에 없겠지요. 그러나 말로는 아닐 것입니다. 그렇게 일부러 자신의 장점을 낮추려 드는 사람도 없으니까요. 이 편지를 시작한 이후에, 쓰다 보니 예상보다 더 길어집니다만 그녀에게서 소식이 왔습니다. 건강은 좋다고 하네요. 그렇지만 절대

---

* 페어팩스 양을 지칭.

아프다는 소리를 하지 않는 사람이니 그 말을 믿을 수는 없습니다. 안색이 어떤지 직접 보시고 전해 주시면 좋겠습니다. 곧 그녀를 찾아보실 줄 압니다. 그녀는 그 방문을 두려워하며 지낸다고 합니다. 어쩌면 이미 찾아보셨을지도 모르겠네요. 지체 없이 제게 전해 주십시오. 알고 싶은 점이 수천 가지나 됩니다. 제가 랜들스에 채 몇 분도 머물지 않았고 또 얼마나 당황하고 얼마나 정신없는 상태였는지 기억하시지요. 지금도 그다지 나아지지는 못한 채, 행복해서든 불행해서든 여전히 정신이 나간 상태입니다. 제게 보여 준 친절과 호의, 그녀의 뛰어난 인품과 인내심, 외삼촌의 관용을 생각하면 기뻐서 미치지만, 그녀를 불편하게 한 일들을 생각하고 제가 얼마나 용서받을 자격이 없는지를 생각하면 화가 나서 미칩니다. 다시 얼굴만 볼 수 있다면! 그렇지만 아직은 만나자고 해서는 안 되겠지요. 저한테 그렇게 잘해 주신 외삼촌 뜻을 거스를 수는 없으니까요. 이렇게 길게 쓰고도 또 덧붙여야겠습니다. 아셔야 할 일을 아직 다 말씀드리지 못했으니까요. 어제는 관련된 일들을 하나도 말씀드리지 못했습니다만, 이 일을 그렇게 갑작스럽게, 그리고 한 가지 점에서는 부적절한 시기에 터뜨린 점은 설명드려야겠습니다. 지난달 26일에 있었던 사건으로, 새어머니께서도 같은 생각이시겠지만, 제게는 즉시 더없이 행복한 가능성이 열렸습니다만 한 시간도 늦출 수 없게 상황이 돌아가지만 않았더라면 그렇게 빠른 조치는 엄두를 못 냈을 것입니다. 그렇게 급하게 서두르는 것은 저부터도 꺼려졌을 것이고, 그녀가 느끼는 조심스러움은 저보다 강도나 섬세함에서 몇 배는 더했을 것입니다. 그렇지만 선택의 여지가 없었습니다. 그녀가 그 여자 집으로 가기로 급하게 약속을 했으니…… 이 대목에서 저는, 친애하는 새어머니, 마음을 가라앉히고 다잡으려 불쑥 자리를 떠야 했습니다. 들판을 돌아다니다 왔더니 이제는 나머지 편지를 제대로 쓸 만큼은 이성이 돌아온 것 같습니다. 사실 제게는 지극히 괴로운 기억이니까요. 저는 부끄럽게 처신했습니다. 여기서 우 양*에 대한 제 태도가 페 양에게 불쾌감을 안겨 준 만큼 지극히 잘못된 것이었다는 점을 인정할 수 있습니다. 그녀가 옳지 않다고 했으니 그것으로 충분했어야 했지요. 진실을 숨기느라고 그런다는 제 변명은 그녀에게 충분치 않았습니다. 그녀는 화를 냈는데 전 지나치다고 여겼습니다. 그녀가 공연히 신경을 쓰고 조심한다고 여긴 적이 수천 번이었습니다. 심지어 차갑다고도 생각했지요. 그렇지만 언제나 그녀가 옳았습니다. 제가 그녀의 판단을 따르고 그녀에게 적당하다고 여겨지는 정도로 제 활기를 차분히 가라앉혔다면, 여태까지 맛본 가장 큰 불행은 면할 수 있었을 텐데요. 우리는 말다툼을 했습니다. 돈웰에서의 오전 모임을 기억하세요? 바로 거기서 전부터 생겨났던 모든 사소한 불만들이 절정에 달했습니다. 좀 늦었던 저는 혼자 집으로 걸어가는 그녀를 만났는데, 저도 함께 가겠다고 했지만 허락을 하지 않더군요. 절대 안 된다고 단호히 거절하는데 그때는 매우 불

---

* 에마 우드하우스 양을 지칭.

합리한 처사로만 보였습니다. 그러나 지금은 대단히 자연스럽고 일관된 분별력 외에 다른 것은 전혀 안 보이네요. 제가 우리 약혼을 세상에 감추겠다고 다른 여자한테 지나치게 각별한 관심을 표한 마당에 바로 다음 순간, 그때까지 해 온 모든 주의를 허사로 만들지도 모르는 제안에 그녀가 동의할 수 있었겠습니까? 돈웰에서 하이베리로 둘이 함께 걸어가는 모습을 사람들이 보았다면 진상을 눈치챘겠지요. 그러나 제가 미쳤지요, 화를 냈으니. 저는 그녀의 애정에 의심이 갔습니다. 다음 날 박스힐에서는 의심이 더해졌지요. 제 편에서 그렇게 굴었으니, 부끄럽고 무례하게도 그녀를 무시하고 우 양에게 내놓고 집중했으니 생각 있는 여자라면 아무도 참아 내지 못했을 그런 행동에 화가 난 그녀는 저한테는 무슨 뜻인지 분명한 그런 말로 불쾌감을 나타냈지요. 간단히 말해서, 친애하는 새어머니, 그 말다툼에 그녀는 아무 책임이 없고 제 쪽에서 지독한 잘못을 한 것이지요. 그리고 다음 날 아침까지는 집에 있어도 되었지만, 그날 저녁 저는 리치먼드로 돌아갔습니다. 오로지 최대한 화난 내색을 보여 주겠다고 말이지요. 물론 그때에도 전 시간이 지나면 화해하겠다는 생각이 없을 정도로 바보는 아니었습니다. 그렇지만 상처를, 냉담한 그녀 태도에 상처를 입은 쪽은 저라고 여기고, 그녀 쪽에서 먼저 손을 내밀게 하겠다고 작정하고 떠났습니다. 새어머니께서 박스힐 소풍에 함께하지 않으신 것을 저는 늘 행운으로 여길 것입니다. 거기서 제 행동을 직접 보셨다면 아마도 저를 다시는 좋게 생각하지 못하셨을 것 같습니다. 그녀가 어떻게 생각했는지는 즉각 결심한 것은 보면 잘 알 수 있지요. 제가 정말로 랜들스를 떠났다는 것을 안 즉시 그 주제넘은 엘튼 부인 제안에 응한 것이지요. 말이 나왔으니까 말이지, 이 여자가 그녀를 대하는 태도를 볼 때마다 전 언제나 분노와 증오로 차올랐습니다. 저도 그 덕을 톡톡히 보았으니 관용 정신을 가지고 뭐라 할 수는 없겠지요. 그렇지만 않았다면, 그 여자한테도 그렇게 관용을 베풀면 되느냐고 거세게 항의했을 것입니다. '제인'이라니요! 곧 아시게 되겠지만, 저도 아직 그렇게는 불러 보지 못했는데요. 그러니 엘튼 부부가 천박하게도 공연히 되풀이해서, 그리고 오만방자하게도 우월한 줄 착각하며 서로 그 이름을 불러 대는 소리를 들어 넘겨야 했던 제 심정이 오죽했겠습니까. 제 이야기에 인내심을 가져 주세요, 곧 끝날 것입니다. 그녀는 저하고 완전히 결별하겠다는 결심에 이 제안에 응하고는 다음 날 우리가 다시 만나는 일은 없을 것이라는 편지를 보내왔어요. '우리 약혼이 서로에게 후회와 불행을 안겨 주는 원천인 것 같으니, 약혼을 파기한다.'라고요. 외숙모께서 돌아가신 바로 그날 아침에 이 편지를 받았지요. 저는 한 시간도 안 되어 답장을 썼습니다. 그러나 정신이 없고, 처리할 여러 가지 일이 한꺼번에 쏟아지는 바람에, 그날 보낸 다른 모든 편지와 함께 부치는 대신에 제 책상 속에 넣고 잊어버린 거예요. 그리고 저는 몇 줄밖에 안 되지만 그녀의 마음을 달래 주기에 충분한 답변을 써 보냈다고 믿은 채 아무 근심 없이 지냈지요. 신속히 답장이 오지 않아 오히려 실망한 편이었지요. 그렇지만 그럴 만

685

한 이유가 있겠거니 싶고, 또 너무 바쁜 데다, 이런 말을 덧붙여도 될지요? 너무 낙관한 나머지 뭐라고 하지는 않았어요. 우리는 윈저로 이사를 갔고 이틀 후 그녀에게서 인편으로 꾸러미가 도착했는데, 제가 보낸 편지를 모두 돌려보낸 거예요! 동시에 우편으로 몇 줄 편지를 적어 보냈는데, 마지막 편지에 한마디 답장도 없으니 매우 놀랍다며, 그런 문제에 대한 침묵은 오해의 여지가 없고 모든 후속 조치를 가능한 빨리 매듭짓는 것이 두 사람에게 다 같이 바람직할 테니 이제 안전한 인편에 제 편지를 모두 보낸다 하며, 자기가 보낸 편지들이 당장 옆에 없어 일주일 안에 하이베리로 보내 줄 수 없다면 그 후로는 모모 주소로 전달해 주기 바란다고 썼더군요. 간단히 말해서, 브리스틀 부근의 스몰리지 부인 집의 상세한 길 안내가 버젓이 적혀 있는 거예요. 이름도 장소도 제가 아는 거고, 모든 상황을 아는 터라 저는 무슨 작정인지 즉각 알수 있었지요. 저도 잘 아는 그 과단성 있는 성품에 완전히 부합하는 내용이었고, 그전 편지에서는 그런 계획에 대해 아무말도 하지 않은 것 또한 그녀의 진심으로 섬세한 성품을 말해 주는 것이었습니다. 무슨 일이 있어도 저한테 협박을 하는 모양새가 되기는 싫었던 것이지요. 제 충격이 어땠을지 상상해 보세요. 제 실수라는 것을 깨닫기 전까지 제가 얼마나 우편국의 실수를 비난했을지 상상해 보세요. 어떻게 해야 했겠습니까? 길은 하나뿐이었지요. 외삼촌께 말씀을 드려야 했습니다. 그분의 허락 없이는 다시는 제 말을 듣지 않을 테니까요. 저는 입을 열었습니다. 상황이 저한테 유리했지요.

최근의 일을 겪으면서 가문에 대한 외삼촌의 자부심도 누그러졌고, 제 어떤 예상보다도 더 빨리 순순히 받아들이고 승낙해 주셨지요. 그리고 마침내는, 아 가엾은 분! 깊은 한숨을 내쉬며, 저도 결혼에서 당신처럼 많은 행복을 누리기 바란다고까지 하셨습니다. 저는 행복의 종류가 다를 것이라는 생각이 들었지만요. 제가 외삼촌께 이야기를 꺼낼 때 얼마나 힘들었을지, 모두 결판이 날 때까지 얼마나 불안해했을지를 생각하시면서 제게 동정이 가시나요? 아닙니다, 제가 하이베리로 와서 저 때문에 그녀의 건강이 얼마나 안 좋아졌는지 알게 되기 전까지는 동정을 보내지 마세요. 그녀의 야위고 파리한 얼굴을 보게 되기 전까지는 동정을 보내지 마세요. 저는 그 댁 아침 식사가 늦은 편이라는 것을 알았고, 그래서 그녀가 분명 혼자 있을 가능성이 큰 시간에 맞추어 하이베리에 도착했습니다. 기대는 헛되지 않았습니다. 갈 때 목적했던 일에서도 마침내 기대는 헛되지 않았습니다. 정말 당연하고도 정당한 불편한 감정을 씻어 내기까지는 많은 설득이 필요했습니다. 그렇지만 결국 해냈습니다. 우리는 화해했고, 그 어느 때보다도 더 소중한, 훨씬 더 소중한 사람이 되었으며 이제 우리 사이에는 한순간의 불안도 없을 것입니다. 친애하는 새어머니, 이제 놓아 드리겠습니다만, 이 말을 하지 않고서 마칠 수는 없습니다. 제게 보여 주신 모든 친절에 수천 번 감사드리며, 그녀에게 보내 주실 따뜻한 가슴에서 우러난 관심들에 수만 번 감사드립니다. 제가 어떤 면에서는 분에 넘치는 행복을 누린다고 생각하신다면, 저도 전적으로 같은 의견입니다. 우 양은 저를 행운아라 부릅니다. 그분 말이 맞기를 바랍니다. 한 가지 점에서 제가 운이 좋음은 의심할 여지가 없으니, 다음과 같은 이름으로 서명할 수 있다는 점입니다.

감사와 애정으로 가득한 당신의 아들,

F. C. 웨스턴 처칠 올림.

15

이 편지는 에마의 마음에 다가오지 않을 수 없었다. 전에는 절대 그럴 리 없다고 생각했지만, 웨스턴 부인이 예견한 대로 그 편지에 공정한 평가를 내리지 않을 수 없었다. 자기 이름이 거론되는 대목에 이르자, 어쩔 수가 없었다. 자기와 관련된 모든 구절이 흥미롭고, 거의 모든 구절이 듣기에 좋았다. 이런 매력적인 구절이 더 이상 나오지 않을 때에도 편지 내용에 대한 관심은 여전했으니, 전에 가졌던 글쓴이에 대한 관심이 자연히 되살아난 데다가 그 순간 그녀에게는 모든 사랑의 그림이 대단한 관심을 불러일으키게 마련이었다. 그녀는 잠시도 멈추지 않고 끝까지 읽어 내려갔다. 그리고 그의 지난 행동이 잘못되었다는 느낌까지는 어쩔 수 없었지만, 생각했던 것보다는 잘못이 덜했고, 거기다 그는 고통을 겪고 대단히 후회하고 있으며 웨스턴 부인에게 무척 고마워하고 페어팩스 양을 대단히 사랑하고 또 그녀 자신도 정말로 행복해서 더 이상 엄격하게 굴 수가 없었고, 그 순간 그가 방으로 들어왔다면 그 어느 때 못지않게 진심 어린 악수를 건넸을 것이다.

그녀는 그 편지를 매우 좋게 보았기 때문에 나이틀리 씨가 다시 찾아왔을 때 편지를 읽어 보라고 권했다. 틀림없이 웨스턴 부인도 편지 내용이 전해지기를, 특히 나이틀리 씨처럼 그의 처신에 문제가 많다고 생각한 사람에게 전해지기를 바랄 거라는 생각이 들었다.

"기꺼이 읽어는 보겠지만." 그가 말했다. "긴 편지 같네. 밤에 집으로 갖고 가겠소."

그렇지만 그건 곤란했다. 웨스턴 씨가 저녁때 들를 예정이고 그 편에 돌려보내야 했다. 그가 대답했다.

"나야 당신과 이야기를 나누는 편이 더 좋지만 읽어 주어야 공정한 모양이니 그렇게 하겠소." 그는 읽기 시작했으나, 거의 곧장 읽기를 멈추고 말했다. "이 신사께서 새어머니한테 보낸 편지 한 통을 누가 몇 달 전에 내게 보여 주겠다고 했다면, 이렇게 무덤덤하게 받아들이지는 않았겠지."

그는 조금 더 묵독을 하더니, 미소를 지으며 지적했다. "흠! 멋드러진 인사치레로 시작하는군. 그렇지만 이 친구 원체 이런 모양이지. 한 사람의 문체가 다른 사람의 규범이 되라는 법도 없으니, 우리 엄격하게 판단하지는 맙시다."

조금 지나서는 이렇게 덧붙였다. "읽어 나가면서 드는 생각을 소리 내어 말하는 것이 자연스럽겠네. 그렇게 하면 당신이 곁에 있다는 느낌도 가질 수 있겠고. 그런다고 시간이 많이 걸리지도 않을 거고. 하지만 당신이 싫다면……."

"아니요. 저도 그게 좋겠는데요."

나이틀리 씨는 더 활달하게 다시 읽기 시작했다.

"이 대목에서는 유혹 운운하며 허튼소리를 하는군." 그는 말했다. "잘못했다는 것은 자기도 잘 알고, 아무런 합당한 변명도 못 하면서 말이야…… 못된 짓이지…… 약혼을 하지 말았어야지…… '아버지의 성향'이라. 그렇지만 자기 부친께는 부당한 이야기지. 웨스턴 씨의 낙천적인 기질 덕분에 그분의 모든 올곧고 영예로운 노력들이 더 수월해진 것은 사실이지만, 그분이 현재 누리는 안락은 굳이 애써 구하지 않고도 이미 손에 들어왔으니까…… 맞는 말이네. 페어팩스 양이 이리 오기 전까지는 찾아오지 않았지."

"그리고 저도 당신 이야기를 잊지 않았어요." 에마가 말했다. "마음만 있다면 얼마든지 더 일찍 올 수 있었을 거라고 단언하셨지요. 대단히 너그럽게 넘어가 주시네요. 그렇지만 당신이 절대적으로 옳았어요."

"내 판단이 꼭 불편부당한 것은 아니었소, 에마. 그렇지만 내 생각에는 당신이 개입되지 않았더라도 난 여전히 이 친구를 믿지 못했을 것이오."

우드하우스 양 이야기에 이르자 그는 그녀와 관련된 모든 내용을 소리 내어 읽으면서, 미소를 띠고 표정을 짓고 고개를 젓고 주제에 따라서 동의나 반대, 혹은 단순히 사랑을 담은 말을 끼워 넣게 되었으나, 차분한 숙고 끝에 진지하게 이렇게 마무리했다.

"아주 못된 행동이야. 더 나쁠 수도 있었겠지. 지극히 위험한 게임을 했네. 무사히 벗어난 것도 오로지 그 흉사 덕분 아닌가…… 자기가 당신을 어떻게 대했는지 제대로 판단도 못 하는군…… 자기 욕심에 언제나 스스로 속아 넘어가고, 자기 편한 것 말고는 거의 개의치 않는 사람이야…… 당신이 자기

비밀을 알아차렸다고 생각하는 것 좀 봐요. 당연하겠지! 제 마음이 음모로 가득하니, 다른 사람도 그런 줄 아는 것이지. 비밀이니 술책이니. 그것들이 얼마나 이성을 왜곡하는지! 에마, 서로 진실되고 진솔하게 대하는 우리의 자세가 얼마나 아름다운지 점점 더 환히 드러나는 것 같지 않소?"

에마는 이 말에 동의했고, 해리엇 일을 의식하며 얼굴을 붉혔다. 그녀로선 도저히 진솔하게 털어놓을 수 없는 일이니까.

"좀 더 읽어 보세요." 그녀는 말했다.

그는 그렇게 했지만, 금방 다시 멈추고 말했다. "피아노! 하! 아주아주 어린 청년이나 할 짓이군. 너무 어려서 혹 기쁨보다 불편함이 훨씬 크지 않을지 생각도 못 하는 청년 말이오. 정말로 철부지 같은 계획 아니오! 여자 쪽에서는 차라리 안 받기를 바랄 줄 알면서도 굳이 애정의 증표라고 건네주려 드는 남자 심리가 나는 도무지 이해가 안 가요. 여자 쪽에서는 그 악기를 보내는 것을 할 수만 있다면 막았으리라는 것을 이 친구도 잘 알잖소."

이후로는 얼마간 멈추지 않고 읽어 내려갔다. 지나가면서 한마디 던지는 것 이상의 언급을 하게 한 첫 번째 내용은 부끄러운 짓을 저질렀다는 프랭크 처칠의 고백이었다.

"완전히 동감이네, 이 친구야." 그것이 그의 논평이었다. "정말로 아주 부끄러운 짓을 했지. 당신이 쓴 말 중 가장 진실한 말이네." 곧이어 두 사람 사이에 견해 차가 생겨난 원인이라든가 옳고 그름에 대한 제인 페어팩스의 생각에 정면으로 위배되는 행동을 그가 계속 고집했던 이야기를 쓴 대목을 읽고 나서는, 정식으로 읽기를 멈추고 이렇게 말했다. "이건 정말 잘못이네. 자기 때문에 여자 쪽에서 지극히 어렵고 불안한 상황을 감수해야 했다면, 불필요한 고통은 면해 주는 걸 무엇보다 우선으로 삼았어야 마땅한 일인데. 편지를 계속 주고받는 것만으로도 여자 쪽에서는 훨씬 더 많은 장애물과, 이 남자 같으면 버텨 내지 못했을 장애물과 씨름했어야 했을 것이오. 설령 불합리하게 신경을 쓴다 해도 존중해 주었어야 마땅하지. 그런 점이 있었다면 말이야. 그런데 그 아가씨에겐 다 합리적인 이유가 있었던 것이지. 그 아가씨한테 잘못이 있다면 단 한 가지, 약혼에 동의하는 그릇된 결정을 내렸던 일이고, 그 바람에 그런 벌을 받는 지경을 감수할 수밖에 없었던 거지."

에마는 그가 이제 박스힐 소풍 이야기를 읽게 되리라는 생각에 마음이 불편해졌다. 자신이 너무 부적절하게 처신했으니! 그녀는 매우 부끄러웠고 그가 이제 어떤 표정을 지을지 좀 겁이 났다. 그렇지만 그 대목은 모두 차분하고, 주의 깊게, 추호의 논평도 없이 읽었고, 한순간 그녀에게 시선을 주었다가 힘들게 할까 우려하는 마음에 곧장 거둔 것을 빼고는 박스힐에 대한 기억은 하나도 남아 있지 않은 듯했다.

"우리의 선량한 친구들인 엘튼 부부의 예절관념에 대해서는 변호해 줄 말이 별로 없군." 하는 것이 그의 다음번 논평이었다. "이 친구가 이렇게 느낀 것도 당연하지…… 뭐라고! 정말로 완전히 결별하기로 결심했다고! 약혼이 서로에게 후회와 불행을 안겨 주는 원천인 것 같으니, 약혼을 파기한다. 아가씨 쪽에서 이 친구 처신을 어떻게 여겼는지 알 만하군! 이 친구가 얼마나 지독히……."

"아니, 아니요, 좀 더 읽어 보세요. 그 사람도 얼마나 힘들어 하는지 알게 될 거예요."

"그랬으면 좋겠군." 나이틀리 씨가 냉정하게 대답하고는 다시 편지를 읽기 시작했다. "'스몰리지'라니! 이게 무슨 소리지? 도대체 무슨 소리야?"

"스몰리지 부인 댁 아이들 가정 교사로 가기로 했대요. 엘튼 부인의 절친한 친구로 메이플그로브의 이웃이라는데, 그나저나 엘튼 부인 실망이 클 텐데 어떻게 견뎌 낼까 모르겠네요."

"시키는 대로 내 읽는 동안은 에마, 아무 말도 마요. 엘튼 부인 이야기라도 말이오. 이제 한 장만 읽으면 되네. 금방 끝날 거요. 정말 길게도 썼군!"

"그 사람한테 좀 더 너그러운 마음으로 읽어 주면 좋겠네요."

"아, 이 대목에는 드디어 느낌이 담겨 있네. 그 아가씨가 아픈 것을 알고 정말 괴로워한 모양이니. 그래요, 그 아가씨를 좋아하는 것만큼은 분명하군. '그 어느 때보다도 소중한, 훨씬 더 소중한'이라. 이런 화해가 얼마나 귀한 것인지 앞으로도 오래 명심했으면 좋겠군…… 감사를 쏟아붓는구먼, 수천 번, 수만 번 감사라. '분에 넘치는 행복'이라. 그래, 그 점에선 제대로 주제 파악을 했네. '우드하우스 양은 저를 행운아라 부릅니다.' 우드하우스 양이 이렇게 말했단 말이지?…… 그리고 멋드러진 결어네…… 자, 다 읽었소. 행운아라! 당신이 그 사람을 그렇게 불렀단 말이지, 그래요?"

"이 편지가 나만큼 마음에 들지는 않은 모양이군요. 그렇지만 편지를 읽고 나니 그 사람에 대한 생각이 좀 나아지기는 했겠지요, 최소한 그게 내 바람이에요. 이 편지로 당신도 그 사람을 좀 낫게 볼 수 있었으면 좋겠어요."

"그렇소, 그건 분명하오. 이 친구의 커다란 결함은 분별력과 사려가 모자란 것이었고, 앞으로 누릴 행복이 분에 넘치는 것이라는 점에서는 나도 이 친구와 의견이 거의 같소. 그렇지만 페어팩스 양을 진심으로 사랑하는 것만큼은 의심의 여지가 없고 항상 그 아가씨와 함께 지내는 이점을 누리게 된 만큼 나도 이 친구 성격이 나아질 것이고, 그 성격에 결여된 원칙의 일관성과 섬세함을 그 아가씨 성품에서 배울 수도 있으리라고 기꺼이 믿겠소. 자, 이제 내 당신한테 다른 이야기를 해도 되겠지. 지금은 내 마음이 다른 사람 일로 꽉 찬지라, 더 이상 프랭크 처칠 생각을 할 여유가 없네. 오늘 아침 당신과 헤어진 후로, 에마, 난 한 가지 문제를 곰곰이 생각해 보았소."

이어서 그는 그 문제를 이야기했다. 사랑하는 여자한테도 나이틀리 씨는 평범하고 꾸밈없는 신사다운 언어를 썼는데 그런 언어로 표현된 문제란 그녀에게 결혼해 달라고 청하면서 그녀 부친의 행복을 해치지 않는 방법이 무엇인가 하는 것이었다. 말이 떨어지기가 무섭게 에마가 대답했다. "사랑하는 아버지가 살아 계신 동안은, 생활을 바꾸는 것이 불가능하다. 절대로 아버지를 떠날 수는 없다." 그러나 이 답변은 일부만 받아들여졌다. 아버지를 떠날 수 없다는 것은 나이틀리 씨도 그녀 못지않게 절감했다. 그렇지만 어떤 다른 변화도 용납할 수 없다는 것에는 동의할 수 없다고 했다. 이 문제를 아주 깊이, 아주 열심히 생각해 보았다는 것이다. 처음에는 우드하우스 씨가 그녀와 함께 돈웰로 옮기도록 설득할 수 있지 않을까 하는 생각도 해 보았다. 그로서는 가능한 일이라고 믿고 싶었지만 우드하우스 씨를 잘 알기 때문에 오래 자신을 속일 수는 없었으며, 솔직히 말해서 이제는 그렇게 거처를 옮겼다가는 그녀 부친의 평안이나 어쩌면 목숨까지도 위태로워질지 모른다는 생각이 들고, 그런 위험을 무릅쓸 수는 없다. 우드하우스 씨를 하트필드에서 떼어 놓는다! 아니, 그런 건 꿈도 꾸지 말아야 한다는 생각이다. 그렇지만 일단 이것을 뒤로 제쳐 놓자 떠오른 계획이 있는데 가장 소중한 에마도 전혀 흠잡을 데 없을 것이라 믿으니, 뭐고 하니 하트필드에서 자기를 받아 주면 되며, 부친의 행복, 바꿔 말해 그분의 목숨을 위해 그녀가 계속 하트필드에서 살아야 하는 한 그곳은 자기의 집이기도 하다는 것이었다.

모두 돈웰로 옮기는 문제는 에마 역시 이미 잠깐 생각해 본 적이 있었다. 그녀도 그처럼 그 안을 따져 보고 제쳐 놓았다. 그렇지만 이런 대안은 생각도 못 했다. 얼마나 큰 애정에서 나온 제안인지 그녀는 잘 알았다. 그녀는 그가 돈웰을 떠남으로써 많은 독립적인 시간과 습관을 포기해야 하며, 자기 집도 아닌 곳에서 그녀 아버지와 항상 같이 지내자면 인내해야 할 일이 아주아주 많으리라는 생각이 들었다. 그녀는 그 안을 생각해 보기로 약속하고 그에게도 더 생각해 보라고 권했다. 그렇지만 그는 아무리 생각해 보아도 이 문제에 대한 자기의 바람이나 생각이 바뀌는 일은 없을 거라고 굳게 믿었다. 분명히 말하지만 이미 아주 오래 차분하게 생각해 봤다는 것이다. 오전 내내 산책을 하면서도 혼자 곰곰이 생각해 보려고 윌리엄 라킨스를 멀리했다고 했다.

"어머! 한 가지 문제는 대비가 안 되었네요." 에마가 외쳤다. "윌리엄 라킨스는 분명 탐탁해하지 않을 거예요. 나한테 동의를 구하기 전에 그 사람 동의부터 받아야지요."

그렇지만 그녀는 생각해 보기로 약속했고, 더욱이 아주 훌륭한 계획이라는 쪽으로 생각해 보기로 약속한 것이나 진배없었다.

놀라운 일은 이제 에마가 돈웰애비에 대해 아주아주 많은 각도에서 생각해 보면서도 자기가 일전에 미래 상속자로서의 권리를 그렇게 완강하게 지켜 주고자 했던 조카 헨리에게 해가 갈 수도 있다는 생각을 전혀 하지 않았다는 점이다. 이 가없는 사내아이의 처지가 달라질 가능성에 생각이 미칠 수밖에 없었지만, 장난꾸러기 같은 겸연쩍은 미소를 스스로에게 던졌을 뿐이다. 제인 페어팩스하고든 누구하고든 나이틀리 씨가 결혼한다는 이야기가 나오면 그렇게 격렬히 반발했던 것도, 당시에는 전적으로 동생이자 이모로서 염려하는 갸륵한 마음에서라고 생각했지만 진짜 이유는 다른 데 있었음을 깨닫자 그녀는 우스웠다.

그의 이 제안, 결혼하고 계속 하트필드에서 지낸다는 이 계획은 생각해 볼수록 더 마음에 들었다. 그에게 해로운 점은 줄어들고 자기한테 돌아올 득은 늘어나, 양쪽 모두에게 좋은

오전 내내 산책을 하면서도 혼자 곰곰이 생각해 보려고
윌리엄 라킨스를 멀리했다고 했다.

점이 모든 단점을 능가하는 듯했다. 앞으로 다가올 근심 걱정에 가득 찬 시기를 함께 견뎌 낼 얼마나 훌륭한 동반자인가! 시간이 갈수록 더 우울해질 그 모든 의무와 시중을 함께 나눌 얼마나 훌륭한 동료인가!

불쌍한 해리엇만 아니라면 지나칠 정도로 행복했을 것이다. 그렇지만 자신의 모든 축복은 친구의 고통을 불러오고 조장하는 형국이니, 이제는 심지어 하트필드에 부르지도 못하게 되었다. 이제 에마가 누리게 될 유쾌한 가족 모임에서 불쌍한 해리엇은, 그 애를 생각해서라도 거리를 두도록 해야 했다. 해리엇은 모든 면에서 패배자가 될 것이었다. 앞으로 그녀가 빠지게 된 만큼 자기도 덜 즐거우리라고 속상한 마음은 없었다. 그런 모임에서 해리엇은 오히려 부담스러운 존재가 될 것이었다. 그렇지만 이 피할 수 없지만 유독 잔인한 조치로, 불쌍한 이 처녀 입장에서는 죄 없이 벌을 받는 셈이었다.

물론 시간이 가면서 나이틀리 씨는 잊힐, 즉 다른 사람으로 대치될 것이었다. 그렇지만 그런 변화가 금방 일어나기를 기대할 수는 없었다. 엘튼 씨와는 달리 나이틀리 씨부터가 상처를 치유하는 데 도움될 일을 전혀 하지 않을 것이었다. 모든 사람에게 언제나 그렇게 친절하고 그렇게 다감하며 그렇게 진심으로 배려해 주는 나이틀리 씨가 지금보다 덜 숭배받을 짓을 저지를 리가 없었다. 그리고 한 해 동안 세 명 이상의 남자를 사랑한다는 것은 아무리 해리엇이라도 너무 과한 기대였다.

16

　자기만큼이나 해리엇도 만남의 자리를 피하고 싶어 한다는 것을 알고 에마는 한숨 놓았다. 둘의 교제는 편지만으로도 이미 충분히 고통스러웠다. 직접 만나야 한다면 얼마나 더 힘들었을까!

　예상대로 해리엇의 편지에는 비난도 없고 부당하게 당했다는 내용도 없었다. 하지만 에마는 어투에 원망의 기미, 원망에 근접하는 기미가 있는 것만 같았고, 그럴수록 둘이 떨어져 있는 게 더욱 바람직하게 여겨졌다. 공연히 켕겨서 착각한 것일지도 모르지만, 그런 타격을 받고도 한 점 원망도 품지 않는 것은 오로지 천사만이 할 수 있는 일인 것 같았다.

　이저벨라의 초대를 얻어 내는 것은 어렵지 않았는데, 다행히 없는 일을 꾸며 내지 않아도 초대하라고 할 충분한 이유가 있었다. 이 하나에 문제가 있었고, 실제로 해리엇은 얼마 전부터 치과에 가 보고 싶어 했다. 존 나이틀리 부인은 기꺼이 도와주겠다고 했다. 그녀는 질병이라면 무엇이든 대환영이었다. 그리고 윙필드 씨 같은 의사만큼 치과 의사를 좋아하는 것은 아니지만, 해리엇을 자기 집에서 돌봐 주는 일에 꽤 열성을 냈다. 언니 쪽이 그렇게 정해지자, 에마는 친구에게 제안을 했고 친구도 금방 받아들였다. 해리엇이 떠나기로 된 것이다. 적어도 두 주는 거기서 머물 예정으로, 우드하우스 씨 마차로 태워다 주기로 했다. 모든 게 계획되고 모든 게 완료되어 해리엇은 무사히 브런즈윅스퀘어에 안착했다.

이제 에마는 나이틀리 씨의 방문을 마음 놓고 즐길 수 있었다. 이제 그녀는 바로 곁에서 한 사람이 얼마나 실의에 시달리고 있을지, 바로 그 순간 아주 가까운 곳에서 바로 자기가 잘못 이끈 감정 때문에 얼마나 힘들어하고 있을지 하는 생각이 들 때면 엄습해 오던 부당한 짓을 하는 느낌, 죄의식, 뭔가 아주 고통스러운 느낌에 구애받지 않고 진정 행복한 마음으로 이야기를 주고받을 수 있었다.

해리엇이 고더드 부인 집이 아니라 런던에 있다고 해서 에마의 느낌이 그렇게 달라진 것은 어쩌면 불합리한 일일지도 모른다. 그렇지만 그녀는 해리엇이 런던에서 지내면서 지난 일을 잊고 근심을 떨쳐 버리게 해 줄, 호기심거리나 소일거리를 발견하지 않으리라고는 생각할 수 없었다.

그녀는 자기 마음속에서 해리엇이 차지하던 자리에 또 다른 근심거리가 곧장 들어서는 일은 만들고 싶지 않았다. 그녀 앞에는 아직 털어놓을 일이 놓여 있었다. 오로지 그녀만이 할 수 있는, 아버지에게 자기의 약혼을 고백하는 일이 남아 있었다. 그렇지만 당장은 아무것도 하지 않을 것이었다. 그녀는 웨스턴 부인이 무사히 건강한 몸이 될 때까지 털어놓는 일을 미루기로 했다. 이 시점에서 사랑하는 사람들한테 골칫거리를 또 하나 안겨 줄 수도 없는 노릇이고, 때가 되기 전부터 미리 걱정하는 일은 하지 않을 작정이었다. 더 뜨겁고 더 짜릿한 모든 기쁨의 대미를 장식하는, 마음의 평화와 휴식으로 가득 찬 시간을 최소한 두 주는 누리리라.

그녀는 곧 이 정신의 휴일 중 삼십 분을 페어팩스 양을 찾아보는 데 할애하기로 마음먹었다. 의무이기도 했고, 좋기도 했다. 가 보는 게 마땅하고 또 그녀를 만나고 싶었으니, 이 모든 선의의 동기는 현재 서로 닮은 처지라는 점에서 더 강해졌다. 그 만족감은 남몰래 혼자만의 것으로 간직해야겠지만, 비슷한 미래를 앞두고 있다는 생각에 제인에게서 듣게 될 이야기에 관심이 더해지는 것은 분명했다.

그녀는 찾아갔다. 박스힐에 다녀온 다음 날 아침 문 앞까지 갔다가 실패했을 뿐 집 안에는 들어가 본 적이 없었는데, 그때 불쌍한 제인은 무척이나 힘든 상황이어서, 그녀가 겪고 있는 최악의 고통은 짐작하지 못했어도 에마는 동정심으로 가득 찼었다. 아직도 반기지 않을지도 모른다는 걱정에 그녀는 그 집 식구들이 안에 있으리라 확신하면서도 왔다는 전갈만 올려 보내고 복도에서 기다리기로 했다. 패티가 그녀의 이름을 말하는 소리가 들렸다. 그러나 전에 불쌍한 베이츠 양이 밖에서 들릴 정도로 부산을 떨던 소리가 다행히도 이어지지는 않았다. 아니, "올라오시라고 해요."라고 즉각 답하는 소리만 들렸고, 바로 다음 순간 다른 식의 영접으로는 부족하다고 여긴 듯 제인이 직접 계단으로 나와 반갑게 다가오며 그녀를 맞아 주었다. 그렇게 건강하고 그렇게 사랑스럽고 그렇게 매력적인 제인은 본 적이 없었다. 자의식, 생기, 온기가 느껴졌다. 그녀의 표정과 태도에 부족한 점이 혹 있었다면, 그 모든 것이 이제는 채워져 있었다. 그녀는 손을 내밀며 다가와서는 낮지만 매우 감회 어린 목소리로 말했다.

"이렇게 친절하게 방문해 주니! 우드하우스 양, 난 무슨 말로도…… 아마도 믿어 주겠지만…… 뭐라 드릴 말이 없네요."

에마는 고마웠고 곧 자기 편에서도 할 말이 많음을 보여 주었을 테지만, 응접실에서 들려오는 엘튼 부인 목소리에 말을 삼키고 모든 호의와 축하의 정을 대단히 대단히 진심 어린 악수로 압축해야만 했다.

베이츠 부인과 엘튼 부인이 함께 있었다. 베이츠 양은 외출하고 없었으니, 앞서 조용했던 것도 그 때문이었다. 에마로서는 엘튼 부인이 없는 편이 나았겠지만, 누구든 참아 줄 수 있을 듯한 기분이고 엘튼 부인이 유난히 예절 바르게 맞아 주었으므로, 그녀는 이 만남이 자기 두 사람에게 해가 되지 않기를 희망했다.

얼마 안 가 그녀는 엘튼 부인의 생각이 뻔히 들여다보이는 듯했다. 그녀가 왜 자기처럼 좋은 기분인지 알 것 같았다. 페어팩스 양이 자기한테 속내를 털어놓는 사이고, 다른 사람들한테는 아직 숨긴 이야기를 자기는 안다고 생각한 것이었다. 에마는 그녀의 얼굴 표정에서 즉각 그런 징후들을 읽었고, 한편으로는 베이츠 부인에게 안부를 묻고 그 착한 노부인의 화답을 경청하는 시늉을 하는 사이, 엘튼 부인이 페어팩스 양에게 소리 내어 읽어 주고 있었던 것이 분명한 편지 한 통을 뭔가 감출 일이 있음을 열심히 과시하는 몸짓으로 착착 접어서는 곁에 놓인 자주색과 금색이 섞인 손지갑 속에 도로 집어넣으면서 의미심장하게 고갯짓을 하며 이렇게 말하는 것을 보았다.

"이건 나중에 마치면 되지 뭐. 자기하고 나야 얼마든지 기회가 있을 테니. 그리고 사실, 중요한 이야기는 이미 다 전해 준 셈이고. 난 그저 스 부인*이 우리 사과를 받아들이고 불쾌해하지 않는다는 증거를 보여 주고 싶었거든. 편지도 정말 상냥하게 썼잖아. 아유! 정말 사랑스러운 사람이야! 자기도 그 댁에 갔다면, 그 부인에게 홀딱 빠졌을 거야. 그렇지만 더는 한마디도 말자고. 말을 아껴야지, 특히 우리 자신의 훌륭한 행동에 대해서는. 쉿! …… 자기도 그 시구 기억하지. 제목이 당장 생각이 나지 않네.

　　아가씨와 관련된 문제 앞에서는,
　　다른 일들은 모두 물러나게 마련이니.**

물론, 우리 경우에는 아가씨라는 말 대신에…… 음! 척 하면 삼천리지. 내가 기분이 변화무쌍하지, 안 그래? 그렇지만 스 부인에 대해 자기 마음을 편하게 해 주고 싶어서. 내 설명을 읽고 부인도 마음이 누그러든 거잖아."

그리고 에마가 베이츠 부인의 뜨개질감을 보려고 고개

---

* 스몰리지 부인을 지칭한다.

** 영국 시인이자 극작가 존 게이(John Gay)의 작품 「우화집」(The Fables) 중 「우화 L: 토끼와 많은 친구들」(Fable L. The Hare and Many Friends)의 한 구절을 부정확하게 기억한 것이다.

만 돌렸는데, 그녀는 다시 반쯤 속삭이는 소리로 이렇게 덧붙였다.

"자기도 보다시피, 난 아무 이름도 입 밖에 안 냈잖아. 그럼! 안 되지. 국무장관처럼 신중해야지. 내가 정말 잘 해냈네."

에마에게는 의심의 여지가 없었다. 뻔히 들여다보이는 과시를 기회가 날 때마다 되풀이하는 것이었다. 날씨와 웨스턴 부인을 화제로 모두 잠시 화기애애한 대화를 나누고 나서, 그녀는 자기한테 불쑥 이렇게 말하는 소리를 들었다.

"우드하우스 양, 여기 우리의 이 대담한 친구가 멋지게 쾌차했다고 생각하지 않으세요? 그렇게 쾌차하다니 페리가 참 용하다 싶지 않으세요? (여기서 의미심장한 곁눈질을 제인에게 보냈다.) 어쩌면 그렇게 금방 낫게 할 수 있지요! 아유! 당신도 저처럼 최악의 상태일 때 이 친구를 보았다면!" 그리고 베이츠 부인이 에마에게 무슨 이야기를 하는 사이 더 속삭였다. "어쩌면 페리를 도와준 사람이 있었을지도 모른다는 이야기는 우리 한마디도 말자고. 원저에서 온 어떤 젊은 의사 이야기 말이야. 아! 그럼. 페리한테 모든 공을 돌려야지."

"요새는 애석하게도 거의 만나 뵙지 못했네요, 우드하우스 양." 그녀는 그 후 곧 말을 건넸다. "박스힐 소풍 이후로는 말예요. 아주 즐거운 소풍이었지요. 그렇지만 뭔가 부족한 게 있는 것 같았어요. 뭔가 좀⋯⋯ 그러니까 어떤 사람들은 기분이 썩 좋지 않은 것 같았지요. 적어도 나한테는 그렇게 보였지만 내 착각일지도 모르지요. 그래도 한 번 더 가 볼 마음이 들 만큼은 괜찮았던 것 같은데, 좋은 날씨가 이어지는 동안 우리 그분들을 다시 모아 박스힐에 가 보는 것, 두 분은 어때요? 참석자는 그대로 해야지요, 그때하고 똑같이, 단 한 사람 예외 없이."

그 후 곧 베이츠 양이 들어왔고, 에마는 그녀가 자기 인사에 무슨 말부터 해야 할지 쩔쩔매는 것을 보며 좀 재미있다는 느낌을 금할 수가 없었다. 무슨 말을 해야 좋을지 모르면서도 모든 이야기를 다 하고 싶은 마음에서 그런 모양이라는 생각이 들었다.

"고마워, 우드하우스 양, 정말 친절하기도 하지. 뭐라고 해야 하지…… 아, 그래요, 무슨 말인지 잘 알아. 우리 제인 앞날이…… 내 말은, 그런 뜻이 아니라…… 그렇지만 정말 멋지게 회복되었잖우. 우드하우스 씨는 안녕하시고? 정말 다행이네. 도무지 황감하네, 이거. 와서 보셨듯이 우리 가족은 작아도 이렇게 오붓하게 행복한 자리를 갖고 있지. 그렇고말고…… 매력적인 청년이지!…… 내 말은…… 대단히 친절한 사람이라는 것이지. 착한 페리 씨 말이야! 제인을 아주 열심히 보살펴주셨거든!" 그리고 엘튼 부인이 찾아왔다고 매우, 평소보다 더 고마워하고 기뻐하는 것을 보면서, 에마는 목사관에서 제인한테 약간의 불쾌감을 표명했다가 이제 우아하게 거두어 들였나 보다 싶었다. 실제로 추측만은 아님을 알려 주는 몇 마디를 속삭이더니, 엘튼 부인은 큰 소리로 이렇게 말했다.

"예, 제가 이렇게 찾아왔답니다. 너무 오래 있었기 때문에 다른 집 같았으면 사과를 해야 할 것 같았을 거예요. 그렇지만 사실은 제 주인이자 가장을 기다리고 있답니다. 그분도 문안

인사차 이리 오겠다고 약속했거든요."

"아니! 엘튼 씨께서 우리 집에 들르신다고요? 그렇게까지 마음을 쓰시다니! 신사분들은 오전에 남의 집에 가는 걸 좋아하지 않잖아요. 거기다 바빠서 짬을 내기도 힘드실 텐데."

"정말이지 그렇답니다, 베이츠 양. 실제로 아침부터 밤중까지 숨 쉴 틈이 없으시답니다. 이런저런 핑계로 끊임없이 사람들이 찾아오는 거예요. 치안판사니 민생 위원이니 교구 위원이니 언제나 그분 의견을 듣겠다니까요. 그분 없이는 아무것도 못 하는 사람들 같아요. 이런 말을 자주 하게 돼요. '정말이지, 엘 씨, 내가 아니라 당신이라 다행이에요. 나한테 청탁하는 사람이 그 반이라도 된다면, 내 크레용이니 악기는 어떻게 될지 모르겠군요.' 지금도 문제인데 말입니다. 저는 용서할 수 없을 정도로 이것들에서 완전히 손을 뗀 상태니까요. 지난 두 주 동안에 한 소절도 연주하지 않았을 거예요. 그렇지만 분명히 꼭 오실 거예요. 그래요, 댁에 두루 문안을 드리려고 일부러 말예요." 그리고 에마에게는 들리지 않게 손으로 가리면서 "축하 방문이지요. 어머! 그럼요, 그냥 지나갈 수는 없지요."

베이츠 양은 행복에 겨워 두리번거렸다.

"나이틀리와 용무가 끝나는 대로 곧장 와서 합류하기로 약속했어요. 그렇지만 그분은 나이틀리와 함께 문을 걸어 잠그고 심각하게 협의 중이에요. 엘 씨는 나이틀리의 오른팔이거든요."

에마는 죽어도 미소를 지을 생각은 없었고, 이렇게만 말했다. "돈웰까지 걸어가셨나요? 더워서 힘드시겠네요."

"어머! 아니에요, 크라운에서 만나기로 한걸요. 정기 회동이에요. 웨스턴과 콜도 참석할 거예요. 그렇지만 이야기를 전하다 보면 주도하는 사람들만 거론하게 마련이잖아요. 모든 결정이 엘 씨와 나이틀리 생각대로 정해지는 모양이거든요."

"날짜를 잘못 아신 것 아니에요?" 에마가 말했다. "크라운에서 모이는 건 내일인 게 거의 확실한데요. 나이틀리 씨가 어제 하트필드에 들렀는데, 토요일에 그 모임이 있다고 하셨거든요."

"어머! 아니에요, 분명 오늘이에요." 하는 퉁명스러운 대답으로 엘튼 부인 쪽의 실수란 있을 수 없는 일임을 분명히 했다. "정말이지." 그녀는 말을 계속했다. "이곳처럼 골치 아픈 교구는 없을 거예요. 메이플그로브에서는 한 번도 들어 보지 못한 일이지요."

"거기 교구는 작잖아요." 제인이 말했다.

"세상에, 난 모르겠네, 그런 이야기는 들어 본 적이 없어서."

"그렇지만 일전에 부인께서 언니분과 브래그 부인이 후원자로 계신다고 하신 그 학교의 작은 규모를 보면 알 수 있잖아요. 학교는 그곳 하나뿐인데, 학생은 스물다섯 명을 넘지 않는다면서요."

"어머! 똑똑하기도 해라, 그 말이 정말 맞네. 어쩜 그렇게 머리가 잘 돌아가! 정말이지 제인, 자기하고 나를 흔들어서 한데 합쳐 놓으면 얼마나 완벽한 인물이 될까. 나의 생기와 자기의 견실함을 합치면 완벽할 거야. 그렇다고 어떤 사람들은 자기가 이미 완벽하다고 생각할지도 모른다는 걸 부인하려는 것은 아니고. 그렇지만 쉿! 한마디도 하지 말아 줘.”

그것은 불필요한 주의처럼 보였다. 에마도 확실히 알 수 있었듯, 제인이 이야기를 나누고 싶은 것은 엘튼 부인이 아니라 우드하우스 양이었던 것이다. 예의에 어긋나지 않는 한 우드하우스 양에게 각별한 마음을 표하고 싶은 것이 매우 분명했다. 눈길을 보내는 것 이상 아무것도 할 수 없을 때가 많았지만.

엘튼 씨가 등장했다. 그의 아내는 재기발랄하게 그를 맞이했다.

“정말이지 여보, 대단히 아름다운 처사네요. 오겠다고 약속한 시간보다 한참 먼저 나를 이리 보내서 친구들한테 폐를 끼치게 하다니! 하지만 당신이 상대하는 사람이 얼마나 충실한 사람인지는 당신도 잘 알았지요. 주인이자 가장이 나타나기까지는 내가 꼼짝도 하지 않으리라는 것을 알았지요. 난 한 시간 전부터 여기 앉아서 이 젊은 숙녀분들에게 아내의 참된 복종의 본보기를 보여 주고 있었답니다. 당신도 알다시피, 그런 본보기가 얼마나 금방 필요해질지 아무도 모르는 일이잖아요?”

엘튼 씨가 너무 덥고 지친 바람에 이 모든 재치가 무위로 돌아가는 듯했다. 다른 숙녀들에게 인사는 차려야 했다. 그러나 그다음 하고 싶은 말은 자기가 더워서 고생했으며 거기까지 걸어갔는데 헛수고였다는 한탄이었다.

“돈웰에 가 보니.” 그는 말했다. “나이틀리가 아무 데도 없는 겁니다. 정말 이상도 하지요! 도무지 설명할 길이 없어요! 오늘 아침 내가 전갈을 보냈고 그가 1시까지는 틀림없이 집에 있을 거라고 답신까지 보내온 마당인데 말이오."

"돈웰요!" 그의 아내가 소리쳤다. "사랑하는 엘 씨, 돈웰에 갔던 게 아니지요! 크라운 말이지요? 크라운의 모임에서 오는 길이잖아요."

"아니, 아니, 그건 내일이오. 바로 그 때문에 오늘 나이틀리를 특별히 보려 했던 거고. 해가 쨍쨍 내리쬐는 정말 끔찍한 대낮에! 거기다가 (대단히 부당한 대접을 받았다는 투로) 들판까지 가로질러야 했으니 아주 설상가상이었지요. 그랬는데 그 사람이 집에 없는 거야! 분명히 말하지만 정말 기분이 좋지 않습니다. 거기다가 아무런 사과도, 아무런 전갈도 남겨 놓지 않았으니. 가정부가 단언하길, 자기는 내가 올 줄은 전혀 몰랐다는 거요. 정말 이상한 일이지! 거기다 그 사람이 어디로 갔는지 아무도 모르는 거요. 하트필드에 갔을 수도 있고, 애비밀에 갔을 수도 있고, 자기 숲에 갔을 수도 있다니. 우드하우스 양, 우리 친구 나이틀리답지 않은 일이지요. 당신은 설명이 됩니까?"

에마는 실로 매우 이상한 일이며 한마디도 그를 변명해 줄 말이 없노라고 대꾸하면서 혼자 재미있어했다.

"상상이 안 되네요." (아내로서 마땅히 그래야 하듯 분개하며) 엘튼 부인이 소리쳤다. "상상이 안 돼요. 어떻게 하고많은 사람 중에 당신한테 그럴 수가 있지요! 잊어버릴 수 있는 사람이 따로 있지 어떻게 당신을 잊어요! 사랑하는 엘 씨, 분명히

"해가 쨍쨍 내리쬐는 정말 끔찍한 대낮에!"

당신한테 전갈을 남겼을 거예요, 분명히 그랬을 거라고 확신해요. 아무리 나이틀리라고 해도 그렇게까지 바른길에서 벗어난 일은 할 수 없으니까요. 하인들이 잊었을 거예요. 틀림없어요, 그렇게 된 거예요. 돈웰 하인들이라면 얼마든지 그럴 수 있잖아요. 내가 자주 목격했지만, 하나같이 굉장히 서툴고 문제가 많은 사람들이더군요. 무슨 일이 있어도 난 그 해리 같은 사람한테 우리 집 찬장은 맡기지 않을 거예요. 그리고 호지스 부인이라면 라이트는 아주 질색이에요. 라이트한테 영수증을 써주겠다고 약속해 놓고는 안 보냈다네요."

"그 집 근처까지 갔을 때." 엘튼 씨가 말을 계속했다. "윌리엄 라킨스를 만났는데, 주인이 집에 안 계실 거라는 거요. 하지만 나는 믿지 않았지. 윌리엄은 기분이 좀 안 좋은 모양이었소. 그리고 하는 말이, 최근 들어 자기 주인한테 무슨 일이 생겼는지 모르겠지만 말 한마디 얻어듣기도 힘들어졌다고 하더군. 윌리엄이야 아쉽든 말든 나와 상관없는 일이지만, 내가 오늘 나이틀리를 만나는 건 정말 아주 중요한 문제였소. 그러니 이렇게 더위를 무릅쓰고 걸어갔는데 헛걸음을 하게 되다니, 대단히 심각한 낭패가 아니겠소."

에마는 곧장 집에 가 보는 것이 최선이겠다 싶었다. 십중팔구 바로 이 시간 거기서 자기를 기다리고 있을 것이며, 나이틀리 씨가 윌리엄 라킨스는 몰라도 엘튼 씨에게 더 심한 폐해를 입히는 일은 막을 수도 있을 것이었다.

자리를 뜨면서 그녀는 페어팩스 양이 방 밖으로 배웅해 주고 심지어 층계까지 함께 내려가기로 한 것을 보고 기뻤다.

이리하여 그녀에게 기회가 생겼고 그녀는 그것을 즉각 포착했다.

"나한테 기회가 없었던 게 어쩌면 다행인지도 모르겠네요. 다른 분들이 곁에 없었다면, 아마도 난 어떤 화제를 꺼내 물어보고, 엄밀한 예법에 어긋나게 더 터놓고 이야기를 나누고 싶은 유혹을 받았을 테니까요. 분명히 주제넘게 굴었을 거예요."

"아!" 제인은 외치며 얼굴을 붉히고 망설였는데, 에마는 그것이 평소의 대단히 우아하고 침착한 태도보다 훨씬 잘 어울린다고 생각했다. "그런 위험은 없었을 거예요. 오히려 내 편에서 당신을 지겹게 할 위험이 있었겠지요. 당신이 관심을 표해 주는 것만으로도 나한테는 그 이상 기쁜 일이 없었을 거예요. 사실 우드하우스 양, (좀 더 차분한 말투로) 내 품행에 문제가, 대단히 심각한 문제가 있었다는 것을 잘 아는 만큼, 그것이 나한테는 정말 위로가 된답니다. 아는 분 중 특히 호의를 잃고 싶지 않은 분들이 그래도 나한테 아주 염증을 내지 않고 이렇게까지……시간이 없어서 하고 싶은 말을 반도 못 하겠네요. 사과도, 변명도 하고 싶고, 내 입장도 밝히고 싶지만. 그러는 게 무척 당연하겠지요. 그러나 불행히도…… 간단히 말해서 이제는 동정의 여지가 없으니 더 이상 나와는 친구가……."

"아! 너무 과하게 신경을 쓰네요, 정말요." 에마가 그녀의 손을 잡으며 간절히 외쳤다. "나한테는 사과할 필요가 하나도 없어요. 그리고 당신의 사과를 받아야 할지도 모를 분들도 모두 흡족해하고 심지어 기뻐하고들 계시니까……."

"대단히 친절하네요. 그렇지만 내가 당신한테 어떻게 굴었는지 내가 잘 알아요. 그렇게 차갑고 부자연스럽게 굴었으니! 언제나 연기를 해야 했어요. 속임수로 점철된 생활이었지요! 그런 내가 분명 싫었을 거예요."

"부디 이제 아무 말도 마요. 사과를 한다면 모두 내 편에서 해야겠지요. 우리 당장 서로 용서해요. 소뿔도 단김에 빼야지요. 우리 둘 다 얼른 그러고 싶은 것 아닌가요. 윈저에서 즐거운 소식이 왔겠지요?"

"예, 아주 즐거운."

"그리고 다음번엔 아마도 우리가 당신과 헤어져야 한다는 소식이겠네요. 이제야 당신을 알기 시작했는데 말예요."

"아! 그런 문제들이라면 물론 아직은 아무것도 생각할 수 없어요. 캠벨 대령 부부께서 부르실 때까지는 여기서 지낼 거예요."

"실제로 확정된 것은 아직 하나도 없겠지요, 아마." 에마가 미소 지으며 대답했다. "그러나 실례지만, 생각은 해 봤겠지요."

대답하는 제인도 미소를 보내왔다.

"맞아요. 생각해 보기는 했지요. 당신한테 솔직하게 말하면 (당신한테는 안심하고 말해도 될 테니까요.) 엔스컴에서 처칠 씨와 함께 사는 것은 정해졌어요. 적어도 석 달은 거상(居喪)을 입을 거예요. 그렇지만 그 기간이 지나면 더 이상 기다릴 일은 없을 거라 생각해요."

"고마워요, 고마워요. 내가 확실하게 알고 싶었던 것도 바로 이거예요. 아! 모든 일은 공개적이고 확정적으로 하는 것을 내가 얼마나 좋아하는지 당신이 안다면! 안녕히, 안녕히 계세요."

17

웨스턴 부인이 무사히 일을 치르자 모든 친지들이 행복해했다. 에마에게 웨스턴 부인이 무사하다는 기쁨이 더해질 수 있다면, 그것은 부인이 여자아이의 어머니가 되었다는 것을 알았을 때였다. 그녀는 단연코 웨스턴 양이 태어나길 바라는 쪽이었다. 나중에 이저벨라의 두 아들 중 하나와 맺어 주려고 그런다는 혐의는 인정할 수 없었다. 그렇지만 아버지와 어머니 모두에게 딸이 가장 낫다고 확신했다. 아이를 항상 곁에 두고 허튼짓과 장난, 괴짜 행동과 공상으로 화롯가에 생기를 불어넣을 수 있다면 웨스턴 씨의 노년에 커다란 위안이 될 것이니…… 아무리 웨스턴 씨라도 십 년 후면 노년에 접어들 터였다. 그리고 웨스턴 부인으로 말하면, 딸이 그녀에게 가장 소중한 존재가 되리라는 것은 아무도 의심할 수 없는 데다가, 교육하는 법을 그렇게 잘 아는 인재가 자기 능력을 다시 발휘하지 못한다면 정말로 딱한 일이 아니겠는가.

"이미 나한테 연습해 봤으니 그만큼 유리하잖아요." 그녀는 말을 이었다. "장리 부인의 『아델라이드와 테오도르』*에

---

* 프랑스 작가이자 교육자인 마담 드 장리(Madame de Genlis)의 도덕 소설로 당시 영역본(1783)이 나왔다.

서 알만 남작 부인이 오스탈리스 백작 부인한테 그런 것처럼 말이에요. 이제 우리는 선생님의 아델라이드가 더 완벽한 계획하에 교육받는 것을 보게 될 거예요."

나이틀리 씨가 응수했다. "그 말은 당신한테 그런 것보다도 더 오냐오냐하면서 전혀 오냐오냐하지 않는다고 믿으실 것이란 말이겠지. 차이는 그것밖에 없을 테니까."

"아이가 딱하네요!" 에마가 외쳤다. "그런 식이라면 장차 그 애가 어찌 되겠어요?"

"뭐, 아주 나빠지지야 않겠지. 수천 아이들이 겪는 운명인걸. 어릴 때는 보기 싫게 굴다가, 나이가 들면서 고쳐 나갈 거요. 응석받이로 자란 아이들이 참 문제라는 내 생각이 이제 사라지기 시작하나 보오, 에마. 당신 덕분에 모든 행복을 얻은 내가 그런 아이들을 엄격하게 비판한다면 그야말로 끔찍한 배은망덕이 아니겠소?"

에마는 웃으며 대답했다. "그렇지만 나한테는 응석을 받아 주는 다른 사람들의 영향력을 상쇄해 보려고 애쓴 당신의 도움이 있었잖아요. 그런 도움이 없었다면 내 지각만으로 철이 들 수 있었을지 의심스럽네요."

"정말이오? 나는 그런 의심은 전혀 안 하는데. 자연은 당신한테 이성을 주고 테일러 양은 원칙을 주었으니, 틀림없이 당신은 잘 해냈을 거요. 내 간섭은 십중팔구 득보다는 해가 되었겠지. 당신 입장에서는 '저 사람이 무슨 권리로 나한테 설교를 하는 거지?'라고 말하는 것도 아주 당연한 일이었고, 설교도 정말 불쾌한 방식으로 한다는 느낌을 받는 것도 아주 당연하지 않았을까 걱정되는걸. 내가 당신한테 득이 되었다고는 믿지 않소. 득이야 모두 내가 얻었지. 당신을 나한테 가장 소중한 사랑하는 사람으로 만들어 주었으니까. 당신을 그만큼 생각하면서, 결점이든 뭐든 당신을 편애하지 않기란 불가능한 일이었소. 그리고 당신의 결함을 자꾸 상상해 내는 방식으로, 적어도 당신이 열세 살 되던 때부터 내내 당신을 사랑해 온 것이오."

"당신은 분명 도움이 되었어요." 에마가 외쳤다. "내가 바른 길로 가도록 자주 감화를 주셨지요. 당시 내가 인정하려 든 것보다 더 자주 말예요. 분명 당신은 나한테 득이 되었어요. 그리고 불쌍한 꼬마 아가씨 애나 웨스턴이 응석받이로 자라날 때 당신이 나한테 해 준 것만큼 그 애한테 해 줄 수만 있다면 더없이 자애로운 일이 될 거예요. 그 애가 열세 살 되었을 때 그 애와 사랑에 빠지는 것만 빼고 말예요."

"어렸을 때 당신이 얼마나 자주 그 장난꾸러기 같은 표정으로 말했는데? '나이틀리 씨, 나는 이러이러한 일을 할 거예요. 아빠도 그래도 된다고 하세요. 아니면, 테일러 양도 허락한 일이에요.'라고, 내가 찬성하지 않을 걸 뻔히 알면서 말이오. 그럴 때 내가 간섭하면 당신은 나쁜 감정을 하나가 아니라 둘씩 갖게 되었지."

"어쩌면 그렇게 상냥한 아이였을까요! 내가 한 말들을 그렇게 사랑스럽게 기억하고 계신 것도 무리가 아니네요."

"'나이틀리 씨.' 당신은 언제나 나를 '나이틀리 씨'라고 불렀지. 습관이 되니까 그렇게 딱딱하게 들리지는 않지만, 그래도 딱딱하기는 해요. 뭔가 다른 호칭으로 불러 주면 좋겠는데, 뭐가 좋을지 모르겠네."

"한 십 년 전에, 내 상냥한 기질이 도지면서 한 번 '조지'라고 부른 적이 있지요. 화나게 하려고 한 짓인데, 당신이 한마디도 뭐라고 하지 않는 바람에 다시는 그러지 않았어요."

"이제 '조지'라고 부르면 안 될까?"

"말도 안 돼요! '나이틀리 씨' 말고 다른 호칭은 절대 안 돼요. 심지어 엘튼 부인의 우아하고 간결한 화법을 본 따 '나 씨'라고 부르겠다고 약속하지도 않을래요. 이건 약속드릴게요." 그녀는 곧 얼굴을 붉히며 웃으면서 덧붙였다. "한 번은 당신의 이름을 불러 주겠다고요. 언제가 될지는 말 못 하지만, 어디서 그럴지는 당신도 아마 짐작이 갈 거예요. 기쁘거나 슬프거나 '엔'이 '엠'을 맞이할* 그 건물 안이 되겠지요."

에마는 그의 더 나은 판단력의 도움을 받을 수도 있었을 중요한 일을 터놓고 치하할 수 없다는 것이 안타까웠다. 자기가 저지른 여성 특유의 우행 중 최악, 즉 해리엇 스미스와의 억지스러운 친교에서 벗어나게 해 줄 수도 있었을 조언에 치하하고 싶은 마음이 굴뚝같았으나 그것은 무척이나 민감한 주제였다. 그 이야기로 들어갈 수는 없었다. 두 사람 사이에 해리엇 이야기는 거의 나오지 않았다. 그의 편에서는 그저 해리엇 생각이 나지 않아서일지도 모르나, 에마는 그의 섬세한 배려 덕분이고 또 이런저런 점으로 미루어 볼 때 두 여성 사이의 우정

---

* 영국국교회의 기도서에 나오는 결혼식에 대한 언급이며, N, M은 결혼할 남녀를 지칭.

이 식어 가고 있는 것 같다고 생각한 때문이라고 여기는 쪽이었다. 다른 상황에서 헤어졌다면 분명히 서로 소식을 더 주고받았을 것이고, 이제 거의 전적으로 그렇듯이 모든 소식을 이저벨라 편지에 의존하지는 않았으리라는 점은 그녀 자신 잘 알았다. 이런 추이를 그도 알아차렸을 것이다. 그에게 감추어야만 한다는 사실이 주는 고통은 해리엇을 불행하게 했다는 생각에서 느끼는 고통에 별로 뒤지지 않았다.

자기 집 손님에 대해 이저벨라는 기대할 수 있는 최상의 소식을 전해 왔다. 처음 왔을 때는 기분이 저조해 보였지만 치과에 갈 예정이니 아주 당연한 일이고, 그 일을 마친 후로는 전에 알던 해리엇 모습과 다른 점을 보지 못한 모양이었다. 물론 이저벨라가 눈치 빠른 관찰자는 못 되지만, 해리엇이 아이들과 놀아 주지 못할 정도였다면 그것까지 못 보고 지나치지는 않았을 것이다. 해리엇이 더 오래 머물기로 하면서 에마의 안녕과 희망은 매우 상서롭게 유지되었다. 두 주가 최소한 한 달로 늘어날 공산이 컸다. 존 나이틀리 부부가 8월에 내려오기로 해서, 그냥 머물다가 함께 내려오자고 권한 것이다.

"당신 친구 이야기는 꺼내지도 않네." 나이틀리 씨가 말했다. "자, 존의 답장이오. 읽어 보고 싶으면 읽어 보라고." 그가 결혼 계획을 전한 데 대한 답신이었다. 에마는 자기 친구 이야기는 없더라는 소리에는 전혀 아랑곳 없이, 그가 뭐라고 했을지 알고 싶어 조마조마한 마음으로 얼른 손을 내밀어 편지를 받아 들었다.

"존은 동생답게 내 행복을 같이 기뻐하지만 입에 발린 말은 잘 못하지." 나이틀리 씨가 말을 이었다. "마찬가지로 당신한테 오라버니 같은 애정이 대단하다는 것은 나도 잘 알지만, 미사여구와는 거리가 멀어서 다른 여자 같으면 칭찬에 인색하다고 여길지도 모르지. 그렇지만 당신한테라면 존이 쓴 것을 마음 놓고 보여 줄 수 있소."

"분별력 있는 분답게 쓰셨네요." 편지를 다 읽고 나서 에마가 대답했다. "솔직해서 좋네요. 형부는 이 약혼에서 운이 좋은 건 오로지 내 편이라고 여기는 게 명백하군요. 그렇지만 시간이 지나면, 당신이 이미 그렇게 여기듯 내가 당신의 애정을 받을 자격을 갖출 수 있겠지 하는 기대도 아주 없진 않네요. 달리 해석할 만한 이야기를 써 놓았다면 난 아마 믿지 못했을 거예요."

"에마, 그런 뜻으로 쓴 게 절대 아니오. 그저……."

"우리 두 사람에 대한 평가에서 형부와 난 생각이 별로 다르지 않을 거예요." 그녀는 진심 어린 미소를 지으며 말을 잘랐다. "우리가 이 문제에 대해서 격식에 구애받지 않고 기탄없는 이야기를 나눌 수 있다면, 아마도 형부가 아는 것보다 훨씬 더 다르지 않을걸요."

"에마, 사랑하는 에마……."

"에그!" 에마의 어조가 더욱 발랄해졌다. "동생분이 내 진가를 몰라본다는 생각이라면, 우리 아버지가 이 일을 알면 뭐라고 하실지 두고 봐야죠. 십중팔구, 진가를 몰라주기는 아버지가 훨씬 더할걸요. 모든 행복과 모든 이득은 당신 쪽에서 챙긴 거고 모든 덕목은 내 쪽에 있다고 생각하실 테니까. 아버지한테 내가 당장 '불쌍한 에마'로 전락하지나 말았으면 좋겠네요. 손해 본 사람에 대한 아버지의 자상한 동정심은 그런 정도를 벗어나지 않거든요."

"아!" 그가 외쳤다. "대등한 결합일 때 함께 행복해지는 법인데, 우리한테 그것을 누릴 자격이 있다는 것을 부친께서 존의 반만큼이라도 금방 믿어 주시면 좋겠군. 존 편지에 재미있는 대목이 있던데, 당신도 눈여겨봤소? 이 소식이 완전히 뜻밖은 아니었다, 이 비슷한 소식이 들려올 거라는 예상도 좀 있었다는 이야기 말이오."

"내가 이해하기에는, 당신에게 결혼 생각이 있다는 이야기일 뿐이던데요. 나라는 생각은 전혀 못 했고요. 그것엔 전혀 준비가 없었던 모양이니까요."

"그래요, 그래. 그렇지만 그만큼이라도 내 감정을 들여다보았다니 재미있네. 뭘 보고 그런 판단을 했을까? 내가 다른 때도 아니고 지금 결혼 생각이 있으리라고 짐작할 만큼 내 기분이나 대화가 달라지지는 않았던 것 같은데. 그렇지만 그랬나 보지. 일전에 동생 집에 가 있을 때 좀 달라 보였던 모양이네. 아마도 평소처럼 아이들과 많이 놀아 주지 않았나 보지. 한번은 저녁때 불쌍한 조카 녀석들이 '요새 큰아버지는 언제나 피곤하신 모양이에요.'라고 하던 게 생각나는군."

이 소식을 좀 더 널리 전하고 다른 사람들이 어떻게 받아들이는지 타진해 볼 시간이 다가오고 있었다. 웨스턴 부인이 우드하우스 씨의 방문을 받을 수 있을 만큼 회복하는 대로, 에마는 이 일에 부인의 부드러운 설득을 동원할 것을 염두에 두고 우선 집에 알리고 이어서 랜들스에 알리기로 결심했다. 그렇지만 막상 아버지께 어떻게 알리나! 그녀는 나이틀리 씨가 없는 모 시에 꼭 그렇게 하기로 스스로 못 박아 두었다. 아니면 때가 되어도 용기를 잃고 연기하고 말았을 것이다. 그러나 그 모 시에 나이틀리 씨가 찾아와 그녀가 시작한 이야기를 이어 가기로 되어 버렸다. 그녀는 말씀드릴 수밖에 없었고 그것도 명랑하게 해야 했다. 이 일을 단연코 재앙으로 받아들이는 아버지 생각에 자기의 우울한 말투로 부채질을 할 수는 없었다. 불행한 일이라고 생각하는 모습을 보여서는 안 되었다. 한껏 기운을 내어 그녀는 우선 부친이 좀 이상한 이야기를 들을 차비를 하시게 한 다음, 아버지가 동의하고 찬성해 주시면, 모두의 행복에 도움이 되는 계획이니만큼 어렵지 않게 그리 해 주시리라 믿지만, 자기와 나이틀리 씨는 결혼할 생각이며 그렇게 되면 아버지가 딸들과 웨스턴 부인 다음으로 세상에서 가장 사랑하는 줄 자기도 잘 아는 사람을 하트필드에서 항상 곁에 두실 수 있을 거라고 간결히 말했다.

불쌍한 노인! 처음에는 상당한 충격을 받았고, 진심으로 딸을 말려 보려 했다. 언제나 절대 결혼하지 않겠다고 하지 않았느냐는 말도 한 번 이상 했고, 독신으로 남아 있는 편이 분명히 훨씬 나을 거라면서 불쌍한 이저벨라, 불쌍한 테일러 양 이야기도 했다. 그렇지만 소용없었다. 에마는 다정하게 붙어 있으면서, 미소를 지으며, 결혼해야만 한다고, 자기를 이저벨라와 웨스턴 부인과 똑같이 보면 안 된다고 말했다. 그들은 결혼하며 하트필드를 떠나야 했고 그래서 실제로 우울한 변화

에마는 다정하게 붙어 있으면서, 미소를 지으며, 결혼해야만 한다고 말했다.

를 초래했지만, 자기는 하트필드를 떠나지 않고 언제나 거기서 살 것이며 가족의 수나 가족의 안녕에 좋은 쪽의 변화밖에 가져오지 않는다, 그리고 일단 익숙해지고 나면 나이틀리 씨가 언제나 곁에 있는 만큼 아버지도 더 행복하실 것이라고 확신한다고 했다. 나이틀리 씨를 아주 많이 사랑하시지 않는가? 그것을 부정하시지는 못할 것이라 확신한다, 사무적인 일로 상의하고 싶으신 사람이 나이틀리 씨 말고 누가 있었나? 아버지한테 그렇게 쓸모 있는 사람이, 기꺼이 편지를 대필해 드리고 기쁘게 도와 드린 사람이 누가 있나? 그렇게 쾌활하고, 그렇게 마음을 쓰고, 그렇게 애정을 보이는 사람이? 필요할 때 언제나 볼 수 있게 곁에 두고 싶지 않으신가? …… 그렇다. 모두 맞는 말이다. 나이틀리 씨야 아무리 자주 찾아와도 과할 것 없고, 매일 볼 수 있다면 좋을 것이다. 그렇지만 지금도 매일 보지 않는가? 여태까지 그처럼 그대로 지내면 되는 것 아닌가?

우드하우스 씨가 금방 받아들일 수는 없었다. 그렇지만 최악의 순간은 지나갔고, 보따리는 이미 풀어 놓았다. 나머지는 시간과 계속 반복되는 설득에 맡겨야 했다. 에마의 간청과 장담을 나이틀리 씨가 이어받았는데, 에마에 대한 다정한 칭찬을 곁들였기 때문에 이 화제는 심지어 일종의 환영까지 받게 되었다. 그리고 두 사람이 기회 닿는 대로 번갈아 가며 그 이야기를 하는 데 그는 곧 익숙해졌다. 이저벨라도 적극 찬성하는 편지들을 보내 두 사람에게 최대한 힘을 보탰고, 웨스턴 부인도 첫 만남에서부터 가장 도움이 되는 각도에서, 즉 첫째로 이미 기정사실이고, 둘째로 훌륭한 결혼이라는 각도에서

725

이 문제를 보려 했으니, 이 두 가지 추천 사항이 우드하우스 씨한테 거의 똑같이 중요하다는 것을 잘 알았던 것이다. 앞으로 치러야 할 일이라는 점에는 합의가 이루어졌다. 그가 의지해 온 모든 사람들이 그의 행복에도 그게 좋다 하고 본인도 이를 거의 인정하는 마음도 좀 있어서, 언젠가는, 아마 한두 해쯤 후에는 정말 혼례를 올린다고 해도 아주 나쁜 일은 아니겠다는 생각이 들기 시작했다.

웨스턴 부인은 결혼을 거들어 주려고 그에게 한 모든 이야기에서 연기를 할 필요도, 감정을 꾸며 낼 필요도 없었다. 에마가 처음 그 일을 털어놓았을 때 그녀는 그렇게 놀란 적이 없을 정도로 굉장히 놀랐다. 그렇지만 모두 더 행복해지는 일이라고만 생각했고, 그래서 한 점 거리낌 없이 최선을 다해 우드하우스 씨를 설득했다. 그녀는 나이틀리 씨를 그녀의 소중한 에마라도 맞이할 자격이 충분하다고 여겼고, 모든 점에서 대단히 어울리는 적절하고 흠잡을 데 없는 결합이며 한 가지, 더없이 중요한 한 가지 점에서는 특히 바람직하고 각별히 다행스러운 결합이어서, 이제는 마치 누구든 다른 사람에게 에마가 마음을 주었다면 문제가 컸을 것이며, 오래전에 이 결혼을 생각하고 바라지 못한 자기야말로 세상에서 가장 어리석은 사람이라는 생각이 들 정도였다. 에마한테 구혼할 만한 사회적 지위를 갖춘 남자 중에서 자기 집을 포기하고 하트필드를 택할 사람이 얼마나 되겠는가! 그리고 그렇게 함께 살아도 괜찮을 만큼 우드하우스 씨를 잘 알고 참아 낼 수 있는 사람이 나이틀리 씨 말고 누가 있겠는가! 남편이나 자기가 프랭크와 에마의 결혼을 생각할 때도 불쌍한 우드하우스 씨의 거취가 언제나 어려운 문제였다. 엔스컴과 하트필드의 요구를 어떻게 조정하느냐가 끊임없는 장벽이었고, 이런 어려움을 웨스턴 씨는 자기만큼 인정하지는 않았지만 그조차도 이렇게 얼버무릴 수밖에 없었다. "이런 문제는 저절로 해결되게 마련이오. 그 애들이 방도를 찾아 내겠지." 그렇지만 이제는 무작정 잘되겠거니 하는 믿음으로 회피해야 할 아무런 문제도 없었다. 모두 정당하고, 모두 공개적이며, 모두 대등했다. 어느 쪽에서든 희생이라 할 만한 것도 없었다. 이를 가로막거나 지연시킬 합당한 진짜 어려움은 한 가지도 없는, 그 자체로 최고의 행복을 약속하는 결합이었다.

무릎 위에서 아기를 안고 이런 생각에 잠기는 웨스턴 부인은 세상에서 가장 행복한 여성이었다. 그녀의 기쁨을 더할 것이 있다면, 아기의 첫 번째 모자 세트가 금방 작아지겠다는 사실을 깨달았을 때였다.

소식을 전해 들은 사람들은 하나같이 놀라워했다. 웨스턴 씨도 오 분쯤은 그러했지만, 순발력이 뛰어난 만큼 이 생각에 익숙해지는 데는 오 분으로 충분했다. 그는 이 결합이 어떻게 이로운지 잘 알았고, 그 점에 대해 아내만큼 한결같은 마음으로 기뻐했다. 그러나 놀라움은 금방 사라지고, 한 시간쯤 지나자 자기는 언제나 그럴 줄 알았다고 거의 믿게 되었다.

"이 일은 비밀로 해야 할 것 같소." 그가 말했다. "이런 일은 언제나 비밀이니까. 다들 아는 게 드러날 때까지는 말이오. 언제 입을 열어도 되는지만 알려 줘요. 제인은 눈치를 좀 챘나

물론 그 소식은 곧장 콜 부인, 페리 부인, 엘튼 부인한테 전해졌다.

모르겠네."

그는 다음 날 아침 하이베리로 갔고, 그 궁금증을 해소할 수 있었다. 그는 제인에게 그 소식을 알려 주었다. 딸, 그것도 맏딸이나 진배없는 아이가 아닌가? 그녀에게는 이야기해 주어야 했고, 베이츠 양도 그 자리에 있었으니만큼 물론 그 소식은 곧장 콜 부인, 페리 부인, 엘튼 부인한테 전해졌다. 이 정도야 주인공들도 이미 각오한 바였다. 랜들스에 알릴 때부터 그들은 이 소식이 얼마나 빨리 하이베리로 전파될지 추산해 보았고, 대단히 현명하게도 자신들이 식구들이 모여 앉은 많은 집 저녁 자리에 놀라운 화젯거리가 되리라고 생각하고 있었다.

대체로 사람들의 반응은 매우 좋았다. 어떤 사람은 남자 쪽이, 또 어떤 사람은 여자 쪽이 대단한 행운이라고 여겼을 것이다. 모두들 돈웰로 이사하고 하트필드는 존 나이틀리 식구한테 내주는 게 좋겠다는 쪽도 있고, 하인들 사이에 알력이 생길 것이라고 예언하는 쪽도 있었을 것이다. 그렇지만 전체적으로 볼 때 심각한 이견을 제기한 곳은 단 한 곳 목사관뿐이었다. 그 집에서는 놀라움을 달래 줄 어떤 반가움도 없었던 것이다. 엘튼 씨는 아내에 비하면 신경을 별로 안 썼다. 다만 "그 아가씨 자부심도 이제 채워졌으면" 한다면서 그녀가 "언제나 할 수만 있다면 나이틀리를 붙잡으려 했다." 하고 생각한다며, 하트필드에서 함께 사는 계획에 대해서는 용감무쌍하게도 "내가 아니라 그 사람이길 다행이지!"라는 말까지 했다. 그렇지만 엘튼 부인은 실로 대단히 심기가 불편했다. "불쌍한 나이틀리! 불쌍한 사람! 참 딱하게 되었다. 정말 걱정이다. 비록 괴짜이기는 하지만 천 가지 좋은 점이 있는 사람이니까. 어쩌다 그렇게 넘어갔을까? 그 사람이 사랑을 할 줄은 몰랐다. 꿈에도. 불쌍한 나이틀리! 그 사람과의 모든 유쾌한 교분도 이제 끝이다. 우리가 청하기만 하면 언제나 여기 와 식사하며 얼마나 행복해했던가! 그러나 이제 전부 끝났다. 불쌍한 사람! 나를 위해 열렸던 돈웰 소풍도 이제는 그만이다. 천만에! 나이틀리 부인이라는 사람이 끼어들어 모든 것에 찬물을 끼얹을 것이다. 지극히 불쾌한 일이다! 내가 저번 날 그 집 가정부 흉을 봤지만 하나도 후회스럽지 않다. 다 함께 살겠다니, 어이없는 계획이다. 잘 될 리 없다. 메이플그로브 근처의 어떤 집에서 그렇게 해 봤지만, 한 계절이 끝나기도 전에 갈라서고 말더라."

18

시간이 지나갔다. 이제 내일이 몇 차례 오고 나면, 런던에서 사람들이 올 것이었다. 우려스러운 변화였다. 어느 날 아침 에마가 이제 초조하고 속상할 일이 대단히 많아지겠다는 생각을 하는데, 나이틀리 씨가 들어와 걱정거리는 뒤로 밀려났다. 한 차례 유쾌한 담소를 나눈 후 그는 침묵하더니, 좀 더 심각한 말투로 이렇게 말을 꺼냈다.

"당신한테 할 말이 있소, 에마. 전할 소식이오."

"좋은 소식이에요, 나쁜 소식이에요?" 그녀는 얼른 그의 얼굴을 올려다보며 말했다.

"글쎄 어느 쪽인지는 나도 모르겠네."

"어머! 좋은 소식이 틀림없네요. 얼굴에 다 써 있는걸요. 웃음이 나오는 걸 억지로 참고 있잖아요."

"난 걱정이오." 그는 표정을 가다듬으며 말했다. "아주 걱정이오, 에마, 듣고 나면 당신의 미소가 사라질까 봐."

"정말요! 그렇지만 왜요? 당신한테는 즐겁거나 재미있으면서 나한테는 즐겁고 재미있지 않을 일이 어디 있을지 난 상상이 안 가는데요."

"한 가지 있지." 그가 대답했다. "딱 한 가지뿐이길 바라지만. 우리 생각이 서로 같지 않은 문제가 말이오." 그는 다시 미소 지으며, 그녀의 얼굴에 시선을 못 박은 채 잠시 말을 멈추었다. "떠오르는 것 없어요? 생각 안 나요? 해리엇 스미스."

그 이름에 그녀는 뺨이 붉어졌고, 뭔지 모르지만 왠지 겁이 났다.

"당신도 아침에 해리엇한테서 소식을 들은 거요?" 그가 외쳤다. "그래서 다 아는 모양이군."

"아니요, 못 들었어요. 아무것도 몰라요. 어서 말해 봐요."

"최악의 소식을 들을 각오군. 하긴, 아주 나쁜 소식이지. 해리엇 스미스가 로버트 마틴과 결혼하기로 했소."

에마는 펄쩍 뛰었으니, 각오가 된 사람 같지 않았다. 간절히 바라보는 눈으로는 "아니요, 그럴 리가 없어요."라고 말했지만, 입은 굳게 닫혀 있었다.

"정말이오." 나이틀리 씨가 말을 계속했다. "로버트 마틴한테서 들었소. 그 사람과 헤어진 지 삼십 분도 안 된걸."

여전히 그녀는 놀라움이 역력한 얼굴로 그를 바라보았다.

"내가 걱정한 대로 에마, 당신한테는 별로 좋은 소식이 아니군. 우리 생각이 같으면 좋았을걸. 그렇지만 시간이 지나면 그렇게 될 거요. 내 장담하지만, 시간이 지나면 당신이든 나든 한쪽은 생각이 달라지겠지. 그리고 그때까지는 이 이야기는 가급적 입에 올리지 맙시다."

"잘못 아신 거예요, 완전히 잘못 아신 거예요." 그녀는 기운을 내어 말했다. "지금도 그렇게 되었다고 속상해하는 건 아니고요, 하지만 도무지 믿기지 않아서요. 어떻게 그런 일이! 당신 말씀도 지금 해리엇 스미스가 로버트 마틴을 받아들였다는 것은 아니겠지요. 그 사람이 다시 청혼을 했다는 이야기도 아니고요. 아직은요. 그저 앞으로 청혼할 작정이라는 말이지요?"

"내 말은, 이미 청혼을 했고." 나이틀리 씨가 미소 지으면서 그러나 확실하고 단호하게 대답했다. "수락을 받았다는 것이오."

"세상에!" 그녀가 소리쳤다. "그랬어요!" 그러더니 자기 얼굴에 써 있을 게 뻔한 기쁘고 재미있는 모든 격한 감정을 숨기려고, 일감 바구니를 뒤적이며 덧붙였다. "자, 이제 전부 말해 줘요. 무슨 소린지 알아듣게 말해 주세요. 어떻게, 어디서, 언제요? 모두 이야기해 주세요. 정말 이렇게 놀라기는 처음이네요. 그렇지만 분명히 말하는데, 속이 상한 건 아니랍니다. 어떻게, 어떻게 그런 일이 일어날 수 있었지요?"

"아주 간단한 이야기요. 사흘 전에 그 사람이 런던에 갈 일이 있었는데, 내가 존에게 보낼 서류가 있어 그 사람한테 맡겼지. 존의 사무실에 찾아가 서류를 전해 주니, 그날 저녁 집에서 애스틀리 서커스장*에 가는데 함께 가자고 하더라는 거요. 큰 애 둘을 애스틀리 서커스장에 데리고 가기로 했거든. 동생과 제수, 헨리, 존…… 그리고 스미스 양도 같이 갈 예정이었지. 로버트 이 친구로서는 마다할 수가 없었지. 가는 길에 들러서 그를 데리고 가 모두 아주 재미있는 시간을 보내고, 동생이

---

* 필립 애스틀리가 1773년 개장한 런던 남부의 원형 서커스장.

다음 날 정찬을 자기 집에서 들라고 해서 그렇게 했는데, (내가 알기로는) 그날 방문 도중에 해리엇에게 말을 꺼낼 기회가 있었던 모양이오. 헛수고는 분명히 아니었지. 수락을 받아 내는 기쁨을 누렸으니 그럴 자격이 충분한 사람이고. 어제 마차 편으로 내려왔다는데, 오늘 아침 식사 직후 찾아와서 내가 부탁한 일에 대해 보고부터 하고는 이어서 그 이야기를 하더군. 어떻게, 어디서, 언제에 대해서 내가 말할 수 있는 것은 이게 전부요. 당신 친구를 만나면 훨씬 더 길게 이야기해 주겠지. 하나하나 상세히 이야기해 줄 텐데, 이런 이야기는 여자 입으로 해야 재미있잖소. 우리는 굵직굵직한 골자만 전하고 마니까. 그렇지만 한 가지 말해 둘 것은 로버트 마틴 본인은 애정으로 넘쳐흐를 정도고, 내 눈에도 그래 보였다는 거요. 그리고 별 뜻 없이 한 말이지만 이런 이야기도 하더라는 것도. 애스틀리 서커스장의 가족 관람석을 떠날 때 제수씨와 아들 존은 동생이 맡고 자기는 스미스 양과 헨리를 데리고 그 뒤를 따랐는데, 한번은 너무 사람들로 북적이는 바람에 스미스 양이 겁을 좀 먹었다는 거요."

그는 말을 멈추었다. 에마는 즉각적인 답을 시도할 엄두가 나지 않았다. 입을 연다면 터무니없을 정도로 행복해하는 모습을 들킬 것이 분명했다. 잠시 가만히 있어야지, 그렇지 않았다간 미쳤나 보다고 생각할 것이었다. 그녀의 침묵이 그는 거북했고, 잠시 그녀를 지켜본 후 덧붙였다.

"에마, 내 사랑, 이 일로 마음 상해 하지 않으리라고 당신이 말했지. 그렇지만 당신이 생각한 것보다 더 힘들어하는 것

734

같아 걱정이군. 남자 쪽의 지위가 안 좋기는 하지만, 당신 친구는 그것으로 족하다고 여긴 것 아니겠소. 그리고 그 사람을 알수록 점점 더 좋게 생각하리라는 것은 내 장담이오. 사람 자체만 놓고 보면 당신 친구한테 그보다 더 좋은 짝도 없어요. 사회적인 지위는 내 가능한 한 바꾸어 보겠소. 이건 가벼운 말이 아니오, 에마. 당신은 내가 윌리엄 라킨스한테 너무 기댄다고 웃지만, 로버트 마틴 역시 나한테 없어서는 안 될 사람이오."

그는 그녀가 고개를 들고 웃어 주기를 바랐다. 이제 너무 활짝 웃지는 않게 마음을 다잡은 그녀는 웃으면서 명랑하게 대답했다.

"이 결혼을 받아들이게 하려고 애쓰실 필요는 없어요. 난 해리엇이 정말 잘했다고 생각하는걸요. 여자 쪽 친지들이 남자 쪽 친지들보다 못할지도 모르지요. 인품에서는 해리엇 쪽이 떨어진다는 것은 의심의 여지가 없고요. 난 그저 놀라서, 무지 놀라서 말문이 막혔을 뿐이에요. 당신은 상상도 못 할 거예요. 나한테 얼마나 갑작스러운 소식인지! 특히 나한테는 얼마나 뜻밖인지! 최근에 그 애 마음이 그 사람과는 결혼하지 않겠다는 쪽으로 전보다 더, 훨씬 더 굳어졌다고 믿을 이유가 있었거든요."

"당신 친구야 당신이 잘 알겠지." 나이틀리 씨가 대답했다. "하지만 내 보기에는 온순하고 마음이 여린 아가씨라서, 자기를 사랑한다는 젊은이가 있으면 그게 누구든 아주아주 단호하게 물리치지는 못할 것 같은데."

에마는 대답을 하면서 웃음을 터뜨리지 않을 수 없었다.

"세상에, 나만큼 그 애를 잘 아시는 모양이네요. 그렇지만 나이틀리 씨, 그 애가 확실하고 명백하게 수락한 게 정말 맞아요? 시간이 좀 지난 다음에는 그럴 수도 있겠지만, 벌써 그럴 리야? 그 사람 이야기를 잘못 들으신 것은 아니에요? 다른 이야기, 가축 박람회나 새 파종기 등 사업 이야기를 나누던 중이셨잖아요. 너무 많은 이야기에 헷갈려서 잘못 들으신 것은 아닌가요? 그 사람이 확실하다고 한 것은 해리엇의 수락이 아니라 어떤 이름난 황소의 크기였는데 말예요."

나이틀리 씨와 로버트 마틴의 용모와 풍모에서 나타나는 대조가 이 순간 에마에게는 무척이나 크게 느껴지고 최근에 해리엇에게 있었던 모든 일의 기억이 무척이나 선명하며 "아니요. 저도 로버트 마틴 생각을 할 정도는 이제 넘어선 것 같은데요."라고 힘주어 이야기하던 그 소리가 귀에 무척이나 생생했기 때문에, 그녀는 이 소식이 알고 보면 좀 앞서간 이야기일 거라는 예상을 실제로 하고 있었다. 다른 가능성은 없어 보였다.

"아니 어떻게 그런 말을?" 나이틀리 씨가 외쳤다. "아니 내가 상대가 하는 이야기도 못 알아들을 정도로 그렇게 멍청이라는 이야기요? 당신을 어떻게 해야 좋을까?"

"어머! 나한테야 언제나 최상의 대우를 하시는 게 옳지요. 그 이하는 절대로 참을 수 없으니까요. 하지만 분명하고 솔직하게 대답해 주셔야 해요. 마틴 씨와 해리엇이 지금 어떤 관계인지 정말 확실히 아세요?"

"정말 확실히 아오." 그가 또박또박 말했다. "그 사람이 나한테 당신 친구가 청혼을 받아들였다고 말했고, 그가 한 말에 모호하거나 의문스러운 구석은 하나도 없었다는 것 말이오. 그리고 어김없는 사실이라는 증거를 댈 수도 있겠군. 이제 어떻게 하는 게 좋을지 내 의견을 물었거든. 그 아가씨 친척이나 친지에 대해 알아보자면, 물어볼 사람이 자기한테는 고더드 부인밖에 안 떠오르는데, 고더드 부인한테 찾아가는 것보다 더 적절한 방법을 혹시 아시냐고 묻더군. 그래서 모른다고 확실히 말해 주었지. 그렇다면 오늘 중으로 그 부인을 만나 보도록 하겠다고 하더군."

"이제 확실히 믿음이 가네요." 에마가 더없이 밝은 미소를 띠며 대답했다. "그리고 충심으로 두 사람이 행복하기를 바라요."

"전에 우리가 이 이야기를 했을 때하고는 당신 많이 달라졌네."

"저도 그랬으면 좋겠어요. 그때는 내가 바보였으니까요."

"나도 달라졌소. 이제는 당신이 말한 해리엇의 모든 장점을 기꺼이 인정하니까. 당신을 위해서, 그리고 로버트 마틴을 위해서 (해리엇을 사랑하는 그의 마음에 변함이 없다고 믿을 이유가 나한테는 늘 있었거든.) 해리엇과 친해 보려고 노력을 좀 했지. 자주 이야기도 많이 나누고. 그런 내 모습을 당신도 틀림없이 봤을 거요. 사실, 내가 불쌍한 마틴 편에서 설득하려 든다고 당신이 반쯤 의심하는 게 아닌가 하는 생각도 이따금 들었는데, 그런 적은 절대 없소. 그렇지만 여러 번 지켜본 결과, 나는 해리엇이 대단히 건전한 사고와 대단히 진지하고 훌륭한 원칙을 지닌 꾸밈없고 사랑스러운 처녀로, 가정생활에서 얻어지는 사랑과 실익을 행복으로 여긴다는 확신이 들었소. 틀림없이 많은 부분 당신 덕분이겠지."

"내 덕분요!" 에마가 고개를 저으며 소리쳤다. "아! 불쌍한 해리엇!"

그렇지만 그녀는 말을 삼가며, 과분한 칭찬이 좀 더 이어지는 것을 묵묵히 견뎌 냈다.

두 사람의 대화는 그녀의 아버지가 들어오면서 곧 끝이 났다. 그녀는 유감스럽지 않았다. 혼자 있고 싶었다. 설레고 놀라운 마음에 도저히 침착할 수가 없었다. 춤추고 노래하고 소리 지르고 싶은 기분이었다. 그리고 이리저리 서성이고, 혼잣말을 하고, 웃고, 생각해 보기 전에는 도무지 이성적인 언사가 불가능했다.

아버지는 제임스가 이제 모두의 일과가 된 랜들스로의 행차를 준비하기 위해 말들을 마차에 매어 놓으러 나갔다는 것을 알리러 왔다. 그래서 그녀는 즉각 자리를 뜰 구실이 생겼다.

그녀가 느꼈을 환희와 감사, 격렬한 기쁨은 쉽게 상상할 수 있겠다. 유일한 괴로움과 불순물이 해리엇이 행복해질 전망으로 이렇게 제거되자, 그녀는 실로 너무나 행복해서 안정을 찾기 힘든 위험에 처했다. 더 바랄 게 뭐가 있겠는가? 품은 뜻과 판단력에서 자기보다 월등히 뛰어난 그에게 더 어울리는 사람이 되는 것 말고는 하나도 없었다. 지난날 저지른 우행을 교훈 삼아 앞으로는 겸손하고 조심성 있는 사람이 되는 것 말고는 하나도 없었다.

진지한 마음이었으니, 감사도 대단히 진지했고 결심도 대단히 진지했다. 그렇지만 이따금, 어떨 때는 그런 생각을 하는 와중에 웃음이 터져 나오는 것은 어쩔 수가 없었다. 그런 결말에 웃지 않을 수가 없었던 것이다! 바로 오 주 전에 닥친 비통한 실망에 그런 결말이라니! 사람의 마음이란 참…… 해리엇도 참!

이제 해리엇의 귀가는 즐거운 일이 될 것이었다. 모든 게 다 즐거움일 것이었다. 로버트 마틴을 알게 되는 것도 대단한 즐거움일 것이었다.

진지하고 절실한 행복들 중 가장 서열이 높은 것은 이제 곧 나이틀리 씨한테 하나도 숨길 필요가 없어질 것이라는 생각이었다. 그녀로서는 정말로 하기 싫었던, 뭔가 위장하고 애매하게 굴고 숨기는 것도 곧 끝이 날 것이었다. 이제 그에게 모두 완전히 털어놓을 때를 기다릴 수 있게 되었다. 그녀는 그런 의무라면 얼마든지 달갑게 받아들일 그런 기질이었던 것이다.

그녀는 더없이 가볍고 행복한 기분으로 아버지와 함께 출발했다. 아버지가 하는 말에 항상 귀를 기울이지는 않았지만 항상 동의를 표했고, 자기가 매일 랜들스에 가야지 그렇지 않았다간 불쌍한 웨스턴 부인이 실망할 것이라는 아버지의 편한 믿음은 묵인하던가 맞장구를 쳐주었다.

그들은 도착했다. 웨스턴 부인이 응접실에 혼자 있었다. 그렇지만 아기 소식을 다 듣고 우드하우스 씨가 원한 대로 와주셔서 감사하다는 이야기를 다 듣기가 무섭게, 블라인드 틈으로 창가를 지나가는 두 사람 모습이 얼핏 눈에 띄었다.

"프랭크와 페어팩스 양이에요." 웨스턴 부인이 말했다. "오늘 아침 그 애가 갑자기 와서 우리가 얼마나 기뻤는지 막 말씀드릴 참이었어요. 내일까지 머물 예정인데, 페어팩스 양을 설득해서 오늘 하루 우리 집에서 함께 지내게 되었지요. 곧 들어올 거예요, 아마."

삼십 초쯤 지나서 두 사람은 방으로 들어왔다. 에마는 그를 만나 매우 반가웠으나, 양쪽 모두 좀 당황스럽기도 하고 곤혹스러운 기억들도 많았다. 그들은 미소 지으며 기꺼운 마음으로 만났지만, 겸연쩍어서 처음에는 별로 할 말이 없었다. 그리고 모두 다시 자리에 앉은 다음에는, 좌중의 분위기가 영 시들했기 때문에 에마는 오래전부터 품어 왔고 드디어 이루어진 소망, 프랭크 처칠을 다시 한번 만났으면, 제인과 함께 있는 모습을 보았으면 했던 소망이 생각만큼 즐거운 일이 될지 의심스러워지기 시작했다. 그러나 웨스턴 씨가 합류하고 아기를 데려오자 화제나 활기의 결핍도 이내 사라졌고, 프랭크 처칠도 기회를 잡아 용기를 내서 그녀 곁으로 자리를 옮겨 앉아 이렇게 말했다.

"우드하우스 양, 웨스턴 부인 편지를 통해서 대단히 친절한 용서의 메시지를 전해 주신 점, 감사드려야겠습니다. 그사이에 용서할 마음이 덜해지지는 않았기를 바랍니다. 그때 하신 말씀을 철회하지는 않으시겠지요."

"그럴 리가요." 대화를 나눌 수 있게 되어 대단히 기뻐하며 에마가 외쳤다. "전혀 안 그래요. 특히 이렇게 당신을 만나서 악수도 하고, 직접 축하를 드릴 수 있게 되어 기쁜걸요."

그는 충심으로 감사하다고 말하며, 진실로 감사하고 행복한 마음으로 얼마 동안 이야기했다.

"건강해 보이지 않아요?" 제인 쪽으로 시선을 돌리며 그가 말했다. "그 어느 때보다 더 좋아 보이지 않아요? 아버지와 웨스턴 부인이 얼마나 예뻐하시는지 보이시지요."

그렇지만 그는 곧 기가 되살아나 캠벨 댁 식구들이 돌아올 예정이라는 이야기를 한 다음, 웃음기 어린 눈빛으로 딕슨이라는 이름을 입에 올렸다. 에마는 얼굴을 붉히며, 자기 듣는 데서는 그 이름을 말하지 말아 달라고 했다.

"그 생각만 하면 너무나 부끄러워요." 그녀가 외쳤다.

"부끄러운 건 접니다." 그가 대답했다. "아니, 그래야겠지요. 그렇지만 정말 전혀 눈치를 못 채셨어요? 나중에 말입니다. 초기에는 모르셨다는 것 잘 압니다만."

"확실히 말하지만, 추호도 몰랐어요."

"거참 놀라운 일이네요. 제가 한번은 거의 실토하기 직전까지…… 그랬으면 좋았을 걸 말입니다. 그러는 편이 나았을 겁니다. 그렇지만 제가 언제나 잘못을 저지르기는 해도, 그것이야말로 대단히 못된 잘못이었고, 저한테도 아무 도움이 안 되었지요. 어차피 뭔가 어겨야 한다면, 차라리 제가 비밀을 지키겠다는 서약을 깨고 당신한테 전부 털어놓는 편이 훨씬 더 나았을 겁니다."

"이제는 후회할 필요도 없어졌잖아요." 에마가 말했다.

"잘하면 외삼촌께서 랜들스에 오시게 설득할 수 있을지도 모르겠습니다." 그가 말을 다시 시작했다. "저 사람을 만나 보고 싶어 하시거든요. 캠벨 부부께서 돌아오시면, 우리는 런던에 가서 그분들을 만나 뵙고 아마도 거기 계속 머물 겁니다. 저사람을 북쪽으로 데려갈 수 있을 때까지요. 그렇지만 지금은이렇게 멀리 떨어져 있어야 하니…… 심하지 않나요, 우드하우스 양? 오늘 아침까지, 우리는 화해한 날 이후로 한 번도 못만났답니다. 저한테 동정이 가지 않으세요?"

에마가 아주 친절하게 동정을 표하자 갑자기 재미있는 생각이 떠오른 그는 소리쳤다.

"참! 그나저나 말입니다." 그러더니 목소리를 낮추고 잠깐 점잖은 표정으로 "나이틀리 씨께서는 잘 계시겠지요?" 하더니 말을 멈추었다. 그녀는 얼굴이 빨개지며 웃었다. "당신도제 편지를 읽은 것으로 압니다. 그리고 제가 당신한테 이런 일이 있기를 바란다고 한 것도 아마 기억나실 거예요. 축하를 돌려 드려야겠습니다. 확실히 말씀드리지만, 저는 열렬한 관심과 기쁜 마음으로 그 소식을 들었습니다. 저로서는 감히 칭찬할 수도 없는 분이지요."

에마는 기뻤고, 그가 그런 식으로 계속하기를 바랄 뿐이었다. 그렇지만 그의 마음은 다음 순간 자신의 일과 자신의 제인에게로 향했으니, 이어서 한 말은 이랬다.

"저런 피부 본 적 있으세요? 저렇게 매끈하고! 저렇게 섬세하고! 그러면서도 실제로 하얗지는 않고요. 제인을 흰 피부의 금발 미녀라고 말할 수는 없겠지요. 속눈썹과 머리카락이검고 아주 드문 피부색, 대단히 뛰어난 피부색이지요! 정말로귀티 나고, 딱 아름다울 만큼 빛깔이 있고요."

"저도 피부색이 참 곱다고 감탄해 왔지만." 에마가 짓궂게 대답했다. "당신은 너무 창백해 보인다고 흠을 잡지 않았나요? 우리가 처음으로 저 아가씨 이야기를 하기 시작했을 때 말이지요. 다 잊어버린 건가요?"

"아, 아니요. 전 정말 뻔뻔스러운 망나니였습니다! 어떻게 감히……"

그렇지만 그가 그것을 기억하며 맘껏 웃어 댔기 때문에, 에마는 이렇게 말하지 않을 수 없었다.

"정말이지 그때 당신은, 곤혹스러운 와중에도 우리 모두를 속이면서 대단히 재미있어하지 않았을까 싶네요. 틀림없이 그랬을 거예요. 틀림없이 거기서 위안을 얻었을 거예요."

"에이! 천만에, 천만에, 천만에요! 어떻게 저를 두고 그런 의심을 하십니까? 전 정말로 불행한 놈이었는데요!"

"우스운 것을 우스워하지 못할 정도로 불행하시진 않았겠지요. 우리 모두를 속여 넘겼다는 생각을 하면 틀림없이 굉장히 재미있었을 거예요. 아마도 그런 의심이 드는 것은, 솔직히 말해서 저도 같은 상황이었다면 얼마간 재미있어했겠다 싶어서예요. 우리는 조금 비슷한 구석이 있는 것 같네요."

그는 인사 삼아 고개를 꾸벅했다. 그녀는 진심 어린 표정으로 곧 덧붙였다.

"우리 사이에 성향은 아닐지 몰라도 운명은 비슷한 구석이 있어요. 우리보다 훨씬 뛰어난 두 인물과 인연을 맺어 준 운명 말예요."

"맞아요, 맞습니다." 그는 열렬히 화답했다. "아니, 당신

경우에는 안 맞는 말씀이고요. 당신보다 뛰어난 분이 어디 있 겠습니까. 그렇지만 제 경우에는 아주 맞는 말씀이지요. 제인 은 완벽한 천사입니다. 저 사람을 보세요. 동작 하나하나가 천 사 같지 않습니까? 고개를 돌릴 때 목선 좀 보세요. 제 아버지 를 올려다보는 저 두 눈 좀 보세요…… 당신도 기뻐하실 소식 이 있는데, (고개를 기울이고 심각한 목소리로 속삭이며) 외삼촌 이 외숙모 보석을 전부 저 사람에게 주시겠답니다. 새로 맞출 거예요. 몇 개는 머리 장식에다 달 생각입니다. 검은 머리카락 과 어울려 아름답지 않겠어요?"

"정말 대단히 아름답겠네요." 대답하는 에마의 말투가 무 척이나 친절해서 그는 고마운 마음을 쏟아 냈다.

"당신을 다시 만나 뵈어 정말 기쁩니다! 아주 좋아 보이시 고요! 무슨 일이 있어도 이 만남은 놓치지 않았을 겁니다. 혹시 당신이 못 오셨다면, 제가 분명히 하트필드로 찾아뵈었을 겁 니다."

다른 사람들은 아기 이야기를 하는 중이었는데, 웨스턴 부인이 그 전날 저녁때 아기가 몸이 좀 안 좋은 것 같아 약간 놀랐다고 말했다. 이제 생각하면 바보 같은 짓이었는데, 겁이 나서 페리 씨한테 사람을 보내기 직전이었다, 자기도 부끄러 운 짓을 한 셈이지만 웨스턴 씨도 거의 자기 못지않게 불안해 했다, 그러나 십 분쯤 지나자 아기는 완전히 다시 좋아졌다. 이 것이 그녀의 이야기였는데, 우드하우스 씨에게는 특히 흥미로 운 이야기였고, 그는 페리를 불러올 생각을 한 것은 대단히 잘 한 일이라고 칭찬을 퍼부으며 실제로 그렇게 하지 않은 점을 애석해할 뿐이었다. 말씀인즉 "아이한테 조금이라도, 비록 한 순간이라도 문제가 있어 보이면 언제나 페리를 불러야 한다. 걱정은 아무리 일러도 지나치지 않고, 페리는 아무리 자주 불러도 지나치지 않다. 어젯밤 페리를 부르지 않은 게 잘못인지도 모른다. 지금은 아팠던 것을 감안하면 아기가 아주 좋아 보이기는 하지만, 페리한테 진찰을 받았다면 더 좋아졌을지도 모르는 일 아니냐." 하는 것이었다.

프랭크 처칠의 귀에 그 이름이 들어왔다.

"페리!" 그는 에마에게 말하면서 페어팩스 양의 시선을 붙잡으려 들었다. "내 친구 페리 씨 말이군요! 페리 씨가 어쨌다는 건가요? 오늘 아침에 여기 왔나요? 그런데 요새는 무엇을 타고 다니지요? 자기 마차를 마련했나요?"

에마는 금방 기억이 났고 무슨 이야기인지 알 수 있었다. 그리고 같이 웃으면서 제인 표정을 보니 못 들은 척하지만 실제로는 그녀 역시 그의 말을 듣고 있었던 게 분명했다.

"정말 비범한 꿈 아닙니까!" 그가 소리쳤다. "그 생각만 하면 웃음이 터져 나와요. 저 사람도 우리 이야기를 들었네요, 들었어요, 우드하우스 양. 볼이 붉어지고, 미소가 지어지는데 찡그리려고 헛된 노력을 하는 걸 보면 알지요. 저 사람 좀 보세요. 당신도 보이시죠? 나한테 그 소식을 전하러 자기가 편지에 썼던 그 문구가 눈에 선하고 그 모든 실수가 눈앞에 생생히 펼쳐지는 바람에, 다른 사람들 말에 귀를 기울이는 시늉을 하고는 있지만 실은 다른 이야기는 하나도 귀에 들어오지 않는다는 것 말입니다."

제인의 얼굴에는 일순간 활짝 미소가 피어났고, 그 미소는 그녀가 그를 돌아보며 겸연쩍고 나지막한, 그러나 침착한 목소리로 이렇게 말할 때도 일부 남아 있었다.

"어떻게 그런 기억을 아무렇지 않아 하는지 정말 놀랍네요! 이따금 떠오르는 거야 하는 수 없지요. 그렇지만 어떻게 일부러 불러낼 수가 있어요!"

그는 여기에 응수할 매우 재미있는 말들이 아주 많았다. 그렇지만 에마의 느낌은 이 언쟁에서 주로 제인 편이었다. 랜들스를 떠나며 자연스럽게 두 남자를 비교해 보면서, 에마는 프랭크 처칠을 만나 반갑고 그에게 우정을 느끼는 것도 사실이지만 훨씬 월등한 나이틀리 씨의 인품을 이때만큼 실감한 적도 없었다. 더없이 행복한 이날의 행복은 이런 비교로써 그의 뛰어남을 새삼 곱씹는 것으로 완결되었다.

19

해리엇에 대한 불안감, 해리엇이 정말로 나이틀리 씨에 대한 연모로부터 벗어나 다른 남자의 청혼을 편견 없는 애정에서 수락할 수 있었을까 하는 순간적인 의구심이 여전히 이따금씩 에마를 괴롭혔다면, 그런 불확실성에 거듭 시달려야만 하는 사태는 오래가지 않았다. 며칠 지나지 않아 런던에서 사람들이 도착했고, 해리엇과 한 시간 독대할 기회가 생기는 대로 그녀는 마음을 턱 놓을 수 있었으니, 도무지 설명이 안 되지만 로버트 마틴이 나이틀리 씨를 완전히 밀어내고 이제 해리엇이 꿈꾸는 모든 행복의 원천이 된 것이었다.

해리엇은 좀 고민스러운 기색으로, 처음에는 약간 멋쩍은 모양이었다. 그러나 일단 자기가 과거에 착각에 빠져 주제넘고 어리석게 굴었다고 인정을 하고 나니, 그 말과 함께 괴롭고 혼란스러운 심정도 사라지고 과거에 대한 근심 따위는 자취도 없이 현재와 미래에 대한 더없는 기쁨만이 남은 듯했다. 자기 친구가 잘했다고 할까 마음에 걸렸다면, 에마가 무조건적인 축하로 그런 모든 걱정을 즉각 일소해 주었던 것이다. 해리엇은 아주 기꺼이 애스틀리 서커스장에 갔던 저녁, 또 그다음 날 정찬에서 있었던 일을 하나도 빼놓지 않고 털어놓았는데,

몹시 즐거운 마음으로 그 모두를 상세히 전할 수 있었다. 그렇지만 그런 세세한 이야기가 무엇을 설명하겠는가? 이제 에마도 인정하게 된바 실상인즉, 해리엇이 언제나 로버트 마틴을 좋아했다는 것, 또한 그의 변함없는 사랑이 불가항력이었다는 것이었다. 그 이상은 에마에게는 영원히 불가해한 것으로 남아야만 했다.

그렇지만 어쨌든 대단히 잘된 일이고, 에마가 그렇게 생각할 새로운 이유가 매일 생겨났다. 해리엇의 혈통이 밝혀졌다. 그녀는 상인의 딸로 판명되었는데, 그는 지금까지 그래 왔듯 그녀가 누려 온 안락한 생활을 뒷받침해 줄 만큼 유족하고, 언제나 그녀의 존재를 비밀로 숨겨 두고 싶을 만큼 버젓한 집안이었다. 에마가 장담해 마지않던 훌륭한 집안 핏줄이란 결국 이 정도였다! 아마도 많은 신사의 혈통만큼은 흠결이 없겠지만 나이틀리 씨, 혹은 처칠 집안한테, 심지어 엘튼 씨한테 어떤 연을 맺어 줄 뻔했나! 사생아라는 오점은, 귀족 신분이나 부로 희석하지 않는 한 엄연히 오점으로 남았을 것이다.

생부 쪽에서는 아무 반대도 하지 않고 청년에게 너그럽게 베풀었으니, 당연한 일이었다. 그리고 에마는 이제 하트필드에도 드나들게 된 로버트 마틴을 겪으면서, 그가 사려와 인품이 뛰어난 사람처럼 보인다는 사실을 십분 인정하게 되었다. 성격이 좋은 사람이라면 누구하고든 해리엇은 행복할 것이 분명했다. 그렇지만 이런 사람에 그런 가정에서라면 그 이상도, 즉 안정되고 평안한 삶과 성격의 개선까지도 기대할 수 있을 터였다. 그녀는 자기를 사랑하고 자기보다 좀 더 분별력 있는 사람들 속에 들어가, 마음을 어지럽히지 않을 만큼 고적하면서도 명랑하게 지낼 만큼 소일거리가 있는 삶을 누릴 것이었다. 유혹에 빠뜨릴 리도 없고, 유혹에 빠지게 내버려 둘 리도 없을 것이었다. 점잖고 행복한 삶이 될 것이었다. 그런 남자의 그렇게 한결같고 끈기 있는 애정을 얻어 내다니, 그녀야말로 이 세상에서 최고로, 혹은 자기만 빼놓으면 최고로 운 좋은 사람이라고 에마는 인정했다.

마틴과 약혼하면서 해리엇은 멀어질 수밖에 없었고 하트필드에 오는 일도 점점 줄어들었는데 그렇다고 애석해할 일도 아니었다. 그녀와 에마의 친밀한 교제는 이제 묻어 두고, 둘의 우정은 더 차분한 호의로 바뀌어야 했다. 다행히도 그래야 하고 그럴 수밖에 없는 변화가 매우 점진적이고 자연스러운 방식으로 시작될 테고 이미 시작되고 있는 듯했다.

9월이 끝나기 전에 에마는 해리엇과 함께 교회로 가서, 로버트 마틴에게 혼인 서약을 하는 모습을 기쁜 마음으로 지켜보았는데, 그 완벽한 기쁨은 어떤 기억도, 심지어 두 사람 앞에 서 있는 엘튼 씨와 관련된 기억도 손상시킬 수 없는 것이었다. 사실 그때 그녀의 눈에는 엘튼 씨가 아니라 다음번에는 자기한테 혼인 축복을 내려 줄 목사만 보였는지도 모른다. 세 쌍의 연인 중 가장 늦게 약혼한 로버트 마틴과 해리엇 스미스가 결혼은 가장 먼저 했던 것이다.

제인 페어팩스는 이미 하이베리를 떠나 캠벨 댁 식구들이 있는 그녀의 소중한 집의 안락한 삶으로 돌아갔다. 처칠 댁 식구들도 이미 런던 시내로 와서, 어서 11월이 되기만을 기다리고 있었다.

우선 중간에 낀 달에는 에마와 나이틀리 씨가 결혼하기로 잡아 놓았다. 그들은 존과 이저벨라가 원래 계획대로 두 주 짬을 내 해변에 다녀올 수 있도록, 이들이 아직 하트필드에 있는 동안 혼인을 마무리하기로 작정했다. 존과 이저벨라 그리고 모든 다른 친지들이 다 같이 좋다고 찬성했다. 그렇지만 우드하우스 씨는…… 어떻게 우드하우스 씨한테서 동의를 얻어 낼 수 있을까? 두 사람 결혼 이야기를 할 때면 먼 일처럼 이야기하지 않은 적이 한 번도 없는 우드하우스 씨한테서 말이다.

처음 이 문제를 꺼내 타진해 보았을 때 그가 무척 슬퍼해서 그들은 거의 희망을 잃었다. 두 번째 슬쩍 떠봤을 때는 괴로워하는 정도가 덜하기는 했다. 그는 언젠가 치를 일이고 자기도 막을 수 없는 일이라고 생각하기 시작했는데, 그만하면 단념하고 받아들이는 쪽으로 한 걸음 다가간 고무적인 변화였다. 그래도 역시 그는 행복하지 않았다. 아니, 너무나 정반대로 보여서 딸은 용기를 잃었다. 그녀는 아버지가 무시당한다고 상상하며 속상해하는 것을 차마 볼 수가 없었다. 일단 일을 치르고 나면 그의 괴로움도 곧 사라질 것이라고 장담하는 나이틀리 씨 형제 의견에 이성적으로는 거의 동의하면서도 망설여졌다. 그녀는 도저히 밀고 나갈 수가 없었다.

이런 유예 상태에서 그들에게 도움의 손길을 내민 것은, 우드하우스 씨의 갑작스러운 각성도 아니요 혹은 그의 신경 체계의 놀라운 변화도 아니었으니, 오히려 바로 이 신경 체계가 다른 방식으로 가동된 덕분이었다. 어느 날 밤 웨스턴 부인

양계장의 칠면조를 몽땅 털렸는데, 사람이 한 짓이 분명했다. 부근의 다른 양계장들도 같은 일을 당했다. 겁에 질린 우드하우스 씨에게는 도둑질이란 곧 집에 강도가 든 것과 같았다. 그는 매우 불안해했으며, 사위가 지켜 주고 있다는 느낌이 없었다면 평생 밤마다 불안에 떠는 참담한 신세가 되었을 것이다. 그는 나이틀리 씨 형제의 힘과 결단력, 침착함에 완전히 의지하게 되었다. 둘 중 한 사람이 그와 그의 집을 지켜 주는 한 하트필드는 안전했다. 그렇지만 존 나이틀리 씨는 11월 첫째 주말까지는 다시 런던으로 돌아가야 했다.

이런 시련의 결과, 그의 딸은 당장은 언감생심 꿈도 꾸지 못한 훨씬 더 자발적이고 즐거운 동의하에 혼례 날짜를 잡을 수 있었다. 그리고 로버트 마틴 부부가 결혼한 지 한 달 안에, 엘튼 씨는 나이틀리 씨와 우드하우스 양의 혼인 서약에 불려 나갔다.

결혼식은 화려하거나 요란한 결혼식을 좋아하지 않는 신랑신부들의 다른 결혼식들과 별 다를 바 없었고, 남편한테서 상세한 이야기를 전해 들은 엘튼 부인은 자기 결혼식보다 훨씬 떨어지는, 지극히 초라한 결혼식이라 생각했다. "하얀 공단도 별로 안 쓰고, 레이스 면사포도 거의 없었다니. 아주 처량한 혼례네요! 셀리나가 이 이야기를 들으면 눈이 휘둥그레지겠네요." 그러나 이런 결함들에도 혼례식을 지켜본 작은 무리의 진정한 친구들의 소망과 희망, 확신, 예언은 이 결혼의 완벽한 행복으로 완전히 실현되었다.

제인 오스틴 읽기

《 I 》

제인 오스틴의 생애
"똑똑함은 위험한 재능이다."

제인 오스틴은 1775년 12월 16일 영국 햄프셔(Hampshire)의 스티븐턴(Steventon)에서 태어났다. 교구 목사였던 아버지 조지 오스틴(George Austen)과 어머니 커샌드라 리(Cassandra Leigh)는 여섯 아들과 두 딸을 두었는데, 제인은 그들의 일곱 번째 아이였다. 열 명의 가족과 하인들이 함께 살았던 목사관은 늘 사람들로 북적거렸다.*

---

* 외과 의사의 아들로 태어나 어려서 고아가 된 제인 오스틴의 아버지는 형제와 친척들의 도움으로 옥스퍼드 대학을 마친 뒤 먼 친척의 영지인 스티븐턴에서 교구 목사직을 지내면서 학생들을 맡아 개인 지도를 하는 등 빠듯한 살림을 꾸리며 전형적인 지주 계급(gentry)의 삶을 산 사람이었다. 기록에 의하면 그는 잘생기고 가정적이며 자식들에게 너그러운 아버지로서, 교구 목사의 책무를 수행하는 한편으로 농사를 관장하고 독서를 즐겼다고 한다. 목사의 딸로 태어난 제인 오스틴의 어머니는 시를 즐겨 지었으며 당대 주부에게 흔했던 우울증에 시달린 것으로 알려져 있다. 제인의 형제들은 뇌성마비를 앓았던 둘째 오빠 조지와, 아버지의 교구 목사직을 마련해 주었던 나이트 씨 집안의 양자로 가서 막대한 영지와 재산을 물려받은 셋째 오빠 에드워드를 제외하면 모두 부모와 마찬가지로 물려받은 재산이 없는 지주가 자녀들의 전형적 진로를 밟았다. 첫째인 제임스는 아버지의 교구를 물려받은 목사였고, 다섯째인 프랜시스와 막내인 찰스는 해군 제독을 지냈으

753

제인 오스틴의 언니 커샌드라가 1810년경 그린 제인 오스틴의 초상화.

여덟 남매 가운데 유일한 자매였고,
둘 다 평생 독신이었던 커샌드라와 제인은 각별한 사이였다.
제인 오스틴의 어머니가 "커샌드라가 목을 매달면 제인도 따라할 것"이라고 말할 정도였다.
제인 오스틴이 썼던 편지들의 대부분은 커샌드라에게 보낸 것이었다.

오스틴 남매 중 요절한 사람은 한 명도 없었고, 두 오빠 에드워드와 프랜시스 윌리엄은 심지어 각각 아이를 열한 명이나 둔 대가족을 이루기도 했다. 제인은 평생 독신이었지만 두 살 터울인 언니 커샌드라와 다섯 오빠 제임스, 조지, 에드워드, 헨리 토머스, 프랜시스 윌리엄, 그리고 남동생 찰스, 약 서른 명의 조카들, 멀고 가까운 친척, 친구들에 둘러싸여 한가할 틈이 없었다. 제인은 이런 환경 때문에 글을 쓸 시간이 턱없이 부족하다고 불평하곤 했다지만, 대가족이 얽히고설킨 크고 작은 일상의 사건들은 그녀가 이후 창조할 인물과 이야기의 원천이었을 것이다. 특히 제인의 어머니는 아이들에게 남기는 메모의 문장에도 운율을 담았고, 가족 연극을 올리며 아이들에게 어릴 때부터 자신을 표현하는 법을 가르쳤다. 제인이 처음 가족 연극에 참여한 것은 여섯 살이 되던 1782년이었고, 그로부터 십여 년 후엔 리처드슨(Samuel Richardson)의 장편 소설 『찰

며, 넷째이자 제인 오스틴과 가장 가까운 오빠였던 헨리는 목사가 되기 위한 교육을 받은 뒤 민병대원, 실패한 은행가를 거쳐 결국 목사가 되었다. 제인의 두 살 위 언니인 커샌드라는 목사인 약혼자가 서인도제도에서 열병으로 죽은 뒤 독신으로 살았고 제인 또한 독신으로 살면서 집안 살림을 돌보는 틈틈이 작품을 집필한 것으로 알려져 있다. 오빠들이나 남동생이 옥스퍼드와 왕립 해군 사관 학교에서 목사나 장교가 되는 정식 직업 교육을 받은 것과 달리 제인은 언니 커샌드라와 함께 일곱 살 때부터 열 살 때까지 약 3년 동안 근처의 기숙 학교에 다닌 것이 공식 교육의 전부였다. 거기서 지주 집안의 아내에게 요구되는 과목인 음악, 미술, 자수, 외국어 등을 배웠는데, 티푸스의 유행으로 그것마저 그만두고 학교를 옮기는 등 우여곡절을 겪었다. 오늘날에 비해 훨씬 변변치 않았던 학교 교육마저도 이렇게 조금밖에 받지 못했지만 제인은 독서와 예술을 즐기는 가정 분위기의 영향을 받으며 자랐다. 1782년에서 1789년까지 거의 매년 형제자매와 친척, 친지 들이 함께 모여 토머스 프랭클린의 『마틸다』(1775), 리처드 B. 셰리든의 『경쟁자들』(1775), 헨리 필딩의 『비극 중의 비극 혹은 엄지 왕자의 삶과 죽음』(1731) 등 당대의 대표적인 희곡들을 공연한 것이 기록으로 남아 있다.(전승희, 「제인 오스틴의 삶과 문학 그리고 『오만과 편견』」에서)

스 그랜디슨 경의 역사(The History of Sir Charles Grandison)』
(1753)를 각색한 희곡『찰스 그랜디슨 경』을 썼다.

1785년 제인은 언니 커샌드라와 함께 기숙학교에 들어가
철자법과 문법, 프랑스어와 음악 수업을 듣고, 이듬해 집으로
돌아왔다. 제인이 첫 장편 소설을 쓰기 시작한 해는 1790년으
로 습작의 제목은 '사랑과 우정(Love and Friendship)'이었다.
1794년부터는「레이디 수전(Lady Susan)」과「엘리너와 메리앤
(Elinor and Marianne)」을 쓰기 시작하는데, 그 해는 앤 래드클
리프(Ann Radcliffe)의 고딕 소설『우돌포의 비밀(The Mysteries
of Udolpho)』이 출판된 해였다. 당대 베스트셀러가 되었던 이
작품은 훗날『노생거 사원(Nothanger Abbey)』에 주인공 캐서
린 몰런드의 취향을 설명해 주는 중요한 장치로 등장한다.

1795년 제인은 톰 르프로이(Tom Lefroy)를 만났다. 그녀
의 일생에서 첫 연애로 알려진 톰과의 만남은 가족들의 반대
로 결혼에 이르지는 못했고, 1976년 그가 스티븐턴을 떠난 뒤
로 그들은 끝내 재회하지 못했다. (제인 오스틴의 생애를 그린
영화「비커밍 제인(Becoming Jane)」(2007년작)은 그들의 만남과 헤
어짐을 마치 오스틴이 남긴 또 한 편의 소설처럼 로맨틱하게 극화
했다.) 르프로이와의 결별은 제인의 자신만만하고 적극적이
며 낙천적이었던 결혼관이 부와 신분의 격차를 인식하는 현
실적인 것으로 바뀌는 데 영향을 미친다.[*] 톰 르프로이와 결별
한 후 제인은 '첫인상(First Impression)'이라는 제목 아래 장편

제인 오스틴의 연인으로 알려진 톰 르프로이(Tom Lefroy, 1776~1869)(좌)와
제인 오스틴의 아버지 조지 오스틴(George Austen, 1731~1805)(우).

톰 르프로이와 결별 후 제인은 「첫인상」이라는 소설을
집필하기 시작하는데, 이 작품이 바로 훗날 그녀에게 작가로서의
첫 명성을 가져다주게 되는 『오만과 편견』이다.
조지 오스틴은 영국 성공회의 성직자이자 학자였다.
그는 제인의 재능을 일찍이 알아보고 「첫인상」이 완성되자 원고를 출판사에 보냈다.

소설을 집필하기 시작하는데, 이 작품이 바로 훗날 그녀에게 작가로서의 첫 성공과 명성을 가져다주게 되는 『오만과 편견(Pride and Prejudice)』이다.

열서너 살부터 글을 쓰기 시작한 제인은 스물두 살에 첫 장편 소설을 완성했지만, 그녀의 첫 책을 출판하게 되는 것은 서른다섯 살이 되어서였다. 아버지 오스틴 목사와 오빠들이 그녀의 원고를 가지고 여러 출판사의 문을 두드렸지만, 출판의 기회는 쉽게 열리지 않았다. 그럼에도 제인은 거의 이십 년 가까운 시간 동안 지치지 않고 소설을 썼다. 1798년에는 사 년 전에 쓰기 시작한 「엘리너와 메리앤」의 퇴고를 마친다. 이 작품이 1811년 제인 오스틴에게 출판의 기회를 처음 가져다주는 『이성과 감성(Sense and Sensibility)』이다. 「엘리너와 메리앤」을 쓴 뒤 제인은 이어서 새 소설을 쓰기 시작한다. 이 소설은 처음에는 제목이 '수전'이었다가 나중에 제목이 '캐서린(Catherine)'으로 바뀌고, 최종적으로는 '노생거 사원(Nothanger Abbey)'이라는 제목을 달고 제인 오스틴 사후 1817년 출간된다.

1801년 아버지 오스틴 목사는 퇴임을 하고 가족들과 함께 바스(Bath)로 이주했다. 바스에서의 체험들도 그녀의 소설들에

---

* 톰 르프로이와의 관계가 급진전되던 때 제인이 언니 커샌드라에게 보낸 편지에 "다음 무도회에서 그이한테 청혼을 받을 것 같아. 그렇지만 그 하얀색 코트를 다시는 안 입겠다고 약속하지 않으면 거절할 거야." 하고 농담을 할 정도로 자신만만해했던 관계였던 만큼 결혼이 무산된 충격이 컸으리라 짐작된다.(전승희, 「제인 오스틴의 삶과 문학 그리고 『오만과 편견』」에서)

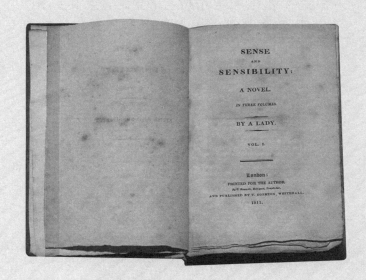

SENSE
AND
SENSIBILITY:
A NOVEL.
IN THREE VOLUMES.

BY A LADY.

VOL. I.

London:
PRINTED FOR THE AUTHOR,
By C. Roworth, Bell-yard, Temple-bar,
AND PUBLISHED BY T. EGERTON, WHITEHALL.
1811.

1811년 에저턴이 출판한 『이성과 감성』의 초판.

1811년 가을 어느 날, 잉글랜드 남부의 초턴이라는 작은 마을에 살던 서른다섯 살의
제인 오스틴은 사랑하는 조카 애너와 함께 근처 읍내 나들이를 갔다.
순회 도서관에 들른 그들은 진열대에 '한 숙녀(BY A LADY)'가 쓴
『이성과 감성』이라는 소설이 놓인 것을 보았다. 애너가 그것을 집어 들더니
"제목이 이 모양이니 엉터리가 틀림없어요." 하면서 바로 내려놓았다.
제인은 속으로 웃으면서 한마디도 하지 않았다.
자기의 첫 소설이 출판된 사실을 조카에게조차 알리지 않았던 것이다.
_윤지관, 「제인 오스틴과 『이성과 감성』」에서

중요한 밑거름이 되었다. 제인 오스틴이 가족과 함께 1806년까지 거주했던 바스에는 그녀의 삶과 작품을 기리는 제인 오스틴 센터(The Jane Austen Centre)가 1999년 개관했고, 매해 9월 세계에서 가장 큰 규모의 제인 오스틴 페스티벌이 개최되는데, 페스티벌 기간에는 퍼레이드, 무도회, 전시, 연극 공연, 강연 등 다채로운 행사가 열린다.

1802년 제인은 오랫동안 알고 지내던 친구의 남동생 해리스 비그위더(Harris Bigg-Wither)에게 급작스러운 청혼을 받았다. 해리스는 제인보다 여섯 살 연하였는데, 매우 부유했지만 연애에는 서툴고 따분한 사람이었다고 전해진다. 19세기에 미혼 여성은 아버지 또는 남자 형제에 의탁하고 살아갈 수밖에 없었다. 따라서 상당한 자산을 물려받은 해리스의 청혼은 제인에게 경제적으로 안락한 삶을 약속하는 기회였다. 제인은 얼떨결에 그의 청혼을 수락했지만, 하루 만에 마음을 돌려 거절했고, 일평생 독신으로 살았다. 상속받은 유산이 없는 여성에게 결혼이 아무리 유일한 생존의 조건이었더라도 사랑의 감정이 없는 결혼을 선택할 수는 없었던 것이다.*

---

* 그런 탓으로 1801년 아버지가 은퇴한 뒤에는 부모와 언니, 1805년 아버지의 사망 후에는 어머니와 언니와 함께, 1809년 나이트 집안의 상속인인 에드워드 오빠가 고향인 햄프셔의 초턴에 작은 집을 마련해 줄 때까지 바스의 작은 아파트와 친척 집 등을 전전하면서 지내야 했다. 이 기간 동안, 그리고 1817년에 사망할 때까지 제인은 우울증에 시달리는 어머니 대신 언니 커샌드라와 함께 수입이 변변치 않은 집안의 살림을 꾸리고, 여러 명의 올케가 아기를 낳을 때마다 불려가 도와주는 등 형제와 친척의 도움으로 사는 당대 독신녀의 전형적인 생활을 한 것으로 전해진다. 제인이 언니에게 보낸 편지는 굴뚝 청소부터 손님 접대용 고기에 대한 걱정 등에 이르기까지 소소한 살림살이에 대한 언급으

1803년에는 제인의 넷째 오빠 헨리가 런던의 크로스비 앤드 컴퍼니(Crosby & Company) 출판사와 「수전(Susan)」의 출판 계약을 맺는다. 출판사 대표였던 벤저민 크로스비는 계약금 10파운드를 지급하며 출판을 약속했지만 끝내 이 작품을 출간하지 않았다. 앞서 언급했던 대로 「수전」은 제인의 사후 『노생거 사원』으로 출간된다.

1805년 아버지가 갑작스레 사망한 후 제인의 어머니, 언니 커샌드라, 그리고 제인은 사우샘프턴의 캐슬 스퀘어로 이사했다가 1809년 셋째 오빠 에드워드가 마련해 준 초턴(Chawton)의 집으로 옮긴다. 이곳에서 제인은 『맨스필드 파크(Mansfield Park)』, 『에마(Emma)』, 『설득(Persuasion)』을 썼고, 『오만과 편견』, 『이성과 감성』을 수정하여 출간하게 된다. 제인 오스틴이 죽기 전까지 기거한 그 집은 1949년 제인 오스틴 박물관(Jane Austen's House Museum)으로 공식 개관하여 지금도 전 세계에서 찾아오는 방문객을 맞이하고 있다.

1810년 토머스 에저턴(Thomas Egerton)과 『이성과 감성』 출판 계약을 맺었고, 이듬해 이 작품이 제인 오스틴의 첫 책으로 세상에 나왔다. 이어 1813년에는 『오만과 편견』을 같은 출판사

로 가득 차 있고, 작가로 등단한 뒤 쓴 한 편지에서는 당대의 다른 여성 작가가 살림에 매달리는 한편 글을 써낸 것을 감탄하면서, 자기 같으면 양고기 덩어리와 장군 풀 소스로 꽉 찬 머리로는 창작이 불가능한 것 같다고 토로한 바 있다.(전승희, 「제인 오스틴의 삶과 문학 그리고 『오만과 편견』」에서)

제인 오스틴이 죽기 전까지 기거했던 초턴의 집은
1949년 제인 오스틴 박물관으로 공식 개관하여
지금도 전 세계에서 찾아오는 방문객을 맞이하고 있다.
이 집의 작고 고요한 방에서 제인 오스틴은 그녀를 둘러싼
세계의 어느 하나 놓치지 않았던 예민한 관찰자였고,
그녀의 상상으로 자라나는 이야기들에 가슴이 뛰었을 것이다.

에서 출판했다. 당시 판권을 110파운드에 팔았는데, 1800년대 초반 가정 교사의 평균 연소득이 25파운드 정도였음을 고려하면 적지 않은 금액이었다.* 1814년에는 『맨스필드 파크』가 출판되어 역시 초판이 매진되었고, 약 310~350파운드의 수익을 가져다주었다고 한다. 1815년 제인 오스틴은 『에마』를 탈고하고, 당시 런던에서 가장 영향력이 컸던 출판업자 존 머리와 계약을 맺는데, 훗날 조지 4세가 되는 섭정 왕자의 개인 도서관장이 작품을 헌정해 줄 것을 요청하여 『에마』를 왕자에게 헌정했다. 곧이어 「엘리엇가의 사람들(The Eliots)」을 쓰기 시작하는데, 이 작품은 『설득』의 모태가 된다. 1816년 벤저민 크로스비에게서 「수전」의 판권을 되찾았다. 1817년 「샌디턴(San-diton)」을 쓰기 시작했으나 건강이 급격히 악화되어 침대를 벗어나지 못하는 생활이 이어지고, 7월 18일 마흔한 살의 나이로 숨을 거두었다. 그녀가 세상을 떠난 후 존 머리가 『노생거 사원』과 『설득』을 출판했다. 이때 처음으로 그녀의 작품이 '제인 오스틴'이라는 본명으로 출판되었다.**

---

* 당시 중산층 신사의 평균 연소득은 500파운드, 개인 마차를 소유할 정도의 재력을 갖춘 신사의 연소득은 대략 1,200파운드 정도였다. 연소득이 2,000파운드 이상이라면 상당한 재력가로 불릴 수 있었다.(소피 콜린스, 『인포그래픽 제인 오스틴』 참조)

** 제인 오스틴의 첫 책 『이성과 감성』의 표지에는 저자가 'By a Lady'로 표기되었고, 『오만과 편견』은 'By the Author of Sense and Sensibility', 『맨스필드 파크』는 'By the Author of Sense and Sensibility & Pride and Prejudice', 『에마』 역시 'By the Author of Pride and Prejudice, etc.'로 글쓴이가 표기됐다. 당시 여성의 글쓰기를 경시하는 분위기가 팽배했고, 중산층 집안에서는 딸의 문필 활동이 공개되는 것을 꺼렸기 때문에 이런 방법을 선택했던 것 같다.

영국 윈체스터의 윈체스터 성당 안에 있는 제인 오스틴의 묘비.

"이 지역 스티븐턴 교구의 고(故) 조지 오스틴 목사의 막내딸, 제인 오스틴을 기리며. 그녀는 1817년 7월 18일, 오랜 병고 끝에 기독교인의 인내와 희망으로 41세를 일기로 세상을 떠났다. 그녀의 너그러운 마음, 온화한 성품, 그리고 탁월한 지적 능력은 그녀를 아는 모든 이로부터 존경받았고, 가까운 이들의 뜨거운 사랑을 받았다. 그녀를 향한 애정이 깊었던 만큼 그녀의 상실은 돌이킬 수 없는 아픔이 되었지만, 깊은 슬픔 속에서도 그녀의 자비와 헌신, 믿음, 순결이 그녀의 영혼을 구세주 앞에 받아들여지게 했으리라는 겸허하지만 굳건한 희망이 남겨진 이들을 위로한다."

2

제인 오스틴의 주인공들

『오만과 편견』_엘리자베스 베넷

 엘리자베스 베넷은 웃음이 많고 거침이 없다. 그녀는 좋아하는 사람들과 장난하는 것을 즐기고 그녀가 속한 상류층 사람들의 부조리를 꿰뚫어 보는 것에서 큰 즐거움을 얻는다. 엘리자베스는 제인 오스틴의 소설에 등장하는 인물들 중에 가장 많이 웃는 사람일 것이다. 그녀의 자매들인 제인, 키티, 리디아와 어머니 베넷 부인은 엘리자베스의 유머를 잘 이해하지 못한다. 다만 아버지 베넷 씨만이 둘째 딸의 특출한 유머 감각을 좋아한다. 엘리자베스는 언니 제인에게 헌신적이지만, 제인은 인생에 관한 동생의 위트에 온전히 공감하지는 않는다. 어머니와 자매들의 무감각을 견뎌야 하는 것이 엘리자베스의 운명이다. 엘리자베스는 똑똑하고, 교양도 풍부하게 갖췄지만 그녀의 가장 큰 장점은 즐거운 대화를 이끄는 기술이다. 그녀는 비록 가진 것이 많지 않지만, 미래의 남편에 대해서는 매우 높은 기대를 품고 있다. 그녀와 동등한 존재, 즐거운 대화를 진심으로 나눌 수 있는 남자를 찾고 있다. 엘리자베스는 영국에서 가장 큰 재력가 가운데 한 사람인 다아시의 청혼도 한치의 망설임 없이 거절한다. 다아시가 오만하며 냉혹한 사람이라고 믿기 때문이다. 하지만 그녀는 또한 비록 매우 고통스럽더라도, 자신이 틀렸음을 깨달은 순간 잘못을 주저 없이 인정한다.

『에마』_에마 우드하우스

"아름답고, 총명하고, 부유한" 에마 우드하우스는 제인 오스틴이 창조한 주인공들 중에서도 가장 많은 특권을 가지고 태어난 인물이다. 낙천적인 성격에 여러 복을 한몸에 타고난 듯한 에마는 세상에 나와 스물한 해 가까이 아무 걱정 없이 자애로운 아버지 우드하우스 씨와 함께 안락한 삶을 누린다. 어머니는 오래전에 돌아가시고 언니 이저벨라가 결혼해 런던으로 이사한 뒤로 에마는 일찍 집안의 여주인이 되었다. 아버지 우드하우스 씨는 예민한 건강염려증 환자로, 딸에게 어떤 권위도 행사하지 못하며, 에마는 그런 아버지를 끝이 없는 인내심으로 보살핀다. 에마가 가장 좋아하는 일은 결혼 적령기의 사람들에게 완벽한 짝을 찾아주는 일인데, 그녀는 자신이 주변 사람들의 욕망을 누구보다 잘 이해하고 있다고 확신한다. (그 가운데는 에마와는 다르게 특권도 재능도 갖지 못한 해리엇 스미스도 포함된다.) 그러나 사실 에마는 타인의 감정을 넘겨짚기 일쑤이며, 세상을 자신이 상상하고 바라는 모습으로 꾸며내는 데만 열중하고 있다. '당신이 틀렸다.'고 그녀에게 말할 수 있는 유일한 인물은 오랜 친구인 나이틀리다. 두 사람 사이에는 강한 유대감이 있어, 서로 농담을 주고받는 동시에 논쟁도 할 수 있다. 하지만 에마는 늘 타인의 삶에 지나치게 몰두한 나머지, 그 유대감이 사랑일지도 모른다는 사실을 알아차리지 못한다.

『맨스필드 파크』_패니 프라이스

패니 프라이스의 어머니는 시쳇말로 가문에 먹칠을 하는 결혼을 하고 아이들을 줄줄이 낳아 결국에는 극심한 빈곤에 처한다. 여동생의 곤란한 처지를 딱하게 생각한 작은언니 버트럼 부인과 큰언니 노리스 부인이 조카들의 양육을 도와주기로 결정하여, 패니는 열 살 무렵부터 이모부인 토머스 경의 호화로운 저택 맨스필드 파크에서 사촌형제인 톰, 에드먼드, 마리아, 줄리아와 함께 자라게 된다. 토머스 경은 패니에게 큰 호의를 베풀고 있다고 생각하지만, 맨스필드 파크에서 버트럼 가족이 무심코 저지르는 행동이 연약하고 내성적인 그녀에게 얼마나 큰 상처를 주는지는 알아차리지 못한다. 패니는 과묵하지만 영리한 통찰력을 가져 주변 사람들을 예리하게 관찰한다. 런던에서 온 남매 헨리와 메리 크로퍼드가 버트럼가에서 함께 지내게 되는데, 세련되고 매력적으로 보이는 그들의 겉모습 안에서 냉정하고 위험한 이기적 마음을 간파하고 그들의 유혹을 물리칠 수 있는 사람도 오직 패니뿐이다. 한편 패니를 진정으로 아끼고 친절을 베푸는 유일한 버트럼가 사람은 사촌 오빠인 에드먼드뿐이다. 패니는 점차 그를 사랑하게 되지만, 그 마음을 드러낼 수는 없다는 것도 알고 있다.

『이성과 감성』_엘리너 대시우드

 엘리너 대시우드는 열아홉 살밖에 되지 않았지만, 갑자기 과부가 된 어머니의 조언자가 될 자격이 충분할 만큼 냉철한 판단력을 겸비했다. 엘리너는 훌륭한 심성에 다정한 성격을 갖추었고, 불같은 감정을 차분하게 다스리는 법도 안다. 그것은 그녀의 어머니 대시우드 부인에게는 없는 자질이고, 동생 메리앤은 한사코 배우지 않으려 했던 지혜다. 그녀의 이복 오빠 존은 임종을 앞둔 아버지에게 새어머니와 여동생들을 잘 돌보겠다고 약속하지만, 아버지가 세상을 뜨자마자 그들을 궁지로 내몬다. 엘리너는 어머니와 두 여동생과 함께 데번셔에 사는 친척이 빌려준 집으로 이사하여, 그들의 호의에 기대어 살게 된다. 엘리너는 돈의 의미를 일찍 깨닫고, 그녀 자신과 여동생들이 결코 유리한 결혼을 할 입장이 아니라는 것도 안다. 엘리너는 놀라울 정도로 침착하고 자기 절제가 강하다. 열정적이고 충동적인 여동생 메리앤과 달리, 차분하고 이성적이며 쉽게 동요하지 않는다. 조심성은 그녀에게 타고난 성향처럼 보인다. 그러나 사실 엘리너는 매우 깊은 감정을 지닌 사람이며, 다만 그런 감정을 겉으로 드러내지 않는 것이 현명하다고 여길 뿐이다. 그래서 사랑의 감정을 느끼게 된 에드워드 페라스가 부도덕하고 계산적인 루시 스틸과 비밀리에 약혼했다는 사실을 알게 되었을 때조차 엘리너는 내면의 큰 고통을 감추며 겉으로는 평온한 태도를 유지한다.

『설득』_앤 엘리엇

앤 엘리엇은 스물일곱 살로, 제인 오스틴의 여주인공들 가운데 가장 나이가 많다. 그녀는 사려 깊고 다방면에 능한 인물로, 피아노를 아름답게 연주하고 외국어에도 능하며 시에 대한 섬세한 사랑을 지니고 있다. 그러나 그녀는 깊은 우울을 품고 살아간다. 열아홉 살이던 해, 앤은 젊은 해군 장교 프레더릭 웬트워스와 사랑에 빠졌다. 그는 앤에게 청혼했지만, 그녀는 멘토로 여기며 따랐던 러셀 부인의 설득에 따라 그와의 결혼이 경솔한 선택이라 여겨 이를 거절했다. 어린 시절 어머니를 잃은 앤은 러셀 부인에 의지해 왔지만, 그 결정만큼은 뼈저리게 후회하게 된다. 웬트워스에 대한 앤의 감정은 시간이 흘러도 바래지 않는다. 그러던 중 전쟁에서 이기고 부와 명성을 얻은 웬트워스가 대령이 되어 돌아와 앤이 사는 곳을 방문하게 된다. 그들이 헤어진 지 여덟 해, 앤은 수척해지고 빛을 잃었지만 웬트워스는 여전히 매력적이다. 앤은 그가 젊고 발랄한 루이자 머스그로브에게 빠져버린 듯한 모습을 지켜보아야 하며, 그럼에도 자신이 여전히 그를 사랑하고 있음을 절실히 깨닫는다.

『노생거 사원』_캐서린 몰런드

 열일곱 살의 캐서린은 제인 오스틴의 여주인공들 가운데 가장 어리며, 공상을 즐기는 소녀의 면모를 지니고 있다. 시골 교구 목사의 열 남매 중 하나로 태어나 특별한 데는 없지만, 그럭저럭 행복하게 자라며 더 넓은 세상을 꿈꾼다. 그리고 그녀에게 기회가 찾아온다. 아이가 없는 이웃 앨런 부부의 초대로 그들과 함께 바스를 방문하게 된 것이다. 캐서린은 더할 나위 없이 들뜬다. 바스는 당대 영국에서 가장 유행에 민감한 도시이자, 여유 있는 계층이 모여 온천욕을 즐기고 유희를 만끽하는 도시다. 그곳에서 그녀는 무도회장, 연극 공연, 사교 모임들을 한껏 누린다. 캐서린은 순진한 한편 총명하고, 세상 물정에 어두운 것 같지만 놀랄 만큼 통찰력을 보이기도 한다. 젊은 신사 헨리 틸니는 그런 캐서린을 매혹적인 존재로 여긴다. 캐서린은 소설 읽기를 무척 좋아하며, 때때로 자신이 읽은 이야기 속 인물이나 사건을 현실과 혼동하기도 한다. 처음에는 만나는 사람들—이를테면 친구인 척하는 이저벨라 소프 같은 이들—을 모두 곧이곧대로 믿지만, 점차 사람들이 하는 말들이 늘 진실만을 담고 있는 것은 아니라는 것을 배워 나간다.

3

『이성과 감성』에서 『노생거 사원』까지

셰익스피어에 이어 '지난 천 년간 최고의 문학가', '영국인이 가장 사랑하는 작가'로 꼽히는 제인 오스틴의 소설들은 단순히 빅토리아 시대의 고전을 넘어 지금의 독자들에게도 여전히 생생한 공감을 불러일으키며 끊임없이 재해석되고 있다. 민음사의 세계문학전집으로 제인 오스틴의 장편 소설 여섯 편이 출간되어 있는데, 한 편도 빠짐없이 모두 영화, 드라마, 오마주 소설 등으로 수차례 다시 태어난 작품들이다. 제인 오스틴이 열아홉 살에 써 두었던 「엘리너와 메리앤」을 개작한 『이성과 감성』은 책으로 출판된 오스틴의 첫 작품이다. 전 세계적으로 가장 많은 독자들이 애독한 『오만과 편견』은 제인 오스틴의 첫 연애로 알려진 톰 르프로이와의 결별 후 '첫인상'이라는 제목으로 쓰기 시작했던 작품이다. 『이성과 감성』, 『오만과 편견』으로 소설가의 입지를 확고히 한 제인 오스틴이 전작들의 성공 공식에서 벗어나 새로운 시도를 한 작품이 『맨스필드 파크』다. 『에마』는 작가로서의 명성이 절정에 달했던 제인 오스틴이 토머스 에저턴 출판사를 떠나 당대 가장 영향력이 컸던 존 머리의 출판사에서 출간한 첫 작품이었다. 『설득』은 런던 문단과 사교계를 마다하고 가족들과 함께했던 제인 오스틴이 죽기 전에 완성한 마지막 소설이다. 『노생거 사원』은 그녀의 사후인 1817년 출간되었지만, 그녀가 이십 대에 탈고한 첫 소설로 이후 제인 오스틴에 펜 끝에서 태어날 여성 주인공들의 원형이 담긴 작품이다. 여섯 편의 소설이 출간된 순서에 따라 세계문학전집 판본들의 「작품 해설」에서 짤막한 개요를 발췌하여 소개한다.

『이성과 감성』

"세상을 알면 알수록 내가 진짜 사랑하는 사람을 영 못 만날 거라는 생각만 더 들어요. 원하는 게 너무 많으니까요!"

제목 그대로 이 작품은 인간성의 두 측면 '이성'과 '감성'에 대한 탐구이다. 인간은 누구나 이성적인 면과 감성적인 면이 있고, 경우에 따라서 어느 한 면이 강하게 나타나는 인간 유형이 있기 마련이다. 제인 오스틴은 『이성과 감성』의 두 자매 여주인공 엘리너와 메리앤을 각각의 유형을 대변하는 인물로, 즉 언니는 이성을, 동생은 감성을 대변하는 인물로 설정하고, 이두 인물을 통해 인간성의 두 속성이 어떻게 인간관계에서 발현되는지 면밀히 관찰한다. 나아가서 어떤 유형의 인간이 좀더 바람직한 삶에 어울리는지 질문한다. 두 자매 모두 다정다감한 성격에 지성과 감수성을 타고났지만, 언니인 엘리너는 분별력 있고 무엇보다도 감정을 조절하는 능력이 탁월한 데비해 동생인 메리앤은 자기 감정에 충실한 점이 장점이면서 그것이 지나칠 때는 절제하지 못하는 약점이 있다. 이 대비는 각자가 연애를 하는 방식에서 극명하게 나타난다. 내성적이고 도덕적인 청년 에드워드를 사랑하는 엘리너는 사랑의 감정을 서서히 발전시키면서 그 감정의 정도를 늘 점검하고 거기에 충실하려는 데 비해, 메리앤은 멋지고 열정적이고 활동적인 청년 윌러비에게 첫눈에 반해 모든 순정을 바치고 열정적인 연애 감정에 휩싸인다. 엘리너의 연애는 남들이 겨우 눈치만 챌 수 있을 정도로 지지부진인 한편, 메리앤의 연애는 누구의 눈에도 서로 사랑에 빠져 있는 것이 명확할 정도로 적극적이고 숨김없다. 언니는 동생의 이 같은 처신이 남의 이목에 어떻게 비칠지 걱정하고, 동생은 동생대로 언니의 감정이 너무 미적지근하다고 탓한다. 두 자매 모두 이 사랑에서 일종의 배신을 경험하는데, 여기에 대한 대응에서도 둘의 태도는 현격하게 차이가 난다. 엘리너는 에드워드가 자신과 맺어지기 어려운 상황에 처해 있음을 알고 충격을 받는다. 그러나 그녀는 사태를 냉정하게 정리하고 자신의 고통을 속으로 삭이고 식구들에게 아무런 내색도 하지 않는다. 이에 반해 메리앤은 상대의 변심을 알게 되자 망연자실해 거의 제정신이 아닐 정도로 절망에 빠진다. 엘리너의 고통은 아무도 모르는 채 모든 가족이 메리앤을 걱정하고 엘리너 자신도 동생을 챙기기에 바쁘다. 더구나 엘리너는 사랑하는 사람이 다른 여자와 결혼할 수 있도록 주선해야 하는 곤혹스러운 처지에 빠진다.

분별력 있는 엘리너, 감성이 풍부한 메리앤. 이 둘 가운데 어느 인물이 더 독자의 사랑을 받을까?『이성과 감성』은 메리앤의 '감정적인' 반응과 엘리너의 '이성적인' 반응 가운데 어느쪽이 올바른 삶의 방식일지 묻는다. 이와 같은 문제의식을 고

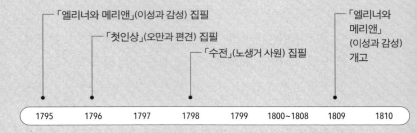

「엘리너와 메리앤」(이성과 감성) 집필

「첫인상」(오만과 편견) 집필

「수전」(노생거 사원) 집필

「엘리너와 메리앤」 (이성과 감성) 개고

1795 1796 1797 1798 1799 1800~1808 1809 1810

려하면, 후에 엘리너가 자신의 고통을 보상받아 원래의 연인과 결혼하는 반면 메리앤은 쓰라린 실연의 상처를 안고서 애초에는 관심이 없었던 나이 많은 숭배자 브랜던 대령과 맺어지는 결말을, 작가가 메리앤의 지나친 감성에 경종을 울리고 엘리너의 분별력에 손을 들어 준 것이라고 해석할 여지는 있다. 그러나 메리앤의 열정과 좌절이 젊음의 열기를 뿜어내면서 독자들의 마음을 사로잡는 면이 있기 때문에, 이 작품이 '이성'과 '감성'이라는 두 대립항 가운데서 어느 쪽을 선택하고 있는지 확정하기는 쉽지 않다.

이 작품이 쓰인 19세기 초는 문학사적으로 낭만주의 시대로 일컫는 시기로, 당시 문학의 주된 경향은 18세기적인 이성과 합리에 대한 반발로 감수성과 감정의 표출을 중시하는 것이었다. 주로 시를 통해 이 같은 정서가 폭발적으로 일어났지

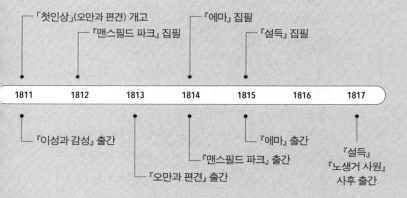

「첫인상」(오만과 편견) 개고
『맨스필드 파크』집필
『에마』집필
『설득』집필

1811 　 1812 　 1813 　 1814 　 1815 　 1816 　 1817

『이성과 감성』출간
『오만과 편견』출간
『맨스필드 파크』출간
『에마』출간
『설득』
『노생거 사원』
사후 출간

만, 소설에서도 괴기스러운 소설이나 낭만적인 역사 로맨스 등이 유행을 타고 있었다. 바야흐로 감성의 해방이 이루어지던 바로 이 시기에, 제인 오스틴은 '이성'과 '감성'이 한쪽 방향으로 치우칠 때 어떤 문제가 발생하는지 찬찬히 고찰하는 소설을 써낸 것이다. 그리고 여기에 진지한 도덕적 성찰을 가함으로써, 현실 의식과 결합된 상상력의 진경을 보여 주었다. 제인 오스틴이, 그리고 『이성과 감성』이 지금까지도 간직하고 있는 호소력과 매력은 바로 이 작가의 리얼리스트로서의 성취에서 비롯한다.

_윤지관, 『이성과 감성』의 작품 해설에서

『오만과 편견』

**"제가 장담하는데 당신은 저한테서 좋은 점을 하나도 찾지 못했어요.
그렇지만 사랑에 빠지면 그런 거야 문제될 것 없을 테지요."**

제인 오스틴의 작품 중 가장 널리 독자들의 사랑을 받아 온
『오만과 편견』은 작가 스스로 "이 작품은 너무 가볍고 밝고 반
짝거려서 그늘이 필요하다."라고 말했을 만큼 그녀의 작품 중
에서 가장 밝은 작품으로 알려져 있다. 하지만 정작 이 작품의
전신인 「첫인상」 집필 당시 제인 오스틴은 그 전해인 1795년
에 있었던 톰 르프로이와의 결혼이 좌절된 사건 이후 개인적
으로 어렵고 힘든 시기를 보내고 있었다. 집필을 시작한 지 일
년여 만인 1797년 탈고한 원고가 십 년 이상 사장되어 있다가
1811~1812년에 현재의 형태로 완전히 새로 쓰여 1813년 발
표되는데, 바로 그해에 매진되어 연말에 재쇄에 들어갔다. 출
판 당시의 이런 인기는 현재까지 이백여 년 동안 큰 변동 없이
유지되고 있으니, 그간 꾸준히 학문적 연구의 대상이 되어 온
것은 물론 여러 작가들에 의해 다양한 형태의 속편이 쓰이기
도 하고, 수차례 영화화되기도 했다.(이 작품의 모티프를 활용
해서 현대화한 영화 「브리짓 존스의 일기」도 인기를 얻었다.) 그렇
다면 『오만과 편견』이 이백여 년 동안 이렇게 변함없이 독자들
의 사랑을 받아 온 이유는 무엇일까? 우선 눈에 띄는 것은 이
작품이 젊은 남녀의 연애와 사랑 이야기, 특히 자신의 실수나
현실적 조건으로 인한 난관을 넘어 사랑을 성취한 이야기로

보편적인 호소력을 갖는다는 사실이다. 더욱이 재산은 없어도 뛰어난 미덕을 지닌 두 여주인공이 행복하게도 사랑과 조건 이 일치하는 결혼에 성공하는 '신데렐라 스토리'가 많은 이들 의 소망을 대리 충족하는 기능을 했을 것이다. 그러나 이 작품 이 단순히 그 같은 대다수 독자들의 꿈에 호소한 덕분에 성공 했다고만은 볼 수 없다. 작중 현실은 여자가 착하고 아름답기 만 하면 온갖 악인들의 방해를 물리치고 왕자와 결혼하게 되 는 단순한 구도와는 거리가 멀기 때문이다.

무엇보다도 제인과 엘리자베스의 '신데렐라'적인 결혼은 작중에서 예외적인 현실이다. 두 여주인공 주변에 있는 다수 의 여성들은 이런저런 이유로 사랑과 조건이 행복하게 일치하 는 결혼의 가능성에서 근원적으로 차단되어 있다. 더욱이 신 데렐라 이야기와 달리 이런 현실은 여성 인물들의 미덕과 단 순한 비례 관계에 있는 것이 아니다. 엘리자베스의 친구이자 훌륭한 성품과 판단력을 가진 샬럿의 결혼은 당대 지주 집안 여성이 처한 곤경을 전형적으로 잘 보여 준다. 샬럿이 베넷가 의 상속자이지만 터무니없이 우둔하고 젠체하는 콜린스 씨와 의 결혼을 선택하는 이유는 미모나 재산이 받쳐 주지 않는 자 신의 조건 때문이다. 이는 여성 해방 운동의 부분적인 성과에 도 불구하고 아직도 자립이 용이하지 않고 사회 전반적으로 열등한 지위를 면하지 못하고 있는 오늘날 여성의 처지와도 무관하지 않다. 샬럿의 선택과는 정반대인 것이 엘리자베스 의 막냇동생 리디아의 경우다. 그녀는 이성적 계산보다 본능 적 충동을 앞세운 사랑의 도피 행각을 벌이는데, 리디아와 위컴의 결혼은 기존의 규범에 대한 단순한 반발은 손쉬울지 모르나 바람직한 해결책은 아님을 보여 준다. 이런 예들에서 대다수 여성들의 처지를 더 전형적으로 대표하는 샬럿이나 리디아의 선택은 부분적으로는 그들의 성격이나 자질과 연관된다. 그러나 더 근본적인 요인은 여성들에게 사랑과 조건 사이의 선택을 강요하는, 그들이 사회·경제적으로 무능하다는 조건이다.

제인과 엘리자베스의 성공도 자세히 보면 그들의 미덕 덕분이라기보다 우연의 영향이 크다. 그리고 그들의 미덕은 미모와 착한 성품 같은 전통적인 미덕이 아니라, 지성과 활력 같은 근대적인 미덕이다. 가령 제인은 미모나 착한 성품이 전통적인 신데렐라적 여성상에 가깝지만, 바로 그런 착한 성격 때문에 사랑을 이루지 못할 뻔했다. 그녀와 빙리의 결혼은 엘리자베스나 다아시 등 가까운 사람의 도움을 통해서만 가능했고, 그 과정에서 우연도 무시 못 할 역할을 했다. 제인 오스틴이 활자화된 인물 중 가장 유쾌한 인물이라고, 좋아하지 않기가 어렵다고 한 엘리자베스가 꿈을 이룬 것은 미모나 착한 성품이 아닌 지력과 재치, 활력 덕분이다. 물론 그녀가 결국 다아시와 결혼하기 때문에 이 관계는 결혼을 여성의 성취로 보는 전통적 역할을 인정하는 것같이 보이기도 한다. 그러나 결혼을 하는 시점에서 두 사람은 어느 한쪽이 상대를 일방적으로 지배하는 관계가 아니라 서로의 장점을 인정하고 약점을 보완하는 동등한 파트너의 관계가 된다. 즉 얼핏 보아 신데렐라의 꿈을 그리고 있는 듯한 이 작품은 여성 인물들의 성격, 그들이 결혼하기까지 겪어야 하는 우여곡절, 그러고도 예외적으로밖에 주어지지 않는 사랑과 조건이 일치하는 결혼 등을 통해 근대의 여성이 처한 부당한 처지와 전통적인 가치와 새로운 가치의 충돌 등을 자세하고 진실되게 보여 주는 것이다. 또한 바로 이 같은 가치관의 이행을 가능케 해 줄 토대가 충분치 않은 상황이 정도나 양상의 차이는 있지만 여전히 지속되고 있기 때문에 작품이 발표된 이후 이백여 년이 흐른 지금도 많은 독자의 공감을 얻을 수 있다.

사랑과 결혼의 문제에서 외적 조건을 중시하는 전통적인 규범과 개인의 성품과 선택을 중시하는 새로운 개인주의적 가치관의 충돌, 그 사이에 낀 여성들의 곤경으로 나타나는 시대적 변화로 인해 작중 인물의 됨됨이는 계층과 무관한 것으로 그려진다. 남자 주인공인 다아시가 귀족 집안과의 연관이나 막대한 재산에도 불구하고 오만함을 버리고 진정한 자부심을 배운 뒤에야 사랑을 성취할 수 있듯, 재산이나 지위가 자동적으로 사람의 가치와 연결되지는 않는다. 귀족 계급인 다아시의 이모 캐서린 영부인의 권위주의는 공소하거나 가증스럽고 윌리엄 경은 우둔하다. 재산가인 빙리 집안에서도 빙리 한 사람만이 됨됨이가 괜찮을 뿐 그의 두 누이는 속에 든 것도 없으면서 오만하기만 하다. 변호사업이나 상업에 종사하기 때문에 베넷 집안보다 지위가 떨어지는 필립스 씨 부부나 가디너 씨 부부는 같은 시민 계급이라 하더라도 전자는 경망스럽고, 후자는 오히려 참다운 지주 계급의 미덕을 지닌 것으로 그려져 있다. 귀족 계급과 시민 계급의 중간쯤에 위치하는 베넷가의 가족도 아버지는 비교적 합리적인 인물인 반면 어머니는 우둔하고 제인과 엘리자베스는 지성과 활력을 겸비한 인물이지만 동생인 메리, 키티 그리고 특히 리디아는 지각없는 인물이다. 이런 인물들의 배치를 통해서 우리는 작가 제인 오스틴이 기존의 계급 중심의 질서에서 계급과는 무관한 개인의 자질과 성품을 중시하는 새로운 질서로 이동하는 사회의 모습을, 어느 한쪽을 일방적으로 미화하거나 단순화하지 않은 채 균형 잡힌 시각으로 제시하고자 한 것을 알 수 있다. 이런 제인 오스틴의 태도는 전통적인 질서와 가치 중에서 보존할 것은 보존하고 버릴 것은 버리며, 새로운 가치의 경박성을 경계하되 그 진취적인 정신은 받아들이는 영국적 '중용' 내지는 '타협'의 정신에 가깝다. 이런 태도는 물론 단순히 좋은 게 좋은 것이라는 식의 손쉬운 타협과 현실에 안주하는 태도가 아니라 현실의 문제점에 대한 근본적인 비판과 성찰의 태도다. 작품에 그려진 것과 같은 '타협'의 예외성이 다양한 인물의 배치와 플롯을 통해 솜씨 있게 제시되어 있는 것이다. 이 작품이 서구 소설 가운데서도 가장 고전적인 교양 소설로 평가받고 있는 것도 이런 까닭이다.

_전승희, 『오만과 편견』의 작품 해설에서

『맨스필드 파크』

"죄와 불행을 길게 곱씹는 일은 다른 사람들의 펜에 맡겨 두자."

제인 오스틴의 세 번째 작품인 『맨스필드 파크』는 그의 장편소설 여섯 편 가운데 가장 문제적이고 논란이 많은 작품으로 알려져 있다. 다른 작품들에서 보기 힘든 오스틴의 남다르고 단순치 않은 특징들이 드러나 있기 때문이다. "너무 가볍고 밝고 반짝거려 그늘이 필요할 정도"인 『오만과 편견』에 비하면, 『맨스필드 파크』는 거의 그 반대편에 서 있는 작품처럼도 보인다. 오스틴은 1811년 10월 『이성과 감성』을, 그리고 1813년 2월 『오만과 편견』을 잇달아 내면서 여성 작가로 두각을 드러내기 시작했다. 이런 중요한 시기에 작가가 무언가 새로운 작품을 써 보겠다는 뜻을 밝히면서 1811년 2월부터 집필에 들어가 1814년 발표한 작품이 바로 『맨스필드 파크』이다.

이 작품이 오스틴의 소설 가운데 가장 '논쟁적'이라거나 '문제적'인 소설이라는 평, 혹은 가장 '심오한' 소설이라는 평가가 나오는 이유는 무엇일까. 우선 이 작품의 이야기 기본 틀 자체가 남다른 면이 있다. 주인공인 패니 프라이스는 오스틴의 다른 작품들과는 달리 천덕꾸러기로 핍박받는 어린 시절을 보내며 소극적이고 순종적인 여성으로 성장한다. 이것은 대개 유복한 집안의 딸이나 심지어 여주인(『에마』의 에마 우드하우스)이거나 다소 경제적으로 부족해도 밝고 독립적이고 당당한 여성(『오만과 편견』의 엘리자베스 베넷)이 주인공인 작가의 다른 소설들과는 다른 설정이다. 주인공의 신중한 성격이 두드 러진다는 점에서 그나마 이 작품과 유사한 면이 있는 『설득』의 경우에도 그 객관적 처지는 전혀 다르다.

　　여주인공 패니 프라이스는 가난한 집안의 맏딸로 열 살 때 집을 떠나 대갓집인 이모부 버트럼 경의 집에서 자란다. 성격 자체가 내성적인 데다 눈칫밥을 먹어야 하는 신세 탓으로 패 니는 매사에 소극적이 되고 자신을 내세우지 않는다. 둘째 이 모인 레이디 버트럼은 원체 무심한 인물로 패니에게도 무관 심하고, 특히 이 마을 교구 목사의 아내이자 남편을 여읜 후에 도 마을에 살면서 이 집안의 살림에 깊이 관여하고 있는 큰이 모로부터는 극심한 구박을 받는다. 아름다운 사촌언니들 마 리아와 줄리아도 패니를 무시하고, 다만 이 집안의 둘째 아들 인 에드먼드만이 패니를 딱하게 여기고 보살펴 줄 뿐이다. 그 러나 이후 장성한 두 사촌언니들은 불륜을 저지르거나 사랑의 도피 행각으로 추락하고 마는 데 비해, 아름답고 진실한 인간 으로 성장한 패니는 이모부 내외의 위안이자 자랑이 되며, 결 국 남몰래 사랑해 온 에드먼드와 행복한 결혼을 하게 된다. 이 같은 이야기 구조 때문에 이 작품은 19세기의 신데렐라 이야 기로 치부되거나 여성의 도덕적 미덕이 결국 보상을 받게 되 는 구태의연한 도덕 소설로 이해되기도 한다. 무엇보다 주인 공 패니가 당시 이상화되었던 수동적이고 순종적인 여성상을 보여 주고 이것이 사회적 보상으로 이어진 것을 두고 이 작품 이 오스틴의 다른 소설들에 비해 반여성적인 면모가 엿보인다 는 해석까지 있다. 사실 당돌하고도 지적인 주체적 여성의 전형을 보여 주는 『오만과 편견』의 엘리자베스 베넷에 비하면 전통적 미덕을 대변한다고 여겨지는 패니 프라이스가 그리 매력적인 여주인공이랄 수는 없겠다. 제인 오스틴의 어머니조차 패니를 두고 '맥 빠진' 인물이라며 마음에 들어 하지 않았다는 이야기가 전해질 정도다. 그러나 면밀하게 읽어 보면 패니의 여주인공다운 점은 이러한 불리한 환경 속에서도 꿋꿋한 심지를 간직한 채 스스로를 연마해 나갔고, 늘 자신을 돌아보고 성찰하는 가운데 그 나름의 성장을 이루어 간 데 있다. 패니는 세속적인 이해관계에 얽매이지 않고 늘 양심과 도덕의 목소리를 경청할뿐더러 자신의 감정에도 일편단심이라고 할 정도로 충실하다. 누구나 선망하는 훌륭한 신랑감이라고 할 수 있는 헨리 크로퍼드의 청혼을 받고도 꿋꿋하게 이를 거부하고, 심지어 두렵기만 한 이모부의 진노를 감수하면서까지 자신의 진실에 충실할 수 있는 것도 그 때문이다. 이 작품이 한 소녀의 삶을 그 내면으로부터 그려 냈다는 점에서 어떤 다른 작품들보다 탁월하다는 점은 이처럼 난처한 처지에 놓인 주인공을 설정하고, 그가 처한 환경과 여러 가지 착잡하고 모순적인 감정을 섬세하게 묘사했기 때문이다. 그런 점에서 『맨스필드 파크』는 인물의 내면 심리를 묘사하는 작가의 역량이 가장 잘 드러난 작품이다.

_김영희, 『맨스필드 파크』의 작품 해설에서

『에마』

"완전한 진실에 접하게 되는 것은 인간에게 드문,
아주 드문 일이다. 뭔가 약간의 위장이나 약간의 오해가
개입되지 않는 일은 매우 드물다."

『에마』가 출간된 1815년에 제인 오스틴은 런던 문단에도 알려
져, 당시 궁정의 요청으로 이 작품을 섭정 왕자에게 헌정하게
된다. 오스틴은 생전에 소설 네 권, 사후에 『설득』과 『노생거
사원』 등 총 여섯 권의 작품을 남겼는데, 네 번째 소설인 『에
마』는 그녀의 길지 않았던 작가 생활의 절정기에 나온 작품이
다. 오스틴은 당대 영국 문단의 대가 월터 스콧이 진작 높이 평
가한 것처럼 "일상생활의 일들과 감정들과 인물들을 묘사하
는" 재능이 탁월하고 나아가 "묘사와 정서의 진실을 통해서
일상의 평범한 일과 인물 들을 흥미롭게 만드는 빼어난 솜씨"
를 지니고 있는데, 『에마』에서도 이 같은 역량이 유감없이 발
휘되었다.

　　오스틴은 이 작품에서 작가 자신 빼고는 아무도 좋아하지
않을 주인공을 선택한 셈이라고까지 말했는데, 무척 흥미로
운 발언이다. 물론 주인공 에마를 좋아하지 않는 독자도 있겠
지만, 『이성과 감성』의 엘리너나 메리앤, 『오만과 편견』의 엘
리자베스나 제인, 『맨스필드 파크』의 패니, 『설득』의 앤 등 다
른 주인공들과 비교해 보면 에마가 독특한 성격과 매력을 지
닌 주인공이라는 것이 드러난다. 실제로 주인공 에마 우드하

우스는 많은 사랑을 받아 왔는데 그녀는 다른 주인공들과 한 가지 점에서 중요한 차이가 있다. 『이성과 감성』, 『오만과 편견』, 『맨스필드 파크』, 『설득』, 『노생거 사원』 등 여타 작품의 주인공들은 성격이나 처지가 조금씩 다르기는 하지만, 하나같이 결혼 적령기 여성으로 당시의 결혼 풍습에서 보자면 불리한 처지에 놓여 있다. 이들의 출신은 지주 계급이기는 하지만 부모로부터 물려받을 유산이 거의 없어서 독립적인 생활이 어렵거나 결혼을 통하지 않으면 생존 자체가 문제되는 절박한 지경에 처해 있다. 이들에 비하면 에마는 입장이 전혀 다르다. 마을 대지주의 상속녀로 자신의 지위에 만족하며 살고 있어서 결혼의 필요성을 전혀 느끼지 않고, 오히려 어디에 구속될 수도 있는 결혼 같은 것은 절대 하지 않겠다고 작심까지 한 여성이다. 아무래도 중간계급 여성이 다수일 당대 독자들에게 에마가 공감을 얻기는 어려웠을 법하다. (…) 뛰어난 중매쟁이를 자처하고 해리엇을 주변 남자들과 맺어 주려 하다 엄청난 오해와 판단 착오로 오히려 힘들게만 하거나, 경제적으로 무척 약자이지만 교양 있고 현명한 동갑내기 제인 페어팩스를 경쟁의식 때문에 제대로 대접하지 않거나, 가문이 몰락하여 어렵게 생활하는 이웃 아주머니 베이츠 양에게 모욕을 준다거나 하는 에마의 행동은 결코 바람직하지 않다. 그러나 에마에게는 이 같은 잘못과 착오를 반성하고 바로잡을 수 있는 인간성과 용기가 있다. 그렇게 잘나고 부족한 것 없는 젊은 여성이 스스로를 수치스러워하고 깨달음을 얻는 장면을 보면, 오스틴이 자신의 여주인공에게 속물적인 성향을 넘어서 변모하고

자 하는 자기 성찰의 능력과 순수한 마음을 부여하고자 했음을 알 수 있다. 이러한 점에서 『에마』는 한 미숙한 젊은이가 세상 경험을 통해 삶의 진정한 의미를 이해하고 성숙에 도달하는 서사를 지칭하는 교양 소설의 면모를 가진다. 이와 함께 에마가 지닌 젊은 여성다운 발랄함과 유쾌함, 낙관성과 생기는 작품에서 나이틀리 씨가 그랬듯 독자들을 즐겁게 하는 매력이 아닐까 한다. 실상 제인 오스틴도 에마 나이 무렵에 춤과 사교 모임을 좋아하고 친구들과 어울려 이야기하기를 즐겼다. 비록 자신은 나중에 이 모든 삶의 양상을 객관적으로 기록하고 관찰하는 리얼리스트가 되었지만, 그녀 작품 세계의 근원에는 젊음의 활력과 삶의 기쁨에 대한 믿음이 자리 잡고 있다고 해도 되지 않을까.

_윤지관, 김영희, 『에마』의 작품 해설에서

『설득』

**"너무 늦은 게 아니라고, 당신의 그 귀한 감정이
영원히 사라져 버린 게 아니라고 말해 주시오."**

『설득』의 여주인공 앤은 준남작인 월터 엘리엇 경의 둘째 딸로, 팔 년 전 장래가 촉망되지만 재산이 전혀 없는 해군 장교 웬트워스와 파혼한 뒤 주변 사람들을 돌보고 그들의 요구를 맞추며 쓸쓸한 '독신녀' 생활을 하고 있다. 앤은 아직도 마음

깊이 웬트워스를 사랑하고 있지만 그녀의 결정에 화가 났던 웬트워스는 재산을 모으고 승진한 뒤에도 다시 찾아와 청혼하지 않는다. 그러다 팔 년 뒤 나폴레옹 전쟁이 끝난 1814년 영국으로 돌아와 마침 우연히 엘리엇 영지에 세를 들게 된 크로프트 제독의 부인인 누이의 집에 머물게 된다. 앤은 불안한 기대로 설레지만 웬트워스는 앤을 제외한 다른 사람들 사이에서 까다롭지 않게 신붓감을 찾는다. 작품은 앤의 시각을 중점적으로 활용함으로써 앤이 웬트워스가 이웃의 젊고 활달한 여성들과 사귀는 과정을 가까이에서 지켜보며 말없이 견뎌야 하는 고통을 생생하게 전한다. 당대의 평론가 카바너는 앤의 관점에 대한 이 묘사가, 직업과 전문적 활동에서 배제된 채 결혼을 통해서만 존엄을 유지할 수 있었던 그 시대의 여성이 사랑하는 사람에게서 거부당했을 때 말없이 감내해야 했던 고통을 근대 소설로는 처음으로 진정하게 그려 냈다고 평했다.

제인 오스틴의 작품으로는 드물게 작중 사건들이 벌어지는 시기를 정확하게 못 박은 이 소설의 배경 연도인 1814년은 영국 근대사에서 의미심장한 해다. 나폴레옹 전쟁에서 프랑스와의 필사적인 대결 끝에 승리한 영국 해군이 금의환향한 때이기 때문이다. 그런 배경으로 인해 과시적인 생활을 하느라 생겨난 빚을 해결하기 위해 내놓은 엘리엇가의 저택에 크로프트 제독 부부가 세 들어 사는 상황이 가능했던 것인데, 앤이 보기에는 허영심 많고 어리석고 무책임한 아버지나 언니보다 그들 부부가 훨씬 더 켈린치 홀을 현명하게 운영할, 그 의무에 걸맞은 사람들이다. 재산을 많이 모으지 못해 소박하게 사는 하빌 대령도 세련된 매너는 조금 부족하지만 살림과 가족, 친구들을 보살피는 데서 보이는 규모 있고 인간미 넘치는 태도를 보면 진정한 신사이다. 그리고 앤의 또 다른 구혼자인 켈린치 홀의 미래 상속자 엘리엇 씨가 세련되고 완벽한 매너를 지닌 사기꾼에 지나지 않는다면, 앤이 선택하는 웬트워스 대령은 사소한 단점은 있지만 유능하고 정직하며 지도력 있는 신사이다. 새롭고 진정한 신사 계층으로서의 해군을 대표하는 크로프트 제독이나 하빌 대령, 웬트워스 대령은 이처럼 모두 현명함, 유능함, 정직함, 자연스러운 인간미 등의 자질을 가진 사람들인데, 이 점은 그들이 구지배층과는 달리 동등한 파트너십을 지향한다는 점으로도 나타난다. 구지배층에 속하는 사람들 중에서 앤의 유일한 친구라고 할 수 있는 레이디 러셀이 과거 앤의 불완전한 안내자였다면, 앤이 새로 사귀고 그녀의 시누이가 되는 크로프트 부인은 처음부터 앤의 전적인 존경을 얻으며, 작품의 말미에서는 그들의 관계가 더욱더 돈독해질 것임을 예상할 수 있다. 크로프트 부인을 그런 존재로 만드는 요소로 돋보이는 것은 그녀의 여성관이다. 그녀는 대화 중에 여성이 남성과 달리 선상 생활을 할 수 없는 존재라고 보는 것은 불합리하다고 주장하며, 자신이 남편과 함께 배 위에서 생활하며 경험을 공유하고 많은 곳을 여행할 수 있었던 것을 자랑스럽게 이야기한다. 하빌 대령 역시 앤이 집안 살림을 돌보는 그의 모습을 보고 잠시 놀랄 정도로 부인과 삶의 진정한 동반자로 사는 것으로 그려진다. 무엇보다도 웬트워스 대령이 아내에게 원하는 자질은 착하고 순종적이라는 전통적 미덕과는 거리가 멀다. 그가 약혼을 파기한 앤에게 분노한 것도 그녀가 자기주장을 하기보다 남의 말에 좌우되었기 때문이었다. 그가 찾는 아낫감은 주관이 뚜렷하고 현실적인 지혜와 능력이 뛰어난 여자이다. 루이자가 낙상을 했을 때 어쩔 줄 몰라 하는 그에게 앤이 현실적 도움을 제공하고, 그가 그 점을 주목하는 장면은 그런 사실을 잘 보여 준다. 전통적인 여성관이 남성 저자들(의 펜)에 의해 쓰였기 때문에 신뢰할 수 없다고 주장하는 앤과 펜을 떨어뜨리는 상징적 장면이 보여 주는 각성을 거치는 웬트워스의 결합은 당대의 한계 안에서나마 양성 간의 동등한 파트너십에 기반한 결혼관을 보여 주고 있는 것이다.

『설득』은 이처럼 구시대적 여성관을 비판하고 평등한 양성 관계를 긍정적인 모범으로 내세우며 기존 지배층의 무능과 새로이 대두하는 계층의 일부인 해군의 유능함을 대비함으로써 당시에 진행되고 있던 커다란 사회적 변화를 개인들의 연애와 결혼의 이야기를 통해 자연스레 알려 주는 소설이다. 이 변화가 바람직하다고 해도 결코 충분한 것은 아닌데, 『설득』의 결말은 그런 면도 잘 반영하고 있다. 가령 『오만과 편견』의 결말이 결혼과 함께 "영원히 행복(happily ever after)"한 미래의 전망으로 끝났다면, 『설득』의 결말은 그런 이상화된 결말과는 다소 차이가 있다. 해군 장교인 웬트워스는 언제라도 전쟁에 나가 다치거나 죽을 수 있는 불안한 위치에 있기 때문에 앤이 "시시때때로 불안과 걱정이라는 세금을 지불"해야 하기 때문이다. 이런 결말은 나아가 더 많은 자유와 평등에 대해 불안정이라는 대가를 치러야 하는 근대인의 삶에 대한 훌륭한 알레

고리로 읽힐 수도 있다. 사회의 근대화가 진행, 심화되는 시기에 개인들이 부딪치는 상황의 복합적인 결을 이렇듯 훌륭하게 포착한 『설득』이 독자들의 사랑을 지속적으로 받고 중요한 통찰을 제공하며 그들의 삶을 안내하는 것은 결코 놀라운 일이 아니다.

_전승희, 『설득』의 작품 해설에서

『노생거 사원』

> "춤이나 결혼이나 선택권은 남자에게 있고,
> 여자에겐 거절권만 있어요."

오스틴은 1817년 '샌디턴'이란 제목의 새로운 장편을 쓰기 시작했으나 병이 깊어지면서 치료를 위해 초턴의 집을 떠나 인근 도시 윈체스터의 한 숙소에 머물렀다. 그러나 몇 달간 투병한 보람도 없이 7월 18일 마흔한 살의 나이로 숨을 거두었다. 유족들은 작가가 완성해 놓고 출간하지 못한 두 작품을 그해 말 넷째 오빠 헨리 오스틴의 서문을 붙여서 출간했다. 이 서문에서 헨리는 "마지막 순간까지 뚜렷하고 따스한 기억, 상상력, 기질, 애정을 유지"했던 작가를 추모하면서 그녀가 명성이나 돈과는 무관하게 살면서 작가로서의 사명에 얼마나 충실했는지 전하고 있다. 그해 유고작으로 출간된 작품이 『노생거 사원』과 『설득』이다. 같이 출간되었지만 두 작품이 완성된 시기는 전혀 다르다. 『설득』이 네 번째 소설인 『에마』를 출간하고 난 후인 1815년 작가가 발병하기 전에 완성한 마지막 작품이라면, 『노생거 사원』은 이십 대 후반의 젊은 시절에 쓴 사실상의 첫 장편 소설이다. (…) 이 작품은 삼십 대 중반의 소산인 『오만과 편견』, 『맨스필드 파크』, 『에마』와 같은 세련된 형식미를 갖추지는 못했지만, 거친 듯하면서도 젊음의 매력이 넘치는 풋풋함이 살아 있다.

이 작품의 주인공 캐서린은 유복한 시골 목사의 딸로 선머슴 아이처럼 자라다가 열일곱 살에 이웃의 재력가인 앨런 부부의 초청으로 유명한 휴양 도시이자 사교 모임이 활발하게 이루어지는 바스로 간다. 여기서 캐서린은 소프 집안의 두 남매를 알게 되고 이어서 틸니 집안의 남매와도 친교를 맺게 된다. 순진하고 무지한 캐서린은 나중에 제임스 오빠와 약혼하게 되는 이저벨라 소프의 사교적인 언행에 반하여 단짝 친구가 되고 한편으로 세속적인 존 소프의 애정 공세에 시달린다. 그러나 캐서린은 진실성 없는 이들의 행태를 곧 간파한다. 반면 독특한 화법으로 캐서린을 당혹스럽게 한 헨리 틸니에게는 첫 만남에서부터 호감을 느껴 사랑하게 되고 그 여동생인 엘리너의 숙녀다운 태도에 진정한 우정을 느낀다. 이 젊은이들과 어울리면서 캐서린은 올바른 처신이 무엇인지 고민하면서도 자신의 감정의 진실성을 있는 그대로 따르고 그것이 주위의 불편을 야기하더라도 양보하지 않는다. 여성의 경우 얌전빼기와 사교적인 언행이 일반화된 사회에서 헨리에 대한 애정을 거의 가감 없이 드러내는 캐서린의 행위는 당시의 남녀 관계에서 여성의 수동성을 전복시키는 면이 있다.

특히 『노생거 사원』에는 다른 어떤 작품에서도 직접적으로는 잘 표출되지 않는 작가의 생각이 거의 날것 그대로 드러나서 흥미롭다. 하나는 책, 특히 소설에 대한 작가의 생각이고 다른 하나는 당대의 정치적 상황과 가부장적 억압에 대한 문제의식이다. 소설 장르에 대한 작가의 자의식과 해석은 "어릴 적의 캐서린 몰런드를 한 번이라도 본 사람이라면 그녀가 타고난 여주인공감이라고는 도저히 생각하지 못했을 것"이라는 다소 도전적인 서두에서부터 드러난다. 당시에 유행하던 로맨스 계열의 주인공과는 외모와 출신, 품성 등 모든 면에서 상반되는 일종의 반-주인공(anti-heroine)으로 설정되어 소설에 대한 당대 독자들의 기대를 깨뜨리고 있는 것이다. 바스에서도 캐서린은 주인공으로서 남다른 면모로 주목을 받는 일도 없고 무슨 반전이 일어나지도 않는다. 작가는 기존 소설의 문법을 위반하면서 오히려 일상적인 일을 그리는 소설이 인간의 문제를 어느 글이나 책보다도 더 깊이 있게 다룰 수 있다는 생각을 직접적으로 피력한다. 소설 장르에 대한 자의식에서도 그렇지만, 젊은 시절의 작가가 당시의 가부장적 억압 구조에 대해 가지고 있던 강한 비판 의식도 이 소설에서 좀 더 직접적으로 드러난다. 여성이 수동적이 될 수밖에 없는 차별적인 여건과 남성 중심적인 사회의 면모가 여지없이 폭로되기로는 다른 작품들과도 맥을 같이하는데, 이 작품에서는 특히 틸니 장군이라는 가부장적 권위의 화신과도 같은 인물을 통해서 거의 악마화까지 되어 나타난다. 고딕 소설에 심취한 결과이기도 하지만 캐서린의 고딕적 환상은 가부장적 억압에 대한 반감과 공포심에 기인하고 있는 것이다. 비록 환상은 깨졌다 해도 틸니 장군의 억압은 어린 주인공을 무지막지하게 내치는 야만적인 행동을 통해 현실에서의 공포를 야기한다. 이와 아울러 헨리의 입을 통해서지만 당시 런던에서의 소요 사태 같은 당대 정치 현실에 대한 언급도 다른 작품에서는 보기 힘든 부분이다. 이 작품이 오스틴의 작품 가운데 가장 정치적인 작품이라고 해석되기도 하는 것은 이 때문이다.

_윤지관, 『노생거 사원』의 작품 해설에서

제인 오스틴의 조카 제임스 에드워드 오스틴 리(James Edward Austen-Leigh)가
1869년에 출간한 『제인 오스틴 회고록(A Memoir of Jane Austen)』에 수록된 초상화.

이 초상화 역시 제인의 언니 커샌드라가 스케치했다.
제인 오스틴이 마흔한 살의 짧은 생애를 사는 동안 남긴 불멸의 작품들은
소설이 "정신의 가장 위대한 능력이 발휘되고, 인간 본성에 대한 가장 철저한 지식,
그 다양한 면모에 대한 가장 기막힌 묘사, 생생하게 넘쳐흐르는 위트와 유머가
선택된 최상의 언어로 세상에 전달되는 것"(제인 오스틴, 『노생거 사원』)임을
지금도 우리에게 여실히 느끼게 해 주고 있다.

1775년 12월 16일   영국 햄프셔주 스티븐턴의 사제관에서 교구 목사 조지 오스틴과 그의 아내 커샌드라 리 오스틴의 여덟 자녀 중 일곱째로 태어났다. 여섯 명의 오빠와 한 명의 언니(커샌드라), 그리고 한 명의 남동생이 있었다.

1783~1786년   언니 커샌드라와 함께 옥스퍼드, 사우샘프턴, 리딩의 기숙학교에 다녔다. 1783년에는 장티푸스를 심하게 앓았다.

1787~1794년   십 대부터 소설을 쓰기 시작했고, 이 시기에 습작한 작품들로는 「사랑과 우정」(1790), 「레슬리 성」(1792), 「레이디 수전」(1794) 등이 있다.

1795년   「엘리너와 메리앤」을 썼다. 훗날 이 작품을 개작하여 『이성과 감성』으로 출간했다.

1795~1796년   젊은 법률가 톰 르프로이가 스티븐턴 근처에 사는 친척을 방문했다. 제인은 톰을 무도회에서 소개받아 한동안 교제했으나 르프로이 집안의 반대로 결별했다.

1796~1797년   르프로이와 헤어진 후 「첫인상」을 썼다. 제인 오스틴의 아버지가 이 작품을 출판사에 보냈으나 거절당했고, 훗날 『오만과 편견』으로 개작하여 출간했다.

1798~1799년	「수전」을 썼다. 이 작품은 제인 오스틴 생전에는 끝내 출간되지 못하고, 사후에 『노생거 사원』으로 출간되었다.
1801년	아버지 오스틴 목사가 은퇴하여 가족이 스티븐턴을 떠나 바스로 이주했다.
1802년	오랜 친구의 부유한 남동생 해리스 비그위더의 청혼을 받아 즉흥적으로 수락했으나, 바로 다음 날 마음을 바꿔 번복했다.
1803년	오빠 헨리의 주도로 변호사 윌리엄 시모어가 「수전」의 판권을 10파운드에 런던의 크로스비 출판사에 판매했지만 출간되지는 않았다.
1804년경	소설 「왓슨가 사람들」 집필을 시작했으나 완성하지 못했다.
1805년	아버지 조지 오스틴 목사가 갑자기 사망했다. 제인은 어머니, 언니 커샌드라와 함께 오빠들의 지원에 의존하며 수년간 이사를 거듭했다.
1809년	나이트 집안의 상속자인 오빠 에드워드가 마련해 준 햄프셔주 초턴의 작은 집으로 이사했다. 「수전」의 판권만 사 놓고 출간을 지연시키고 있는 크로스비 출판사에 항의 편지를 보냈다.
1811년	첫 책 『이성과 감성』이 출간되었다. 작가의 이름은 '어느 숙녀(By a Lady)'로 기재되었다. 『맨스필드 파크』를 쓰기 시작했다.
1811~1813년	「첫인상」을 『오만과 편견』으로 개작했다.
1813년	『오만과 편견』이 출간되어 110파운드의 수익을 거두었다. 작가명은 '『이성과 감성』의 저자'로 기재되었다.
1814년	『맨스필드 파크』가 출간되어 곧바로 매진되었다. 『에마』 집

필을 시작했다.

1815년 『에마』를 출간했다. 이 책은 훗날 조지 4세가 되는 섭정 왕자에게 헌정했다.

1815~1816년 「엘리엇가의 사람들」을 썼다. 이 작품은 제인 오스틴 사후에 『설득』으로 출간되었다. 이 시기부터 병세가 악화되었지만 글쓰기를 멈추지 않았다.

1816년 오빠 헨리가 「수전」의 판권을 다시 사들였다.

1817년 「형제들」(후에 『샌디턴』으로 출간)을 집필하기 시작했으나 병세 악화로 중단했다. 4월, 짧은 유언장을 작성하여 대부분의 재산을 '가장 사랑하는 언니 커샌드라'에게 남겼다. 5월, 치료를 위해 커샌드라와 함께 윈체스터로 이사했다. 7월 18일 윈체스터에서 마흔한 살의 나이로 눈을 감았고, 윈체스터 대성당에 안장되었다. 그해 12월 『노생거 사원』과 『설득』이 동시에 출간되었다. 이때 처음으로 '제인 오스틴'이라는 본명이 책에 인쇄되었다.

1869년 조카 제임스 에드워드 오스틴 리가 쓴 최초의 전기 『제인 오스틴 회고록(A Memoir of Jane Austen)』이 출간되었다.

1923년 채프먼 편집의 『제인 오스틴 소설 전집』이 다섯 권으로 옥스퍼드에서 출판되었다.

1949년 제인 오스틴이 살았던 초턴에 '제인 오스틴 하우스'가 개관했다.

옮긴이 윤지관

서울대학교 영어영문학과를 졸업하고 동 대학원에서 박사 학위를 받았다. 미국 버
클리 대학교에서 초빙교수를 역임하고 영국 케임브리지 대학교에서 방문 펠로를 지
냈다. 현재 덕성여자대학교 영어영문학과 교수이다. 평론집『민족현실과 문학비평』,
『리얼리즘의 옹호』,『놋쇠하늘 아래서』등을 출간했다. 한국문학번역원장을 지냈으며
『이성과 감성』,『오만과 편견』(공역),『노생거 사원』등을 옮겼다.

옮긴이 김영희

서울대학교 영어영문학과를 졸업하고 동 대학원에서 박사 학위를 받았다. 현재 한국
과학기술원 교수로 재직 중이며,《창작과비평》편집위원이다.『비평의 객관성과 실천
적 지평』을 출간했고, 역서로『영국 소설의 위대한 전통』,『토박이』,『가든 파티』등이
있다.

에마

1판 1쇄 찍음 2025년 6월 1일
1판 1쇄 펴냄 2025년 6월 15일

지은이 제인 오스틴
옮긴이 윤지관·김영희

펴낸이 박근섭·박상준
펴낸곳 ㈜민음사

출판등록 1966. 5. 19. 제16-490호
서울시 강남구 도산대로 1길 62(신사동)
강남출판문화센터 5층 (06027)

대표전화 02-515-2000
팩시밀리 02-515-2007
홈페이지 www.minumsa.com